古典珍品

经典回到生活　阅读从心开始

中华古典珍品

『中华古典珍品』丛书遴选了清代《四库全书》的精华，而且每一种书在注释、译文、解读等方面做了大量的、扎实的工作。

——傅璇琮

国学就是中国人的学问。『中华古典珍品』是一套非常适合大众阅读的国学经典丛书。国学的传承和发展迫切需要好的大众读本。

——毛佩琦

《四库全书》浩如烟海，真正的必读经典就这百余部。

——任德山

国学是相互通融的，切忌断章或是割裂。今人只有从《周易》等原始经典入手，才能真正找到进入国学的门径。

——刘君祖

中华古典珍品

图解世说新语

（南朝宋）刘义庆 著
崇贤书院 释译

黄山书社

阅读指南

解释品读再现文章韵味

设有原文、注释、译文等辅助性栏目，全面立体地解读经典，帮助读者准确把握世说新语精髓，体悟其蕴涵。

丰富的版画，增加阅读情趣

珍贵的古代版画作为插图，与文章内容相契合，形成与正文交叉互现的一道阅读副线，增加读者的阅读情趣。

反复注音，阅读更轻松

对生僻字、多音字、古今异读字反复进行随文注音，力求为读者扫除阅读障碍，使读者的阅读更轻松。

知识积累

对原文中涉及的历史文化常识详加解释，使读者系统获得多方面的知识。

了无恐色。

[注释]

①宣武场：场地名，在洛阳城北。断：阻隔，断绝。②纵：听凭，放任。③承间：同“乘间”，趁着空子。④颠仆：摔倒，跌倒。⑤湛然：镇静安然。

[译文]

魏明帝在宣武场把老虎用栅栏围住，任凭百姓观看。王戎当时七岁，也前去观看。老虎乘隙攀住栅栏大吼，吼声震动大地，围观的人莫不惊退跌倒。只有王戎安然不动，完全没有恐惧的神色。

六

王戎为侍中，南郡太守刘肇遗筒中笺布五端①，戎虽不受，厚报其书。

[注释]

①筒中笺布：卷成筒的细布。端：古代计量单位，二丈为一端，相当于一匹。

[译文]

王戎任侍中，南郡太守刘肇馈赠他卷成筒的细布五匹，王戎虽然没有接受，还是辞意恳切地酬答他一封信。

七

裴叔则①被收，神气无变，举止自若②。求纸笔作书。书成，救者③多，乃得免。后位仪同三司④。

[注释]

①裴叔则：裴楷，字叔则。②自若：安然自得。③救者：营救的人。④仪同三司：仪仗、待遇与职位最高的三司（太尉、司徒、司空）相同，后成为正式官名

[译文]

裴叔则被捕，神态不变，举止如常。他要了纸笔写信。信写成后，营救他的人很多，于是得以免罪。后来位至仪同三司。

八

王夷甫尝属(zhǔ)①族人事，经时未行，遇于一处饮燕②，因语之曰：“近属尊事，那得不行？”族人大怒，便举樏(lěi)③掷其面。夷甫都无言，盥(guàn)洗

注音

● 将生僻字、古今异读字一一标注读音。

● 随见随标，最大限度地方便读者阅读。

注释

● 对难解字词进行注释，力求准确、严谨。

● 扩大知识点范围，增强文章的可读性。

毕，牵王丞相臂，与共载去。在车中照镜语丞相曰：“汝看我眼光，乃出牛背④上。”

[注释]

①王夷甫：王衍，字夷甫，官至太尉。属：嘱咐，拜托。②饮燕：同“饮宴”，同席吃饭、喝酒。③樏：食盒，餐具。④出：超出。牛背：是鞭打牛的地方。这句的意思是王夷甫自认为高尚优雅，不屑与小人计较。

[译文]

王夷甫曾经托族人办事，族人长期没有办，后来在一处饮酒吃饭时碰到了，王衍于是对他说道：“原先托你办的事，怎么还没有办？”族人非常愤怒，便举起食盒扔到他脸上。王夷甫全不作声，洗干净后，拉着丞相王导的手臂，和他一起坐车走了。在车里，王衍照着镜子对王导说：“你看我的眼光，竟然超出牛背之上。”

骑牛图

图中描绘了一孩童骑在牛背上，用树枝抽打牛的情景。

插图

● 珍贵精美的古代版画。

● 切合诗文，阐释意境。

● 营造赏心悦目的阅读氛围。

九

裴遐在周馥所，馥设主人①。遐与人围棋，馥司马行酒②。遐正戏，不时为饮。司马恚，因曳遐坠地。遐还坐，举止如常，颜色不变，复戏如故。王夷甫问遐：“当时何得颜色不异？”答曰：“直是暗当故耳。”

[注释]

①设主人：以主人身份备办酒食。②馥司马：周馥手下的司马。行酒：在宴会上主持行酒令、斟酒劝饮等。

[译文]

裴遐在周馥处，周馥作为主人招待酒食。裴遐和人下围棋，周馥手下的司马斟酒劝饮。裴遐正在下棋，没有及时饮酒。司马非常生气，便把裴遐拖倒在地。裴遐回到座位上，举动如常，脸色不变，照样和先前一样下棋。王夷甫问裴遐：“当时怎么能够做到面不改色？”裴遐回答道：“只当他愚昧无知罢了。”

译文

● 正确地表达诗文原意。

● 方便读者更好地理解作品。

总　序

国学是什么？简单说，国学就是中国人之所以成为中国人的学问。因此，国学不仅包括数千年积累流传下来的经典，比如“四书五经”、《老子》、《庄子》、《孙子》、《史记》、《汉书》、唐诗、宋词，也包含研究中国人思维方式、生活方式、行为方式乃至娱乐方式的各种学问。广言之，国学研究的对象不仅包括文献，也包括实物；不仅包括物质文化遗产，也包括非物质文化遗产，如我国各民族的建筑、服饰、饮食、音乐、绘画、医药、戏曲，等等。

国学是不断丰富、不断发展的学问。上面说的从“四书五经”到唐诗、宋词就是一个不断丰富发展的过程。近代以来，国学的研究范围还在不断地扩大，比如敦煌学、甲骨学，是随着有关文物的出土而兴起的；比如红学，是随着文学理论和学术风气的发展变化而兴起和发展的。随着时间的推移和学术的进步，必将有更多的学问被纳入国学研究的范围。

数千年来，中国人做学问形成了自己独特的理论和方法，比如思想理论、史学理论、文学理论，以及训诂学、考据学、音韵学，等等。但这些理论和方法并不是一成不变的。比如，在史学研究领域，由于地下文物的出土，王国维等人提出了以地下文物与传世文献相补充互证的“二重证据法”。近代以来，西风劲吹。国人主动借鉴西方学术研究的理论和方法，研究中国学问。王国维借鉴尼采的哲学理论研究中国的文学戏剧，胡适以杜威的实验主义研究中国的“国故”。国学从来没有拒绝外国学问的融合，佛教传入中国后，经过改造，形成了中国独特的佛学、因明学；自明朝末年西学传入中国后，中国的天文学、数学等就已经融入了西学的因素。马克思主义传入中国后，不少人用马克思主义理论研究中国历史文化，它们自然也成为了国学的一部分。因此，国学又是开放的、随时代而进步的。那么，当今我们研究、振兴国学，不允许也不应该倒退，不允许也不应该僵化。

然而，国学又是与西学明显区分的。国学是西学的对应物，是与西学完全不同的学术体系。在近代，西学挟坚船利炮强势进入中国之后，中国人还视自我，对于中国固有之学问的称呼出现了中学、国故学、国粹、国学这样的名称。面对“帝国主义”的强大，很多中国人自愧不如，一方面拼命地学习、引进西学，另一方面拼命地贬低、抛弃国学。虽然也有一些人，如张之洞为保护中华文化之根本，提出“中学为体，西学为用”，如胡适，提出“整理国故”，以“再造文明”“建立民族自信心”，但其声音终被时代淹没。国学一再被严重曲解和轻视，造成了中国历史文化的大断裂。也许，这一历史过程是必然的。但回顾过去，中国在走向独立富强的过程中，国学所付出的代价实在太大、太惨重了。

新中国成立后，饱受屈辱的中国人站立了起来，民族自信心大大加强，但没有能够及时认识到国学在新时代的重要性，甚至仅存的一点点国学遗产也进一步成为被抛弃的对象。改革开放三十年之后，走向富强的国人终于幡然醒悟，保护和振兴国学逐渐成为全民的共识。一个强大的自立于世界民族之林的国家，必然要有与之相匹配的伟大的民族文化。中国人，从领导者、学术界到普通百姓，都在重新发现国学的现代价值。同时，在走向全球化的进程中，东西方各国也把目光投向了中国。中国学问，中国的一切都在被重新评价。中国不仅为了自身的建设和发展需要从传统文化中汲取智慧，而且面临着以优秀的中华文化向全人类贡献智慧的责任和挑战。

那么，这套丛书的编纂就是可喜的，编纂者的初衷和努力就是可敬的。希望这套丛书能发挥点滴作用，如同涓涓细水与千百万有志者的努力一道汇成大潮，去迎接中华民族的伟大复兴！

是为序。

毛佩琦

前言

《世说新语》产生于我国南朝宋时期，是本记录魏晋人物言谈轶事的笔记体小说。书中记述了自汉末到刘宋时名士贵族的逸闻轶事，主要有人物评论、清谈玄言和机智应对等诸多有趣的故事。

读《世说新语》更是件生动有趣的事，且看这几个故事：康法畅去拜访太尉庾亮，手里拿着的拂尘非常好。庾亮问："这个东西这么好，怎么能保留得住？"康法畅说："廉洁的人不会向我要，贪婪的人我也不会给，所以能够保留得住。"这个康法畅优哉、安哉。再看这个。殷浩罢官以后，桓温对众人说："儿时我们一道玩竹马的游戏，我扔掉了竹马，他马上给捡回来，可知他本就在我之下。"这个桓温霸气十足。接下来这个呢？郝隆在七月初七那天，在太阳底下躺着，有人问他干什么，他回答说："我晒书。"民间风俗，七月初七晒经书和衣裳，这个郝隆我行我素，正儿八经。还有黄叔度、李元纪、陈季方、竹林七贤、曹操、王修等等这些人，个个不凡，就连妇女、小孩也不甘示弱，故事层出不穷，妙语接连不断，短小精悍的叙述中蕴藏无限的智慧和感动……

所谓"佳事佳话"，所谓"不言之妙"，所谓"暑假之良伴侣""高简瑰奇""清趣自悠"，这些妙趣横生的文辞真正诠释了这本妙趣横生的书。在竞争残酷、生存压力巨大的今天，找回这种隐藏于内心的原始的开心是多么难得和不易啊！而这正是那个时代、那批人、那些事所能带给我们的简单和快乐，也正是魏晋风流千古流传、令人神往的原因。当你在众多的大家经典中找到它的身影时，先不忙惊讶，细细斟酌它的故事吧。

本书按内容规整，划分为德行、言语、政事、文学、方正、雅量、识鉴、赏誉、品藻、规箴、捷悟等三十六门，原书重点放在前面的德行、言语、政事、文学、方正等方面，用意在于突出魏晋那个时代浓郁的政治氛围和人文色彩。本次精选的《世说新语》，除了依旧保持原书的浓郁时代氛围和人文色彩外，更突出了它欣赏的趣味性和对日常生活的启发性，德行、言语、政事、文学、方正在书中的地位和价值仍然清晰体现，同时品藻、贤媛、任诞、排调、假谲的丰富和精彩得到了彰显，轻松的基调增强了，读者可以很惬意地进行阅读，体会阅读的快乐。

总体而言，本书在编排上具有以下特点：一、将生僻字词、古今异读字词的正确读音加以标示。语言、文字最能体现时代的环境特征和当时人们的思维方式，给文中的生僻字和异体字注音，目的是通过声音带动、引发从文字到语言的转化契机，帮助读者更好地进入文中的故事情节，获得更多的细节品味和思考空间。

二、每个故事后面都根据需要，对影响阅读的地方进行了详细的注解和说明。注解和说明的内容是与我们的时代有距离的东西，像古时的街巷叫“闾”，古时的官署叫“廨”，获罪叫“罹罪”，鼓掌欢呼称为“抃”，以及文中涉及的当时的官职名称、人物名称、风俗习惯等，这些注解和说明能极大地增进读者对那个时代的感应和认同。

三、用简洁得体的现代白话文翻译原文。故事读完后，读者已经对它们有了大体上的认识，但还有疑问，还不够全面，原文翻译除了能直白地检验阅读质量外，更重要的是使读者获得完整的故事结构和总体的故事把握，有利于读者透彻地理解故事中所蕴含的道理。

四、全书随文配有百余幅精美版画、插图。版画、插图的作用是帮助读者调节阅读节奏，同时加深对相关故事的理解。图文相互配合，能使阅读流畅，自由舒适。

试问“故事”从哪里来？人的一言一行，一举一动就是故事。如果说《世说新语》一书给了我们重要启示的话，不知道它所讲述的故事是否在某个时候、某个地方正唤醒着读者您的言行举止呢？

目 录

德行第一

一

陈仲举言为士则①，行为世范，登车揽辔(pèi)②，有澄清天下之志。为豫章太守③，至，便问徐孺子④所在，欲先看之。主簿白⑤：“群情欲府君先入廨(xiè)⑥。”陈曰：“武王式商容之闾(lú)⑦，席不暇(xiá)暖。吾之礼贤，有何不可！”

［注释］

①陈仲举：名蕃，字仲举，东汉桓帝末年任太尉。士：士子，读书人。则：准则，标准。②登车揽辔：坐上车子，拿起缰绳。这里指走马上任。揽，拿，提。辔，套马的缰绳。③豫章：豫章郡，郡的首府在南昌（今江西省南昌县）。太守：汉代的行政单位郡的长官。④徐孺子：名稚，字孺子，东汉豫章南昌人，是当时的名士、隐士，为人高洁。⑤主簿：主管文书工作的官员，是属官之首。白：报告，禀报。⑥府君：对太守的敬称。太守办公的地方称府，所以称太守为府君。廨：官府，官员办公地点。⑦式商容之闾：在商容居住的里巷门外树立标志来表彰他。式，通“轼”，以手抚轼，为古人表示敬意的一种礼节。商容，商纣时的贤臣。闾，指弄堂，里巷。

［译文］

陈仲举的言谈是读书人的准则，行为是社会上的典范，他初次做官，就有肃清国家混乱局面的志向。（陈仲举）出任豫章太守的时候，刚到任，就探问徐孺子住在什么地方，打算先去拜访他。主簿禀告说：“大家的意见是希望您先进官府。”陈仲举说：“周武王统一天下后，连坐暖垫席的时间都没有，就先登门拜访商代贤臣商容。我敬重贤人，有什么不可以呢！”

二

周子居①常云：“吾时月不见黄叔度②，则鄙吝③之心已复生矣！”

［注释］

①周子居：名乘，字子居，东汉汝南安城（今河南正阳东北）人。②黄叔度：名宪，字叔度，东汉汝南慎阳（今河南正阳北）人。以德行著称。③鄙吝：粗鄙，吝啬。

[译文]

周子居常常说："我只要几个月没有见到黄叔度，粗鄙吝啬的念头就又滋生了！"

三

郭林宗①至汝南，造袁奉高②，车不停轨③，鸾不辍轭（è）④；诣黄叔度，乃弥日信宿⑤。人问其故，林宗曰："叔度汪汪如万顷之陂（bēi）⑥，澄之不清，扰之不浊，其器⑦深广，难测量也！"

[注释]

①郭林宗：名泰，字林宗，东汉太原介休（今属山西）人，博学有德。②造：到……去，造访。袁奉高：名阆，字奉高，与黄叔度同为东汉汝南慎阳（今河南正阳北）人，曾为汝南郡功曹，后为太尉属官。③轨：车轴的两头，这里指车轮。④鸾：装饰在车上的铃铛，这里指车子。轭：架在牲口脖子上的曲木。⑤弥日：终日，整天。信宿：连宿两夜。⑥汪汪：形容水面宽广。陂：池塘。⑦器：气量。

[译文]

郭林宗到汝南郡，拜访袁奉高，只停留一会儿就走了；拜会黄叔度，却住了一天两夜。有人打听其中的缘故，郭林宗说道："叔度的学问就像汪洋万顷的池塘，澄它它不清，搅它它不浑，器量深邃宽阔，难以探测啊！"

四

李元礼风格秀整①，高自标持②，欲以天下名教③是非为己任。后进之士有升其堂④者，皆以为登龙门⑤。

[注释]

①李元礼：名膺，字元礼，东汉人，曾任司隶校尉。风格秀整：风度出众，品质端庄。②高自标持：自视甚高，很自负。③名教：以儒家所主张的正名定分为准则的礼教。④升其堂：登上他的厅堂，指有机会接受教诲。⑤龙门：在山西省河津市西北，那里水位落差很大，传说鲤鱼不能逆水而上，有逆游上去的，就会变成龙。

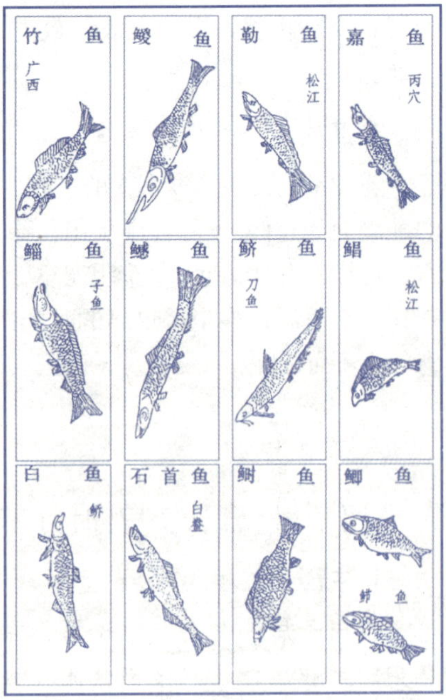

鱼

传说鲤鱼跃过龙门会变成龙。

[译文]

李元礼风度高雅，学识严谨，自视甚高，想把评定天下名教和功过是非作为自己的责任。后辈读书人能够进入他的厅堂的，都认为是登上了龙门。

五

李元礼尝叹荀淑、钟皓[①]，曰："荀君清识难尚[②]，钟君至德可师。"

[注释]

①荀淑：字季和，东汉颍川郡（今河南许昌）人，曾任朗陵侯相，又称荀朗陵。他和钟皓（字季明）两人都以清高有德名重当时。②尚：超出，超越。

[译文]

李元礼曾经称赞荀淑和钟皓说："荀君远见卓识，难以超过；钟君品德高尚，可为良师。"

六

陈太丘[①]诣荀朗陵，贫俭无仆役，乃使元方[②]将车，季方[③]持杖后从，长文[④]尚小，载著车中。既至，荀使叔慈应门[⑤]，慈明[⑥]行酒，余六龙下食[⑦]，文若[⑧]亦小，坐著膝前[⑨]。于时，太史[⑩]奏："真人东行[⑪]。"

[注释]

①陈太丘：名寔，字仲弓，曾任太丘长，所以称陈太丘。古代常以官名称人。②元方：陈寔的长子，名纪，字元方。③季方：陈寔的六子，名谌，字季方。父子三人才德兼备，知名于时。当时并称为"三君"。④长文：陈寔的孙子陈群。⑤叔慈：荀靖，字叔慈，荀淑第三子。应门：照管门户，指开门迎送宾客等事，这里指迎接。⑥慈明：荀爽，字慈明，荀淑第六子。⑦六龙：荀淑有八个儿子，号称八龙，六龙是指叔慈、慈明外的其余六个儿子。下食：上菜。⑧文若：荀淑的孙子荀彧。⑨膝前：膝上。"前"是泛向性的，没有确定的方位意义。⑩太史：官名，主要掌管国家典籍、天文历法等。⑪真人：修真得道的人，此指德行最为高洁的人。关于"真人东行"一语，余嘉锡氏以为："此盖好事者为之，本无可信之理。据《汉杂事》所载，殆叶人钦重太丘名德，造作此言，与荀氏无与焉。"

[译文]

太丘长陈寔去拜访朗陵侯相荀淑，由于家境贫寒，没有仆从，就叫大儿子元方驾车，叫小儿子季方拿着手杖跟随在后面，孙子长文年纪还小，坐在车中。到了荀家，荀淑叫第三子叔慈在门口接待，第六子慈明斟酒劝饮，其余六个儿子端菜送饭，孙子文若年纪也还小，就坐在荀淑膝前。这时，掌管天文的太史上奏朝廷说："有才能的贤人往东方去了。"

七

客有问陈季方："足下家君太丘有何功德而荷（hè）①天下重名？"季方曰："吾家君譬如桂树生泰山之阿（ē）②，上有万仞（rèn）③之高，下有不测之深；上为甘露所沾，下为渊④泉所润。当斯之时，桂树焉知泰山之高、渊泉之深？不知有功德与无也！"

流泉

泰山有多高，渊泉有多深？陈季方认为自己没有办法来评论、衡量自己父亲的功德。

[注释]

①家君：对他人称自己的父亲。荷：承担，肩负。②阿：山角的拐弯处。③仞：古代的计量单位，一仞相当于现在的七尺或八尺。④渊：深深的。

[译文]

有位客人问陈季方："令尊太丘长有些什么功业和德行，能在社会上享有如此崇高的声誉呢？"陈季方回答道："我父亲好比桂树生长在泰山的山弯里，上有万丈高峰，下有不可测量的深渊；上受雨露浇灌，下得深泉滋润。在这种情况下，桂树怎么知道泰山有多高、渊泉有多深呢？所以我不知道他老人家究竟是有功德还是没有功德啊！"

八

陈元方子长文有英才，与季方子孝先，各论其父功德，争之不能决。咨①于太丘，太丘曰："元方难为兄，季方难为弟②。"

[注释]

①咨：咨询，求证。②元方难为兄，季方难为弟：这里指两人功德相当，难分高下。

[译文]

陈元方的儿子陈长文有卓越的才能，他和陈季方的儿子陈孝先各自夸耀自己父亲的功业与德行，彼此争执不下。于是就去请教祖父陈寔，陈寔说："元方和季方的功德相当，很难分出高下啊！"

九

荀巨伯[①]远看友人疾，值胡[②]贼攻郡，友人语[③]巨伯曰："吾今死矣，子[④]可去！"巨伯曰："远来相视，子令吾去，败义[⑤]以求生，岂荀巨伯所行邪？"贼既至，谓巨伯曰："大军至，一郡尽空，汝何男子，而敢独止？"巨伯曰："友人有疾，不忍委[⑥]之，宁以我身代友人命。"贼相谓曰："我辈无义之人，而入有义之国。"遂班军[⑦]而还，一郡并获全[⑧]。

[注释]

①荀巨伯：东汉人，因重视友谊而闻名。②值：正当，恰逢。胡：我国古代统称西北少数民族为胡。秦汉时指的是匈奴。③语：对……说。④子：您，对对方的尊称。⑤败：败坏，毁损。义：道德，仁义。⑥委：抛下，离开。⑦班军：调动军队。⑧获全：得到保全。

[译文]

荀巨伯远道去探望生病的朋友，恰好碰上外族敌寇攻打郡城，朋友对荀巨伯说："我现在快要死了，您还是走吧！"荀巨伯道："我远道来看望您，您却叫我离开，败坏道义来求得生存，难道是我荀巨伯干的事吗？"敌寇到了以后，对荀巨伯说："大军一到，全城的人都跑光了，你是何方壮士，竟敢一个人留下？"荀巨伯回答道："朋友有病，我不忍心抛下他，宁愿用我自身来换他的性命。"敌寇听了互相议论道："我们这些不讲道义的人，却侵入了有道义的国家。"于是撤军回去，整个郡城也因此而保全。

十

华歆遇子弟甚整[①]，虽闲室[②]之内，严若朝典[③]；陈元方兄弟恣(zì)柔爱[④]之道。而二门[⑤]之里，两不失雍(yōng)熙之轨[⑥]焉。

[注释]

①华歆：字子鱼，东汉平原高堂（今山东省禹城市）人，汉桓帝时为尚书令，入魏后官至太尉。遇：对待。整：严厉，严格。②闲室：居室，这里指闲处在家里。③朝典：朝廷的庆典、典礼。④恣：放任，听凭。柔爱：团结，友好。⑤二门：指华歆和陈元方两家。⑥雍熙：和睦，美满。轨：轨迹，规则。

[译文]

华歆对待后辈非常严格，即使闲暇在家里，礼仪也和在朝廷庆典上一样庄严肃穆；陈元方兄弟之间则无拘无束团结友爱。但是这两个家族中，都没有失掉和谐安乐的治家准则。

十一

管宁[①]、华歆共园中锄菜，见地有片金，管挥锄与瓦石不异[②]，华捉而掷[③]去之。又尝同席[④]读书，有乘轩冕(miǎn)[⑤]过门者，宁读如故，歆废[⑥]书出看。宁割席分坐，曰："子非吾友也！"

[注释]

①管宁：字幼安，东汉北海朱虚（今山东临朐县）人。②不异：没有差别。③捉：拿起。掷：扔掉，抛弃。④席：席子，古人席地而坐。⑤轩冕：指达官显贵。轩，指高级别官员乘坐的车子。冕，大夫以上的贵族戴的礼帽。⑥废：丢下，放掉。

[译文]

管宁和华歆一起在园子里锄地种菜，看见地上有一小片金子，管宁挥动锄头，跟锄去瓦块石头一样对金子视而不见，华歆却把它捡起来再扔出去。又有一次，两人一起坐在一张垫席上读书，有达官显宦乘坐高车大马从门前经过，管宁照旧读书，华歆却抛开书本出去观看。管宁割断垫席，分开座位，说道："你不是我的朋友！"

十二

王朗每以识度[①]推华歆。歆蜡(zhà)日，尝集子侄燕饮[②]，王亦学之。有人向张华[③]说此事，张曰："王之学华，皆是形骸之外[④]，去[⑤]之所以更远。"

祭祀图

蜡是古代一种年终祭祀，在农历十二月合祭万物之神。图中表现了古人进行祭祀的场面。

[注释]

①王朗：字景兴，汉末为会稽太守，入魏后官至司徒。识度：见识，风度。②蜡：祭祀名，古代一种年终祭祀，在

农历十二月合祭万物之神。燕：通“宴”，宴饮。③张华：字茂先。以博洽著称。④形骸之外：指身体表面的东西。⑤去：离开，距离。

[译文]

王朗常常在见识和气度方面推崇华歆。华歆曾经在年终大祭那一天，把子侄聚集在一起宴饮，王朗也仿效着那样做。有人向张华谈到这件事，张华说道：“王朗学华歆，都是学的表面的东西，因此距离华歆越来越远。”

十三

华歆、王朗俱乘船避难[①]，有一人欲依附，歆辄难[②]之。朗曰：“幸尚宽，何为不可？”后贼追至，王欲舍所携人。歆曰：“本所以疑[③]，正为此耳。既已纳其自托[④]，宁(nìng)[⑤]可以急相弃邪？”遂携拯[⑥]如初。世以此定华、王之优劣。

[注释]

①避难：这里指躲开汉魏之交的动乱。②辄：立刻，就。难：为难。③疑：犹疑，困窘。④纳其自托：接纳他的托付，指同意让他搭船。⑤宁：难道，非要。⑥拯：救护，帮助。

[译文]

华歆、王朗一道乘船避难，有一个人想搭他们的船，华歆当即表示为难。王朗说道：“正好船还宽敞，有什么不可以呢？”后来贼兵追上来了，王朗想抛弃所带的那个人。华歆说道：“先前我犹豫不决，正是为了这一点。既然已经接受了他的请托，怎么可以因为情况紧迫就抛弃他呢？”于是和最初一样携带救助了那个人。社会上便根据这件事来评定华歆、王朗两人的品德高下。

十四

王祥事后母朱夫人甚谨[①]。家有一李树，结子殊好[②]，母恒使守[③]之。时[④]风雨忽至，祥抱树而泣。祥尝在别床眠，母自往暗斫(zhuó)[⑤]之。值祥私[⑥]起，空斫得被。既还，知母憾之不已，因跪前请死。母于是感悟，爱之如己子。

[注释]

①王祥：字休徵，魏晋时人，是个有名的孝子。事：侍奉，伺候。谨：小心，恭敬。②殊：特别，非常。好：饱满，美好。③恒：时常，不断。守：守候，保护。

这里指防止风雨吹打，鸟雀啄食。④时：有一天。⑤斫：砍，杀害。⑥私：小便，解手。

［译文］

王祥侍奉后母朱夫人非常恭敬小心。家中有一株李树，结的李子特别好，后母命令他一直守护。有一次风雨忽然来临，王祥就抱着李树哭泣。王祥曾经在另一张床上睡觉，后母暗中拿刀去杀他。恰好碰上王祥解手去了，后母只砍着被子。王祥回来以后，知道后母为这件事遗憾不已，便跪在后母面前请求处死自己。后母因此深受感动而醒悟过来，从此如同对自己的亲生儿子一般疼爱他。

十五

晋文王称阮嗣宗至慎①，每与之言②，言皆玄远③，未尝臧否(zāng pǐ)④人物。

［注释］

①晋文王：司马昭，字子上，司马懿次子。阮嗣宗：阮籍，字嗣宗，竹林七贤之一。在司马昭辅政时，阮籍任大将军从事中郎、步兵校尉，世称阮步兵。擅诗文。在魏晋易代之际的险恶环境中，以醉酒的方式、“至慎”的态度得以免祸全身。至慎：非常小心，谨慎。②言：交谈，谈话。③玄远：深奥，精妙。④臧否：赞扬或贬斥。

［译文］

晋文王司马昭说阮嗣宗言谈最谨慎，每次和他谈话，其言辞都非常玄妙深远，从来不褒贬他人。

十六

王戎云：“与嵇(jī)康居二十年①，未尝见其喜愠(yùn)②之色。”

［注释］

①王戎：字濬冲，竹林七贤之一。嵇康：字叔夜，曾任魏朝中散大夫，世称嵇中散，亦为竹林七贤之一。②喜愠：高兴或恼怒。

［译文］

王戎说：“我和嵇康相处二十年，从来没有看见他有喜、怒的神色。”

十七

王戎、和峤(qiáo)同时遭大丧①，俱以孝称。王鸡骨支床②，和哭泣备礼。武帝谓刘仲雄③曰：“卿数省(shuò xǐng)王、和不(fǒu)④？闻和哀苦过礼⑤，使人忧之。”

仲雄曰："和峤虽备礼，神气不损；王戎虽不备礼，而哀毁骨立⑥。臣以和峤生孝⑦，王戎死孝⑧。陛下不应忧峤，而应忧戎。"

[注释]

①和峤：字长舆，曾任中书令、尚书。大丧：父母过世，这里指母亲去世。②鸡骨支床：指骨瘦如柴，支离床席。③武帝：晋武帝司马炎，司马懿的孙子，代魏自立为晋。刘仲雄：名毅，字仲雄，曾任司隶校尉、尚书左仆射。④卿：古时君对臣的称呼。数：多次。省：探望。不：同"否"。⑤过礼：超过礼数的要求，这里指悲哀过度。⑥哀毁骨立：悲哀把身体摧残得瘦弱不堪，只剩个骨架立着。⑦生孝：尽到孝道并保存身体。⑧死孝：孝行过度以致损伤身体。

[译文]

王戎、和峤同时遭遇母亲死亡，两人都因为竭尽孝道受到赞扬。王戎骨瘦如柴，不拘礼法，靠在床上；和峤哀痛哭泣，礼仪周到。晋武帝司马炎对刘仲雄说道："你经常去探望王戎与和峤吗？听说和峤悲哀痛苦超过了礼法限度，真令人担忧。"刘仲雄道："和峤虽然礼仪周全，但是元气没有亏损；王戎虽然礼仪不周，却悲伤得骨瘦如柴。臣认为和峤是尽了活人应尽的礼数，王戎是表达对死者由衷的思念之情。陛下不应该为和峤担忧，而应该为王戎担忧。"

十八

梁王、赵王①，国之近属②，贵重当时。裴令公岁请二国③租钱数百万，以恤中表④之贫者。或⑤讥之曰："何以乞物行惠？"裴曰："损有余，补不足，天之道⑥也。"

[注释]

①梁王：司马肜，司马懿之子，晋武帝时封梁王。赵王：司马伦，司马懿之子，晋武帝时封赵王。②近属：亲近的家属。③裴令公：裴楷，字叔则，官至中书令，尊称为裴令公。请：请求，奏请。二国：指梁王、赵王两王的封地。国，是侯王的封地。④恤：救助，补贴。中表：指中表亲，跟祖父、父亲的姐妹的子女和祖母、母亲的兄弟姐妹的子女之间的亲戚关系。⑤或：有人。⑥天之道：上天的规矩、道理。

[译文]

梁王司马肜和赵王司马伦都是皇帝的近亲，位尊权重，盛极一时。中书令裴楷请求这两个封国每年拨出几百万租税钱，来救济贫穷的亲戚。有人讥笑他说："为什么向人乞讨钱财来施行恩惠？"裴楷说道："减损有余，补救不足，这是天道。"

十九

王戎云："太保居在正始[①]中，不在能言之流[②]。及与之言，理中(zhòng)清远[③]，将无以德掩[④]其言！"

[注释]

①太保：指孝子王祥。王祥曾任太保之职，这里以官名代人名。居：生活。正始：三国时魏帝曹芳的年号。②能言：指能清谈。魏晋时士大夫崇尚清谈，主张不务实际，专谈玄理，这形成了一种风气。流：遵从某种倾向的人。③理中：道理中肯、确切。清远：清新高远。④将无：恐怕，难不成，用疑问语气表示肯定。掩：埋没，遮掩。

江山寂寥

王祥不属于擅长清谈那一类人。等到和他谈论，却发现他的道理中肯，如图中江山，清新高远。

[译文]

王戎说："太保王祥生活在正始年间，不属于擅长清谈那一类人。等到和他谈论，却发现他的道理中肯，清新高远，是他崇高的德行掩盖了他的口才吧！"

二十

王安丰遭艰[①]，至性[②]过人。裴令往吊之[③]，曰："若使一恸(tòng)[④]果能伤人，濬冲必不免灭性之讥[⑤]。"

[注释]

①王安丰：即王戎，曾封安丰县侯，人称王安丰。艰：父母去世。②至性：纯真的天性。③吊：哀悼，慰问。④一恸：极度悲伤。"一"用在"恸"前，表示哀伤程度深切。⑤灭性：指因为哀伤过度而毁灭性命。讥：指责，责难。《孝经·丧亲》云："毁不灭性，此圣人之政也。"也就是说圣人教诲不允许因为哀伤过度而丧命。

[译文]

王濬冲（戎）居丧，孝亲之情，超过常人。中书令裴楷前往吊唁，说道："如果极度的悲伤真能损伤人的话，那么濬冲免不了要受到违背圣人教诲的指责了。"

二十一

王戎父浑有令名[①]，官至凉州刺史[②]。浑薨(hōng)[③]，所历九郡义故[④]，怀[⑤]其德惠，相率致赙(fù)[⑥]数百万，戎悉不受。

[注释]

①令名：美好的名声。②刺史：晋代地方行政区州的最高长官。③薨：古代王侯死叫作薨。④所历：所管辖。义故：义从和故吏。指自愿受私人招募从军的官佐和旧部下。⑤怀：感激，怀念。⑥相率：相继，相随。致：奉送，赠予。赙：指财物等丧礼。

[译文]

王戎的父亲王浑有很好的名声，官做到凉州刺史。王浑死后，他在各州郡的义从故旧，怀念他的恩德，彼此相随，送去几百万钱资助办丧事，王戎一概不收。

二十二

刘道真尝为徒[①]，扶风王骏以五百匹布赎[②]之，既而用为从事中郎[③]。当时以为美事。

[注释]

①刘道真：名宝，字道真。徒：刑徒，服役的犯人。②扶风王骏：司马懿的儿子司马骏，被封为扶风王。赎：用财物来抵销罪过，解除刑罚。③既而：随后，不久。从事中郎：官名，主管文书、谋划。

[译文]

刘道真曾经是一个因罪服劳役的人，扶风王司马骏用五百匹布把他赎了出来，不久又任用他做从事中郎。当时人们都认为这是一件值得称颂的好事。

二十三

王平子、胡毋彦国[①]诸人，皆以任放[②]为达，或[③]有裸体者。乐广[④]笑曰："名教[⑤]中自有乐地，何为乃尔也？"

[注释]

①王平子：王澄，字平子，曾任荆州刺史。胡毋彦国：姓胡毋，名辅之，字彦国，曾任湘州刺史。②任放：任性、疏放，指行为放纵，不受约束。③或：有时。④乐广：字彦辅，历任河南尹、尚书令，名望很高，说话得体，能宽恕人。⑤名教：儒家教导，礼教。

[译文]

王平子、胡毋彦国等人，都以行为放纵、不拘礼法为通达，有时还有赤身露体的。乐广笑着说："名教中自有使人快乐的境地，何必偏要这样做呢？"

二十四

郗(xī)公值永嘉丧乱①，在乡里甚穷馁(něi)②。乡人以公名德，传共饴(sì)③之。公常携兄子迈及外生④周翼二小儿往食，乡人曰："各自饥困，以君之贤，欲共济君耳，恐不能兼有所存。"公于是独往食，辄含饭著两颊边，还，吐与二儿。后并得存，同过江⑤。郗公亡，翼为剡(shàn)县⑥，解职归，席苫(shān)于公灵床⑦头，心丧⑧终三年。

[注释]

①郗公：郗鉴，字道徽，以儒雅著称。永嘉丧乱：晋怀帝永嘉年间（307—313），正当八王之乱以后，政治腐败，民不聊生。至永嘉五年（311），在山西称帝的匈奴刘渊之子刘聪（国号汉）遣手下将领石勒、刘曜俘杀宰相王衍，攻破洛阳，俘怀帝，焚毁全城，史称永嘉之乱。②穷：生活陷入困境。馁：饥饿。③传：轮流。饴：通"饲"，给人吃。④外生：外甥。⑤过江：指渡过长江到江南。永嘉之乱中，中原人士纷纷过江避难，后来镇守建康的琅琊王司马睿在江南即帝位，开始了东晋时代。⑥为剡县：指做剡县县令。剡县，古属会稽郡（今浙江嵊州市）。⑦席苫：坐、卧在草垫子上。灵床：安放死者灵柩的地方。⑧心丧：泛指无服或释服后的深切悼念，有如守丧。

[译文]

在晋怀帝永嘉之乱时期，郗鉴住在家乡，非常贫困，经常挨饿。乡亲们因为他德高望重，便轮流拿食物给他吃。郗鉴常常携带哥哥的儿子郗迈和外甥周翼两个小孩去吃饭，乡亲们说："各家也穷困饥饿，只是因为您的德行才能都好，想合伙周济您罢了，恐怕不能够都得到帮助。"郗鉴于是一个人单独去进食，吃完以后总是在两个腮帮里含满了饭，回来后，吐给两个小孩吃。后来他们都存活下来，一同到了江南。郗鉴逝世时，周翼做剡县县令，辞职回去，在郗鉴灵前的草垫上坐卧守孝，心中悼念足足三年。

二十五

顾荣①在洛阳，尝应人请，觉行炙人有欲炙②之色，因辍己施③焉。同坐嗤(chī)④之。荣曰："岂有终日执之而不知其味者乎？"后遭乱渡江，每经危急，常有一人左右⑤己。问其所以⑥，乃受炙人也。

[注释]

①顾荣：字彦先。吴郡吴（今江苏苏州）人。其家为大姓，祖父顾雍为吴丞相。顾荣在吴官黄门侍郎。入晋，历官尚书郎、太子舍人、廷尉正等。②行炙人：端菜的仆人。炙，烤肉。欲炙：想吃肉。③因：因而，就。辍己：停下来不吃。施：让与，赠送。④嗤：嘲笑。⑤左右：身边的人，这里用作动词，指身边的人帮助自己。⑥所以：缘故。

[译文]

顾荣在洛阳的时候，曾经接受友人的宴请，发现分送烤肉的人有想吃烤肉的神态，便让出自己那一份送给他。同座的人讥笑顾荣。顾荣说："哪有成天端着烤肉而不知道它滋味的人呢？"后来遭逢战乱，顾荣过江避难，每遇危急，常常有一个人在身边帮助自己。问他是什么原因，原来他就是接受烤肉的那个人。

二十六

祖光禄[①]少孤贫，性至孝，常自为母炊爨(cuàn)[②]作食。王平北[③]闻其佳名，以两婢饷[④]之，因取为中郎[⑤]。有人戏之者曰："奴价倍婢。"祖云："百里奚(xī)[⑥]亦何必轻于五羖(gǔ)[⑦]之皮邪！"

[注释]

①祖光禄：祖纳，字士言，东晋时任光禄大夫。②炊爨：生火烧饭。③王平北：王乂（yì），字叔元，曾任平北将军。④饷：赠送，赐予。⑤取：录用，任命。中郎：近侍之官，担任护卫、侍从，所以下文戏称中郎为奴。⑥百里奚：春秋时期著名政治家、思想家。⑦羖：黑色的公羊。

[译文]

光禄大夫祖纳小时死了父亲，家境贫寒，他生性非常孝顺，常常亲自给母亲烧火做饭。平北将军王乂听说他的名声很好，就把两名婢女送给他，并任用他做中郎。有人跟他开玩笑道："奴仆的身价比婢女的身价高一倍。"祖纳说道："人们并没有因为百里奚只值五张羊皮而轻视他啊！"

百里奚

据《史记·秦本纪》载，百里奚为春秋时虞国大夫，晋国灭虞国时俘虏了他。他逃跑后，被楚国人抓住为奴，秦穆公听说他有才德，就用五张羊皮赎出他，授以国政，号为五羖大夫。

二十七

周镇罢临川郡还都[①]，未及上，住泊青溪渚（zhǔ）[②]。王丞相[③]往看之。时夏月，暴雨卒（cù）[④]至，舫（fǎng）[⑤]至狭小，而又大漏，殆（dài）[⑥]无复坐处。王曰："胡威[⑦]之清，何以过此！"即启用为吴兴郡。

[注释]

①周镇：字康时，东晋人。清净寡欲，有政绩。罢：罢免。都：指东晋都城建康。②住泊：停泊。青溪渚：地名，临近建康。③王丞相：王导，字茂弘，辅助晋元帝经营江左，任扬州刺史、录尚书事，后任丞相。④卒：通"猝"，突然，临时变故。⑤舫：船。⑥殆：几乎，差不多。⑦胡威：字伯武，为官清廉。

[译文]

周镇被免去临川郡太守职位，回到京都，没有来得及上岸，船还停泊在青溪渚。丞相王导前去探望他。那时正是夏天，暴雨突然来到，船非常狭小，而且顶篷又漏雨，漏得很厉害，船内几乎没有可以坐的地方。王导说道："胡威的清廉，哪里能超过这种情况！"立即启奏任用他为吴兴郡太守。

二十八

邓攸始避难[①]，于道中弃己子，全弟子。既过江，取一妾，甚宠爱。历年后，讯其所由[②]，妾具说[③]是北人遭乱，忆父母姓名，乃攸之甥也。攸素有德业[④]，言行无玷（diàn）[⑤]，闻之哀恨终身，遂不复畜妾。

[注释]

①邓攸：字伯道。以克尽孝道著称。曾任吴郡太守。难：指永嘉之乱。②讯其所由：询问身世由来。③具说：陈述，述说。④德业：德行和事业。⑤玷：污点，过失。

[译文]

邓攸当初躲避永嘉之乱，在半路上舍弃了自己的儿子，保全了弟弟的儿子。过了长江以后，邓攸娶了一个妾，非常宠爱她。多年以后，邓攸询问她的来历，妾详细诉说自己是北方人，并回忆父母姓名，竟然是邓攸的外甥女。邓攸向来品德高尚，事业有成，言语行为从来没有污点，听了这件事，悲伤悔恨了一辈子，于是不再纳妾。

二十九

王长豫[①]为人谨顺，事亲尽色养[②]之孝。丞相见长豫辄喜，见敬豫辄嗔[③]。长豫与丞相语，恒以慎密为端[④]。丞相还台[⑤]，及行，未尝不送至车后。恒与曹夫人并当(dàng)箱箧(qiè)[⑥]。长豫亡后，丞相还台，登车后，哭至台门；曹夫人作簏(lù)[⑦]，封而不忍开。

[注释]

①王长豫：王悦，字长豫，王导长子，名望很高，得到王导的偏爱。②色养：指让父母喜言悦色。③敬豫：王恬，字敬豫，王导次子，放纵好武不拘礼法。嗔：责怪，不高兴。④恒：一贯，通常。端：关键，重要。⑤台：中央机关，这里指尚书省。王导当时录尚书事。⑥曹夫人：王导的妻子，姓曹。并当：也作屏当，指整理、收拾。箧：小箱子。⑦簏：竹箱子。

[译文]

王长豫（悦）做人谨慎，侍奉双亲能够尽力让他们高兴。丞相王导看见大儿子长豫就高兴，看见二儿子敬豫（恬）就生气。长豫和王导谈话时，总是把谨慎细密摆在第一位。王导返回尚书省，临走时他总要把王导送上车。他还常常和母亲曹夫人一起收拾箱笼衣物。长豫死后，王导到尚书省去，上车后，一路哭到官署门口；曹夫人整理竹箱，把长豫用过的东西封存起来，不忍心再打开。

三十

桓常侍闻人道深公[①]者，辄曰："此公既有宿名[②]，加先达知称[③]，又与先人至交，不宜说之。"

[注释]

①桓常侍：桓彝，字茂伦，曾任散骑常侍。常侍是在皇帝左右以备顾问的官。深公：竺道潜，字法深，当时知名的高僧。②宿名：名望已经流传很久。③先达：前辈贤达。知称：知晓，称赞。

[译文]

散骑常侍桓彝听见有人议论高僧竺法深，便说道："此公素来有名望，加上前辈贤达都了解和赞扬他，又和先父是最好的朋友，你们不应该随便议论他。"

三十一

庾(yǔ)公乘马有的(dì)卢[①]，或语令卖去。庾云："卖之必有买者，即复害其主。宁可不安己[②]而移于他人哉？昔孙叔敖[③]杀两头蛇以为后人，古之美谈。效之，不亦达乎？"

[注释]

①庾公：庾亮，字元规，曾任征西大将军、荆州刺史。的卢：马名，马额白色，按迷信说法，这是凶马，会给主人带来灾祸。②不安己：不让自己安稳，不对自己有利。③孙叔敖：春秋时期楚国的令尹，辅助楚庄王成就霸业。

[译文]

庾亮乘坐的马中有一匹叫的卢的凶马，有人劝他卖掉。庾亮说："卖它，必定有买它的人，那就要危害那个新的买主，怎么可以因为不利于自己就把灾祸转嫁给别人呢？春秋时代的孙叔敖杀死两头蛇是为了以后的人们不再看到它，这件事成为古人津津乐道的好事。我仿效他（不卖凶马去害人），不是也合乎情理吗？"

孙叔敖

据贾谊《新书》载，孙叔敖小时候在路上看见一条两头蛇，回家哭着对母亲说："听说看见两头蛇的人一定会死，我今天竟看见了。"母亲问他蛇在哪里，孙叔敖说："我怕后面的人再见到它，就把它打死埋掉了。"他母亲说："你心肠好，一定会好心得好报，不用担心。"这件事成为古人津津乐道的好事。

三十二

阮光禄①在剡(shàn)，曾有好车，借者无不皆给。有人葬母，意欲借而不敢言。阮后闻之，叹曰："吾有车而使人不敢借，何以车为②？"遂焚之。

[注释]

①阮光禄：阮裕，字思旷，曾任东阳太守，后被召为金紫光禄大夫，不就任，隐居剡山。以德业著称。②何以车为：要车子做什么？"何以……为"在文言文中表示反问。

[译文]

光禄大夫阮裕在剡县的时候，曾经有过一辆很好的车子，凡是有人来借车，没有不借的。有一个人要安葬母亲，想借车，可是不敢开口。阮裕后来听说了这件事，叹息道："我有车可是叫别人不敢来借，还要车子做什么用呢？"于是把车子烧掉了。

三十三

谢奕作剡令①，有一老翁犯法，谢以醇酒②罚之，乃至过醉而犹未已。太傅③时年七八岁，著青布绔(kù)④，在兄膝边坐，谏(jiàn)曰："阿兄，老翁可念[⑤]，何可作此！”奕于是改容[⑥]曰：“阿奴[⑦]欲放去邪？”遂遣之。

[注释]

①谢奕：字无奕。谢安兄，谢玄父。历官剡令、豫州刺史。令：指县令，县的行政长官。②醇酒：烈酒。③太傅：官名，这里指谢奕的弟弟谢安，字安石。以功拜太保，死后追赠太傅。④绔：同“裤”，裤子。⑤谏：劝导。念：怜悯，同情。⑥容：神情，脸色。⑦阿奴：俗语，当时人对亲近者的昵称。

[译文]

谢奕做剡县县令的时候，有一个老翁犯了法，谢奕就用烈酒灌他作为处罚，以致醉得很厉害了还不让他停止。谢安当时只有七八岁，穿着靛青色的布裤坐在哥哥膝旁，劝告说：“哥哥，老翁多么可怜啊，怎么可以这样做呢！”谢奕的脸色立刻缓和下来，说道：“阿奴，你想把他放走吗？”便把老翁打发走了。

三十四

谢太傅绝重褚(chǔ)公[①]，常[②]称：“褚季野虽不言，而四时之气[③]亦备。”

[注释]

①谢太傅：指谢安。绝重：特别推崇，看重。褚公：指褚裒，字季野，曾任兖州刺史，死后赠太傅。②常：通“尝”，曾经。③气：天气，指冷、热、风、雨、阴、晴等自然现象。

[译文]

太傅谢安非常敬重褚季野（裒），曾经称扬他说：“褚季野虽然口里不说，但是心中的喜怒哀乐就如同春夏秋冬，冷暖阴晴全都明白。”

三十五

刘尹在郡[①]，临终绵惙(chuò)[②]，闻阁下祠神鼓舞[③]，正色曰：“莫得淫祀[④]！”外请杀车中牛[⑤]祭神，真长答曰：“‘丘之祷久矣’[⑥]，勿复为烦。”

[注释]

①刘尹：刘惔，字真长。汉室之裔，明帝女婿。善清谈，好老庄，与王羲之相友善，为王导所器重。在郡：任丹阳郡尹。②绵惙：全身无力，奄奄一息。③阁下：阁楼下。祠神：祭神。鼓舞：击鼓舞蹈。这是祭神的一种仪式。④淫祀：胡乱祭祀。⑤车中牛：驾车的牛。晋代常坐牛车，杀驾车的牛来祭祀是常事。⑥丘之祷久矣：这句话出自《论语·述而》。一次，孔子得了重病，子路请求允许他向神祷告，孔子说：“丘之祷久矣（我早就祷告过了）。”委婉拒绝了子路的请求。刘惔不想祭神，所以引用这句话。

[译文]

丹阳尹刘惔在任上，临死时气息奄奄，听见阁楼下祭神击鼓、舞蹈的声音，神色严肃地说道："不得滥行祭祀！"百姓请求杀掉驾车的牛来祭神，刘真长回答道："我也像孔子那样，祈祷已很久了，不要再做烦扰人的事。"

三十六

谢公夫人[①]教儿，问太傅："那得初不[②]见君教儿？"答曰："我常自教[③]儿。"

[注释]

①谢公夫人：谢安的夫人。②初不：从来就没有。③自教：指以自己的言行举止来教，也就是身教。

[译文]

谢安夫人教导儿子时，问太傅谢安道："怎么从来没有看见您教导儿子？"谢安回答道："我时时都在用自身的言行教导儿子。"

三十七

晋简文[①]为抚军时，所坐床[②]上尘不听拂[③]，见鼠行迹，视以为佳。有参军[④]见鼠白日行，以手板批杀[⑤]之，抚军意色不说(yuè)[⑥]。门下[⑦]起弹，教[⑧]曰："鼠被害，尚不能忘怀；今复以鼠损人，无乃[⑨]不可乎？"

[注释]

①晋简文：晋简文帝司马昱，即位前封会稽王，任抚军将军，后又进位抚军大将军、丞相。②床：古代坐具。③听：听凭，随意。拂：拂拭，打扫。④参军：官名，是将军幕府所设的官。⑤手板：即"笏"，下属谒见上司时所拿的狭长板子，用以记事。魏晋以来习惯执手板。批杀：打死。⑥说：通"悦"，高兴。⑦门下：门人，手下。⑧教：批评，指责。⑨无乃：恐怕。用来表示语气比较缓和的反问。

[译文]

晋简文帝司马昱做抚军将军的时候，他所坐的榻上的灰尘不许别人掸去，看见老鼠的脚印，认为很好看。有一位参军看见老鼠白天出来，就用手板把它打死，司马昱的神色显得很不高兴。他的门客起来弹劾这个参军，他教训道："老鼠被害，尚且叫人不能忘怀，现在又为了一只老鼠去损害人，恐怕不可以吧？"

三十八

范宣①年八岁，后园挑②菜，误伤指，大啼。人问：“痛邪？”答曰：“非为痛，身体发肤，不敢毁伤③，是以啼耳。”宣洁行廉约④，韩豫章遗（wèi）⑤绢百匹，不受。减五十匹，复不受。如是减半，遂至一匹，既终不受。韩后与范同载，就车中裂二丈与范，云：“人宁可使妇无裈（kūn）⑥邪？”范笑而受之。

伤指自悲

此图表现了范宣对父母的孝心。

[注释]

①范宣：字子宣，家境贫寒，崇尚儒家经典。居住在豫章郡，后被召为太学博士、散骑郎，推辞不就。②挑：采摘，挖掘。③“身体”二句：语出《孝经》：“身体发肤，受之父母，不敢毁伤，孝之始也。”伤指有违孝道。④洁行：品行高洁。廉约：廉洁俭省。⑤韩豫章：韩伯，字康伯，历任豫章太守、丹阳尹、吏部尚书。遗：馈赠。⑥无裈：没有裤子穿。

[译文]

范宣八岁的时候，在后园挖菜，无意中伤了手指，便大哭起来。别人问他：“很痛吗？”他回答说：“不是因为痛，身体是父母所赐，受伤了是对父母的不孝，所以才哭罢了。”范宣品行高洁，清廉俭省，豫章太守韩康伯送一百匹绢给他，他不接受。减去五十匹，还是不接受。这样一半一半地减下去，终于减到一匹，范宣还是不肯接受。后来韩康伯和范宣同乘一辆车，韩康伯在车上撕了两丈绢给他，说道：“一个人难道可以让妻子没有裤子穿吗？”范宣才笑着把绢收下了。

三十九

王子敬病笃（dǔ）①，道家上章②，应首过③，问子敬：“由来有何异同得失④？”子敬云：“不觉有余事，唯忆与郗家⑤离婚。”

[注释]

①王子敬：王献之，字子敬，是晋代大书法家王羲之的儿子。病笃：病重。②上

章：道士向天神上奏，请求消灾祛病。③首过：病人坦白自己的罪过。④由来：历来，一向。异同得失：和常人有什么不同，犯过什么过失。⑤郗家：王献之曾娶郗昙的女儿为妻，后离婚。

［译文］

王子敬（献之）病重，请道士上表文祈祷，本人则应坦白陈述自己所犯的过失。道士问他："你过去有些什么过错？"王子敬说道："没有觉得有其他的事，只记得和郗家离过婚。"

四十

殷仲堪①既为荆州，值水俭②，食常五碗盘③，外无余肴。饭粒脱落盘席间，辄拾以啖(dàn)④之。虽欲率物⑤，亦缘其性真素⑥。每语子弟云："勿以我受任方州，云我豁(huò)平昔时意⑦，今吾处之不易。贫者士之常⑧，焉得登枝而捐其本⑨！尔曹其存⑩之。"

［注释］

①殷仲堪：能清言，与韩康伯齐名，曾任荆州刺史。②水俭：因水灾庄稼歉收。③五碗盘：当时流行的一种食器，成套使用，由一个托盘和五只碗组成。④啖：吃。⑤率物：做众人的表率。⑥真素：真诚无饰，质朴。⑦豁：抛弃。时意：时俗。⑧常：通常的样子，多数的情况。⑨"焉得"句：哪里能够因为登上高枝就抛弃树干？指不能因为身居高位而丢掉做人的根本。⑩尔曹：你们。其：表期望、劝告的语气副词，大致可译"还是，应该"。存：保存，记住。

［译文］

殷仲堪任荆州刺史后，正好遇上水灾歉收，吃饭时通常只有五个碗盘，此外没有其他菜肴。饭粒掉在盘外桌上，殷仲堪总是捡起来吃了。虽然是有心为人表率，却也是由于他生性质朴。他常常告诫子侄们说："不要因为我出任地方州郡长官，就认为我放弃了平素的意愿，现在我仍然这样是很不容易的。安于清贫是读书人的本分，怎么能够因为登上高枝就抛弃了做人的根本呢？你们要牢牢记住我的话。"

四十一

初，桓南郡、杨广①共说殷荆州，宜夺殷觊(jì)南蛮以自树②。觊亦即晓其旨。尝因行散③，率尔去下舍④，便不复还，内外无预知者。意色萧然⑤，远同斗(dǒu)生之无愠(yùn)⑥。时论以此多⑦之。

[注释]

①桓南郡：指桓玄。桓玄，字敬道，承父爵，封南郡公，是殷仲堪的好友。杨广：字德度，殷仲堪为荆州刺史时，任用杨广的弟弟杨佺期为司马。②夺：夺取，抢夺。殷觊：字伯通，任南蛮地区的行政长官，是殷仲堪的堂兄。自树：自己建立政权。③因：趁着。行散：魏晋时士大夫服用五石散后要走路，药性才能散发，这就叫行散。④率尔：草率，鲁莽。下舍：寒舍，住宅。⑤萧然：安闲、舒适的样子。⑥斗生：指春秋时楚国令尹子文，也就是斗穀於（wū）菟（tú）。据《论语·公冶长》说，他三次做令尹，没有一点高兴的神色，三次被罢官也没有一点怨恨的神色。愠：怨恨。⑦多：称赞，赞美。

[译文]

当初，南郡公桓玄和杨广一起去劝说荆州刺史殷仲堪，说应该把殷觊的南蛮地区夺过来，用来建立自己的势力范围。殷觊马上知道了他们的意图。殷觊有服食丹药五石散的习惯，食后要散步让药力发散，一次趁着散步的时候，殷觊突然离开临时居住的地方，就不再回来，里里外外没有人预先知道此事。他神态洒脱，和古代三次免去官职的楚国令尹斗穀於菟一样，没有一点怨恨的神色。当时人们都为此赞美他。

四十二

王仆射(yè)[1]在江州，为殷、桓所逐[2]，奔窜豫章[3]，存亡未测。王绥[4]在都，既忧戚在貌，居处饮食，每事有降[5]。时人谓为试守孝子[6]。

[注释]

①王仆射：王愉，字茂和，曾任尚书仆射，即尚书省的副职。②逐：驱逐，赶走。③奔窜：奔逃，流亡。豫章：地名。④王绥：字彦猷，王愉的儿子，桓玄任太尉时，他任太尉右长史。⑤有降：抑制，降低。⑥试守孝子：试守，官吏正式任命前，先主持其事以试其才能，称为试守。王绥在父亲存亡未测之时便实行守孝的样子，所以人们称他为试守孝子。

[译文]

仆射王愉任江州刺史的时候，被殷仲堪、桓玄起兵追杀，狼狈逃窜到豫章，生死不明。他的儿子王绥在京都，忧愁悲戚，表现在脸上，又在饮食起居方面有所节制。当时的人称他为"试守孝子"。

四十三

桓南郡既破殷荆州[1]，收殷将佐十许人[2]，咨议罗企生[3]亦在焉。桓素待企生厚，将有所戮(lù)[4]，先遣人语云："若谢我[5]，当释罪。"企生

解裘赐将

桓玄曾经送了一件羔皮袍子给罗企生的母亲胡夫人。图中表现了宋太祖解下裘衣赐给将领王全斌的场景。

答曰："为殷荆州吏，今荆州奔亡，存亡未判，我何颜谢桓公？"既出市[6]，桓又遣人问欲何言，答曰："昔晋文王杀嵇康，而嵇绍[7]为晋忠臣。从公乞一弟以养老母。"桓亦如言宥之。桓先曾以一羔裘(qiú)与企生母胡，胡时在豫章，企生问[8]至，即日焚裘。

[注释]

①"桓南"句：公元399年，桓玄攻据荆州，杀殷仲堪。②收：收捕，逮捕。将佐：将领和僚属。十许人：十来人。③罗企生：字仲伯，在殷仲堪幕府任咨议参军，掌管谋划。④戮：屠杀，杀死。⑤谢我：向我认罪。⑥既：已经。市：刑场。⑦嵇绍：嵇康的儿子。永兴元年（304年），晋惠帝亲征成都王司马颖，败于荡阴，百官逃散，嵇绍以身保卫惠帝而死。⑧问：被杀害的消息。

[译文]

南郡公桓玄打败了荆州刺史殷仲堪，活捉了殷仲堪的将领和僚属十多人，咨议参军罗企生也在里面。桓玄向来对待罗企生很优厚，当他将要杀掉这批人的时候，先派人去对罗企生说："如果向我赔不是，一定赦免你的罪过。"罗企生回答道："我是殷荆州的官吏，现在殷荆州逃亡，生死未卜，我有什么面目向桓公谢罪？"罗企生被绑赴刑场以后，桓玄又派人去问罗企生还想说些什么。罗企生回答道："过去晋文王司马昭杀掉嵇康，但是他的儿子嵇绍却成为晋室的忠臣。因此我想请求桓公留下我一个弟弟来奉养老母亲。"桓玄也按照他的要求饶恕了他的弟弟。桓玄曾经送了一件羔皮袍子给罗企生的母亲胡夫人，这时胡夫人在豫章郡，当罗企生被害的消息传来时，胡夫人当天就把那件皮袍烧了。

四十四

王恭从会稽[1]还，王大[2]看之。见其坐六尺簟(diàn)[3]，因[4]语恭："卿东来[5]，故[6]应有此物，可以一领及我[7]。"恭无言。大去后，即举所坐者送之。既无余席，便坐荐[8]上。后大闻之甚惊，曰："吾本谓卿多，故求耳。"对曰："丈人[9]不悉恭，恭作人无长物[10]。"

[注释]

①王恭：字孝伯，历任中书令，青州、兖州刺史，为人清廉。会稽：郡名，郡治在今浙江省绍兴市。②王大：王忱，小字佛大，也称阿大，是王恭的同族叔父，官至荆州刺史。③簟：竹席。④因：于是，就。⑤卿：六朝时，长辈称晚辈，或同辈熟人间的称呼。东来：从东边来。⑥故：通“固”，本来，原来。⑦可以：是两个词，“可”是可以，“以”是拿。一领：量词，这里指一领席子。及我：给我。⑧荐：草垫子。⑨丈人：古时晚辈对长辈的尊称。⑩长物：多余的东西。

[译文]

王恭从会稽回来，王佛大去探望他。看见他坐在一张六尺长的竹席上，便对王恭说：“你从东边回来，自然不缺这些东西，可以拿一张给我。”王恭没有说话。王佛大离开以后，王恭就把所坐的那张竹席送给了他。王恭自己已经没有多余的竹席，就坐在草垫子上。后来王佛大听说这件事，非常吃惊，对王恭说：“我本来认为你有多余的，才向你索取的。”王恭回答道：“您老人家不了解我，我为人处世没有多余的东西。”

四十五

吴郡陈遗[①]，家至孝。母好食铛(chēng)[②]底焦饭，遗作郡主簿，恒装一囊，每煮食，辄贮录[③]焦饭，归以遗母。后值孙恩[④]贼出吴郡，袁府君[⑤]即日便征。遗已聚敛得数斗焦饭，未展[⑥]归家，遂带以从军。战于沪渎(dú)[⑦]，败。军人溃散，逃走山泽，皆多饥死，遗独以焦饭得活。时人以为纯孝之报也。

[注释]

①陈遗：东晋末吴郡（今江苏苏州）人。②铛：平底浅锅。③贮录：贮藏。④孙恩：东晋末，孙恩聚众数万，攻陷郡县。后为刘裕所败，跳海自杀。⑤袁府君：即袁山松，任吴国内史（诸侯王封国内掌民政的长官，相当于太守）。⑥未展：未及。⑦沪渎：吴淞江下游一段。

[译文]

吴郡陈遗，在家里非常孝顺。母亲喜欢吃锅巴，陈遗在吴郡做主簿的时候，经常准备一个口袋，每逢煮

舍肉遗母

春秋时郑庄公赐颍考叔肉吃，而考叔不舍得吃，留着带回家给母亲吃。文中的吴郡陈遗，孝行堪比考叔。

饭，就把锅巴贮存起来，回家时送给母亲。后来遇上孙恩叛军流窜至吴郡，太守袁山松即日出兵征讨。这时陈遗已经收集了几斗锅巴，来不及送回家，便带着它随军出征。双方在吴淞江下游一带开战，袁山松兵败。部队溃散，逃跑到山林沼泽之中，大多数人被饿死，唯独陈遗依靠锅巴得以存活下来。当时的人认为这是他纯笃的孝行获得的善报。

言语第二

一

边文礼[①]见袁奉高，失次序[②]。奉高曰："昔尧聘许由[③]，面无怍(zuò)色[④]。先生何为颠倒衣裳[⑤]？"文礼答曰："明府[⑥]初临，尧德[⑦]未彰，是以贱民颠倒衣裳耳。"

[注释]

①边文礼：边让，字文礼。为九江太守。因对曹操不敬，被杀。②失次序：秩序混乱，不合礼节。即举止失当，行动失常。③"昔尧"句：尧是传说中的远古帝王，许由是传说中的隐士。尧想让位给许由，许由不肯接受。尧又想请他出任九州长，许由认为这玷污了他的耳朵，就跑去洗耳。④怍色：惭愧的神色。⑤颠倒衣裳：把上下的衣服掉过来穿，比喻举动反常。衣，上衣。裳，下衣，是裙的一种，古代男女都穿裳。⑥明府：指高明的府君，吏民也称太守为明府。⑦尧德：如尧之德，比喻很高的德行。

[译文]

边文礼（让）谒见袁奉高（阆），举止有失常态。袁奉高说道："从前帝尧聘请许由，许由没有羞愧的神色。先生为什么颠倒衣裳？"边文礼回答道："明府刚刚来临的时候，如同帝尧的大德还没有显现出来，所以我才把衣裳颠倒了。"

二

孔文举[①]年十岁，随父到洛。时李元礼[②]有盛名，为司隶校尉[③]，诣(yì)门者皆俊才清称[④]及中表亲戚乃通。文举至门，谓吏曰："我是李府君[⑤]亲。"既通，前坐。元礼问曰："君与仆[⑥]有何亲？"对曰："昔先君仲尼与君先人伯阳有师资之尊[⑦]，是仆与君奕世[⑧]为通好也。"元礼及宾客莫不奇[⑨]之。太中大夫陈韪(wěi)[⑩]后至，人以其语语之。韪曰："小时了了，大未必佳。"文举曰："想君小时，必当了了[⑪]。"韪大踧踖(cù jí)[⑫]。

[注释]

①孔文举：孔融，字文举，是汉代末年的名士。②李元礼：李膺。③司隶校尉：掌管监察京师和所属各郡百官的官员。④诣：到。清称：名誉高洁的人。⑤府君：

对太守的敬称。⑥仆：谦称自己。⑦先君：先祖，与下文“先人”同。仲尼：孔子，名丘，字仲尼。伯阳：老子，姓李，名耳，字伯阳。著有《老子》一书。师资之尊：孔子曾向老子请教过礼制的事，称老子为老师。⑧奕世：累世，世世代代。⑨奇：认为他特殊、不寻常。⑩太中大夫：掌管议论政事的官职。陈韪：《后汉书·孔融传》作“陈炜”。⑪了了：明白，通晓。⑫踧踖：紧张、局促的样子。

[译文]

孔文举（融）十岁的时候，跟随父亲到了洛阳。当时李元礼（膺）有很高的名望，担任司隶校尉。登门拜访的，只有才智出众、有美好名声的人或内外亲戚才给予通报。孔文举到了门口，对掌门官说：“我是李府君的亲戚。”通报以后，孔文举进门入座。李元礼问道：“您和我是什么亲戚啊？”孔文举回答道：“从前我的祖先孔仲尼和您的祖先李伯阳（耳）曾经是师友关系，这就是说我和您是世交。”李元礼和宾客们听了无不感到惊奇。太中大夫陈韪晚到一些，有人把孔文举的话告诉了他。陈韪说道：“小时候聪明伶俐，长大后未必很好。”孔文举随即回答道：“想来您小的时候，一定聪明伶俐。”陈韪十分尴尬。

三

孔融被收①，中外②惶怖。时融儿大者九岁，小者八岁。二儿故琢(zhuó)钉戏③，了无遽(jù)容④。融谓使者曰：“冀罪止于身⑤，二儿可得全不⑥？”儿徐进曰：“大人岂见覆巢⑦之下，复有完卵⑧乎？”寻⑨亦收至。

[注释]

①收：逮捕。②中外：指朝廷内外。③琢钉戏：一种小孩玩的游戏。④了：完全。遽容：恐惧的脸色。⑤冀：希望。止：终止。身：自己。⑥全：保全。不：同“否”。⑦大人：对父亲的敬称。覆巢：倒塌的鸟巢。⑧完卵：完整的鸟蛋。⑨寻：不久。

[译文]

孔融被捕，朝廷内外都惊慌恐惧。当时孔融的儿子大的九岁，小的八岁，两个孩子依旧在玩琢钉游戏，完全没有一点害怕的样子。孔融对派来收捕他的人说：“希望罪责只限于

游戏图

图中表现了古时孩童戏耍的情景。

我自己，能不能保全两个孩子的性命呢？”孩子们从容地上前说道：“父亲难道看见过被捣翻的鸟窝下面还有完整的蛋吗？”不久，逮捕两个儿子的人就来了。

四

荀慈明与汝南袁阆相见，问颍川人士，慈明先及诸兄。阆笑曰：“士但可因[①]亲旧而已乎？”慈明曰：“足下相难，依据者何经[②]？”阆曰：“方问国士[③]，而及诸兄，是以尤[④]之耳。”慈明曰：“昔者祁奚[⑤]内举不失其子，外举不失其仇，以为至公。公旦《文王》[⑥]之诗，不论尧舜之德，而颂文武者，亲亲[⑦]之义也。《春秋》[⑧]之义，内其国而外诸夏[⑨]。且不爱其亲而爱他人者，不为悖(bèi)德[⑩]乎？”

［注释］

①因：依靠。②何经：什么规则，什么道理。③国士：为国家谋划的有才德之人。④尤：指责，责问。⑤祁奚：春秋时期晋国人，任中军尉（掌管军政的长官）。祁奚告老退休，晋悼公问他接班人的人选，他推荐了他的仇人解狐。刚要任命，解狐却死了。晋悼公又问祁奚，祁奚推荐了自己的儿子祁午。大家称赞祁奚不避仇亲能推荐有才德的人。⑥公旦：周公旦。周公，姓姬，名旦，是周武王的弟弟，周成王的叔父，辅助周成王。《文王》：指《诗经·大雅·文王之什》，包括《文王》《大明》等十篇，分别歌颂文王、武王之德。作者无考，《文王》一篇，有以为周公所作。⑦亲亲：爱亲人。⑧《春秋》：儒家经典之一，是春秋时代鲁国的史书，也是我国第一本编年体史书。⑨诸夏：古时指中原区域内其他华夏族各诸侯国。⑩悖德：背离道德。

［译文］

荀慈明（爽）和汝南袁阆相见，袁阆问他颍川有哪些德才出众的人，荀慈明首先提到自己的几位兄长。袁阆笑道：“有德才的人只能通过亲朋故旧来宣扬吗？”荀慈明道：“您责难我，依据的是什么理论？”袁阆道：“我刚才问的是国中德才出众的人，而你谈到的却是自己的几位兄长，所以才指责你。”荀慈明道：“从前，祁奚告老还乡，向晋悼公推荐人才，对内没有错过自己的儿子，对外没有遗漏他的仇人，大家认为他最公正无私。周公姬旦写《诗经·大雅·文王之什》里的诗篇，不去述说远古帝尧和帝舜的德业，却大量歌颂周文王和周武王，这是符合尊崇亲族这一大义的。《春秋》这部经典，它的记事原则就是亲近本国而疏远各诸侯国。再说了，不爱自己的亲人而去爱别人的人，不是违背了人性道德吗？”

五

钟毓兄弟小时，值①父昼寝，因共偷服药酒。其父时觉，且托寐(mèi)②以观之。毓拜而后饮，会饮而不拜。既而问毓何以拜，毓曰：“酒以成礼，不敢不拜。”又问会何以不拜，会曰：“偷本非礼，所以不拜。”

［注释］

①值：趁着。②托寐：假装睡着了。

［译文］

钟毓兄弟年少的时候，一次正好碰到父亲白天睡觉，于是一起偷服药酒。他们的父亲那时已经醒来，姑且假装睡着了来观察他们的行动。钟毓行礼以后才喝酒，钟会喝了酒后还不行礼。事后，父亲问钟毓为什么要行礼，钟毓回答道：“酒是用来使礼仪完备的物品，所以喝酒时不敢不行礼。”又问钟会为什么不行礼，钟会回答道：“偷本来就不合礼仪，所以不必行礼。”

六

魏明帝为外祖母筑馆于甄(zhēn)氏①。既成，自行视，谓左右曰：“馆当以何为名？”侍中缪袭曰：“陛下圣思齐于哲王②，罔极过于曾、闵③。此馆之兴，情钟④舅氏，宜以‘渭阳⑤’为名。”

［注释］

①魏明帝：即曹叡，魏文帝曹丕的儿子。馆：华丽的居所。甄氏：明帝的母亲姓甄，这里指甄家。②圣思：皇帝的想法。哲王：圣贤的君主。③罔极：无极；没有穷尽。曾、闵：曾指曾子，名参；闵指闵子骞，二人都是孔子的学生，也是著名的孝子。④情钟：感情集中、汇聚。⑤渭阳：渭水北边。《诗经》有云：“我送舅氏，曰至渭阳。”以表甥舅情谊。

宅地图

魏明帝曹叡在甄家原址上给外祖母修建了一座住宅，此图表现了一处精美的宅地。

［译文］

魏明帝曹叡在甄家原址上给外祖母修建了一座住宅。落成以后，明帝亲自前去察看，并且问随从说：“这所住宅应当取个什么名字？”侍中缪袭回答道：“陛下的思想和贤明的君主相等，无穷无尽的孝心超过了曾参、闵子骞。这座住宅之所以兴建，就因为您对舅家有着深厚的感情，因此就以‘渭阳’命名吧。”

七

何平叔[①]云：“服五石散，非惟[②]治病，亦觉神明开朗。”

［注释］

①何平叔：何晏，字平叔，曹操的女婿。②非惟：不仅仅，不只是。

［译文］

何平叔（晏）说：“服用五石散，不只能治病，还使人觉得心旷神怡。”

八

嵇中散语赵景真[①]：“卿瞳子白黑分明，有白起[②]之风，恨[③]量小狭。”赵云：“尺表能审玑衡[④]之度，寸管[⑤]能测往复之气。何必在大，但问识如何耳。”

［注释］

①嵇中散：嵇康。赵景真：赵至，字景真，有口才，以清当见称。②白起：战国时秦国的名将，据说他的瞳子黑白分明。③恨：遗憾。④表：以日影计时的标杆。玑衡：浑天仪。⑤管：指古代用来校正乐律的竹管。

［译文］

中散大夫嵇康对赵景真说：“你的眼睛黑白分明，有战国名将白起的风采，只可惜器量小了点。”赵景真说道：“一尺长的表尺能够审定浑天仪的度数，一寸长的竹管能够测量季候的循环更替。不必在乎一个人的器量大不大，只要有见识就行。”

九

司马景王[①]东征，取上党李喜，以为从事中郎[②]。因问喜曰：“昔先公辟[③]君不就[④]，今孤[⑤]召君，何以来？”喜对曰：“先公以礼见待，故得以礼进退[⑥]；明公以法见绳[⑦]，喜畏法而至耳！”

［注释］

①司马景王：司马师，三国时魏人，司马懿的长子，晋国建立后，被追尊为景王。②李喜：字季和，上党郡人。从事中郎：官名，大将军府的属官，参与谋议等事。③先公：称自己或他人的亡父。辟：征聘，征召。④就：担当，上任。⑤孤：

侯王的谦称。⑥进退：指出来做官或辞官。⑦明公：对尊贵者的敬称。绳：约束。

[译文]

景王司马师东征，俘虏了上党郡人李喜，任命他为从事中郎。于是问李喜道："从前我父亲请您，您不肯到职；现在我召请您，您为什么来了呢？"李喜回答道："当年令尊以礼相待，所以我能够按礼节来决定进退；现在您用法令来约束我，我怕您杀我，所以来了。"

十

邓艾①口吃，语称"艾艾"②。晋文王戏之曰："卿云艾艾，定是几艾？"对曰："凤兮凤兮③，固是一凤。"

[注释]

①邓艾：三国时魏人，司马懿召为属官，伐蜀有功，封关内侯，后任镇西将军，又封邓侯。②艾艾：古人和别人说话时，多自称名。邓艾因为口吃，自称时就会连说"艾艾"。③凤兮凤兮：语出《论语·微子》，说是楚国的狂人接舆走过孔子身旁唱道："凤兮凤兮，何德之衰。""凤"指的是孔子。

[译文]

邓艾说话结结巴巴，自己称呼自己时，常常重复说"艾，艾……"。晋文王司马昭和他开玩笑说："你说'艾，艾……'，究竟有几个艾？"邓艾回答道："'凤兮凤兮'，本来就只有一只凤。"

十一

嵇中散既被诛，向子期举郡计①入洛。文王引进②，问曰："闻君有箕山③之志，何以在此？"对曰："巢、许狷（juàn）介④之士，不足多慕⑤。"王大咨嗟⑥。

[注释]

①向子期：向秀，字子期，竹林七贤之一。举：应举。郡计：郡国每年年末呈送计簿到京都汇报的官吏。②文王：即司马昭。引进：引见，推荐。③箕山：山名。尧时巢父、许由在箕山隐居。这里说箕山之志，就是指归隐之志。④狷介：洁身孤高。⑤多慕：称赞，钦慕。⑥咨嗟：赞赏，感慨。

[译文]

中散大夫嵇康被杀以后，向子期到京都洛阳应举。晋文王任用了他，问他道："听说您有隐居的志愿，为什么来到这里？"向子期回答道："隐居箕山的巢父、许由是洁身孤高之人，不值得钦慕。”晋文王大为赞赏。

十二

满奋[①]畏风。在晋武帝坐，北窗作琉璃屏[②]，实密似疏，奋有难色。帝笑之。奋答曰：“臣犹吴牛[③]，见月而喘。”

[注释]

①满奋：字武秋，曾任尚书令、司隶校尉。②琉璃屏：用琉璃做成的屏风。③吴牛：指江淮一带的水牛。据说，水牛怕热，看见月亮也以为是太阳，就喘起来。比喻生疑心就害怕。

[译文]

满奋怕风吹。在晋武帝司马炎身旁侍坐时，北窗前是琉璃屏风，实际很严密，看起来却稀疏透风，满奋脸上有为难的神色。晋武帝取笑他。满奋回答道：“臣好比吴地水牛，看见月亮就喘气了。”

十三

诸葛靓(jìng)[①]在吴，于朝堂[②]大会，孙皓[③]问：“卿字仲思，为何所思？”对曰：“在家思孝，事君思忠，朋友思信，如斯[④]而已。”

[注释]

①诸葛靓：字仲思，入吴国，任右将军、大司马。②朝堂：皇帝议政的地方。③孙皓：吴国末代君主。④如斯：如此，这样。

[译文]

诸葛靓在吴国，一次在朝廷大会上，孙皓问他道：“你的字叫仲思，所思的是什么呢？”诸葛靓回答道：“在家思孝道，事君思尽忠，交友思诚实，如此而已！”

十四

陆机[①]诣王武子，武子前置数斛(hú)羊酪(lào)[②]，指以示陆曰：“卿江东何以敌[③]此？”陆云：“有千里莼(chún)羹[④]，但未下盐豉(chǐ)耳。”

[注释]

①陆机：字士衡，吴郡（今江苏省苏州市一带）人，西晋著名作家。吴亡后入晋。后从成都王司马颖讨伐长沙王司马乂，兵败后遇害。②斛：古代的量器，一斛等于十斗。酪：乳酪。③江东：长江下游南岸地区。敌：比得上。④千里：千里湖，

在今江苏溧阳。莼羹：用莼菜、鲤鱼做主料烧制的一道名菜。

[译文]

陆机去拜访王武子，王武子面前正好放着几斛羊奶酪，他指给陆机看，并且说道："你们江南有什么东西可以和它的美味匹敌？"陆机道："有千里湖所产的莼菜做的汤，无须再加盐和豉调和！"

十五

中朝[①]有小儿，父病，行乞药。主人问病，曰："患疟也。"主人曰："尊侯明德[②]君子，何以病疟？"答曰："来病君子，所以为疟耳。"

[注释]

①中朝：西晋，晋帝室南渡后称渡江前的西晋为中朝。②尊侯：尊称对方的父亲。明德：光明的德行。

[译文]

西晋时有一个小孩，父亲病了，他去向人乞讨药物。主人问他病情，小孩说道："害的是疟疾。"主人说道："令尊是有完美德行的君子，为什么会害疟疾？"（俗传行疟鬼小，多不病君子）小孩回答道："正因为它使君子生病，所以是疟呀！"（疟与虐谐音，故有此说）

寻医看病

西晋时有一个小孩，父亲病了，他去向人乞讨药物。图中表现了古时人们到药铺寻求医治的情景。

十六

崔正熊诣都郡[①]。都郡将[②]姓陈，问正熊："君去崔杼（zhù）[③]几世？"答曰："民去崔杼，如明府之去陈恒[④]。"

[注释]

①崔正熊：崔豹，字正熊，晋惠帝时官至太傅。都郡：大郡。②都郡将：郡的军事长官。③去：距离。崔杼：春秋时代齐国的大夫，杀了齐国的国君齐庄公。④陈恒：春秋时代齐国的大夫，杀了国君齐简公。

[译文]

崔正熊拜访大郡太守，都郡将姓陈，问崔正熊道："先生距离崔杼有几代了？"崔正熊回答道："小民距离崔杼的世代，正像您距离陈恒的世代那样。"

十七

元帝[①]始过江，谓顾骠(piào)骑[②]曰："寄人国土，心常怀惭。"荣跪对曰："臣闻王者以天下为家，是以耿、亳(bó)[③]无定处，九鼎[④]迁洛邑。愿陛下勿以迁都[⑤]为念。"

[注释]

①元帝：晋元帝司马睿。②顾骠骑：顾荣，字彦先，吴人，吴亡后入洛阳。死后赠骠骑将军。③耿、亳：商代成汤迁国都到亳邑，祖乙又迁到耿邑，盘庚再迁回亳邑。所以说"无定处"。④九鼎：传说夏禹铸九鼎，九鼎是传国之宝、权力的象征。周武王定都镐京，却把九鼎迁到东都洛邑。⑤迁都：指迁移镇守地，都指都邑。

[译文]

晋元帝司马睿刚到江南不久，对骠骑将军顾荣说道："寄居在别人的国土上，心中常常感到惭愧。"顾荣跪着回答道："臣听说帝王以天下为家，因此商代的君主或者迁都耿邑，或者迁都亳邑，没有一个固定的地方；周武王也把象征国家权力的九鼎，搬到了东都洛邑。因此希望陛下不要把迁都的事放在心上。"

十八

庾公造周伯仁[①]。伯仁曰："君子何所欣说[②]而忽肥？"庾曰："君复何所忧惨而忽瘦？"伯仁曰："吾无所忧，直是清虚[③]日来，滓秽[④]日去耳。"

[注释]

①庾公：庾亮，字元规，晋成帝之舅。造：拜访，造访。周伯仁：周顗（yǐ），字伯仁，袭父爵武城侯，世称周侯。②欣说：欣悦，高兴的样子。说，通"悦"。③直是：只是。清虚：清静淡泊。④滓秽：污秽，丑恶。

[译文]

庾亮去拜访周伯仁。周伯仁说道："您有什么值得欢喜的事忽然发胖了？"庾亮说道："您又有什么忧伤的事忽然消瘦了呢？"周伯仁道："我没有什么忧伤的事，只是清净虚无之志一天天增加，污浊不洁之心一天天褪去罢了。"

十九

过江诸人①，每至美日②，辄相邀新亭③，藉卉④饮宴。周侯中坐而叹曰："风景不殊⑤，正自有山河之异⑥！"皆相视流泪。唯王丞相愀(qiǎo)然⑦变色曰："当共戮力⑧王室，克复神州⑨，何至作楚囚⑩相对？"

[注释]

①过江诸人：西晋末年战乱不断，中原人士相率过江避难。②美日：天气晴朗的日子。③新亭：也叫劳劳亭，三国时吴国人所筑，故址在今南京市南。④藉卉：坐卧在草地上。⑤不殊：没有差别，没有改变。⑥"正自"句：指北方广大领土已被各族占领。正自，目前处于。⑦王丞相：王导，字茂弘，晋元帝即位后任丞相。愀然：形容脸色变得不愉快。⑧戮力：协力，合力。⑨神州：中国，这里指中原沦陷的地区。⑩楚囚：楚国的囚犯。《左传·成公九年》载，楚囚弹琴时奏南方乐调，表示不忘故旧。后来借指处境窘迫的人。

[译文]

渡过长江到江南避难的那一批人，每到天气晴和的日子，就相互邀约来到新亭，坐卧在草地上设宴饮酒。武城侯周顗在宴会中间叹息道："这里的风景和中原没有什么区别，只是国土江山不一样了！"大家都互相看着，流下了眼泪。只有丞相王导脸色变得非常严肃，说道："大家应当同心协力，扶助王室，收复中原，怎么能像被俘虏的囚犯一般相对流泪呢？"

二十

卫洗(xiǎn)马①初欲渡江，形神惨悴，语左右云："见此芒芒②，不觉百端③交集。苟未免有情④，亦复谁能遣⑤此！"

[注释]

①卫洗马：卫玠，字叔宝，曾任太子洗马（太子的属官）。②芒芒：茫茫，形容开阔、辽远，没有尽头。③端：情绪，念头。④未免有情：难免带有感情。⑤亦复：又。遣：消遣，解除。

[译文]

太子洗马卫玠将要渡江南下，神态黯淡憔悴，对随从的人说道："看见这茫茫大江，不禁

屈原被逐涉江

太子洗马卫玠将要渡江南下，神态憔悴，其境遇宛若当年的屈原。

百感交集。一个人如果还有一点点情感的话，谁又能排遣得了这种种忧伤呢！”

二十一

顾司空[1]未知名，诣王丞相。丞相小极[2]，对之疲睡[3]。顾思所以叩会[4]之，因谓同坐曰：“昔每闻元公[5]道公协赞中宗，保全江表[6]，体小不安，令人喘息[7]。”丞相因觉，谓顾曰：“此子珪璋特达[8]，机警有锋。”

［注释］

①顾司空：顾和，字君孝。官至御史部尚书、御史中丞，死后追赠司空。②小极：稍感困乏。③疲睡：打瞌睡。④叩会：叩问交谈。⑤元公：指顾荣，他是顾和的族叔。死后谥元。⑥江表：长江之外，即江南。⑦喘息：呼吸急促，比喻焦急紧张。⑧珪璋：珪和璋是玉器，比喻美德。特达：指特别，出众。

［译文］

司空顾和还没有出名的时候，有一次去拜访丞相王导。王导有点疲乏，对着他打瞌睡。顾和考虑怎样才能和他交谈问答，便对同座的人说道：“过去常常听族叔顾荣说起王公辅佐中宗、保全江南的事，现在他的贵体不太舒适，令人焦急不安。”王导便醒了过来，对在座的人评论顾和道：“这人聪慧有德，才智出众；机敏警觉，词锋犀利。”

二十二

会稽贺生[1]，体识[2]清远，言行以礼。不徒[3]东南之美，实为海内之秀。

［注释］

①贺生：贺循，字彦先，会稽郡人。生，古时对读书人的称呼。②体识：禀性，见识。③不徒：不光，不仅仅。

［译文］

会稽贺循，品质清淳，见识高远，言语行动，遵循礼法。（他）不仅是东南地区的杰出人物，也是国内的优秀人才。

二十三

温峤初为刘琨使来过江。于时江左营建始尔[1]，纲纪未举[2]。温新至，深有诸虑。既诣王丞相，陈主上幽越、社稷焚灭、山陵[3]夷毁之酷，有《黍离》④之痛。温忠慨⑤深烈，言与泗(sì)俱⑥，丞相亦与之对泣。叙情既毕，便深自陈结⑦，丞相亦厚相酬纳⑧。既出，欢然言曰："江左自有管夷吾⑨，此复何忧？"

［注释］

①始尔：开始，"尔"是词缀。②纲纪：国家的法律、政策体系。未举：未确立。③主上：皇帝，这里指晋愍帝司马邺。幽越：流亡囚禁。社稷：土神和谷神，后泛指国家。山陵：皇帝的坟墓。④《黍离》：《诗经·王风》篇名，据说周王室迁到东都洛阳以后，有人看到镐京原来的宗庙宫室已经被毁为平地，种上了黍稷，周人哀怜周王室日渐衰微，心里忧伤，便作了这首诗。⑤忠慨：忠诚愤慨。⑥泗：鼻涕。俱：一起。⑦陈结：陈述内心的郁结。⑧酬纳：应酬，接纳。⑨管夷吾：字仲，春秋时代齐国人，齐桓公的宰相，辅助齐桓公成就霸业。

［译文］

温峤作为刘琨使者到江南来。当时江南的新政权才开始建立，法纪还没有制定。温峤新到，深感重重忧虑。等到拜见丞相王导，（温峤）陈述了晋帝被囚禁、宗庙社稷遭焚毁、先帝陵墓受破坏等残酷情况，表现出《黍离》那样的亡国之痛。温峤感情忠诚愤慨，异常慷慨激昂，述说时声泪俱下，王导也随着他一起流泪。温峤讲完了这些实情，又尽情地述说自己的烦闷和忧虑，王导也盛情地酬答和接待他。出来以后，温峤非常高兴地说道："江南自有管仲那样的人，我还有什么可忧虑的？"

二十四

王敦兄含为光禄勋①。敦既逆谋，屯据南州，含委职奔姑孰②。王丞相诣阙(què)谢③。司徒、丞相、扬州官僚④问讯，仓卒(cù)⑤不知何辞。顾司空时为扬州别驾⑥，援翰曰："王光禄远避流言，明公蒙尘路次⑦，群下⑧不宁，不审尊体起居⑨何如？"

［注释］

①王敦：东晋权臣，晋室东迁，与堂兄弟王导一起辅佐晋元帝。光禄勋：官名，掌管皇帝宿卫侍从。②委职：弃职，离开岗位。姑孰：古城名，东晋时始筑，又名南洲（州），故址在今安徽省当涂县。③"王丞相"句：王敦谋反之后，王导天天领着家里子弟到朝廷谢罪。④官僚：官属，官府所统属的官吏。⑤仓卒：匆忙。⑥别驾：官名，刺史的属官，负责随刺史外出视察。⑦蒙尘：蒙受风尘。指王导天天诣阙谢罪。路次：路途上。⑧群下：僚属，部下。⑨起居：日常生活。

[译文]

王敦的哥哥王含任光禄勋，王敦谋反以后，军队驻扎在南州，王含弃职逃跑到姑孰。丞相王导上朝谢罪。这时，司徒、丞相、扬州府中的官员前来打听消息，匆忙之间不知道该怎样措辞。司空顾和当时任扬州别驾，提起笔来写道："王光禄远远躲开了流言，明公天天在路上蒙受风尘，我们下属心里都很不安，不知道您日常的饮食起居还安好吗？"

二十五

郗太尉[①]拜司空，语同坐曰："平生意不在多，值世故[②]纷纭，遂至台鼎[③]。朱博翰音[④]，实愧于怀。"

[注释]

①郗太尉：郗鉴。晋成帝时任司空，后又晋升为太尉。②世故：世事人情。③台鼎：三台（星名）和三足鼎，指代三公或宰相的职位。④朱博：汉代人。相传其出任丞相时，忽然有巨大的声音响起。时人解释说，是君主不听取意见，让有名无实的人登上朝廷。这里用来比喻名不副实。翰音：声音飞扬，比喻空名。翰，飞扬。

[译文]

太尉郗鉴受任司空的时候，对同座的人说道："我平生愿望不高，恰逢世事纷乱，结果竟位列三公。想起汉代朱博做丞相时那样的名声，我实在是名不副实，的确有愧于心。"

二十六

高坐道人不作汉语[①]，或问此意[②]，简文[③]曰："以简应对之烦。"

[注释]

①高坐：西域对和尚的称呼。道人：和尚的旧称。不作汉语：不说汉话。②或问此意：有人询问其中的原因。③简文：晋简文帝司马昱。

[译文]

西域一个和尚不讲汉语。有人问这是什么原因，简文帝司马昱说道："以便省去应酬对答的烦忧。"

二十七

周仆射雍容好仪形[①]。诣王公[②]，初下车，隐(yǐn)数人[③]，王公含笑看之。既坐，傲然啸咏④。王公曰："卿欲希嵇、阮⑤邪？"答曰："何敢近舍明公，远希嵇、阮！"

[注释]

①周仆射：即周顗。雍容：举止从容，温文有礼。仪形：外表，容貌。②诣：拜访。王公：即王导。③隐数人：由数人搀扶。④傲然：倨傲无礼。啸咏：长啸吟咏。⑤希：希望，景仰。嵇、阮：嵇康、阮籍。

[译文]

尚书仆射周顗温文尔雅，从容大方，仪容美好。他去拜访王导，刚下车，就有几个人搀扶着，王导满面含笑地望着他。坐下以后，他傲岸不拘地且吟且啸。王导说道："你想仿效嵇康、阮籍吗？"周顗回答道："哪敢舍去眼前的您，而去向前代的嵇康、阮籍学习？"

二十八

梁国杨氏子，九岁，甚聪惠①。孔君平②诣其父，父不在，乃呼儿出，为设果。果有杨梅，孔指以示儿曰："此是君家果。"儿应声答曰："未闻孔雀是夫子③家禽。"

[注释]

①聪惠：聪慧；聪明。②孔君平：孔坦，字君平，累迁廷尉（掌管刑法），所以也称孔廷尉。③夫子：对长者的尊称。

[译文]

梁国有一户姓杨的人家，有一个九岁的儿子，非常聪明。有一次孔君平去拜访此子的父亲，他的父亲不在，家里便叫这个儿子出来，给孔君平摆上果品。果品中有杨梅，孔君平指着杨梅给小孩看，说道："这是您家的果子。"小孩随即回答道："没有听说过孔雀是先生家里的鸟。"

二十九

孔廷尉以裘与从弟①沈，沈辞不受。廷尉曰："晏平仲②之俭，祠③其先人，豚肩不掩豆④，犹狐裘数十年，卿复何辞此？"于是受而服之。

[注释]

①裘：皮衣。从弟：堂弟。②晏平仲：晏婴，谥平，字平仲，春秋时齐国大

夫，为人节俭，据说他一件狐裘穿了三十年。③祠：祭祀。④豚肩：猪腿，猪肘。豆：古代盛食物的器具。

［译文］

廷尉孔坦把一件皮衣送给堂弟孔沈，孔沈推辞不肯接受。孔坦说道："晏平仲（婴）那样节俭，祭祀他的祖先，猪腿还装不满一盆子，但还有一件狐皮袍子穿了几十年，你又为什么推辞它呢？"孔沈这才把皮袍收下来穿上。

轻裘缓带

裘即皮衣。廷尉孔坦把一件皮衣送给堂弟孔沈，孔沈不受。图中表现了古人穿着皮衣行进的样子。

三十

佛图澄与诸石[①]游，林公[②]曰："澄以石虎为海鸥鸟[③]。"

［注释］

①佛图澄：西域高僧，晋代永嘉年间到洛阳。诸石：指石勒、石虎等后赵贵族。②林公：支遁，字道林。这里尊称为林公。③海鸥鸟：据《列子·黄帝篇》，海边有个人喜欢海鸥，天天到海边去跟海鸥玩。一天，他父亲要他捉一只海鸥回来，结果他到海边，海鸥再也不飞下来了。这里引用这个故事，是说佛图澄内心纯净，不分物我。

［译文］

和尚佛图澄和石勒、石虎兄弟等交往，支道林说："他把石虎当作海鸥一样看待。"

三十一

谢仁祖[①]年八岁，谢豫章将[②]送客，尔时语已神悟[③]，自参上流[④]。诸人咸共叹之曰："年少，一坐之颜回[⑤]。"仁祖曰："坐无尼父(fǔ)[⑥]，焉别颜回？"

［注释］

①谢仁祖：谢尚，字仁祖，谢鲲的儿子，后任镇西将军、豫州刺史。②谢豫章：谢鲲，曾任豫章太守。将：率领，带领。③神悟：指领悟得很快。④自参上流：自

行加入上等人的社交当中。上流，上等。⑤颜回：春秋时鲁国人，孔子的学生，以德行著称。⑥尼父：孔子，字仲尼，尼父为尊称。

[译文]

谢仁祖八岁的时候，父亲豫章太守谢鲲带着他去送客人，当时他的言谈已经非常出众，能置身于名流之中。大家都非常赞赏他，说："年龄虽小，却是座中的颜回。"谢仁祖道："座中没有孔子，怎能识别颜回？"

三十二

陶公疾笃①，都无献替②之言，朝士以为恨③。仁祖闻之曰："时无竖刁④，故不贻陶公话言⑤。"时贤以为德音⑥。

[注释]

①陶公：陶侃，字士行。疾笃：病重。②都：全。献替：对君主提出改进性、可行性建议。③朝士：朝廷的官吏。恨：遗憾，惋惜。④竖刁：春秋时齐桓公所宠幸的宦官。⑤贻：留下，遗留。话言：善言，这里指遗言。⑥时贤：当时的贤人。德音：有见识的话。

[译文]

陶侃病重，可是没有留下一句有关兴利除弊、诤言进谏的话，朝中人士都认为这是令人遗憾的事。谢仁祖听到后，说："现在没有像齐桓公时代的竖刁那样的小人，所以陶公不需要留下遗嘱。"当时有才德的人认为这是非常有道理的话。

三十三

竺法深在简文坐，刘尹问："道人何以游朱门①？"答曰："君自见其朱门，贫道如游蓬户②。"或云卞令③。

[注释]

①刘尹：即刘惔。朱门：红漆的大门，指达官贵人之家。②蓬户：用蓬草编成的门，指简陋的房屋或穷苦人家。③卞令：卞壸，字望之，曾任尚书令。

[译文]

和尚竺法深成为简文帝的座上客，丹阳尹刘惔问他："和尚为什么和富豪人家交往？"竺法深回答道："您自己看见是富豪人家，贫道我好比游于蓬门荜户。"有人说问话的人是尚书令卞壸。

三十四

孙盛为庾公记室参军①，从猎，将其二儿俱行。庾公不知，忽于猎场见齐庄，时年七八岁，庾谓曰："君亦复来邪？"应声答曰："所谓'无小无大，从公于迈②'。"

［注释］

①记室参军：将军幕府中主管文书的官员。②"无小"二句：引自《诗经·鲁颂·泮水》，意指无论大小臣子，都跟着主公出游。

［译文］

孙盛做荆州刺史庾亮的记室参军，有一次他跟随着庾亮去打猎，还带着自己的两个儿子一同前去。庾亮事先并不知道，后来忽然在猎场上遇见了齐庄，当时齐庄只有七八岁，庾亮对他说道："你怎么也来了？"齐庄应声回答道："这就是《诗经》所说的'无小无大，从公于迈'啊。"

三十五

孙齐由、齐庄①二人小时诣庾公。公问齐由何字，答曰："字齐由。"公曰："欲何齐②邪？"曰："齐许由。""齐庄何字？"答曰："字齐庄。"公曰："欲何齐？"曰："齐庄周③。"公曰："何不慕仲尼而慕庄周？"对曰："圣人④生知，故难企慕⑤。"庾公大喜小儿对。

［注释］

①孙齐由、齐庄：孙盛的两个儿子孙潜、孙放。②齐：向……看齐，对等。③庄周：庄子，名周，战国时人，与老子同是道家学派的代表人物。④圣人：才德最高的人，这里指孔子。⑤企慕：羡慕，景仰。

［译文］

孙齐由、孙齐庄兄弟二人，幼年的时候去拜见庾亮。庾亮问齐由的字叫什么，回答道："字齐由。"庾亮道："想向谁看齐？"回答道："向许由看齐。"庾亮接着问："齐庄的字是什么？"齐庄回答道："字齐庄。"庾亮道："想向谁看齐？"回答道："向庄周看齐。"庾亮道："为什么不仰慕孔子而仰慕庄周？"回答道："孔子是圣人，生来就知道一切，所以很难仰慕。"庾亮非常喜欢这小孩儿的应答。

三十六

张玄之、顾敷，是顾和中外孙①，皆少而聪惠。和并知之，而常谓顾胜，亲重偏至②，张颇不恹③。于时张年九岁，顾年七岁，和与俱至寺中。见佛般泥洹(bō niè huán)像④，弟子有泣者，有不泣者。和以问二孙。玄⑤谓："被亲⑥故泣，不被亲故不泣。"敷曰："不然，当由忘情⑦故不泣，不能忘情故泣。"

[注释]

①中外孙：孙子和外孙。②偏至：特别深；特别真挚。③不恹：通"厌"，心服。④般泥洹：即涅槃，佛教用语，指修行的最高境界。⑤玄：即张玄之。⑥被亲：受到宠爱。⑦忘情：忘掉感情，指哀乐不动于心。

[译文]

张玄之、顾敷是顾和的外孙和孙子，小时候都很聪明。顾和很了解他们，但又常常说顾敷要更聪明一些，因此特别偏爱重视他，张玄之心中非常不服气。当时，张玄之九岁，顾敷七岁，顾和同他们一起到寺庙中。看见佛祖涅槃像，身旁的弟子有的哭泣，有的不哭泣。顾和问两个小孙子这是什么原因。张玄之道："受到宠爱的就哭，没有受到宠爱的就不哭。"顾敷说道："不是这样，应该是修炼到无喜怒哀乐之情的就不哭，不能忘却喜怒哀乐之情的就哭。"

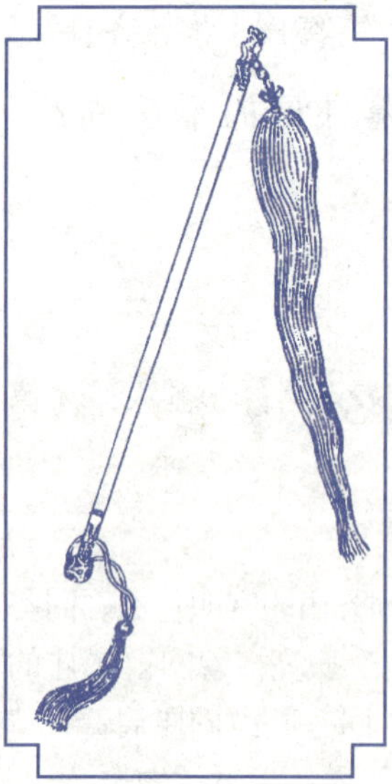

拂尘

拂尘又称拂子、麈尾。乃将兽毛、麻等扎成一束，再加一长柄，用以拂除蚊虫，故称拂子。

三十七

庾法畅①造庾太尉，握麈(zhǔ)尾至佳②。公曰："此至佳，那得在？"法畅曰："廉者不求，贪者不与，故得在耳。"

[注释]

①庾法畅：当作康法畅，是当时的一名高僧。②麈尾：拂尘。至佳：非常好。

[译文]

康法畅去拜访太尉庾亮，手里拿着的拂尘非常好。庾亮问："这个东西这么好，怎么能保留得住？"康法畅说："廉洁的人不会向我要，贪婪的人我也不会给，所以能够保留得住。"

三十八

庾稚恭为荆州①，以毛扇上武帝②，武帝疑是故③物。侍中刘劭曰："柏梁云构④，工匠先居其下；管弦[⑤]繁奏，钟、夔[⑥]先听其音。稚恭上扇，以好不以新。”庾后闻之曰：“此人宜在帝左右。”

[注释]

①荆州：荆州刺史。②毛扇：羽毛扇。上：进献。武帝：晋武帝司马炎。③故：旧的，先前的。④柏梁：柏梁台，汉武帝所筑。云构：高耸入云的建筑。⑤管弦：乐器。管指管类乐器，弦指弦类乐器。⑥钟、夔：钟，钟子期，春秋楚国人；夔，相传为舜时的乐官；两人都懂得鉴赏音乐。

[译文]

庾稚恭做荆州刺史的时候，向晋武帝司马炎进献了一把羽毛扇，武帝怀疑是曾经被人用过的东西。侍中刘劭说道：“柏梁台那样高耸入云的建筑，能工巧匠先住在里面；管弦齐奏，了解音乐的钟子期、夔先鉴赏这种音乐。庾稚恭进献羽毛扇，是因为它好，而不是因为它新。”庾稚恭后来听到了这件事，说道：“这个人适合留在皇帝身边。”

三十九

何骠骑[①]亡后，征褚公[②]入。既至石头[③]，王长史、刘尹[④]同诣褚。褚曰：“真长，何以处我？”真长顾王曰：“此子能言。”褚因视王，王曰：“国自有周公[⑤]。”

[注释]

①何骠骑：何充，东晋康帝时任骠骑将军。②褚公：褚裒，任徐、兖二州刺史，镇守京口。当时朝议以为他是褚太后的父亲，宜掌朝政，朝廷就征他入朝。③石头：石头城，在建康附近。④王长史：王濛，字仲祖，曾任司徒左长史。刘尹：即刘惔，和王濛同是会稽王司马昱的座上客。⑤周公：西周时人，周成王的叔父。成王年幼，周公辅佐朝政，平定叛乱，创制礼法。此以周公借指司马昱。

[译文]

执掌朝政的骠骑将军何充死后，朝廷宣召褚裒入朝。褚裒到了石头城，王濛、刘惔一起去拜访他。褚裒说道：“真长，朝廷怎样安排我？”刘真长回头望着王濛道：“这一位能够告诉你。”褚裒便望着王濛，王濛说道：“国家大事自然会有周公处理。”

四十

顾悦与简文同年，而发蚤[①]白。简文曰：“卿何以先白？”对曰：“蒲柳之姿[②]，望秋而落；松柏之质，经霜弥茂[③]。”

[注释]

①蚤：通“早”。②蒲柳：植物名，即水杨，易早衰。姿：通“资”，资质。③弥茂：更加茂盛。

[译文]

顾悦和简文帝同岁，但头发早已发白。简文帝说道：“你为什么头发先白了？”顾悦回答道：“蒲柳的资质很差，不到秋天就要凋零；松柏的质地坚韧，经过风霜洗礼后更加茂盛。”

四十一

桓公入峡[①]，绝壁天悬，腾波迅急，乃叹曰：“既为忠臣，不得为孝子，如何[②]？”

[注释]

①桓公：桓温，在晋永和二年（346年）伐蜀。入峡：进入三峡。②如何：怎么办。

[译文]

桓温率兵进入三峡，见山崖陡峭，高悬天穹；波涛翻腾，汹涌澎湃，于是感叹道：“既然做了忠臣，就不能再当孝子，忠义难以两全，这该怎么办哪？”

四十二

初，荧惑入太微[①]，寻废海西[②]。简文登阼[③]，复入太微，帝恶之。时郗超[④]为中书在直[⑤]。引超入曰：“天命修短[⑥]，故非所计，政当无复近日事[⑦]不？”超曰：“大司马方将外固封疆[⑧]，内镇[⑨]社稷，必无若此之虑。臣为陛下以百口保之。”帝因诵庾仲初诗曰：“志士痛朝危，忠臣哀主辱[⑩]。”声甚凄厉。郗受假还东[⑪]，帝曰：“致意尊公，家国之事，遂至于此。由是身不能以道匡卫[⑫]，思患预防，愧叹之深，言何能喻！”因泣下流襟。

[注释]

①荧惑：即火星。太微：古人把星空分为若干区域，其中有所谓三垣，即紫微垣、太微垣、天市垣。太微垣，在北斗星的南面一带。古人以之为天帝南宫，与人间朝廷相对应。②海西：海西公司马奕，曾多次被废。③登阼：登上帝位。④郗超：桓温的亲信，简文帝时任中书侍郎，后为司徒左长史。⑤直：值班，当班。⑥修短：

长短。⑦政当：正当，只是。政，通“正”。复：再，又。近日事：指恒温废帝。⑧封疆：边界，边境。⑨镇：安定。⑩“志士”两句：大意是，志士见朝廷危难而痛心，忠臣因君主屈辱而伤怀。⑪受假还东：指获准请假回会稽探望父亲一事。郗超的父亲郗倍曾受到简文帝的赏识，简文帝即位后，郗倍任都督浙江东五郡军事，镇守会稽（在建康之东）。⑫匡卫：纠正和保卫。

［译文］

当初，火星进入北斗星南面的太微区域，不久，桓温废黜晋废帝司马奕，将其封为海西县公。简文帝即位，火星又进入太微，简文帝非常厌恶这件事。这时郗超做中书侍郎，在朝值班。简文帝叫他入内，说道：“国家寿命的长短，本来不是人所能决定的。只是不会发生最近的事吧？”郗超道：“桓大司马正要对外巩固边疆，对内安定国家，一定不会有这样的打算。我拿全家百口人的性命来给陛下担保。”简文帝于是吟诵庾仲初（阐）的诗句：“志士痛朝危，忠臣哀主辱。”声音非常悲凉凄厉。郗超请假回浙东会稽的时候，简文帝对他说道：“请向令尊转达我的问候，国家的事情，终于到了这个地步。由于我不能够采取有效的措施来纠正错误保卫国家，思虑灾难而预先防范，我的羞愧和感慨之深，用言语怎么能够说得清楚！”因而泪下，沾湿衣襟。

四十三

简文入华林园①，顾谓左右曰：“会心处不必在远。翳(yì)然②林水，便自有濠、濮③间想也，觉鸟兽禽鱼，自来亲人。”

［注释］

①华林园：在建康台城，三国吴建，东晋王朝又仿照洛阳的华林园修整过。②翳然：形容荫蔽的样子。③濠：濠水。濮：濮水。

［译文］

简文帝进入华林园游玩，回头对随从说：“使人心领神会的地方，不一定要很远。林木茂密，水波掩映，便自然产生闲游于濠梁濮水之间的那种悠然出世的情趣，觉得鸟兽禽鱼会来与人亲近。”

西园曲水

华林园，在建康台城，本是吴国的皇宫花园。图中表现了一处山水相映的秀丽林园。

四十四

谢太傅语王右军[①]曰："中年伤于哀乐[②]，与亲友别，辄作数日恶。"王曰："年在桑榆[③]，自然至此，正赖丝竹陶写[④]，恒恐儿辈觉，损[⑤]欣乐之趣。"

[注释]

①王右军：王羲之，字逸少，曾任江州刺史、右军将军、会稽内史。②哀乐：偏义复词，指"哀"。③桑榆：比喻黄昏，也比喻人的晚年。④陶写：陶冶和抒发。⑤损：破坏，减少。

[译文]

太傅谢安对右军将军王羲之说："人到中年，容易受到哀伤情绪的影响，和亲朋好友相别，总有好几天心情郁闷。"王羲之说道："人到晚年，自然会这样，正需要管弦丝竹陶冶情操，可是又常常担心晚辈们破坏欢乐的情趣。"

四十五

支道林常养数匹马。或言道人畜马不韵[①]。支曰："贫道重其神骏[②]。"

[注释]

①畜马：养马。韵：风致高雅。②神骏：良马的神态，英姿。

[译文]

支道林经常养着几匹马。有人说和尚养马不高雅。支道林说道："和尚我是看重它矫健的英姿。"

四十六

刘尹与桓宣武共听讲《礼记》[①]。桓云："时有入心处，便觉咫(zhǐ)尺玄门[②]。"刘曰："此未关至极[③]，自是金华殿[④]之语。"

[注释]

①《礼记》：儒家阐述礼制的作用和意义的著作。②咫尺：很近。咫，古代的长度单位，八寸为咫。玄门：奥妙之处，高深之境。③至极：顶点。④自是：只不过是。金华殿：汉成帝时，郑宽中、张禹曾在金华殿给皇帝讲解《尚书》《论语》。这里用"金华殿之语"指代儒生为皇帝讲述理论时的老生常谈。

[译文]

丹阳尹刘惔和桓温一起听人讲《礼记》。桓温说道："有时听到心领神会的地方，便觉得距离高深的境界已经非常接近了。"刘惔道："这还没有涉及最精妙的境界，还只是汉成帝时儒生在金华殿上讲经时的那一套老生常谈而已。"

四十七

羊秉为抚军参军①，少亡②，有令誉③，夏侯孝若④为之叙，极相赞悼⑤。羊权为黄门侍郎⑥，侍简文坐。帝问曰："夏侯湛作《羊秉叙》⑦，绝可想。是卿何物⑧？有后不？"权潸(shān)然⑨对曰："亡伯令问夙彰⑩，而无有继嗣。虽名播天听⑪，然胤(yìn)绝圣世⑫。"帝嗟慨久之。

[注释]

①"羊秉"句：简文帝任抚军将军时，羊秉是他的参军。②少亡：年纪很轻就死掉。③令誉：美好的名声。④夏侯孝若：夏侯湛，字孝若。⑤赞悼：赞美吊唁。⑥黄门侍郎：侍护皇帝，传达诏命的官员。⑦《羊秉叙》：记述羊秉世系和生平事迹的文章。⑧何物：何人。⑨潸然：眼泪往下流的样子。⑩令问：令闻，美好的名声。夙彰：向来明显。⑪天听：皇帝听到。这句指名声传到了皇帝的耳朵里。⑫胤：后代。圣世：圣代，指当代，这里是对皇帝的谀辞。

[译文]

羊秉在简文帝任抚军将军时，做过他的参军，年纪很轻就死了，有很好的声誉，夏侯湛为他写了一篇悼文，极力地赞颂和哀悼他。后来羊权任黄门侍郎，陪侍在简文帝座旁。简文帝问道："夏侯湛撰写《羊秉叙》，令人非常想念羊秉。不知道他是你的什么人？有后代没有？"羊权流着眼泪回答道："我去世的伯父一向美名昭彰，可是没有后代。虽然名声已经传到天子耳里，然而后嗣已断绝。"简文帝听了，感叹了很长时间。

四十八

刘尹云："人想王荆产佳①，此想长松下当②有清风耳。"

[注释]

①想：想象。王荆产：王徽，字幼仁，小名荆产，曾任右军司马。佳：美好。②当：应当，应该。

[译文]

丹阳尹刘惔说："人们推想王澄的儿子王荆产一定很好，这等于想象高大的松树下定会有清风一样。"

四十九

王仲祖闻蛮语不解①，茫然曰：“若使介葛卢②来朝，故当不昧③此语。”

［注释］

①王仲祖：王濛。蛮语：古代指少数民族语言。②介葛卢：春秋时代东部少数民族国家介国的国君，相传其懂牛语。③故当：想必，自然。不昧：理解，通晓。

［译文］

王仲祖听到外族人说话，一点也不懂，他困惑不解地说道：“如果让春秋时代那个懂得牛的语言的介国国君葛卢来听，想必他会懂得这些话。”

五十

刘真长为丹阳尹，许玄度出都①就刘宿。床帷新丽，饮食丰甘。许曰：“若保全此处，殊胜东山②。”刘曰：“卿若知吉凶由人，吾安得不保此！”王逸少在坐曰：“令巢、许遇稷、契(xiè)③，当无此言。”二人并有愧色。

［注释］

①许玄度：许询，字玄度，善清谈，受人敬仰，又乐于隐遁，拒绝出任官职。出都：离开京都。②东山：山名，谢安曾在东山隐居。③稷：后稷，周的始祖，尧时任稷官。契：商的始祖，舜时为司徒，辅助大禹治水。

［译文］

刘真长任丹阳尹的时候，许玄度离开京都，到他的家里住宿。床帐新颖华丽，饮食丰腴味美。许玄度说道：“如果能保住这个地方，比在东山隐居强多了。”刘真长道：“你如果能够明白吉凶祸福是由人来决定的，我怎么会保不住这个地方！”当时王逸少（羲之）也在座中，说道：“如果是巢父和许由，遇见了周代的始祖稷和商代的始祖契，肯定不会说这样的话。”刘、许二人听了，脸上都有羞愧的神色。

五十一

谢太傅寒雪日内集①，与儿女讲论文义②。俄而雪骤③，公欣然曰：“白雪纷纷何所似④？”兄子胡儿曰：“撒盐空中差可拟⑤。”兄女曰：“未若柳絮因风起⑥。”公大笑乐。即公大兄无奕女⑦，左将军王凝之妻也。

[注释]

①内集：家里人聚会。②文义：文章的义理。③俄而：一会儿。骤：急。④“白雪”句：大意是，白雪纷纷扬扬像什么。⑤“撒盐”句：大意是，往天上撒盐满可以用来一比。差，大致还可以。拟，比拟，形容。⑥“未若”句：大意是，比不上柳絮随风飞舞。未若，不如。因风，随风。⑦无奕女：指谢道韫。

[译文]

太傅谢安在一个严寒大雪的日子里，召集家里的人，给儿女们讲解文章的义理。过了一会儿，雪下得更急了，谢安兴致勃勃地问道：“这纷纷扬扬的大雪像什么呢？”侄子胡儿（谢朗）说道：“像空中撒下细小的盐粒。”侄女说道：“还不如说是柳絮随风飞扬。”谢安大笑，非常高兴。她就是谢安大哥谢无奕的女儿谢道韫，左将军王凝之的妻子。

对景吟诗

太傅谢安在一个严寒大雪的日子里，召集家里的人，给儿女们讲解文章的义理。侄女说那纷纷扬扬的雪像柳絮随风飞扬。图中描绘了古人对景吟诗的场景。

五十二

王中郎令伏玄度、习凿齿论青、楚人物①，临成，以示韩康伯②。韩康伯都无言，王曰：“何故不言？”韩曰：“无可无不可。”

[注释]

①王中郎：王坦之，字文度。伏玄度：伏滔，字玄度。习凿齿：字彦威，荆州襄阳郡（今湖北襄阳）人。青、楚：青州和荆州。楚国旧号荆，所以这里称荆州为楚。②临成：等到议论完毕。韩康伯：韩伯，字康伯。

[译文]

北中郎将王坦之让伏玄度、习凿齿两人评论青州、荆州的历代人物，将要评论完毕，王坦之拿去给韩康伯看。韩康伯一句话都没有说，王坦之道：“你为什么不说话？”韩康伯道：“这个评论可有可无，所以没什么可说的。”

五十三

刘尹云：“清风朗月，辄思玄度①。”

［注释］

①辄：就。思：思念，想到。

［译文］

丹阳尹刘惔说："每逢风清月朗的夜晚，就不免思念许玄度。"

五十四

荀中郎在京口①，登北固②望海云："虽未睹三山③，便自使人有凌云意。若秦、汉之君，必当褰(qiān)裳濡(rú)足④。"

［注释］

①荀中郎：荀羡，字令则，曾任北中郎将、徐州刺史，故称。京口：地名，今江苏镇江。②北固：北固山，在京口东北，山上有北固亭，下临长江。③三山：指传说中东海的蓬莱、方丈、瀛洲三座神山。④褰裳濡足：提起衣裳沾湿双足。

［译文］

北中郎将荀羡在京口任职的时候，登上北固山，远望东海，说道："虽然没有看到蓬莱三岛，但已经使人有凌云登仙的韵味。倘若是秦皇、汉武，一定会撩起衣裳，欣然下海。"

五十五

谢公云："贤圣去人，其间(jiàn)亦迩(ěr)①。"子侄未之许②。公叹曰："若郗超闻此语，必不至河汉③。"

［注释］

①间：间隔，相距。迩：近。②许：认同，认可。③河汉：指银河，这里表示遥不可及。

［译文］

谢安说："圣人、贤人和一般人的距离是非常接近的。"他的子侄们不同意这种看法。谢安叹息道："如果是郗超听了这话，一定不会认为这话像银河一般遥远不着边际。"

五十六

支公好①鹤，住剡(shàn)东岇(àng)山②。有人遗③其双鹤，少时翅长欲飞，支意惜之，乃铩(shā)其翮(hé)④。鹤轩翥(zhù)⑤不复能飞，乃反顾翅，垂头，视之如有懊丧意。林曰：“既有凌霄之姿，何肯为人作耳目近玩？”养令翮成，置[⑥]使飞去。

[注释]

①支公：即支道林。好：喜欢。②剡：剡县，属会稽郡。岇山：山名。③遗：赠送。④铩：摧残。翮：鸟羽根部中空部分，这里代指翅膀。⑤轩翥：高飞的样子。⑥置：释放。

[译文]

支道林爱好养鹤，住在剡县东面的岇山上。有人送给他一对小鹤，不久小鹤的翅膀长成，想要飞走，支道林心里舍不得它们，就把它们的翅膀毛剪短了。鹤高举双翅，却再也不能飞翔，回头看看翅膀，垂下了头，看上去好像心中很是懊恼沮丧。支道林说道：“既然你们有直冲云霄的资质，又怎情愿给人做观赏的玩物呢？”于是喂养到羽翼长成，就让它们飞走了。

五十七

谢中郎[①]经曲阿后湖，问左右：“此是何水？”答曰：“曲阿湖。”谢曰：“故当渊注渟(tíng)著[②]，纳而不流。”

[注释]

①谢中郎：谢万，字万石，谢安的弟弟，曾任西中郎将、豫州刺史。②渊注渟著：汇聚储存。

[译文]

中郎将谢万经过曲阿后湖，问随从道：“这是什么水？”随从回答：“曲阿湖。”谢万道：“这湖一定是深入灌注，汇聚存储，湖水只是流入，而不流出。”

五十八

晋武帝每饷山涛[①]恒少。谢太傅以问子弟[②]，车骑[③]答曰：“当由欲者不多，而使与者忘少。”

[注释]

①饷：赏赐。山涛：字巨源。②子弟：子侄辈。车骑：车骑将军，这里指谢安的侄儿谢玄。

[译文]

晋武帝每次赏赐给山涛物品，都很少。太傅谢安问子侄们如何看待这件事，车骑将军谢玄回答道："应当是由于领赏的人不想要得太多，才使赏赐的人忘记给得太少了。"

五十九

谢胡儿①语庾道季："诸人莫当就②卿谈，可坚城垒③。"庾曰："若文度来，我以偏师④待之；康伯来，济河焚舟⑤。"

[注释]

①谢胡儿：谢朗，谢安的侄儿。②莫：也许，大概。就：靠近。③坚：加固。城垒：城墙堡垒。④偏师：在主力军侧翼协助作战的部队。⑤济河焚舟：语出《左传·文公三年》，原指过了黄河就烧掉渡船，表示必死的决心。

[译文]

谢胡儿（朗）对庾道季说道："晚上可能有人要到你那里清谈，你要把城池堡垒加固一点。"庾道季说道："如果是王文度（坦之）来，我只要用部分人马就可以对付他；如果是韩康伯来，我就过河烧船，破釜沉舟，一拼到底。"

六十

李弘度常叹不被遇①。殷扬州②知其家贫，问："君能屈志百里③不？"李答曰："《北门》④之叹，久已上闻。穷猿奔林，岂暇择木！"遂授剡县。

[注释]

①李弘度：李充，字弘度。遇：机遇，指得到君主或上位者的赏识、重用。②殷扬州：殷浩，字渊源。曾任扬州刺史。③屈志：降低心愿。百里：指百里方圆的地方，即一个县。④《北门》：《诗经》中的一篇，描写一个小官吏慨叹自己位卑多劳，生活贫困。

由基射猿

由基张弓瞄准树上的猿猴，猿猴仓皇无措。李弘度时常叹息得不到赏识提拔，说自己就像走投无路的猿猴在山林里奔窜。

[译文]

李弘度时常叹息得不到赏识提拔。扬州刺史殷浩知道李弘度家境贫寒，就问他道："您能不能屈尊迁就到一个方圆只有百里的小县去任职？"李弘度回答道："《北门》之叹，早就让您听到了；现在我就像走投无路的猿猴在山林里奔窜，哪里还顾得上选择林木？"殷浩于是委任他做了剡县县令。

六十一

王司州至吴兴印渚(zhǔ)①中看，叹曰："非惟使人情开涤②，亦觉日月清朗。"

[注释]

①王司州：王胡之，字修龄。曾任吴兴太守、司州刺史。印渚：地名，在吴兴郡于潜县，据记载，渚旁有白石山，是水流汇集之地。②开涤：开阔胸襟，荡涤心灵。

[译文]

司州刺史王胡之到吴兴一个叫印渚的地方观赏景色，赞叹道："这里不仅能让人胸襟开阔，情感得到净化，而且能使人觉得日月更加清亮明朗。"

六十二

谢万作豫州都督①，新拜②，当西之都邑，相送累日，谢疲顿。于是高侍中③往，径就谢坐，因问："卿今仗节④方州，当疆理西蕃⑤，何以为政？"谢粗道其意。高便为谢道形势，作数百语。谢遂起坐。高去后，谢追⑥曰："阿酃(líng)故粗有才具⑦。"谢因此得终坐。

[注释]

①都督：官名，地方军政长官。②新拜：新受官职。③高侍中：高崧，字茂琰，小名阿酃，曾任吏部郎、侍中。④仗节：拿着符节（凭证）。⑤疆理：治理。西蕃：即西藩，西边的屏障。豫州在长江以西、今河南省项城市一带，所以叫西蕃。⑥追：回顾，追忆。⑦才具：才能，才干。

[译文]

谢万出任豫州都督，刚接到委派，就要西行去上任，亲友连日给他饯行，谢万感到疲惫不堪。这时侍中高崧前来相见，他径直来到谢万身边坐下，问道："你现在受命主管一州，就要去治理西部地区，打算怎样处理政事呢？"谢万粗略谈了一下自己的打算。高崧就给他讲述当地的政治局势和地理、人事情况，说了好几百句话。谢万于是起身恭坐倾听。高崧走后，谢万追想道："阿酃确实有些才能。"谢万也因此坚持接待完所有人。

六十三

袁彦伯为谢安南司马①，都下②诸人送至濑乡。将别，既自凄惘(wǎng)③，叹曰："江山辽落④，居然有万里之势。"

[注释]

①谢安南：谢奉，字弘道，曾任安南将军。司马：官名，将军府的属官，管理一府之事。②都下：京都。③凄惘：伤感愁闷。④辽落：空阔，广大。

[译文]

袁彦伯（宏）被任命为安南将军谢奉的司马，都城里的友人给他送行，一直送到濑乡。快要分别的时候，袁彦伯不胜凄凉、怅惘，慨叹道："江山如此寂寥旷远，的确有万里气势。"

六十四

孙绰赋《遂初》①，筑室畎(quǎn)川②，自言见止足之分(fèn)③。斋④前种一株松，恒自手壅⑤治之。高世远时亦邻居，语孙曰："松树子非不楚楚可怜⑥，但永无栋梁用耳！"孙曰："枫柳虽合抱⑦，亦何所施⑧？"

[注释]

①《遂初》：《遂初赋》。孙绰在赋中表达了隐居山林的愿望。②畎川：地名。③止足：指知止、知足，即安守本分。分：指本分。④斋：住房。⑤壅：培土。⑥楚楚可怜：繁茂美好。⑦合抱：两臂围拢，形容粗大。⑧施：使用。

[译文]

孙绰作《遂初赋》来表明自己的志向，还在畎川修了一座房子，说自己已经明白了安分守己是自己的本分的道理。他在房前种了一株松树，经常培土、修整。高世远当时也住在邻近的地方，对孙绰说道："小松树长得确实娇嫩可爱，但永远不是栋梁之材！"孙绰说道："枫树、柳树虽然有合抱之粗，又能派上什么用场呢？"

六十五

桓征西治①江陵城甚丽，会宾僚出江津②望之，云："若能目③此城者有赏。"顾长康④时为客，在坐，目曰："遥望层城⑤，丹楼如霞。"桓即赏以二婢。

[注释]

①桓征西：桓温，曾任征西大将军。治：治理，整治。②会：聚集。宾僚：宾客，属官。江津：指汉江的渡口。③目：品评，评赏。④顾长康：顾恺之，字长康，著名画家。⑤层城：昆仑山的最高处，即天庭，这里比喻高耸的城墙。

[译文]

征西大将军桓温修筑江陵城，城池非常雄伟，便会集宾客僚属到汉江渡口远望城景，说道："如果谁能恰当地品评这座城，有奖赏。"顾长康当时在江陵做客，正在座中，便品评道："远看这一层层的城墙，红色的城楼宛如印在彩霞中一般。"桓温立即赏给他两个婢女。

六十六

王子敬语王孝伯曰："羊叔子自复佳[①]耳，然亦何与(yù)[②]人事？故不如铜雀台上妓[③]。"

[注释]

①羊叔子：羊祜，字叔子，有才德。自复佳：本身固然很好。②与：干涉，牵连。③"故不"句：铜雀台是曹操修建的，用以表演歌舞。妓，通"伎"，指能歌善舞之女侍。

[译文]

王子敬对王孝伯说："羊叔子这个人固然很好，但是又何必去参与世事，过多地在官场上耗费精力，还不及铜雀台上的歌舞伎那样潇洒呢。"

六十七

林公见东阳长山[①]曰："何其坦迤(yí)[②]！"

[注释]

①长山：山名，在东阳郡长山县。②坦迤：指山势绵延曲折。

[译文]

支道林看见东阳郡的长山，赞叹道："多么坦荡逶迤啊！"

群山绵延

支道林看见东阳郡的长山，连声赞叹，图中表现了一人观看群山的情景。

六十八

顾长康从会稽还，人问山川之美，顾云：“千岩竞秀①，万壑(hè)②争流，草木蒙笼③其上，若云兴霞蔚④。”

[注释]

①岩：雄伟的山峰。秀：高耸，挺拔。②壑：山沟。③蒙笼：葱茏茂密。④云兴霞蔚：彩云兴起，绚烂美丽。

[译文]

顾长康从会稽回来，人们问他那里的山川景色有多美，顾长康说道：“那里山峰峻拔，万壑奔流，草木葱茏，覆盖在山坡上，好似彩云兴起，灿烂无比。”

六十九

简文崩①，孝武②年十余岁，立，至暝不临(lìn)③。左右启：“依常应临。”帝曰：“哀至则哭，何常之有！”

[注释]

①崩：天子死。②孝武：晋孝武帝司马曜，简文帝的儿子。③至暝：直到日暮。临：哭丧。

[译文]

简文帝驾崩，孝武帝司马曜才十几岁，即皇帝位，他直到日落还没有到灵前哭吊。侍从启奏道：“按照常规应当去哭吊了。”孝武帝道：“悲痛至极时自然会哭，有什么常规不常规？”

七十

孝武将讲①《孝经》，谢公兄弟与诸人私庭讲习②。车武子难苦问谢③，谓袁羊曰：“不问则德音④有遗，多问则重劳⑤二谢。”袁曰：“必无此嫌。”车曰：“何以知尔？”袁曰：“何尝见明镜疲⑥于屡照，清流惮(dàn)于惠风⑦？”

[注释]

①讲：探讨，研究。②私庭：私邸，私人居所。讲习：讨论，研习。③难苦问谢：以疑难、困惑请教谢氏。德音：好的言语，是对别人言辞的尊称，这里指谢安兄弟的言论。⑤重劳：很麻烦别人。⑥何尝：哪里，何曾，表示疑问。疲：疲惫，劳累。⑦清流：清澈的水流。惮：害怕。惠风：和煦的风。

[译文]

孝武帝将要讲论《孝经》，谢安、谢石兄弟和众人先在家里讨论学习。车武子（胤）多次想向谢氏兄弟请教，但又感到为难，便对袁羊说道："不问恐怕遗漏了精湛的言论，多问又恐过于劳累了两位谢公。"袁羊道："一定不会引起这种不满。"车武子道："你怎么知道会是这样的呢？"袁羊道："你什么时候见过明亮的镜子因连续照影而疲劳，清澈的流水会害怕和风的吹拂？"

七十一

王子敬曰："从山阴①道上行，山川自相映发②，使人应接不暇。若秋冬之际，尤难为怀③。"

[注释]

①山阴：会稽郡山阴县（今浙江绍兴）。②映发：映照，相互辉映。③为怀：放怀，忘记。

[译文]

王子敬（献之）说："从山阴道上经过，山光水色交相辉映，使人目不暇接。若是秋末冬初，景色会更加令人难以忘怀。"

七十二

谢太傅问诸子侄："子弟亦何预①人事，而正欲使其佳②？"诸人莫有言者，车骑答曰："譬如芝兰玉树③，欲使其生于阶庭④耳。"

[注释]

①何预：为什么干预。②正欲使其佳：偏要让他们优秀。③譬如：比如。芝兰：芝草和兰草，都是香草。玉树：传说中的仙树。④阶庭：庭院，指家门内。

[译文]

太傅谢安问各位子侄："年轻的后辈们又何必去参与世事，为什么总想使他们成为优秀人才？"大家都没有说话，谢玄回答道："这好比芝兰玉树，人们都想把它种在自己的庭院里。"

七十三

张天锡为凉州刺史，称制西隅①。既为苻坚所禽②，用为侍中。后于寿阳俱败，至都，为孝武所器。每入言论，无不竟日。颇有嫉己者，于坐问张："北方何物可贵？"张曰："桑葚甘香，鸱鸮(chī xiāo)革[3]响。淳酪[4]养性，人无嫉心。"

［注释］

①称制：建立政权。西隅：西部地区，这里指凉州。②禽：同"擒"，抓获，俘虏。③鸱鸮：猫头鹰。革：鸟的翅膀。④淳酪：醇厚的奶酪。

［译文］

张天锡任凉州刺史，在西部地区自立为王。他被苻坚俘虏以后，被任用为侍中。后来张天锡跟随苻坚到寿阳，一起遭到兵败，便归顺晋朝，来到京都，受到晋孝武帝的器重。张天锡每次入朝谈论，一谈就是一整天。很有一些人妒忌他，就当众问他道："北方什么东西最珍贵？"张天锡道："桑葚又甜又香，猫头鹰振翅作响。醇酪怡情养性，人无忌妒之心。"

七十四

顾长康拜桓宣武墓[1]，作诗云："山崩溟海竭[2]，鱼鸟将何依[3]。"人问之曰："卿凭重[4]桓乃尔，哭之状其可见[5]乎？"顾曰："鼻如广莫长风[6]，眼如悬河决溜[7]。"或曰："声如震雷[8]破山，泪如倾河注[9]海。"

［注释］

①"顾长康"句：顾长康曾在桓温手下任参军，得到桓温的赏识，所以对桓温很感激。②山崩：山倒塌。溟海：大海。竭：干涸，枯竭。③何依：依何，依靠什么。④凭重：倚重。⑤其：表示推测。见：说明，描述。⑥广莫：广漠，这里指广漠的原野。长风：北风。⑦悬河：形容瀑布，这里比喻河水倾泻不止。决溜：指河堤决口，河水急流。⑧震雷：响雷。⑨注：倒入，倾注。

［译文］

顾长康去拜谒桓温的陵墓，作诗道："如果山崩海枯，山里的鸟海里的鱼还能依靠什么呢？"有人问他："你对桓温推崇到这种地步，为他大哭的情状可以描述出来吗？"顾长康道："鼻息似广漠长风，眼泪如瀑布泄流。"或者说是："声音像震雷破山，眼泪如倾河注海。"

七十五

毛伯成既负其才气，常称："宁为兰摧玉[1]折，不作萧敷艾荣[2]。"

［注释］

①兰：兰草，一种香草。玉：美玉。②萧：恶草。敷：花开。荣：草开花。

［译文］

毛伯成（玄）因为非常有才华而自负，常常声称：“宁为幽兰美玉而横遭摧折，也不做萧艾而花繁叶茂。”

七十六

宣武移镇①南州，制街衢（qú）②平直。人谓王东亭③曰：“丞相初营建康，无所因承，而制置纡（yū）曲④，方此为劣。”东亭曰：“此丞相乃所以为巧。江左地促，不如中国。若使阡陌（qiān mò）条畅⑤，则一览而尽。故纡余委曲，若不可测。”

［注释］

①移镇：迁移镇守。②制：规划，整治。街衢：街道。③王东亭：王珣，字元琳，王导之孙。④纡曲：曲折，弯曲。⑤阡陌：田间小路，这里指街道。南北方向的叫阡，东西方向的叫陌。条畅：顺畅无阻。

［译文］

桓温转移到南州镇守，把街道修得又平又直。有人对东亭侯王珣说：“丞相王导当初营造建康城，没有先例可供参考，因此规划得弯弯曲曲，比起这里来是差了一些。”王珣说道：“这正是丞相巧妙的地方。江南地方狭窄，比不上中原地区。假如让四面街道平直无阻，那就会一览无余。有意迂回曲折，那么就显得深不可测了。”

七十七

谢灵运好戴曲柄笠①，孔隐士②谓曰：“卿欲希心高远③，何不能遗曲盖④之貌？”谢答曰：“将不畏影者未能忘怀⑤。”

［注释］

①谢灵运：谢玄之孙，曾任永嘉太守、临川内史。曲柄笠：一种形状类似曲盖的斗笠。②孔隐士：孔淳之，在上虞山隐居。③希心：仰慕，倾心。高远：指德行高尚、志趣远大。④曲盖：帝王、大官外出时的一种仪仗，盖如伞状，柄弯曲。⑤将不：恐怕，表示测度。畏影者：害怕自己影子的人。忘怀：忘记（自己的影子）。

［译文］

谢灵运喜欢戴形状类似曲盖的斗笠，隐士孔淳之对他说道：“你是心境高远、品德高尚的人，为什么不能忘怀达官显贵做仪仗用的曲柄伞的形状？”谢灵运回答道：“恐怕是害怕影子的人不能忘记自己的影子吧。”

政事第三

一

陈仲弓为太丘长，时吏有诈称母病求假。事觉[1]收[2]之，令吏杀焉。主簿请付狱，考众奸[3]。仲弓曰："欺君不忠，病母不孝。不忠不孝，其罪莫大。考求众奸，岂复过此？"

[注释]

①事觉：事情被发觉。②收：逮捕。③付狱：交付狱吏。考：查究，拷问。众奸：指诸多犯法的事。

[译文]

陈仲弓（寔）任太丘长，当时有一个小官吏谎称母亲生病来请假。事情被发觉后，陈仲弓逮捕了他，并命令执法官员把他处死。主簿请求先把他关起来再查究其他罪行。陈仲弓道："欺骗君上不忠，咒母生病不孝。不忠不孝，他的罪行没有比这更大的了。查究其他罪行，难道还有超过这个的吗？"

二

陈仲弓为太丘长，有劫贼杀财主[1]，主者[2]捕之。未至发所[3]，道闻民有在草不起子[4]者，回车往治之[5]。主簿曰："贼大，宜先按讨。"仲弓曰："盗杀财主，何如[6]骨肉相残？"

[注释]

①劫贼：劫匪。财主：财物的主人。②主者：主管官员。③发所：事发地点。④道闻：路上听说。在草：生孩子。不起子：抛弃孩子，不肯养育。⑤治之：查办治罪。⑥何如：哪里比得上。

[译文]

陈仲弓做太丘长的时候，有强盗抢掠杀死货主，主管官吏逮捕了罪犯。陈仲弓还没有到达出事地点，半路上听说有一家老百姓生孩子不肯养育而抛弃亲子的，便掉转车头赶去处理。主簿说道："强盗杀人事大，应该先去查办治罪。"陈仲弓道："强盗杀死货主，怎么比得上残杀亲骨肉？"

三

陈元方[①]年十一时，候袁公[②]。袁公问曰："贤家君在太丘，远近称之，何所履行[③]？"元方曰："老父在太丘，强者绥之以德，弱者抚之以仁，恣其所安，久而益敬。"袁公曰："孤[④]往者尝为邺令，正行此事。不知卿家君法孤？孤法卿父？"元方曰："周公、孔子，异世而出，周旋动静[⑤]，万里如一。周公不师孔子，孔子亦不师周公。"

[注释]

①陈元方：陈仲弓长子。②候：拜候。袁公：未知指何人。③履行：执行，实行。④孤：古代王侯的自称。⑤周旋：指应酬、揖让一类的礼节活动。动静：行止，行动。

[译文]

陈元方十一岁的时候，去拜访袁公。袁公问他道："令尊在太丘县任职时，远近的人都称颂他，他到底做了些什么事？"陈元方道："家父在太丘，用恩德去安抚强悍的人，用仁爱去体恤柔弱的人，让他们安居乐业，久而久之，百姓就更加敬重他了。"袁公道："我过去曾经做过邺县县令，正是这样做的。不知道是你的父亲效法我，还是我效法你的父亲？"陈元方道："周公、孔子，生活在不同的时代，他们的思想、行动，虽然相距遥远，却都如出一辙。周公没有效法孔子，孔子也没有效法周公。"

四

贺太傅[①]作吴郡，初不出门。吴中诸强族轻[②]之，乃题府门云："会稽鸡，不能啼。"贺闻，故出行，至门反顾，索笔足[③]之曰："不可啼，杀吴儿。"于是至诸屯邸[④]，检校[⑤]诸顾、陆役使官兵及藏逋(bū)亡[⑥]，悉以事言上[⑦]，罪者甚众。陆抗[⑧]时为江陵都督，故下请孙皓[⑨]，然后得释。

鸡

图中表现了一名女子正对着四只鸡倚窗沉思的情形。

［注释］

①贺太傅：贺邵，字兴伯，会稽郡山阴县人，任吴郡太守，后升任太子太傅。②强族：豪门大族。轻：轻视，小看。③索：索取，索要。足：补齐。④屯邸：庄园，宅邸。⑤检校：查核。⑥逋亡：逃跑。⑦言上：报告给朝廷。⑧陆抗：吴郡人，丞相陆逊之子，孙策外孙。⑨下：当时陆抗所在的江陵居上游，孙皓所在的建业居下游，故说“下”。孙皓：三国时吴国的亡国君主。

［译文］

太子太傅贺邵曾任吴郡太守，上任之初，从不出门。吴中各个豪门大族都轻视他，竟在郡署大门上写道：“会稽鸡，不能啼。”贺邵听说后，故意外出，走到门口，回身一看，便要了笔墨，在句子下面补充道：“不可啼，杀吴儿。”于是到各豪门大族的庄园，查核各顾姓、陆姓家族奴役官兵和窝藏逃亡户口的情况，然后把事情全部上报朝廷，被定罪的人非常多。陆抗当时正任江陵都督，特意从江陵赶到建业，请求孙皓宽恕，这才得以赦免。

五

山公以器重朝望①，年逾七十，犹知管时任②。贵胜年少，若和、裴、王③之徒，并共言咏④。有署⑤阁柱曰：“阁东，有大牛，和峤鞅⑥，裴楷鞦（qiū）⑦，王济剔嬲（niǎo）⑧不得休。”或云潘尼⑨作之。

［注释］

①山公：山涛。朝望：在朝廷中有声望。②知管：主管。时任：当时的重任。③贵胜：权贵。和、裴、王：和峤、裴楷、王济。④并共：一起，一同。咏：赞叹。⑤署：署名。⑥鞅：驾车时套在牛马脖子上的皮套。⑦鞦：驾车时拴在牛马屁股后的皮带。⑧剔嬲：挑逗，纠缠。⑨潘尼：字正叔，潘岳之侄。

［译文］

山涛由于受到器重，在朝中又有极高的威望，年纪已经过了七十岁，还主管当时的重要朝政。名流权贵子弟，如和峤、裴楷、王济等人都写诗赞颂他。于是有人在阁道的柱子上写道：“阁道东，有大牛，和峤在牛前，裴楷在牛后，王济在中间搅扰不得休。”有人说这是潘尼作的。

六

贾充①初定律令，与羊祜共咨太傅郑冲②。冲曰：“皋（yáo）陶③严明之旨，非仆暗懦所探。”羊曰：“上意欲令小加弘润④。”冲乃粗下意。

[注释]

①贾充：字公闾，在魏朝任廷尉，主管诉讼刑狱。②郑冲：字文和，深研儒术和百家之言，动必循礼。③皋陶：舜时的法官，制定了法令。④弘润：扩充润色。

[译文]

贾充刚定出法令，就和羊祜一起去请教太傅郑冲。郑冲说道："皋陶那种严肃而公正的立法宗旨，不是我这种懦弱、不明事理的人所能明白的。"羊祜道："皇上想叫您稍加补充润色。"郑冲这才粗略地阐述了自己的意见。

七

山司徒前后选[①]，殆周遍[②]百官，举无失才。凡所题目[③]，皆如其言。惟用陆亮，是诏所用，与公意异，争之不从。亮亦寻为贿败[④]。

[注释]

①山司徒：山涛。前后选：前后两次担任选拔官吏的职位。此处"选"前脱字，应为"前后领选"。②殆：几乎。周遍：遍及。③题目：品评，评选。④寻：不久。贿败：因贿赂的事情被罢官。

[译文]

司徒山涛前后两次担任吏部官职，几乎考查遍了朝中百官，没有漏选一个人才。凡是经他评论的人物，都是像他所说的那样有真才实学。只有陆亮是皇帝下令选用的，和山涛的意见不同，山涛曾经为了这事据理力争过，但皇帝没有采纳。陆亮不久也由于受贿而被罢官。

八

嵇康被诛后，山公举康子绍为秘书丞[①]。绍咨公出处[②]，公曰："为君思之久矣。天地四时[③]，犹有消息[④]，而况人乎？"

[注释]

①秘书丞：秘书省的属官，掌管图书典籍。②出处：出仕和退隐。③四时：四季。④消息：消长，减少和增加。

[译文]

嵇康被杀以后，山涛推荐嵇康的儿子嵇绍做秘书丞。嵇绍向山涛请教究竟该不该去做官，山涛说道："我替您考虑很久了。天地四时，还有交替变化的时候，何况是人呢？"

九

王安期为东海郡[①]，小吏盗池中鱼，纲纪推[②]之。王曰："文王之囿(yòu)[③]，与众共[④]之。池鱼复何足惜！"

[注释]

①王安期：王承，字安期。为东海郡：任东海郡太守。②纲纪：主簿，主管府中事务的官员。推：追查。③文王：周文王。囿：古代帝王养禽兽的园子。④共：共同使用。

[译文]

王安期任东海郡太守的时候，有一个小官偷了池塘中的鱼，主管府中事务的官吏追查到这件事，要治他的罪。王安期说道："周文王的苑囿，和百姓共同使用。池塘中的鱼又有什么值得可惜的呢？"

阴阳三合九重八柱十二分图

古人用阴阳三合九重八柱十二分图推演天地四时的交替变化。

十

王安期作东海郡，吏录一犯夜[①]人来。王问："何处来？"云："从师家受书还，不觉日晚。"王曰："鞭挞宁越[②]以立威名，恐非致理[③]之本。"使吏送令归家。

[注释]

①录：拘捕。犯夜：触犯夜行禁令。②宁越：人名，这里指读书人。③致理：治理。致，通"治"。

[译文]

王安期任东海郡太守，有一次官府中的差役拘捕了一个触犯夜行禁令的人。王安期问他："从哪里来的？"回答道："从老师家里上课回来，没有想到时间太晚了。"王安期说道："鞭打一个像宁越那样勤学的人来树立威信，恐怕不是治国安民的根本办法。"便派遣差役把他送回家了。

十一

成帝在石头[①]，任让在帝前戮侍中钟雅、右卫将军刘超。帝泣曰：

“还我侍中！”让不奉诏[②]，遂斩超、雅。事平[③]之后，陶公与让有旧[④]，欲宥（yòu）[⑤]之。许柳儿思妣（bǐ）者至佳[⑥]，诸公欲全[⑦]之。若全思妣，则不得不为陶全让，于是欲并宥之。事奏，帝曰：“让是杀我侍中者，不可宥！”诸公以少主[⑧]不可违，并斩二人。

［注释］

①成帝：东晋成帝司马衍。石头：石头城（在今南京清凉山）。②奉诏：遵奉皇帝的诏令。③平：平复，结束。④有旧：有交情。⑤宥：赦免。⑥思妣：许永，字思妣，许柳之子。至佳：很优秀。⑦全：保全。⑧少主：指晋成帝司马衍。

［译文］

晋成帝司马衍被迁到石头城，叛军任让在成帝面前要杀掉侍中钟雅和右卫将军刘超。成帝流着眼泪说：“把侍中还给我。”任让不遵从皇帝的命令，就把刘超、钟雅二人杀死了。叛乱平定以后，陶侃因为和任让有交情，想让成帝赦免他。另外叛军许柳的儿子许思妣很有才德，许多大臣也想保全他。可是如果保全了许思妣，就不得不让陶侃保全任让，于是大臣们就打算将两人一齐赦免。当大臣们把这个请求上奏朝廷时，成帝说道：“任让是杀我侍中的人，不能赦免！”各位大臣因为不能违抗这位年轻皇帝的旨意，就把两人一齐处死了。

十二

王丞相拜扬州，宾客数百人并加沾接[①]，人人有说色[②]。惟有临海一客姓任及数胡人为未洽[③]，公因便到过任边[④]，云：“君出，临海便无复人。”任大喜说。因过胡人前，弹指[⑤]云：“兰阇（shé）[⑥]，兰阇。”群胡同笑，四坐并欢。

［注释］

①沾接：款待，招待。②说色：高兴的神色。说，通“悦”。③临海：郡名。胡人：这里指印度来的僧人。洽：和谐，融洽。④因便：顺便。到过：来到，走到。任边：姓任的旁边。⑤弹指：搓手指出声。在佛经中也用来表示欢喜、许诺等意思。⑥兰阇：古印度赞誉别人的话。

［译文］

丞相王导出任扬州刺史，几百名贺客都受到了他的款待，人人脸上都有欣喜的神色。只有临海郡一位姓任的客人和几位胡僧脸上没有融洽的神情。王导顺便走到任姓客人身边，说道：“您出来后，临海郡就不再有人才了。”任氏听了，非常高兴。于是王导又走到胡僧面前，捻弹手指道：“兰阇，兰阇。”几位胡僧同时笑了起来，满座客人都很高兴。

十三

陆太尉[1]诣王丞相咨[2]事，过后辄翻异[3]。王公怪其如此，后以问陆。陆曰："公长民短[4]，临时不知所言，既后觉其不可耳。"

［注释］

①陆太尉：陆玩，字士瑶，吴郡人，曾任尚书左仆射、司空，死后追赠太尉。②咨：询问。③翻异：改变说法。④公长民短：您的名位尊贵，我的名位卑微。

［译文］

太尉陆玩到丞相王导那里请示处理公事，说好的事情过后却每每更改。王导奇怪他为什么这样做，后来问陆玩原因。陆玩道："您的名位高，我的名位低，当时不知道该说什么好，事后发觉那样做并不妥当罢了。"

十四

丞相尝夏月至石头看庾公[1]，庾公正料事。丞相云："暑[2]，可小简[3]之。"庾公曰："公之遗[4]事，天下亦未以为允[5]。"

［注释］

①庾公：庾亮。②暑：天气炎热。③小简：稍微简化。④遗：遗留，拖延。⑤允：恰当，适合。

［译文］

丞相王导曾经在一个夏天到石头城探望庾亮，庾亮正在处理公务。王导说道："天气炎热，可以稍微简略一点。"庾亮道："您把事务都拖着，天下的人也未必都认为恰当。"

十五

丞相末年[1]，略不复省事，正封箓（lù）诺[2]之。自叹曰："人言我愦（kuì）愦[3]，后人当思此愦愦。"

［注释］

①末年：晚年。②箓：文书，指奏章、公文、簿籍等。诺：画诺，签字。③愦愦：昏聩，糊涂。

［译文］

丞相王导晚年几乎不再处理政务，只在文件上签字。他自己感叹道："别人说我昏聩糊涂，今后的人一定会怀念这种昏聩糊涂。"

十六

陶公性检厉[①]，勤于事。作荆州时，敕船官悉录锯木屑，不限多少，咸不解此意。后正会[②]，值积雪始晴，听事前除[③]雪后犹湿，于是悉用木屑覆之，都无所妨。官用竹，皆令录厚头[④]，积之如山。后桓宣武伐蜀，装船[⑤]，悉以作钉。又云：尝发所在竹篙，有一官长连根取之，仍当足，乃超两阶[⑥]用之。

[注释]

①性：性情，性格。检厉：节俭，认真。②正会：旧制，正月初一皇帝朝会群臣，接受朝贺。封疆大臣也在这一天会见僚属。③听事：处理政事的大堂。除：台阶。④厚头：近根部的竹头。⑤伐：讨伐。装船：组装战船。⑥仍：就。当足：用竹根当作支撑用的铁足。两阶：两个等级。

[译文]

陶侃秉性严肃认真，工作勤奋。陶侃担任荆州刺史的时候，命令负责造船的官员把锯木剩下的碎屑全部收藏起来，多少不限，大家都不理解他的用意。后来正月初一朝贺时，正遇上连日大雪后刚刚放晴，官厅大堂前面的台阶还是湿漉漉的，于是陶侃命人全部用碎木屑覆盖在上面，人来人往，毫无妨碍。官府用的毛竹，他命令把砍下的厚的一头收集起来，堆积得像山一样。后来桓温讨伐西蜀，装备船只，便把这些竹头全部用来做竹钉。又听说：陶侃曾经在自己管辖的地区砍伐收集当地的竹篙，有一个主管官员把竹子连根拔出，用根部代替竹篙上的铁足。陶侃就把他连升两级加以任用。

十七

何骠骑[①]作会稽，虞存弟謇(jiǎn)作郡主簿，以何见客劳损，欲白断常客[②]，使家人节量[③]择可通者。作白事[④]成以见存。存时为何上佐[⑤]，正与謇共食，语云："白事甚好，待我食毕作教[⑥]。"食竟，取笔题白事后云："若得门庭长如郭林宗[⑦]者，当如所白。汝何处得此人？"謇于是止。

[注释]

①何骠骑：何充，字次道，曾任会稽内史、骠骑将军。②白：说明，陈述。断常客：谢绝一般客人。③量：适量，限量。④白事：陈述事情的文书。⑤上佐：高级助手。⑥教：指示，批示。⑦门庭长：守门的官。郭林宗：郭泰，字林宗，很有眼力，品评人物很准确。

[译文]

骠骑将军何充任会稽内史，虞存的弟弟虞謇任郡主簿，他看见何充接待客人过于劳累伤神，打算禀告何充，请他谢绝普通客人，让手下人酌量选择可以接见的才进行通报。报告文书写好后，送给虞存看。当时虞存是何充的高级助手，正同虞謇一起吃饭，说道："这个呈文很好，等我吃完饭再作批示。"吃过了饭，虞存提笔在报告后面签署意见道："如果能找到一个像郭林宗那样善于发现人才的人，让他来做主管守门的官，就一定照呈文办理。可是你从哪里找到这样的人？"虞謇只好作罢。

十八

王、刘与林公[①]共看何骠骑，骠骑看文书，不顾之。王谓何曰："我今故[②]与林公来相看，望卿摆拨常务[③]，应对玄言[④]，那得方低头看此邪？"何曰："我不看此，卿等何以得存？"诸人以为佳。

[注释]

①王、刘：王濛、刘惔。林公：支道林。②故：专程，特意。③摆拨常务：摆脱日常事务。④玄言：也称玄谈或清谈。晋人崇尚虚无，专谈玄理。

[译文]

王濛、刘惔和支道林一同去探望骠骑将军何充，何充正在翻阅公文，没有理会他们。王濛对何充说道："我们今天特意和林公来看望你，希望你能放下日常事务，和我们一起谈论精妙的玄学，你为什么一直低着头看这些东西呢？"何充道："我不看这些东西，你们怎么能生存呢？"大家都觉得他这话说得很好。

十九

桓公在荆州，全欲以德被[①]江、汉，耻以威刑肃物[②]。令史[③]受杖，正从朱衣[④]上过。桓式年少，从外来，云："向从阁[⑤]下过，见令史受杖，上捎[⑥]云根，下拂地足。"意讥不著。桓公云："我犹患其重。"

幞头、纱帽和官服

桓温做荆州刺史时，耻于用威力严刑来统治人民。一位令史受了杖刑，木棒仅从他的红色官服上擦过。图中描绘的是古代官员所戴的幞头、纱帽及所穿的官服。

[注释]

①被：覆盖、施加。②威刑肃物：用威力刑法对待人，警诫人。③令史：官名，掌管文书。④朱衣：红色官服。⑤阁：官署。⑥捎：轻轻擦过。

[译文]

桓温做荆州刺史时，很想用仁政治理江、汉地区，耻于用威力严刑来整治人民。一位令史受了杖刑，木棒仅从他的红色官服上擦过。这时桓式年纪还小，正从外面进来，说道："刚才我从官署门前经过，看见令史受杖刑，棍子高高举起，上掠云脚，低低放下，擦着地面。"意思是讽刺棍棒根本没有碰到人。桓温说道："我还担心这也太重了呢。"

二十

简文为相，事动经年[①]，然后得过[②]。桓公甚患其迟，常加劝免。太宗[③]曰："一日万机，那得速！"

[注释]

①事动经年：事情动不动就要经过几年。②过：办完。③太宗：晋简文帝的庙号。

[译文]

简文帝做丞相的时候，一件政务动辄要用几年时间，才能处理完毕。桓温担心这样太慢了，经常加以劝告鼓励。简文帝说道："一天要处理成千上万件事情，哪里快得了！"

二十一

山遐去东阳[①]，王长史[②]就简文索东阳，云："承藉猛政，故可以和静致治。"

[注释]

①山遐：字彦林。山涛之孙。去东阳：离开东阳郡太守的职位。②王长史：王濛。

[译文]

山遐离开东阳太守职位以后，左长史王濛向简文帝请求去东阳继任太守，说："凭借着前任严厉的政策，我只要用温和恬淡的办法就可以达到治理的目的。"

二十二

殷浩[①]始作扬州，刘尹行，日小欲[②]晚，便使左右取襆(fú)[③]。人问其故，答曰："刺史严，不敢夜行。"

[注释]

①殷浩：字渊源，任扬州刺史。②小欲：将要。③襆：同"袱"，包袱，行李。

[译文]

殷浩刚出任扬州刺史时，一天丹阳尹刘惔外出，日色将到傍晚，刘惔就命令随从拿出衣被行李。别人问他什么缘故，他回答道："刺史严明，不敢夜行。"

二十三

谢公①时，兵厮②逋亡，多近窜南塘③下诸舫中。或欲求一时搜索，谢公不许，云："若不容置此辈，何以为京都？"

[注释]

①谢公：即谢安。②厮：服杂役的人，差役。③南塘：指秦淮河南岸。

[译文]

谢安辅政的时候，兵丁差役时有逃亡，多数就近藏在秦淮河南岸的各条船里。有人请求谢安同时搜索所有船只，谢安不同意，说："如果不能容纳安置这类人，又怎么能够治理好京城呢？"

二十四

王大为吏部郎①，尝作选草②，临当奏，王僧弥③来，聊出示之。僧弥得便以己意改易所选者近半，王大甚以为佳，更写即奏。

[注释]

①吏部郎：官名，掌管选拔官员。②选草：拟举荐授官人员的名单初稿。③王僧弥：王珉，小名僧弥，王导之孙。曾任散骑郎、黄门侍郎，代王献之为中书令，世称王献之为"大令"，王珉为"小令"。

[译文]

王大任吏部郎的时候，曾经起草过一份举荐人员的名单，到要上奏的时候，王僧弥（珉）来了，王大姑且拿给他看一看。王僧弥趁机按照自己的意见改动了近半数的名字，王大认为改得很好，便重新誊写一份，随即上奏。

二十五

王东亭与张冠军①善。王既作吴郡，人问小令②曰："东亭作郡，风政[3]何似？”答曰：“不知治化[4]何如，惟与张祖希情好[5]日隆耳。”

［注释］

①张冠军：张玄，字祖希，任吏部尚书，后任冠军将军。善：交好。②小令：即王珉。③风政：风气，政绩。④化：教化，感化。⑤情好：交情。

［译文］

东亭侯王珣和冠军将军张祖希非常要好。王珣担任吴郡太守后，有人向中书令王珉问道：“王东亭做郡太守时，社会风气和政绩怎么样？”王珉回答道：“不了解他的政绩和教化怎么样，只知道他和张祖希的交情日益深厚罢了。”

二十六

殷仲堪当之[1]荆州，王东亭问曰：“德以居全为称[2]，仁以不害物[3]为名。方今宰牧华夏[4]，处杀戮之职，与本操将不乖乎？”殷答曰：“皋陶造刑辟[5]之制，不为不贤；孔丘居司寇[6]之任，未为不仁。”

［注释］

①当：将要。之：到……去。②居全：处于完善的情况，指具有完美无缺的德行。称：称号，名称。③害物：害人。④宰牧：治理。华夏：中国古称华夏，这里实指晋朝的中部地区。⑤刑辟：刑罚制度。⑥司寇：掌管刑狱的官。

［译文］

殷仲堪准备到荆州就任刺史一职，王珣问他：“能具有完美的品格称为德行，不伤害人叫作仁政。现在你要去治理中部地区，处在杀伐刑戮的职位上，这难道没有违背你原来的操守吗？”殷仲堪回答道：“皋陶建立刑罚的制度，但不因此就不贤明；孔子担任司寇的职务，也不因此就不仁义。”

文学第四

一

郑玄在马融①门下，三年不得相见，高足弟子传授而已。尝算浑天②不合，诸弟子莫能解。或言玄能者，融召令算，一转便决，众咸骇服。及玄业成辞归，既而融有“礼乐皆东③”之叹。恐玄擅（shàn）名④而心忌焉。玄亦疑有追，乃坐桥下，在水上据屐。融果转式⑤逐之，告左右曰：“玄在土下水上而据木，此必死矣。”遂罢追，玄竟以得免。

[注释]

①郑玄：字康成，东汉末高密（今山东省高密市）人，经学家。马融：字季长，东汉大经学家。②浑天：古代观测天体位置的仪器。③礼乐皆东：礼和乐的中心随着郑玄东归，向东方转移。④擅名：独享盛名。⑤转式：旋转式盘，推演吉凶。式，也作栻，古代占卜用具，形状似罗盘。

礼乐

礼乐制度是以乐从属礼的制度，以“礼”区分远近等级，以“乐”融合远近等级。

[译文]

郑玄在马融门下求学，一住三年还没有见到老师，只是由马融的高足弟子传授学业罢了。马融曾经测算日月星辰的位置，结果不相符合，众多弟子也不能解决。有人说郑玄能够推算，马融便命令他来运算，郑玄一转式盘便解决了，大家都非常惊讶佩服。等到郑玄完成学业，辞别回家，马融随即就有“礼和乐的中心都随郑玄的离去将转移到东方”的慨叹。唯恐郑玄独享盛名，因此马融心中非常妒忌他。郑玄也怀疑马融会来追赶自己，于是坐到桥底下，抓着木屐浮在水面上。马融果然旋转式盘来推算他的去向去追赶他，然后告诉身边的人说：“郑玄在土下水上，而又靠着木板，这表示他一定死了。”于是停止对郑玄的追逐。郑玄终于得以逃脱。

二

郑玄欲注《春秋传》[1]，尚未成。时行与服子慎[2]遇，宿客舍，先未相识。服在外车上与人说己注《传》意。玄听之良久，多与己同。玄就车与语曰："吾久欲注，尚未了[3]。听君向[4]言，多与吾同，今当尽以所注与君。"遂为《服氏注》。

［注释］

①《春秋传》:《春秋左氏传》，简称《左传》。②服子慎：服虔，字子慎。③未了：未完成。④向：刚才。

［译文］

郑玄打算注释《春秋左氏传》，还没有完成。他这时有事到外地去，遇到服子慎，两人同住在一个旅舍里，最初彼此并不相识。服子慎在旅舍外面的车子上和别人谈起自己注《左传》的大意。郑玄听了很久，觉得许多见解都和自己相同。郑玄便凑近车子对服子慎说道："我想注这本书很久了，还没有完成。听您刚才所说，很多意见都和我一样，现在应当把我注释的稿子完全送给你。"于是服虔著成《春秋左氏传解谊》。

三

郑玄家奴婢皆读书。尝使一婢，不称旨，将挞[1]之。方自陈说，玄怒，使人曳著[2]泥中。须臾，复有一婢来，问曰："胡为乎泥中[3]？"答曰："薄言往诉，逢彼之怒[4]。"

［注释］

①称旨：符合心意。挞：鞭打。②曳著：拽到，拖到。③胡为乎泥中：引自《诗经·邶风·式微》，意为：为什么会在泥水中？④"薄言"句：引自《诗经·邶风·柏舟》，意为我去诉说，反而惹得他发火。

［译文］

郑玄家里的奴婢都读书。有一次使唤一名婢女，不合心意，准备鞭打她。她刚为自己辩护，郑玄就生气了，叫人把她拖到泥水里。一会儿，又有一个婢女走来，问道："你为什么站在泥中？"她回答道："我去诉说，反而惹得他发火。"

四

服虔既善《春秋》[1]，将为注，欲参考同异。闻崔烈集门生[2]讲传，遂匿姓名，为烈门人赁③作食。每当至讲时，辄窃听户壁间④。既知不能逾己，稍共诸生叙其短长⑤。烈闻，不测何人，然素闻虔名，意疑之。明蚤⑥往，及未寤（wù）⑦，便呼："子慎！子慎！"虔不觉惊应，遂相与友善。

[注释]

①《春秋》:《春秋》是鲁国的一部编年体史书，这里指《春秋左氏传》。②崔烈：字威考，汉灵帝时官至司徒、太尉，封阳平亭侯。门生：弟子，学生。③赁：雇佣。④户壁间：门外。⑤稍：逐渐。短长：优缺点。⑥蚤：通"早"。⑦未寤：没有醒。

[译文]

服虔已经深入研究《春秋》，将要给它作注，想参考各家学说中相同或相反的意见。听说崔烈正聚集学生讲授《春秋左氏传》，服虔便隐姓埋名去给崔烈的学生当佣人做饭。每到崔烈讲授的时候，服虔总躲在门外偷听。等到了解崔烈并不能超过自己以后，服虔才逐渐和那些学生谈论崔烈讲授中的长短得失。崔烈听说后，猜想不出是什么人，可是一向听说过服虔的名声，心中怀疑是他。第二天一大早前去拜访，趁着服虔还没有睡醒，崔烈便喊道："子慎！子慎！"服虔不觉惊醒答应，从此两人互相交往，结为好友。

五

钟会撰《四本论》始毕，甚欲使嵇公一见。置怀中，既定，畏其难①，怀不敢出，于户外遥掷，便回急走。

[注释]

①难：问难，质疑。

[译文]

钟会刚刚撰写完毕《四本论》，很想让嵇康看一看。钟会便把它揣在怀中，到了嵇康住所，又害怕他问难质疑，揣在怀里不敢拿出来，最后他把书从门外远远地抛了进去，便转身急急忙忙地跑了。

六

何晏为吏部尚书，有位望①，时谈客盈②坐。王弼未弱冠③，往见之。晏闻弼名，因条向者胜理④，语弼曰："此理仆以为极，可得复难不？"弼便作难，一坐人便以为屈。于是弼自为客主数番⑤，皆一坐所不及。

[注释]

①位望：地位，声望。②盈：满。③王弼：字辅嗣，能言善辩。弱冠：古代男子到二十岁行冠礼，表示已经成人，后即指二十岁左右的年纪。④条：分条列出。向者：以前。胜理：精深之理。⑤自为客主：清谈时，一方为客，提出问题，另一方为主，予以解答。自己既作客方，又作主方，指自问自答。数番：多次。

[译文]

何晏做吏部尚书的时候，很有地位和声望，当时前来清谈的客人常常满座。王弼还不满二十岁，去拜会他。何晏听说王弼的名字，便分条列出原先那些最精妙的玄理，告诉王弼："这些道理我认为已经非常正确了，可以再提出质难吗？"王弼便提出反驳，满座的人都认为何晏理亏。于是王弼又几度自问自答，进行辩难，所谈玄理都是在座客人赶不上的。

七

何平叔注《老子》①，始成，诣王辅嗣。见王注精奇②，乃神伏③曰："若斯人，可与论天人之际④矣。"因以所注为《道》《德》二论。

[注释]

①何平叔：即何晏。《老子》：相传为春秋时老聃所著，分《道经》和《德经》两篇，后世又称其为《道德经》。②精奇：精妙独特。③神伏：神服，倾心佩服。④天人之际：指天和人的关系。

[译文]

何平叔刚刚译注完成《老子》，去拜访王辅嗣。何晏看见王辅嗣所注的《老子》精妙独特，非常佩服，说道："像这样的人，我可以和他讨论天与人的关系问题。"便把自己注释的《老子》改写成《道论》与《德论》。

老子

老子，即老聃，中国古代思想家，道家学派创始人。姓李，名耳，字伯阳，春秋末期楚国苦县（今河南鹿邑）人，是周朝的史官。《老子》是记录老子思想的重要典籍，是道家最重要的经典。

八

王辅嗣弱冠诣裴徽，徽问曰："夫①无者，诚万物之所资②，圣人莫肯致言[3]，而老子申[4]之无已，何邪？”弼曰：“圣人体[5]无，无又不可以训[6]，故言必及有；老、庄未免于有，恒训其所不足。”

[注释]

①夫：助词，表明将要发议论。②资：凭借，依靠。③圣人：指有最高尚的道德和最高超的智慧的人，这里指孔子。致言：发表言论。④申：论述，论说。⑤体：本体，这里用作动词，即以之为本体。⑥训：解释，说明。

[译文]

王辅嗣二十岁左右时去拜访裴徽，裴徽问他道：“‘无’这种东西确实是万物的根本，圣人不肯谈论这个问题，但是老子反复论述，这是为什么呀？”王弼道：“圣人认为‘无’是本体，可是‘无’的意义不能够解释清楚，所以言谈必然涉及‘有’；老子、庄子不能够去掉‘有’，所以经常解释掌握得不够充分的‘无’。”

九

傅嘏(gǔ)善言虚胜[1]，荀粲谈尚玄远[2]。每至共语，有争而不相喻。裴冀州[3]释二家之义，通彼我之怀，常使两情皆得，彼此俱畅。

[注释]

①善：擅长。虚胜：虚无的美妙境地。②尚：崇尚。玄远：清谈的玄妙、高远。③裴冀州：裴徽，字文季，曾任冀州刺史。

[译文]

傅嘏擅长谈论虚无理论的美妙境界，荀粲崇尚清谈的玄妙和深远。每当两人在一起讨论的时候，双方产生争论而又不能相互理解。冀州刺史裴徽能够解释清楚两家的道理，疏通彼此的情怀，所以只要他在，常常使两人都感到满意，双方都能心情舒畅。

十

何晏注《老子》未毕，见王弼自说注《老子》旨[1]。何意多所短[2]，不复得作声，但应诺诺[3]。遂不复注，因作《道德论》。

[注释]

①自说：自己阐述。旨：宗旨，内涵。②多所短：有很多缺点。③诺诺：连声答应，表示同意。

[译文]

何晏注释《老子》还没有完成，有一次听到王弼解说自己注解《老子》的要旨。何晏感到自己的见解许多地方都不如王弼，便不敢再开口，只是连声答应“是，是”。何晏于是不再继续作注，另写了《道德论》。

十一

中朝[①]时，有怀道之流[②]，有诣王夷甫咨疑者。值王昨已语多，小极[③]，不复相酬答，乃谓客曰：“身今少恶，裴逸民[④]亦近在此，君可往问。”

[注释]

①中朝：指西晋。②怀道之流：指推崇道家学说的一类人。③小极：稍微疲倦。④裴逸民：即裴頠，善谈名理。

[译文]

西晋时有一批信奉道家学说的人，其中有登门向王夷甫请教疑难的。恰巧王夷甫前一天已经与人谈论过多，有点疲倦，不想再和他应答，便对客人说道：“我今天有点不舒服，裴逸民也在这附近，您可以去请教他。”

十二

裴成公[①]作《崇有论》，时人攻难之，莫能折[②]。唯王夷甫来，如小屈[③]。时人即以王理难裴，理还复申[④]。

[注释]

①裴成公：裴逸民，死后的谥号是成，所以称裴成公。②折：折服。③如小屈：好像受到一点挫折。④申：阐述。

[译文]

裴逸民作《崇有论》，当时的人非难他，没有谁能使他折服。只有王夷甫来和他辩论，他才有点理亏。当时的人就用王夷甫的道理反驳裴逸民，但是裴逸民还是一再阐述他的理论。

十三

诸葛厷(hóng)[①]年少不肯学问[②]，始与王夷甫谈，便已超诣[③]。王叹曰：“卿天才卓出，若复小加研寻，一无所愧。”厷后看《庄》《老》，更与王语，便足相抗衡[④]。

[注释]

①诸葛厷：一作诸葛宏，字茂远，仕至司空主簿。②学问：学习、求教，做学问。③超诣：造诣高深。④抗衡：对当，不相上下。

[译文]

诸葛厷年轻时不肯做学问，可是第一次和王夷甫谈论学问，就已经表现出高深的造诣。王夷甫称赞他道："你天赋的才气卓越出众，如果再稍加研究探讨，就一定不会输给别人。"诸葛厷后来读了《庄子》《老子》，再和王夷甫讨论，便完全和他不相上下了。

十四

卫玠总角[①]时，问乐令[②]"梦"，乐云："是想。"卫曰："形神所不接而梦，岂是想邪？"乐云："因也。未尝梦乘车入鼠穴，捣齑(jī)啖(dàn)[③]铁杵，皆无想无因故也。"卫思"因"，经日[④]不得，遂成病。乐闻，故命驾[⑤]为剖析之，卫既小差[⑥]。乐叹曰："此儿胸中当必无膏肓(huāng)[⑦]之疾。"

[注释]

①总角：未成年的人，头发扎成抓髻，叫总角，借指幼年。②乐令：乐广，曾任尚书令。③捣齑：把葱、蒜、姜等捣碎，腌成咸菜。啖：给……吃。④经日：《晋书·乐广传》作"经月"。⑤命驾：吩咐人驾车，即坐车前往。⑥小差：病稍微好了。⑦膏肓：心尖脂肪叫膏，心脏和隔膜之间叫肓。古人认为这是药力达不到的地方，病入膏肓就无药可治了。

[译文]

卫玠幼年的时候，问尚书令乐广："人为什么会做梦？"乐广说："是因为心有所思。"卫玠说："形体和精神都没有接触过的事物会在梦中出现，难道也是有所思的缘故吗？"乐广说："是有所联系的。人们不曾梦见过坐车进入老鼠洞，捣腌菜时把铁杵吃掉了，这都是生活中不会发生的事，因而无所思的缘故。"卫玠便思索这个关联，成天找不到答案，终于生了病。乐广听说后，特意坐车去给他分析这个问题，卫玠的病才稍微好了一些。乐广感叹地说道："这个孩子的心中一定不能郁积问题，否则会酿成无法医治的病。"

十五

庾子嵩[①]读《庄子》，开卷一尺许[②]便放去，曰："了不异人意[③]。"

[注释]

①庾子嵩：庾敳，字子嵩，自称老庄之徒。②一尺许：一尺左右。古代的书写

在帛或纸上，卷起来收藏，所以可以计算长度。③了：完全。异：差别，不同。人意：己意，自己的意思。

［译文］

庾子嵩读《庄子》，展开书卷一尺多就放下了，说道："和我的意思完全没有什么不同。"

十六

客问乐令"旨不至"[①]者，乐亦不复剖析文句，直以麈尾柄确几[②]曰："至不？"客曰："至。"乐因又举麈尾曰："若至者，那得去？"于是客乃悟服。乐辞约[③]而旨达，皆此类。

［注释］

①旨不至：这句话出自《庄子·天下篇》。旨，同"指"。至，到达。②确几：敲着小桌子。③约：简明，扼要。

［译文］

有位客人问尚书令乐广"旨不至"这句话是什么意思，乐广也不分析这句话的词句，只是用拂尘柄敲击着小桌子说："碰到了吗？"客人说："碰到了。"乐广于是又举起拂尘说："如果碰到了，又怎么能够脱离呢？"客人这才领悟了其中的道理，表示心服口服。乐广的言辞简要而意思透彻，都和这个例子相类似。

庄子

庄子（约前369年—前286年），名周，字子休（一说子沐），战国时代宋国蒙（今安徽省蒙城县）人。道家学派的代表人物，老子哲学思想的继承者和发展者。著作有《庄子》，亦称《南华经》，道家经典之一。

十七

初，注《庄子》[①]者数十家，莫能究其旨要[②]。向秀于旧注外为解义，妙析奇致[③]，大畅玄风。惟《秋水》《至乐》二篇未竟[④]而秀卒。秀子幼，义遂零落[⑤]，然犹有别本。郭象[⑥]者，为人薄行[⑦]，有俊才。见秀义不传于世，遂窃以为己注。乃自注《秋水》《至乐》二篇，又易《马蹄》一篇，其余众篇，或定点[⑧]文句而已。后秀义别本出，故今有向、郭二《庄》，其义一也。

[注释]

①《庄子》：战国时代的庄周（庄子）以及他的后学所作，继承并发展了老子的思想，是道家学派的重要著作。②旨要：要领，主要用意。③奇致：精彩奇特，富有情趣。④未竟：未完。⑤零落：凋零，失落。⑥郭象：字子玄，西晋时重要的唯心主义哲学家。⑦薄行：人品不好。⑧定点：修订，改正。

[译文]

当初，注释《庄子》的有几十家，没有人能够探索到书中的意旨和要领。向秀在旧说之外，重新解说它的义理，剖析精妙新奇，而且富有情趣，极大地弘扬了谈论玄理的风尚。只有《秋水》《至乐》两篇的注释没有写完，向秀就去世了。向秀的儿子还很小，以致书稿散失，但是还有副本存在。郭象这个人人品不好，但是有卓越的才智。他看见向秀的注释没有在社会上流传，就剽窃它作为自己的注释。他自己注释了《秋水》《至乐》两篇，又改注了《马蹄》一篇，其余各篇涂抹修改一下文句而已。后来向秀注释的副本流传开来，所以现在的《庄子注》有向秀、郭象两种本子，它们的内容却是一样的。

十八

阮宣子有令闻[①]，太尉王夷甫见而问曰："老、庄与圣教[②]同异？"对曰："将无[③]同。"太尉善[④]其言，辟之为掾(yuàn)[⑤]。世谓"三语掾"。卫玠嘲之曰："一言可辟，何假[⑥]于三？"宣子曰："苟是天下人望[⑦]，亦可无言而辟，复何假一？"遂相与为友。

[注释]

①阮宣子：阮修，字宣子。令闻：美名。②圣教：圣人的教化，即儒学。③将无：恐怕，可能。④善：认为……好。⑤辟：征召，征用。掾：属官。⑥假：借助，凭借。⑦望：恭敬，景仰。

[译文]

阮宣子有很好的名声，太尉王夷甫遇见他，问道："老子、庄子的义理和儒家圣人的教化有什么相同或相异的地方？"阮宣子回答道："恐怕是相同的。"王夷甫认为他的回答很好，就任命他做太尉府掾。当时的人称他为"三语掾"。卫玠嘲笑他道："只说一个字就可以被征召，何必要借助三个字？"阮宣子说道："如果是天下共同敬仰的人，也可以不说话就被征召，又何必要借助一个字呢？"于是阮卫二人成了好朋友。

十九

裴散骑[①]娶王太尉女。婚后三日，诸婿大会，当时名士，王、裴子弟悉集。郭子玄在坐，挑[②]与裴谈。子玄才甚丰赡[③]，始数交未快。郭陈张[④]甚盛，裴徐理前语[⑤]，理致甚微[⑥]，四坐咨嗟称快[⑦]。王亦以为奇，谓诸人曰："君辈勿为尔[⑧]，将受困寡人[⑨]女婿。"

[注释]

①裴散骑：裴遐，字叔道，曾任散骑郎。②挑：挑起，引发。③丰赡：丰富，充足。④陈张：铺排，陈述。⑤徐理：沉着、从容地梳理。前语：前面的话。⑥理致：义理情趣。甚微：非常精微。⑦咨嗟称快：赞叹叫好。⑧君辈：你们。勿为尔：不要再这样。⑨受困：被困。寡人：王侯的谦称。

[译文]

散骑郎裴遐娶了王夷甫的女儿。婚后三天，王家各位女婿大聚会。当时的有名人物，王姓、裴姓两家子弟全都聚集在一起。郭子玄也在座，他先主动和裴遐清谈。郭子玄的学识非常渊博，开始几次交锋，还觉得不够痛快。于是郭子玄极力铺陈张扬，气势非常宏大；裴遐却从容不迫梳理前言，义理情趣非常精微，满座的人无不赞叹叫好。王夷甫非常惊奇，便对大家说道："你们不要再辩论了，不然将会被我的女婿困住。"

二十

卫玠始度[①]江，见王大将军[②]。因[③]夜坐，大将军命谢幼舆[④]。玠见谢，甚说之，都不复顾王，遂达旦微言[⑤]。王永夕不得豫[⑥]。玠体素羸[⑦]，恒为母所禁[⑧]。尔夕忽极[⑨]，于此病笃[⑩]，遂不起。

[注释]

①度：通"渡"，指渡过。②王大将军：王敦，字处仲，历任侍中、大将军、扬州牧。③因：因为，由于。④命：召，叫来。谢幼舆：谢鲲，字幼舆，在王敦手下任长史。⑤达旦：到天亮，指通宵。微言：精微之言，玄谈。⑥永夕：长夜，整夜。豫：通"与"，参加，干涉。⑦素：向来，一贯。羸：

诊病图

卫玠的体质向来孱弱，一夜清谈使他过于劳累，从此病情加重。图中表现了医生给病人诊病的情景。

孱弱。⑧恒：常常。禁：禁止，阻止。⑨尔夕：这一夜。极：过于劳累。⑩病笃：病情加重。

[译文]

卫玠避乱渡江之初，去拜见大将军王敦。由于夜坐清谈，大将军便把谢幼舆叫来。卫玠见到谢幼舆，非常高兴，完全不再理会王敦，两人就一直谈到第二天清晨。王敦整夜不能插进一句话。卫玠的体质向来孱弱，常常被他的母亲管束住。这一夜使他过于劳累，从此病情加重，再也没有起来。

二十一

旧云：王丞相①过江左，止道声无哀乐、养生、言尽意②，三理而已。然宛转关生③，无所不入。

[注释]

①王丞相：即王导。②止道：只说。声无哀乐：嵇康《声无哀乐论》认为，声音随人的感情变化而产生哀乐的变化。养生：嵇康《养生论》认为，修身养性，应顺应自然。言尽意：晋代欧阳建《言尽意论》认为，语言能表达思想，能交流感情。③宛转：曲折辗转。关生：关系、涉及人生。

[译文]

过去有一种说法，丞相王导到江南以后，只谈论“声无哀乐”“养生”和“言尽意”这三大名理而已。可是这已辗转地牵涉人的一生，能够渗透到事物的各个方面。

二十二

殷中军为庾公①长史，下都②，王丞相为之集，桓公、王长史、王蓝田、谢镇西③并在。丞相自起解帐带麈尾，语殷曰：“身今日当与君共谈析理。”既共清言，遂达三更。丞相与殷共相往反④，其余诸贤，略无所关⑤。既彼我相尽⑥，丞相乃叹曰：“向来语，乃竟未知理源⑦所归。至于辞喻不相负⑧。正始之音⑨，正当尔耳⑩！”明旦，桓宣武语人曰：“昨夜听殷、王清言甚佳，仁祖亦不寂寞，我亦时复造心⑪，顾看两王掾⑫，辄翣(shà)如生母狗馨(xīn)⑬。”

[注释]

①殷中军：殷浩，字渊源，陈郡长平人。庾公：即庾亮。②下都：到京都去。③桓公：即桓温。王长史：即王濛。王蓝田：王述，字怀祖，袭蓝田侯。谢镇西：

谢尚，字仁祖，谢安堂兄。④共相往反：指来回辩难。⑤略无所关：都不参与。⑥彼我相尽：双方尽情发挥。⑦向来：先前。理源：义理的根源。⑧相负：相违背。⑨正始之音：正始年间谈玄的风尚。正始，三国时魏齐王曹芳的年号。⑩正当尔耳：正应当这样。⑪造心：心有所会。⑫两王掾：指王濛和王述，两人都是王导的属官。⑬晏：同“眨”，眨眼。馨：当时口语，语助词，与“样”“般”同。

［译文］

中军将军殷浩担任庾亮的长史时，有一次来到京都，丞相王导为他们举行集会。桓温、左长史王濛、蓝田侯王述、镇西将军谢尚都在座。王导起身亲自解下帷帐带子上的麈尾，对殷浩说：“我今天要与你一道谈论，辨析玄理。”于是众人一起讨论，竟延续到三更时分。王导和殷浩反复辩论，其余诸公都参与不进去。等到双方尽情论辩以后，王导叹息道：“刚才谈论玄理，竟然没有弄清楚玄理的本源在哪里。至于言词和比喻，两者不能互相违背。正始年间谈玄的风尚，正应当是这样的呀！”第二天早上，桓温告诉别人道：“昨天晚上听殷中军、王丞相两人清谈，非常精妙，谢仁祖也不感寂寞，我也时时有会心之处，回头看看王濛、王述两位，眨着眼就像那怕生的母狗一般。”

二十三

殷中军见佛经云：“理亦应阿堵①上。”

［注释］

①阿堵：当时的习语，指这，这个。

［译文］

殷浩阅读了佛教经典，说道：“玄理也应当包含在这个上面。”

二十四

谢安年少时，请阮光禄道《白马论》①。为论②以示谢，于时谢不即解阮语，重相咨尽③。阮乃叹曰：“非但能言人不可得，正索解人亦不可得。”

［注释］

①阮光禄：阮裕，字思旷，东晋名士。《白马论》：战国时公孙龙著《白马论》，提出了“白马非马”的命题，认为“马”指形体，“白”指颜色，所以“白马非马”。②为论：写文章。③重：多次，反复。咨尽：询问以求穷尽。

［译文］

谢安年轻的时候，请光禄大夫阮裕讲述《白马论》。阮裕写了一篇文章给他看，当时谢安还不能够理解阮裕的话，就不断地提出疑问。阮裕于是叹息道："不但能够把问题解释明白的人难得，就是寻求解释的人也难得。"

二十五

褚季野语孙安国云："北人学问，渊综[①]广博。"孙答曰："南人学问，清通[②]简要。"支道林闻之曰："圣贤固所忘言[③]。自中人以还[④]，北人看书，如显处视月；南人学问，如牖（yǒu）[⑤]中窥日。"

［注释］

①北人：北方人。渊综：深厚渊博且融会贯通。②清通：清新通达。③忘言：指默识其意，无须用言语来说明。④中人：具有中等才质的人。以还：以下。⑤牖：窗户。

［译文］

褚季野（裒）对孙安国（盛）说："北方人做学问，广博深厚又能融会贯通。"孙安国答道："南方人做学问，清新通达又能简明扼要。"支道林听到后说道："圣贤就不用说了。从一般读书人的角度来看，北方人读书，好像在显豁处看月亮；南方人做学问，如同从窗户里望太阳。"

二十六

刘真长与殷渊源谈，刘理如小屈[①]，殷曰："恶（wū）[②]！卿不欲作[③]，将善云梯[④]仰攻？"

［注释］

①小屈：稍微理亏，论据不足。②恶：哎，怎么。③卿：对对方的敬称。作：振作。④将：用，拿。善：好的。云梯：长梯。

［译文］

刘惔和殷渊源（浩）清谈。刘真长似乎有点理亏，殷渊源说道："哎！您不想振作起来，拿一架好云梯来仰攻我吗？"

二十七

殷中军[①]云："康伯未得我牙后慧[②]。"

［注释］

①殷中军：即殷浩。②康伯：韩康伯，是殷浩的外甥。牙后慧：指言外的情趣。

[译文]

中军将军殷浩说："韩康伯没有领悟我言外之意。"

二十八

谢镇西[1]少时，闻殷浩能清言，故往造[2]之。殷未过有所通[3]，为谢标榜[4]诸义，作数百语，既有佳致[5]，兼辞条丰蔚[6]，甚足以动心骇听[7]。谢注神倾意，不觉流汗交面[8]。殷徐语左右："取手巾与谢郎拭面。"

[注释]

①谢镇西：即谢尚。②造：拜访。③过：过分。通：阐述。④标榜：揭示。⑤佳致：风度美好，气韵优雅。⑥辞条：言辞条目。丰蔚：丰富壮阔。⑦骇听：使人听起来惊讶。⑧交面：在脸上纵横流淌。

[译文]

镇西将军谢尚年轻的时候，听说殷浩长于清谈，特地前往拜访。殷浩没有过多地加以阐述，只是向谢尚揭示了许多要旨，讲了好几百句话，举止谈吐风雅有致，加上词语条畅，丰美充沛，很能动人心弦，震惊听闻。谢尚全神贯注，倾心向往，不觉汗流满面。殷浩从容地对手下的人说："拿手巾给谢郎擦擦脸。"

二十九

宣武集诸名胜讲《易》[1]，日说一卦。简文欲听，闻此便还，曰："义自当有难易，其[2]以一卦为限邪？"

[注释]

①名胜：名流。《易》：即《周易》，包括六十四卦的卦辞和对它的注述。②其：表示反问的语气词，怎么，哪里。

[译文]

桓温召集许多名流讲解《周易》，每天讲一卦。简文帝打算去听，听说是这样讲解就回来了，说道："卦的含义本来有难有易，怎么能限定一天讲一卦呢？"

三十

有北来道人好才理[1]，与林公[2]相遇于瓦官寺，讲《小品》[3]。于时竺法深、孙兴公悉共听。此道人语，屡设疑难，林公辩答清析，辞气俱爽。此道人每辄摧屈[4]。孙问深公："上人[5]当是逆风家，向来何以都不言？”深公笑而不答。林公曰：“白旃(zhān)檀非不馥(fù)⑥，焉能逆风？”深公得此义，夷然不屑⑦。

[注释]

①道人：僧人。才理：才气和文思。②林公：支道林。③《小品》：指佛教经典《小品般若波罗蜜经》。④摧屈：驳倒。⑤上人：佛教用语，称有上德的人，也用来尊称僧人。⑥白旃檀：白檀香树。不馥：不香，没有香气。⑦夷然：平静，安然。不屑：不顾，不理会。

[译文]

有位从北方来的和尚很有才气，和支道林在瓦官寺相遇，两人一起研讨佛经《小品》。当时竺法深和尚和孙兴公（绰）都去听。这位北方和尚谈论时，一次又一次地设置疑难问题，支道林都答辩得清清楚楚，言辞气韵非常爽朗。这个和尚总是被驳倒。孙兴公便问竺法深：“上人应当是顶着风前进的人，刚才为什么完全不说话？”竺法深笑而不答。支道林说道：“白檀香不是不香，但是逆风怎么能够闻到香气呢？”竺法深听出这话的含义，泰然自若，不加理睬。

三十一

孙安国往殷中军许共论①，往反精苦②，客主无间(jiàn)③。左右进食，冷而复暖者数四④。彼我奋掷麈尾，悉脱落，满餐饭中，宾主遂至莫⑤忘食。殷乃语孙曰：“卿莫作强口马⑥，我当穿卿鼻。”孙曰：“卿不见决鼻牛⑦，人当穿卿颊。”

[注释]

①许：住处。共论：一起讨论。②精苦：竭尽心力。③无间：没有隔膜、间隙。④数四：反复多次，再三再四。⑤莫：同“暮”，晚上。⑥强口马：倔强的马，比喻嘴硬，不肯服输。⑦决鼻牛：挣断鼻缰绳的牛。

韩幹画迹

强口马指倔强的马，比喻嘴硬，不肯服输。图中表现了一匹束于树干的马。

[译文]

孙安国（盛）到殷浩的住处一起谈论玄理，反复辩驳，竭尽心力，主客双方毫无隔阂。随从送来食物，冷了又热，热了又冷，连续数次。

双方奋力挥动麈尾，以致麈毛全都落到饭食中，宾主两人竟然到傍晚都忘记吃饭。殷浩这才对孙安国说道："您不要做倔强的马，我一定穿透您的鼻子。"孙安国说道："您没有看见过挣断鼻缰绳的牛吗，人家就要穿破您的面颊。"

三十二

庄子《逍遥篇①》，旧②是难处，诸名贤所可钻味，而不能拔③理于郭、向之外。支道林在白马寺中，将冯太常共语④，因及《逍遥》。支卓然标新理于二家之表⑤，立异义于众贤之外，皆是诸名贤寻味之所不得。后遂用支理。

[注释]

①逍遥篇：《逍遥游》，是《庄子》中的第一篇，论述了万物要无挂无碍，才能逍遥自得的道理。②旧：很久以来，一直以来。③拔：超出。④将：和，与。冯太常：冯怀，字祖思，曾任太常（主管祭祀、礼乐）。共语：一起讨论。⑤卓然：突出，显眼。表：外面，表面。

[译文]

《庄子·逍遥游》历来是个难点，有名望的贤达们可以从中钻研玩味，却不能够在阐明义理方面超过郭象和向秀。支道林在白马寺里与太常冯怀一起讨论，谈到了《逍遥游》。支道林在郭象、向秀两家之外，卓越地揭示出新颖的义理，在众名贤以外提出了不同的见解，都是名贤们在探求玩味中所没有得到的。后来的人便采用支道林的义理来解释《逍遥游》。

三十三

殷中军尝至刘尹所清言①。良久，殷理小屈，游辞②不已，刘亦不复答。殷去后，乃云："田舍儿，强学人作尔馨语③。"

[注释]

①清言：清谈。②游辞：言辞闪烁，不切实际。③尔馨：如此，这般。

[译文]

殷浩曾经到丹阳尹刘惔的住所清谈。谈了很久，殷浩的道理稍显不足，便不断地讲些不着边际的话来应付，刘惔也就不再论答。殷浩走了以后，刘惔才说道："乡巴佬，硬要学着别人讲这样的话。"

三十四

殷中军虽思虑通长[①]，然于才性[②]偏精。忽言及《四本》[③]，便若汤池铁城[④]，无可攻之势。

［注释］

①通长：完全，长远。②才性：才能和性情。③《四本》：即《四本论》，论述才性的异同离合。④汤池铁城：流着沸水的护城河、铁造的城墙，比喻非常坚固。

［译文］

殷浩虽然思索考虑问题透彻深远，而对才能和本性的问题特别精到。如果谈到《四本论》，就像灌满沸水的护城河和铁铸的城墙一般，几乎找不到攻击的机会。

三十五

支道林造[①]《即色论》，论成，示王中郎[②]，中郎都无言。支曰："默而识[③]之乎？"王曰："既无文殊[④]，谁能见赏？"

［注释］

①造：创作。②示：给……看。王中郎：即王坦之。③识：记住。④文殊：文殊菩萨，代表智慧。

［译文］

支道林撰写《即色论》，论稿完成，送给北中郎将王坦之看，王坦之什么话也没有说。支道林道："您在默默地背诵吗？"王坦之道："既然没有文殊菩萨，谁能赏识我的默默无言？"

三十六

王逸少[①]作会稽，初至，支道林在焉。孙兴公谓王曰："支道林拔新领异[②]，胸怀所及乃自佳，卿欲见不？"王本自有一往隽(jùn)气[③]，殊自轻之。后孙与支共载往王许，王都领域[④]，不与交言。须臾支退。后正值王当行，车已在门，支语王曰："君未可去，贫道与君小语。"因论《庄子·逍遥游》。支作数千言，才藻新奇，花烂映发。王遂披襟解带[⑤]，留连不能已。

［注释］

①王逸少：即王羲之。②拔新领异：标新立异。拔，提出。领，体会，引领。

③一往隽气：挺拔、过人的气质。隽，通“俊”。④领域：指界限，范围。⑤披襟解带：敞开衣襟，解去袍带，指脱下礼服。

[译文]

王逸少（羲之）出任会稽内史，新到任，支道林也在那里。孙兴公（绰）对王逸少说道：“支道林能提出新颖的见解，对问题有独到的领会，心里想到的东西都很奇特，您想见见他吗？”王逸少本来就有超人的气质，很瞧不起支道林。后来，孙兴公和支道林一起乘车到王逸少的处所，王逸少故作矜持，不和他交谈。不一会儿，支道林就告退了。后来，又恰逢王逸少要外出，车子已经等在门口，支道林对王逸少说道：“您不能走，我要和您说几句话。”于是就谈论起《庄子·逍遥游》。支道林一讲就洋洋洒洒数千言，才华横溢，辞藻新奇，恰似繁花烂漫，交映生辉。王逸少竟然敞开衣襟，解去袍带，恋恋不舍，情不自禁。

三十七

三乘佛家滞义[①]，支道林分判，使三乘炳然[②]。诸人在下坐听，皆云可通。支下坐[③]，自共说，正当得两，入三便乱。今义弟子虽传，犹不尽得。

[注释]

①三乘：佛教用语，即修行得道的三种途径。滞义：不易解释的内容。②炳然：明白，醒目。③下坐：坐在下位。古代座位分座次，上坐表示尊贵，下坐表示卑微。

[译文]

三乘是佛教中很难讲解的教义，支道林登台宣讲，详加剖析，使三乘的内容清楚明白。大家在下面坐着听讲，都说能够理解和阐发其中的道理。支道林离开座位后，大家在一起互相说解，却只能够懂得其中两乘，进入第三乘便混乱了。现在三乘的教义，弟子们虽然能够传习，却仍然不能全部领悟。

佛堂受戒图

三乘是佛教用语，指修行得道的三种途径。图中表现了佛堂受戒的情景。

三十八

许掾[①]年少时，人以比王苟子[②]，许大不平。时诸人士及林法师[③]

并在会稽西寺讲，王亦在焉。许意甚忿，便往西寺与王论理，共决优劣。苦相折挫[4]，王遂大屈[5]。许复执王理，王执许理，更相覆疏[6]，王复屈。许谓支法师曰："弟子[7]向语何似？" 支从容曰："君语佳则佳矣，何至相苦邪？岂是求理中[8]之谈哉！"

[注释]

①许掾：许询，字玄度，东晋文学家，曾被召为司徒掾。②比：并列。王苟子：王脩，字敬仁，小名苟子。王濛之子。③林法师：指支道林。法师，是对和尚的尊称。④折挫：反驳问难。⑤大屈：挫败，驳倒。⑥覆疏：反复申述。⑦弟子：自己的谦称。⑧理中：求理当中。

[译文]

司徒掾许询少年的时候，人们把他和王苟子相提并论，许询很不服气。当时许多名士和支道林法师在会稽西寺讲论，王苟子也在那里。许询心里非常愤恨，便到西寺去和王苟子辩论玄理，要在一起分个胜负。两人苦苦地互相反驳问难，结果王苟子被彻底驳倒。许询又转过来用王苟子的道理，王苟子用许询的道理，再度相互反复陈述，王苟子又被驳倒。许询就问支法师："弟子刚才的谈论怎么样？" 支道林从容地回答道："您的谈论好是好，但是何必硬要使别人受辱呢？这哪里是探求道理的清谈呀！"

三十九

林道人诣谢公[1]，东阳时始总角[2]，新病起，体未堪劳[3]，与林公讲论，遂至相苦[4]。母王夫人在壁后听之，再遣信[5]令还，而太傅留之。王夫人因自出，云："新妇少遭家难[6]，一生所寄，唯在此儿。" 因流涕抱儿以归。谢公语同坐曰："家嫂辞情慷慨，致[7]可传述，恨不使朝士见。"

[注释]

①林道人：即支道林，下文称"林公"。谢公：谢安，下文称"太傅"。②东阳：谢朗，是谢安的侄儿，官至东阳郡太守。总角：指孩童。③堪劳：经受劳累。④相苦：相互辩驳。⑤遣：差遣，派出。信：传话的人。⑥新妇：妇女谦称。家难：家庭遭遇不幸，这里指丧夫。⑦致：同"至"，很，非常。

[译文]

支道林和尚拜访谢安，这时东阳太守谢朗还很幼小，生病刚好，身体还经不起劳累，和支道林清谈辩论，毫不相让。他的母亲王夫人在墙壁后面听着，一再派人叫他回去，可是被谢安留住。王夫人只好亲自出来，说道：“我早年守寡，一辈子的寄托只在这个孩子身上。”于是流着眼泪把儿子抱回去了。谢安告诉同座的人说：“家嫂的言辞慷慨激昂、情真意切，很值得传诵，可惜没能让朝廷官员听见。”

四十

支道林、许掾诸人共在会稽王斋头①。支为法师，许为都讲②。支通一义③，四坐莫不厌心④。许送一难，众人莫不抃(biàn)舞⑤。但共嗟咏二家之美，不辩其理之所在。

［注释］

①会稽王：指晋简文帝司马昱。斋头：书房。②都讲：主持讲学，负责宣读的人。③通：阐述。义：义理。④厌心：满意，心服。⑤抃舞：手舞足蹈。

［译文］

支道林、司徒掾许询等人一同在会稽王司马昱的书斋中。支道林做主讲法师，许询做都讲唱经。支道林每口头阐述一段，满座的人没有一个不心服。许询每提出一个疑难，大家也无不鼓掌手舞足蹈。大家只是一齐赞颂两人的才华杰出，却并不去辨别他们的义理表现在什么地方。

四十一

谢车骑在安西艰①中，林道人往就语，将夕②乃退。有人道上见者，问云：“公何处来？”答云：“今日与谢孝剧谈一出来③。”

［注释］

①谢车骑：谢玄，是谢奕的儿子，官拜车骑将军。安西：谢奕，曾任安西司马、安西将军。艰：父丧。②将夕：快到傍晚的时候。③谢孝：谢孝子，指谢玄。剧谈：畅谈。一出：一番，一次。来：语气词。

［译文］

车骑将军谢玄还在父亲安西将军谢奕的丧期中，支道林前去和他清谈，将到傍晚才离去。有人在路上碰见支道林，问道：“您从哪里来？”支道林回答道：“今天是和谢孝子畅谈一番回来。”

四十二

支道林初从东出①，住东安寺中。王长史宿构精理②，并撰其才藻，往与支语，不大当对[3]。王叙致[4]作数百语，自谓是名理奇藻。支徐徐谓曰："身与君别多年，君义言了不长进。"王大惭而退。

[注释]

①从东出：支道林原居会稽，在京都建康东面，晋哀帝派人把他接到建康，所以说"从东出"。②宿构：事先构思。精理：精深的义理。③当对：相当，相称。④叙致：陈述道理。

[译文]

支道林刚从会稽来到建康，住在东安寺里。左长史王濛预先构思好精深的义理，挑选了富有才情和文采的言辞，去和支道林谈论，可还是不能和支道林应对。王濛又依次述说义理有好几百句，自认为是至理名言，文辞奇丽。支道林缓慢地对他说道："我和您分别多年，您在义理言辞两个方面一点也没有长进。"王濛非常惭愧地离去了。

四十三

殷中军读《小品》，下二百签[1]，皆是精微，世之幽滞[2]。尝欲[3]与支道林辩之，竟不得。今《小品》犹存。

大法东来

佛经认为祛除烦恼、净化神智，就可以成佛。此图表现佛祖入梦的情景。

[注释]

①签：书签，标记。②幽滞：深奥晦涩。③尝欲：曾打算。

[译文]

殷浩读佛经《小品》，在书中放了两百个书签作标记，都是精深细微、世间最深奥晦涩的问题。殷浩曾经打算去和支道林辩明这些问题，最终没有实现。他看过的那本《小品》至今还保存着。

四十四

佛经以为祛(qū)练神明[1]，则圣人[2]可致。简文云："不知便可登峰造极不？然陶练之功[3]，尚不可诬。"

[注释]

①祛练：修炼心智，祛除烦恼。神明：精神，智慧。②圣人：佛家指德智慈悲的人，即“佛”。③陶练：陶冶磨炼。功：功效。

[译文]

佛经认为祛除烦恼、净化神智，就可以成佛。简文帝说：“我不知道能够不能够尽善尽美达到极点，不过，陶冶磨炼的功效还是不可否定。”

四十五

于法开始与支公争名，后情渐归支[①]，意甚不忿[②]，遂遁迹剡下[③]。遣弟子出都，语使过会稽。于时支公正讲《小品》。开戒弟子：“道林讲，比汝至，当在某品中。”因示语攻难数十番，云：“旧此中不可复通。”弟子如言诣支公。正值讲，因谨述开意，往反多时，林公遂屈，厉声曰：“君何足复受人寄载！”

[注释]

①情：这里指“群情”，人心。归支：倾向支道林。②不忿：不平，不服气。③剡下：剡县，属会稽郡。

[译文]

于法开最初和支道林争名，后来人心逐渐趋向支道林，他心里非常不服气，便隐居到剡县去了。有一天，于法开派遣弟子到都城建康去，吩咐弟子必须路过会稽。当时支道林正在那里宣讲佛经《小品》。于法开吩咐弟子道：“支道林开讲《小品》，等你到达时，一定已经在讲某品了。”于法开便告诉弟子几十个问题，要他去质疑诘难，并说道：“过去这里面的问题不可能再有人比我解释得透彻了。”于是弟子遵照老师的指示去拜访支道林。正好碰上支道林宣讲《小品》，弟子便小心地陈述了于法开的见解，来回辩论了很久，支道林终于被驳倒，便高声严厉地说道：“您何必受人委托来传达这些话呢？”

四十六

殷中军问：“自然无心于禀受[①]，何以正善人少，恶人多？”诸人莫有言者。刘尹答曰：“譬如写[②]水著地，正自纵横流漫，略无正方圆者。”一时绝叹，以为名通[③]。

[注释]

①禀受：自然的赐予，指人所承受于自然的天性。②写：“泻”的古字，倾泻、

流淌。③名通：精妙的言论，通达的解释。

［译文］

殷浩问道："大自然禀赋于人的品性资质是无心的，为什么恰恰总是好人少，坏人多？"在座没有人能够回答。丹阳尹刘惔回答道："譬如把水倾泻在地上，水只是向四处流淌漫延，绝对没有恰好流成方形或圆形的。"当时的人万分赞赏这句话，认为是最精妙的分析义理的言论。

四十七

康僧渊①初过江，未有知者，恒周旋市肆②，乞索以自营③。忽往殷渊源许，值盛有宾客，殷使坐，粗与寒温④，遂及义理⑤。语言辞旨⑥，曾⑦无愧色。领略粗举⑧，一往参诣⑨。由是知之。

［注释］

①康僧渊：西域僧人。②市肆：市中商店，市场。③乞索：乞讨，索求。自营：自己谋生。④寒温：指寒暄，嘘寒问暖。⑤义理：探究经义和名理的学问。⑥辞旨：言辞的意趣。⑦曾：简直，加强肯定的语气。⑧领略：领会。粗举：概要，大略。⑨一往：一向，深入。参诣：钻研进入更高层次。

［译文］

康僧渊刚到江南的时候，没有人了解他，他经常在集市中靠乞讨来谋生。一天，康僧渊忽然来到殷渊源（浩）的住所，正遇到许多宾客在座，殷渊源让他坐下，稍稍和他应酬几句就谈到了经义名理之学。康僧渊的言谈意趣，一点不比殷渊源差。不论是深刻领会的还是粗略提出的义理，全是他一向钻研而且造诣很高的成果。由于这次谈论，人们才了解他。

四十八

殷、谢诸人①共集。谢因问殷："眼往属(zhǔ)②万形，万形来入眼不？"

［注释］

①殷、谢诸人：殷浩、谢安等人。②属：通"瞩"，看，注视。

［译文］

殷浩、谢安等人聚集在一起。谢安就问殷浩："人们的眼睛注视着万物的形象，万物的形象会不会自己投入到人的眼睛中来？"

四十九

人有问殷中军："何以将得位而梦棺器[①]，将得财而梦矢秽[②]？"殷曰："官本是臭腐，所以将得而梦棺尸；财本是粪土，所以将得而梦秽污。"时人以为名通。

[注释]

①得位：获得官位。棺器：棺材。②矢：通"屎"。秽：污秽，肮脏。

[译文]

有人问殷浩："为什么将要得到官位的时候却梦见棺材？将要得到钱财时却梦见粪污？"殷浩道："官位本来就是腐臭的，所以将要得到它的时候，就梦见棺材尸体；钱财本来是污秽不洁的东西，所以将要得到它时就梦见粪便。"当时的人认为这是阐述义理的精妙言论。

五十

殷中军被废[①]东阳，始看佛经。初视《维摩诘》[②]，疑"般若波罗密"[③]太多，后见《小品》，恨此语少。

[注释]

①废：罢免官职。②《维摩诘》：佛经之一。③般若波罗密：梵语，一般写作"波罗蜜"，即"到达智慧的彼岸"。

[译文]

殷浩被撤职罢官，迁居东阳，才开始看佛经。殷浩最先读《维摩诘经》时，怀疑"般若波罗密"这话过于多了，后来读到《小品》，又为这样的话太少了而感到遗憾。

五十一

支道林、殷渊源俱在相王许[①]。相王谓二人："可试一交言。而才性殆是渊源崤(xiáo)、函之固[②]，君其慎焉！"支初作，改辙[③]远之，数四交，不觉入其玄中。相王抚肩笑曰："此自是其胜场[④]，安可争锋！"

[注释]

①相王：指晋简文帝，他未登帝位时，以会稽王身份任丞相，所以称相王。许：处所。②崤、函：崤山和函谷关。固：坚固。③改辙：改变道路，改变方向。④胜场：稳操胜算的处所，优势所在。

[译文]

支道林、殷渊源（浩）都在宰相会稽王司马昱府中。司马昱对两人说道：“你们可以试着交谈一下。不过，才性关系问题恐怕是殷渊源最拿手的辩题，他的理论像崤山、函谷关那样坚固，您可要谨慎啊！”支道林开始谈论的时候便改变了方向，远远避开才性问题；经过几次交锋，他不知不觉地陷入殷渊源的玄妙境地。司马昱拍着支道林的肩膀笑道：“这本来就是他的特长，你哪能和他争强呢！”

五十二

谢公因子弟集聚，问：“《毛诗》[①]何句最佳？”遏[②]称曰：“昔我往矣，杨柳依依；今我来思，雨雪霏霏。[③]”公曰：“讦(xū)谟(mó)定命，远猷(yóu)辰告。”谓此句偏有雅人深致[④]。

[注释]

①毛诗：即《诗经》，西汉时毛亨为之作传，故又称毛诗。②遏：是谢玄的小名，谢玄是谢安的侄儿。③“昔我”句：出自《诗经·小雅·采薇》，大意是：当初我离家的时候，杨柳轻轻摆荡；如今我回到家乡，雪花漫天飘扬。④“讦谟”句：出自《诗经·大雅·抑》，大意是：国家大计一定要审定，重大方针政策一定要及时通告。雅人：高尚文雅的人。深致：深远的意趣。

[译文]

谢安趁子侄辈聚集在一起的时候，问道：“《诗经》里面哪一句最好？”谢玄称颂道：“昔我往矣，杨柳依依；今我来思，雨雪霏霏。”谢安道：“讦谟定命，远猷辰告。”他认为这个句子最具有风雅人士的深远意趣。

五十三

张凭举孝廉[①]出都[②]，负其才气，谓必参时彦[③]。欲诣刘尹，乡里及同举者共笑之。张遂诣刘。刘洗濯料事，处之下坐，惟通寒暑[④]，神意不接[⑤]。张欲自发无端[⑥]。顷之，长史诸贤来清言。客主有不通处，张乃遥于末坐判[⑦]之，言约旨远，足畅彼我之怀，一坐皆惊。真长延之上坐，清言弥日，因留宿至晓。张退，刘曰：“卿且去，正当取卿共诣抚军[⑧]。”张还船，同侣问何处宿，张笑而不答。须臾，真长遣传教[⑨]觅张孝廉船，同侣惋愕。即同载诣抚军。至门，刘前进谓抚军曰：“下官今日为公得一太常博士[⑩]妙选。”既前，抚军与之话言，咨嗟称善，曰："张凭勃窣(sū)为理窟[11]。"即用为太常博士。

[注释]

①孝廉：汉武帝时令郡国每年考察并推荐孝、廉各一人，魏晋沿用此制。亦指被推选的士人。②出都：到京都去。③时彦：当时有才德名望的人。④寒暑：寒暄。⑤神意不接：心不在焉的样子。⑥自发：主动说话。无端：没有理由。⑦判：分析评判。⑧抚军：指简文帝司马昱。晋穆帝永和元年（345年），会稽王司马昱任抚军大将军，故称抚军。⑨传教：主管宣布教令的郡吏。⑩下官：下属官吏的自称。太常博士：官名，国有疑事，则备咨询。要求学问渊博，是帝王身边近臣。⑪勃窣：从穴中冒出，形容才华迸发。理窟：形容义理汇集一处。

[译文]

张凭被选拔为孝廉，到京都去，仗着自己有才气，认为必定能够加入名流的行列。他想去拜访刘真长（尹），他的同乡和一同被选拔的人都取笑他。张凭于是去拜访了刘真长，刘真长正在洗涤和处理琐事，就把他安排在下座，只和他寒暄了几句，就不再理会他。张凭想主动发表议论，又找不到由头。不久，左长史王濛等一批名流来清谈。主客间有不能相互理解的地方，张凭便远远地在末座上给他们分析评断，言辞精练而含义深远，完全能够把双方的心意表达清楚，满座的人都非常惊奇。刘真长就请他坐到上座，和他清谈了一整天，顺势留他住了一夜。张凭告辞的时候，刘真长说："您暂时回去，我即将邀您去拜见抚军。"张凭回到船中，同伴们问他在哪里过夜，张凭笑着没有回答。不久，刘真长派郡吏来寻找张孝廉所在的船，同行的伙伴们都非常惊愕。张凭当即和刘真长同乘一辆车去拜见抚军。到了门口，刘真长先进去对抚军说道："下官今天为您找到一位太常博士的最佳人选。"张凭上前，抚军和他谈话，连声赞叹，不住叫好，说道："张凭才华横溢，饱学义理。"于是任用他做太常博士。

五十四

汰法师[1]云："六通、三明同归[2]，正异名[3]耳。"

[注释]

①汰法师：竺法汰，晋代的高僧。②六通：佛教用语，指天眼通、天耳通、身通、他心通、宿命通，漏尽通（漏：烦恼）。三明：佛教用语，指知过去、现在、未来。同归：性质、指向相同。③正：只不过。异名：名称不同。

[译文]

法师竺法汰说："六通、三明同一性质，只是名称不同罢了。"

五十五

支道林、许、谢盛德[1]，共集王家，谢顾谓诸人："今日可谓彦会[2]。时既不可留，此集固亦难常。当共言咏，以写其怀。"许便问主人："有《庄子》不？"正得[3]《渔父》一篇。谢看题，便各使四坐通[4]。支道林先通，作七百许语，叙致精丽，才藻奇拔，众咸称善。于是四坐各言怀[5]毕。谢问曰："卿等尽不？"皆曰："今日之言，少不自竭。"谢后粗难[6]，因自叙其意，作万余语，才峰秀逸[7]。既自难干[8]，加意气拟托[9]，萧然自得[10]，四坐莫不厌心[11]。支谓谢曰："君一往奔诣[12]，故复自佳耳。"

三闾大夫与渔父

《渔父》记述：屈原既放，游于江潭，行吟泽畔，颜色憔悴，形容枯槁。渔父见而问之曰：子非三闾大夫欤？何故至于斯？图中描绘了三闾大夫屈原与渔夫对话的情景。

[注释]

①盛德：有美德的人。②彦会：贤士聚会。③正得：恰好有。④通：议论，讨论。⑤言怀：抒发自己的情感，说出自己的想法。⑥粗难：大略辩驳。⑦才峰：比喻才能突出。秀逸：特异超俗。⑧干：触犯，这里指赶上。⑨拟托：比拟寄托。⑩萧然自得：潇洒自如。⑪厌心：满意，满足。⑫一往奔诣：一路直奔主题。

[译文]

支道林、许询、谢安都有高尚的品德，一同聚集在王濛家中，谢安环顾左右，对大家说："今天可以说是贤士的聚会。时光既然不可挽留，这样的聚会本来也难得常有。我们应该在一起谈论吟咏，用以抒发情怀。"许询便问主人："有《庄子》没有？"恰巧有《渔父》一篇。谢安看了题目，便请四座诸人各自讲解它的义理。支道林首先讲了七百多句，叙述精深美妙，才情文采，新奇过人，大家都赞许叫好。接着在座的人各自谈完自己的体会。谢安问道："你们说完了没有？"大家都说："今天的谈论，很少有不尽兴的了。"谢安然后粗略地提出一些疑难问题，随着叙说自己的意见，洋洋洒洒一万多句，才华出众，优异超绝。这已经是难以达到的了，加上志向和气概有所比拟寄托，潇洒自如，满座的人无不心悦诚服。支道林对谢安说道："您的解说总是围绕问题的核心，自然特别好啊！"

五十六

殷中军、孙安国、王、谢能言诸贤，悉在会稽王许。殷与孙共论《易象妙于见形》[①]。孙语道合，意气干云[②]。一坐咸不安[③]孙理，而辞不能屈[④]。会稽王慨然叹曰："使真长来，故应有以制彼。"即迎真长，孙意己不如[⑤]。真长既至，先令孙自叙本理。孙粗说己语，亦觉殊不及向[⑥]。刘便作二百许语，辞难简切[⑦]，孙理遂屈。一坐同时拊掌而笑，称美良久。

[注释]

①"殷与"句：孙安国（名盛，字安国）作《易象妙于见形》，已佚。②意气干云：意气冲天，形容很得意。③不安：不满意。④屈：驳倒，制服。⑤意己：料想自己。不如：比不上。⑥殊不及：大大不如。向：先前。⑦辞难：问难，诘问。简切：简明直接。

[译文]

殷浩、孙安国（盛）、王濛、谢安等擅长清谈的名流，都聚集在会稽王司马昱的官邸。殷浩和孙安国两人一起辩论《易象妙于见形》这篇文章。孙安国口若悬河，意气飞扬。满座的人虽然不满意孙安国的道理，但是又不能驳倒他。会稽王非常感慨地叹息道："如果刘真长来了，一定会有办法制服他。"随即派人去迎请刘真长，孙安国意识到自己辩不过刘真长。刘真长来后，先叫孙安国叙说自己原先的道理。孙安国粗略地说了一下自己的言论，也觉得很不如刚才所讲的。刘真长接着讲了二百多句话，论述和质疑都非常简明贴切，孙安国的道理便被驳倒。满座同时拍手大笑，赞美不已。

五十七

僧意在瓦官寺中，王苟子来，与共语，便使其唱理[①]。意谓王曰："圣人有情不？"王曰："无。"重问曰："圣人如柱邪？"王曰："如筹算[②]。虽无情，运之者有情。"僧意云："谁运圣人邪？"苟子不得答而去。

[注释]

①唱理：带头讲述玄理。②筹算：筹码，计算的用具。

[译文]

僧意住在瓦官寺中，王苟子（修）来和他一起清谈，让他首先讲述玄理。僧意问王苟子道："圣人有感情吗？"王苟子说："没有。"又问道："圣人像柱子吗？"王苟子说："像筹码。本身虽然没有感情，但是使用它的人有感情。"僧意说："谁来使用圣人呢？"王苟子回答不了就走了。

五十八

司马太傅[1]问谢车骑："惠子[2]其书五车，何以无一言入玄[3]？"谢曰："故当是其妙处[4]不传。"

［注释］

①司马太傅：司马道子。②惠子：惠施，战国时宋国人，名家代表人物。③入玄：与玄学有关。④妙处：精妙的地方，精髓所在。

［译文］

太傅司马道子问车骑将军谢玄："惠子所著的书有五车之多，为什么没有一句话谈到玄学？"谢玄回答道："一定是其中精妙之处不是言语所能表达的。"

五十九

殷中军被废，徙(xǐ)[1]东阳，大读佛经，皆精解，惟至"事数[2]"处不解。遇见一道人，问所签[3]，便释然[4]。

［注释］

①徙：迁移。②事数：佛教用语，指一切事物的名相。③所签：标注疑难的地方。④释然：形容疑难排除后心里放松的感觉。

［译文］

殷浩被罢官撤职以后，迁居到东阳郡，读了很多佛经，都能够深入理解其中义理，只有谈到"事数"的地方理解不了。后来殷浩遇见一个和尚，便把自己签条上注明的疑难问题提出来向他请教，便完全解决了。

六十

殷仲堪精核玄论[1]，人谓莫不研究。殷乃叹曰："使我解《四本》，谈不翅尔[2]。"

［注释］

①玄论：指老庄学说。②不翅：同"不啻"，不仅仅，不只是。尔：如此，这般。

[译文]

殷仲堪深入地研究了老庄学说，人们说他没有哪个方面没有研究过。殷仲堪却叹息道：“假使我能够领悟《四本论》，言谈还不只是现在这样。”

六十一

殷荆州曾问远公①：“《易》以何为体②？”答曰：“《易》以感③为体。”殷曰：“铜山西崩④，灵钟东应⑤，便是《易》耶？”远公笑而不答。

[注释]

①远公：慧远和尚，东晋高僧。②体：本体。③感：感应，领悟。④崩：崩塌。⑤应：感应。

[译文]

殷仲堪曾经问慧远和尚：“《周易》认为什么是本体？”慧远回答道：“《周易》认为感应是本体。”殷仲堪道：“西边的铜山崩塌了，东边的灵钟就有感应，这就是《周易》吗？”慧远含笑没有回答。

江山感应图

殷仲堪曾经问慧远和尚：“《周易》认为什么是本体？”慧远回答道：“《周易》认为感应是本体。”图中表现江山虚静以待的景象。

六十二

羊孚弟娶王永言女。及王家见婿，孚送弟俱往。时永言父东阳①尚在，殷仲堪是东阳女婿，亦在坐。孚雅善理义②，乃与仲堪道《齐物》③。殷难之，羊云：“君四番后，当得见同。”殷笑曰：“乃可得尽④，何必相同？”乃至四番后一通⑤。殷咨嗟曰：“仆⑥使无以相异。”叹为新拔者⑦久之。

[注释]

①东阳：指王临之，曾任东阳太守。②雅善：很擅长。理义：理和义，这里指对义理加以辨析。③《齐物》：《齐物论》，是《庄子》中的一篇。④乃：而，表示

上下句的连接。得尽：能够讲完。⑤一通：一致贯通。⑥仆：对自己的谦称。⑦新拔者：后起之秀。

[译文]

羊孚的弟弟娶了王永言的女儿。到王家要见女婿的时候，羊孚送弟弟一同前去。当时王永言的父亲东阳太守王临之还活在世上，殷仲堪是王临之的女婿，也在座。羊孚素来擅长名理，便和殷仲堪一起谈论《庄子·齐物论》。殷仲堪向羊孚提出诘难，羊孚说："你经过四次交锋后，将会发现彼此见解相同。"殷仲堪笑着说："只要能讲完，不必相同。"及至四个回合后，两人的见解竟然真的相通。殷仲堪叹息道："我就没有见解和你不同了。"他久久地叹赏羊孚是新人新秀。

六十三

殷仲堪云："三日不读《道德经》①，便觉舌本间强(jiàng)②。"

[注释]

①《道德经》：《老子》一书后来被称为《道德经》。②强：僵硬，不流畅。

[译文]

殷仲堪说："三天不读《道德经》，就觉得舌根发僵。"

六十四

提婆①初至，为东亭第讲《阿毗昙》②。始发讲③，坐裁④半，僧弥⑤便云："都已晓。"即于坐分数四有意⑥道人，更就余屋自讲。提婆讲竟，东亭问法冈道人曰："弟子都未解，阿弥那得已解？所得云何？"曰："大略全是，故当小未精核耳。"

[注释]

①提婆：东晋高僧。②东亭：王珣，字元琳，王羲之的侄子。《阿毗昙》：佛经名。③发讲：开始宣讲。④裁：通"才"，刚刚。⑤僧弥：王珣的弟弟王珉，小名僧弥。⑥数四：几个，表约数。有意：指有见解、有情趣。

[译文]

提婆和尚刚到京都，就在东亭侯王珣家中讲解《阿毗昙经》。刚开始宣讲，才坐了一半的时间，王僧弥便说："都已经全部懂得了。"随即在座中分出三四位有识见的和尚，改换到别的屋子里由自己讲解。提婆和尚讲完以后，王珣问法冈和尚道："我还一点没有理解，阿弥怎么可能已经理解了呢？他的心得如何？"法冈说："大体上领会得不错，只有小部分没有精通罢了。"

六十五

桓南郡与殷荆州共谈，每相攻难①。年余后，但一两番。桓自叹才思转退，殷云："此乃是君转解②。"

［注释］

①攻难：质疑诘难。②转解：变得松懈。

［译文］

南郡公桓玄和荆州刺史殷仲堪一起谈话，往往互相反驳非难。一年多以后，只有一两次论辩了。桓玄慨叹自己才气和思力越来越退化了，殷仲堪说："这只不过是您变得懈怠了。"

六十六

文帝尝令东阿王①七步中作诗，不成者行大法②。应声便为诗曰："煮豆持作羹③，漉菽④以为汁。萁在釜下然⑤，豆在釜中泣。本自同根生，相煎何太急？"帝深有惭色。

［注释］

①文帝：魏文帝曹丕，曹操的儿子。东阿王：曹植，字子建，曹丕的同母弟。曹丕登帝位后，曹植被一再贬爵徙封，后被封为东阿王。②大法：重刑，这里指处死。③羹：有浓汁的食品。④漉：过滤。菽：豆类的总称。⑤萁：豆茎，秸秆。然：通"燃"，燃烧。

［译文］

魏文帝曹丕曾经限令弟弟东阿王曹植在走七步路这个时间里作出一首诗，假若作不出，就要杀掉他。曹植应声便作了一首诗道："煮豆持作羹，漉菽以为汁。其在釜下然，豆在釜中泣。本自同根生，相煎何太急？"魏文帝听了，露出十分羞愧的面色。

六十七

魏朝封晋文工①为公，备礼九锡②，文王固让不受。公卿将校当诣府敦喻③，司空郑冲驰遣信就阮籍求文。籍时在袁孝尼家，宿醉扶起，书札④为之，无所点定⑤，乃写付使。时人以为神笔。

［注释］

①晋文王：司马昭，三国时魏国人。②九锡：车马、衣物等九种礼物。③公卿

将校：指朝廷中的高级文武官吏。敦喻：恳切劝说。④札：古代写字用的小木片。⑤点定：修改。

[译文]

魏朝封司马昭为晋公，准备好了加九锡的礼物，司马昭坚决推辞，不肯接受。朝中文武官吏准备到司马昭府第劝他，司空郑冲便派遣使者骑马到阮籍那里求写劝进文。阮籍当时正在袁孝尼(准)家，隔夜的余醉还没有醒，就被人扶起来在木札上书写，写完以后，没有什么修改，就抄写好交付使者。当时的人们认为是神妙的文笔。

六十八

左太冲作《三都①赋》初成，时人互有讥訾(zǐ)②，思意不惬(qiè)③。后示张公④，张曰："此二京可三⑤。然君文未重于世，宜以经高名之士。"思乃询求于皇甫谧(mì)⑥。谧见之嗟叹，遂为作叙。于是先相非贰⑦者，莫不敛衽(rèn)赞述⑧焉。

[注释]

①左太冲：左思，字太冲，晋代诗人。三都：指魏、蜀、吴三国国都。②讥訾：讥笑非难。③惬：满意；舒服。④张公：指张华，曾任太常、司空。⑤二京：指东汉班固《两都赋》和张衡《二京赋》。三：用为动词，成为三。⑥询：请教，征求意见。皇甫谧：字士安，博览群书，名望很高。⑦非贰：非议，不同意。⑧敛衽：整理衣襟，表示敬意。赞述：称赞传述。

[译文]

左思《三都赋》刚刚写完，当时的人交相讥笑指责，左思心里很不愉快。后来他把文章送给张华看，张华说道："这可以和班固的《两都赋》、张衡的《二京赋》鼎足为三。然而您的文章还没有受到世人重视，应当借助著名人士。"左思便去请教和恳求皇甫谧。皇甫谧看了后非常赞赏，便给赋写了一篇序文。于是先前非议怀疑这篇赋的人，都深怀敬意地赞扬它了。

六十九

刘伶①著《酒德颂》，意气②所寄。

[注释]

①刘伶：字伯伦，竹林七贤之一。②意气：意志，情趣。

[译文]

刘伶写的《酒德颂》，是他意志和情趣的寄托。

七十

乐令[①]善于清言，而不长于手笔[②]。将让河南尹[③]，请潘岳为表[④]。潘云："可作耳。要当得[⑤]君意。"乐为述已所以为让[⑥]，标位[⑦]二百许语。潘直取错综[⑧]，便成名笔[⑨]。时人咸云："若乐不假潘之文，潘不取乐之旨，则无以成斯矣。"

[注释]

①乐令：乐广，曾为尚书令。②手笔：写文章。③让：辞去。河南尹：即河南郡长官，河南郡是西晋国都所在地。④潘岳：字安仁，擅长写文章。为表：写奏章。⑤要当：应当，必须。得：了解，掌握。⑥所以为让：辞职的原因。⑦标位：列举，阐述。⑧错综：交叉编排。⑨名笔：名篇。

[译文]

尚书令乐广长于清谈，却不擅长写文章。他打算辞去河南尹的官职，便请潘岳代他写奏章。潘岳说道："我可以写，不过必须了解你的意图。"乐广便给他说明自己辞职的理由，列举了二百多句话。潘岳直截了当地拿这些话加以交叉编排，就成了一篇著名的散文。当时的人都说："如果乐广不借助潘岳的文辞，潘岳不采用乐广的意旨，就无法写成这般优美的文章了。"

刻烛赋诗

尚书令乐广长于清谈，却不擅长写文章。此图表现了南北朝南齐宗室竟陵王子良常夜集学士刻烛为诗的情景。

七十一

夏侯湛作《周诗》成，示潘安仁。安仁曰："此非徒温雅[①]，乃别见孝悌之性[②]。"潘因此遂作《家风诗》。

[注释]

①徒：仅，只。温雅：温煦高雅。②孝悌：孝顺父母，敬爱兄长。性：天性。

[译文]

夏侯湛补作《周诗》完毕，拿给潘安仁（岳）看。潘安仁说："这诗不仅仅写得温煦高雅，而且还能够看出孝顺友爱的天性。”潘安仁由此便写了《家风诗》。

七十二

孙子荆除妇服①，作诗以示王武子。王曰：“未知文生于情②，情生于文。览之凄然③，增伉(kàng)俪(lì)④之重。”

［注释］

①除妇服：为妻子服丧期满，脱去丧服。②文：指文章。生于：从……产生。情：指思想感情。③凄然：形容悲伤。④增：增加，增进。伉俪：夫妻。

［译文］

孙子荆为妻子服丧期满之后，写了一首诗拿给王武子看。王武子看了以后说道：“真不知道这文采是由于情深意切而激发出来的，还是从丰富的文采呈现出来的。看后令人感到凄苦悲伤，也增进深厚的夫妻情义。”

七十三

太叔广甚辩给①，而挚仲治长于翰墨②，俱为列卿③。每至公坐④，广谈，仲治不能对⑤；退，著笔⑥难广，广又不能答。

［注释］

①辩给：口才好，口齿伶俐。②翰墨：笔墨，借代写文章。③列卿：诸卿，众卿。卿是古代高级官名。④公坐：公卿聚会。⑤不能对：答不上。⑥著笔：提笔写文章。

［译文］

太叔广能言善辩，挚仲治（虞）却擅长写作，两人都是朝中大臣。每到公卿聚会的场合，太叔广高谈阔论，挚仲治不能对答；挚仲治回去写成文章驳难太叔广，太叔广也不能回答。

七十四

江左殷太常父子①并能言理，亦有辩讷(nè)②之异。扬州③口谈至剧，太常辄云：“汝更思吾论。”

［注释］

①殷太常：殷融，字洪远，累迁吏部尚书、太常。太常是九卿之一，主管祭祀礼乐。父子：叔侄。六朝时，叔侄通称为父子。②辩：能言善道。讷：说话迟钝。③扬州：指殷浩。

[译文]

东晋时，太常殷融和侄儿殷浩都擅长谈论玄理，但是殷浩能言善辩，殷融言语迟钝。殷浩的口头辩论最厉害，殷融总是说："你再想想我的道理。"

七十五

庾子嵩作《意赋》①成，从子文康②见，问曰："若有意邪，非赋之所尽；若无意邪，复何所赋？"答曰："正在有意无意之间。"

[注释]

①《意赋》：是一篇咏怀的骚体诗。意，指心意情感。②从子：侄儿。文康：庾亮，谥号文康。

[译文]

庾子嵩写成《意赋》以后，他的侄儿庾文康看了，问道："如果确有那样的意态心绪的话，那不是赋体能够表达得完的；如果没有那样的意态心绪，又要写赋做什么呢？"庾子嵩回答道："恰恰是在有意无意之间。"

七十六

郭景纯诗云："林无静树，川无停流。"阮孚云："泓(hóng)峥萧瑟①，实不可言。每读此文，辄觉神超形越②。"

[注释]

①泓峥：水流潺潺，水声喧闹。萧瑟：形容风吹树木的声音。②神超形越：身心超然物外。

[译文]

郭景纯(璞)有两句诗道："林无静树，川无停流。"阮孚评价道："水流潺潺，林木萧萧，实在不可言传。每当读到这两句，总觉得心驰神往，超然物外。"

七十七

庾阐始作《扬都①赋》，道温、庾云："温挺义之标，庾作民之望。方响则金声，比德则玉亮。"庾公闻赋成，求看，兼赠贶(kuàng)②之。阐更改"望"为"俊"，以"亮"为"润"③云。

[注释]

①扬都：指建康，是扬州的首府，晋元帝建都于此。②赠贶：赠送。③以"亮"

为“润”：“亮”字犯了庾亮的名讳，所以要改。而“亮、望”押韵，改了“亮”字，就必须改“望”字。

[译文]

庾阐最初写完了《扬都赋》，他在赋中评价温峤和庾亮道：“温挺义之标，庾作民之望。方响则金声，比德则玉亮。”庾亮听说赋已经写好了，要求看一看，同时希望庾阐把赋赠送给他。于是庾阐又把其中的“望”字改为“俊”字，“亮”字改为“润”字。

七十八

孙兴公作《庾公诔(lěi)[①]》。袁羊曰：“见此张缓[②]。”于时以为名赏。

[注释]

①诔：哀悼死者的一种文体。②张缓：一张一弛，比喻做事有节奏。

[译文]

孙兴公（绰）写了《庾公诔》。袁羊看了以后说道：“在这篇文章里，我明白了一张一弛的道理。”当时人认为这是名家的鉴赏。

七十九

羊孚作《雪赞》云：“资清以化[①]，乘气以霏[②]。遇象能鲜[③]，即洁成辉。”桓胤(yìn)遂以书[④]扇。

[注释]

①资清以化：依靠纯净的雨水转化。②乘气以霏：随着空气的流动而漫天飞扬。霏，雪花飘扬。③遇象：接触景象。鲜：靓丽鲜明。④桓胤：字茂祖，官至中书令。书：写。

[译文]

羊孚作《雪赞》，其中说：“雪依靠纯净的雨水转化，随着空气的流动而漫天飞洒。遇到不同的景象能使它鲜明，碰到洁白的东西能成为一片银辉。”桓胤便把它写在扇子上。

方正第五

一

陈太丘[①]与友期行，期日中[②]。过中不至，太丘舍去，去后乃至。元方时年七岁，门外戏。客问元方："尊君在不？"答曰："待君久不至，已去。"友人便怒曰："非人哉！与人期行，相委[③]而去！"元方曰："君与家君期日中。日中不至，则是无信；对子骂父，则是无礼。"友人惭，下车引[④]之。元方入门不顾。

［注释］

①陈太丘：陈寔。②期：约定好时间。日中：日到中天，正午。③委：抛弃，留下。④引：牵拉。

［译文］

陈寔和朋友约好一同外出，在中午出发。过了中午，朋友还没有来，陈寔没等他，自己先走了。陈寔走了以后，那位朋友才来。当时陈寔的儿子元方才七岁，正在门口嬉戏玩耍。客人就问元方："令尊在家吗？"元方回答说："等了您很久，见您不来，已经走了。"那位朋友便生起气来，说道："真不是人啊！本来约好一起走，却扔下别人不管！"元方说："您是跟家父约定中午走。而到中午却不来，这是不守诺言；在人家儿子面前骂他的父亲，这是不讲礼貌。"那位朋友听了很惭愧，下车来拉他的手。元方掉头回家，连看也不看他一眼。

儿童嬉戏图

陈寔儿子元方才七岁，正在门口嬉戏玩耍。图中描绘了儿童嬉戏的快乐场景。

二

南阳宗世林[①]，魏武同时，而甚薄其为人，不与之交。及魏武作司空[②]，总朝政，从容问宗曰："可以交未？"答曰："松柏之志犹存。"世林既以忤旨见疏③，位不配德。文帝兄弟每造④其门，皆独拜床下⑤。其见礼如此。

[注释]

①宗世林：宗承，字世林，以德行为世所重。②司空：官名，三公之一。曹操在汉献帝建安元年（196年）为司空，总揽朝政。③见疏：被疏远。④文帝兄弟：指曹操的儿子曹丕、曹植等。造：前往，到。⑤床下：坐床前。

[译文]

南阳人宗世林，与曹操是同时代人，他很瞧不起曹操的为人，不肯和曹操结交。到曹操做司空的时候，总揽朝政大权，安闲地问宗世林："现在可以结交了吧？"宗世林回答说："我和松柏一样，意志一直不会改变。"宗世林因为不合曹操心意，渐渐被疏远，官职很低，和他的身份很不相配。曹丕兄弟每次登门拜访，都是以晚辈的身份，在他的坐床前行礼。他受到尊敬达到如此的程度。

三

魏文帝受禅(shàn)①，陈群有戚容②。帝问曰："朕应天受命③，卿何以不乐？"群曰："臣与华歆，服膺先朝④，今虽欣圣化⑤，犹义形于色。"

[注释]

①受禅：登位称帝。公元220年农历正月，曹操死，其子曹丕继位为汉丞相，十月，曹丕废汉献帝为山阳公，自称皇帝。②陈群：字长文，东汉末，曹操召他为司空西曹掾属，后迁御少中丞，曹丕即帝位后，陈群迁尚书令。戚容：忧伤的神色。③应天受命：即称帝。古代帝王都认为自己登基是顺应上天的意旨。④华歆：字子鱼，曾担任议郎、尚书令等职。曹丕即位后，迁为司空。服膺先朝：指不忘汉朝。服膺，铭记心中。⑤圣化：圣人的教化，这里指盛世。陈、华二人一直依附曹魏，不可能会对汉朝的灭亡感到痛心。这里似有微讽之意。

[译文]

曹丕称帝，陈群面有愁容。曹丕问他："朕顺应天命称帝，你为什么不高兴？"陈群回答道："臣和华歆曾辅佐汉朝，现在虽然欣逢当朝盛世，但是怀念故朝的心情，还是难免流露出来。"

四

郭淮作关中都督①，甚得民情，亦屡有战庸②。淮妻，太尉王凌③之妹，坐凌事④当并诛。使者征摄⑤甚急，淮使戒装⑥，克日⑦当发。州府文武及百姓劝淮举兵，淮不许。至期，遣妻，百姓号泣追呼者数万人。行数十里，淮乃命左右追夫人还，于是文武奔驰，如徇身首[8]之急。既至，淮与宣帝书曰：“五子哀恋，思念其母，其母既亡，则无五子。五子若殒，亦复无淮。”宣帝乃表，特原淮妻。

［注释］

①郭淮：字伯济，齐王曹芳嘉平元年（249年）都督雍、凉诸军事，在关中三十多年，功绩显著。都督：官名，地方军政长官，②战庸：战功。③王凌：历任司空、太尉，曾密谋废立，事败，自杀。④坐凌事：因王凌事获罪。⑤征摄：搜捕。⑥戒装：准备行装。⑦克日：约定日期。⑧徇：谋求。身首：这里指性命。

［译文］

郭淮出任关中都督时，甚得民心，也曾屡立战功。郭淮的妻子，是太尉王凌的妹妹，因为王凌犯罪一事而受到牵连，将被一起处死。派来逮捕她的官吏追查得很急，郭淮让妻子准备好行装，约定日子动身出发。州府的文武官员和百姓都劝说郭淮起兵反抗，郭淮不同意。到了打发妻子上路的时候，号啕痛哭、一路跟着呼唤不舍的百姓有几万人。走了几十里，郭淮才叫手下的人去把夫人追回来，于是文武官员飞跑传命，好像救自己的性命一样。夫人回来以后，郭淮给宣帝司马懿写信说：“五个孩子悲痛欲绝，想念他们的母亲，如果他们母亲死了，我的五个孩子也不会活。五个孩子如果死了，也就不会有我郭淮了。”司马懿于是上表奏请魏帝，赦免了郭淮的妻子。

五

诸葛亮之次渭滨[1]，关中震动。魏明帝深惧晋宣王[2]战，乃遣辛毗(pí)[3]为军司马。宣王既与亮对渭而陈[4]，亮设诱谲(jué)[5]万方。宣王果大忿，将欲应之以重兵。亮遣间谍觇(chān)[6]之，还曰：“有一老夫，毅然仗黄钺(yuè)[7]，当军门立，军不得出。”亮曰：“此必辛佐治也。”

诸葛亮

诸葛亮（181—234），字孔明，号卧龙居士。诸葛亮任蜀汉丞相，东联孙吴，数次北伐曹魏。

［注释］

①“诸葛亮”句：诸葛亮任蜀汉丞相，东联孙吴，数次北伐曹魏。次，指临时驻扎。②魏明帝：曹叡。晋宣王：司马懿。魏咸熙元

年（264年）晋国初建，追尊他为宣王；他的孙子司马炎建立晋朝，又追尊他为宣帝。③辛毗：字佐治，此时任行军司马，作战时负参谋之责。④陈：通“阵”，排列队阵。⑤诱橘：诱骗欺诈。⑥觇：侦察。⑦黄钺：黄金装饰的斧头，帝王赐给征伐的重臣的，是权力的象征。

［译文］

诸葛亮屯兵渭水边的时候，关中人心震动。魏明帝害怕司马懿出战，便派辛毗去担任行军司马。司马懿和诸葛亮隔着渭水排好阵势以后，诸葛亮千方百计想诱骗对方出战。司马懿果然大怒，打算派重兵来对抗诸葛亮。诸葛亮派间谍暗中察看，回报说：“有一个老人拿着金斧，坚定地站在军营门口，军队都出不来。”诸葛亮说：“这一定是辛佐治（辛毗）呀。”

六

夏侯玄既被桎梏（zhì gù）①，时钟毓为廷尉②，钟会③先不与玄相知，因便狎（xiá）④之。玄曰：“虽复刑余之人⑤，未敢闻命⑥。”考掠初无一言，临刑东市⑦，颜色不异。

［注释］

①夏侯玄：字太初，魏齐王曹芳时任太常，为九卿之一，主管礼仪祭祀之事。当时司马师以大将军辅政，后中书令李丰因司马师专权，密谋以夏侯玄代替他。事泄，李丰被杀，夏侯玄被捕，交廷尉审理，随后被杀。桎梏：脚镣和手铐，这里指被拘捕。②廷尉：官名，掌管诉讼刑狱之事。③钟会：钟毓的弟弟。钟会因夏侯玄为名士，曾经想结交他，被夏侯玄拒绝了。当钟毓审理夏侯玄案件时，钟会在座。④狎：亲近而态度不庄重，意指戏辱。⑤刑余之人：受过刑的人，指犯罪的人。⑥闻命：接受命令，意即不愿与之交往。⑦东市：行刑的地方，法场。汉代在长安东面的市场行刑，故通称法场为东市。

［译文］

夏侯玄被逮捕入狱，当时钟毓任廷尉，他弟弟钟会先前和夏侯玄不相熟，这时趁机戏辱夏侯玄。夏侯玄说：“我虽然是罪人，也不敢遵命。”夏侯玄受尽严刑拷打，始终不出一声，临赴刑场之时，依然面不改色。

七

夏侯泰初与广陵陈本善①。本与玄在本母前宴饮，本弟骞②行还，径入，至堂户。泰初因起曰：“可得同，不可得而杂。”

[注释]

①夏侯泰初：即夏侯玄。陈本：字休元，曾任郡守、廷尉，迁镇北将军。善：交好。②陈骞，字休渊，当时还年轻，任中领军（掌管卫兵）。

[译文]

夏侯玄和广陵人陈本关系很好。当他们在陈本母亲面前宴饮时，陈本的弟弟陈骞从外面回来，一直进入堂屋门口。于是夏侯玄站起来说："我可以与志趣相同者交往，但不能与志趣不相投的人杂处。"

八

高贵乡公薨[①]，内外喧哗。司马文王[②]问侍中陈泰曰："何以静之？"泰云："唯杀贾充，以谢天下。"文王曰："可复下此不[③]？"对曰："但见其上，未见其下。"

[注释]

①高贵乡公：指曹髦，是魏文帝曹丕的孙子。未登位时被封为郯县高贵乡公。大将军司马师废魏齐王曹芳后，立他为帝。曹髦后来设计除掉司马昭之时，反被其党羽贾充率兵杀死。②司马文王：司马昭。③下此：不杀贾充的办法。

[译文]

高贵乡公被杀之时，朝廷内外议论纷纷。司马昭问侍中陈泰："怎样才能平息舆论呢？"陈泰说："只有杀掉贾充，向天下人谢罪。"司马昭说："有没有不杀贾充的办法呢？"陈泰回答说："我只知道有比这更重的，不知比这更轻的。"

九

和峤为武帝[①]所亲重，语峤曰："东宫[②]顷似更成进，卿试往看。"还问："何如？"答云："皇太子圣质[③]如初。"

[注释]

①和峤：字长舆，任侍中，迁中书令。他曾多次向晋武帝谈起担心太子不能担当大业，武帝不以为然。武帝：晋武帝司马炎。②东宫：太子居住的宫室，这里代指太子司马衷。史称痴呆不任事。③圣质：资质。"圣"是敬称。

[译文]

和峤为晋武帝所亲近和器重，有一次武帝对和峤说："太子近来似乎更加成熟、长进了，你试着过去看看。"和峤回来之后，武帝问他："怎么样？"和峤回答说："皇太子资质同以前绝无二致。"

十

诸葛靓[①]后入晋，除大司马[②]，召不起[③]。以与晋室有仇[④]，常背洛水而坐。与武帝有旧[⑤]，帝欲见之而无由，乃请诸葛妃[⑥]呼靓。既来，帝就太妃间[⑦]相见。礼毕，酒酣，帝曰："卿故复忆竹马之好[⑧]不？"靓曰："臣不能吞炭漆身[⑨]，今日复睹圣颜。"因涕泗百行。帝于是惭悔而出。

[注释]

①诸葛靓：曾在吴国做官，吴亡后，来到晋国。他的父亲诸葛诞被晋武帝的父亲司马昭杀了，所以诸葛靓不肯在晋室做官。②除：授予，任命。大司马：官名，八公之一。③起：应命。④"以与"句：指诸葛诞被司马昭所杀一事。⑤旧：旧交情。⑥诸葛妃：晋武帝的婶母是诸葛靓的姐姐。⑦太妃：诸葛妃。间：处所。⑧竹马之好：儿童时代的友情。竹马，儿童用来当马骑的竹竿。⑨吞炭漆身：比喻为父报仇。据《史记·刺客列传》载：春秋末年，晋国的大夫赵襄子灭了智伯，智伯的家臣豫让为了给智伯报仇，用漆涂身，以改变形貌；吞炭弄坏嗓子，使声音沙哑。

[译文]

诸葛靓后来到了晋朝，被任命为大司马，却不肯赴任。因为和晋室有仇，常常背对洛河的方向坐着。他曾与晋武帝有过交情，武帝很想见他，又找不到理由，于是请到诸葛太妃来招呼他。诸葛靓来到后，武帝到太妃那里和他见面。行礼后就喝酒，喝到痛快的时候，武帝问："你还记得我们小时候的友情吗？"诸葛靓说："臣不能像豫让那样为父报仇，今天又目睹了圣颜。"说完便涕泪纵横。武帝于是既惭愧又懊悔地退了出去。

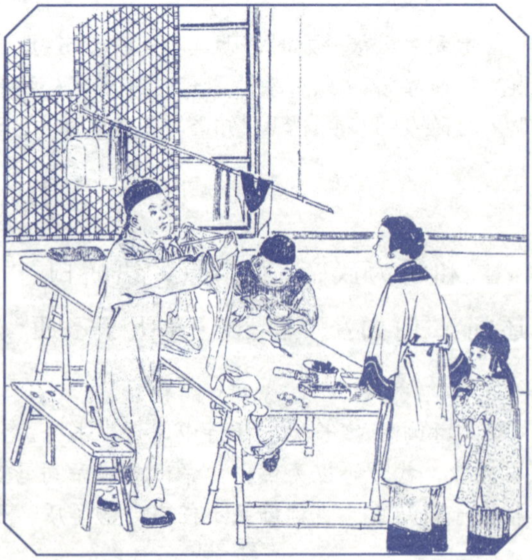

量布制衣图

尺布斗粟之谣是汉代民谣，比喻兄弟失和。图中表现了成衣匠正在量布制衣的场景。

十一

武帝语和峤曰："我欲先痛骂王武子[①]，然后爵[②]之。"峤曰："武子俊爽，恐不可屈。"

帝遂召武子，苦责之，因曰："知愧不？"武子曰："尺布斗粟之谣[3]，常为陛下耻之。它人能令疏亲，臣不能使亲疏[4]，以此愧陛下。"

[注释]

①王武子：王济，字武子。晋武帝曾命弟弟齐王司马攸离开京都回到封国去，王济极力劝谏，触怒了武帝，因此被责。和峤是王济的姐夫。②爵：封爵。③尺布斗粟之谣：汉代民谣，比喻兄弟失和。据《史记·淮南衡山列传》载，汉文帝的弟弟淮南王刘长谋反，汉文帝把他流放到蜀郡，刘长在流放途中绝食而死。后来有首民歌唱道："一尺布，尚可缝；一斗粟，尚可舂。兄弟二人，不能相容。"④"它人"句：这里是说的反话，讽刺武帝不听劝谏，疏远手足兄弟。

[译文]

晋武帝对和峤说："我想先痛骂王武子一顿，然后才封他爵位。"和峤说："武子才智出众，豪迈爽朗，恐怕不能让他屈服。"武帝于是召见武子，狠狠地骂了他一顿，然后问："你知道羞愧了吗？"王武子说："我一想起尺布斗粟的民谣，就替陛下感到羞愧。别人能让关系疏远的人亲近起来，臣却不能使亲近的人变得疏远，为此对陛下有愧。"

十二

杜预之[1]荆州，顿七里桥[2]，朝士悉祖[3]。预少贱，好豪侠，不为物所许。杨济[4]既名氏雄俊，不堪，不坐而去。须臾，和长舆[5]来，问："杨右卫何在？"客曰："向来，不坐而去。"长舆曰："必大夏门下盘马[6]。"往大夏门[7]，果大阅骑，长舆抱内[8]车，共载归，坐如初。

[注释]

①杜预：字元凯，曾都督荆州诸军事，镇守襄阳。之：到，往。②顿：停留。七里桥：在洛阳城东。③祖：古代饯行的仪式，在路上祭路神后，并设宴送行。④杨济：字弘通，晋武帝司马炎的妻子武悼皇后的叔父，与杜预同是晋室的外戚。虽然杜预功名比他高，他却认为杜预是罪人之子，不愿与之同坐。⑤和长舆：和峤。⑥盘马：骑马。⑦大夏门：洛阳的一座城门楼。⑧内：通"纳"，放入。

[译文]

杜预到荆州，走到七里桥，朝廷官员全都来到这里给他饯行。社预年轻时地位低下，好行侠，不为众人所赞许。杨济是名门中的俊才，不能忍受这种场面，不落座就走了。一会儿，和峤来了，问："杨右卫在哪里？"有位客人说："刚才来了，没坐就走了。"和长舆说："一定是到大夏门下骑马游乐去了。"和长舆前往大夏门，果然在观看大规模的兵马操练，和长舆把他抱到车上，一起回到七里桥，像之前那样入座。

十三

杜预拜镇南将军，朝士悉至，皆在连榻[①]坐。时亦有裴叔则[②]。羊稚舒[③]后至，曰："杜元凯乃复连榻坐客！"不坐便去。杜请裴追之，羊去数里住马，既而俱还杜许。

［注释］

①连榻：榻分独榻和连榻，独榻仅坐一人，而连榻能坐数人。古代以独榻为尊，连榻待客有怠慢之嫌。②裴叔则：裴楷。③羊稚舒：羊琇，字稚舒，也是晋室的外戚。

［译文］

杜预被任命为镇南将军，朝廷的官员都来庆贺，大家都坐在连榻上。当时裴楷也在座。羊琇后来才到，说："杜预竟然让客人坐连榻！"不入座就走了。杜预请裴楷去追他，羊琇骑马走了几里地才停下，接着就和裴楷一起回到杜预家。

十四

晋武帝时，荀勖(xù)为中书监，和峤为令[①]。故事[②]，监、令由来共车。峤性雅正，常疾勖谄谀[③]。后公车[④]来，峤便登，正向前坐，不复容勖。勖方更觅车，然后得去。监、令各给车自此始。

［注释］

①令：中书令。晋代设中书监和中书令，同为中书省的长官。②故事：前代的制度，旧例。③疾：厌恶，憎恨。谄谀：阿谀奉承。④公车：官车。

［译文］

晋武帝时，荀勖任中书监，和峤任中书令。按照旧例，监和令向来同坐一辆车上朝。和峤本性正直，十分厌恶荀勖阿谀逢迎的作风。后来每逢官车来接他们上朝，和峤便上车，只往前坐，不再给荀勖留位子。荀勖还要再找一辆车，然后才能离开。后来监和令各派公车的做法，就是从这时开始的。

十五

山公大儿著短帢(qià)[①]，车中倚。武帝欲见之，山公不敢辞，问儿，儿不肯行。时论乃云胜山公[②]。

［注释］

①短帢：一种轻便小帽。戴帢帽见客，是一种不讲究礼节的做法。②“时论”句：山公大儿戴的是便帽，所以不肯去见皇帝，而山涛却不敢替他辞谢。时论便以为儿子胜山涛。

［译文］

山涛的大儿子戴着一顶便帽，靠在车上。晋武帝想召见他，山涛不敢替他推辞，就出来问儿子的意见，他儿子不肯去。当时的舆论就说这个儿子胜过山涛。

十六

向雄为河内主簿①，有公事不及雄，而太守刘淮横怒②，遂与杖遣之。雄后为黄门郎③，刘为侍中，初不交言。武帝闻之，敕雄复君臣之好④。雄不得已，诣刘，再拜曰：“向受诏而来，而君臣之义绝，何如？”于是即去。武帝闻尚不和，乃怒问雄曰：“我令卿复君臣之好，何以犹绝？”雄曰：“古之君子，进⑤人以礼，退⑥人以礼；今之君子，进人若将加诸膝⑦，退人若将坠诸渊⑧。臣于刘河内，不为戎首⑨，亦已幸甚，安复为君臣之好？”武帝从之。

［注释］

①河内主簿：河内郡的主簿。河内郡在今河南省黄河以北一带。②横怒：大怒。③黄门郎：官名，也称黄门侍郎，侍从皇帝，传达诏命。④君臣之好：上下级关系和睦。⑤进：引荐，提拔。⑥退：免职，罢黜。⑦加诸膝：抱在膝上，以示亲热。⑧坠诸渊：投入深渊，以示处罚。⑨戎首：挑起争端。

［译文］

向雄任河内郡主簿的时候，有件公事本来与他没关系，可是郡太守刘淮为这事大怒，对他动了杖刑，并加革职。向雄后来调任黄门郎，刘淮任侍中，二人虽同在一衙门，却从不交谈。晋武帝听说这件事，便命令向雄恢复原来的上下级和睦关系。向雄不得已，便去见刘淮，拜了两拜说：“刚才奉皇命而来，而我们的上下级情义已经断绝了，怎么办？”说完就走了。武帝后来听说他们还是没有和好，就生气地对向雄说：“我命令你恢复以前的和睦关系，为什么还要绝交？”向雄说：“古时的君子，用人时以礼为标准，贬退人时也以礼为标准；现在的君子，用人时就像要抱到膝上那么亲热，贬黜人时就像要推下深渊那样狠心。我对刘淮不去加以攻击就已经很不错了，怎么还能恢复以前的和睦关系呢？”晋武帝只好随他去了。

十七

齐王冏(jiǒng)[1]为大司马，辅政，嵇绍为侍中，诣冏咨事[2]。冏设宰会[3]，召葛旟(yú)、董艾等共论时宜[4]。旟等白冏："嵇侍中善于丝竹[5]，公可令操之。"遂送乐器，绍推却不受。冏曰："今日共为欢，卿何却邪？"绍曰："公协辅皇室，令作事可法[6]。绍虽官卑，职备常伯[7]。操丝比竹，盖乐官之事，不可以先王法服，为伶人[8]之业。今逼高命，不敢苟辞，当释[9]冠冕，袭私服[10]，此绍之心也。"旟等不自得而退。

[注释]

①齐王冏：司马冏，字景治，被封为齐王。晋惠帝永康二年（301年），赵王司马伦自称皇帝，以惠帝为太上皇。齐王司马冏起兵讨伐他，迎惠帝复位，后任大司马，并专擅国政，次年为长沙王司马乂所杀。②咨事：请示公事。③宰会：招待僚属的宴会。④葛旟：时任齐王从侍中郎。董艾：原为县令，齐王起兵时兼任右将军。时宜：时政。⑤丝竹：管弦乐。⑥可法：合乎法度。⑦常伯：官名，上古曾设此官，后来也指侍奉天子左右的近臣，如侍中、散骑常侍等。⑧法服：朝服。伶人：乐人。⑨释：脱下。⑩私服：便装。

[译文]

齐王冏任大司马，辅佐朝政，嵇绍当时任侍中，到司马冏那里去请示公事。司马冏设了一个宴会，召来葛旟、董艾等人一起商讨时政。葛旟等人告诉司马冏说："嵇侍中擅长乐器，您可以叫他演奏一下。"于是送上乐器，嵇绍拒绝接受。司马冏说："今天大家一起欢饮，你为何拒绝呢？"嵇绍说："您辅佐皇室，应该做事合乎法度。我虽然官职低微，毕竟忝列常伯之位，演奏乐器，本是乐官的事情，我不能穿着先王法定的官服来做乐工的事。现在迫于您的命令，我不敢随便推辞，应该脱下官服，穿上便服，这就是我的心愿。"葛等人识趣地退了出去。

乐官排乐图

演奏乐器，本是乐官的事情。图中表现了乐官排乐的情景。

十八

卢志[①]于众坐问陆士衡："陆逊、陆抗[②]，是君何物？"答曰："如卿于卢毓、卢珽[③]。"士龙[④]失色。既出户，谓兄曰："何至如此，彼容不相知也。"士衡正色曰："我父、祖名播海内，宁有不知，鬼子[⑤]敢尔！"议者疑二陆优劣，谢公[⑥]以此定之。

[注释]

①卢志：字子道，历任成都王左长史、中书监。②陆士衡：陆机，字士衡，历任著作郎、平原内史。父亲是吴国大司马陆抗，祖父是丞相陆逊。魏晋人重视避讳，不能当面说出对方长辈的名字，直呼对方祖父、父亲的名字，最为无礼。③卢毓：卢志祖父，曾任魏朝司空。卢珽：卢志父亲，曾任魏朝卫尉卿。④士龙：陆云，字士龙，陆机之弟。⑤鬼子：骂人的话。⑥谢公：谢安。

[译文]

卢志在大庭广众下问陆机道："陆逊、陆抗是你的什么东西？"陆机回答说："正像你和卢毓、卢珽的关系一样。"陆云听后变了脸色。出门以后，陆云对哥哥说："何必这样呢？他可能真是不知道呀。"陆机正色说道："我父亲、祖父名闻天下，岂有不知？鬼子胆敢如此无礼！"当时舆论对二陆的优劣还难判断，谢安由这件事定了下来。

十九

羊忱（chén）[①]性甚贞烈。赵王伦为相国[②]，忱为太傅长史，乃版以参相国军事[③]。使者卒（cù）[④]至，忱深惧豫[⑤]祸，不暇被马[⑥]，于是帖骑[⑦]而避。使者追之，忱善射，矢左右发，使者不敢进，遂得免。

[注释]

①羊忱：字长和，历任太傅长史、扬州刺史，迁侍中。②"赵王伦"句：赵王司马伦于晋惠帝永康元年（300年）杀皇后贾氏，并杀司空张华等，自命为相国。羊忱因此不愿在他手下做官，怕得祸。③版：书简，这里指以书简的形式授予职位。参相国军事：在相府中任职。④卒：通"猝"，突然。⑤豫：通"与"，牵涉。⑥被马：给马加上鞍勒。⑦帖骑：贴伏在马身上。

[译文]

羊忱的性格非常坚贞刚烈。赵王司马伦任相国的时候，羊忱时任太傅长史，司马伦便任命他为参相国军事。传达任命的使者突然来到，羊忱非常害怕受牵连，匆忙间来不及给马加上鞍勒，伏在马身上就逃跑了。使者前去追他，羊忱擅长射箭，左右开弓，使者不敢再追，这才得以逃脱。

二十

王太尉不与庾子嵩[①]交，庾卿之不置[②]。王曰："君不得为尔。"庾曰："卿自君[③]我，我自卿卿。我自用我法，卿自用卿法。"

[注释]

①王太尉：王衍，字夷甫。庾子嵩：庾敳，字子嵩。②卿：对官爵、辈分低于自己的人或同辈之间的亲热、不拘礼节的称呼。庾敳官至豫州长史，职位在太尉之下，不应用"卿"来称呼王太尉。置：停下。③君：对对方的尊称。王太尉对庾子嵩原是可以称呼"卿"的，可是他用了尊称。

[译文]

太尉王衍不与庾敳交往，可是庾敳却用卿来称呼他个没完。王衍说："你不能这样称呼我。"庾敳回答说："你自以'君'称呼我，我自以'卿'称呼你。我自有我的叫法，你自有你的叫法。"

二十一

阮宣子伐社树[①]，有人止之。宣子曰："社而为树[②]，伐树则社亡；树而为社[③]，伐树则社移矣。"

[注释]

①阮宣子：阮修，字宣子。阮宣子不信鬼神而擅长清谈。社树：社是祭土地神的社坛。古时社坛周围要种树，立社为树，是社的标志。②"社而"句：为社而种树。③"树而"句：为树而立社。社坛和社树是互相依存的。

[译文]

阮修要伐掉土地庙旁的树，有人阻止他。阮修说："如果为社而种树，那么砍了树，社就不存在了；如果为树而立社，那么砍了树，社也就迁走了。"

二十二

阮宣子论鬼神有无者。或以人死有鬼，宣子独以为无，曰："今见鬼者云，箸[①]生时衣服，若人死有鬼，衣服复有鬼邪？"

[注释]

①箸：通"著"，穿。

[译文]

阮修谈论鬼神有无的问题。有人认为人死后有鬼，阮修却认为没有，说："现有自称看见过鬼的人说鬼是穿着活时的衣服，如果人死后变成鬼，那么衣服也变成鬼了吗？"

二十三

元皇帝既登阼（zuò）[①]，以郑后之宠，欲舍明帝而立简文[②]。时议者咸谓舍长立少，既于理非伦[③]，且明帝以聪亮英断，益宜为储副[④]。周、王[⑤]诸公，并苦争恳切，唯刁玄亮独欲奉少主，以阿[⑥]帝旨。元帝便欲施行，虑诸公不奉诏，于是先唤周侯、丞相入，然后欲出诏付刁。周、王既入，始至阶头，帝逆[⑦]遣传诏，遏使就东厢。周侯未悟，即却略下阶。丞相披拨传诏[⑧]，径至御床前曰："不审陛下何以见臣。"帝默然无言，乃探怀中黄纸诏裂掷之。由此皇储始定。周侯方慨然愧叹曰："我常自言胜茂弘[⑨]，今始知不如也！"

[注释]

①元皇帝：晋元帝司马睿，是东晋第一个皇帝，317年即皇帝位，并立司马绍为皇太子。318年纳郑氏为夫人，甚有宠，生简文帝司马昱。登阼：登基称帝。②明帝：东晋明帝司马绍，为元帝长子。简文：晋简文帝司马昱，为元帝少子。③伦：顺序。宗法制度下，立嗣要立嫡、立长，否则就不合伦理。④储副：太子。⑤周、王：周顗、王导，即下文的周侯、丞相。⑥刁玄亮：刁协，字玄亮，累迁尚书令。少主：指简文帝。阿：迎合。⑦逆：事先。⑧披拨：用手推开。传诏：传达皇帝命令的官吏。⑨茂弘：王导，字茂弘。

[译文]

晋元帝登位以后，因为宠爱郑后，就想废明帝司马绍而改立简文帝司马昱为太子。当时朝廷的舆论都认为抛开长子而立幼子，在道理上不合立嗣的规矩，况且司马绍聪明诚实，英明果断，更适合做太子。周顗、王导诸位大臣都竭力争辩，言辞恳切，唯独刁玄亮一人想尊奉少主来迎合元帝的心意。元帝想付诸实施，又担心诸大臣不奉诏，于是先召唤武城侯周顗和丞相王导入朝，然后准备把诏令交给刁玄亮去颁布。周、王两人进来后，才走到台阶上面，元帝已经事先派传诏官拦住不让入内，请他们到东厢房去。周顗还没醒悟过来，就退下了台阶。王导拨开传诏官，一直走到元帝座前，说道："不知陛下为什么召见臣？"元帝默然无语，就从怀里摸出黄纸诏书，撕碎扔掉了。从此太子人选才算确定了。周顗这才又感慨又惭愧地叹道："我常常自以为胜过茂弘，现在才知道比不上他啊！"

二十四

王丞相初在江左，欲结援吴人[①]，请婚陆太尉[②]。对曰："培塿(péi lóu)[③]无松柏，薰莸(yóu)[④]不同器。玩虽不才，义不为乱伦[⑤]之始。"

[注释]

①结援：结交、攀附。吴人：吴地人士。②陆太尉：陆玩，吴郡人。晋元帝任其为丞相参军。③培塿：小土丘。④薰：香草。莸：臭草。⑤乱伦：门不当，户不对。晋代门阀制度森严，陆玩是南方的士族豪门，王导虽也出身名门，论功勋名望，王导都不如陆玩，所以陆玩不愿与王导联姻。

[译文]

丞相王导刚来到江南，想结交吴人以获取援助，向太尉陆玩提出联姻。陆玩回复说："小土堆上长不出松柏，香草和臭草不能同置一个器物中。我虽然没有才能，却不敢开门不当、户不对的头。"

治君泽民

小土堆上长不出松柏，香草和臭草不能同置一个器物中。图中描绘了汉朝沈丰的贤明，到官一年，甘露降，芝草生，说明物以类聚的道理。

二十五

诸葛恢大女适太尉庾亮儿，次女适徐州刺史羊忱儿。亮子被苏峻害[①]，改适江虨(bīn)。恢儿娶邓攸女。于时谢尚书[②]求其小女婚，恢乃云："羊、邓是世婚[③]，江家我顾伊，庾家伊顾我，不能复与谢裒儿婚[④]。"及恢亡，遂婚[⑤]。于是王右军往谢家看新妇[⑥]，犹有恢之遗法，威仪端详[⑦]，容服光整。王叹曰："我在遣[⑧]女，裁[⑨]得尔耳！"

[注释]

①"亮子"句：晋成帝咸和二年（327年），历阳内史苏峻（字子高）举兵反叛，这期间，庾亮的儿子庾会被杀。②谢尚书：谢裒，字幼儒，谢安之父，任吏部尚书，曾为其子谢石向诸葛恢求亲。③世婚：世代联姻的人家。④"不能"句：

诸葛恢、庾亮均为士族代表，而谢裒家功业不显，所以诸葛恢不肯与他结亲。⑤“及恢亡”句：诸葛恢死后，谢家开始崛起，诸葛氏日渐衰微，这才肯嫁女给谢家。⑥看新妇：古代的一种习俗。《南史·齐·顾协传》：“晋、宋以来，初婚三日，妇见舅姑，众宾皆列见。”舅姑即公婆。⑦威仪端详：仪态威严，举止庄重。⑧遣：送走。⑨裁：通“才”，仅仅。

[译文]

诸葛恢的大女儿嫁给太尉庾亮的儿子，二女儿嫁给徐州刺史羊忱的儿子。庾亮的儿子被苏峻杀害了，大女儿又改嫁江虨。诸葛恢的儿子娶了邓攸的女儿。当时尚书谢裒为儿子向诸葛恢求娶他的小女儿，诸葛恢说：“羊、邓两家是世代姻亲，江家是我关照他，庾家是他关照我，我不能再与谢裒的儿子结亲。”等到诸葛恢死了以后，两家才结成了亲。当时，王羲之到谢家去看新娘，看到新娘还保持着诸葛恢那时的礼法，姿态端庄，服饰华美而整齐。羲之叹道：“我嫁女儿时，也只能做到这样啊！”

二十六

周叔治[①]作晋陵太守，周侯[②]、仲智往别。叔治以将别，涕泗不止。仲智恚（huì）[③]之曰：“斯人乃妇女，与人别，唯啼泣。”便舍去。周侯独留，与饮酒言话，临别流涕，抚其背曰：“奴[④]好自爱。”

[注释]

①周叔治：周谟，字叔治，是周顗（字伯仁）和周嵩（字仲智）的弟弟。②周侯：周顗。③恚：生气，发怒。④奴：一种昵称，常用于长对幼。

[译文]

周谟要出任晋陵太守，他哥哥武城侯周顗和周嵩前去送别。周谟因为兄弟离别，哭个不停。周嵩生气地说：“这个人像个妇女，和人家分别，只会哭哭啼啼。”于是便离去了。周顗独自留下，和他饮酒说话，临别时流着泪，拍着他的背说：“阿奴要好好照顾自己！”

二十七

周伯仁为吏部尚书，在省[①]内，夜疾危急。时刁玄亮为尚书令，营救备亲好之至，良久小损[②]。明旦，报仲智，仲智狼狈[③]来。始入户，刁下床对之大泣，说伯仁昨危急之状。仲智手批[④]之，刁为辟易[⑤]于户侧。既前，都不问病，直云：“君在中朝，与和长舆[⑥]齐名，那与佞人[⑦]刁协有情？”径便出。

[注释]

①省：官署。②小损：稍稍好转。③狼狈：匆忙，焦急的样子。④手批：用手打。⑤辟易：退避，躲避。⑥和长舆：即和峤。⑦佞人：惯于用花言巧语奉承、讨好别人的人。

[译文]

周𫖮任吏部尚书时，有一夜在官署里得了病，病势危急。当时刁玄亮任尚书令，多方设法抢救周𫖮，极尽亲密之情，很久以后，周𫖮病情才略微减轻。第二天一早，通知了周𫖮的弟弟周嵩，周嵩匆忙地赶来。刚进门，刁玄亮就离座对他大哭，并述说周𫖮夜里病危的情形。仲智伸手打他，刁玄亮退避到门边。周嵩走上前，完全不问病况，直接道："您在中朝时，与和长舆齐名，怎么会跟像刁协这种谄佞的人有交情呢！"说完径直出去了。

二十八

王含[①]作庐江郡，贪浊狼籍[②]。王敦护其兄，故于众坐称："家兄在郡定佳，庐江人士咸称之。"时何充为敦主簿，在坐，正色曰："充即庐江人，所闻异于此。"敦默然。旁人为之反侧[③]，充晏然[④]，神意自若。

[注释]

①王含：字处弘，是王敦的哥哥。②狼籍：名声不好。③反侧：惶恐不安。④晏然：心情平静，神色安然。

[译文]

王含任庐江郡守，贪赃枉法，名声极坏。王敦袒护他哥哥，特意在大庭广众下说："家兄在郡内政绩很好，庐江郡的人都称颂他。"当时何充任王敦的主簿，也在座，严肃地说："我就是庐江人，所听到的可不一样。"王敦默不作声。旁人都替何充捏一把汗，何充却表现得十分坦然，神情自若。

二十九

顾孟著尝以酒劝周伯仁，伯仁不受。顾因移劝柱，而语柱曰："讵可便作栋梁自遇？"周得之欣然，遂为衿契[①]。

[注释]

①衿契：意气相投的朋友。

[译文]

顾孟著有一次向周顗劝酒，周顗不肯喝。顾孟著便转身向柱子劝酒，并对柱子说道：“难道这样就可以把自己看作栋梁之材吗？”周顗听到后很高兴，两人便成了知心朋友。

三十

明帝在西堂，会诸公饮酒，未大醉，帝问：“今名臣共集，何如尧、舜时[1]？”周伯仁为仆(yè)射[2]，因厉声曰：“今虽同人主，复那得等于圣治[3]！”帝大怒，还内，作手诏满一黄纸，遂付廷尉令收[4]，因欲杀之。后数日，诏出[5]周，群臣往省之。周曰：“近知当不死，罪不足至此。”

[注释]

①“何如”句：意谓与尧、舜之时相比怎么样。②仆射：官名，是尚书省的副职。③圣治：太平时代。④收：逮捕。⑤出：释放。

任贤图治

图中描绘了帝尧在位时，四岳举帝舜为相的情景。

[译文]

晋明帝在西堂，与众大臣举行宴会，还没有大醉的时候，明帝问道：“今天各位大臣欢聚一堂，和尧、舜时相比，怎么样？”当时周顗任尚书仆射，厉声说道：“您和尧、舜虽然同为一国之君，但怎能和那个太平盛世相提并论呢！”明帝大怒，回到内宫，亲手写了诏令，满满一张黄纸，交给廷尉逮捕周顗，想杀掉他。过了几天，明帝又下诏书释放他，众大臣去探望周顗。周顗说：“起初我就知道不会死，因为罪过还不可能到这个地步。”

三十一

王大将军当下[1]，时咸谓无缘[2]尔。伯仁曰：“今主非尧、舜，何能无过？且人臣安得称兵以向朝廷？处仲狼抗刚愎[3]，王平子[4]何在？”

[注释]

①“王大将军”一句：王敦，字处仲，晋元帝时任大将军、荆州刺史。永昌元年（322年）正月，王敦在武昌起兵造反，三月东下攻入石头城，杀周顗、刘隗等大臣。②缘：措辞，借口。③狼抗：狂妄自大。刚愎：倔强固执。④王平子：王澄，字平子，曾任荆州刺史，为政残暴，为王敦所忌惮，终为王敦杀害。

[译文]

大将军王敦就要率兵东下，当时人们都以为他没有出兵的借口。周顗说：“现在的君主不是尧、舜，怎么能没有过失？再说人臣怎能兴兵来反抗朝廷呢？王处仲狂妄自大，刚愎自用，试看王平子又在哪儿呢？”

三十二

王敦既下，住船石头[①]，欲有废明帝意。宾客盈坐，敦知帝聪明，欲以不孝废之。每言帝不孝之状，而皆云：“温太真[②]所说。温尝为东宫率[③]，后为吾司马，甚悉之。”须臾，温来，敦便奋其威容，问温曰：“皇太子作人何似？”温曰：“小人无以测君子。”敦声色并厉，欲以威力使从己，乃重问温：“太子何以称佳？”温曰：“钩深致远[④]，盖非浅识所测；然以礼侍亲，可称为孝。”

[注释]

①“王敦”句：据《资治通鉴·晋纪》载，王敦在公元322年3月攻入石头城，拥兵不朝，又因皇太子有勇略，为朝野所向，就想废太子，于是大会百官。石头：即石头城，今江苏省南京市。②温太真：温峤，字太真，曾任太子中庶子（即太子的近侍官），得到司马绍的宠遇。司马绍即位为明帝后，调任中书令。王敦畏惧晋明帝对他的倚重，便请他出任左司马。③率：卫率，官名，是太子属官，主管门卫。④钩深致远：语出《周易》，指才识广博精深。

[译文]

王敦率军东下，把船停在石头城，内心有废掉明帝的念头。宾客满座，王敦知道明帝很聪敏，就想借不孝的罪名废掉他。每次说到明帝不孝的情形，王敦都说：“这是温峤说的。他曾经做过东宫的卫率，后来在我手下担任司马，非常熟悉太子的情况。”一会儿，温峤来了，王敦便尽力摆出一副威严的神色，问温峤：“皇太子为人怎么样？”温峤回答说：“小人没法儿估量君子。”王敦声色俱厉，想靠威力来迫使他顺从自己，再一次问道：“凭什么称太子好？”温峤说：“太子是否有广博精深的才识，似乎不是我这种认识肤浅之人所能估量的；可是能以礼法来侍奉双亲，可以称为孝子。”

三十三

王大将军既反，至石头，周伯仁往见之。谓周曰："卿何以相负[①]？"对曰："公戎车犯正[②]，下官忝(tiǎn)率六军[③]，而王师不振[④]，以此负公。"

［注释］

①"卿何"句：周顗曾为杜弢所困，投奔王敦，王敦收留了他，便以为自己有恩于周顗，所以见到周顗时指责其辜负自己。②戎车犯正：指举兵谋反。戎车，指兵车。③忝：谦辞，表示有愧，不敢当。六军：天子的军队，即下文的王师。④王师不振：是委婉的说法，意指打了败仗。

［译文］

大将军王敦反叛以后，到了石头城，周顗去见他。王敦问周顗："你为什么辜负于我？"周顗回答说："您举兵谋反，我愧率六军出战，可是军队打了败仗，因此才辜负了您。"

三十四

苏峻既至石头[①]，百僚[②]奔散，唯侍中钟雅独在帝侧。或谓钟曰："见可而进，知难而退，古之道也。君性亮直，必不容于寇仇，何不用随时之宜，而坐待其弊邪？"钟曰："国乱不能匡[③]，君危不能济[④]，而各逊遁以求免，吾惧董狐将执简而进矣[⑤]！"

［注释］

①"苏峻"句：成帝咸和二年（327年），苏峻起兵攻入建康，逼迫皇帝迁到石头城。②百僚：百官。③匡：保护。④济：挽救。⑤"董狐"句：春秋时晋国的史官董狐，敢于秉笔直书，不惧生死，为古之良史。据《左传·宣公二年》载，晋灵公想杀大夫赵盾，赵盾出亡，后来赵盾族人赵穿杀了晋灵公，赵盾才回来。太史董狐认为赵盾亡不越境，返不讨贼，就记载说"赵盾弑其君"，并拿到朝廷上给人看。此句谓担心史官记其事于史籍而使自己遗臭万年。

［译文］

苏峻率叛军到了石头城后，百官纷纷逃散，只有侍中钟雅留在晋成帝身边。有人对钟雅说："看到情况允许就前进，知道困难就后退，这是古时候的常理。您性情耿直，一定不会为仇敌所容，为什么不采取权宜之计，却要坐着等死呢？"钟雅说："国家有战乱而不能拯救，君主有危难而不能救助，反而各自逃避以求免祸，我担心董狐就要拿着竹简来啦！"

三十五

庾公临去[①]，顾语钟后事[②]，深以相委。钟曰："栋折榱(cuī)崩[③]，谁之责邪？"庾曰："今日之事，不容复言，卿当期克复之效[④]耳。"钟曰："想足下不愧荀林父[⑤]耳。"

[注释]

①"庾公"句：苏峻造反，百僚奔散，而晋成帝尚在幼年，由庾亮、王导等大臣参辅朝政。②后事：走后的事。③栋折榱崩：房子塌了，比喻国家危亡。庾亮身为佐命大臣而出逃，钟雅意含谴责。榱，椽子。④克复之效：指收复京城。公元328年，陶侃和温峤、庾亮等人一起平定了苏峻之乱，329年，奉成帝还都。⑤荀林父：《左传·宣公十二年》载，楚庄王围攻郑国，晋国派荀林父率师救郑国，结果大败。荀林父请求晋侯处死自己，被士贞子劝止了，晋侯仍让他官复原职。到宣公十五年，荀林父打败了赤狄，灭了潞国。此为钟雅激励庾亮之语，希望他能够东山再起。

[译文]

庾亮将要出逃，回头向钟雅交代自己走后的事，把朝廷重任托付给他。钟雅说："国家危在旦夕，这是谁的责任呢？"庾亮说："当前的事，不容许再谈论了，你应该期望取得收复京都的成效啊。"钟雅说："想必您不会有愧于荀林父的啊。"

三十六

苏峻时，孔群在横塘为匡术所逼[①]。王丞相保存[②]术，因众坐戏语，令术劝群酒，以释横塘之憾。群答曰："德非孔子，厄同匡[③]人。虽阳和布[④]气，鹰化为鸠[⑤]，至于识者，犹憎其眼。"

[注释]

①横塘，地名，在建康淮水南。苏峻起兵反叛时，匡术时为阜陵县令，与苏峻一起反叛。苏峻攻入建康后，逼迫晋成帝迁到石头城，令匡术守苑城（即成帝所居的宫城）。后苏峻败死，匡术投降。②保存：保护并使之活下来。③厄：困苦，灾难。匡：地名。

林良画迹

鹰化为鸠是节令的术语。图中表现了苍鹰傲立山崖的画面。

孔子到宋国去，经过匡地，匡简子派兵围攻他。当时孔子及弟子示之以礼义，最后匡人解围。④阳和：春日和暖之气。布：散布。⑤鹰化为鸠：节令的术语。古人分二十四节气，每一节气又分为三候，每一候都有应时出现的物候现象。惊蛰的三候是桃始华、鸧鹒鸣、鹰化为鸠。鸠即布谷鸟。

［译文］

苏峻叛乱之时，孔群在横塘受到匡术的胁迫。后来丞相王导把匡术保全下来，在大家一起谈笑时，王导让匡术给孔群敬酒，来消除对横塘一事的不愉快。孔群回答说："我的德行虽不能和孔子相比，可是困苦与孔子遭遇匡人相似。尽管春气和暖，鹰化作了布谷鸟，但对那些有识之士来说，还是厌恶它的眼睛。"

三十七

苏子高事平[①]，王、庾诸公欲用孔廷尉[②]为丹阳。乱离之后，百姓凋弊，孔慨然曰："昔肃祖[③]临崩，诸君亲升御床，并蒙眷识，共奉遗诏。孔坦疏贱，不在顾命[④]之列。既有艰难，则以微臣[⑤]为先，今犹俎(zǔ)[⑥]上腐肉，任人脍(kuài)截[⑦]耳！"于是拂衣而去，诸公亦止。

［注释］

①苏子高：苏峻，字子高。事平：此指苏峻叛乱平息一事。②孔廷尉：孔坦，字君平，任廷尉，后迁侍中。孔坦曾协助王导平息苏峻之乱，所以诸大臣希望他出任丹阳尹。③肃祖：指晋明帝。明帝的庙号为肃宗。④顾命：遗命，君主临终时所发布的命令，亦称遗诏。⑤微臣：轻微之臣，自称的谦辞。⑥俎：切肉的砧板。⑦脍截：细细切割。

［译文］

苏峻之乱平息以后，王导、庾亮诸大臣想让廷尉孔坦来做丹阳令。经过战乱和流离之后，百姓生活困苦，孔坦激愤地说："往日先帝临终时，诸君亲上御床，都受到先帝的赏识，共同接受了先帝的遗书。我才疏位微，不在受诏之列。你们有了困难，则把我拉到前面，我就像是砧板上的臭肉，任人切割罢了！"说完拂袖而去。大臣们也就不再提起。

三十八

孔车骑与中丞[①]共行，在御道逢[②]匡术，宾从甚盛，因往与车骑共语。中丞初不视，直云："鹰化为鸠，众鸟犹恶其眼。"术大怒，便欲刃之。车骑下车，抱术曰："族弟发狂，卿为我宥之！"始得全首领。

[注释]

①孔车骑：孔愉，字敬康，累迁尚书左仆射，赠车骑将军。中丞：官名，这里指孔群。孔群，字敬林，为孔愉的堂弟，官至御史中丞。②御道：皇帝专用的道路。逢：遇见、碰到。

[译文]

车骑将军孔愉和御史中丞孔群一起外出行走，在御道上遇见匡术，跟从的宾客、侍从很多，匡术前去和孔愉搭话。孔群开始却不看他，只是说："就算鹰化作了布谷鸟，众鸟还是厌恶它的眼睛。"匡术听后大怒，要杀掉孔群。孔愉急忙下车，抱住匡术说："堂弟发疯了，你看在我的面子上饶了他吧！"孔群这才得以保住脑袋。

三十九

梅颐尝有惠于陶公[①]。后为豫章太守，有事，王丞相遣收之。侃曰："天子富于春秋[②]，万机[③]自诸侯出；王公既得录[④]，陶公何为不可放？"乃遣人于江口夺之。颐见陶公，拜，陶公止之。颐曰："梅仲真膝，明日岂可复屈邪？"

[注释]

①梅颐：字仲真。有人在王敦面前说陶侃的坏话，王敦就想杀掉陶侃。这时王敦属下、梅颐之弟梅陶劝阻了王敦，陶侃得免。②富于春秋：指年纪轻。③万机：万事。④录：逮捕。

[译文]

梅颐曾经有恩惠于陶侃。后来梅颐任豫章太守，犯了罪，丞相王导派人逮捕他。陶侃说："天子还年轻，政令都由大臣发布；王公既然能逮捕他，我陶公为何就不能放？"于是派人在江口把梅颐夺过来。梅颐去见陶侃，正要下拜，陶侃拦住他。梅颐说："我梅仲真的双膝，以后还会向人跪拜吗？"

四十

王丞相作女伎[①]，施设床席。蔡公[②]先在坐，不说[③]而去，王亦不留。

[注释]

①女伎：歌舞伎。②蔡公：蔡谟，字道明，历任左光禄、录尚书事、徐州刺史等职。据《晋书·蔡谟传》载，"谟性方雅"，故不喜王导所为。③不说：不高兴。说，通"悦"。

[译文]

丞相王导安排歌舞妓表演，还安排床榻座席。蔡谟先已在座，看见这种做法，很不高兴地走了，王导也不挽留他。

歌舞女

丞相王导安排歌舞伎表演，还安排床榻座席。图中表现了一女子手持花草起舞的情景。

四十一

何次道、庾季坚二人并为元辅①。成帝初崩，于时嗣君②未定。何欲立嗣子，庾及朝议以外寇方强，嗣子③冲幼，乃立康帝④。康帝登阼，会群臣，谓何曰："朕今所以承大业，为谁之议？"何答曰："陛下龙飞⑤，此是庾冰之功，非臣之力。于时用微臣之议，今不睹盛明之世。"帝有惭色。

[注释]

①何次道：何充，字次道，晋成帝时任丹阳尹、中书令。成帝死后，他坚持先王的旧典，认为应当由成帝的儿子继位。庾季坚：庾冰，字季坚，曾任中书监、扬州刺史。成帝死后，他认为国有外敌，宜立年长者，主张由成帝之弟（即康帝）继位。元辅：辅佐皇帝的大臣。②嗣君：皇位的继承人。③嗣子：嫡长子。④康帝：晋成帝的弟弟司马岳。⑤龙飞：登上君主之位。

[译文]

何次道、庾季坚同为辅政大臣。晋成帝刚去世，当时由谁继位还没定下来。何充主张立皇子，庾冰和大臣们则认为外敌正强大，皇子年纪尚幼，于是就立了康帝。康帝即位后，会见群臣时问何充："朕今天能继承国家大业，是谁的主张？"何充回答说："陛下登基，这是庾冰的功劳，不是我的力量。当时如果采纳了我的主张，今天就看不到太平盛世了。"康帝面有愧色。

四十二

江仆射①年少，王丞相呼与共棋。王手尝不如两道②许，而欲敌道戏③，试以观之。江不即下。王曰："君何以不行？"江曰："恐不得尔。"傍有客曰："此年少戏乃不恶。"王徐举首曰："此年少非惟围棋见胜。”

[注释]

①江仆射：江虨，字思玄，累迁尚书左仆射、护军将军等。②手：棋艺。道：棋子。③敌道戏：指下棋时双方对等，互不让子。

[译文]

左仆射江虨年少时，丞相王导招呼他来一起下围棋。王导的棋艺比起他有两子左右的差距，可是想不让子而对下，试图拿这事来观察江虨的为人。江虨并不立即下子。王导问：“您为什么不走棋？”江虨说：“恐怕不能这样。”旁边有位客人说：“这年轻人的棋艺不错。”王导慢慢抬起头来说：“这年轻人并不只是以围棋见长。”

四十三

孔君平[①]疾笃，庾司空[②]为会稽，省[③]之，相问讯甚至，为之流涕。庾既下床，孔慨然曰：“大丈夫将终，不问安国宁家之术，乃作儿女子[④]相问！”庾闻，回谢之，请其话言[⑤]。

[注释]

①孔君平：孔坦，字君平。②庾司空：庾冰。③省：探望。④儿女子：妇孺。⑤话言：有益的话。

[译文]

孔君平病重，司空庾冰时任会稽郡内史，前去探望他，十分恳切地询问病情，并为之流泪。庾冰离座告辞后，孔君平感慨地说：“我快要死了，庾冰不问安邦定国的办法，竟像妇孺一样来问候！”庾冰听见了，便回去向他道歉，请求教导。

四十四

桓大司马诣刘尹，卧不起。桓弯弹弹刘枕，丸迸碎床褥间。刘作色[①]而起曰：“使君如馨地，宁可斗战求胜[②]？”桓甚有恨容。

[注释]

①作色：变色。②“使君”二句：使君，对州郡长官的称呼。桓温曾任徐州刺史，所以称桓温为使君。如馨地，这般。刘惔意在讽刺桓温是行伍出身，不离打仗的本行，缺乏教养。

[译文]

大司马桓温去探望丹阳尹刘惔，刘惔躺着不起。桓温用弹弓来射他的枕头，弹丸在被褥上迸碎了。刘惔生气地起床说："你怎么这样做，难道这也可以靠打仗取胜吗？"桓温脸上露出很恼恨的神色。

四十五

后来年少多有道深公①者。深公谓曰："黄吻年少，勿为评论宿士②。昔尝与元明二帝、王庾二公周旋③。"

[注释]

①深公：竺法深。②宿士：老成而学识广博的人。③周旋：交往。

[译文]

后生年少多有谈论竺法深的。竺法深对他们说："黄口小儿，不要随意评论资深人士。从前我和元帝、明帝两位皇帝以及王导、庾亮两位名公都交往过呢。"

四十六

王中郎①年少时，江虨为仆射，领选②，欲拟之为尚书郎③。有语王者，王曰："自过江来，尚书郎正用第二人④，何得拟我？"江闻而止。

[注释]

①王中郎：王坦之。②领选：指兼任吏部尚书之职。领，兼任；选，指选部，即吏部尚书，主管官吏任免、调动等事。③尚书郎：官名，主管文书起草等事务。④第二人：二流之人，指家世贫寒的人。晋人注重门第高低，王坦之是世家子弟，不屑于做像尚书郎之类低微的官职。

[译文]

中郎将王坦之年轻时，江虨任尚书左仆射，兼管吏部尚书职务，他想让王坦之担任尚书郎。有人把这事告诉了王坦之，王坦之说："自从过江以来，尚书郎只有第二流的人才担任，怎会录用我呢？"江虨听说后，就不再录用他了。

四十七

王述转①尚书令，事行便拜②。文度③曰："故应让杜许④。"蓝田云："汝谓我堪此不？"文度曰："何为不堪！但克让自是美事，恐不可阙。"蓝田慨然曰："既云堪，何为复让？人言汝胜我，定不如我。"

[注释]

①转：迁调官职。②事行：事情完成，这里指诏书下达。拜：拜受官职。③文

度：王坦之，是王述的儿子。④杜许：其人不详。

[译文]

王述升任尚书令时，诏书一下达就去受职。他儿子王文度说："本来应该给杜许的。"王述说："你认为我能否胜任呢？"文度说："怎么会不胜任！不过谦让一下总是好事，恐怕不可缺少。"王述感慨地说："既说能胜任，为何又要谦让呢？人说你胜过我，我看你还是不如我。"

四十八

孙兴公作《庾公诔》，文多托寄之辞。既成，示庾道恩①。庾见，慨然送还之，曰："先君与君，自不至于此。"

[注释]

①庾道恩：庾羲，字叔和，小名道恩，是庾亮的儿子。

[译文]

孙兴公写了篇《庾公诔》，文中有很多寄托情谊的文辞。写完后，送给庾羲看。庾羲看了，激愤地送还给他，说："先父和您的交情，本来没有这么深厚。"

四十九

王长史①求东阳，抚军②不用。后疾笃，临终，抚军哀叹曰："吾将负仲祖于此！"命用之。长史曰："人言会稽王痴，真痴。"

[注释]

①王长史：王濛。②抚军：晋简文帝司马昱。

[译文]

王濛请求出任东阳太守，抚军司马昱不肯任用他。后来王濛病重，临死时，抚军哀叹说："在这件事上，我对不起仲祖。"便下令委任他。王濛说："人们说会稽王痴愚，确实痴愚。"

太公言政

图中描绘了周武王听太公言政的情形。

五十

刘简[1]作桓宣武别驾，后为东曹参军，颇以刚直见疏。尝听记[2]，简都无言。宣武问："刘东曹何以不下意[3]？"答曰："会[4]不能用。"宣武亦无怪色。

[注释]

①刘简：字仲约。官至大司马参军。②听记：听取公文情况。记，指公文、文件。③下意：发表意见。④会：必定，终归。

[译文]

刘简担任桓温的别驾，后来又任东曹参军，因为性情刚直而被桓温疏远。有一次听取公文汇报情况，刘简一言不发。桓温问他："刘东曹为什么不发表意见？"刘简回答说："一定不会被采纳。"桓温听了，也没有一点责怪的意思。

五十一

刘真长、王仲祖共行，日旰(gàn)[1]未食。有相识小人[2]贻其餐，肴案[3]甚盛，真长辞焉。仲祖曰："聊以充虚，何苦辞？"真长曰："小人都不可与作缘[4]。"

[注释]

①旰：天色已晚。②小人：晋代注重门第，士族阶层把府中吏役、老百姓等地位低的人都看成小人。③肴：菜肴。案：食盘。④作缘：打交道，交朋友。

[译文]

刘惔和王濛同行，天色晚了还没有吃饭。有个认识他们的吏役送来饭食，菜肴很丰盛，刘惔辞谢了。王濛说："暂且拿来充饥吧，何苦推辞？"刘惔说："绝对不能跟小人打交道。"

五十二

土修龄尝在东山[1]，甚贫乏。陶胡奴为乌程[2]令，送一船米遗之，却不肯取。直答语："王修龄若饥，自当就谢仁祖[3]索食，不须陶胡奴米。"

[注释]

①王修龄：王胡之。东山：山名，在会稽郡。②陶胡奴：陶范，小名胡奴，陶侃的儿子。乌程：县名，今属浙江省湖州市。③谢仁祖：谢尚。王、谢均为士族，

陶氏出身寒门，王修龄拒绝赠米，当出于门第之见。

[译文]

王修龄曾在东山隐居，非常贫困。陶胡奴当时任乌程县令，就送给他一船米，王修龄推辞不肯收下。他直率地说："王修龄如果饿了，自然会到谢尚那里要吃的，不需要陶胡奴的米。"

五十三

阮光禄赴山陵[1]，至都，不往殷、刘[2]许，过事便还。诸人相与追之，阮亦知时流必当逐己，乃遄(chuán)疾[3]而去，至方山[4]不相及。刘尹时为会稽[5]，乃叹曰："我入，当泊安石[6]渚下耳，不敢复近思旷傍。伊便能捉杖打人，不易。"

[注释]

①阮光禄：阮裕，字思旷。山陵：指帝王的葬礼。公元342年成帝死，葬于兴平陵，阮裕曾被征召为侍中，不就，有隐居之志，闻成帝死，赴山陵。②殷、刘：殷浩、刘惔。③遄疾：迅速。④方山：地名，在丹阳郡江宁县东。⑤为会稽：刘惔正在谋求会稽内史的官职。⑥安石：谢安，字安石，是刘惔的妹婿，当时正在会稽东山隐居。

[译文]

光禄大夫阮思旷前去参加晋成帝的葬礼，到京都时，没有去殷浩、刘惔家探望，事情一办完就要返回。众人一起去追赶他，阮思旷也知道这些名士一定会来追赶自己，便急速离开，到了方山后，他们再也赶不上了。丹阳尹刘惔当时正谋求会稽内吏一职，便叹息道："我到了会稽，应当停船在安石住所旁的小洲岸边，不敢靠近思旷。他就是拿木棒子打人，也不容易打到我了。"

春郊醉中

图中描绘了古人郊游醉饮的情景。

五十四

王、刘与桓公共至覆舟山[1]看。酒酣后，刘牵脚加桓公颈。桓公甚不堪，举手拨去。既还，王长史语刘曰：

“伊讵可以形色加人不？”

[注释]

①覆舟山：在今南京东北，东连钟山，北临玄武湖。

[译文]

王濛、刘惔和桓温一起到覆舟山游览。当喝得半醉以后，刘惔伸脚放在桓温脖子上。桓温难以忍受，抬手拨开了。回来以后，王濛对刘惔说：“他难道可以给别人脸色看吗？”

五十五

桓公问桓子野：“谢安石料万石[①]必败，何以不谏？”子野答曰：“故当出于难犯耳。”桓作色曰：“万石挠弱凡才[②]，有何严颜[③]难犯？”

[注释]

①万石：谢万，字万石，谢安之弟。谢万曾任豫州刺史，在晋穆帝升平三年（359年）受命北伐燕国。②挠弱：懦弱。凡才：平庸的人。③严颜：威严的容貌。

[译文]

桓温问桓子野：“谢安石料知谢万石必定失败，为什么不加以劝谏呢？”子野回答说：“自然是很难冒犯呀。”桓温生气地说：“万石是个软弱无能之辈，有什么威严不敢触犯的？”

五十六

罗君章曾在人家，主人令与坐上客共语。答曰：“相识已多，不烦复尔[①]。”

[注释]

①烦：劳烦，麻烦。复尔：再这样，指不用客套。

[译文]

罗君章曾经在别人家里做客，主人让他和在座的客人一起说话。他回答说：“大家相识已经很久，不用再客气了。”

五十七

韩康伯病，拄杖前庭消摇[①]。见诸谢皆富贵，轰隐交路[②]，叹曰：“此复何异王莽[③]时！”

[注释]

①消摇：同“逍遥”，安闲貌。②轰隐交路：指车马、仪仗、仆从往来于路。轰隐，车辆响声。③王莽：西汉末，王莽自立为王，并改国号为新。其宗族皆飞扬跋扈，气焰嚣张。

[译文]

韩康伯生病在家，拄着拐杖在前院里漫步游逛。他看谢家诸人都富贵了，进出的车子轰响于大路上，便叹道：“这与王莽时又有什么不同呢！”

五十八

王文度[①]为桓公长史时，桓为儿求王女，王许咨蓝田。既还，蓝田爱念文度，虽长大犹抱著膝上。文度因言桓求己女婚。蓝田大怒，排文度下膝，曰：“恶见文度已复痴，畏桓温面？兵，那可嫁女与之！”文度还报云：“下官家中先得婚处。”桓公曰：“吾知矣，此尊府君[②]不肯耳。”后桓女遂嫁文度儿。

[注释]

①王文度：王坦之。②尊府君：指令尊，此是尊称。王述不肯把孙女嫁给桓温，乃是出于门阀之见，桓温虽名位很高，却出身寒族。

[译文]

王文度担任桓温的长史，桓温为儿子求娶他的女儿，文度答应和父亲蓝田侯王述商量。回家后，王述因为怜爱文度，虽然他已经长大，还是将其抱在膝上。文度说到桓温求娶自己女儿一事。王述很恼怒，把文度从膝上推了下来，说道：“我不愿看见你又犯傻了，是怕桓温的脸色吗？当兵的，怎能把女儿嫁到他家！”文度回来告诉桓温说：“下官家里已给女儿找了婆家。”桓温说：“我知道了，这是令尊不肯答应罢了。”后来桓温的女儿便嫁给文度的儿子。

五十九

王子敬[①]数岁时，尝看诸门生樗蒲(chū pú)[②]。见有胜负，因曰：“南风不竞[③]。”门生辈轻其小儿，乃曰：“此郎亦管中窥豹，时见一斑。”子敬瞋(chēn)目[④]曰：“远惭荀奉倩，近愧刘真长[⑤]。”遂拂衣而去。

[注释]

①王子敬：王献之。②门生：攀附权贵的门客。樗蒲：一种赌博游戏。③南风

不竞：典出《左传·襄公十八年》。古人迷信，常用乐律来占卜出兵的吉凶。楚国与郑国交战的时候，晋国的乐师师旷以南风不竞（南方的曲调不强），象征死亡的声音多，认为楚国一定不能建功。这里比喻坐在南边的要输。④瞋目：发怒时睁大眼睛。⑤“远惭”二句：荀奉倩，三国时人荀粲，很有才华。刘真长，刘惔。荀奉倩和刘真长二人严于择交，不蓄门客，即令有之，亦不与之亲密，而王子敬自悔看门生赌博，且轻易发表议论。

[译文]

王子敬只有几岁的时候，曾经观看一些门客赌博。看见他们要论胜负的时候，便说："南风不竞（南边的要输）。"门客们瞧不起他是小孩，就说："这位小郎也是管中窥豹，时见一斑。"子敬气得瞪大眼睛说："比远的，我愧对荀奉倩；比近的，我愧对刘真长。"于是拂袖而去。

六十

谢公闻羊绥佳，致意[①]令来，终不肯诣。后绥为太学博士[②]，因事见谢公，公即取以为主簿[③]。

[注释]

①致意：转达意旨。②太学博士：学校的教官。太学是我国古代设立在京城的最高学府。③主簿：主管文书和书记的官员，地位较高。

[译文]

谢安听说羊绥很优秀，就向他致意并请他来，可是羊绥始终不肯上门。后来羊绥做了太学博士，因事去见谢安，谢安立即让他担任主簿一职。

雅量第六

一

豫章太守顾劭，是雍[1]之子。劭(shào)在郡卒，雍盛集僚属，自围棋。外启[2]信至，而无儿书，虽神气不变，而心了其故。以爪掐掌，血流沾褥。宾客既散，方叹曰："已无延陵[3]之高，岂可有丧明之责[4]？"于是豁情[5]散哀，颜色自若。

下围棋

图中表现了古人下围棋时专心致志的情景。

[注释]

①雍：顾雍，字元叹，累迁尚书令，位至丞相。②启：禀报。③延陵：延陵季子，春秋时吴国人。④丧明之责：指子夏死了儿子哭瞎眼睛而受到曾子的指责。其处理长子之丧得到孔子赞赏，孔子认为很合乎礼数。⑤豁情：敞开胸怀，心情开朗。

[译文]

豫章太守顾劭，是顾雍的儿子。顾劭死在任上，顾雍正大规模地聚会属下下围棋。外面禀报豫章郡派来传达消息的人到，却没有他儿子的书信，顾雍虽然神态不变，但是心里已经明白其中的缘故。他拿手指用力掐住手掌来抑制心中的悲痛，血流出来沾湿了所坐的褥子。宾客散后，顾雍才叹气说："我已经没有延陵季子那么高尚，怎么可以由于哭瞎眼睛而受到责备？"于是顾雍排遣情怀，消散悲哀，面容脸色恢复成原来的样子。

二

嵇中散[1]临刑东市，神气不变，索琴弹之，奏《广陵散》[2]。曲终曰："袁孝尼尝请学此散，吾靳固不与，《广陵散》于今绝矣！"太学生三千人上书，请以为师，不许。文王亦寻[3]悔焉。

[注释]

①嵇中散：嵇康。②《广陵散》：古琴曲。③寻：顷刻，不久。

[译文]

中散大夫嵇康将在东市被处死刑，神态不变，要求取琴弹奏，弹了一曲《广陵散》。一曲完毕，嵇康说道：“袁孝尼曾经请求学这支曲子，我吝惜固守，不肯教他，《广陵散》从今以后要失传了！”太学生三千人上书朝廷，请求拜他为师，没有得到允许。嵇康死后不久文王司马昭也后悔了。

三

夏侯太初尝倚柱作书。时大雨，霹(pī)雳(lì)破所倚柱，衣服焦然，神色无变，书亦如故。宾客左右，皆跌荡不得住。

[注释]

①霹雳：响雷，惊雷。②焦然：烧焦的样子。

[译文]

夏侯太初（玄）曾经靠着柱子写字。当时正下大雨，炸雷击破了他所靠的柱子，衣服也烧焦了，他神色不变，照旧写字。宾客和随从都跌跌撞撞、站立不稳。

四

王戎七岁，尝与诸小儿游。看道边李树多子折枝[1]，诸儿竞走取之，唯戎不动。人问之，答曰：“树在道边而多子，此必苦李。”取之，信然[2]。

[注释]

①折枝：压弯了树枝。②信然：确实如此，果然这样。

[译文]

王戎七岁时，曾经和一些小孩游玩。路旁李树上结了许多李子，压弯了树枝，小孩子们争先跑去摘取，只有王戎站立不动。有人问他，他回答道：“树长在路边却有这么多李子，这一定是苦的。”取来一尝，果然如此。

五

魏明帝于宣武场上断[1]虎爪牙，纵[2]百姓观之。王戎七岁，亦往看。虎承间[3]攀栏而吼，其声震地，观者无不辟易颠仆[4]。戎湛然[5]不动，了无恐色。

［注释］

①宣武场：场地名，在洛阳城北。断：阻隔，断绝。②纵：听凭，放任。③承间：同“乘间”，趁着空子。④颠仆：摔倒，跌倒。⑤湛然：镇静安然。

［译文］

魏明帝在宣武场把老虎用栅栏围住，任凭百姓观看。王戎当时七岁，也前去观看。老虎乘隙攀住栅栏大吼，吼声震动大地，围观的人莫不惊退跌倒。只有王戎安然不动，完全没有恐惧的神色。

六

王戎为侍中，南郡太守刘肇遗筒中笺布五端①，戎虽不受，厚报其书。

［注释］

①筒中笺布：卷成筒的细布。端：古代计量单位，二丈为一端，相当于一匹。

［译文］

王戎任侍中，南郡太守刘肇馈赠他卷成筒的细布五匹，王戎虽然没有接受，还是辞意恳切地酬答他一封信。

七

裴叔则①被收，神气无变，举止自若②。求纸笔作书。书成，救者③多，乃得免。后位仪同三司④。

［注释］

①裴叔则：裴楷，字叔则。②自若：安然自得。③救者：营救的人。④仪同三司：仪仗、待遇与职位最高的三司（太尉、司徒、司空）相同。后成为正式官名。

［译文］

裴叔则被捕，神态不变，举止如常。他要了纸笔写信。信写成后，营救他的人很多，于是得以免罪。后来位至仪同三司。

八

王夷甫尝属（zhǔ）①族人事，经时未行，遇于一处饮燕②，因语之曰：“近属尊事，那得不行？”族人大怒，便举樏（lěi）③掷其面。夷甫都无言，盥（guàn）洗毕，牵王丞相臂，与共载去。在车中照镜语丞相曰："汝看我眼光，乃出牛背④上。"

[注释]

①王夷甫：王衍，字夷甫，官至太尉。属：嘱咐，拜托。②饮燕：同"饮宴"，同席吃饭、喝酒。③樏：食盒，餐具。④出：超出。牛背：是鞭打牛的地方。这句的意思是王夷甫自认为高尚优雅，不屑与小人计较。

[译文]

王夷甫曾经托族人办事，族人长期没有办，后来在一处饮酒吃饭时碰到了，王衍于是对他说道："原先托你办的事，怎么还没有办？"族人非常愤怒，便举起食盒扔到他脸上。王夷甫全不作声，洗干净后，拉着丞相王导的手臂，和他一起坐车走了。在车里，王衍照着镜子对王导说："你看我的眼光，竟然超出牛背之上。"

骑牛图

图中描绘了一孩童骑在牛背上，用树枝抽打牛的情景。

九

裴遐在周馥所，馥设主人①。遐与人围棋，馥司马行酒②。遐正戏，不时为饮。司马恚，因曳遐坠地。遐还坐，举止如常，颜色不变，复戏如故。王夷甫问遐："当时何得颜色不异？"答曰："直是暗当故耳。"

[注释]

①设主人：以主人身份备办酒食。②馥司马：周馥手下的司马。行酒：在宴会上主持行酒令、斟酒劝饮等。

[译文]

裴遐在周馥处，周馥作为主人招待酒食。裴遐和人下围棋，周馥手下的司马斟酒劝饮。裴遐正在下棋，没有及时饮酒。司马非常生气，便把裴遐拖倒在地。裴遐回到座位上，举动如常，脸色不变，照样和先前一样下棋。王夷甫问裴遐："当时怎么能够做到面不改色？"裴遐回答道："只当他愚昧无知罢了。"

十

刘庆孙[①]在太傅府，于时人士，多为所构[②]。唯庾子嵩纵心事外，无迹可间（jiàn）[③]。后以其性俭[④]家富，说太傅令换[⑤]千万，冀其有吝，于此可乘。太傅于众坐中问庾，庾时颓然[⑥]已醉，帻（zé）坠几[⑦]上，以头就穿取，徐答云："下官家故可有两娑（suō）[⑧]千万，随公所取。"于是乃服。后有人向庾道此，庾曰："可谓以小人之虑，度君子之心。"

[注释]

①刘庆孙：刘舆，字庆孙，在太傅司马越的官府中任长史。②构：罗织罪状陷害人。③纵心：放纵心情，凡事不关心。间：空隙，裂缝。④俭：吝啬，节约。⑤换：借贷。⑥颓然：形容精神不振的样子。⑦帻：头巾。几：桌子。⑧两娑：两三。

[译文]

刘庆孙在太傅司马越官府中任职，当时有名望的人多被他设计陷害，只有庾子嵩不关心是非，没有机会可以给他利用。后来因为他生性俭朴，家中富有，刘庆孙便唆使太傅向他借贷千万款项，希望他表现得吝啬，从这里可以找到可乘之机。太傅在大庭广众之下问庾子嵩，这时庾子嵩已经喝得很醉，头巾掉在几案上，就用头去戴，慢慢地回答道："下官家里大约有两三千万，随你取用。"于是才折服了刘庆孙。后来有人向庾子嵩谈起这件事，庾子嵩说："这可以说是以小人之心，度君子之腹。"

十一

王夷甫与裴景声[①]志好不同。景声恶欲取[②]之，卒不能回[③]。乃故诣王，肆言[④]极骂，要[⑤]王答己，欲以分谤。王不为动色，徐曰："白眼儿遂作。"

[注释]

①裴景声：裴邈，字景声。②恶：讨厌。取：胜过。③回：改变，挽回。④肆言：谩骂，侮辱。⑤要：要挟，逼迫。

[译文]

王夷甫和裴景声志趣爱好都不相同。裴景声很想胜过他，却始终不能够改变。于是他故意到王夷甫那里肆意谈论，尽情谩骂，迫使王夷甫回骂自己，想用这个办法让王夷甫分担别人对他的指责。王夷甫始终不动声色，安详地说道："白眼儿终于发作了。"

十二

王夷甫长裴成公[①]四岁，不与相知。时共集一处，皆当时名士，谓王曰："裴令令望[②]何足计！"王便卿裴[③]，裴曰："自可全君雅志。"

［注释］

①裴成公：裴頠，字逸民，累迁尚书左仆射、侍中，谥号成。②裴令：裴楷，任中书令，是裴頠的叔父。令望：美好的声望。③卿裴：称裴頠为卿，即把裴頠看成小辈，此举不合礼法。

［译文］

王夷甫比裴頠大四岁，不和他交往。当时两人聚到一起，与会的又多是当时的名士，有人对王夷甫说："中书令裴楷美好的名声不值一提。"王夷甫便用"卿"来称呼裴頠，裴頠道："这就可以成全你向来的愿望。"

十三

有往来者云："庾公[①]有东下意。"或谓王公："可潜稍严[②]，以备不虞[③]。"王公曰："我与元规虽俱王臣，本怀布衣之好。若其欲来，吾角巾径还乌衣[④]，何所稍严？"

［注释］

①庾公：庾亮，字元规。②潜：暗中，秘密地。严：戒备。③以备不虞：以防不测。④角巾：隐士所常戴的有棱角的头巾，这里指家居服饰。径：直接。乌衣：指建康城内的乌衣巷。

［译文］

有从首都回来的人说："庾亮有起兵东下的意图。"有人告诉王导："应该暗中稍加戒备，以防不测。"王导说："我和庾元规（亮）虽然都是朝廷大臣，但是本来都怀有布衣之交的感情。如果他想来，我换上便衣直接回乌衣巷老家，稍加戒备做什么？"

十四

王丞相主簿欲检校帐下[①]。公语主簿："欲与主簿周旋，无为知人几案间事[②]。"

［注释］

①检校：检查核对。帐下：幕府中，这里指幕僚。②无为：不用，不必。知：

了解。几案间事：指官府文牍案卷里的事。

［译文］

丞相王导的主簿想查核部下。王导对他说道："我想和主簿打交道，不用去了解别人文牍案卷上的事情。"

十五

祖士少[①]好财，阮遥集好屐[②]，并恒自经营[③]。同是一累[④]，而未判其得失[⑤]。人有诣祖，见料视[⑥]财物。客至，屏当[⑦]未尽，余两小簏（lù）[⑧]著背后，倾身障之，意未能平[⑨]。或有诣阮，见自吹火蜡屐[⑩]，因叹曰："未知一生当著几量屐？"神色闲畅。于是胜负始分。

［注释］

①祖士少：祖约，字士少。祖逖弟。②阮遥集：阮孚，字遥集。阮咸第二子。屐：一种有齿的木头鞋。③经营：筹划制作。④一累：一种类型的负累。⑤得失：高下，优劣。⑥料视：清点查看。⑦屏当：同"摒当"，料理，收拾。⑧簏：竹箱子。⑨意未能平：心神慌张起伏。⑩蜡屐：给木屐涂蜡，使它滑润。

［译文］

祖士少贪财，阮遥集爱好木屐，都是经常自己筹划制作。同样是一类毛病，可是还不能由此分出两人的高下。有人到祖士少家里去，看见他正在清点查看财物。客人到了，祖士少还没有收拾整理完毕，剩下两只小箱，便放在背后，侧着身体遮挡，心神无法平静。有人到阮遥集家去的，看见他亲自吹火给木屐涂蜡，接着叹息道："不知这一辈子会穿几双木屐！"神态安闲自在。于是两人的高下才分出来。

十六

许侍中、顾司空俱作丞相从事[①]，尔时已被遇，游宴集聚，略无不同。尝夜至丞相许戏，二人欢极，丞相便命使入己帐眠。顾至晓回转，不得快孰[②]。许上床便哈（hāi）台[③]大鼾。丞相顾诸客曰："此中亦难得眠处。"

［注释］

①许侍中：许璪，字思文，任从事、侍中，官至吏部侍郎。顾司空：顾和，字君孝，官至尚书令，死后追赠司空。从事：官名，是三公和州郡长官的属官。②孰：通"熟"，睡熟、入睡。③哈台：打呼噜的声音。

［译文］

侍中许璪和司空顾和都在丞相王导手下任从事，当时都受到王导的赏识，游乐宴饮，集结聚会，两人完全没有差别。有一次晚上到王丞相家中玩乐，两人都非常高兴，王导便叫他们到自己床上睡觉。顾和翻来覆去直到天亮，不能很快入睡。许璪上床便呼呼大睡鼾声大作。王导回头对客人们说：“这里面也是难以安睡的地方。”

兄弟同卧起

此图表现了后汉姜肱兄弟三人友爱，常共卧起的场景。姜肱与仲海、季江都以孝著称，他们三人常同被而眠。

十七

庾太尉风仪①伟长，不轻②举止，时人皆以为假。亮有大儿数岁，雅重之质③，便自如此，人知是天性。温太真尝隐幔（màn）怛（dá）之④，此儿神色恬然⑤，乃徐跪曰：“君侯⑥何以为此？”论者谓不减亮。苏峻时遇害。或云：“见阿恭⑦，知元规非假。”

［注释］

①庾太尉：庾亮，字元规，位至司空，死后追赠太尉。风仪：风度仪表。②轻：冒失、草率。③雅重之质：文雅庄重的气质。④幔：帷帐。怛之：吓唬他，使他害怕。⑤恬然：安静自在、无动于衷的样子。⑥君侯：对列侯和地方高级官吏的尊称。⑦阿恭：庾亮儿子的小名。

［译文］

太尉庾亮风度仪容奇伟超群，举止庄重，当时人都认为是假装出来的。庾亮有个大儿子才几岁，文雅庄重的气质已经和庾亮一样，人们才知道这是先天具有的品性。温太真（峤）曾经藏在帷帐中吓唬他，这个孩子神色安闲自在，只是慢慢跪下道：“您为什么要这样做？”评论的人认为这种气质不亚于庾亮。苏峻叛乱时，此子被杀害。有人说：“看见了阿恭，就知道庾亮不是有意做作。”

十八

褚公于章安令迁太尉记室参军①，名字已显而位微，人未多识。公东出，乘估客船，送故[②]吏数人投钱唐亭[③]住。尔时[④]吴兴沈充为县令，当送客过浙江[⑤]，客出[⑥]，亭吏驱公移牛屋[⑦]下。潮水至，沈令起彷徨，问："牛屋下是何物？"吏云："昨有一伧父（cāng fǔ）[⑧]来寄亭中，有尊贵客，权移之。"令有酒色，因遥问："伧父欲食饼不？姓何等？可共语。"褚因举手答曰："河南褚季野。"远近久承[⑨]公名，令于是大遽（jù）[⑩]，不敢移公，便于牛屋下修刺[⑪]诣公。更宰杀为馔，具[⑫]于公前。鞭挞亭吏，欲以谢惭。公与之酌宴，言色无异，状如不觉。令送公至界。

[注释]

①褚公：褚裒，字季野。记室参军：官名，掌管文书。②送故：送别故人。③亭：驿亭，官府修建的供旅客留宿的客店。④尔时：此时，这个时候。⑤浙江：水名，即钱塘江。⑥客出：客人到来。⑦牛屋：牛棚子。晋人多以牛驾车，所以客店都有牛棚子。⑧伧父：骂人的话，意为粗鄙的人。⑨承：闻知。⑩遽：惶恐，心慌。⑪修刺：备办名片。⑫具：摆设，供置。

[译文]

褚季野（裒）由章安令迁升太尉郗鉴的记室参军，名声已经很大，但是官位很低，很多人还不认识他。他搭乘商船东去，和几位送别的官吏到钱塘亭投宿。这时吴兴人沈充任钱塘县令，正送客人路过钱塘江，客人到来，亭吏驱赶褚季野移住牛屋里。潮水到来，沈县令起来徘徊巡视，问："牛屋里是什么人？"亭吏说："昨天有个老头来亭中寄宿，因为有尊贵的客人，暂且把他安置在这里。"这时县令已经有点醉意，便远远地问道："老头想吃饼吗？姓什么？可以一起交谈交谈。"褚季野于是抬手回答道："河南褚季野。"远近的人久仰褚季野大名，县令于是大为窘迫，不敢怠慢他，便在牛屋里备办名片拜谒。还宰杀牲畜，摆设酒食。县令当着褚季野的面鞭打亭吏，想用这个办法来道歉和表示愧疚。褚季野和他饮酒吃饭，言谈表情都和平常一样，好像没有觉察到这些事一般。饭后，县令一直把他送到县界。

置酒高殿上

此图描绘了曹植《野田黄雀行二首》的意境：置酒高殿上，亲友从我游。中厨办丰膳，烹羊宰肥牛。

十九

郗太傅[①]在京口，遣门生与王丞相书，求女婿。丞相语郗信："君往东厢，任意选之。"门生归，白郗曰："王家诸郎，亦皆可嘉，闻来觅婿，咸自矜持[②]。惟有一郎，在东床上坦腹[③]卧，如不闻。"郗公云："正此好！"访之，乃是逸少[④]，因嫁女与焉。

[注释]

①郗太傅：郗鉴。②矜持：拘束，拘谨。③坦腹：敞开上衣，露出腹部。④逸少：王羲之，字逸少，是王导的侄儿。

[译文]

太傅郗鉴在京口的时候，派遣门客送信给王导，希望在他家找个女婿。王导告诉郗鉴派来的人说："你到东厢房去，随意挑选。"门客回去，禀告郗鉴道："王家几位公子，都值得赞许，只是听说郗家来寻求女婿，都有点拘谨。只有一位公子，在东边床上露腹躺着，好像没有听见一般。"郗鉴说："正是这位最好！"一调查，原来是王逸少（羲之），郗鉴于是把女儿嫁给他。

二十

过江初，拜官，舆饰供馔[①]。羊曼拜丹阳尹，客来蚤[②]者，并得佳设[③]，日晏渐罄[④]，不复及精，随[⑤]客早晚，不问贵贱。羊固拜临海，竟日皆美供[⑥]，虽晚至，亦获盛馔[⑦]。时论以固之丰华，不如曼之真率。

[注释]

①舆饰：都整治。舆，都、皆。供馔：酒宴。②蚤：通"早"。③佳设：盛宴，美味佳肴。④晏：晚。渐罄：渐空。⑤随：随便，任由。⑥美供：精美的酒宴。⑦盛馔：丰盛的美食。

[译文]

晋朝南渡初期，新官上任，都要整治酒宴。羊曼担任丹阳尹时，客人来得早的，都得到精美的酒宴，等到傍晚，就不再有很好的美食了，饮食好坏便任随客人来得早或晚，而不管他们官位的高低。羊固任临海太守，整天都有精美的酒席，即使来得很迟，也能够吃到丰盛的酒食。当时舆论认为羊固的酒宴丰盛精美，不如羊曼的真诚直率。

二十一

周仲智饮酒醉，瞋目还面谓伯仁曰："君才不如弟，而横得重名①！"须臾，举蜡烛火掷伯仁。伯仁笑曰："阿奴火攻，固出下策耳！"

[注释]

①横：意外，无缘无故。重名：很高的名声。

[译文]

周仲智喝醉了酒，瞪目鼓眼地回头对周伯仁说："你的才能比不上我这个弟弟，却无缘无故地得到很高的名声！"不一会儿，周仲智举起燃着的蜡烛向周伯仁扔去。周伯仁笑道："阿奴用火攻，原本用的是下策啊！"

二十二

顾和①始为扬州从事，月旦当朝②，未入顷，停车州门外。周侯诣丞相，历③和车边。和觅虱④，夷然⑤不动。周既过，反还，指顾心曰："此中何所有？"顾搏虱如故，徐应曰："此中最是难测⑥地。"周侯既入，语丞相曰："卿州吏中有一令仆才⑦。"

[注释]

①顾和：字君孝。②月旦：农历每月初一。朝：下属进见长官。③历：经过。④觅虱：捉虱子。⑤夷然：安然。⑥难测：难设想，难推测。⑦令仆才：指可以做尚书令和仆射的人才。

[译文]

顾和当初任扬州从事。每月初一应当进见长官，还没有进府门，刚把车子停在州府门外。这时武城侯周顗去拜访王导，从顾和车边经过。顾和正在抓虱子，安然不动。周顗过去后，又转回来，指着顾和的胸口说："这里面有什么？"顾和照旧捕捉虱子，慢慢地答道："这里面是最难捉摸的地方。"周顗进府后，告诉王导说："你的属吏中有一位可做尚书令或仆射的人才。"

二十三

庾太尉①与苏峻战，败，率左右十余人乘小船西奔。乱兵相剥掠，射②，误中舵工，应弦而倒。举船上咸失色分散③，亮不动容，徐曰："此手那可使著贼④！"众乃安。

［注释］

①庾太尉：庾亮。②射：以箭射贼。③失色：脸色变了。分散：散开，逃离。④著贼：指射中盗贼。

［译文］

太尉庾亮和苏峻作战，打了败仗，带领随从十多人乘坐小船向西逃跑。这时乱兵正在抢劫，庾亮用箭射去，却错把舵工射中，舵工应声倒下了。满船的人都吓得变了脸色，打算逃散，庾亮不动声色，不慌不忙地说道："这手怎么可以把敌人射中！"大家才安定下来。

二十四

庾小征西[①]尝出未还。妇母阮是刘万安妻，与女上安陵城楼上。俄顷[②]翼归，策[③]良马，盛舆卫[④]。阮语女："闻庾郎能骑，我何由得见？"妇告翼，翼便为于道开卤簿[⑤]盘马，始两转，坠马堕地，意色自若。

［注释］

①庾小征西：庾翼，是庾亮的弟弟。②俄顷：一会儿。③策：用鞭子赶。④盛：人数多，场面热烈，气势宏大。舆卫：随队坐的车子和卫士。⑤卤簿：仪仗，队列。

［译文］

征西将军庾翼出征还没有回来。他的岳母姓阮，是刘万安的妻子，和女儿一起上安陵城楼观望等待。不一会儿，庾翼回来了，骑着骏马，扬起鞭子，带领着众多的车马卫队。阮氏对女儿说道："听说庾郎最会骑马，我怎么才能见一见呢？"庾翼的妻子便转告了他，庾翼就在路上摆开仪仗，骑在马上驰骋回旋，刚转了两圈，就从马上掉下来，跌倒在地，他神情自然，不改常态。

二十五

宣武与简文、太宰共载[①]，密令人在舆[②]前后鸣鼓大叫。卤簿中惊扰，太宰惶怖求下舆。顾看[③]简文，穆然清恬[④]。宣武语人曰："朝廷间故复有此贤。"

［注释］

①宣武：桓温，谥号宣武。太宰：武陵王司马晞，晋穆帝即位后，升任太宰。共载：同乘一辆车子。②舆：车子。③顾看：回头看。④穆然：镇静安定的样子。清恬：清静安适。

[译文]

桓温和未登基的简文帝、太宰司马晞同坐在一辆车上，桓温暗中叫人在车前车后擂鼓大叫。仪仗队伍受惊，太宰惊惶恐惧，要求下车。回头看简文帝，安定平静，清静恬适地坐着。桓温后来对人说道："朝廷里确有这样贤明的人。"

畜牧封侯

此图描绘了秦穆公寻访百里奚，知其贤，与其同车而出的情景。

二十六

王劭、王荟①共诣宣武，正值收②庾希家。荟不自安，逡(qūn)巡③欲去；劭坚坐不动，待收信还，得不定④乃出。论者以劭为优。

[注释]

①王劭、王荟：是王导的两个儿子。②收：逮捕，查封。③逡巡：徘徊不前。④定：确切。

[译文]

王劭、王荟同去拜访桓温，正碰上收捕庾希一家。王荟心中不安，迟疑犹豫，打算离去；王劭坚定地坐着不动，等到派去收捕的人回来，得到确实的消息后才离开。当时的人认为王劭要强一些。

二十七

桓宣武与郗超议芟(shān)夷①朝臣，条牒②既定，其夜同宿。明晨起，呼谢安、王坦之入，掷疏③示之，郗犹在帐内。谢都无言，王直掷还，云："多。"宣武取笔欲除，郗不觉，窃从帐中与宣武言。谢含笑曰："郗生可谓入幕宾④也。"

[注释]

①芟夷：除去。②条牒：分项的文书、条款。③疏：给皇帝的奏章。④入幕宾：成为将军的僚属人。幕，幕府，古代将帅的帐幕。

[译文]

桓温和郗超商议除去一批朝廷大臣，名单已经拟定，当晚同在一起安歇。第二天早晨起床，唤谢安、王坦之进来，把奏疏扔给两人观看，这时郗超还睡在床帐里。谢安看后一句话也没有说，王坦之径直把奏疏扔回给桓温，说："多了。"桓温拿起笔想删除一些，郗超为了不让人察觉，偷偷地从帐子里和桓温说话。谢安含笑说道："郗先生可以说是入幕之宾啊。"

二十八

谢太傅盘桓[①]东山时，与孙兴公诸人泛海戏[②]。风起浪涌，孙、王诸人色并遽[③]，便唱[④]使还。太傅神情方王[⑤]，吟啸[⑥]不言。舟人以公貌闲意说[⑦]，犹去不止。既风转急，浪猛，诸人皆喧动不坐。公徐云："如此，将无归！"众人即承响[⑧]而回。于是审其量，足以镇安朝野。

［注释］

①谢太傅：谢安。盘桓：徘徊，逗留。②泛海：坐船出海。戏：游玩。③遽：惶恐、害怕。④唱：同"倡"，提议。⑤神情：精神兴致。王：通"旺"，高涨。⑥吟啸：吟咏呼啸。⑦说：通"悦"，愉快。⑧承响：应声。响，声音。

［译文］

太傅谢安在东山逗留的时候，经常和孙兴公（绰）等人乘船出海游玩。一次，海风兴起，波涛汹涌，孙兴公、王羲之等人一齐惊慌失色，便高声喊着要船回去。谢安兴致正高，边吟边咏，不发一言。由于谢安神态安闲，心情喜悦，船夫仍然驾船前行。不久，风势转急，海浪更猛，大家都骚动不安。谢安慢慢说道："既然这样，还不如回去吧！"大家立即承顺响应而返回。从这里审察谢安的度量，完全可以镇定朝廷。

二十九

桓公伏甲设馔[①]，广延朝士，因此欲诛[②]谢安、王坦之。王甚遽，问谢曰："当作何计？"谢神意不变，谓文度曰："晋祚[③]存亡，在此一行。"相与俱前。王之恐状，转见于色。谢之宽容，愈表于貌。望阶趋席[④]，方作洛生咏[⑤]，讽"浩浩洪流[⑥]"。桓惮其旷远[⑦]，乃趣(cù)[⑧]解兵。王、谢旧齐名，于此始判优劣。

［注释］

①桓公：桓温。伏甲：埋伏好士兵。设馔：摆上美食，设宴。②诛：杀。③祚：皇位，这里指国家。④望阶趋席：指到了台阶上就疾行就座。⑤方作：仿作，仿效而作。方，通"仿"。洛生咏：洛阳书生读书的腔调。⑥浩浩洪流：这是嵇康《赠

秀才入军》诗中的句子，意谓大河浩浩荡荡。⑦惮：敬畏。旷远：心胸豁达、开阔。⑧趣：赶快。

[译文]

桓温埋伏甲兵，设置酒宴，遍请朝中人士，想趁机杀害谢安和王坦之。王坦之非常惊惧，问谢安："应该采取什么策略？"谢安神色不变，对王坦之说道："晋朝的存亡，取决于我们这一次去的结果。"二人一道前去。王坦之的惊恐越来越表现在脸上。谢安的从容不迫也更加在神情中显示出来。谢安看着台阶，快步进入座席，模仿洛阳书生的吟咏声朗诵"浩浩洪流"。桓温畏惧他那种开朗豁达的气度，便赶快把伏兵解散了。王坦之和谢安原来齐名，通过这件事二人才分出了高下。

三十

谢太傅与王文度共诣郗超，日旰（gàn）未得前①，王便欲去。谢曰："不能为性命忍俄顷②？"

[注释]

①日旰：太阳下山，傍晚。前：进见。②俄顷：片刻，一会儿。

[译文]

太傅谢安和王坦之同去拜访郗超，傍晚还不能进见，王坦之便想回去。谢安道："不能为了性命而忍耐一会儿吗？"

三十一

支道林还东①，时贤②并送于征虏亭。蔡子叔前至，坐近林公。谢万石后来，坐小远。蔡暂起，谢移就其处。蔡还，见谢在焉，因合褥③举谢掷地，自复坐。谢冠帻④倾脱，乃徐起，振衣就席，神意甚平，不觉瞋沮（jǔ）⑤。坐定，谓蔡曰："卿奇人，殆坏我面。"蔡答曰："我本不为卿面作计。"其后二人俱不介意。

[注释]

①还东：支道林在京城建康，这时要回到东边的会稽郡东山。②时贤：当时的名士。③因：于是，就。合褥：连带坐垫。④冠帻：古代的头巾。⑤瞋沮：生气，颓丧。

[译文]

支道林离开京城回会稽，当时一批有才德的人都到征虏亭给他送行。蔡子叔先到，座次靠近支道林。谢万石（万）后到，坐得稍微远一点。蔡子叔暂时起身，谢万石就移坐到他那里。蔡子叔回来，看见谢万石坐在自己原来的位子上，便把谢万石连坐垫一块推倒在地，自己再坐回原处。谢万石的头巾和帽子都掉了，于是慢慢爬起来，抖去衣服上的灰尘，回到座位上，神色非常平静，看不出任何生气或懊丧的样子。他坐好后，对蔡子叔说道："你真是个怪人，差一点弄坏了我的脸。"蔡子叔回答道："我本来就没有替你的脸打算。"后来两个人都没有把这件事记在心里。

三十二

郗嘉宾钦崇释道安德问[1]，饷米千斛（hú）[2]，修书累纸[3]，意寄殷勤[4]。道安答直云："损米[5]。"愈觉有待之为烦[6]。

研墨修书

图中表现了一书生等待童子研墨准备修书的情景。

［注释］

①钦崇：钦佩、崇拜。释道安：东晋高僧。德问：道德和名声。②饷：赠送。斛：十斗为一斛。③累纸：一张纸叠一张纸。④意寄：寄托的情意。殷勤：恳切，真诚。⑤损米：对馈赠的客套语，指破费对方的米，等于说蒙惠赠米。⑥有待之为烦：待，凭借、依靠。《庄子》讲有待、无待，认为无待才可以得到精神上的真正自由。这里是释道安感叹自己还不能摆脱"有待"，仍须凭借外物，心灵得不到解脱，所以感到烦恼。

［译文］

郗嘉宾（超）钦佩推崇释道安的道德和声望，送去一千斛米，还写了封长信，寄托了殷切的情意。释道安只回答道："承蒙赠米。"更加让释道安觉得收郗超的礼物是烦恼。

三十三

谢安南[1]免吏部尚书，还东，谢太傅赴桓公司马出西，相遇破冈。既当远别，遂停三日共语。太傅欲慰其失官，安南辄引以它端[2]。虽信宿中涂[3]，竟不言及此事。太傅深恨在心未尽，谓同舟曰："谢奉故是奇士。"

[注释]

①谢安南：谢奉，字弘道，曾任安南将军。②它端：其他事情。③信宿：连续两夜住宿。中涂：中途，半道。

[译文]

安南将军谢奉被免去吏部尚书的职务，回东边来，太傅谢安就任桓温麾下司马，往西边去，二人在破冈相逢。既然将要长久分离，二人便停留三天一起话别。谢安想安慰他失去官职一事，谢奉总是用其他的话题避开这个问题。二人虽然途中同宿了两夜，竟然没有谈到这件事。谢安深深地遗憾没有表达出自己的心意，对同船的人说道："谢奉的确是个不寻常的人。"

三十四

戴公[①]从东出，谢太傅往看之。谢本轻戴，见但与论琴书。戴既无吝色[②]，而谈琴书愈妙。谢悠然[③]知其量。

[注释]

①戴公：戴逵，字安道。②吝色：为难的神情。③悠然：从容、安闲的样子。

[译文]

戴逵从会稽到京都，太傅谢安去看他。谢安原来就轻视他，见面后，只和他讨论琴书。戴逵不但没有为难的神色，而且谈起琴书来更加精妙。谢安这才深深地发觉到了戴逵具有安然脱俗的气量。

三十五

谢公与人围棋，俄而谢玄淮上信至[①]。看书竟[②]，默然无言，徐向局[③]。客问淮上利害，答曰："小儿辈大破贼。"意色举止，不异于常。

[注释]

①俄而：不一会儿。淮上：淮水上，这里指淮水战场上。信：送信人。至：到。②看书竟：看完信。③徐：慢慢地。向局：面向棋局。

[译文]

谢安和人下围棋，过了一会儿，谢玄从淮水战场上派遣送信的人到来。谢安把书信看完，默不作声，慢慢地转向棋盘。客人问他淮上战争的胜负如何，谢安回答道："孩子们大破贼兵。"神色举动，同平时一样。

三十六

王子猷、子敬[①]曾俱坐一室，上忽发火。子猷遽[②]走避，不惶[③]取屐；子敬神色恬然，徐唤左右，扶凭[④]而出，不异平常。世以此定二王神宇[⑤]。

[注释]

①王子猷、子敬：王徽之，字子猷，官至黄门侍郎。王献之，字子敬，官至中书令。二人都是王羲之的儿子。②遽：急忙、赶快。③不惶：没有时间。惶，通"遑"，空闲。④扶凭：由仆人搀扶。⑤神宇：神情气度。

[译文]

王子猷（徽之）、王子敬（献之）曾经同坐在一间屋子里，屋顶突然起火。子猷急忙逃避，来不及穿木板鞋；王子敬神态安闲，缓缓地叫来随从搀扶，再走出来，跟平时没有什么两样。世人从这件事上评定出二人神情气度的高下。

三十七

苻坚游魂近境[①]，谢太傅谓子敬曰："可将当轴[②]，了其此处。"

[注释]

①游魂：游荡的阴魂，这里指敌人。近境：侵犯边境。②当轴：权势大的官员。

[译文]

苻坚的大军逼近边境，太傅谢安对王子敬（献之）说："可以任命官居要职者为统帅，把他们就地了结。"

三十八

王僧弥、谢车骑共王小奴许[①]集。僧弥举酒劝谢云："奉使君一觞。"谢曰："可尔。"僧弥勃然[②]起，作色曰："汝故是吴兴溪中钓碣(jié)[③]耳，何敢诪(zhōu)张[④]！"谢徐抚掌而笑曰："卫军，僧弥殊不肃省[⑤]，乃侵陵上国[⑥]也。"

[注释]

①王僧弥：王珉。谢车骑：谢玄。王小奴：王荟，字敬文，小名小奴，是王导的儿子、王珉的叔父。死后赠"卫将军"。许：处所。②勃然：盛怒的样子。③钓碣：钓鱼的碣奴。谢玄喜好钓鱼，小名碣，故称。④诪张：欺骗，糊弄。⑤肃省：

恭敬检点。⑥上国：春秋时指中原各国，这里用上国指自己。

[译文]

王僧弥、车骑将军谢玄一起在王小奴家聚会。王僧弥举起酒杯向谢玄劝酒说："奉献使君一杯。"谢玄说："可以。"王僧弥突然变了脸色，生气道："你本不过是吴兴山溪中的垂钓者而已，怎敢如此欺骗人！"谢玄慢慢地拍手笑道："卫军，你看僧弥太不恭敬检点，这是冒犯上国诸侯啊！"

三十九

王东亭为桓宣武主簿，既承藉①，有美誉，公甚敬其人地②为一府之望。初，见谢失仪③，而神色自若。坐上宾客即相贬笑，公曰："不然，观其情貌，必自不凡，吾当试之。"后因月朝阁下伏，公于内走马直出突之，左右皆宕仆④，而王不动。名价于是大重，咸云："是公辅器⑤也。"

[注释]

①承藉：指继承、凭借祖先的福荫。②人地：人品和门第。③失仪：失去礼节。④宕仆：躲闪摔倒。宕，同"荡"。⑤公辅器：指可以做宰相的气量。

[译文]

东亭侯王珣做桓温的主簿，凭借祖先的福荫，有很好的名声，桓温非常敬重他的品学和门第，使他成为府中深孚众望的人。王珣当初受到桓温询问的时候曾失去了礼仪，可是神色不变。在座的宾客立即贬低和讥讽他，桓温说："不是这样，看他的神情状貌，必定不同寻常，我得试试他。"后来趁着初一僚属进见，王珣在官署伏案工作的时候，桓温从里面骑着马直直地冲撞出来，左右的人都躲闪摔倒，王珣却稳坐不动。这件事后，王珣的名望身价大为提高，都说："这是宰相一类大臣的气量呀。"

长星

图中表现了彗星流逝的场景。

四十

太元末，长星见(xiàn)①，孝武心甚恶之。夜，华林园中饮酒，举杯属(zhǔ)②星云："长星！劝尔一杯酒。自古何时有万岁天子？"

［注释］

①长星：彗星的一种，古人认为不吉利。见，同“现”。②属：劝请。

［译文］

太元末年，长星出现，晋孝武帝心中非常厌恶它。晚上，孝武帝在华林园里饮酒，举杯劝请长星说：“长星！敬你一杯酒。从古以来何时有过万岁天子？”

四十一

殷荆州有所识，作赋，是束晳慢戏[1]之流。殷甚以为有才，语王恭：“适见新文，甚可观。”便于手巾函[2]中出之。王读，殷笑之不自胜[3]。王看竟，既不笑，亦不言好恶，但以如意帖[4]之而已。殷怅然[5]自失。

［注释］

①束晳：字广微，任尚书郎，文章诙谐。慢戏：不庄重、开玩笑。②函：套子。③自胜：自我克制。④如意：古代的一种器物，用玉、骨等制成。帖：通“贴”，压着。⑤怅然：失望、难过的样子。

［译文］

荆州刺史殷仲堪认识的一个人写成一篇赋，属于束晳的戏谑文章一类。殷仲堪认为此人很有才华，对王恭说：“刚才见到一篇新作品，很值得一看。”说着便从手巾套里取出。王恭读文章时，殷仲堪在一旁笑得克制不住自己。王恭看完后，既不笑，也不说文章的好坏，只是用如意把它压着。殷仲堪非常失望，心中像丢掉了什么一样。

四十二

羊绥第二子孚，少有俊才[1]，与谢益寿相好。尝蚤往谢许，未食。俄而王齐、王睹来，既先不相识，王向席有不说[2]色，欲使羊去。羊了不眄（miǎn）[3]，惟脚委[4]几上，咏瞩[5]自若。谢与王叙寒温数语毕，还与羊谈赏，王方悟其奇，乃合共语。须臾食下，二王都不得餐，惟属羊不暇。羊不大应对之，而盛进食，食毕便退。遂苦相留，羊义不住，直云：“向者不得从命，中国尚虚[6]。”二王是孝伯两弟。

［注释］

①俊才：才智出众。②向席：就座，落座。说：同“悦”，高兴。③眄：斜视。④委：搁，放。⑤咏瞩：吟咏，顾盼。⑥中国：指肚子。虚：空。

[译文]

羊绥次子羊孚，少年时就有卓越的才智，和谢益寿（混）很要好。有一次一大早就到谢家去，还没有吃早饭。不久，王齐、王睹也来了，他们原先并不认识羊孚，对着座位就有不高兴的脸色，想使羊孚离去。羊孚斜着眼睛都没看他们一眼，只是把脚搁在小桌子上，吟咏顾盼，悠然自得。谢益寿和二王寒暄了几句，回头仍和羊孚谈论、玩赏，二王方才体会出他的不同寻常，这才和他一起说话。一会摆上饭菜，二王完全顾不上吃，只是忙不迭地劝羊孚吃喝。羊孚也不大搭理他们，反而大吃特吃，吃完便告辞。二王苦苦相留，羊孚决意不肯，只是说："刚才我不能遵从你们的心意马上离开，只是因为肚子还是空的。"二王是王孝伯（王恭）的两个弟弟。

识鉴第七

一

曹公少时见乔玄[①]，玄谓曰：“天下方乱，群雄虎争，拨而理[②]之，非君乎？然君实乱世之英雄，治世之奸贼。恨吾老矣，不见君富贵，当以子孙相累[③]。”

[注释]

①乔玄：字公祖，曾任尚书令。②拨：拨乱。理：治理。③累：连累，这里指把子孙托付给曹操照顾。

[译文]

曹操年轻时去见乔玄，乔玄对他说：“天下正在大乱，群豪如虎相争，能拨乱反正和治理天下的，难道不是您吗？可是您其实是乱世中的英雄，盛世中的奸贼。遗憾的是我老了，看不到您富贵那一天，我要把子孙托给您照顾。”

二

曹公问裴潜[①]曰：“卿昔与刘备共在荆州，卿以备才如何？”潜曰：“使居中国[②]，能乱人，不能为治。若乘边[③]守险，足为一方之主。”

[注释]

①裴潜：字文行，曾避乱荆州，投奔刘表。②中国：中原一带。③乘边：防守边境。

[译文]

曹操问裴潜：“你过去和刘备一起在荆州，你认为刘备的才能怎样？”裴潜说：“如果让他占据中原，就会搅扰百姓，不能使社会安定。如果让他保卫边境，防守险要地区，足可以成为一方霸主。”

曹操

曹操（155—220），字孟德，小名阿瞒、吉利，东汉末年杰出的政治家、军事家和诗人。

三

何晏、邓飏、夏侯玄并求傅嘏交①，而嘏终不许。诸人乃因荀粲说合之，谓嘏曰："夏侯太初一时之杰士，虚心于子，而卿意怀不可交。合则好成，不合则致隙②。二贤若穆③，则国之休④，此蔺相如所以下廉颇也⑤。"傅曰："夏侯太初志大心劳⑥，能合虚誉，诚所谓利口覆国⑦之人。何晏、邓飏有为而躁，博而寡要，外好利而内无关籥(yuè)⑧，贵同恶异，多言而妒前⑨。多言多衅，妒前无亲。以吾观之，此三贤者，皆败德之人耳，远之犹恐罹祸，况可亲之邪？"后皆如其言。

[注释]

①"何晏"句：何晏等三人均为三国时魏人，很有名望，后来先后被司马氏杀害。夏侯玄，字太初。交：结交。②致隙：造成割阂。隙，同"隙"。③穆：和睦。④休：幸事。⑤"此蔺相如"句：蔺相如以完璧归赵之功，拜为上卿，在大将廉颇之上。廉颇心中不平。蔺相如以国家利益为重，处处回避廉颇。廉颇听说后，主动要求负荆请罪。荀粲借蔺相如与廉颇一事，意在启发傅嘏，希望他能够接受何晏等人。⑥心劳：心思劳累，挖空心思。⑦利口覆国：用能言善辩来使国家灭亡。⑧关籥：门闩，有约束、节制之意。⑨妒前：忌妒超过自己的人。

[译文]

何晏、邓飏、夏侯玄都想和傅嘏结交，可是傅嘏始终没有答应。他们便委托荀粲去说合一下。荀粲对傅嘏说："夏侯太初是一代的俊杰，虚心与您交往，而您心里却认为不行。和好就会产生情谊，不和就会产生裂痕。二位如果能和睦相处，乃国家之万幸，这就是蔺相如为什么对廉颇退让的原因。"傅嘏说："夏侯太初志大而心不足，很能迎合虚名，实在是以要嘴皮子亡国的人。何晏和邓飏，有作为却很急躁，知识广博却不得要领，喜欢得到好处，自己却不加检点约束，重视和自己意见相同的人，讨厌意见不同的人，好发表言谈，却忌妒超过自己的人。话说多了，破绽也就多了，忌妒别人胜过自己，就会失去情谊。在我看来，这三位所谓的贤人，不过是一帮败坏道德的人而已，疏远他们还怕遭殃，更何况是去亲近他们呢？"后来发生的情况都像他所说的那样。

四

晋武帝讲武①于宣武场，帝欲偃(yǎn)武修文②，亲自临幸③，悉召群臣。山公④谓不宜尔，因与诸尚书言孙、吴⑤用兵本意。遂究论，举坐无不咨嗟。皆曰："山少傅乃天下名言。"后诸王骄汰⑥，轻遘(gòu)祸难⑦，于是寇盗处处蚁合[⑧]，郡国多以无备，不能制服，遂渐炽盛，皆如公言。时人以谓[⑨]山涛不学孙、吴，而暗与之理会[⑩]。王夷甫亦叹云："公暗与道合。"

［注释］

①讲武：讲习武艺。②偃武修文：停止武备，提倡文教。③临幸：到场。古时，皇帝到某处叫"幸"。④山公：山涛，曾任尚书、太子少傅，所以下文称山少傅。⑤孙、吴：孙武、吴起。孙武是春秋时代齐国人，吴起是战国时代魏国人，二人都是著名军事家。后世谈论兵法，都以孙、吴并称。⑥诸王：帝王给皇室中人进行封爵，最高者称王。骄汰：骄横、奢侈。⑦轻遘祸难：指八王之乱。晋武帝死后，诸王互相攻伐争斗，时间长达十六年，史称"八王之乱"。⑧蚁合：如同蚂蚁一样聚合，形容众多的样子。⑨以谓：认为。⑩理会：理合，事理上相同。

［译文］

晋武帝在宣武场讲习武艺，他想停止武备，提倡文教，亲自到场，并且把群臣都召集来了。山涛认为不宜这样做，便和诸位尚书谈论孙武、吴起用兵的本意。深入探讨下去，满座之人无不赞叹。大家都说："山少傅所论才是天下的名言。"后来诸王放纵、奢侈，轻而易举就酿成了祸患，于是兵匪到处像蚂蚁一样聚合起来，郡、国多数因为没有武备而无法制服他们，兵祸逐渐猖獗、蔓延，正像山涛所说的那样。当时人们认为山涛虽然不学孙、吴兵法，见解却暗中与他们相合。王夷甫也感叹道："山公所说的和事理暗合。"

五

王夷甫父乂(yì)为平北将军，有公事，使行人论[①]，不得[②]。时夷甫在京师，命驾见仆射羊祜、尚书山涛。夷甫时总角[③]，姿才秀异，叙致既快，事加有理，涛甚奇之。既退，看之不辍，乃叹曰："生儿不当如王夷甫邪？"羊祜曰："乱天下者，必此子也。"

［注释］

①行人：指使者，奉命执行任务的人。论：陈述，这里指向上陈述。②不得：找不到。③总角：指男子未成年时。

［译文］

王夷甫的父亲王乂在担任平北将军时，有件公事，需要派人去上报，却找不到合适的人来。当时王夷甫在京都，就坐车去谒见尚书左仆射羊祜和尚书山涛。王夷甫当时还是少年，风姿才华出众，陈述意见痛快淋漓，理由也非常充分，所以山涛认为他很不寻常。他告辞后，山涛还是目不转睛地看着他，然后叹息说：“生儿子难道不该像王夷甫那样吗？”羊祜却说：“扰乱天下的，一定是这个人。”

六

潘阳仲见王敦小时，谓曰：“君蜂目已露，但豺声未振耳[①]。必能食人，亦当为人所食[②]。”

［注释］

①“君蜂目”句：古人认为蜂目而豺声的人是残忍的人。蜂目，指像胡蜂那样的眼睛。振，扬起。②为人所食：成为别人的食物。

［译文］

潘阳仲看见王敦少年时候的样子，就对他说：“您已经露出了胡蜂一样的眼神，只是没有嗥出豺狼般的声音罢了。您一定吃人，也会给别人吃掉。”

豺

豺，全身赤棕色，又称红狼，外形与狼、狗相近，但比狼小，比狗大，是一种凶猛的食肉动物。

七

石勒[①]不知书，使人读《汉书》。闻郦食其(lì yì jī)[②]劝立六国后，刻印将授之，大惊曰：“此法当失，云何得遂有天下？”至留侯谏，乃曰：“赖有此耳！”

［注释］

①石勒：东晋时代后赵的君主，羯族人，起兵攻打晋国，并占领了晋朝淮水以北的大片土地。②郦食其：汉高祖刘邦的谋士。楚汉之争，项羽把刘邦困在荥阳，郦食其献计，提出大封六国的后代，壮大自己的势力，以此抵抗项羽。

［译文］

石勒不识字，让别人读《汉书》给他听。当听到郦食其劝刘邦把六国的后代立为王侯，刘邦马上刻印，将要授予爵位时，石勒大惊道：“这种做法会失去天下，如何最终得到天下呢？”当听到留侯张良劝阻时，石勒便说：“幸亏有此人呀！”

八

卫玠年五岁，神矜[1]可爱。祖太保[2]曰："此儿有异，顾吾老，不见其大耳！"

[注释]

①神矜：仪表精神。②祖太保：指卫玠的祖父卫瓘，晋武帝时官至太保。

[译文]

卫玠五岁时，神情举止很可爱。祖父卫玠说："这孩子与众不同，只是我老了，看不到他长大之后的所为了！"

九

刘越石云："华彦夏[1]识能不足，强果[2]有余。"

[注释]

①华彦夏：华轶，字彦夏，任江州刺史，甚得民心，心忧天下，只因不从晋元帝命令，被害。②强果：刚强果断。

[译文]

刘越石（琨）说："华彦夏见识和才能稍稍不足，刚强、果敢则有余。"

十

张季鹰辟齐王东曹掾，在洛[1]，见秋风起，因思吴中菰菜羹[2]、鲈鱼脍，曰："人生贵得适意尔，何能羁宦数千里以要(yāo)名爵[3]！"遂命驾便归。俄而齐王败，时人皆谓为见机[4]。

[注释]

①张季鹰：张翰，字季鹰，吴郡（今江苏苏州）人。他在洛阳当官，看到当时战乱不断，就以想吃家乡名菜为由，弃官归家。齐王：司马冏，被封为齐王。晋惠帝时任大司马。公元302年，在诸王的讨伐中被杀。东曹掾：官名，主管二千石长史的调动等事。②菰菜羹：《晋书·张翰传》作"苑菜、莼羹"，与鲈鱼脍并为吴中名菜。菰菜，俗名茭白。③羁宦：在外地做官。名爵：功名，地位。④见机：洞察事物的苗头。

[译文]

张季鹰被任命为齐王的东曹属官，在洛阳时，他看见秋风乍起，便想吃老家吴中的菰菜羹和鲈鱼脍，说道："人生可贵的是适意罢了，怎么能为了求取名位而来千里之外做官呢！"于是坐上车就回乡了。不久齐王兵败被杀，当时人们都认为他能在细微处看到事物发展的苗头。

十一

诸葛道明①初过江左，自名道明，名亚王、庾②之下。先为临沂令，丞相谓曰："明府当为黑头公③。"

［注释］

①诸葛道明：诸葛恢，字道明。初任临沂令，后避难渡江，累迁会稽太守、中书令。②王、庾：王导、庾亮。③明府：汉代称太守为明府，晋以后也称县令为明府。诸葛恢曾任临沂令，所以称明府。黑头公：指头发还没变白就升到高位的人。

［译文］

诸葛道明初次渡江时，自己起名叫道明，名声仅次于王导、庾亮。诸葛道明先前任临沂县令，王导曾对他说："明府年纪轻轻之时将会升至公卿大位。"

十二

王平子素不知眉子①，曰："志大其量，终当死坞（wù）壁②间。"

［注释］

①王平子：王澄，字平子，曾任荆州刺史。不知：不相识。眉子：王玄，字眉子，是王澄的侄儿，后代理陈留太守，大行威罚，被害。②坞壁：构筑在村落外围的小型城堡。这句暗示王玄很难有所成就，最终将在战乱中死于一隅。

［译文］

王平子向来与王眉子不合，他评论王眉子说："他的志向大过他的度量，终究会死在壁堡之中。"

十三

王大将军始下①，杨朗苦谏不从，遂为王致力②。乘"中鸣云露车③"径前曰："听下官鼓音，一进而捷。"王先把其手曰："事克，当相用为荆州。"既而忘之，以为南郡。王败后，明帝收朗，欲杀之。帝寻崩，得免。后兼三公④，署数十人为官属⑤。此诸人当时并无名，后皆被知遇。于时称其知人。

[注释]

①“王大将军”句：指晋明帝时王敦起兵反叛一事。②致力：效力。③中鸣云露车：一种车子，或说即云车，车上有望楼以察看战情。中间又设置鼓锣来指挥军队进退。④三公：指三公尚书。⑤署：授命。官属：官府属官。

鼓

古人以击鼓声作为进攻的号令。

[译文]

大将军王敦在进军京城的时候，杨朗极力劝阻，他不听从，于是杨朗只好为王敦效力。进攻之时，杨朗乘坐着中鸣云露车来到王敦面前，说：“听我的鼓音，一旦进攻必定获胜。”王敦握住他的手说：“等战事胜利后，任命你来做荆州刺史。”过后王敦便把这事给忘了，让杨朗做南郡太守。王敦失败后，晋明帝逮捕了杨朗，想杀掉他。不久明帝死了，杨朗才得到赦免。杨朗后来兼任三公尚书，任用了几十人做属官。这些人在当时都没有名气，后来都受到他的重用。当时人们称赞他能鉴别人才。

十四

周伯仁母冬至[①]举酒赐三子曰：“吾本谓度[②]江托足无所，尔家有相[③]，尔等并罗列吾前，复何忧？”周嵩起，长跪[④]而泣曰：“不如阿母言。伯仁为人志大而才短，名重而识暗，好乘人之弊，此非自全之道。嵩性狼抗[⑤]，亦不容于世。惟阿奴碌碌[⑥]，当在阿母目下耳。”

[注释]

①周伯仁：周𫖮，字伯仁。下文周嵩、阿奴指他的两个弟弟。冬至：节气名。古人经常在这一天通过祭祖和家宴来庆贺。②度：通“渡”。③有相：有吉相。④长跪：古人坐时将臀部放在脚后跟上，跪时伸直腰和大腿。挺着身子跪着，叫长跪。⑤狼抗：耿直不会变通。⑥碌碌：平庸无才。

[译文]

周伯仁的母亲在冬至那天赐酒给三个儿子，对他们说：“我本来以为南渡以后连个立脚的地方也没有，好在你们都有福气，有你们几个在我身边，我还有什么可担忧的呢？”这时周嵩起身，长跪在母亲面前，流着泪说：“并不像母亲说的那样。伯仁志向虽大而才能不足，名声很大而见识肤浅，喜欢利用别人的毛病来达到自己的目的，这不是保全自己的做法。我本性耿直，也不会为世人所容纳。只有小弟弟平平常常，将会守在母亲身边。”

十五

王大将军既亡，王应欲投世儒，世儒为江州①。王含欲投王舒，舒为荆州②。含语应曰：“大将军平素与江州云何，而汝欲归之？”应曰：“此乃所以宜往也。江州当人强盛时，能抗同异③，此非常人所行。及睹衰厄，必兴愍(mǐn)恻④。荆州守文⑤，岂能作意表⑥行事？”含不从，遂共投舒。舒果沉含父子于江。彬闻应当来，密具船以待之，竟不得来，深以为恨。

［注释］

①“王应”二句：王应，王敦之兄王含的儿子，王敦的嗣子。世儒，王彬，字世儒，王敦的堂弟，时任江州刺史。②“王含”二句：王舒，王敦的堂弟，时任荆州刺史。王敦兵败之后，王含父子二人投奔王舒。③同异：偏义词，指“异”，不同。④愍恻：怜悯、同情之心。⑤守文：恪守成法，不变通。⑥意表：意料之外。

［译文］

大将军王敦死后，王应想去投奔王世儒，世儒时任江州刺史。王含想去投奔王舒，王舒时任荆州刺史。王含对王应说：“大将军平时和世儒的关系怎样，而你却想投靠他？”王应说：“这才是应该去的原因。江州刺史在人家强盛之时，能够坚持不同意见，这非普通人所能做到的。在看见人家衰败、困厄时，一定会有同情之心。荆州刺史信守礼法，怎么能做出意料之外的事情呢？”王含不听，于是两人便一起投奔王舒。王舒果然把王含父子沉入长江。王彬听说王应会来，暗地里准备好了船来等候他们，结果他们没能来，王彬深感遗憾。

十六

武昌孟嘉作庾太尉①州从事，已知名。褚太傅②有知人鉴，罢豫章还，过武昌，问庾曰：“闻孟从事佳，今在此不？”庾云：“卿自求之。”褚眄睐(miǎn lài)③良久，指嘉曰：“此君小异，得无是乎？”庾大笑曰：“然。”于时既叹褚之默识④，又欣嘉之见赏。

［注释］

①孟嘉：字万年，江夏人，家住武昌，所以称武昌孟嘉。庾太尉：庾亮，兼任江州刺史时，召孟嘉为从事。②褚太傅：褚裒。③眄睐：观察，打量。斜着眼看是眄，向旁边看是睐。④默识：在无言中察识。

［译文］

武昌人孟嘉任太尉庾亮州从事时，已经很有名气了。太傅褚裒有鉴别人物的眼力，他在罢去豫章太守后，回家途中路过武昌，去问庾亮："听说孟从事很有才华，今天在这里吗？"庾亮说："你试着自已找找吧。"褚裒观察了很久，指着孟嘉说："这一位稍有不同，可能是他吧？"庾亮大笑道："对。"当时庾亮既赞赏褚裒这种鉴识的才能，又高兴孟嘉得到赏识。

十七

戴安道[①]年十余岁，在瓦官寺画。王长史见之，曰："此童非徒能画，亦终当致名[②]。恨吾老，不见其盛时[③]耳！"

［注释］

①戴安道：戴逵。②致名：获得名望。③盛时：即指飞黄显达之时。

［译文］

戴安道年仅十几岁时，在京都瓦官寺学画。司徒左长史王濛看见他，说："这孩子不只能画画，将来也会很有名气。遗憾的是我年纪大了，只怕见不到他显达的时候了！"

十八

王仲祖、谢仁祖、刘真长俱至丹阳墓所省殷扬州[①]，殊有确然[②]之志。既反，王、谢相谓曰："渊源不起，当如苍生何？"深为忧叹。刘曰："卿诸人真忧渊源不起邪？"

［注释］

①殷扬州：殷浩，字渊源，年轻时就有名声，长期在祖先墓地旁结庐隐居。后来累任建武将军、扬州刺史。②确然：坚决，不改变。

［译文］

王濛、谢尚、刘惔三人一起到丹阳郡殷氏墓地去探望殷浩，知道他退隐的志向十分坚定。回来以后，王、谢相互谈论说："渊源不出仕，老百姓该怎么办呢？"二人非常忧虑和惋惜。刘真长说："你们这些人真的担心渊源不出仕吗？"

十九

小庾临终，自表以子园客为代[①]。朝廷虑其不从命，未知所遣，乃共议用桓温。刘尹曰："使伊去，必能克定西楚[②]，然恐不可复制。"

[注释]

①"小庾"二句：小庾指庾翼，是庾亮的弟弟，时任安西将军、荆州刺史。庾翼病重之后，上奏章推荐二儿子庾爰之代理荆州刺史一职。园客就是庾爰之的小名。②西楚：此指晋国西部地区。

[译文]

庾翼临死时，亲自上奏章推荐儿子园客代理职务。朝廷担心他不肯服从，不知该派谁去好，于是一同商议任用桓温为荆州刺史。丹阳尹刘真长说："派他去，一定能克服并平定西部地区，然而以后就再难控制他了。"

二十

桓公将伐蜀[①]，在事诸贤咸以李势在蜀既久，承藉累叶[②]，且形据上流，三峡未易可克。惟刘尹云："伊必能克蜀。观其蒲(pú)博[③]，不必得，则不为。"

[注释]

①"桓公"句：公元346年，桓温率水军伐蜀，当时李势占据蜀地很久，称国号为汉。347年，桓温攻入成都，李势投降，国亡。②累叶：累世。自李特起兵反叛，传至李势，已经六世，总共四十多年。③蒲博：一种赌博游戏。

[译文]

桓温将要讨伐蜀地，当时为官的贤人都认为李势盘踞蜀地很久，继承了好几代的基业，而且又位居上游，长江三峡不是轻易能够攻克的。只有丹阳尹刘真长说："他一定能攻克蜀地。从他赌博可以看出，没有必胜的把握，他是不会做某件事的。"

赌博

图中表现了古人赌博时的情景。

二十一

谢公在东山畜妓[①]，简文曰："安石必出。既与人同乐，亦不得不与人同忧。"

[注释]

①妓：歌女，舞女。谢安石隐居会稽郡的东山时，常和王羲之等人纵情山水，每次出游，都带着歌舞伎。

[译文]

谢安在东山隐居时养着歌舞女，简文帝说："安石一定会出山，他既会和人同乐，也就必定和人同忧。"

二十二

郗超与谢玄不善。苻坚将问晋鼎[①]，既已狼噬梁、岐[②]，又虎视淮阴[③]矣。于时朝议遣玄北讨，人间[④]颇有异同之论。惟超曰："是必济事。吾昔尝与共在桓宣武府，见使才皆尽，虽履屐之间，亦得其任。以此推之，容必能立勋[⑤]。"元功[⑥]既举，时人咸叹超之先觉[⑦]，又重其不以爱憎匿善。

[注释]

①问晋鼎：指篡夺晋室政权。传说夏代铸九鼎，九鼎后来作为国家权力的象征，成了传国之宝。②梁、岐：晋孝武帝宁康元年（373 年），前秦苻坚攻占梁州、益州。岐，可能是益字之误，也可能是指岐山。③虎视淮阴：公元 379 年，苻坚南犯，沿淮水的各郡县多沦陷。公元 383 年，苻坚又大举南侵，企图灭晋，因此有淝水之战。所说"虎视淮阴"，即此期间事。淮阴，县名，属徐州广陵郡，在今江苏省淮安市西北。④间：悄悄地，私下里。⑤"吾昔"句：谢玄曾被桓温召去任军府的属官，郗超在桓温任征西大将军时也任军府的属官。苻坚南侵时，当时的中书侍郎郗超认为谢玄有才，不会辜负重任，于是调谢玄为建武将军、兖州刺史，监江北诸军事。⑥元功：大功。⑦先觉：有预见。

[译文]

郗超和谢玄不和。苻坚打算灭掉晋朝，已经占据了梁州、岐山，又虎视眈眈地瞄准了淮阴。当时朝廷商议决定派谢玄北伐，人们私下里意见也不一致。只有郗超说："这个人一定能成事。过去我曾经和他在桓宣武的府中共事，发现他能让人尽其才，即使是小事，也能使各人得到适当安排。从这里推断，想必他能建立功勋。"大功告成以后，当时人们都赞叹郗超有先见之明，又敬重他不因为个人的爱憎而掩盖别人的长处。

二十三

韩康伯与谢玄亦无深好。玄北征后，巷议疑其不振。康伯曰："此人好名，必能战。"玄闻之甚忿，常于众中厉色[①]曰："丈夫提千兵，入死地，以事君亲，故发[②]，不得复云为名。"

[注释]

①厉色：神色严厉。②君亲：君和亲，偏指君主。发：出兵。

[译文]

韩康伯和谢玄也没有深交。谢玄北伐后，街谈巷议都怀疑他不会打仗。韩康伯说："这个人好名，一准能作战。"谢玄听到这话非常生气，曾经在大庭广众下声色俱厉地说："大丈夫率领千军，进入决死之地，是为了报效君主，这才出征的，不要再说是为了挣名声。"

二十四

褚期生少时，谢公甚知之，恒云："褚期生若不佳者，仆不复相士[①]。"

[注释]

①相士：通过命相以识别人才。

[译文]

褚期生年轻时，谢安很赏识他，经常说："褚期生如果还不优秀，我就不再鉴别人才了。"

二十五

郗超与傅瑗周旋[①]。瑗见(xiǎn)[②]其二子，并总发[③]。超观之良久，谓瑗曰："小者才名皆胜，然保卿家，终当在兄。"即傅亮[④]兄弟也。

[注释]

①周旋：交往。②见：引见。③总发：即总角，指幼年。④傅亮：曾任尚书令、左光禄大夫，后因罪被杀。其哥哥傅迪，位至五兵尚书。

[译文]

郗超和傅瑗有交往。傅瑗让他两个儿子来见郗超，两人都是小孩子。郗超观察他们很久，对傅瑗说："小的才学和名望都超过他哥哥，可是保全你们一家的，终究是哥哥。"

所说的就是傅亮兄弟。

二十六

王恭随父在会稽，王大自都来拜墓，恭暂往墓下看之。二人素善，遂十余日方还。父问恭："何故多日？"对曰："与阿大语，蝉连[①]不得归。"因语之曰："恐阿大非尔之友，终乖爱好。"果如其言。

墓地

此图描绘了墓地的冷清。

［注释］

①蝉连：接连不断。

［译文］

王恭跟随父亲住在会稽，王大从京都来会稽扫墓，王恭前往墓地去看望他。两人一向很要好，王恭索性住了十多天才回家。他父亲问他："为什么住了许多天？"王恭回答说："和阿大谈话，谈起来没完，没法回来。"他父亲就告诉他说："恐怕阿大不是你的朋友，你们的爱好志趣最终是不一样的。"后来果然和他父亲的话一样。

二十七

车胤父作南平郡功曹[①]，太守王胡之避司马无忌之难[②]，置郡于酆阴。是时胤十余岁，胡之每出，尝于篱中见而异焉。谓胤父曰："此儿当致高名。"后游集，恒命之。胤长，又为桓宣武所知[③]，清通于多士[④]之世，官至选曹尚书[⑤]。

［注释］

①车胤：字武子。少年家贫，夏夜则用袋装萤火虫来借光读书，车胤囊萤的故事即出自此。功曹：官名，郡守的属官，掌人事和参与政务。②司马无忌之难：南郡、河东二郡太守司马无忌的父亲司马承原为湘州刺史，在王敦起兵叛乱时被俘，押送途中，王敦派王廙在半道上把他杀害了。王廙的儿子就是王胡之，怕司马无忌为父报仇，就想避开司马无忌。③"又为"句：桓温任安西将军、荆州刺史时，召车胤为从事，渐升为主簿、别驾、征西长史，车胤终于名显于朝廷。④清通：清廉通达。多士：人才众多。⑤选曹尚书：吏部尚书。吏部在东汉时代称为吏部曹，末

期改称选部曹，魏晋以后又称吏部，掌管用人之权。

[译文]

车胤的父亲任南平郡的功曹，郡太守王胡之因为要避开司马无忌的报复，就把郡的首府设在酆阴。这时车胤才十多岁，王胡之每次外出，都曾隔着篱笆看见他，对他感到惊奇。王胡之对车胤父亲说："这孩子将会得到很高的名望。"后来遇有游玩、聚会等事，经常把他叫来。车胤长大后，又受到桓温的赏识，在那人才济济的时代里，以清廉通达知名，官做到吏部尚书。

二十八

王忱死，西镇未定，朝贵人人有望①。时殷仲堪在门下②，虽居机要，资名轻小，人情未以方岳③相许。晋孝武欲拔亲近腹心，遂以殷为荆州。事定，诏未出。王珣问殷曰："陕西何故未有处分④？"殷曰："已有人。"王历问公卿⑤，咸云非。王自计才地必应在己，复问："非我邪？"殷曰："亦似非。"其夜诏出用殷。王语所亲曰："岂有黄门郎而受如此任！仲堪此举乃是国之亡征。"

朝臣

此图描绘了朝臣整装肃立的样子。

[注释]

①"王忱三句"：王忱原任荆州刺史，荆州是晋朝的西部重镇，历来都派重臣镇守，所以大家都想得到这一职位。②门下：官署名，即门下省。殷仲堪当时为太子中庶子，职责如同侍中，又兼任黄门侍郎。黄门侍郎是门下省官员。③方岳：四岳，即镇守一方的长官。④王珣：当时任尚书左仆射。陕西：指荆州。周朝的周公、召公辅佐王室，两人所辖区域以陕地为界，周公管陕地以东，召公管陕地以西。这里用周公、召公分陕而治一事来比拟，称荆州为陕西或西陕。处分：处理，安排。⑤历：逐个。公卿：三公九卿，指代大官。

[译文]

王忱死了，荆州地区的长官人选还没有选定，朝廷显贵人人都希望接此重任。当时殷仲堪在门下省任职，虽然处在机要部门，但是资历轻、名气小，大家都不认为该把这个重任交给他。可是晋孝武帝想提拔自己的心腹，就委任殷仲堪为荆州刺史。事情已经决定了，诏令还没有发出。王珣问殷仲堪："荆州刺史人选为什么还没有安排？"殷说："已经有了人选。"王珣历数可能出任的各大臣们，殷仲堪都说不是。王珣从才能和门第方面估量一下，一定是自己了，又问："不是我吧？"殷说："好像也不是。"当夜诏令颁布，朝廷任用殷仲堪。王珣对亲信说："哪里有黄门侍郎担负起这样的重任的！提拔殷仲堪，就是国家灭亡的先兆。"

赏誉第八

一

陈仲举尝叹曰："若周子居[①]者，真治国之器。譬诸宝剑，则世之干将[②]。"

[注释]

①周子居：周乘，字子居，东汉人，官至泰山太守。②干将：宝剑名。传说吴王阖闾叫干将铸剑，干将后来铸成两剑，雄剑叫干将，雌剑叫莫邪。

[译文]

陈仲举曾经赞叹说："像周子居这类的人，确是治国之大才。如果拿宝剑来打比方的话，他就是当世的干将。"

二

世目[①]李元礼："谡谡(sù sù)[②]如劲松下风。"

[注释]

①目：评价。②谡谡：风吹声。

[译文]

世人评价李元礼说："像劲松树下吹过的疾风，呼呼有声。"

三

谢子微见许子将兄弟[①]，曰："平舆之渊，有二龙焉。"见许子政弱冠之时，叹曰："若许子政者，有干国[②]之器。正色忠謇(jiǎn)[③]，则陈仲举之匹[④]；伐恶退不肖[⑤]，范孟博[⑥]之风。"

[注释]

①谢子微：谢甄。许子将兄弟：东汉汝南郡平舆县人。哥哥许虔，字子政；弟弟许劭，字子将。②干国：治国。③忠謇：忠诚、正直。④陈仲举：平舆人，反抗贵戚，谋诛宦官，有匡国之志。匹：相当。⑤伐恶：铲除邪恶。退不肖：贬退不良之人。⑥范孟博：范滂，字孟博，为人疾恶如仇。

[译文]

谢子微看见许子将兄弟俩，便说："平舆县潭中，出现了两条龙。"他看见年轻时的许子政，赞叹说："像许子政这个人，有治国的才能。严肃忠诚，可与陈仲举相媲美；打击坏人，斥退不肖之徒，这又有范孟博的作风。"

云中鹤

图中描绘了一只站立于高台云端的仙鹤。

四

公孙度目邴(bǐng)原[①]："所谓云中白鹤，非燕雀之网所能罗也。"

[注释]

①邴原：三国时魏人，因避乱投奔公孙度，受到礼遇，后想回乡，公孙度曾挽留他，他最终还是离开了。

[译文]

公孙度评论邴原说："他真是云中的白鹤，不是用捕燕雀的网所能捕到的。"

五

钟士季目王安丰[①]："阿戎了了解人意。"谓："裴公[②]之谈，经日不竭。"吏部郎阙，文帝问其人于钟会，会曰："裴楷清通[③]，王戎简要[④]，皆其选也。"于是用裴。

[注释]

①钟士季：钟会，字士季。王安丰：王戎，字濬冲，伐吴有功，被封为安丰侯。②裴公：从上下文看，似指裴楷。③裴楷：字叔则，曾任中书令。清通：清雅通达。④简要：简约扼要。

[译文]

钟士季品评王戎说："阿戎聪明伶俐，善解人意。"又说："裴令公善清谈，即便说一整天也说不完。"吏部郎职位有缺，晋文帝司马昭问钟会谁可担当此任，钟会说："裴楷明白事理，王戎简明扼要，都是合适人选。"于是委任裴楷。

六

王濬冲、裴叔则二人，总角诣钟士季。须臾去后，客问钟曰："向二童何如？"钟曰："裴楷清通，王戎简要。后二十年，此二贤当为吏部尚书，冀尔时天下无滞才[①]。"

[注释]

①滞才：被遗漏的人才。

[译文]

王戎、裴楷两人童年时去拜访钟士季。不久他们离去后，有位客人问钟士季："刚才那两个小孩怎么样？"钟士季说："裴楷清廉通达，王戎简约扼要。二十年后，这两位贤才能做吏部尚书，希望那时天下没有被遗漏的人才。"

七

谚[①]曰："后来领袖有裴秀[②]。"

[注释]

①谚：民间流传的谚语。②裴秀：字季彦，晋初封钜鹿公，累迁左光禄大夫、司空。

[译文]

谚语说："后辈中的领袖有裴秀。"

八

裴令公目夏侯太初："肃肃如入廊庙中，不修敬而人自敬[①]。"一曰："如入宗庙，琅琅[②]但见礼乐器。见钟士季，如观武库，但睹矛戟[③]。见傅兰硕，江廧(qiáng)[④]靡所不有。见山巨源，如登山临下，幽然深远。"

[注释]

①"肃肃"句：引自《礼记·檀弓下》："社稷宗庙之中，未施敬于民而民敬。"意谓未让人们致敬而人们肃然起敬。这里用其意。肃肃，恭敬的样子。廊庙，指朝廷。②琅琅：形容玉的光彩。③矛戟：兵器。④江廧：当作汪翔，即汪洋，广大，浩大。

[译文]

中书令裴楷评夏侯太初说："就像进入朝廷一样严肃，无意要人致敬，却自然让人肃然起敬。”另一种说法是：“好像进入宗庙之中，只见琳琅满目的礼乐器。看见钟士季，如参观武库，只见森森矛戟。看见傅兰硕，如浩荡汪洋，无所不有。看见山巨源，好像登上山顶往下看，幽深邈远。”

九

羊公[①]还洛，郭奕[②]为野王令。羊至界，遣人要[③]之，郭便自往。既见，叹曰：“羊叔子何必减[④]郭太业！”复往羊许，小悉[⑤]还，又叹曰：“羊叔子去人远矣！”羊既去，郭送之弥日，一举数百里，遂以出境免官。复叹曰：“羊叔子何必减颜子[⑥]！”

[注释]

①羊公：羊祜，字叔子，博学能文，善谈论。②郭奕：字太业，曾任野王令。③要：邀请。④减：不如，次于。⑤小悉：少顷，不多久。⑥颜子：颜回，孔子的得意门生。

[译文]

羊祜返回洛阳，郭奕时任野王县令。羊祜到了野王县界，郭奕派人邀请他，然后亲自去拜见。见过面后，郭奕赞叹说：“羊叔子不见得比我郭太业差呢！”再次前往羊祜住所，不久回去了，又赞叹道：“羊叔子远远超过一般人啊！”羊祜走了，郭奕整天都送他，一送就是几百里，最终因为出了县境被罢官。郭奕仍旧赞叹道：“羊叔子不见得比颜子差呢！”

十

王戎目山巨源：“如璞玉浑金[①]，人皆钦其宝，莫知名[②]其器。”

[注释]

①璞玉浑金：未经雕琢的玉和未经提炼的金，比喻本质真纯质朴。②名：命名。

[译文]

王戎品评山巨源说：“像璞玉浑金，人们都看重它是宝物，却不知道该给它取个什么名字。”

十一

羊长和父繇，与太傅祜同堂[①]相善，仕至车骑掾，蚤卒。长和兄弟五人，幼孤。祜来哭，见长和哀容举止，宛[②]若成人，乃叹曰：“从兄不亡矣！”

[注释]

①羊长和：羊忱。同堂：同一祖父。②宛：仿佛。

[译文]

羊长和的父亲羊繇和太傅羊祜是堂兄弟，关系很好，羊繇官至车骑将军府的属官，很早就死了。长和兄弟五人，很小就成了孤儿。羊祜来哭丧，看见长和悲哀的神情举止，像个成年人，便叹道：“堂兄后继有人了！”

十二

山公举阮咸为吏部郎，目曰：“清真①寡欲，万物不能移②也。”

[注释]

①清真：纯洁真挚。②移：使……移动，改变。

[译文]

山涛推荐阮咸担任吏部郎，评论他：“纯洁真挚，没有很多欲望，这种品性是任何事物也改变不了的。”

十三

王戎目阮文业：“清伦①有鉴识，汉元②以来，未有此人。”

[注释]

①清伦：品行高洁，通情达理。②汉元：汉初。

[译文]

王戎评论阮文业：“品行高，通伦理，有知人明世之能，自汉初以来，从未有过这样的人。”

十四

武元夏目裴、王曰：“戎尚约①，楷清通。”

[注释]

①尚：注重，崇尚。约：简明，扼要。

[译文]

武元夏评论裴楷、王戎两人说：“王戎注重简要，裴楷清廉通达。”

十五

庚子嵩目和峤："森森[①]如千丈松，虽磊[②]砢（luǒ）有节目[③]，施之大厦，有栋梁之用。"

[注释]

①森森：高耸的样子。②磊：形容众多。③节目：树木枝干交接处，也叫圪节。

[译文]

庚子嵩评论和峤说："好像千丈青松拔地而起，虽然枝干交接不顺处很多，可是建造大厦，它可以用作栋梁之材。"

十六

王戎云："太尉神姿高彻[①]，如瑶林琼树，自然是风尘[②]外物。"

[注释]

①太尉：指王衍，字夷甫，官至太尉。神姿：风姿。高彻：高雅清澈。②风尘：尘世。

[译文]

王戎说："太尉风姿绰约，高雅清澈，好像琼林玉树，俨然是尘世之外的人物。"

世外琼树
此图表现一位古人仰视琼树的情形。

十七

王汝南既除所生服[①]，遂停墓所。兄子济每来拜墓，略不过[②]叔，叔亦不候。济脱时[③]过，止寒温而已。后聊试问近事，答对甚有音辞，出济意外，济极惋愕。仍与语，转造清微。济先略无子侄之敬，既闻其言，不觉懔然[④]，心形俱肃[⑤]。遂留共语，弥日累夜。济虽俊爽，自视缺然[⑥]，乃喟然叹曰："家有名士，三十年而不知！"济去，叔送至门。济从骑有一马绝难乘，少能骑者。济聊问叔："好骑乘不？"曰："亦好尔。"

济又使骑难乘马，叔姿形既妙，回策如萦[7]，名骑无以过之。济益叹其难测非复一事。既还，浑问济："何以暂行累日？"济曰："始得一叔。"浑问其故，济具叹述如此。浑曰："何如我？"济："济以上人。"武帝每见济，辄以湛调之，曰："卿家痴叔死未？"济常无以答。既而得叔，后武帝又问如前，济曰："臣叔不痴。"称其实美。帝曰："谁比？"济曰："山涛以下，魏舒以上。"于是显名。年二十八，始宦[8]。

[注释]

①王汝南：王湛，字处冲，司徒王浑之弟，出任汝南内史。除所生服：守孝期满，脱去孝服。②过：过访，探望。③时：偶尔。④懔然：严肃的样子。⑤肃：恭敬，庄重。⑥缺然：不足。⑦策：马鞭子。萦：围绕盘旋。⑧宦：做官。

[译文]

汝南内史王湛守孝期满，脱下孝服后，便留在墓地居住。他哥哥王浑的儿子王济每次来扫墓，几乎不去看望叔叔，叔叔也不等他来。即便偶尔去看望一下，也只是寒暄几句罢了。后来试着谈论当今时事，措辞言语都很不错，出乎王济意料之外，王济非常惊愕。继续谈论，则越来越精微深妙。王济起初对叔叔几乎没有敬重之意，听了叔叔的谈论后，不觉肃然起敬，神情举止也严肃恭谨了。王济便留下来和叔叔谈论，连续几天几夜。王济虽然俊雅豪爽，却也觉得自己还有很多不足，于是感慨说："家中有名士，可是三十年来一直不知道！"王济要走了，叔叔送他到门口。王济的随从中有一匹烈马，非常难驾驭，很少有人骑它。王济姑且问他叔："喜欢骑马吗？"他叔叔说："也喜欢呀。"王济又让叔叔骑那匹烈马，他叔父不但骑马的姿势美妙，甩起鞭子来也是回旋自如，即便著名的骑手也不能超过他。王济更加赞叹叔叔的高深莫测，不仅表现在一件事上。王济回家后，他父亲王浑问他："为什么短暂的外出却花了好几天？"王济说："我刚刚找到一个叔叔。"王浑问是什么意思，王济就把以上情况一五一十地说了。王浑问："和我相比怎么样？"王济说："是在我之上的人。"以前晋武帝每见到王济，就拿王湛来跟他开玩笑，说道："你家的傻子叔叔死了没有？"王济常常没话回答。既而发现了这个叔叔，后来晋武帝又像以前那样问他，王济就说："我叔叔不傻。"并且称赞叔叔确实有才。武帝问道："可以和谁相比？"王济说："在山涛之下，魏舒之上。"于是王湛的名声传扬开来。二十八岁那年才做官。

十八

裴仆射[1]，时人谓为"言谈之林薮(sǒu)[2]"。

[注释]

①裴仆射：指裴，曾任左仆射。②林薮：草木丛聚之处，比喻事物汇集之地。

[译文]

左仆射裴颜，当时的人认为他是清谈论辩聚集的地方。

十九

张华见褚陶，语陆平原[①]曰："君兄弟龙跃云津[②]，顾彦先[③]凤鸣朝阳，谓东南之宝[④]已尽，不意复见褚生。"陆曰："公未睹不鸣不跃者耳！"

[注释]

①陆平原：陆机，字士衡，吴郡人，曾任平原内史。②云津：指银河。③顾彦先：顾荣，字彦先，曾在吴国任黄门侍郎，后到洛阳，与陆氏兄弟并称为三俊。④东南之宝：指东南的人才，即吴地的人才。

[译文]

张华见到褚陶，对平原内史陆机说："您兄弟俩像天河里腾跃的蛟龙，顾彦先像在朝阳下鸣叫的凤凰，本来以为吴地的人才全汇集在这里了，想不到又见到褚生。"陆机说："这是因为您没有看见过不鸣不跃的人才罢了！"

二十

有问秀才[①]："吴旧姓何如？"答曰："吴府君[②]，圣王之老成[③]，明时之俊乂[④]。朱永长[⑤]，理物之至德[⑥]，清选[⑦]之高望。严仲弼[⑧]，九皋之鸣鹤[⑨]，空谷之白驹[⑩]。顾彦先，八音[⑪]之琴瑟，五色之龙章[⑫]。张威伯[⑬]，岁寒之茂松，幽夜之逸光[⑭]。陆士衡、士龙，鸿鹄之裴回[⑮]，悬鼓[⑯]之待槌。凡此诸君：以洪笔为锄耒（chú lěi）[⑰]，以纸札[⑱]为良田。以玄默为稼穑[⑲]，以义理为丰年。以谈论为英华[⑳]，以忠恕[㉑]为珍宝。著文章为锦绣，蕴五经为缯帛[㉒]。坐谦虚为席荐[㉓]，张义让[㉔]为帷幕。行仁义为室宇，修道德为广宅。"

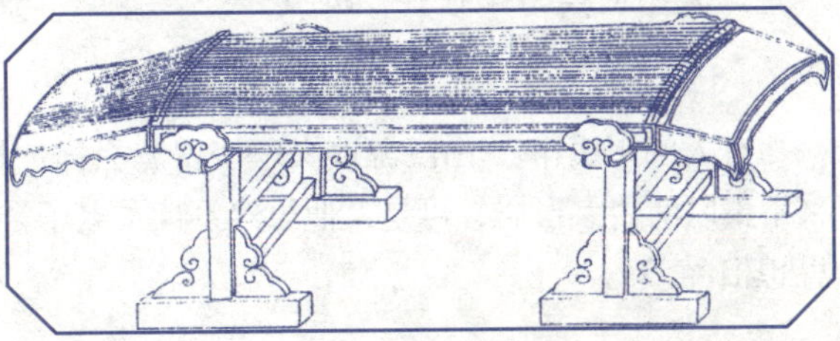

瑟

瑟共有二十五根弦，最早的瑟有五十弦。琴瑟合鸣，声音流畅悦耳。

[注释]

①秀才：指蔡洪。②吴府君：吴展，字士季，曾在吴国任广州

刺史、吴郡太守。③老成：年老而德高的人。④俊乂：才德出众的人。⑤朱永长：朱诞。⑥理物：治理人民。至德：大德的人。⑦清选：公平选拔。⑧严仲弼：严隐。⑨九皋之鸣：语出《诗经·小雅·鹤鸣》："鹤鸣于九皋，声闻于天。"《毛传》："皋，泽也，言身隐而名著也。"九皋，深潭。⑩空谷之白驹：《诗经·小雅·白驹》有"皎皎白驹，在彼空谷"句，《疏》："贤者隐居，必当潜处山谷。"以上二句赞美严隐虽甘于隐居，却掩盖不了他的声名远播。⑪八音：乐器的统称，指金、石、土、革、丝、木、匏、竹八类乐器。⑫五色：青、黄、赤、白、黑五色，这里指五色交错而成的花纹。龙章：龙纹。⑬张威伯：张畅。⑭逸光：四射的光芒。⑮鸿鹄：天鹅。裴回：通"徘徊"。⑯悬鼓：大鼓。⑰锄耒：两种农具，锄头和木叉。⑱札：用来写字的木片。⑲玄默：玄远沉静。稼穑：农业劳动。⑳英华：草木之美者，这里指名誉。㉑忠恕：两种道德，尽心和宽恕。㉒蕴：储藏，积聚。缯帛：丝织品。㉓席荐：草席。㉔义让：仗义谦让。

[译文]

有人问秀才蔡洪："吴地的世族怎么样？"洪回答说："吴府君，是圣君身边的贤臣，盛世的杰出人物。朱永长，具有治理天下的大德，是公平选拔出的最有声望的人。严仲弼，像大泽里引颈长鸣的白鹤，像空旷深谷中驰骋的白驹。顾彦先，像乐器中的琴瑟，众多花纹中的龙纹。张威伯，是寒冬里挺拔的青松，黑暗里散发的光芒。陆士衡、士龙兄弟，是高空盘旋的鸿鹄，是有待敲击的大鼓。所有这些名士：把大笔当作农具，拿纸张比作良田。把清静无为当作耕种，把明通义理当作丰收。把清谈当作英华，把忠恕当作珍宝。把著述文章当作锦绣，把精通五经当作丝帛。把谦虚当作草席来坐，把发扬道义当作帷幕来张挂。把推行仁义当作建造房屋，把加强道德修养当作构筑大厦。"

二十一

人问王夷甫："山巨源义理何如？是谁辈①？"曰："此人初不肯以谈自居，然不读《老》《庄》，时闻其咏，往往②与其旨合。"

[注释]

①辈：同类。②往往：处处。

[译文]

有人问王夷甫："山巨源谈义理谈得怎么样？是和谁同类？"王夷甫说："这个人从来不肯以清谈家自居，可是，他虽然不读《老子》《庄子》，听他的谈论，却处处和老庄思想相合。"

二十二

洛中雅雅有三嘏[①]（gǔ）：刘粹字纯嘏，宏字终嘏，漠字冲嘏，是亲兄弟，王安丰[②]甥，并是王安丰女婿。宏，真长[③]祖也。洛中铮铮[④]冯惠卿，名荪，是播子。荪与邢乔俱司徒李胤外孙，及胤子顺并知名。时称："冯才清[⑤]，李才明[⑥]，纯粹[⑦]邢。"

[注释]

①雅雅：指风雅人士众多。三嘏：刘氏三兄弟在西晋时代分别任光禄勋、侍中、吏部尚书，都很有名。②王安丰：王戎。③真长：刘惔。④铮铮：金属撞击声，比喻声名显赫。⑤清：清纯。⑥明：明达。⑦纯粹：纯正完美。

[译文]

洛阳众多雅士中有三嘏：刘粹，字纯嘏；刘宏，字终嘏；刘漠，字冲嘏。三人是亲兄弟，是安丰侯王戎的外甥，又都是王戎的女婿。刘宏就是刘真长的祖父。洛阳名声赫赫的人中有冯惠卿，名荪，是冯播的儿子。冯荪和邢乔都是司徒李胤的外孙，两人和李胤的儿子李顺都很有名。当时的人称赞说："冯氏才学清纯，李氏才识明达，纯正完美的是邢氏。"

二十三

卫伯玉为尚书令，见乐广与中朝名士谈议，奇之曰："自昔诸人没已来，常恐微言[①]将绝，今乃复闻斯言于君矣！"命子弟造之，曰："此人，人之水镜[②]也，见之若披云雾睹青天。"

[注释]

①微言：指清谈中的精微之言。②水镜：指镜子，比喻能明察秋毫。这里指对道理能了解得很清楚。

[译文]

卫伯玉任尚书令时，看见乐广和西晋的名士清谈，非常惊奇，说道："自从当年那些人去世以来，常常担心清谈中的微言即将断绝了，今天竟然从您这里听到这种议论了！"便叫自己的子弟去拜访乐广，说："这个人，是人们的镜子，看到他，就像拨开云雾看见青天一样。"

二十四

王太尉曰："见裴令公精明[①]朗然，笼盖人上，非凡识也。若死而可作[②]，当与之同归。"或云王戎语。

［注释］

①王太尉：王衍。裴令公：裴楷。精明：精细明朗。②作：站立。

［译文］

太尉王衍说："我认为裴令公精明开朗，超越众人，绝非平庸之辈。如果死后重生，我要追随他。"有人说这是王戎说的话。

二十五

王夷甫自叹："我与乐令[①]谈，未尝不觉我言为烦。"

［注释］

①乐令：乐广。

［译文］

王夷甫感叹道："我和乐令清谈时，未尝不感到我的话太烦琐。"

二十六

郭子玄有俊才，能言老、庄，庾敳[①]尝称之，每曰："郭子玄何必减庾子嵩！"

［注释］

①庾敳：字子嵩。

［译文］

郭子玄才智超群，很会谈论老庄思想，庾敳曾经称赞他，常说："郭子玄不见得比我庾子嵩差呢！"

二十七

王平子[①]目太尉："阿兄形似道[②]，而神锋太俊[③]。"太尉答曰："诚不如卿落落穆穆[④]。"

［注释］

①王平子：王澄，字平子，太尉王衍之弟，善清谈。②道：品行很高。③神锋：神采锋芒。俊：突出。④落落穆穆：形容豁达大度、性情温和。

［译文］

王平子评论太尉王衍说："哥哥外表看是得道之人，可是锋芒太露了。"王衍回答说："确实比不上你那样雍容大度啊。"

二十八

太傅[①]府有三才：刘庆孙长才[②]，潘阳仲大才[③]，裴景声清才[④]。

［注释］

①太傅：指东海王司马越。西晋惠帝时，司马越以太傅录尚书事。②长才：指才学优异的人。③大才：指才学广博的人。④清才：指才学精深的人。

［译文］

太傅司马越府里有三个人才：刘庆孙是长才，潘阳仲是大才，裴景声是清才。

二十九

林下诸贤[①]，各有俊才子。籍子浑，器量弘旷[②]。康子绍，清远雅正[③]。涛子简，疏通高素[④]。咸子瞻，虚夷[⑤]有远志。瞻弟孚，爽朗多所遗[⑥]。秀子纯、悌，并令淑有清流[⑦]。戎子万子，有大成[⑧]之风，苗而不秀[⑨]。惟伶子无闻。凡此诸子，惟瞻为冠，绍、简亦见重当世。

［注释］

①林下诸贤：魏时山涛、阮籍、嵇康、向秀、刘伶、阮咸、王戎七人，常常在竹林下聚会，饮酒放歌，吟诗抒怀，世称竹林七贤。②弘旷：宏远旷达。③清远雅正：清高远大，文雅正直。④疏通高素：疏放通达，性情纯真。⑤虚夷：谦逊平易。⑥多所遗：指对政务多有忽略。⑦令淑：善良文雅。清流：比喻德行高洁。⑧大成：指学问大、成就高。⑨苗而不秀：禾苗生长却没能抽穗开花。语本出《论语·子罕》。王戎的儿子王万子，早有美名，年轻时就死了。所以比喻为苗而不秀。

［译文］

竹林七贤，都留下才华出众的子嗣。阮籍的儿子阮浑，气量宽宏。嵇康的儿子嵇绍，志向高远，本性正直。山涛的儿子山简，通达而且纯朴。阮咸的儿子阮瞻，谦虚平易，志向远大。阮瞻的弟弟阮孚，性情爽朗，不受政务牵累。向秀的儿子向纯、向悌，都清高自居，不与世俗同流。王戎的儿子王万子，有成大器的禀赋，可惜早死。唯独刘伶的儿子默默无闻。在这些人里面，以阮瞻为首，嵇绍和山简也为当世所看重。

三十

庾子躬有废疾，甚知名。家在城西，号曰城西公府①。

[注释]

①城西公府：公府本指三公的府第，庾子躬（名琮）曾为太尉（三公之一）的属官。

[译文]

庾子躬有残疾，可是很有名气。家在城西，号称城西公府。

三十一

王夷甫语乐令："名士无多人，故当容平子知①。"

[注释]

①"名士"二句：王夷甫很看重他弟弟王平子，凡名士一经王平子品评，王夷甫便不再置评。

[译文]

王夷甫对尚书令乐广说："名士不多，自然任凭王平子置评。"

三十二

王太尉云："郭子玄语议如悬河写水①，注而不竭。"

[注释]

①郭子玄：郭象，字子玄，西晋时玄学家，曾注解《庄子》。悬河写水：形容能言善辩，滔滔不绝。写，通"泻"。

[译文]

太尉王衍说："郭子玄的言论好像瀑布飞流直下，滔滔不绝。"

瀑布

图中显示瀑布飞流直下的情景。

三十三

司马太傅府多名士，一时俊异。

庾文康云："见子嵩[1]在其中，常自神王[2]。"

［注释］

①子嵩：庾敳，字子嵩。②神王：神旺，精神大振。

［译文］

司马越的太傅府里名士很多，都是当时的俊才。庾亮说："我看见子嵩在这些人中间，常常精神亢奋。"

三十四

太傅东海王镇许昌[1]，以王安期为记室参军，雅相知重[2]。敕世子毗曰："夫学之所益[3]者浅，体[4]之所安者深。闲习[5]礼度，不如式瞻仪形[6]。讽味[7]遗言，不如亲承音旨[8]。王参军，人伦之表[9]，汝其师之！"或曰："王、赵、邓三参军，人伦之表，汝其师之。"谓安期、邓伯道、赵穆也。袁宏作《名士传》，直云王参军。或云：赵家先犹有此本。

［注释］

①"太傅"句：西晋末，怀帝即位，东海王司马越辅政，后怀帝亲理政事，司马越不能专权，便请求镇守许昌。②雅：素来。知重：敬重。③益：得益。④体：实践。⑤闲习：熟习。⑥式瞻：观察。仪形：仪式形貌。⑦讽味：体味。⑧音旨：言辞。⑨人伦之表：为人表率。

［译文］

太傅东海王司马越镇守许昌，任用王安期做记室参军，向来非常看重他。东海王告诫儿子司马毗说："学习书本知识受益很浅，体验生活却能留下很深的感受。熟习礼制法度，不如去观看礼节仪式。背诵并体味前人的遗训，不如亲自接受贤人的教诲。王参军是人们的榜样，你要向他学习！"另一种说法是："王、赵、邓三位参军是人们的榜样，你要学习他们。"说的就是王安期、邓伯道、赵穆。袁宏写《名士传》的时候，只说到王参军。有人说：赵穆家原先还有这个抄本。

三十五

庾太尉少为王眉子[1]所知。庾过江，叹王曰："庇其宇下，使人忘寒暑[2]。"

［注释］

①王眉子：王玄，字眉子。②"庇其"句：意谓得到他的赏识，使人感到温暖。

宇下，屋檐下。

［译文］

太尉庾亮年轻时得到王眉子的赏识。后来庾亮南渡过江，赞叹王眉子说："在他的房檐下得到庇护，能使人忘记寒暑。"

三十六

谢幼舆曰："友人王眉子清通简畅[①]，嵇延祖弘雅劭长[②]，董仲道卓荦有致度[③]。"

［注释］

①简畅：简约舒畅。②嵇延祖：嵇绍，字延祖。弘雅：宽宏雅正，有器量。劭长：指品德美好。③卓荦：卓越，杰出。致度：风致气度。

［译文］

谢幼舆说："我的朋友王眉子清廉通达，简约舒畅；嵇延祖宽宏正直，德行高尚；董仲道见识卓越，气度不凡。"

三十七

王公目太尉："岩岩清峙[①]，壁立千仞(rèn)[②]。"

［注释］

①岩岩：高峻貌。清峙：清峻耸立。②仞：古代以七尺或八尺为一仞。

［译文］

王导评论太尉王衍："肃然地站立在那里，就像屹立着千丈石壁一样。"

三十八

庾太尉在洛下，问讯中郎[①]。中郎留之云："诸人当来。"寻温元甫、刘王乔、裴叔则俱至，酬酢(zuò)[②]终日。庾公犹忆刘、裴之才俊，元甫之清中[③]。

［注释］

①中郎：指庾敳，曾任太傅从事中郎。②酬酢：主宾互相敬酒，泛指应对。③清中：恬静平和。

[译文]

太尉庾亮在洛阳，有一次去探望中郎庾敳。庾敳挽留他并说："大家都会来。"过了一会儿，温元甫、刘王乔、裴叔则都来了，大家互相饮酒，应酬了一整天。庾亮后来还能回忆起当时刘、裴两人的才华，元甫的恬静情状。

三十九

蔡司徒[①]在洛，见陆机兄弟住参佐廨(xiè)[②]中，三间瓦屋，士龙住东头，士衡住西头。士龙为人，文弱可爱。士衡长七尺余，声作钟声，言多慷慨。

[注释]

①蔡司徒：蔡谟。②参佐：属官。廨：官署。

[译文]

司徒蔡谟在洛阳的时候，看见陆机、陆云兄弟住在僚属官邸里，有三间瓦屋，陆云住在东头，陆机住在西头。陆云为人，文弱而可爱。陆机身高七尺多，声若洪钟，多慷慨愤激之语。

四十

王长史是庾子躬[①]外孙，丞相目子躬云："入理泓(hóng)然[②]，我已上人。"

[注释]

①庾子躬：庾琮。②入理：指深入玄理之中。泓然：形容深入。

[译文]

长史王濛是庾子躬的外孙，丞相王导评论庾子躬说："深入透彻地领会玄理，超过了我。"

四十一

庾太尉目庾中郎："家从谈谈之许[①]。"

[注释]

①家从：叔父。中郎庾敳是庾亮的堂叔父。谈谈：深深地。许：赞许。

[译文]

太尉庾亮评论中郎庾敳说："家叔言谈深远。"

四十二

庾公目中郎："神气融散，差如[1]得上。"

［注释］

①神气：精神。融散：安适，闲散。差如：差不多，大致。

［译文］

庾亮评论中郎庾敳说："他精神安适、疏散，大致还算出众。"

四十三

刘琨称祖车骑为朗诣[1]，曰："少为王敦所叹。"

［注释］

①祖车骑：祖逖，曾与司空刘琨一起任司州主簿，二人感情很好。两人立志报国，曾闻鸡起舞。死后赠车骑将军。朗诣：开朗通达。

［译文］

刘琨称赞祖逖为开朗通达之人，说："他年轻时受到王敦的赞赏。"

四十四

时人目庾中郎："善于托大[1]，长于自藏[2]。"

［注释］

①托大：寄身于高位以自养。②自藏：不露头角，明哲保身。藏，收敛，隐藏。

［译文］

当时人士评论中郎庾敳说："善于托身高位，善于自我隐藏。"

四十五

王平子迈世[1]有俊才，少所推服[2]。每闻卫玠言，辄叹息绝倒[3]。

［注释］

①迈世：超出世俗。②推服：推崇佩服。③绝倒：倾倒，极为钦佩。

［译文］

王平子超出世俗，很有才华，很少有他佩服的人。但是每听到卫玠谈论，立刻就为之倾倒。

四十六

王大将军与元皇表云："舒风概简正①，允作雅人②，自多于邃③。最是臣少所知拔④。中间夷甫、澄见语：'卿知处明、茂弘⑤。茂弘已有令名，真副卿清论⑥；处明亲疏无知之者。吾常以卿言为意，殊未有得，恐已悔之。'臣慨然曰：'君以此试。'顷来始乃有称之者，言常人正自患知之使过，不知使负实。"

[注释]

①舒：王舒，字处明，是王敦的堂弟。据《晋书·王舒传》说，王舒"以天下多故，不营当时名，恒处私门，潜心学植"。后避难过江，才做官。风概：风采节操。简正：指处事简约刚直。②雅人：风雅之士；品德高尚的人。③邃：王邃，字处重，王舒的弟弟。④知拔：赏识提拔。⑤茂弘：王导，字茂弘，也是王敦的堂弟。⑥副：符合。清论：高论。

[译文]

大将军王敦给晋元帝上奏章说："王舒很有节操，简明正直，确实是高雅的人，自然胜过王邃，他是臣少有的赏识并提拔的人。在这期间，王衍、王澄告诉我说：'你了解处明和茂弘。茂弘已有美名，确实和你的高论相符；处明却是无论亲疏都没有人了解他。我常常留心你的话，去了解处明，却毫无所得，恐怕你已经感到后悔了吧。'臣感慨地说：'您按我说的试一下吧。'近来才有人称赞处明，这说明一般人只是担心了解人过了火，而其实了解得还不够。"

四十七

周侯于荆州败绩还，未得用①。王丞相与人书曰："雅流弘器②，何可得遗？"

[注释]

①"周侯"句：周侯，周顗，字伯仁，晋元帝时任宁远将军、荆州刺史，刚到任，遇叛军，大败，后召还建康。②雅流：高雅

关云长败走麦城

图中描绘了关云长失去荆州，败走麦城的情景。

之辈。弘器：大器，有大才的人。

[译文]

武城侯周颤在荆州大败后，回到京都，未得到任用。丞相王导给别人写信说："周颤是高雅人士，有大才，怎么能把他抛弃呢？"

四十八

时人欲题目高坐[①]而未能，桓廷尉[②]以问周侯，周侯曰："可谓卓朗。"桓公曰："精神渊著。"

[注释]

①题目：品评。高坐：和尚名，晋代高僧。②桓廷尉：桓彝，字茂伦，死后追赠廷尉。

[译文]

当时人士想给高坐和尚下个评语，还没有想出恰当的，廷尉桓彝拿这事问武城侯周颤，周颤说："可以说是卓越开朗。"桓温说："精神深沉而明澈。"

四十九

王大将军称其儿云："其神候似欲可[①]。"

[注释]

①神候：神态。可：称心，满意。

[译文]

大将军王敦称赞他的儿子说："看他的神态好像还满意。"

五十

卞令目叔向[①]："朗朗如百间屋。"

[注释]

①卞令：卞壶，字望之，曾任尚书令。叔向：似是指叔父卞向，但有无其人，无从考证。

[译文]

尚书令卞壶评论叔向说："气度宽阔，好像有上百个大屋那么宽敞。"

五十一

王敦为大将军，镇豫章。卫玠避乱，从洛投敦，相见欣然，谈话弥日。于时谢鲲为长史，敦谓鲲曰："不意永嘉[1]之中，复闻正始之音[2]。阿平[3]若在，当复绝倒。"

［注释］

①永嘉：西晋怀帝的年号。②正始之音：指清谈玄学。③阿平：王澄，字平子。晋元帝时，王澄路过豫章，被王敦杀害了。

［译文］

王敦任大将军时，镇守豫章。卫玠为了躲避战乱，从洛阳过来投奔王敦，两人一见如故，整天清谈。当时谢鲲担任王敦长史，王敦对谢鲲说："想不到永嘉年间，又听到了正始那种清谈之声。如果阿平在这里，就会为之倾倒。"

五十二

王平子与人书，称其儿："风气[1]日上，足散人怀。"

［注释］

①风气：风采气量。

［译文］

王平子给友人写信，称赞他的儿子说："他的风采和气度一天天长进，足以让人心情舒畅。"

五十三

胡毋彦国吐佳言如屑，后进领袖[1]。

［注释］

①胡毋彦国：胡毋辅之，字彦国。

［译文］

胡毋彦国在谈吐时，美妙的言辞就像锯木时的木屑一样纷纷而下，足以称得上是后学中的领袖。

五十四

王丞相云："刁玄亮之察察[1]，戴若思之岩岩[2]，卞望之之峰距[3]。"

[注释]

①察察：明辨是非。②岩岩：险峻，威严。③峰距：喻人严峻而有锋芒。

[译文]

丞相王导说："刁玄亮明察秋毫，戴若思威严有加，卞望之锋芒毕露。"

五十五

大将军语右军[①]："汝是我佳子弟，当不减阮主簿[②]。"

[注释]

①右军：王羲之，字逸少，王敦的堂侄，曾任右军将军。②阮主簿：阮裕，有德行，王敦闻其名，召为主簿。

[译文]

大将军王敦对右军将军王羲之说："你是我家族中的优秀子弟，想必不会比阮主簿差。"

五十六

世目周侯："嶷(nì)如断山[①]。"

[注释]

①嶷：高耸。断山：指高耸孤立的山。

[译文]

世人评论武城侯周顗："他峻拔的样子如同高高耸立的孤山。"

五十七

王丞相招祖约[①]夜语，至晓不眠。明旦有客，公头鬓未理，亦小倦。客曰："公昨如是，似失眠。"公曰："昨与士少语，遂使人忘疲。"

[注释]

①祖约：字士少，曾任豫州刺史。

[译文]

丞相王导邀祖约来夜谈，谈到天亮还不睡觉。第二天一早有客人来，王导出来见客时，还没有梳洗，也有点困倦。客人问道："您昨天夜里如此疲倦，好像失眠了。"王导说："昨晚和士少清谈，竟让人忘了疲倦。"

五十八

王大将军与丞相书，称杨朗[①]曰："世彦识器理致[②]，才隐明断[③]，既为国器[④]，且是杨侯准[⑤]之子。位望殊为陵迟[⑥]，卿亦足与之处。"

[注释]

①杨朗：字世彦。②识器：识见和气量。理致：义理和情趣。③才隐：才学深邃。明断：果断。④国器：治国的人才。⑤杨侯准：杨淮，实即杨准，西晋元康末年任冀州刺史，是当时名士。⑥陵迟：衰微。

[译文]

大将军王敦给丞相王导写信，称赞杨朗道："世彦很有识见和气度，言谈深得事物之义理而有情趣，才学精微，论断高明，既是足以治国的人才，又是杨侯淮的儿子。可是地位和名望很是卑微，你也可以和他相处。"

五十九

何次道[①]往丞相许，丞相以麈尾指坐，呼何共坐，曰："来！来！此是君坐。"

[注释]

①何次道：名充，字次道，是王导妻姐的儿子，小时候就和王导很要好，且历任显官。

[译文]

何次道到丞相王导那里去，王导拿拂尘指着座位招呼他同坐，说："来，来，这是您的座位。"

六十

丞相治扬州廨舍，按行[①]而言曰："我正为次道治此尔！"何少为王公所重，故屡发此叹。

[注释]

①按行：巡视。

[译文]

丞相王导修建扬州的官署，他在视察修建情况时说："我只是替次道修建罢了！"何次道年轻时就受到王导的重视，所以王导屡次表达这样的赞叹。

六十一

王丞相拜司徒[①]而叹曰："刘王乔[②]若过江，我不独拜公。"

［注释］

①司徒：官名，与司空、太尉并称三公，是最高级的长官。东晋明帝即位后，王导升任司徒。②刘王乔：刘畴，字王乔，年轻时名望很高，西晋永嘉年间，任司徒左长史，后遇害。

营建官署

此图描绘了古代官署修建时的情形。

［译文］

丞相王导受任为司徒时叹道："如果刘王乔能过江来，我就不会一个人拜任三公了。"

六十二

王蓝田[①]为人晚成，时人乃谓之痴。王丞相以其东海[②]子，辟为椽。常集聚，王公每发言，众人竞赞之。述于末坐曰："主[③]非尧、舜，何得事事皆是！"丞相甚相叹赏。

［注释］

①王蓝田：王述，字怀祖，曾被封为蓝田侯。②东海：王述的父亲王承曾任东海太守，所以称其为东海。③主：僚属称上司为主。

［译文］

蓝田侯王述成名较晚，当时人们都认为他痴呆。丞相王导因为他是东海太守王承的儿子，把他召作属官。在一次聚会时，王导每次讲话，大家都竞相赞成。王述坐在末尾说："主公不是尧、舜，怎能事事都对！"王导听后非常赞赏他。

六十三

世目杨朗："沉审经断[①]。"蔡司徒云："若使中朝不乱，杨氏[②]作公方未已。"谢公云："朗是大才。"

［注释］

①沉审：深沉慎重。经断：顺理决断。②杨氏：指杨朗六兄弟。杨氏兄弟六人，名声都很大，人们普遍认为他们都有做丞相的潜质。

［译文］

世人评论杨朗："深沉慎重，英明决断。"司徒蔡谟说："如果西晋不乱，杨氏兄弟任三公的机会将会持续不断。"谢安说："杨朗是大才。"

六十四

刘万安即道真从子，庾公所谓"灼然玉举①"。又云："千人亦见②，百人亦见。"

［注释］

①灼然：鲜明的样子。玉举：玉立，有操守。②见：同"现"。

［译文］

刘万安是刘道真的侄儿，是庾琮所认为的有操守的鲜明人物。又说："在一千人中也能显露出来，在一百人中也能显露出来。"

六十五

庾公为护军①，属桓廷尉觅一佳吏，乃经年。桓后遇见徐宁而知之，遂致于庾公曰："人所应有，其不必有；人所应无，己不必无。真海岱②清士。"

［注释］

①护军：护军将军，掌握中央军权。③海岱：今江苏、山东东部沿海地区。徐宁是东海郡人。

［译文］

庾亮做护军将军时，托廷尉桓彝代找一位好的属官，过了一年也没找到。桓彝后来遇见徐宁，很赏识他，把他推荐给庾亮，并介绍说："人们应该具备的，他不一定有；人们不应该有的，他不一定没有。他真是海岱地区清廉正直的人。"

六十六

桓茂伦云："褚季野皮里阳秋①。"谓其裁中②也。

[注释]

①皮里阳秋：指内心有褒贬，但表面上不做评价。②裁中：裁于中，心中自有裁决。

[译文]

桓茂伦（彝）说："褚季野是皮里阳秋。"这指的是他心中有裁决。

六十七

何次道尝送东人[1]，瞻望，见贾宁在后轮[2]中，曰："此人不死，终为诸侯上客[3]。"

[注释]

①东人：指从建康以东来的人。②贾宁：字建宁，起先跟随苏峻起兵反晋室，失败后投降，官至新安太守。后轮：后车。③诸侯：指所分封的王侯。上客：尊贵的客人。

[译文]

何次道有一次送走从建康以东来的客人，远远望去，看见贾宁在后面的车上，就说："这个人如果不死，终归要做王侯的贵宾。"

六十八

杜弘治[1]墓崩，哀容不称(chèn)[2]。庾公顾谓诸客曰："弘治至羸(léi)[3]，不可以致哀[4]。"又曰："弘治哭不可哀。"

[注释]

①杜弘治：杜乂，字弘治，少时就有名气，官至丹阳丞。②不称：不相称，这句话指他表情不够悲伤。③羸：瘦弱。④致哀：极其悲伤。

[译文]

杜弘治家祖坟崩塌了，他的脸上看不出有什么伤心的神色。庾亮环视众宾客说："弘治身体瘦弱，不能过于悲哀。"又说："弘治不能哭得太悲伤。"

六十九

世称"庾文康为丰年玉[1]，稚恭为荒年谷[2]"。庾家论云："是文康称恭为荒年谷，庾长仁[3]为丰年玉。"

[注释]

①丰年玉：庆丰收的玉器。此处形容庾亮是治世之才。②稚恭：庾翼，字稚恭，是庾亮的弟弟。《晋书·庾翼传》载，翼素有大志，以平定边境、统一国家为己任。荒年谷：比喻能救助艰难困苦。此处形容庾翼是乱世之雄。③庾长仁：庾统，字长仁，是庾亮另一个弟弟的儿子，曾任寻阳郡太守。

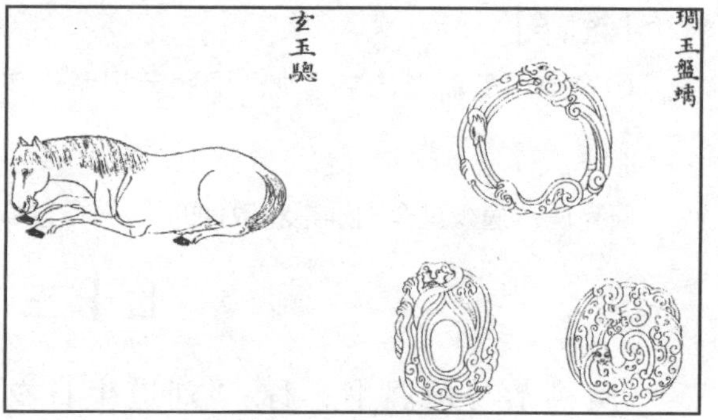

玉器图

晋人用美玉来形容庾亮是治世之才。图中描绘的是做工精致的玉马、玉佩。

[译文]

世人称颂“庾亮像丰年的美玉，庾稚恭像荒年里的粮食”。庾家内部则评论说：“这是庾亮称赞稚恭像荒年里的粮食，庾长仁像丰年里的美玉。”

七十

世目杜弘治标鲜[①]，季野穆少[②]。

[注释]

①标鲜：仪表清秀俊美。②穆少：温和而寡欲。

[译文]

世人评论杜弘治风神俊朗，褚季野温和恬淡。

七十一

有人目杜弘治：“标鲜清令[①]，盛德[②]之风，可乐咏[③]也。”

[注释]

①清令：清雅而纯美。②盛德：高尚的品德。③乐咏：用音乐、歌声来赞美。

[译文]

有人评论杜弘治：“仪表清俊，本性清高，有大德之风，是值得歌颂的。”

七十二

庾公云：“逸少[①]国举。”故庾倪为碑文云：“拔萃国举[②]。”

[注释]

①逸少：王羲之，字逸少。②拔萃国举：即出类拔萃、全国推举的人。

[译文]

庾亮说："逸少是全国推崇和敬仰的人。"所以庾倪给他写碑文时就写上："拔萃国举。"

七十三

庾稚恭与桓温书，称："刘道生日夕在事，大小殊快。义怀通乐①既佳，且足作友，正实良器。推此与君，同济艰不(pǐ)者也②。"

[注释]

①义怀：心怀仁义。通乐：通达乐观。②艰不：艰难困苦。

[译文]

庾稚恭给桓温写信，称赞道："刘道生日夜忙于公务，大小事情都处理得当。这个人有仁义之心，心胸豁达开朗，而且很值得结交，是个不可多得的人才。把他推荐给您，和您一起同舟共济吧。"

七十四

王蓝田拜扬州，主簿请讳①，教云："亡祖、先君，名播海内，远近所知。内讳②不出于外，余无所讳。"

[注释]

①讳：指家讳，避忌说出家族中长辈的名和字。晋人重视家讳，所以新官上任之前，下属要请求指出避讳名号。②内讳：指对妇女名字的避忌。《礼记》说："妇人之讳不出门。"

[译文]

王述任扬州刺史时，州府主簿请他指出要避忌的家中长辈的名字，王述批示说："先祖、先父，名声远播全国，家喻户晓。除妇女的名号不能向外人说起外，再也没有避忌的了。"

七十五

萧中郎①，孙丞公妇父。刘尹在抚军②坐，时拟为太常③，刘尹云："萧祖周不知便可作三公不？自此以还④，无所不堪⑤。"

[注释]

①萧中郎：萧轮，字祖周。②抚军：指简文帝司马昱，曾为抚军大将军。③太常：九卿之一，主管祭祀礼乐。九卿在三公之下，是中央行政机关的长官。④以还：以下。⑤堪：胜任。

[译文]

中郎萧祖周，是孙丞公的岳父，丹阳尹刘真长在抚军大将军那里时，曾商议让萧祖周任太常，刘真长说："萧祖周不知可以不可以任三公？三公以下，他无不胜任。"

七十六

谢太傅未冠[①]，始出西[②]，诣王长史，清言良久。去后，苟子[③]问曰："向客何如尊？"长史曰："向客亹亹(wěi wěi)[④]，为来逼人。"

[注释]

①未冠：未成年。古代男子二十岁行冠礼，表示已成年。②出西：指到首都建康。谢安入仕以前，住在东部的会稽郡，从会稽往西去建康，就叫出西。③苟子：王脩，字敬仁，小名苟子，是王濛（即王长史）的儿子。④亹亹：同"娓娓"，孜孜不倦的样子。据《晋书》，由于王濛这句话和王导的器重，谢安名声大噪。

[译文]

太傅谢安还未成年时，刚到建康，去拜访长史王濛，和他清谈了很久。谢安走了以后，王苟子问他父亲："刚才那位客人和您相比怎么样？"王濛说："刚才那位客人孜孜不倦，来势咄咄逼人。"

七十七

王右军语刘尹："故当共推安石。"刘尹曰："若安石东山志[①]立，当与天下共推之。"

[注释]

①东山志：指隐居的心愿。

[译文]

右军将军王羲之对丹阳尹刘惔说："我们应当共同推举谢安石。"刘惔说："如果谢安石一定要隐居，我们应该和天下人共同推荐他。"

谢安登东山

东山是谢安隐居的地方。此图描述了谢安登山的情景。

七十八

谢公称蓝田："掇(duō)皮皆真①。"

[注释]

①掇：剥开，真：率真。

[译文]

谢安称赞蓝田侯王述说："剥去皮都是率真的。"

七十九

桓温行经王敦墓边过，望之云："可儿①！可儿！"

[注释]

①可儿：可人，可爱的人。

[译文]

桓温外出经过王敦墓边，望着王敦的坟墓说："可爱的人儿！可爱的人儿！"

八十

殷中军道王右军云："逸少清贵①人，吾于之甚至②，一时无所后③。"

[注释]

①清贵：清高尊贵。②于：爱慕。甚至：达到了顶点。③所后：后来人。无所后指无人可及。

[译文]

殷浩评论王羲之说："逸少是个清高尊贵的人，我喜欢他到了极点，一时无人能赶得上。"

品藻第九

一

汝南陈仲举、颍川李元礼二人，共论其功德，不能定先后。蔡伯喈评之曰："陈仲举强①于犯上，李元礼严于摄②下。犯上难，摄下易。"仲举遂在三君之下，元礼居八俊之上。

[注释]

①强：敢。②摄：整顿。

[译文]

汝南陈仲举、颍川李元礼二人，人们一起谈论他们的功德，无法决定排名先后。蔡伯喈评论说："陈仲举敢于冒犯上司，李元礼管束下属很严厉。犯上难，摄下易。"于是陈仲举名列三君之后，李元礼位在八俊之前。

二

庞士元①至吴，吴人并友之。见陆绩、顾劭、全琮，而为之目曰："陆子所谓驽马有逸足②之用，顾子所谓驽牛可以负重致远。"或问："如所目，陆为胜邪？"曰："驽马虽精速，能致一人耳。驽牛一日行百里，所致岂一人哉？"吴人无以难。"全子好声名，似汝南樊子昭③。"

[注释]

①庞士元：庞统，字士元，曾辅佐刘备建立蜀国。②驽马：劣马，病马。逸足：疾足，形容跑得快。③樊子昭：东汉末汝南人，出身贫贱，为许劭所赏识。刘晔评论他"退能守静，进不苟竞"。指闲居时能安于恬静，出仕时不蝇营谋利。

[译文]

庞士元到了吴地，吴人都和他交朋友。他见到陆绩、顾劭、全琮三人，就给他们三人下评语说："陆君可比作用来代步的劣马，顾君可以说是能够载重物走远路的劣牛。"有人问道："真像你的评语那样，是陆君胜过顾君吗？"庞士元说："劣马跑得再快，也只是载着一个人；劣牛一日只能走百里路，所承载的难道仅仅一人吗？"吴人无话可说。"全君看重名声，很像汝南郡的樊子昭。"

三

顾劭尝与庞士元宿语，问曰："闻子名知人，吾与足下孰愈？"曰："陶冶[①]世俗，与时浮沉[②]，吾不如子；论王霸之余策[③]，览倚仗[④]之要害，吾似有一日之长[⑤]。"劭亦安其言。

[注释]

①陶冶：熏陶。②与时浮沉：跟着时代走，能顺应时代潮流。③王霸：王道和霸道，指用仁义和武力治理天下。余策：遗策，前人遗留的策略。④倚仗："倚伏"，《庞统传》注也作"倚伏"。倚伏，互相依存，又互相制约。⑤有一日之长：比你年龄大一些，这里指擅长一些。

[译文]

顾劭曾经和庞士元在夜里谈话，他对庞士元说："听说您因善于鉴识人才而出名，我和您相比谁更好些？"庞士元说："移风易俗，赶上时代潮流，这点我无法与您相比；至于谈论统一国家的策略，掌握事物因果变化的规律，我似乎比你要强一些。"顾劭也认同他的话。

四

诸葛谨、弟亮及从弟诞[①]，并有盛名，各在一国。于时以为蜀得其龙，吴得其虎，魏得其狗[②]。诞在魏，与夏侯玄齐名；瑾在吴，吴朝服其弘量。

虎

虎，俗称老虎，是体形最大的猫科动物。

[注释]

①"诸葛谨"句：三国时，诸葛瑾在吴国，担任大将军；诸葛亮在蜀国，任丞相；诸葛诞在魏国，任征东大将军，后被召为司空。②"于时"三句：龙、虎、狗，并无褒贬之分，只是表明品行智慧的不同，虎低于龙，狗低于虎。

[译文]

诸葛谨和弟弟诸葛亮以及堂弟诸葛诞都很有名气，分别在不同的国家任职。当时，人们认为蜀国得到了其中的龙，吴国得到了其中的虎，魏国得到了其中的狗。诸葛诞在魏国，和夏侯玄齐名；诸葛谨在吴国，吴国上下都钦佩他的气量。

五

司马文王问武陔："陈玄伯[1]何如其父司空？"陔曰："通雅博畅[2]，能以天下声教[3]为己任者，不如也。明练简至[4]，立功立事，过之。"

［注释］

①陈玄伯：陈泰，字玄伯。他的父亲是陈群，曾任司空。②通雅博畅：通达而雅正，渊博而流畅。③声教：声名和教化。④明练简至：精明简练。

［译文］

晋文王司马昭问武陔："陈玄伯与他父亲相比怎么样？"武陔说："说到通雅博畅，能树立声威和推行教化方面，陈玄伯不如他父亲。至于精明简练，建立功业这方面，陈玄伯则超出了他的父亲。"

六

正始中，人士比论，以五荀方[1]五陈：荀淑方陈寔，荀靖方陈谌，荀爽方陈纪，荀彧方陈群，荀顗方陈泰。又以八裴方八王：裴徽方王祥，裴楷方王夷甫，裴康方王绥，裴绰方王澄，裴瓒方王敦，裴遐方王导，裴頠方王戎，裴邈方王玄。

［注释］

①正始：魏齐王曹芳的年号。方：相比，相提并论。

［译文］

正始年间，名士们品评人物，拿五位荀氏家族中的人和五位陈氏家族中的人进行对比：荀淑比陈寔，荀靖比陈谌，荀爽比陈纪，荀彧比陈群，荀顗比陈泰。又拿八位裴氏家族中的人和八位王氏家族中的人进行对比：裴徽比王祥，裴楷比王夷甫，裴康比王绥，裴绰比王澄，裴瓒比王敦，裴遐比王导，裴頠比王戎，裴邈比王玄。

七

冀州刺史杨淮[1]二子乔与髦，俱总角为成器[2]。淮与裴頠、乐广友善，遣见之。頠性弘方[3]，爱乔之有高韵[4]，谓淮曰："乔当及卿，髦小减也。"广性清淳[5]，爱髦之有神检[6]，谓淮曰："乔自及卿，然髦尤精出。”淮笑曰：“我二儿之优劣，乃裴、乐之优劣。”论者以为乔虽高韵，而检不匝[7]，乐言为得。然并为后出之俊。

[注释]

①杨淮：应作杨准。②成器：有成就的人才。③弘方：宽宏方正。④高韵：风度高雅。⑤清淳：清廉淳厚。⑥神检：品德高尚，有修养。⑦而检不匝：《晋书·乐广传》作“而神检不足”，检就是神检。匝：绕一圈，这里指完美，无缺憾。

[译文]

冀州刺史杨淮二子杨乔和杨髦，在幼年时就很有名了。杨淮和裴頠、乐广关系很好，就打发两个儿子去拜见他们。裴頠品性宽宏大量，就喜欢杨乔的儒雅之风，他对杨淮说：“杨乔将会超过你，杨髦稍微逊色一点。”乐广秉性清正淳朴，就喜欢杨髦那种高贵的德操，他对杨淮说：“杨乔当然赶得上你，可是杨髦会高出一筹来。”杨淮笑道：“我两个儿子的优劣，就是裴頠、乐广的优劣。”评论家认为杨乔虽有高雅的风度，可是品行方面还不完美，乐广说对了。不过两个孩子都是后起的俊才。

八

刘令言始入洛，见诸名士而叹曰：“王夷甫太解明[1]，乐彦辅我所敬，张茂先我所不解，周弘武巧于用短，杜方叔拙于用长。”

[注释]

①解明：精明。

[译文]

刘令言刚到洛阳，见到很多名士就感叹道：“王夷甫太精明了，乐彦辅是我一直所敬仰的人，张茂先我却不大理解，周弘武能巧妙地利用别人的短处，杜方叔则不善于发挥自己的特长。”

九

王夷甫云：“阎丘冲，优于满奋、郝隆[1]。此三人并是高才，冲最先达[2]。”

[注释]

①郝隆：《晋书·郗隆传》作“郗隆”。②先达：优秀，出色。

[译文]

王夷甫说：“闾丘冲胜过满奋和郝隆。这三人同为优秀人才，闾丘冲则是其中最出色的一个。”

十

王夷甫以王东海[①]比乐令，故王中郎[②]作碑云：“当时标榜，为乐广之俪[③]。”

[注释]

①王东海：王承，字安期，曾任东海太守。②王中郎：王坦之，曾任北中郎将，王承之孙。③标榜：颂扬，宣扬。俪：并列。

[译文]

王夷甫以东海太守王承和尚书令乐广并举，所以北中郎将王坦之给王承写的碑文上说：“时人称他与乐广齐名。”

十一

庾中郎与王平子雁行[①]。

[注释]

①庾中郎：庾敳，字子嵩，曾任太傅从事中郎。雁行：雁阵，指如大雁一样排列有序。

[译文]

从事中郎庾子嵩和王平子并列齐名。

雁行图

雁行即雁阵，指如大雁一样排列有序。此图表现了雁群列阵而行的情景。

十二

王大将军在西朝时，见周侯，辄扇障面不得住[①]。后度江左，不能复尔。王叹曰：“不知我进，伯仁退？”

[注释]

①“王大将军”三句：沈约《晋书》载：“周顗，王敦素惮之，见辄面热，虽复腊月，亦扇面不休。其惮如此。”西朝，指晋室还没有南渡的时代，即西晋时代。

[译文]

大将军王敦在西晋时期，每当和武城侯周伯仁相遇，总是立刻拿扇子遮住脸。后来到了江南，王敦就不再这样了。王敦叹道：“不知是我有了长进，还是周伯仁退步了？”

十三

会稽虞𩦎(fēi)①，元皇时与桓宣武同侠②，其人有才理胜望③。王丞相尝谓𩦎曰："孔愉有公才而无公望④，丁潭有公望而无公才，兼之者其在卿乎？"𩦎未达⑤而丧。

［注释］

①虞𩦎：字思行，历任吴兴太守、金紫光禄大夫。②同侠：据余嘉锡《世说新语笺疏》说，"同侠盖同僚之误"，同僚指同在一个官署任职。③胜望：很高的声望。④公才：三公的才能。公望：三公的声望。⑤达：显达。时人认为虞𩦎可以做丞相，而他还是没有做到三公就死了。

［译文］

会稽郡人虞𩦎，晋元帝时与桓温是同僚，这个人很有才能，名气又很大。丞相王导曾对他说："孔愉有三公之才，却没有三公之望；丁潭有三公之望，却没有三公之才；两者兼而有之的，可能就是你吧！"最终虞𩦎还没有显达就死了。

十四

明帝问周伯仁："卿自谓何如郗鉴？"周曰："鉴方臣，如有功夫①。"复问郗，郗曰："周顗比臣，有国士门风②。"

［注释］

①功夫：功力，修养。②国士：一国的杰出人物。门风：家风。此句是说周顗家人才辈出。

［译文］

晋明帝问周顗："你认为你和郗鉴相比怎么样？"周顗说："郗鉴和我相比，他好像更有修养。"明帝又问郗鉴，郗鉴说："周顗和臣相比，他有国士家风。"

十五

王大将军下，庾公问："卿有四友，何者是？"答曰："君家中郎、我家太尉、阿平、胡毋彦国①。阿平故当最劣。"庾曰："似未肯劣。"庾又问："何者居其右②？"王曰："自有人。"又问："何者是？"王曰："噫！其自有公论。"左右蹑公，公乃止③。

[注释]

①“君家”一句：中郎等四人即庾敳、王衍、王澄、胡毋辅之四人。阿平，指王澄，字平子。②其右：其上。古人以右边为尊位。③“左右”句：王敦自以为居右，但不肯说出。庾亮平时就看不起王敦，这里又没有领会王敦的意思，想要再问，手下的人便踩他的脚。

[译文]

大将军王敦从东面来建康后，庾亮问他：“你有四位好友，到底是哪四位呢？”王敦答道：“您家庾中郎、我家的王太尉、阿平和胡毋彦国。阿平是其中最差劲的。”庾亮说：“好像他还不是最差。”庾亮又问：“哪一位更出色？”王敦说：“自然有人。”庾亮又追问：“是哪一位？”王敦说：“唉！自有公论吧。”手下的人踩了一下庾亮的脚，庾亮这才没有再问。

十六

人问丞相：“周侯何如和峤[①]？”答曰：“长舆嵯(cuó)櫱(niè)[②]。”

[注释]

①和峤：字长舆。②嵯櫱：巍峨高峻的样子。

[译文]

有人问丞相王导：“周顗与和峤相比怎么样？”王导回答说：“长舆像高山一样巍然耸立。”

十七

明帝问谢鲲[①]：“君自谓何如庾亮？”答曰：“端委庙堂[②]，使百僚准则[③]，臣不如亮。一丘一壑[④]，自谓过之。”

[注释]

①谢鲲：行事豪放不羁，当时很有名气，时人常把他和庾亮相提并论。谢鲲曾任王敦的长史，后随王敦到京都，入朝，与明帝作了长时间的交谈。②端委：穿着朝服。庙堂：朝廷。③准则：榜样，典范。④一丘一壑：山水，这里指寄情山水。

[译文]

晋明帝问谢鲲：“您自认为和庾亮相比怎么样？”谢鲲回答说：“用礼法来约束和整饬朝廷，作百官的榜样，臣不如庾亮。至于寄情于山水的志趣，臣自以为超过他。”

十八

王丞相二弟不过江，曰颖，曰敞[1]。时论以颖比邓伯道，敞比温忠武。议郎、祭酒者也[2]。

［注释］

①“王丞相”三句：王导与两个弟弟年少时都很有名，王颖曾任议郎，王敞曾被召为丞相祭酒，没有到任。两人都死于晋室南渡之前。②温忠武：温峤，谥忠武。

［译文］

丞相王导的两个弟弟都没来到江南，分别叫王颖和王敞。当时的舆论把王颖和邓伯道并列，把王敞和温峤并列。两人分别任议郎和祭酒的官职。

十九

明帝[1]问周侯：“论者以卿比郗鉴，云何？”周曰：“陛下不须牵顗比[2]。”

［注释］

①“明帝”：晋明帝司马昭。②“陛下”句：此处疑误。陛下是对君主的尊称，周顗死后，明帝才即位，故周顗不会称他为陛下。

［译文］

晋明帝问武城侯周顗：“评论界拿你和郗鉴并列，你认为怎么样？”周顗说：“陛下不必拉着顗去比较。”

二十

王丞相云：“顷下论以我比安期、千里[1]。亦推此二人。唯共推太尉[2]，此君特秀。”

［注释］

①“顷下”句：余嘉锡《世说新语笺疏》引《太平御览》，“顷下”作“洛下”。洛下，指洛阳。安期，王承，字安期。千里，阮瞻，字千里。②太尉：指王夷甫。

［译文］

丞相王导说：“洛阳的舆论把我与安期、千里并列。我也推崇这两个人。希望大家共同推重太尉，这个人才能非同寻常。”

二十一

宋祎曾为王大将军妾，后属谢镇西①。镇西问祎：“我何如王？”答曰：“王比使君，田舍、贵人耳。”镇西妖冶故也。

[注释]

①谢镇西：谢尚。谢尚曾为南中郎将，兼任江州刺史，后调为西中郎将、豫州刺史，再升为镇西将军。

[译文]

宋祎曾经是大将军王敦的侍妾，后来又归属镇西将军谢尚。谢尚问宋祎：“我和王敦相比怎么样？”宋祎回答说：“王氏和您相比，只是农家儿比大贵人罢了。”这是谢尚容貌清秀的缘故。

二十二

明帝问周伯仁：“卿自谓何如庾元规①？”对曰：“萧条方外②，亮不如臣；从容③廊庙，臣不如亮。”

[注释]

①庾元规：庾亮，字元规。②萧条：逍遥自在。方外：世俗之外。③从容：周旋应对。

[译文]

晋明帝问周伯仁：“你自认为和庾元规相比怎么样？”周伯仁回答说：“说到退隐世外，庾亮比不上臣；至于周旋于朝廷之上，臣比不上庾亮。”

二十三

王丞相辟王蓝田为掾，庾公问丞相：“蓝田何似？”王曰：“真独①简贵，不减父祖，然旷澹②处故当不如尔。”

[注释]

①独：指独特，与众不同。②旷澹：旷达，淡泊。

[译文]

丞相王导聘请蓝田侯王述做属官，庾亮问王导：“王蓝田到底怎么样？”王导说：“这个人真率独特，简约尊贵，这点不比他父亲、祖父逊色，可是旷达、淡泊这方面自然还是比不上他们的呀。”

二十四

卞望之云："郗公①体中有三反：方②于事上，好下佞③己，一反。治身清贞④，大修计校⑤，二反。自好读书，憎人学问，三反。"

［注释］

①郗公：郗鉴。②方：正直。③佞：谄媚，阿谀。④治身：修身。清贞：清廉，有节制。⑤计校：计较，计算。

读书

此图表现了古人正在专心致志读书的情景。

［译文］

卞望之说："郗公身上有三种矛盾：侍奉君主很正直，却喜欢下级谄媚自己，这是第一个矛盾；治身清廉，却非常喜欢计较得失，这是第二个矛盾；自己喜欢读书，却讨厌别人有学问，这是第三个矛盾。"

二十五

世论温太真①是过江第二流之高者。时名辈共说人物，第一将尽之间，温常失色。

［注释］

①温太真：温峤，字太真，忠于帝室，功业显著。

［译文］

世人评论温太真是南渡来的第二等人物中的佼佼者。当时名士们一同品评人物，第一等人快要列举完的时候，温太真经常变了脸色。

二十六

王丞相云："见谢仁祖，恒令人得上①。"与何次道语，唯举手指地曰："正自尔馨②。"

［注释］

①得上：指超凡脱俗。②"正自"句：王导一向推重何次道，对他的意见多有

赞同，所以会这样说。尔馨，这样。

［译文］

丞相王导说："见到谢仁祖，常使人觉得意气超拔。"和何次道谈话时，王导只是用手指着地说："正是如此。"

二十七

何次道为宰相，人有讥其信任不得其人[①]。阮思旷慨然曰："次道自不至此。但布衣超居宰相之位，可恨唯此一条而已[②]。"

［注释］

①不得其人：指任用人不当。②"但布衣"一句：阮思旷说何充是布衣，越级而居宰相之位。这是出于门阀观念，因为何充不是名门望族。超：指超迁，越级提升。

［译文］

何次道任宰相，有人指责他信用了不该信任的人。阮思旷很感慨地说："次道自然不至于如此。只不过他是一介平民跃到了宰相之位，遗憾的只有这一条罢了。"

二十八

王右军少时，丞相云："逸少何缘复减万安[①]邪？"

［注释］

①何缘：缘何，凭什么。万安：刘绥，字万安。

［译文］

右军将军王逸少年轻时，丞相王导说："逸少凭什么比万安差呢？"

二十九

郗司空家有伧(cāng)奴[①]，知及文章，事事有意。王右军向刘尹称之。刘问："何如方回[②]？"王曰："此正小人有意向耳，何得便比方回？"刘曰："若不如方回，故是常奴耳。"

［注释］

①伧奴：指来自北方的奴仆。②方回：郗愔，字方回，是司空郗鉴的儿子，纯朴沉静，历任会稽内史、徐兖二州刺史、司空。

[译文]

司空郗鉴家有个仆人，懂得文辞，对什么事都有一些见解。右军将军王羲之对丹阳尹刘惔称赞他。刘惔问道："和方回相比怎么样？"王羲之说："这个小人仅有那么点志向罢了，哪能和方回相提并论？"刘惔说："如果比不上方回，他还只是个普通的奴仆而已。"

三十

时人道阮思旷："骨气[①]不及右军，简秀[②]不如真长，韶润[③]不如仲祖，思致[④]不如渊源，而兼有诸人之美。"

[注释]

①骨气：骨相气质。②简秀：简约内秀。③韶润：指品性华美柔润。④思致：才思和韵味。

[译文]

当时人士评论阮思旷说："他的骨相气质比不上王右军，简约内秀比不上刘真长，华美柔润比不上王仲祖，才思韵味比不上殷渊源，可是兼有这几个人的长处。"

三十一

简文云："何平叔[①]巧累于理，嵇叔夜[②]俊伤其道。"

[注释]

①何平叔：何晏，字平叔，魏晋玄学代表人物之一。②嵇叔夜：嵇康，字叔夜，志趣不凡，喜好老庄之道。

[译文]

简文帝说："何平叔的精巧阻碍到所要表达的道理，缺乏说服力；嵇叔夜的俊才使他想表达的道心无法圆满。"

三十二

时人共论晋武帝出齐王之与立惠帝[①]，其失孰多。多谓立惠帝为重。桓温曰："不然，使子继父业，弟承家祀，有何不可[②]？"

[注释]

①"时人"句：晋武帝和齐王都是晋文帝的儿子。武帝即位后，立皇子司马衷为太子（后来继位为惠帝），封其弟司马攸为齐王。齐王后任司空，参与朝政，声

望很高。这时武帝的宠臣荀勖、冯𬘘看到太子无能，惧怕司马攸将来会继承帝位而对自己不利，就向武帝进谗言，要武帝逼令齐王离京都，回到自己的封国去，以确保太子的继承权。齐王于是忧愤成病而死。②“使子”句：承家祀，指接续王国的祭祀，即回到王国去。家指所封的王国。古时诸侯所封之地称国，大夫所封之地称家。桓温是东晋人，他以为西晋时期出齐王和立惠帝两事，从礼制上说，都是天经地义的。

[译文]

当时人士都议论晋武帝令齐王归国和确立惠帝的太子地位两件事，哪一件事造成的损失更大。多数人认为立惠帝是一个重大的失误。桓温说：“不是这样，让儿子继承父业，安排弟弟治理王国，有什么不对？”

三十三

人问殷渊源：“当世王公[①]以卿比裴叔道，云何？”殷曰：“故当以识通暗处[②]。”

[注释]

①王公：指显贵。②“故当”句：殷渊源和裴叔道两人都擅长清言，有相通之处。

[译文]

有人问殷渊源：“当世显贵把你和裴叔道并列，你认为怎么样？”殷渊源说：“这自然是因为我们都有才识，疏通玄理。”

三十四

抚军[①]问殷浩：“卿定何如裴逸民？”良久答曰：“故当胜耳。”

[注释]

①抚军：简文帝司马昱。

[译文]

抚军问殷浩：“你和裴逸民相比，哪一个更厉害？”思考了很久，殷浩才回答说：“自然胜过他呀。”

三十五

桓公少与殷侯[①]齐名，常有竞心。桓问殷：“卿何如我？”殷云：“我与我周旋久，宁作我[②]。”

文嘉画迹

殷浩不和人比，只和自己比。图中表现了一位古人江舟独坐，随水漂流的情景。

[注释]

①殷侯：指殷浩。②“我与”句：《晋书·殷浩传》作“我与君周旋久，宁作我也”。殷浩看不起桓温，又不想与他竞争，所以才说出此番话。

[译文]

桓温年轻时和殷浩齐名，所以常有一种竞争的念头。桓温问殷浩：“你和我相比，谁更强？”殷浩说：“我和自己周旋很久了，宁可是我自己。”

三十六

抚军问孙兴公：“刘真长何如？”曰：“清蔚简令。”“王仲祖何如？”曰：“温润恬和①。”“桓温何如？”曰：“高爽迈出。”“谢仁祖何如？”曰：“清易令达②。”“阮思旷何如？”曰：“弘润通长③。”“袁羊何如？”曰：“洮洮(táo)清便④。”“殷洪远何如？”曰：“远有致思⑤。”“卿自谓何如？”曰：“下官才能所经，悉不如诸贤；至于斟酌时宜，笼罩当世，亦多所不及。然以不才，时复托怀玄胜⑥，远咏《老》《庄》，萧条高寄⑦，不与⑧时务经怀，自谓此心无所与让也。”

[注释]

①温润恬和：温和而恬静。②清易令达：清简平易、善良通达。③弘润通长：心胸宽阔，性情柔顺。④洮洮：形容论辩滔滔不绝。清便：能说会道。⑤致思：思想和情趣比较新颖独特。⑥玄胜：玄妙，超越世俗的境界，即玄理或老庄之道。⑦高寄：寄情高远，此处指隐居。⑧与：同“以”。孙兴公（即孙绰）少有高志，早年住在会稽，纵情山水十余年。

[译文]

抚军司马昱问孙兴公：“刘真长这个人如何？”孙兴公回答说：“他谈吐清新，言辞华美，禀性简单而美好。”又问：“王仲祖怎么样？”孙回答：“他温和柔顺，恬静平和。”“桓温怎么样？”孙说：“高尚爽朗，神态超然。”“谢仁祖怎么样？”孙说：“清正平朴，美好通达。”“阮思旷怎么样？”孙说：“宽宏大量，性格柔润，而且精深广博。”“袁羊怎么样？”答：“谈吐清雅，滔滔不绝。”“殷洪远怎么样？”答：“思想情趣比较新颖。”“你认为你自己怎么样？”孙兴公说：“我所擅长的事，与以上诸贤相比，远远不够；就是在考虑时势、把握时局方面，这也大多赶不上他们。可是就我这个没有才能的人，常常寄托遥深，吟诵《老》《庄》，多么逍遥自在，寄情高远，不受世俗的牵累，自认为这种心境是无可推让的。”

三十七

桓大司马下都，问真长曰：“闻会稽王[①]语奇进，尔邪？”刘曰：“极进，然故是第二流中人耳！”桓曰：“第一流复是谁？”刘曰：“正是我辈耳！”

[注释]

①会稽王：指简文帝司马昱，其登位前为会稽王。

[译文]

大司马桓温来到京都，问刘真长道：“听说会稽王在清谈方面出人意料地有了长进，是不是？”刘真长说：“是有了大的长进，不过仍旧是第二流中的人罢了！”桓温说：“第一流的人又是谁呢？”刘真长说：“正是我们这些人呀！”

三十八

殷侯既废[①]，桓公语诸人曰：“少时与渊源共骑竹马，我弃去，己辄取之，故当出我下。”

[注释]

①“殷侯”句：殷浩曾任中军将军、都督五州军事，北征时大败。桓温乘机上奏请求惩办他，殷浩最后被废为平民。

[译文]

殷浩被罢官以后，桓温对众人说：“儿时我们一道玩竹马的游戏，我扔掉了竹马，他马上给捡回来，可知他本就在我之下。”

三十九

人问抚军：“殷浩谈竟何如？”答曰：“不能胜人，差可献酬[①]群心。”

[注释]

①差：大致，大体而言。献酬：应酬，应付。

[译文]

有人问抚军司马昱："殷浩的谈吐如何？"抚军回答说："无法超过我们，大体上可以应付一下罢了。"

四十

简文云："谢安南清令不如其弟[①]，学义不及孔岩[②]，居然自胜[③]。"

[注释]

①谢安南：谢奉。其弟：指谢聘，字弘远。②孔岩：据《晋书》，当作"孔严"。③自胜：原注"言奉任天真也"。指不受世俗影响，自得其乐。

[译文]

简文帝说："谢安南在辞令谈吐上不如他的弟弟，学问才识上不如孔岩，但是一定有自己的独到之处。"

四十一

未废海西公时[①]，王元琳问桓元子[②]："箕子、比干[③]，迹异心同，不审明公孰是孰非？"曰："仁称不异，宁为管仲[④]。"

[注释]

①"未废"句：公元365年，晋哀帝死，他弟弟司马奕继位。公元371年，桓温仗其声威，废晋帝为东海王，立简文帝，接着又降封东海王为海西县公。②王元琳：王珣，字元琳。桓元子：桓温的字。③箕子、比干：商代纣王的两个叔父。纣王无道，箕子进谏，不被采纳，就披发佯狂，被降为奴隶。比干也不断进谏，被纣王杀死。④管仲：春秋时代齐桓公的宰相，帮助齐桓公称霸，有仁义道德之心。

[译文]

还没有罢免海西公的时候，王元琳问桓元子："箕子和比干两人，行事不同，心思却是一样的，不知道您认为谁对谁错？"桓元子说："假如都被孔子称为仁人的话，那么我宁愿做管仲。"

四十二

刘丹阳、王长史在瓦官寺集，桓护军亦在坐，共商略西朝及江左人物。或问："杜弘治何如卫虎？"桓答曰："弘治肤清[①]，卫虎奕奕神令[②]。"王、刘善其言。

[注释]

①肤清：指外表清丽。②卫虎：卫玠，小名叫虎。弈弈：同“奕奕”，精神焕发。神令：精神美好。

[译文]

丹阳尹刘惔和司徒左长史王濛在瓦官寺相聚，护军将军桓伊也在座，三人一道评价西晋和江南的名士。有人问：“杜弘治和卫虎相比怎么样？”桓伊回答说：“弘治外表清丽，卫虎神采不凡。”王濛和刘惔认为他的评论很好。

四十三

刘尹抚王长史背曰①：“阿奴②比丞相，但有都长③。”

[注释]

①“刘尹”句：刘惔和王濛志趣相投，与丞相王导却不投机。②阿奴：对王濛的爱称。③都长：指容貌伟丽、性情淳朴。

[译文]

丹阳尹刘惔拍着长史王濛的背说：“和王丞相相比，你的容貌和性情要比他出色多了。”

四十四

刘尹、王长史同坐，长史酒酣起舞。刘尹曰：“阿奴今日不复减向子期①。”

[注释]

①向子期：向秀，字子期。这里指王濛有学习向秀超尘脱俗的意思。

[译文]

丹阳尹刘惔和长史王濛坐在一起，王濛喝酒喝醉了，不自觉地跳起舞来。刘惔说：“你现在可以赶上向子期了。”

四十五

桓公问孔西阳①：“安石何如仲文②？”孔思未对，反问公曰：“何如？”答曰：“安石居然不可陵践，其处③故乃胜也。”

[注释]

①孔西阳：孔严，字彭祖，历任丹阳尹、尚书，封西阳侯。②仲文：指桓温之

婿殷仲文。③陵践：欺压，压制。处：指处世之道。

［译文］

桓温问西阳侯孔严："安石和仲文相比，怎么样？"孔严考虑了一下，没有表态，反问桓温道："您认为怎样？"桓温回答说："安石显然不可欺凌，他的处世之道自然就是更胜一筹了。"

四十六

谢公与时贤共赏说，遏、胡儿[1]并在坐。公问李弘度曰："卿家平阳[2]，何如乐令？"于是李潸然[3]流涕曰："赵王篡逆，乐令亲授玺绶[4]。亡伯雅正，耻处乱朝，遂至仰药[5]。恐难以相比！此自显于事实，非私亲之言。"谢公语胡儿曰："有识者果不异人意。"

［注释］

①遏：谢玄，小名遏。胡儿：谢朗，小名胡儿，是谢安的侄儿。②平阳：李重，字茂曾，曾任平阳太守。③潸然：流泪的样子。④"赵王"句：晋惠帝永康元年（300年），赵王司马伦起兵谋反，自任相国。不久，又废黜晋惠帝，自称皇帝。齐王等起兵灭掉司马伦，惠帝复位。玺绶，皇帝的印玺和拴印的丝带。⑤仰药：服毒。

［译文］

谢安和当时贤达一起评论人物时，谢玄和谢朗都在座。谢安对李弘度说："你家平阳和乐令相比，怎么样？"这时李弘度泪流满面地说："赵王叛乱篡位时，乐令亲自捧着印玺和绶带。亡伯为人正派，因为在乱朝中做官感到羞耻，这才服毒自杀。二人根本就不能相比！自有事实来证明，并不是偏袒亲人。"谢安于是对谢朗说："有识之士果然和大家的想法一样。"

四十七

王修龄问王长史："我家临川，何如卿家宛陵[1]？"长史未答，修龄曰："临川誉贵。"长史曰："宛陵未为不贵。"

［注释］

①临川：王羲之，曾任临川太守。宛陵：王述，曾任宛陵县令。

［译文］

王修龄问长史王濛道："我家的临川和你家的宛陵相比，怎么样？"王濛还没有回答，王修龄又说："临川名声好，而且尊贵。"王濛说："我家宛陵也不算不尊贵吧。"

四十八

刘尹至王长史许清言，时苟子[①]年十三，倚床边听。既去，问父曰："刘尹语何如尊[②]？"长史曰："韶音令辞[③]不如我，往辄破的[④]胜我。"

观乡人射

此图表现了孔子观乡人射箭的情景。

[注释]

①苟子：王脩的小名，是王濛的儿子。②尊：对长辈的称呼。③韶音令辞：美好的音调与文辞。④破的：射中箭靶，此指谈论合乎义理和本旨。

[译文]

丹阳尹刘惔到长史王濛那里清谈，这时王苟子十三岁，靠在床边听。刘惔走后，苟子问父亲："刘尹的言论和您相比怎么样？"王濛说："在美好的音调与文辞方面，他不如我，但是他一开口就能切中要害，比我强多了。"

四十九

谢万寿春败后[①]，简文问郗超："万自可败，那得乃尔失士卒情？"超曰："伊以率任之性，欲区别智勇。"

[注释]

①"谢万"句：晋穆帝升平三年（359年），谢万任豫州刺史，受命北伐。因刚愎自用，失去军心，在寿春县大败，狼狈而归，失却了大片土地，后来被废为庶人。

[译文]

谢万在寿春县失败后，简文帝问郗超："谢万被打败是自然了，可是怎么竟会失掉士兵们的拥护了呢？"郗超说："他凭着感情用事，想把智者和勇者区分开来。"

五十

刘尹谓谢仁祖曰："自吾有四友①，门人加亲。"谓许玄度曰："自吾有由，恶言不及于耳。"二人皆受而不恨。

[注释]

①四友：疑为"四回"之误。《尚书大传》："孔子曰：'文王有四友。自吾得回也，门人加亲，是非胥附邪！'"回、由指孔子的学生颜回和仲由。刘惔把谢仁祖和许玄度分别看成颜回和仲由。

[译文]

丹阳尹刘惔对谢仁祖说："自从我有了颜回，师生之间就更加亲密了。"又对许玄度说："自从我有了仲由，不满之言就再也听不到了。"两个人都接受了他的说法而毫无不满之意。

五十一

世目殷中军："思纬①淹通，比②羊叔子。"

[注释]

①思纬：思路，想法。②比：与……相比。

[译文]

世人评论中军将军殷浩："思路宽阔，语言流畅，可以和羊叔子并列。"

五十二

有人问谢安石、王坦之优劣于桓公。桓公停①欲言，中悔，曰："卿喜传人语，不能复语卿。"

[注释]

①停：正要。

[译文]

有人向桓温问起谢安石和王坦之两人谁优谁劣。桓温正要说，中途后悔了，便说："你喜欢传播别人的话，不能再告诉你了。"

五十三

王中郎尝问刘长沙曰："我何如荀子①？"刘答曰："卿才乃当不胜

荀子，然会名②处多。”王笑曰：“痴！”

[注释]

①荀子：王脩的小名。②会名：与名理相通会。谈名理是魏晋时代清谈的内容之一。

[译文]

北中郎将王坦之曾经对长沙相刘爽说：“我和荀子相比，谁更强？”刘爽回答说：“你的才学肯定不会超过荀子的，可是在领会玄理这一点上比他强。”王坦之笑说：“傻话！”

五十四

支道林问孙兴公：“君何如许掾①？”孙曰：“高情远致②，弟子蚤已服膺③；一吟一咏④，许将北面。”

[注释]

①许掾：许询，字玄度，曾被召为司徒掾。②高情远致：情趣高远。③服膺：信服，牢记心头。④一吟一咏：指写作文章。《晋书·孙绰传》载，孙绰（字兴公）博学，很有才华，擅长写文章。

[译文]

支道林问孙兴公：“您和许掾相比，怎么样？”孙兴公说：“要说到志趣高远，弟子对他早已甘拜下风；说到吟诗咏志，他却要输给我。”

五十五

王右军问许玄度：“卿自言何如安石①？”许未答，王因曰：“安石故相与雄，阿万当裂眼②争邪？”

[注释]

①安石：当作“安、万”，即指谢安、谢万。②相与雄：一起称雄。裂眼：瞪大眼睛，愤怒的样子。

[译文]

右军将军王羲之问许玄度：“你自己说说你和安石、万石相比，怎么样？”许玄度还没有回答，王羲之便说：“安石固然可以一起称雄，阿万可要与你瞪着双眼来争了吧！”

五十六

刘尹云："人言江虨①田舍，江乃自田宅屯。"

[注释]

①江虨：字思玄，历任长山令、长史、吏部尚书、尚书左仆射。

[译文]

丹阳尹刘惔说："人们说江虨像农夫，土里土气，江虨其实是自有田地、房舍，并自食其力，不求外人。"

农夫

此图描绘了农夫日常紧张繁忙的生活。

五十七

谢公云："金谷中苏绍最胜①。"绍是石崇姊夫，苏则孙，愉子也。

[注释]

①"金谷"一句：金谷，园名，晋人石崇所建，在洛阳城外金谷涧。石崇曾在金谷园大宴宾客，宴上共三十人，人人饮酒赋诗，赋不成诗的罚酒三杯。事后编成《金谷诗叙》记载其事，并附录其诗。

[译文]

谢安说："《金谷诗叙》中以苏绍的诗最为优秀。"苏绍是石崇的姊夫，苏则的孙子，苏愉的儿子。

五十八

刘尹目庾中郎："虽言不愔愔(yīn yīn)似道①，突兀②差可以拟道。"

[注释]

①愔愔：寂寥无声的样子。道：道家学说的核心。②突兀：高耸突出。

[译文]

丹阳尹刘惔评论从事中郎庾敳说："他的言谈虽然不像道家那样清静无为，但是其中要点大致能和道家相媲美。"

五十九

孙承公云："谢公清于无奕[①]，润于林道[②]。"

[注释]

①无奕：谢奕，字无奕，是谢安的哥哥。②林道：陈逵，字林道，曾任西中郎将，兼梁、淮南二郡太守。

[译文]

孙承公说："谢公要比无奕高洁，比林道温和。"

六十

或问林公："司州[①]何如二谢？" 林公曰："故当攀安提万[②]。"

[注释]

①司州：王胡之，曾召为司州刺史。②攀安提万：仰攀谢安，提携谢万。指不及谢安，超过谢万，介于两人之间。

[译文]

有人问支道林："司州和谢家两兄弟相比，怎么样？" 支道林说："当然是在谢安以下，谢万以上了。"

六十一

孙兴公、许玄度皆一时名流。或重许高情，则鄙孙秽行[①]；或爱孙才藻，而无取于许。

[注释]

①"则鄙"一句：《续晋阳秋》说："绰（即孙兴公）虽有文才，而诞纵多秽行，时人鄙之。"

[译文]

孙兴公、许玄度都是当时的名流。有人欣赏许玄度的高远情趣，鄙视孙兴公的龌龊行为；有人喜欢孙兴公的才华，而认为许玄度毫无可取之处。

六十二

郗嘉宾道谢公："造膝[①]虽不深彻，而缠绵纶至[②]。" 又曰："右军诣嘉宾[③]。" 嘉宾闻之云："不得称诣，政得谓之朋[④]耳。" 谢公以嘉宾言为得。

[注释]

①造膝：指促膝谈论。②缠绵纶至：谓情意深厚。③“右军”一句：诣，指造诣深。“诣嘉宾”中的“嘉宾”疑是衍文。④政：同“正”，只，仅。朋：同等。

[译文]

郗嘉宾评论谢安说：“议论虽然没能达到透彻的程度，可是情意缠绵，非常深厚。”有人说：“右军造诣很深。”嘉宾听到后说：“不能说造诣很深，只能说不相上下罢了。”谢安认同了嘉宾的话。

六十三

庾道季[①]云：“思理伦和[②]，吾愧康伯；志力强正，吾愧文度。自此以还，吾皆百[③]之。”

[注释]

①庾道季：庾和，字道季。《晋书》说他“好学，有文章”。②伦和：条理和顺。③百：一百倍，作动词用。

[译文]

庾道季说：“要论思路条理和顺，我自愧不如康伯；要论志气坚强刚正，我自愧不如文度。除此以外，我都超过他们一百倍。”

六十四

王僧恩[①]轻林公，蓝田曰：“勿学汝兄，汝兄[②]自不如伊。”

[注释]

①王僧恩：王祎之的小名，是王蓝田（王述）的儿子。②汝兄：指王坦之（王文度）。

[译文]

王僧恩瞧不起支道林，蓝田侯王述告诉他：“不要学你哥哥，你哥哥本来就比不上他的。”

六十五

简文问孙兴公：“袁羊何似？”答曰：“不知者不负其才，知之者无取其体[①]。”

［注释］

①体：根本，这里指品质。孙兴公意指袁羊有才而无德。

［译文］

简文帝问孙兴公："袁羊这个人怎么样？"孙兴公回答说："不了解他的人，认为他很有才能，了解他的人，瞧不起他的为人。"

六十六

蔡叔子云："韩康伯虽无骨干①，然亦肤立②。"

［注释］

①无骨干：指韩康伯身体肥胖，看不到骨骼。②肤立：在外表、形象方面也能站起来。

［译文］

蔡叔子说："韩康伯虽然看不到骨架，但是依靠外表，也还能站得起来。"

六十七

郗嘉宾问谢太傅曰："林公①谈何如嵇公？"谢曰："嵇公勤著脚，裁可得去耳②。"又问："殷何如支？"谢曰："正尔有超拔③，支乃过殷。然亹(wěi)亹论辩，恐殷欲制支。"

［注释］

①林公：支道林。②"嵇公"二句：《高僧传》作"嵇努力裁得去耳"，意谓嵇康勤加努力，才能赶上支道林。裁，通"才"。③超拔：超凡脱俗。支道林是和尚，才这样说。

［译文］

郗嘉宾问太傅谢安："林公的清谈与嵇公相比如何？"谢安说："嵇公要马不停蹄地走，才能赶得上啊。"嘉宾又问："殷浩比支道林怎么样？"谢安说："在超脱尘俗这一方面，支道林超过殷浩。但是殷浩娓娓不倦地辩论，恐怕会制服支道林的。"

六十八

庾道季云："廉颇、蔺相如①虽千载上死人，懔(lǐn)懔②恒如有生气。曹蜍(chú)、李志虽见在③，厌(yān)厌④如九泉下人。人皆如此，便可结绳而治⑤，但恐狐狸猯貉(tuān hé)⑥啖尽。"

[注释]

①廉颇、蔺相如：战国时代赵国人。蔺相如完璧归赵，拜为上卿，位在廉颇上。廉颇心中不服，想羞辱蔺相如，蔺相如始终退让，廉颇最后受感动而负荆请罪，与蔺相如成为至交。②懔懔：同“凛凛”，可敬畏的样子。③曹蜍、李志：两人忠厚而缺乏才智，为仕功业不显。见在：现在还活着。④厌厌：形容精神不振。⑤结绳而治：远古时代没有文字，用结绳记事的方法来处理政事。⑥猯貉：猪獾和狗獾。

[译文]

庾道季说：“廉颇和蔺相如虽然是距今一千多年的古人，依旧正气凛然，经常使人感到有股生气。曹蜍、李志即使现在还活着，却精神萎靡不振，像坟墓里的死人一样。如果人人都像曹、李那样，天下就成了结绳而治的原始时代，只是恐怕我们会被野兽吃个精光。”

六十九

卫君长是萧祖周妇兄，谢公问孙僧奴：“君[1]家道卫君长云何？”孙曰：“云是世业人[2]。”谢曰：“殊不尔，卫自是理义人。”于时以比殷洪远[3]。

[注释]

①君：您。②世业人：世俗之人。③殷洪远：殷融，字洪远。

[译文]

卫君长是萧祖周的大舅子，一次，谢安问孙僧奴：“您说卫君长这个人如何？”孙僧奴说：“听说这个人整天被俗务缠身。”谢安说：“不是这种情况，卫君长本是个研究义理的人。”当时人们把卫君长和殷洪远相提并论。

七十

王子敬问谢公：“林公何如庾公[1]？”谢殊不受，答曰：“先辈初无论，庾公自足没林[2]公。”

[注释]

①“林公”句：林公指支道林，庾公指庾亮。②没：淹没，超过。

[译文]

王子敬问谢安：“林公与庾公相比，怎么样？”谢安很不赞成这种对比，回答说：“前辈早就不谈论它了，庾公自然能够超过林公的。”

七十一

谢遏诸人共道竹林[1]优劣，谢公云："先辈初不臧贬[2]七贤。"

[注释]

①谢遏：谢玄，小名遏，是谢安的侄儿。竹林：指竹林七贤。②臧贬：褒贬。竹林七贤在当时很有声望，很少有人评论他们之间的优劣。

[译文]

谢遏等人共同谈论竹林七贤的优劣，谢安说："前辈从来不褒贬七贤的。"

七十二

有人以王中郎比车骑，车骑闻之曰："伊窟窟成就[1]。"

[注释]

①窟窟：同"矻矻"，勤奋的样子。

[译文]

有人把北中郎将王坦之和车骑将军谢玄并列，谢玄听说这事就说："他勤奋努力，并做出了一定的成绩。"

七十三

谢太傅谓王孝伯[1]："刘尹亦奇自知[2]，然不言胜长史。"

[注释]

①王孝伯：王恭，字孝伯，是长史王濛的孙子。②奇自知：非常了解自己。

[译文]

太傅谢安对王孝伯说："刘尹也是很有自知之明的，可是他从不说已经超过长史了。"

七十四

王黄门兄弟三人俱诣谢公，子猷、子重多说俗事，子敬寒温而已[1]。既出，坐客问谢公："向三贤孰愈？"谢公曰："小者最胜。"客曰："何以知之？"谢公曰："吉人之辞寡，躁人之辞多[2]。推此知之。"

[注释]

①"王黄门"句：王徽之，字子猷，是王羲之第五子，曾任黄门侍郎；子重，是王操之的字，是王羲之第六子；子敬，是王献之的字，是王羲之第七子。②"吉

人”句：语出《周易·系辞下》。吉人，贤明的人。躁人，急躁的人。

［译文］

黄门侍郎王子猷兄弟三人一同去拜访谢安，子猷和子重大多说些日常琐事，而子敬不过寒暄几句罢了。三人走了以后，在座的客人问谢安：“刚才那三位贤士谁较优秀一些？”谢安说：“小的最好。”客人问道：“你怎么知道呢？”谢安说：“吉人之辞寡，噪人之辞多。我是从这两句话推断出来的。”

七十五

谢公问王子敬：“君书何如君家尊①？”答曰：“固当不同。”公曰：“外人论殊不尔。”王曰：“外人那得知？”

［注释］

①“君书”句：王子敬擅长草书、隶书，在当时名气很大，与其父不相上下。有人认为他的书法缺乏骨力，而比较秀媚；有人认为他父亲比不上他。

［译文］

谢安问王子敬：“您的书法比起令尊怎么样？”子敬回答说：“本来就不同的。”谢安说：“外人的议论可不这样。”王子敬说：“外人怎么懂呢？”

七十六

王孝伯问谢太傅：“林公何如长史？”太傅曰：“长史韶兴①。”问：“何如刘尹？”谢曰：“噫！刘尹秀。”王曰：“若如公言，并不如此二人邪？”谢云：“身意正尔也。”

［注释］

①韶兴：意趣美好。

［译文］

王孝伯问太傅谢安：“林公和长史相比，怎么样？”谢安说：“长史的谈论意趣清新。”王孝伯又问：“和刘尹相比怎么样？”谢安说：“哎！刘尹才能超群，非同一般。”王孝伯说：“您说的是他全比不上这两个人吗？”谢安说：“正是这个意思。”

七十七

人有问太傅①：“子敬可是先辈谁比？”谢曰：“阿敬近撮王、刘之标②。”

[注释]

①太傅：谢安。②撮：聚合，结合。王、刘之标：王濛、刘惔的风格。

[译文]

有人问太傅谢安：“子敬应该和哪一位前辈相媲美？”谢安说：“阿敬从近人中糅合了王、刘二人的风格。”

七十八

谢公语孝伯：“君祖①比刘尹，故为得逮②。”孝伯云：“刘尹非不能逮，直不逮③。”

[注释]

①君祖：指王濛。②逮：达到，赶上。③“刘尹”句：王孝伯实际是说他祖父胜过刘惔。

览图禁杖

唐太宗一日读《明堂针灸书》，想起打人脊背，则五脏震动，或致伤命，遂下诏衙门，以后不许笞杖罪囚的脊背。

[译文]

谢安对王孝伯说：“您的祖父和刘尹旗鼓相当，自然是能够做到他那样。”王孝伯说：“刘尹并非不能达到，只是祖父不想那样做。”

七十九

袁彦伯为吏部郎，子敬与郗嘉宾书曰：“彦伯已入①，殊足顿兴往②之气。故知捶挞③自难为人，冀小却④，当复差⑤耳。”

[注释]

①已入：指已经入仕，此指任吏部郎一职。②顿：挫伤。兴往：前进。③捶挞：古代的一种杖刑，专门处罚官吏。郎官如果有过错，就会受杖刑，所以有人不愿担任这一职务。④小却：稍微推辞，表示不愿接受。⑤差：病好了。

[译文]

袁彦伯担任了吏部郎，王子敬给郗嘉宾写信道：“彦伯已经担任职位了，足以挫伤他仕进的勇气。早就知道遭受杖刑自然很难做人的，希望他能稍微辞让一下，这样就会好受一些。”

八十

王子猷、子敬兄弟共赏《高士传》人及赞①，子敬赏“井丹高洁”，子猷云：“未若‘长卿慢世’②。”

[注释]

①赞：一种文体，一般放在文章结尾部分，相当于一个总评，内容主要是褒贬人物是非曲直。②长卿：司马相如的字。慢世：怠慢世俗之事，玩世不恭。

[译文]

王子猷、子敬兄弟一起欣赏《高士传》中的人物以及所写的赞，子敬赞赏“井丹高洁”之赞，子猷说：“不如‘长卿慢世’。”

八十一

有人问袁侍中①曰：“殷仲堪何如韩康伯？”答曰：“理义所得，优劣乃复未辨；然门庭萧寂，居然有名士风流，殷不及韩。”故殷作诔云：“荆门②昼掩，闲庭晏然③。”

[注释]

①袁侍中：袁恪之，字元祖，曾任黄门侍中。②荆门：柴门。③晏然：安安静静的样子。

[译文]

有人问侍中袁恪之：“殷仲堪和韩康伯相比怎么样？”袁恪之回答说：“两人对义理的造诣，优劣仍未辨明，可是门庭清静，保存着名士的风雅，这方面，殷仲堪是不如韩康伯的。”所以殷仲堪在哀悼韩康伯的诔文上说：“柴门即使白天也虚掩着，庭院安静清幽。”

八十二

王子敬问谢公：“嘉宾何如道季？”答曰：“道季诚复钞撮①清悟，嘉宾故自上。”

[注释]

①钞撮：撮取。

[译文]

王子敬问谢安：“嘉宾和道季相比怎么样？”谢安回答说：“道季的清谈确实集中了

各家之说，悟性高，嘉宾却本来就很出众。”

八十三

王珣疾，临困[①]，问王武冈[②]曰："世论以我家领军[③]比谁？”武冈曰："世以比王北中郎[④]。”东亭转卧向壁，叹曰："人固不可以无年[⑤]。”

[注释]

①临困：临死。困，病重的样子。②王武冈：王谧，王导之孙，袭爵武冈侯。③领军：指王洽，是王导的儿子、王珣的父亲，曾任吴郡内史，调任领军，不久又加中书令。④王北中郎：王坦之，任北中郎将。⑤无年：寿命短。王珣认为他父亲的人品才德超过王坦之，只是因为死得早，所以声望不大，世人才拿他与王坦之并列。

[译文]

东亭侯王珣病重，临死之时，问武冈侯王谧说："舆论拿我家领军和谁并列？”武冈侯说："世人把他和王北中郎并列。”王珣翻身面向墙壁，叹气说："人确是不能不长命啊！”

八十四

王孝伯道："谢公浓至[①]。”又曰："长史虚[②]，刘尹秀，谢公融[③]。”

[注释]

①浓至：指深到极点。②虚：谦虚。③融：恬淡。

[译文]

王孝伯说："谢安情深而意长啊。”又说："长史谦虚宽容，刘尹才智超群，谢公和乐通达。”

八十五

王孝伯问谢公："林公何如右军？”谢曰："右军胜林公，林公在司州前亦贵彻[①]。”

[注释]

①司州：指王胡之，曾任司州刺史。贵彻：尊贵而通达。

[译文]

王孝伯问谢安："林公和右军相比怎么样？”谢安说："右军胜过林公，可是林公比起司州来还是尊贵而通达的。”

八十六

桓玄为太傅[①]，大会，朝臣毕集。坐裁竟，问王桢之曰：“我何如卿第七叔[②]？”于时宾客为之咽气[③]。王徐徐答曰：“亡叔是一时之标，公是千载之英。”一坐欢然。

[注释]

①“桓玄”句：此句疑有误。桓玄曾任过太尉，从没担任太傅一职。②卿第七叔：指王献之。王桢之是王徽之的儿子、王羲之的孙子，历任侍中、大司马长史。③咽气：气为之塞，屏气，这里指紧张得喘不过气来。

[译文]

桓玄任太傅的时候，大会宾客，朝中大臣全都来了。大家才入座，桓玄就问王桢之：“我和你七叔相比怎么样？”当时在座的宾客都为王桢之担忧，紧张得不敢喘气。王桢之从容回答说：“亡叔只是一代的楷模，您却是千古的英才。”满座的人听了都笑了。

八十七

桓玄问刘太常[①]曰：“我何如谢太傅？”刘答曰：“公高，太傅深。”又曰：“何如贤舅子敬？”答曰：“楂梨橘柚，各有其美[②]。”

[注释]

①刘太常：刘瑾，字仲璋，历任尚书、太常卿。他母亲是王羲之的女儿、王子敬（王献之）的姐妹。②“楂梨”句：指几种水果味道不同，却都很可口，借指两人各有各的长处。楂，山楂。柚，柚子。

[译文]

桓玄问太常刘瑾说：“我和谢太傅相比怎么样？”刘瑾回答说：“公高明，太傅深厚。”桓玄又问：“比起你舅舅子敬来怎么样？”刘瑾回答说：“楂、梨、橘、柚，各有各的美味。”

橘颂

图中表现了一人在橘树下打坐的情景。

八十八

旧以桓谦比殷仲文[①]。桓玄时，仲文入，桓于庭中望见之[②]，谓同坐曰："我家中军，那得及此也！"

[注释]

①殷仲文：桓玄的姐夫，投奔桓玄，任咨议参军。其人有才华，容貌风度又美，为世所重。下文桓玄正是从这方面评论，认为桓谦比不上他。②"桓玄"句：此事发生在桓玄攻下建康、自称皇帝后。桓玄篡位后，任用堂兄弟桓谦为尚书左仆射，加中军将军。故下文直称中军。

[译文]

过去总是把桓谦和殷仲文并列。桓玄称帝时，仲文入朝，桓玄在厅堂上望见他，对同座的人说："我家的中军，哪里赶得上这个人呢！"

规箴第十

一

汉武帝乳母尝于外犯事①，帝欲申宪②，乳母求救东方朔③。朔曰："此非唇舌所争，尔必望济④者，将去时，但当屡顾帝，慎勿言，此或可万一冀⑤耳。"乳母既至，朔亦侍侧，因谓曰："汝痴耳！帝岂复忆汝乳哺时恩邪？"帝虽才雄心忍⑥，亦深有情恋，乃凄然愍(mǐn)⑦之，即敕免罪。

[注释]

①犯事：犯罪。②申宪：申明法令，指执行法令。③东方朔：汉武帝时任常侍中郎。④济：救济，救助。⑤或可：或许有。冀：希望。⑥心忍：心狠。⑦凄然：悲伤的样子。愍：可怜，同情。

[译文]

汉武帝的奶妈曾经在外面犯了罪，汉武帝想按法令制裁她，奶妈去向东方朔求救。东方朔说："这不是靠口舌能够争取的，你一定想把这件事办成功的话，临走时，只可连连回头去望着皇上，千万不要说话，这样也许会有万分之一的希望。"奶妈来到武帝面前，东方朔也在武帝旁边侍立，便对她说："你真傻呀！难道皇上还会想起你喂奶时的恩情吗？"汉武帝虽然才智杰出，心肠刚直，也还有深切的依恋之情，于是悲切地可怜她，立即下诏赦免了她的罪。

二

京房①与汉元帝共论，因问帝："幽、厉之君②何以亡？所任何人？"答曰："其任人不忠。"房曰："知不忠而任之，何邪？"曰："亡国之君，各贤其臣，岂知不忠而任之？"房稽(qǐ)首③曰："将恐今之视古，亦犹后之视今也。"

[注释]

①京房：本姓李，字君明，汉元帝时立为博士。②幽、厉之君：幽指周幽王，厉指周厉王，两人都是残暴的君主。③稽首：古代一种最恭敬的礼节，跪拜磕头。

[译文]

京房和汉元帝在一起谈论时，乘机问元帝："周幽王和周厉王为什么会亡国？他们任用怎样的人呢？"元帝回答道："他们任用的人不忠。"京房道："明明知道他们不忠诚还要去任用，这是什么原因呢？"元帝道："亡国之君都认为自己的臣子最贤良，哪有明知不忠还去任用的？"京房拜伏至地说道："就怕我们今天看古人，也像后世的人看我们今天一样。"

三

陈元方遭父丧，哭泣哀恸（tòng）[①]，躯体骨立。其母愍之，窃以锦被蒙上。郭林宗吊而见之，谓曰："卿海内之俊才，四方是则[②]，如何当丧，锦被蒙上？孔子曰：'衣夫（fú）[③]锦也，食夫稻也，于汝安乎？'吾不取也！"奋衣[④]而去。自后宾客绝百所日[⑤]。

[注释]

①哀恸：非常悲痛。②是则：即则是，以你为榜样、准则。③夫：语气词，这、那。④奋衣：振衣，等于拂袖，甩手。⑤百所日：百来天。所，约数词。

[译文]

陈元方遭遇父亲去世，哭泣悲痛到极点，整个人骨瘦如柴。他的母亲怜悯他，偷偷地把一条锦缎被子给他盖在身上。郭林宗来吊唁时，看见陈元方盖着这条被子，对他说道："你是国家的杰出人才，天下的人以你为表率，为什么在服丧期间盖上锦缎被子？孔子说：'（丧父期间）你吃好的，穿好的，你怎么能安心？'我认为你这种行为是不可取的。"郭林宗拂袖而去。从此以后，有百来天没有宾客上门。

四

孙休[①]好射雉，至其时，则晨去夕反[②]。群臣莫不上谏："此为小物，何足甚耽[③]？"休曰："虽为小物，耿介[④]过人，朕所以好之。"

[注释]

①孙休：是吴国君主孙权的儿子。②反：同"返"。③耽：消耗、沉迷。④耿介：正直诚恳，心意专一。

[译文]

孙休喜欢射野鸡，到了射猎野鸡的季节，他就早出晚归。朝中官员没有一个不规劝他的："这是小东西，哪里值得这样入迷？"孙休道："虽然是小东西，但是正直不阿，守节自持，为人所不及，因此我喜欢它。"

五

孙皓问丞相陆凯[①]曰："卿一宗[②]在朝有几人？"陆曰："二相，五侯，将军十余人。"皓曰："盛哉！"陆曰："君贤臣忠，国之盛也。父慈子孝，家之盛也。今政荒民弊，覆亡是惧[③]，臣何敢言盛！"

[注释]

①孙皓：吴国亡国之主。陆凯：字敬风。②宗：宗族，家族。③覆亡是惧：惧怕覆亡。

[译文]

孙皓问丞相陆凯道："你们家族在朝中做官的有多少人？"陆凯道："两个丞相，五个侯爵，十几个将军。"孙皓说："真兴旺啊！"陆凯道："君王贤明，臣子尽忠，国家兴旺。父母慈爱，子女孝敬，家庭兴旺。现在政务荒废，民生凋敝，随时害怕国家灭亡，臣下哪里还敢说什么兴旺！"

六

何晏、邓飏令管辂作卦[①]，云："不知位至三公不？"卦成，辂称引古义，深以戒[②]之。飏曰："此老生之常谈。"晏曰："知几其神[③]乎，古人以为难；交疏吐诚[④]，今人以为难。今君一面[⑤]，尽二难之道，可谓'明德惟馨[⑥]'。《诗》不云乎'中心[⑦]藏之，何日忘之'？"

[注释]

①作卦：算卦，占卜。②戒：同"诫"，警惕、提防。③几：事情的征兆、苗头。神：绝妙，高超。④交疏：交情浅。吐诚：说话真诚。⑤一面：一面之交。

⑥明德惟馨：语出《左传·僖公五年》所引《周书》，大意是：光明的德行是芳香的。⑦中心：心里。

[译文]

何晏、邓飏叫管辂给他们占卦，说："不知道我们的官位能不能升到三公？"卦成以后，管辂引证古书的意思，深深地劝诫他们。邓飏道："这是老生常谈。"何晏道："了解事物变化的征兆大概是很微妙的吧，这是古人认为很难的事；交情很浅而说话真诚，这是今人认为很难的事。今天和你只是一面之交，你就尽力解决了这两个难题，真可以说是'明德惟馨'。《诗经》上不是说过'中心藏之，何日忘之'吗？"

七

晋武帝既不悟①太子之愚，必有传后意②。诸名臣亦多献直言。帝尝在陵云台上坐，卫瓘在侧，欲申其怀③，因如醉，跪帝前，以手抚床曰："此坐可惜④！"帝虽悟，因笑曰："公醉邪？"

[注释]

①不悟：不了解、不明白。②传后意：传位给后代的愿望。③申其怀：表明自己的想法。④此坐可惜：指让太子登位，这个位子就可惜了。

[译文]

晋武帝不明白太子愚蠢，一定要把帝位传给他。朝中有名望的大臣也多有直言进谏的。有一次，武帝在陵云台上坐着，卫瓘陪侍在旁，想趁此申述自己的想法，便假装喝醉了酒，跪在武帝面前，用手轻拍着御座说："这个座位可惜呀！"武帝虽然明白了他的用意，还是笑着说："你醉了吗？"

八

王夷甫妇郭泰宁女，才拙而性刚，聚敛无厌①，干豫②人事。夷甫患之而不能禁。时其乡人幽州刺史李阳，京都大侠，犹汉之楼护③，郭氏惮之。夷甫骤④谏之，乃曰："非但我言卿不可，李阳亦谓卿不可。"郭氏小为之损⑤。

潘扆

图片描绘了宋代文言武侠小说中的侠客潘扆的形象。

[注释]

①无厌：不满足。②干豫：干涉，干扰。③汉之楼护：楼护是汉代的游侠。④骤：突然。⑤损：收敛。

[译文]

王夷甫（衍）的妻子是郭泰宁的女儿，才智低下而性情刚愎，搜刮财货永不知足，又喜欢干涉别人的事。王夷甫非常憎恶却又阻止不了。当时，他的同乡幽州刺史李阳，是京城里的一个大侠客，如同汉代的游侠楼护，王夷甫的妻子很畏惧他。王夷甫一次突然用此人吓她说："不但我说你不能这样做，李阳也认为你不能这样做。"郭氏才稍稍收敛一点。

九

王夷甫雅尚玄远[①]，常嫉其妇贪浊[②]，口未尝言“钱”字。妇欲试之，令婢以钱绕床，不得行。夷甫晨起，见钱阂(hé)行[③]，呼婢曰：“举却阿堵物[④]。”

[注释]

①尚：崇尚。玄远：奥妙深远，指代玄理。②贪浊：贪婪卑劣。③阂：阻挡，阻隔。行：去路。④阿堵物：这些东西。

[译文]

王夷甫（衍）一向崇尚深远微妙的哲理，常常憎恨妻子贪鄙卑劣，他口中不曾说过“钱”字。妻子想试试他，命令婢女拿钱围绕在床前，使他行走不得。王夷甫早晨起床，发现钱阻碍了自己的去路，便喊婢女道：“拿掉这些东西。”

十

王平子[①]年十四五，见王夷甫妻郭氏贪，欲令婢路上儋粪[②]。平子谏之，并言不可。郭大怒，谓平子曰：“昔夫人[③]临终，以小郎嘱新妇[④]，不以新妇嘱小郎。”争捉衣裾(jū)[⑤]，将与杖。平子饶力[⑥]，争得脱，逾窗而走。

[注释]

①王平子：王澄，字平子，是王夷甫的弟弟。②儋粪：挑粪。儋，同“担”，肩挑。③夫人：太夫人，指婆婆。④小郎：小叔子，即丈夫的弟弟。嘱：嘱咐、托付。新妇：女子自称。⑤争捉：一把抓住。裾：衣服的大襟，也指衣服的前后部分。⑥饶力：指力气大。

[译文]

王平子十四五岁时，看见王夷甫的妻子郭氏非常贪婪，想叫婢女在路上挑粪。王平子规劝她，并说这样不行。郭氏大怒，对王平子说道：“以前太夫人临死的时候，把你托付给我，并没有把我托付给你。”郭氏一把抓住王平子的衣襟，准备拿棍子打他。王平子力气大，挣扎脱身，跳窗逃跑了。

十一

元帝过江犹好酒[①]，王茂弘与帝有旧[②]，常流涕谏。帝许之，命酌酒一酣[③]，从是遂断。

［注释］

①元帝：元帝司马睿，是东晋的第一个皇帝。犹好酒：仍然喜欢喝酒。②王茂弘：王导，字茂弘。有旧：有交情。③酣：喝酒喝得畅快。

［译文］

晋元帝到江南以后，仍然喜欢喝酒。王茂弘和元帝是旧交，常常流着泪规劝他。元帝答应了，叫人取酒来喝个畅快，从此以后就戒了酒。

十二

谢鲲为豫章太守，从大将军下至石头[①]。敦谓鲲曰："余不得复为盛德之事[②]矣。"鲲曰："何为其然？但使自今已后，日亡日去[③]耳。"敦又称疾不朝，鲲谕敦曰："近者明公之举，虽欲大存社稷，然四海之内，实怀未达[④]。若能朝天子，使群臣释然[⑤]，万物之心于是乃服。仗民望以从众怀，尽冲退[⑥]以奉主上，如斯，则勋侔(móu)一匡[⑦]，名垂千载。"时人以为名言。

［注释］

①从：跟随。石头：石头城。②盛德之事：品德高尚的事，指辅佐君主。③日亡日去：一天天过去，一天天忘记。④实怀：真实的用心。达：表明，传达。⑤释然：放心、安心的样子。⑥冲退：谦虚退让之心。⑦侔：等同，实现。一匡：指一匡天下，使天下一切得到纠正。

［译文］

谢鲲任豫章太守的时候，随大将军王敦东下，到了石头城。王敦对谢鲲说道："我不能再做那种品德高尚的事情了。"谢鲲道："为什么这样说呢？只要从今以后，一天一天地把以前的猜忌忘掉就是了。"王敦又托病不去朝见皇帝，谢鲲劝告王敦说："近来你的举动虽然是想极力地保全国家，但是全国上下还不了解你的真实用心。如果能去朝见天子，使朝中官员放下心来，所有的人才会心悦诚服。掌握人民的愿望来顺从众人的心意，努力用谦虚退让之心来侍奉皇上，这样，功勋就可以匡正天下，也能够名垂千古。"当时的人认为这是著名的言论。

十三

元皇帝时，廷尉张闿(kǎi)在小市居，私作都门[①]，早闭晚开。群小[②]患之，诣州府诉，不得理，遂至挝(zhuā)登闻鼓③，犹不被判。闻贺司空④出至破冈，连名诣贺诉。贺曰："身被征作礼官，不关此事。"群小叩头曰："若府君复不见治，便无所诉。"贺未语，令且去，见张廷尉当为及之。张闻，即毁门⑤，自至方山迎贺。贺出见辞之⑥曰："此不必见关⑦，但与君门情⑧，相为惜之。"张愧谢曰："小人有如此，始不即知，早已毁坏。"

[注释]

①都门：京都中街巷的门。②群小：街坊邻居。③挝：敲击。登闻鼓：挂在朝堂外的谏鼓，有所谏议或有冤屈者，可击鼓上达。④贺司空：贺循，字彦先，死后赠司空。⑤毁门：把门拆毁。⑥见辞之：把状辞给他看。见，同"现"，呈现，给……看。⑦见关："关见"，指关心这件事。⑧门情：两家的交情。

市井

图中展现了古代市井的面貌。

[译文]

晋元帝时，廷尉张闿住在小街上，私自在里巷设置大门，很早就关闭，很晚才打开。附近老百姓都为这事感到担忧，便到州衙门去控告，衙门不受理，百姓没办法，就捶起登闻鼓，还是得不到裁决。大家听说司空贺循外出，到了破冈，便联名到他那里告状。贺循道："我被调做礼官，和这事没有关系。"百姓给他磕头说："如果您也不管，我们就没有地方申诉了。"贺循没有说什么，只叫大家暂时回去，等到自己遇到张廷尉时，一定替大家问这件事。张闿听到了这个消息，立即把门拆毁，并且亲自到方山迎接贺循。贺循出来把状辞给他看，说道："这件事本来用不着我费心，但是我与你有通家之谊，为了你我才爱惜它。"张闿惭愧地谢罪说："百姓有这样的要求，我当初没有了解到，不然门早已拆毁了。"

十四

郗太尉晚节好谈①，既雅非所经②，而甚矜③之。后朝觐(jìn)，以王丞相末年多可恨④，每见，必欲苦相规诫。王公知其意，每引作他言。临还镇，故命驾诣丞相。翘须厉色⑤，上坐⑥便言："方当乖别，必欲言其所见。”意满口重[⑦]，辞殊不流[⑧]。王公摄其次[⑨]曰：“后面未期，亦欲尽所怀，愿公勿复谈。”郗遂大瞋[⑩]，冰矜[⑪]而出，不得一言。

[注释]

①郗太尉：郗鉴。晚节：晚年。好谈：喜欢讨论、清谈。②既：虽然。雅非：向来不是。经：擅长，拿手。③矜：自负，夸耀。④可恨：令人遗憾、令人惋惜的事。⑤翘须厉色：胡子翘起，神色严肃。⑥上坐：落座，就座。⑦意满：态度傲慢。口重：语气严肃、庄重。⑧殊：很，特别。不流：不顺畅。⑨摄其次：指整理他言谈的顺序。摄，整理。次，秩序，顺序。⑩大瞋：十分恼怒。⑪冰衿：表情冷淡，不高兴。衿，情绪，心情。

[译文]

太尉郗鉴晚年爱好议论，这虽然不是他所擅长的，但是自己又非常自负。后来他朝见皇帝来到建康，由于丞相王导晚年做了不少令人惋惜的事，所以郗鉴每次见到王导，一定要苦苦劝诫他。王导也知道郗鉴的意图，常常用其他的话来引开。后来郗鉴将要回到所镇守的地方，特意坐车前去拜访王导。他翘着胡子，虎起面孔，一落座就说：“快要分手了，我一定要把我所见到的说出来。”郗鉴内心既自负，口气又很重，话也讲得很不流畅。王导整理了他言谈的顺序，说道：“后会不知何时，我也想尽量说出我的意见，希望你以后不要再议论了。”郗鉴于是大为恼怒，表情冷淡地走了，再也不说一句话。

十五

王丞相为扬州，遣八部从事之职[①]。顾和时为下传[②]还，同时俱见。诸从事各奏二千石官长得失[③]，至[④]和独无言。王问顾曰：“卿何所闻？”答曰：“明公作辅，宁使网漏吞舟[⑤]，何缘采听风闻[⑥]，以为察察[⑦]之政？”丞相咨嗟称佳，诸从事自视缺然[⑧]也。

[注释]

①遣：派遣，委任。八部：扬州当时统属丹阳、会稽等八郡。从事：官名。之职：上任，就职。②下传：视察时乘坐的传车（驿车）。③二千石：太守的俸禄为二千石，这里指代太守。得失：治理的好坏。④至：轮到，等到。⑤网漏吞舟：网目太大，让能吞下一条船那样的大鱼都能逃脱，指因为法网疏漏而使大坏人逃脱了。⑥何缘：缘何，为什么。采听：采纳，听取。风闻：没有根据的传言。⑦为：实施，推行。察察：清明。⑧自视：自我检讨。缺然：欠缺，比不上。

[译文]

丞相王导任扬州刺史时，派遣八个部从事到所辖的八个郡任职。顾和当时也随着驿车到郡里去，回来以后，大家一起去谒见王导。诸位从事各自报告了郡守的优点和问题，轮到顾和，唯独他没有发言。王导问他道："你听到了什么？"顾和回答道："明公做辅弼大臣，宁可让能吞下一条船那样的大鱼漏网，怎么能寻访搜听传闻，凭借这些道听途说来推行清明的政治呢？"王导赞叹不已，连声说好，众从事也自愧不如。

十六

苏峻东征沈充，请吏部郎陆迈与俱。将至①吴，密敕左右②，令入闾（lǘ）门③放火以示威。陆知其意，谓峻曰："吴治平未久，必将有乱。若为乱阶④，请从我家始。"峻遂止。

[注释]

①将至：快到。②密敕：秘密地命令。左右：手下，随从。③闾门：吴国的西郭门。④乱阶：祸端、祸乱的借口。

[译文]

苏峻起兵东下征伐沈充，邀请吏部郎陆迈和他一起出征。快要到吴地的时候，苏峻秘密吩咐手下的人，叫他们进闾门去放火以显示军威。陆迈明白苏峻的意图，对苏峻道："吴地刚太平安定不久，这样一定会引起祸乱。如果要造祸端的话，请从我家开始。"苏峻这才停止了放火。

十七

陆玩拜①司空，有人诣之，索②美酒，得，便自起，泻箸③梁柱间地，祝曰："当今乏才，以尔为柱石之用，莫倾人栋梁。"玩笑曰："戢（jí）卿良箴（zhēn）④。"

[注释]

①陆玩：陆玩是吴郡吴人，晋成帝时，受任为司空。拜：受任官职。②索：索求，索要。③泻箸：倾倒。④戢：收藏，牢记。箴：规劝，劝诫。

[译文]

陆玩被任命为司空，有人前去拜访他，向他要美酒，酒到手中，客人起身把酒倒在梁柱旁边的地上，祷告道："当前缺乏好材料，把你当作承担重任的柱石来使用，你千万不要把别人的栋梁倾覆了。"陆玩笑着说道："我接受你的良言劝诫。"

十八

小庾[①]在荆州，公朝大会，问诸僚佐[②]曰："我欲为汉高、魏武[③]何如？"一坐莫答，长史江虨曰："愿明公为桓、文之事[④]，不愿作汉高、魏武也。"

[注释]

①小庾：庾翼，是庾亮的弟弟。②僚佐：幕僚、手下官员。③汉高、魏武：汉高祖刘邦和魏武帝曹操，他们最终夺取了天下。④桓、文：齐桓公和晋文公，春秋五霸中最有声望的两个霸主，主张尊奉周王室，抵御外患。

[译文]

庾翼任荆州刺史的时候，在一次僚属拜见长官的大会上，向各位僚属道："我想做汉高祖、魏武帝那样的人，大家认为怎么样？"满座的人没有一个回答。长史江虨说道："希望您效法齐桓公、晋文公，不希望您效法汉高祖、魏武帝。"

十九

罗君章为桓宣武从事，谢镇西[①]作江夏，往检校之。罗既至，初不问郡事，径就谢数日，饮酒而还。桓公问："有何事？"君章云："不审公谓谢尚何似人？"桓公曰："仁祖是胜我许[②]人。"君章云："岂有胜公人而行非[③]者？故一无所问。"桓公奇其意而不责也。

[注释]

①谢镇西：谢尚，字仁祖，曾任建武将军、江夏相。②我许：像我这样。③行非：行为不当，为非作歹。

[译文]

罗君章在桓温手下做从事，镇西将军谢尚为江夏相，桓温派罗君章到江夏去核查谢尚的工作。罗君章到江夏后，从来不过问郡里的政事，径直到谢尚那里喝了几天酒便回来了。桓温问他江夏有些什么事情，罗君章说："不知道你认为谢尚是个什么样的人？"桓温道："仁祖是胜过我的人。"罗君章说："哪里有胜过你的人还去为非作歹的？所以我对政事一点也没有问。"桓温觉得他的见解很奇特，也就不去责怪他。

二十

王右军与王敬仁、许玄度并善。二人亡后，右军为论议更克[①]。孔严诫之曰："明府昔与王、许周旋[2]有情，及逝没之后，无慎终[3]之好，民所不取。"右军甚愧。

[注释]

①克：苛刻，严厉。②周旋：相互交往。③慎终：谨慎从始至终。

[译文]

右军将军王羲之和王敬仁（脩）、许玄度（询）都非常友好。两人死后，王羲之对他们的评论却更加苛刻。孔严规劝他说："你过去和王敬仁、许玄度互相交往，很有情谊，等到两人过世以后，却没有谨慎小心，对友情始终如一，这是我不赞成的。"王羲之听了非常惭愧。

二十一

谢中郎[1]在寿春败，临奔走，犹求玉帖镫（dèng）[2]。太傅在军，前后初无损益[3]之言。尔日犹云："当今岂须烦此？"

[注释]

①谢中郎：谢万，曾任西中郎将。②玉帖镫：用玉装饰的马镫。③初无：丝毫没有。损益：意见，建议。

[译文]

西中郎将谢万在寿春溃败，到了仓皇逃跑时，还在寻找玉饰的马镫来使用。谢安当时跟随在军中，从始到终没有提过什么批评建议。这天也只是说："现在哪里还需要那种东西？"

山行

此图表现了古人骑马走山路的情景。

二十二

王大语东亭[1]："卿乃复论成不恶[2]，那得与僧弥戏！"

[注释]

①语：对……说。东亭：王珣，封东亭侯。②不恶：不差，不坏。

［译文］

王大（忱）告诉东亭侯王珣："你评定人的能力实在是不错，那为什么还和僧弥开玩笑呢？"

二十三

殷觊病困[1]，看人政[2]见半面。殷荆州兴晋阳之甲[3]，往与觊别，涕零，属以消息所患[4]。觊答曰："我病自当差[5]，正忧汝患耳！"

［注释］

①病困：病重。②政：通"正"，仅仅、只。③甲：盔甲，指代士兵。④属：嘱咐，吩咐。消息：休息，调养。所患：病。⑤差：同"瘥"，痊愈，好转。

［译文］

殷觊病重，看人仅能看到半边脸。荆州刺史殷仲堪当时正要起兵内伐，去和殷觊告别，见他病成这样，不觉流出眼泪，嘱咐他好好调养自己的病。殷觊回答道："我的病自然会痊愈，我只担心你的安危呀！"

二十四

远公在庐山中，虽老，讲论不辍。弟子中或有堕者[1]，远公曰："桑榆之光[2]，理无远照；但愿朝阳之晖[3]，与时并明耳。"执经登坐，讽诵朗畅，词色甚苦[4]。高足之徒，皆肃然增敬。

［注释］

①堕者：同"惰者"，懒惰的人。②桑榆之光：落日照在桑树、榆树梢上的余晖，比喻老年时光。③朝阳之晖：初升太阳的光辉，比喻年少时光。④词色：同"辞色"，言辞和表情。苦：指恳切。

［译文］

慧远和尚住在庐山中，虽然年老，仍然宣讲解说佛经，不肯停止。弟子里面间或有怠惰的人，慧远就说："我像夕阳斜照桑榆时的余光，按理照不了很久了；但愿你们像早晨初升的阳光，越来越明亮。"慧远捧着佛经，登上讲坛，朗诵经典，声音响亮流畅，言辞神态恳切异常。高足弟子都更加肃然起敬。

二十五

桓南郡[1]好猎，每田狩[2]，车骑甚盛。五六十里中，旌旗蔽隰[3]，骋

围猎图

图中表现了古人围猎的情景。

良马，驰击若飞，双甄[4]所指，不避陵壑。或行陈[5]不整，麏兔腾逸[6]，参佐无不被系束[7]。桓道恭，玄之族也，时为贼曹参军[8]，颇敢直言，常自带绛绵绳著腰中。玄问："此何为？"答曰："公猎，好缚人士，会当[9]被缚，手不能堪芒[10]也。"玄自此小差。

[注释]

①桓南郡：桓玄，是桓温的儿子。②田狩：打猎。③隰：低湿的地方。④双甄：队列的左右两翼。⑤行陈：即行阵，军队的行列。⑥麏，同"麇"：獐子。腾逸：跳跃逃跑。⑦参佐：下属官吏。系束：捆绑。⑧贼曹参军：参军是州府的属官，贼曹是参军手下专管盗贼事务的部门。⑨会当：总会，总要。⑩芒：芒刺。

[译文]

南郡公桓玄喜欢打猎，每逢出猎，车马很多。绵延五六十里地，各类旗帜铺天盖地，良马奔驰，追击如飞；两侧队伍经过的地方，丘陵沟壑，概不回避。有时队伍行列不够整齐，或让獐子野兔奔腾逃逸，下属官吏没有不遭捆绑的。桓道恭是桓玄的族人，当时担任贼曹参军，非常直率，敢讲话，常常自己带着一条绛红色的绵绳系在腰间。桓玄问："这是用来干什么的？"桓道恭回答道："你打猎的时候喜欢捆人，我总会被捆的，这是怕两只手受不了那粗绳上的芒刺啊。"桓玄从此稍微收敛。

二十六

王绪、王国宝相为唇齿[1]，并上下权要。王大不平其如此，乃谓绪曰："汝为此欻欻[2]，曾不虑狱吏之为贵[3]乎？"

[注释]

①唇齿，比喻有共同利害的双方互相依靠。②欻欻：轻举妄动，任意妄为。③狱吏之为贵：狱吏变得尊贵，这里指获罪下狱。

[译文]

王绪、王国宝互相勾结，一起玩弄权术，执掌机要。王大（忱）很不满意他们的所作所为，便对王绪说："你这样任意妄为，竟然没有考虑到终有一天会下狱吗？"

二十七

桓玄欲以谢太傅宅为营[①]，谢混曰："召伯[②]之仁，犹惠及[③]甘棠；文靖[④]之德，更不保[⑤]五亩之宅？"玄惭而止。

[注释]

①营：府第，住房。②召伯：即召公，周文王的儿子，封于召地，所以叫召伯。③惠及：给……带来恩惠。④文靖：指谢安。谢安死后谥号是文靖。⑤更不保：难道不能保全。

[译文]

桓玄想把太傅谢安的住宅要来修府第。谢安的孙子谢混说道："召伯的仁爱，尚且能给甘棠树带来好处；谢安的恩德难道还不能保住五亩大小的住宅吗？"桓玄感到很惭愧，就中止了这件事。

捷悟第十一

一

杨德祖[1]为魏武主簿，时作相国[2]门，始构榱桷（cuī jué）[3]，魏武自出看，使人题门作“活”字，便去。杨见，即令坏之。既竟，曰：“‘门’中‘活’，‘阔’字。王[4]正嫌门大也。”

[注释]

①杨德祖：杨修，字德祖，曹操任丞相时，调他任主簿，其人才华横溢，终为曹操所害。②相国：指丞相。③榱桷：椽子。④王：魏王曹操。

[译文]

杨德祖在魏武帝曹操手下任主簿，当时正在建筑相国府大门，刚架好椽子，曹操亲自出来察看，叫人在门上写个“活”字就走了。杨德祖看见了，立刻叫人把门拆了。拆完后，他说：“‘门’里加个‘活’字，是‘阔’字。魏王正是嫌门太大了。”

二

人饷[1]魏武一杯酪，魏武啖少许，盖头[2]上题“合”字以示众。众莫能解。次至杨修，修便啖，曰：“公教人啖一口[3]也，复何疑？”

[注释]

①饷：送。②盖头：覆盖用的丝麻织品。③教人啖一口：“合”字拆开，就是“人、一、口”三字，意为一人吃一口。

[译文]

有人送给魏武帝曹操一杯奶酪，曹操吃了一点，就在盖子上写了一个“合”字给大家看。众人都看不懂是啥意思。轮到杨修去看，他便吃了一口，说：“曹公教每人吃一口呀，还怀疑什么？”

三

魏武尝过曹娥碑[1]下，杨修从，碑背上见题作“黄绢幼妇，外孙齑臼（jī jiù）[2]”八字。魏武谓修曰：“解不？”答曰：“解。”魏武曰：“卿未可言，待我思之。”行三十里，魏武乃曰：“吾已得。”令修别记所知。修曰："黄绢，色丝也，于字为绝。幼妇，少女也，于字为妙。外孙，女子也，于字为好。齑臼，受辛也，于字为辞[③]。所谓'绝妙好辞'也。"魏武亦记之，与修同，乃叹曰："我才不及卿，乃觉[④]三十里。"

［注释］

①曹娥碑：曹娥是东汉时代一个孝女，父溺死，她为寻找父亲尸首而死，县令给她立了碑，就是曹娥碑。②齑臼：捣碎姜、蒜等的器具。③"齑臼"三句：辞的异体字是辤。④觉：同"较"，相差，相距。

［译文］

魏武帝曹操曾路过曹娥碑，杨修跟着他，只见碑背面写着"黄绢幼妇，外孙齑臼"八个字。曹操就问杨修："明白吗？"杨修回答说："明白。"曹操说："你先别说，容我想想。"走了三十里路，曹操才说："我想出来了。"他叫杨修把自己的理解另外写下来。杨修写道："黄绢，有颜色的丝，色丝合成绝字；幼妇，是少女的意思，少女合成妙字；外孙，是女儿的儿子，女子合成好字；齑臼，是承受辛辣东西的，受辛合成辞字：这就是绝妙好辞。"曹操也把自己的理解写下了，结果和杨修的一样，于是感叹地说："我的才力赶不上你，中间相差三十里。"

四

魏武征袁本初[①]，治装，余有数十斛竹片，咸长数寸。众云并不堪用，正令烧除。太祖[②]思所以用之，谓可为竹椑楯[③]，而未显其言。驰使问主簿杨德祖，应声答之，与帝心同。众伏其辩[④]悟。

［注释］

①袁本初：袁绍，字本初。东汉末年，群雄各据一方，汉献帝时，曹操为司空，独揽朝政；袁绍为大将军，督冀、幽、青、并四川。两人互相攻伐。公元200年，曹操大破袁绍于官渡。②太祖：曹操的庙号。③竹椑楯：椭圆形的竹盾牌。椑，椭圆形。④伏：通"服"，佩服。辩：聪明。

［译文］

魏武帝曹操要征讨袁本初，建造军事装备，剩下了几十斛竹片，都是几寸长的。大家说不能用，正要烧掉。曹操在考虑怎么利用这些竹片，认为可以用来做竹盾牌，但没有把这话说出来。他派人速去问主簿杨德祖，杨德祖随即答复了来人，结果和曹操想法一样。大家都佩服杨德祖的聪明和悟性。

五

王敦引军垂至大桁[1]，明帝自出中堂[2]。温峤为丹阳尹，帝令断大桁(háng)，故未断[3]，帝大怒，瞋目，左右莫不悚惧。召诸公来。峤至不谢，但求酒炙。王导须臾至，徒跣(xiǎn)[4]下地，谢曰："天威在颜[5]，遂使温峤不容[6]得谢。"峤于是下谢，帝乃释然[7]。诸公共叹王机悟名言。

[注释]

①"王敦"句：晋明帝时，王敦起兵作乱，但当时他已病重，只派王含和钱凤率军下京都。垂，将近。大桁，大桥，这里指朱雀桥，在建康城南，跨秦淮河。②中堂：举行朝会的厅堂。③"温峤"三句：王敦起兵时，温峤与右将军卞敦守石头城。后王含、钱凤军直达秦淮河南岸，温峤便烧掉朱雀桥，王含军无法渡河。④徒跣：光着脚。⑤天威：天子的威严。颜：脸，这里指眼前。⑥容：或许，可能。⑦释然：形容怒气消释而心平气和。

[译文]

王敦率军东下快要逼近朱雀桥了，晋明帝亲自走出中堂。温峤时任丹阳尹，明帝命令他毁掉朱雀桥，结果桥并没有被毁掉，明帝大为恼火，随从的人都很恐惧。明帝召集众大臣前来，温峤到后，没有谢罪，只是求赐酒肉请死。王导接着来到，他光着脚走到地上，向明帝谢罪说："天子威严就在眼前，使温峤来不及谢罪了。"温峤这才退下谢罪，明帝也就心平气和了。大臣们都很赞赏王导说的话是机敏而有悟性的名言。

六

郗司空在北府[1]，桓宣武恶其居兵权。郗于事机素暗，遣笺诣桓："方欲共奖[2]王室，修复园陵。"世子嘉宾[3]出行，于道上闻信至，急取笺，视竟，寸寸毁裂，便回。还更作笺，自陈老病，不堪人间，欲乞闲地自养。宣武得笺大喜，即诏转公督五郡、会稽太守。

桥

图中描绘了牢固挺立的桥。

[注释]

①郗司空：郗愔，字方回，曾兼任徐、兖二州刺史，都督徐、兖、青、幽诸州军事。后

来征拜司空。北府：即京口，别称北府。②奖：辅佐。③嘉宾：郗超，字嘉宾，是郗愔的长子，在桓温的大司马府上任参军。

[译文]

司空郗愔坐镇北府之时，桓温厌恶他掌握兵权。郗愔对形势大局向来糊涂，寄信给桓温说："想和您同心协力，共同匡辅王室，修复先帝的陵寝。"当时他的长子嘉宾正在外地，在半路听说信使到了，急忙拿出信来看，看完后，把信撕得粉碎，就返回去。又代他父亲另外写了封信，诉说自己年老多病，不堪世事烦扰，想找个闲职来自我调养。桓温看到信后大喜，立刻传令把郗愔调为都督浙江东五郡军事、会稽太守。

七

王东亭作宣武主簿，尝春月与石头[1]兄弟乘马出郊。时彦同游者，连镳(biāo)[2]俱进，唯东亭一人常在前，觉数十步，诸人莫之解。石头等既疲倦，俄而乘舆回，诸人皆似从官，唯东亭奕奕[3]在前。其悟捷如此。

[注释]

①石头：桓熙的小名，是桓温的长子。②连镳：坐骑并排。③奕奕：精神焕发的样子。

[译文]

东亭侯王珣任桓温的主簿时，曾在春日里和桓熙兄弟骑马郊游。同游的名士们，都排在一起前进；只有王珣一人总是在前面，距离他们有几十步远，大家都不理解其中的缘故。桓熙等人已经玩得很疲倦了，不久就坐车回去。结果其他人都像侍从一样跟在后面，只有王珣精神抖擞地走在前面。他就是这样的有悟性且机敏。

夙惠第十二

一

宾客诣陈太丘宿，太丘使元方、季方炊。客与太丘论议，二人进火，俱委而窃听。炊忘箸箄(bì)①，饭落釜中。太丘问："炊何不馏②？"元方、季方长跪曰："大人与客语，乃俱窃听，炊忘箸箄，饭今成糜。"太丘曰："尔颇有所识不？"对曰："仿佛志之。"二子俱说，更相易夺③，言无遗失。太丘曰："如此，但糜自可，何必饭也！"

[注释]

①箄：箅子。竹制的蒸饭用的盛器。②馏：指先将米下水煮，再捞出来蒸熟。③更：交替。易夺：改正补充。

[译文]

有位客人到太丘长陈寔家过夜，陈寔让儿子元方和季方做饭。客人和陈寔在一起清谈，元方兄弟都在烧火，他们一同放下手中的活，前去偷听。烧饭时忘了放上箅子，蒸的饭都落进了锅里。陈寔问他们："饭为什么不蒸呢？"元方和季方长跪着说："大人和客人清谈，我们两人一起去偷听，蒸饭时忘了放上箅子，现在饭都煮成了粥。"陈寔问："你们能记住多少话？"兄弟两人回答说："似乎还能想起一些来吧。"兄弟俩一起说，互相穿插补正，一句话也没有漏掉。陈寔说："既然这样，吃粥就行了，何必一定要吃干饭呢！"

二

何晏七岁，明惠若神，魏武奇爱之①。因晏在宫内，欲以为子。晏乃画地令方，自处其中。人问其故，答曰："何氏之庐②也。"魏武知之，即遣还。

[注释]

①"何晏"三句：何晏的父亲死得早，曹操任司空时，娶了何晏的母亲，并收养了何晏。②庐：简陋的房屋。这里指何晏不愿改姓做曹操的儿子。

[译文]

何晏七岁的时候，聪明灵慧，曹操非常喜欢他。因为何晏留在宫里，曹操想收养他做儿子。何晏便在地上画个方框，自己站在里面。别人问他这么做的原因，他回答说：“这是何家的房子。”曹操知道后，立即把他送回了家。

三

晋明帝数岁，坐元帝膝上①。有人从长安来，元帝问洛下消息，潸然流涕。明帝问何以致泣，具以东渡意告之②。因问明帝：“汝意谓长安何如日远？”答曰：“日远。不闻人从日边来，居然可知。”元帝异之。明日集群臣宴会，告以此意，更重问之。乃答曰：“日近。”元帝失色，曰：“尔何故异昨日之言邪？”答曰：“举目见日，不见长安。”

[注释]

①“晋明帝”句：晋元帝司马睿原为安东将军，镇守建康。后来京都洛阳失守，怀帝逃到平阳，不久，长安也失守。晋愍帝死后，司马睿即帝位。其长子司马绍后继位为明帝。②“具以”句：晋元帝为琅琊王时，住在洛阳。好友王导知天下将要大乱，就劝他回到自己的封国，后来又劝他镇守建康，意欲经营一个复兴帝室的基地。这就是所谓东渡。

[译文]

晋明帝只有几岁的时候，一次坐在元帝膝上。当时有个从长安来的人，元帝问起洛阳的情况，不由伤心流泪。明帝问父亲为什么流泪，元帝就把过江来的意图全部告诉他。于是问明帝：“长安和太阳相比，哪个更远？”明帝回答说：“太阳远。没听说过有从太阳那边来的人，这是很明显的。”元帝感到很惊奇。第二天，元帝召集群臣举行宴会，把明帝说的话告诉他们，又重新问明帝。不料明帝却说：“太阳近。”元帝大惊失色，问他：“你为什么和昨天说的不一样呢？”明帝回答道：“抬起头就能看见太阳，可是看不见长安。”

四

司空顾和与时贤共清言，张玄之、顾敷是中外孙，年并七岁，在床边戏。于时闻语，神情如不相属(zhǔ)①。

灯下夜谈

图中表现了古人灯下夜谈的情景。

瞑于灯下，二儿共叙客主之言，都无遗失。顾公越席而提其耳曰："不意衰宗②复生此宝！"

[注释]

①属：依附，集中。②衰宗：谦称自己的家族。

[译文]

司空顾和与同时的贤人一起清谈，张玄之和顾敷是他的外孙和孙子，都是七岁，在坐榻旁玩耍。听大人们谈论，仿佛漠不关心。夜里在灯下，两个小孩闭着眼睛，一起复述主客双方的谈话，全部没有漏掉。顾和听见了，离开座位，拉着他们的耳朵说："想不到衰落的家族还能生下这样的宝贝！"

五

韩康伯数岁，家酷贫，至大寒，止得襦(rú)①。母殷夫人自成之，令康伯捉熨斗，谓康伯曰："且著襦，寻作复裈(kūn)②。"儿云："已足，不须复裈也。"母问其故，答曰："火在熨斗中而柄热，今既著襦，下亦当暖，故不须耳。"母甚异之，知为国器③。

[注释]

①襦：短袄。②复裈：夹裤。③国器：治国之才。

[译文]

韩康伯几岁时，家境非常贫苦，到了隆冬，只有一件短袄。他母亲殷夫人亲手做的，做时叫康伯拿着熨斗，告诉康伯说："暂时先穿上短袄，不久后就给你做夹裤。"康伯说："这已经够了，不需要夹裤了。"母亲问他为什么，他回答说："火在熨斗里面，熨斗柄也就热了，现在已经穿上短袄，下身也会暖和的，所以不需要再做夹裤呀。"他母亲听了非常惊奇，知道他将来准是个治国的人才。

六

晋孝武年十二，时冬天，昼日不著复衣，但著单练衫五六重，夜则累茵褥①。谢公谏曰："圣体宜令有常。陛下昼过冷，夜过热，恐非摄养②之术。"帝曰："昼动夜静③。"谢公出，叹曰："上理不减先帝④。"

[注释]

①晋孝武：孝武帝司马曜，简文帝的儿子。茵褥：褥子。②摄养：保养。③昼动夜静：《老子》第四十五章说"躁胜寒，静胜热"，此用其意。④先帝：已经去世

的皇帝，这里指简文帝。简文帝擅长谈玄理。

[译文]

晋孝武帝十二岁那年，当时正是冬天，他白天不穿夹衣，只穿五六件丝绸做的单衣，夜里却铺着两张褥子睡觉。谢安规劝他说："圣上的贵体应该生活得有规律。陛下白天太冷，夜里太热，这恐怕不是养生的办法。"孝武帝说："白天活动着就不会冷，夜里不动弹就不会热。"谢安退出来，赞叹说："皇上谈论玄理不比先帝差。"

七

桓宣武薨，桓南郡[①]年五岁，服始除，桓车骑与送故[②]文武别，因指语南郡："此皆汝家故吏佐。"玄应声恸哭，酸[③]感傍人。车骑每自目己坐曰："灵宝成人，当以此坐还之[④]。"鞠爱过于所生。

[注释]

①桓南郡：桓玄，小名灵宝，桓温的儿子，袭父爵为南郡公。②桓车骑：桓冲，是桓温的弟弟，桓玄的叔父，曾任车骑将军。送故：指护送遗体回乡的下属。③酸：悲痛。④"灵宝"二句：桓温原来镇守姑孰。桓温死后，朝廷任命桓冲为中军将军、扬州刺史，代替桓温镇守姑孰。

[译文]

桓温去世时，南郡公桓玄仅五岁，守孝期满，刚脱下丧服，车骑将军桓冲和前来送葬的文武官员道别，便指着他们告诉桓玄说："这些人都是你家的老部下。"桓玄听后大哭，悲痛欲绝。桓冲每每看着自己的座位说："等灵宝长大成人，我就要把这个座位还给他。"桓冲疼爱桓玄胜过自己的儿女。

豪爽第十三

一

王大将军年少时，旧有田舍名，语音亦楚[①]。武帝唤时贤共言伎艺[②]事，人皆多有所知，唯王都无所关，意色殊恶，自言知打鼓吹[③]。帝令取鼓与之，于坐振袖而起，扬槌奋击，音节谐捷，神气豪上，傍若无人。举坐叹其雄爽。

[注释]

①王大将军：王敦。楚：古代一般把南方人看成楚人。这里说楚音，是一种蔑称。②伎艺：技艺，这里指歌舞。③鼓吹：指鼓箫等打击乐器演奏的音乐。

[译文]

大将军王敦年轻时，本来就有乡巴佬的外号，说的也是土话。晋武帝召来名流一起谈论歌舞之事，其他人多少都了解一点，只有王敦一点也不懂，神情很厌恶，自称只懂得打鼓乐。武帝叫人给他拿鼓来，他马上从座位上挥袖而起，扬起鼓槌，使劲地击起鼓来，鼓音急促和谐，气势豪迈，旁若无人。满座的人都赞叹他的雄放豪爽。

二

王处仲，世许高尚之目。尝荒恣[①]于色，体为之敝。左右谏之，处仲曰："吾乃不觉尔。如此者，甚易耳！"乃开后阁[②]，驱诸婢妾数十人出路，任其所之[③]。时人叹焉。

[注释]

①荒恣：放纵，任性。②阁：侧门，小门。③之：到，去。

[译文]

王处仲（敦），世人以高尚来评价他。他曾经沉迷女色，身体也疲惫不堪。身边的人对他加以规劝，他说："我并不觉得有什么不同，既然这样，很容易解决呀！"于是打开侧门，把几十个婢妾全都打发出去了，随便她们到哪里去。时人听后，无不对他赞赏有加。

三

王大将军自目高朗疏率，学通《左氏》。

[译文]

大将军王敦评论自己高尚爽朗，通达直率，并且精通《左传》之学。

四

王处仲每酒后辄咏“老骥伏枥，志在千里。烈士暮年，壮心不已[①]”。以如意打唾壶[②]，壶口尽缺。

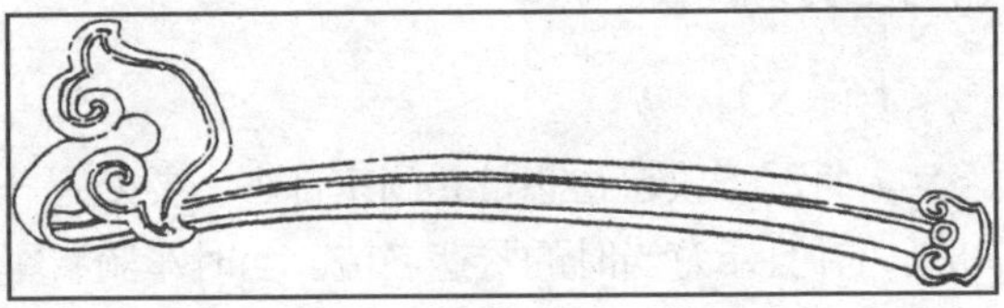

如意

如意柄端作手指状，以示手所不能至，搔之可如意，故得名，俗名“不求人”。

[注释]

①“老骥”四句：引自曹操的《龟虽寿》一诗，大意是：老骥虽然躺在马棚里，它还有驰骋千里的远大志向；壮士虽然到了晚年，雄心还是不减当年。②唾壶：痰盂。

[译文]

王处仲（敦）每次喝醉酒后，就吟咏“老骥伏枥，志在千里。烈士暮年，壮心不已”。还拿如意敲打唾壶（和着节拍），壶口都给敲缺了。

五

晋明帝欲起池台，元帝不许。帝时为太子，好养武士。一夕中作池，比晓便成。今太子西池是[①]也。

[注释]

①太子西池：池名。据说最初挖成于孙吴时代，后来积满淤泥，晋明帝时又加以修复，故俗称太子西池。

[译文]

晋明帝想挖池塘、建亭台，他父亲元帝不允许。当时明帝身为太子，好招养武士。有一天晚上，明帝让这些人凿池，到天亮就挖成了。就是现在的太子西池。

六

王大将军始欲下都处分树置[①]，先遣参军告朝廷，讽旨[②]时贤。祖车骑[3]尚未镇寿春，瞋目厉声语使人曰："卿语阿黑[4]，何敢不逊！催摄面[5]去，须臾不尔，我将三千兵槊(shuò)脚令上[6]！"王闻之而止。

[注释]

①处分：处理。树置：设置，安排。②讽旨：指暗示意图。③祖车骑：祖逖，字士稚，死后赠车骑将军。祖逖原为奋威将军、豫州刺史，晋元帝大兴二年（319年），败于石勒部将，最后退屯淮南郡首府寿春县。④阿黑：王敦小名。⑤摄面：指收起老脸。⑥槊：长矛。上：指溯江而上。王敦镇守武昌，地在建康上游，这里指西上武昌。

[译文]

大将军王敦起初想带兵到京都去，要处置一批人，安插一批人，便先派部下去报告朝廷，并且示意当时的贤达名流。当时车骑将军祖逖还没有镇守寿春，他瞪起眼睛，声色俱厉地对使者说："你去告诉阿黑，胆敢如此无礼！赶紧收起老脸吧，如果不马上滚蛋，我将派三千兵马刺他的脚后跟赶他回去。"王敦听说后，就打消了这个念头。

七

庾稚恭既常有中原之志，文康时，权重未在己[1]。及季坚作相，忌兵畏祸，与稚恭历同异者久之，乃果行[2]。倾荆、汉之力，穷舟车之势，师次于襄阳[3]。大会参佐，陈其旌甲，亲授弧矢曰："我之此行，若此射矣！"遂三起三叠[4]，徒众属目[5]，其气十倍。

[注释]

①"庾稚恭"句：稚恭，是庾翼的字。他一直想进行北伐，收复中原失地，但始终没有机会。文康，是庾亮的谥号。②"及季坚"句：季坚，是庾冰的字。庾冰是庾亮之弟、庾翼之兄。王导死后，庾冰任中书监、扬州刺史，参录尚书事。庾冰也想率兵北伐，但遭到康帝和众大臣的阻挠。③"倾荆"句：庾翼北伐时，征调所统六州的兵丁及车马，并移镇襄阳。④三起三叠：等于说三发三中。

薛仁贵天山三箭

庾稚恭在襄阳检阅军队，亲自拿起弓箭，连发三箭，三发三中。图中描绘薛仁贵在天山连发三箭，即杀三人，表现了薛仁贵武艺的高强。

叠，指击鼓。⑤属目：同“瞩目”，注目。

［译文］

庾稚恭早有收复中原的远大志向，在他哥哥庾亮当政时，自己没能掌控大权。等到庾季坚任丞相时，他害怕战争带来灾祸，和稚恭经过了很长时间的争论，才决定出师北伐。庾稚恭借助荆州、汉水一带的全部力量，调集了所有的车船，把军队驻扎在襄阳。在襄阳，庾稚恭召开部属大会，检阅军队，亲自拿起弓箭说：“这次北征成功与否，有如此箭！”连发三箭，三发三中。将卒注目，士气顿时增长了十倍。

八

桓宣武平蜀，集参僚置酒于李势殿，巴、蜀缙绅莫不来萃[①]。桓既素有雄情爽气，加尔日音调英发[②]，叙古今成败由人，存亡系才，其状磊落[③]，一坐叹赏。既散，诸人追味余言。于时寻阳周馥[④]曰：“恨卿辈不见王大将军！”

［注释］

①萃，聚集；聚会。②英发：英气勃发。③磊落：指仪态俊伟。④周馥：家住庐江郡寻阳县，曾为王敦的属官。周馥这话暗示王敦胜过桓温。

［译文］

桓温平定蜀地后，召集部属在李势的宫殿里设置酒会，巴、蜀一带的大官绅没有不来参加的。桓温一向豪放直爽，因此，这一天的谈话语调激昂，英姿勃发，畅谈古今成败在人，存亡的关键在于人才，他仪态俊伟，满座之人无不赞赏。散会以后，大家还在追忆回味他的话。这时寻阳人周馥说：“遗憾的是你们没有见过王大将军！”

九

桓公读《高士传》，至於(wū)陵仲子[①]，便掷去曰：“谁能作此溪刻[②]自处！”

［注释］

①於陵仲子：战国时齐国的隐士。传说楚王想请他出任丞相，他便和妻子逃走了。②溪刻：苛刻，不近情理。

［译文］

桓温读《高士传》时，读到於陵仲子的传记，便把书扔了说：“有谁能用这样不近情理的方法来对待自己呢！”

十

桓石虔，司空豁之长庶[①]也。小字镇恶。年十七八未被举[②]，而童隶已呼为镇恶郎[③]。尝住宣武斋头[④]。从征枋头，车骑冲没陈，左右莫能先救[⑤]。宣武谓曰："汝叔落贼，汝知不？"石虔闻之，气甚奋。命朱辟为副，策马于数万众中，莫有抗者，径致冲还，三军叹服。河朔后以其名断疟[⑥]。

[注释]

①司空豁：桓豁，是桓温的弟弟，任征西大将军，死后赠司空。长庶：妾所生的长子。②举：立，指地位得到正式承认。③郎：一种尊称。④斋头：书房。⑤"从征"三句：晋海西公太和四年（369年），桓温率领桓冲等北伐燕国，一直打到枋头（属今河南省）。后粮尽退兵，被燕将乘机追击，大败。车骑冲，即桓冲，其从桓温出征时是振威将军、江州刺史。后任车骑将军、徐州刺史。陈，同"阵"。⑥河朔：黄河以北。断疟：指消除疟疾，使病痊愈。古人迷信，以为疟疾是鬼怪作祟。由于桓石虔声威大震，当时的人以为对患疟疾的人大喊"桓石虔来"，就能把疟鬼吓跑，病就会好。

[译文]

桓石虔，是司空桓豁的庶出长子，小名叫镇恶。桓石虔十七八岁了，地位还没有得到承认，而奴仆们已经把他称为镇恶郎了。他曾住在桓温家里。后来跟随桓温北伐，一直打到枋头，有一次，车骑将军桓冲陷入敌阵，他部下无人能去救他。桓温对石虔说："你叔父落入敌人手里，你知道吗？"石虏听了，勇气倍增。他命令朱辟做副手，策马扬鞭，冲入数万敌军的包围中，无人能阻挡他，他直接就把桓冲救了回来，全军上下都十分佩服他。后来当地居民就拿他的名字来驱赶疟鬼。

十一

陈林道[①]在西岸，都下诸人共要(yāo)至牛渚[②]会。陈理既佳，人欲共言折。陈以如意拄颊，望鸡笼山[③]叹曰："孙伯符[④]志业不遂！"于是竟坐不得谈。

[注释]

①陈林道：陈逵，字林道，曾任西中郎将，兼淮南太守。淮南郡包括今江苏、安徽一带，在长江北岸，即这里所说的西岸。②要：邀请。牛渚：牛渚山，在今安徽省当涂县，临长江南岸。③鸡笼山：在今江苏省南京市江宁区。④孙伯符：孙策，

字伯符，是孙权的哥哥。东汉时被封作吴侯，平定江东，奠定吴国大业，后被仇家射死，传位于孙权。

[译文]

陈林道驻守在江北，京都诸友人共同邀他到牛渚山聚会。陈林道善于谈玄理，大家都想和他辩论，并驳倒他。陈林道却拿如意撑着脸颊，远望鸡笼山，感叹道："孙伯符建功立业的志向，竟没有如愿以偿！"于是大家再也谈论不下去了。

十二

王司州在谢公坐，咏"入不言兮出不辞，乘回风兮载云旗①"。语人云："当尔时，觉一坐无人②。"

[注释]

①"入不"两句：引自屈原《九歌·少司命》，大意是：神来时不说话，去时不留声，乘着旋风，驾着云旗。回风，旋风。云旗，以云为旗。②"当尔"句：精神贯注于超现实的境界里，此时心物皆忘。

[译文]

司州刺史王胡之在谢安家做客，吟诵起"入不言兮出不辞，乘回风兮载云旗"的诗句。他告诉别人："在这个时候，感觉周围空空的，一个人也没有。"

十三

桓玄西下，入石头，外白司马梁王奔叛①。玄时事形②已济，在平乘上笳鼓并作③，直高咏云："箫管有遗音，梁王安在哉④？"

[注释]

①"桓玄"三句：桓玄原督荆、司等七州军事，兼任荆州刺史，晋安帝元兴元年（402 年），他举兵东下，攻入建康，自为丞相。接着又废晋帝，自称皇帝。桓玄入建康时，梁王司马珍之被迫出逃，桓玄败后，才重返朝廷。②事形：事态，形势。③平乘：大船。笳：胡笳，类似笛子的乐器。④"箫管"两句：出自阮籍《咏怀》，这首诗是凭吊战国时魏国的古迹吹台的（吹台在今开封市）。此处两句大意是：箫管奏出的乐曲里还有魏国时的音调，可是魏王又在哪里呢？桓玄在这里只是用了"梁王"的字面意义，借指梁王司马珍之。

[译文]

桓玄从西边直下，攻入石头城，有人报告说司马梁王出逃了。这时大局已定，舰船上鼓乐齐鸣，桓玄并不在乎他的逃亡，只是高声朗诵道："箫管有遗音，梁王安在哉？"

容止第十四

一

魏武[1]将见匈奴使，自以形陋，不足雄[2]远国，使崔季珪[3]代，帝自捉刀立床头。既毕，令间谍问曰："魏王何如？"匈奴使答曰："魏王雅望非常，然床头捉刀人，此乃英雄也。"魏武闻之，追杀此使[4]。

[注释]

①魏武：曹操。因为他生前封魏王，谥号武，曹丕登帝后，追尊他为武帝。②雄：称霸。③崔季珪：崔琰，字季珪，在曹操手下任职。他仪表堂堂，很威严。而据刘孝标注引《魏氏春秋》，曹操"姿貌短小"。④"魏武"二句：曹操认为匈奴识破了他的野心，所以把使臣杀了。

[译文]

魏武帝曹操将要接见匈奴使臣，认为自己相貌丑陋，不能向匈奴显示威严，便叫崔季珪代替，自己却握着刀站在座前。会见结束后，曹操派密使前去探问匈奴使臣："你看魏王怎么样？"匈奴使节回答说："魏王的仪容风采非同寻常，然而坐榻前握刀的人，才是一个大英雄啊。"曹操听说后，派人把他给杀了。

二

何平叔美姿仪，面至白。魏明帝疑其傅粉[1]，正夏月，与热汤饼[2]。既啖，大汗出，以朱衣自拭，色转皎然[3]。

[注释]

①傅粉：搽粉。汉魏时的贵公子喜欢搽粉，俨然一时之风气。②汤饼：指汤面。③皎然：洁白又明亮。

[译文]

何平叔相貌俊美，脸色白皙。魏明帝怀疑他擦了粉，当时正好是夏日炎炎，让他吃热汤面。吃完后，何平叔大汗淋漓，撩起红色外衣擦脸，脸色反而更加光洁。

三

魏明帝使后弟毛曾与夏侯玄[1]共坐，时人谓蒹葭倚玉树[2]。

[注释]

①夏侯玄：年轻时就有名望，曾和皇后之弟毛曾坐在一起，他认为这是耻辱。②蒹葭倚玉树：蒹是荻，葭是芦苇，蒹葭比喻身份低微、形貌丑陋。玉树指传说中的仙树，比喻容姿品貌上佳。

[译文]

魏明帝叫皇后的弟弟毛曾和夏侯玄坐在一起，当时的人评论说，这是芦苇倚着玉树。

四

时人目夏侯太初[①]朗朗如日月之入怀，李安国颓唐如玉山[②]之将崩。

[注释]

①夏侯太初：夏侯玄，字太初。②李安国：李丰，字安国。颓唐：指精神萎靡不振。玉山：形容仪容美好。

[译文]

当时的人评价夏侯太初朗朗可鉴，光彩照人，如同怀里揣着日月一样；李安国精神不振，就像快要崩塌的玉山一样。

野鸭图

图中表现了野鸭在芦苇荡里生活的场景。

五

嵇康身长七尺八寸[①]，风姿特秀。见者叹曰："萧萧肃肃[②]，爽朗清举[③]。"或云："肃肃[④]如松下风，高而徐引[⑤]。"山公曰："嵇叔夜之为人也，岩岩[⑥]若孤松之独立；其醉也，傀俄[⑦]若玉山之将崩。"

[注释]

①七尺八寸：表明身材高大伟岸。②萧萧肃肃：形容举止潇洒脱俗，清静肃穆。③举：挺拔。④肃肃：形容风声。⑤徐引：舒缓悠长。⑥岩岩：高峻的样子。⑦傀俄：同"巍峨"，形容高大雄伟。

[译文]

嵇康身高七尺八寸，风姿秀美出众。凡看到他的人无不赞叹道："他的举止是多么潇洒而又安详，他的气质是多么豪爽又清逸。”有人说：“他像松树下的风声，高远而悠长。”山涛评论他：“嵇叔夜的为人，像挺拔的孤松那样傲然不群；他的醉态，像快要倾倒的玉山啊。”

六

裴令公目王安丰：“眼烂烂[①]如岩下电。”

［注释］

①眼烂烂：指目光闪闪。

［译文］

中书令裴楷评论安丰侯王戎：“他目光闪闪，就像岩下的闪电。”

七

潘岳妙有姿容，好神情[①]。少时挟弹出洛阳道，妇人遇者，莫不连手共萦[②]之。左太冲绝丑，亦复效岳游遨，于是群妪齐共乱唾之，委顿[③]而返。

［注释］

①神情：神态风度。②萦：环绕。《语林》说，潘岳外出，妇女们都追在身后，抛果子给他吃，常常抛满一车。③委顿：丧气的样子。

［译文］

潘岳有美好的容貌和气度。他年轻时夹着弹弓在洛阳道上行走，妇女无不团团围住他。左太冲长相丑陋，也像潘岳一样到处出游，妇女们一齐向他乱吐唾沫，他只好垂头丧气地回来了。

八

王夷甫容貌整丽，妙于谈玄，恒捉白玉柄麈尾[①]，与手都无分别。

［注释］

①麈尾：拂尘。魏晋名士经常拿着此物，以显示自己的身份。

［译文］

王夷甫容貌端庄秀丽，善谈玄理，平常总拿着白玉柄拂尘，白玉和他的手浑然一体。

九

潘安仁、夏侯湛并有美容，喜同行，时人谓之连璧[1]。

[注释]

①连璧：指两璧相连，这里形容相媲美。《晋书·夏侯湛传》载，两人常常同行同止，出则同车，入则同席。

[译文]

潘安仁和夏侯湛两人都很俊美，喜欢一同行走，当时人们称他们是连璧。

十

裴令公有俊容姿，一旦有疾，至困，惠帝使王夷甫往看。裴方向壁卧，闻王使至，强回视之。王出，语人曰："双眸闪闪，若岩下电；精神挺动[1]，体中故小恶。"

[注释]

①挺动：摇动，此处指精神分散。

[译文]

中书令裴楷容貌秀美，一次裴楷生病，很疲劳，晋惠帝让王夷甫去看望他。这时裴楷正对着墙躺着，听说王夷甫来了，勉强回过头来看看。王夷甫出来后，对人说："他双目炯炯有神，好像山岩下飞逝的闪电；可是精神涣散，确实有点不舒服。"

十一

有人语王戎曰："嵇延祖卓卓[1]如野鹤之在鸡群。"答曰："君未见其父耳！"

[注释]

①嵇延祖：嵇绍，字延祖，嵇康之子。卓卓：形容与众不同。

[译文]

有人对王戎说："嵇延祖气度不凡，在人群中如同野鹤立鸡群。"王戎回答说："您还没有见过他父亲呢！"

十二

裴令公有俊容仪，脱冠冕[1]，粗服乱头皆好。时人以为玉人[2]。见者曰："见裴叔则，如玉山上行，光映照人。"

[注释]

①冠冕：礼帽。②玉人：比喻容貌秀美。

[译文]

中书令裴叔则仪表堂堂，即使脱下礼帽，穿着粗糙衣服、头发蓬乱，也十分好看。当时人们称他为玉人。看见他的人说："看见裴叔则，就像在玉山道上行走，光彩照人。"

十三

刘伶身长六尺[①]，貌甚丑悴[②]，而悠悠忽忽[③]，土木形骸[④]。

[注释]

①六尺：相当于现在四尺多，比较低矮。②悴：憔悴。③悠悠忽忽：悠闲、不在意的样子。④土木形骸：不加修饰，质朴自然。

[译文]

刘伶身材矮小，才四五尺，相貌很丑，面容憔悴，可是他很悠闲自在，不修边幅却质朴归真。

十四

骠骑王武子[①]是卫玠之舅，俊爽有风姿。见玠，辄叹曰："珠玉在侧，觉我形秽！"

[注释]

①王武子：王济，字武子，死后追赠骠骑将军。其外甥卫玠，风采卓异，见者都认为是玉人。

[译文]

骠骑将军王武子是卫玠的舅舅，容貌俊秀，精神清爽，很有风度。每次看到卫玠，他总是赞叹不绝地说："有珠玉在身边，觉得我自己很丑陋了！"

仰天长叹

图中表现了一老者在晚辈面前长叹的情景。

十五

有人诣王太尉[①]，遇安丰、大将军、丞相在坐[②]；往别屋见季胤、平子[③]。还，语人曰："今日之行，触目见琳琅[④]珠玉。"

［注释］

①王太尉：王衍。②安丰：王衍堂兄王戎。大将军：堂弟王敦。丞相：堂弟王导。③季胤：王衍弟弟王诩的字。平子：王衍弟弟王澄的字。④琳琅：美玉，比喻人物秀美。

［译文］

有人去拜访太尉王衍，遇到安丰侯王戎、大将军王敦、丞相王导在座；到另一个房间去，又见到王季胤、王平子。回家后，这人对别人说："今天这一趟，满眼都是珠宝美玉。"

十六

王丞相见卫洗马[①]，曰："居然有羸形，虽复终日调畅，若不堪罗绮[②]。"

［注释］

①卫洗马：卫玠，曾任太子洗马。②罗绮：一种丝织品，较名贵。

［译文］

丞相王导看见太子洗马卫玠，说："身体显然很瘦弱，虽然整天在调养，但好像连轻软的丝绸衣服都承受不住。"

十七

王大将军称太尉："处[①]众人中，似珠玉在瓦石间。"

［注释］

①处：位于，处在。

［译文］

大将军王敦称赞太尉王衍说："他在众人之中，就像珠玉散落在瓦砾中。"

十八

庾子嵩长不满七尺，腰带十围[①]，颓然自放[②]。

[注释]

①十围：两手的拇指和食指合拢起来就是一围，腰宽十围表示腰很粗。②颓然：温和、顺从的样子。自放：指疏阔放达，不拘常法。

[译文]

庾子嵩身高不足七尺，腰带却有十围之长，可是他不拘常法，神情旷达。

十九

卫玠从豫章至下都①，人久闻其名，观者如堵墙②。玠先有羸疾，体不堪劳，遂成病而死。时人谓看杀卫玠。

[注释]

①下都：指建康（原名建邺）。西晋旧都洛阳，所以后来称新都为下都。②堵墙：墙壁。比喻人多而密集。

[译文]

卫玠从豫章郡到建康时，人们久闻他的大名，围观他的人多得像墙壁似的。卫玠本来身体就虚弱，受不了过度的劳累，最后得重病而死。当时的人说是看死了卫玠。

二十

周伯仁道桓茂伦①："嵚(qīn)崎历落，可笑②人。"或云谢幼舆言。

[注释]

①桓茂伦：桓彝，字茂伦，桓温之父。他很善于鉴别人才，享有盛名。②嵚崎：山势高峻貌，比喻人长得高大英俊。历落：指举止潇洒。可笑：可喜。

[译文]

周伯仁称赞桓茂伦："高大英俊，举止潇洒，是个讨人喜欢的人。"有人说这是谢幼舆说的话。

二十一

周侯说王长史父①："形貌既伟，雅怀有概②，保而用之，可作诸许物③也。"

[注释]

①王长史父：王濛的父亲王讷。②有概：有风度。③诸许物：一切事情。

[译文]

武城侯周颛评论长史王濛的父亲："身体魁梧高大，举止高雅而有风度，倘若好好保持下去，任何事情都可以办到。"

二十二

祖士少见卫君长，云："此人有旄（máo）仗[1]下形。"

[注释]

①旄仗：旗帜和仪卫。

[译文]

祖士少见到卫君长，说："这个人有将帅之才。"

二十三

石头事故[1]，朝廷倾覆。温忠武与庾文康投陶公[2]求救，陶公云："肃祖顾命不见及[3]。且苏峻作乱，衅由诸庾，诛其兄弟，不足以谢天下。"于时庾在温船后闻之，忧怖无计。别日，温劝庾见陶，庾犹豫未能往，温曰："溪狗我所悉，卿但见之，必无忧也[4]。"庾风姿神貌，陶一见便改观，谈宴竟日，爱重顿至。

[注释]

①石头事故：指苏峻作乱。苏峻一向与庾亮有仇，晋成帝咸和二年（327年），苏峻起兵谋反，攻陷建康，颁布大赦，独不赦庾亮兄弟。②温忠武：温峤，谥忠武。苏峻作乱时，温峤任平南将军、江州刺史，驻扎在寻阳。后庾亮战败，逃到他那里，他劝庾亮去见陶侃，并共推陶侃为盟主，起兵讨伐。庾文康：庾亮，晋明帝皇后的哥哥，谥文康。陶公：陶侃。苏峻作乱时，陶侃为征西大将军、荆州刺史，镇守江陵。③"肃祖"句：肃祖是晋明帝的庙号。顾命：指君主临终的命令。晋明帝病重时，王导、庾亮、温峤等同受顾命，辅佐幼主晋成帝。明帝死后，太后临朝听政，政事由庾亮决定。④溪狗：即傒狗。吴人把江西一带的人叫傒狗，有鄙薄之意。陶侃本鄱阳人，所以也得此称谓。

[译文]

苏峻发动石头城事变，朝廷灭亡了。温峤和庾亮去向陶侃求救，陶侃说："先帝在遗诏里并没有提到我。再说苏峻作乱，都是庾家人挑起的，就是杀了他们，也不足以向天下人谢罪。"说这一席话时，庾亮正在温峤的船后舱，他感到既忧虑，又十分害怕，一筹莫展。有一天，温峤劝庾亮去会会陶侃，庾亮很是犹豫不决，温峤说："那个傒狗我太了解了，你只管见他，一定不会出乱子的。”结果庾亮凭他那非凡的风度和仪表，使得陶侃为之倾倒，改变了原来的想法，和庾亮畅谈欢饮了一天，处处表现出对庾亮的爱慕和尊重。

二十四

庾太尉在武昌①，秋夜气佳景清，使吏殷浩、王胡之之徒登南楼理咏②。音调始遒(qiú)③，闻函道④中有屐声甚厉，定是庾公。俄而率左右十许人步来，诸贤欲起避之。公徐云：“诸君少住，老子于此处兴复不浅。”因便据胡床⑤，与诸人咏谑(xuè)⑥，竟坐甚得任乐。后王逸少下，与丞相言及此事。丞相曰：“元规尔时风范⑦，不得不小颓。”右军答曰：“唯丘壑⑧独存。”

[注释]

①“庾太尉”一句：苏峻叛乱平定后，庾亮（字元规）升任，督江、荆等六州诸军事，移镇武昌。②使吏：一本作“佐吏”，指地方长官的僚属。理咏：吟唱。③遒：高昂。④函道：楼梯。⑤胡床：能折叠的一种坐具。⑥谑：开玩笑。⑦风范：气派。⑧丘壑：山水幽美的胜境，指代隐士所居之地，这里比喻意境深远。

[译文]

太尉庾亮坐镇武昌之时，正值秋夜，天高气爽、景色清幽，他的属官殷浩、王胡之一班人登上南楼吟诗唱和。正在高兴的时候，听见楼梯上传来沉重的木屐声，料定是庾亮来了。接着十来个随从也来了，大家就想起身回避一下。庾亮慢慢说道：“诸君暂且留步，老夫在这方面也很有兴致。”便靠在胡床上，和大家一起谈笑风生，满座的人都能自得其乐。后来王逸少东下建康，和丞相王导谈及此事。王导说：“元规那时的气度不得不说已收敛一点了。”王逸少回答说：“唯独丘壑之情还保留着。”

连作交脚胡床

胡床即一种能折叠的坐具。此图展示的是一种类似马扎的坐具。

二十五

王敬豫有美形①，问讯②王公。王公抚其肩曰：“阿奴，恨才不称！”

又云："敬豫事事似王公。"

［注释］

①王敬豫：王恬，字敬豫，是王导的儿子。②问讯：请安。

［译文］

王敬豫形貌很美，有一次去向父亲王导请安。王导拍拍他的肩说："阿奴，可惜与你的才能不相称啊！"又有人说："敬豫样样都像王公。"

二十六

王右军见杜弘治，叹曰："面如凝脂①，眼如点漆，此神仙中人。"时人有称王长史形者，蔡公曰："恨诸人不见杜弘治耳！"

［注释］

①凝脂：形容白嫩。

［译文］

右军将军王羲之见到杜弘治，赞叹说："脸像凝脂一样白嫩，眼睛像漆一样黑亮，真是神仙中人。"当时有人称赞长史王濛的相貌，司徒蔡谟说："可惜这些人没有见过杜弘治啊！"

二十七

刘尹道桓公："鬓如反猬皮①，眉如紫石棱②，自是孙仲谋、司马宣王③一流人。"

［注释］

①"鬓如"一句：《晋书·桓温传》载，桓温豪爽有风度，相貌威武。反猬皮，指刺猬毛翻开，四散竖起。②紫石棱：一种紫色宝石的棱角。③孙仲谋：孙权，字仲谋，他是吴国的开国之主。司马宣王：司马懿，晋国初建，追尊为宣王。

［译文］

丹阳尹刘惔评论桓温说："双鬓像刺猬毛竖起，眉棱像紫色宝石一样有棱角，确实可与孙仲谋、司马宣王相媲美。"

二十八

王敬伦①风姿似父，作侍中。加授桓公②公服，从大门入。桓公望之曰："大奴固自有凤毛③。"

[注释]

①王敬伦：王劭，字敬伦，是王导的第五个儿子。②加授桓公：在原有官职外兼任其他官职。据《晋书·哀帝纪》载，兴宁元年（363年），加征西大将军桓温侍中、大司马。③大奴：指王劭。凤毛：凤毛是珍稀之物，这里指有父辈的才华、风采。

[译文]

王敬伦仪表风度像他父亲，任侍中。这时桓温也加授侍中，穿着朝服从大门进来了。桓温望见他说："大奴自有其父辈风采啊。"

二十九

林公道王长史："敛衿[1]作一来，何其轩轩韶举[2]！"

[注释]

①敛衿：整理衣襟，表示肃穆的样子。王濛年轻时放纵不羁，晚年才折节修行，励行克己。②轩轩：形容仪态轩昂。韶举：举止优雅。

[译文]

支道林评论长史王濛说："严肃起来，做事专一了，多么优美的仪态啊！"

三十

时人目王右军："飘如游云，矫若惊龙[1]。"

[注释]

①"飘如"句：《晋书》本传载，这是评论王羲之的书法笔势的。

[译文]

当时的人评论右军将军王羲之说："像飘逸的浮云，像矫捷的惊龙。"

三十一

王长史尝病，亲疏不通[1]。林公来，守门人遽(jù)启[2]之曰："一异人在门，不敢不启。"王笑曰："此必林公。"

[注释]

①通：告知，通报。②遽启：马上禀报。

[译文]

长史王濛有一次生病，没有通报任何人。支道林来了，守门人马上去告诉他说："有一个奇怪的人来了，我不敢不报告。”王濛笑道：“这人一定是林公。”

三十二

或以方谢仁祖不乃重者。桓大司马曰：“诸君莫轻道，仁祖企脚[①]北窗下弹琵琶，故自有天际真人[②]想。”

[注释]

①企脚：指跷起腿。②真人：修真得道的人，泛指仙人。

[译文]

有人评论谢尚，对谢尚不很尊重。大司马桓温说：“诸位不要随便评论，他跷起脚在北窗下弹琵琶的时候，确有天上神仙的感觉。”

三十三

王长史为中书郎，往敬和许。尔时积雪，长史从门外下车，步入尚书[①]，著公服。敬和遥望，叹曰：“此不复似世中人！”

[注释]

①尚书：指尚书省。

[译文]

长史王濛任中书郎的时候，一次到王敬和家去。地上铺满积雪，王濛穿着朝服，在门外下了车，走入尚书省。王敬和远远望见王濛，不禁赞叹说：“这人不像是尘世中人！”

三十四

简文作相王[①]时，与谢公共诣桓宣武。王珣先在内，桓语王：“卿尝欲见相王，可住帐里。”二客既去，桓谓王曰：“定何如？”王曰：“相王作辅[②]，自然湛若神君[③]。公亦万夫之望，不然，仆射[④]何得自没！”

[注释]

①相王：指司马昱以会稽王的身份担任丞相。②辅：辅相，丞相。③神君：神灵，神仙。④仆射：此指谢安。

[译文]

简文帝任丞相时，和谢安一起看望桓温。这时王珣已经先到了，桓温对王珣说：“你一直想见一下相王，现在到帷帐后面吧。”两位客人走后，桓温问王珣：“相王到底怎样？”王珣说：“相王任丞相，自然清隽有如神灵一般。您也是众望所归，不然，仆射谢安怎么会自甘隐晦呢！”

三十五

海西[1]时，诸公每朝，朝堂犹暗；唯会稽王来，轩轩如朝霞举。

[注释]

①海西：即晋废帝海西公。海西公即位后，会稽王司马昱任丞相。

[译文]

海西公称帝时，每次早朝，殿堂还很暗，只有会稽王来了，气宇轩昂的样子，像朝霞高高升起一样。

三十六

谢车骑[1]道谢公：“游肆[2]复无乃高唱，但恭坐捻（niǎn）鼻顾睐（lài）[3]，便自有寝处山泽间仪。”

[注释]

①谢车骑：谢玄，是谢安的侄儿。②游肆：纵情玩乐。③捻鼻：捏住鼻子。谢安素有鼻疾，所以发音浊。这里所说捻鼻，即指作洛下书生咏。顾睐：左右顾盼。

[译文]

车骑将军谢玄谈论谢安：“纵情游乐时，用不着放声高唱，只是安静地坐着，捏着鼻子左顾右盼，就会有栖身于山水草泽间的神态。”

三十七

谢公云：“见林公[1]双眼，黯（àn）黯明[2]黑。”孙兴公见林公：“棱棱[3]露其爽。”

[注释]

①林公：支道林和尚。②黯黯：黑黑的。明：照亮。③棱棱：形容威严正直。

[译文]

谢安说：“看见林公一双眼睛，黑黝黝的，仿佛能照出光亮来。”孙兴公也说：“威严的眼神里流露出直爽的神色。”

三十八

庾长仁[①]与诸弟入吴，欲住亭[②]中宿。诸弟先上，见群小满屋，都无相避意。长仁曰："我试观之。"乃策杖将一小儿，始入门，诸客望其神姿，一时退匿。

[注释]

①庾长仁：庾统，字长仁，是庾亮的侄儿。②亭：设在道边供旅客停宿的公房。

[译文]

庾长仁和弟弟们南渡途中，想在驿亭住宿。弟弟们先进去，看见一屋子老百姓，连一点回避的意思也没有。长仁说："我试着进去看看。"于是就拄着拐杖，扶着一个小孩，刚进门，旅客们望见他的神采，一下子全躲开了。

三十九

有人叹王恭形茂者，云："濯濯[①]如春月柳。"

[注释]

①濯濯：鲜亮清朗的样子。

[译文]

有人赞赏王恭形貌美好，说："多么光彩夺目啊，好像春天的杨柳。"

春色满怀

图中描绘了春意盎然、春柳婆娑的动人画面。

自新第十五

一

周处[①]年少时，凶强侠气[②]，为乡里所患。又义兴水中有蛟，山中有邅(zhān)迹虎[③]，并皆暴犯百姓。义兴人谓为三横[④]，而处尤剧。或说处杀虎斩蛟，实冀三横唯余其一。处即刺杀虎，又入水击蛟，蛟或浮或没，行数十里，处与之俱。经三日三夜，乡里皆谓已死，更相庆，竟杀蛟而出。闻里人相庆，始知为人情所患，有自改意。乃自吴寻二陆[⑤]，平原不在，正见清河，具以情告，并云："欲自修改[⑥]，而年已蹉跎[⑦]，终无所成。"清河曰："古人贵朝闻夕死[⑧]，况君前途尚可。且人患志之不立，亦何忧令名不彰邪？"处遂改励，终为忠臣孝子。

[注释]

①周处：字子隐，吴兴郡阳羡县人，后改属义兴郡（郡治在今江苏省宜兴市）。青少年时横行乡里，后勇于自新，在晋朝任广汉太守、御史中丞。②侠气：指刚强的气概。③邅迹虎：邅迹虎即邪足虎，跛脚老虎。④横：指残暴的东西。⑤自吴：《晋书·周处传》作"入吴"，为宜。二陆：指陆机、陆云。兄弟齐名，号为二陆。陆机在晋朝曾任平原郡内史，陆云曾任清河郡内史，所以下文直呼为平原、清河。⑥修改：加强修养、改正错误。⑦蹉跎：光阴虚度。⑧朝闻夕死：这是化用《论语·里仁》"朝闻道，夕死可矣"，大意是：早上听到了真理，就算晚上死去也不算太晚。

[译文]

周处年轻时，凶狠好斗，豪侠任性，被乡人看作祸害。加上义兴郡河里的蛟龙、山上的跛脚虎，经常危害百姓。义兴人称他和它们为"三横"，而周处害处更甚。有人劝周处去杀虎斩蛟，实际上希望三横中除掉二横。周处上山刺杀了老虎，又下河去斩蛟龙，蛟龙时浮时潜，游了几十里，周处始终和蛟龙一起搏斗。经过三天三夜，乡亲们都认为他已经死了，互相庆贺，想不到周处竟然杀死蛟龙，从水里出来了。他听说乡亲互相庆贺，才知道自己是人们所痛恨的人，就有意改过自新。于是他到吴郡寻找陆机、陆云兄弟，平原内史陆机不在家，周处只见到清河内史陆云，就把情况全部告诉了陆云，并且说："我想加强修养，改正错误，可是岁月已经虚度，终究不会有什么成就了。"陆云说："古人尚且重视朝闻夕死，何况您的前途还远大着呢。再说，一个人就怕不能立志，又何必担心美名不能显达呢！"周处于是改正错误，振作起来，最终成了忠臣孝子。

二

戴渊少时，游侠不治行检[1]，尝在江、淮间攻掠[2]商旅。陆机赴假还洛，辎重[3]甚盛。渊使少年掠劫，渊在岸上，据胡床，指麾[4]左右，皆得其宜。渊既神姿锋颖[5]，虽处鄙事，神气犹异。机于船屋上遥谓之曰："卿才如此，亦复作劫[6]邪？"渊便泣涕，投剑归机，辞厉[7]非常。机弥重之，定交，作笔荐焉。过江，仕至征西将军。

[注释]

①游侠：指重义轻死的人。行检：品行。②攻掠：攻击，抢劫。③辎重：行李。④指麾：同"指挥"。⑤锋颖：挺拔突出。⑥劫：强盗。⑦辞厉：《太平御览》作"辞属"，指谈吐。

[译文]

戴渊年轻时，重义轻死，不注意检点，曾在长江、淮河间袭击商人和旅客。陆机休假返回洛阳，行李很多。戴渊指使一帮少年去抢劫，他站在岸上，靠在椅子上指挥手下人，安排得很妥帖。戴渊原本风度仪态不凡，即使处理抢劫这一类的事，神气仍旧不同于凡人。陆机站在船舱里远远看着他，感叹道："你有这样好的才能，为什么还要做这类勾当呢？"戴渊感激而流泪，便扔掉了手中的剑，投奔了陆机，他谈吐非同寻常。陆机更加看重他，和他结为朋友，并写信推荐他。过江以后，戴渊做官做到征西将军。

企羡第十六

一

王丞相拜司空，桓廷尉作两髻、葛裙[①]、策杖，路边窥之，叹曰："人言阿龙超，阿龙故自超[②]！"不觉至台门。

[注释]

①两髻：将头发向两边分，梳成两个发髻。葛裙：用葛布做的裙。②阿龙：王导小名赤龙，故称阿龙。超：卓越；出众。

[译文]

丞相王导被任命为司空，就任时，廷尉桓彝梳起两个发髻，穿着葛裙，拄着拐杖，在路边观察他，赞叹说："听人说阿龙出众，阿龙确实出众！"不觉随他来到官府门外。

二

王丞相过江，自说昔在洛水边，数与裴成公、阮千里诸贤共谈道[①]。羊曼曰："人久以此许卿，何须复尔？"王曰："亦不言我须此，但欲[②]尔时不可得耳！"

[注释]

①数：屡次，多次。裴成公：裴頠，谥成。阮千里：阮瞻，字千里。道：道家所说道的含义，指产生物质世界的总根源。此指老庄学说。②欲：一作"叹"。

[译文]

丞相王导到江南后，自己叙述曾经在洛水岸边，经常和裴成公、阮千里诸贤达一起谈道。羊曼说："人们以这件事称赞你很久了，哪里还需要再说呢？"王导说："并非说我需要这样说，只是想到不会再有那样的时刻了！"

三

王右军得人以《兰亭集序》[①]方《金谷诗序》，又以己敌石崇，甚有欣色。

[注释]

①《兰亭集序》：晋穆帝永和九年（353年），王羲之和谢安等四十一人在兰

亭聚会，饮酒赋诗。后来王羲之把这些诗汇编成集，并为之作序，即《兰亭集序》。其写作过程与石崇的《金谷诗序》有相似之处，当时的人们就认为两篇序文在措辞方面有可比拟之处。

［译文］

右军将军王羲之得知人们认为《兰亭集序》和《金谷诗序》相当，又觉得自己能够与石崇并列，神色非常欣喜。

四

王司州先为庾公记室参军，后取殷浩[1]为长史。始到，庾公欲遣王使下都，王自启求住曰："下官希见盛德，渊源始至，犹贪与少日周旋。"

［注释］

①殷浩：字渊源，初为庾亮手下的记室参军，后升为长史。

［译文］

司州刺史王胡之先做庾亮的记室参军，后来庾亮又调殷浩来任长史。殷浩刚到，庾亮想派王胡之到京都，王胡之表明自己想留下的心愿，说："下官很少见到德行出众的人，渊源刚来，我还贪恋能够与他相处几天呢。"

五

郗嘉宾得人以己比苻坚，大喜[1]。

［注释］

①苻坚：东晋人，博学多才。他夺取前秦政权，自称大秦天王，对外屡建战功，对内整饬政务。

［译文］

郗嘉宾得知人们将自己比作苻坚，非常高兴。

六

孟昶未达时，家在京口。尝见王恭乘高舆，被鹤氅裘[1]。于时微雪，昶于篱间窥之，叹曰："此真神仙中人！"

［注释］

①王恭：曾任青、兖二州刺史，镇守京口。鹤氅裘：用鸟羽制作的皮衣。

[译文]

孟昶显贵前，家住京口。他曾看见王恭坐着高车，穿着鹤氅裘。当时下着小雪，孟昶在竹篱后偷看他，叹息着赞道："这真是神仙中人！"

伤逝第十七

一

王仲宣①好驴鸣。既葬，文帝临其丧，顾语同游曰："王好驴鸣，可各作一声以送之。"赴客皆一作驴鸣。

[注释]

①王仲宣：王粲，字仲宣，建安七子之一。

[译文]

王粲生前喜欢听驴叫。他死后安葬时，魏文帝曹丕去参加他的葬礼，回头对往日同游的人说："王仲宣喜欢驴的叫声，可以每人学一声驴叫来送他。"于是去吊丧的客人都逐个学了声驴叫。

二

王濬冲为尚书令，著公服，乘轺(yáo)车，经黄公酒垆①下过，顾谓后车客："吾昔与嵇叔夜、阮嗣宗共酣饮于此垆，竹林之游，亦预②其末。自嵇生夭、阮公亡以来，便为时所羁绁(xiè)③。今日视此虽近，邈(miǎo)④若山河。"

[注释]

①轺车：以一匹马拉的轻便车。酒垆：酒店里放酒瓮的土台子，此处指酒店。②嵇叔夜：嵇康，字叔夜。阮嗣宗：阮籍，字嗣宗。预：参加。③羁绁：束缚。④邈：遥远。

山野酒店

图中表现了古人在山野酒店欢聚的情形。

[译文]

王濬冲（戎）为尚书令时，穿着官服，乘坐轻车，经过黄公酒垆旁，回头对后车的客人说："我曾和嵇叔夜、阮嗣宗一起在这个酒店畅饮。竹林中的交游，我也参与末座。自从嵇生早逝、阮公亡故，我就受到时势的束缚。今天看着这间酒店虽然很近，但往事有如隔着山河一样遥远。”

三

孙子荆以有才，少所推服，唯雅敬王武子。武子丧时，名士无不至者。子荆后来，临尸恸哭，宾客莫不垂涕。哭毕，向灵床[①]曰：“卿常好我作驴鸣，今我为卿作。”体似真声，宾客皆笑。孙举头曰：“使君辈存，令此人死！”

［注释］

①灵床：停尸床。

［译文］

孙子荆倚仗自己的才能，很少推重并佩服他人，唯独尊敬王武子。王武子去世，当时有名望的人没有不来吊丧的。孙子荆后到，在遗体前痛哭，宾客都感动得流泪。他哭完后，朝着灵床说：“你平时喜欢听我学驴叫，现在我就为你学。”孙子荆学的声音很像真的，宾客们都笑了。孙子荆抬起头说：“让你们这样的人活着，却让这个人死了！”

四

王戎丧儿万子，山简往省之，王悲不自胜[①]。简曰：“孩抱[②]中物，何至于此？”王曰：“圣人忘情，最下不及情；情之所钟，正在我辈。”简服其言，更为之恸。

［注释］

①“王戎”句：《晋书》中记载的是王戎的堂弟王衍丧儿。万子去世时年十九，似不能说“孩抱中物”。②孩抱：指婴儿。

［译文］

王戎的儿子万子死了，山简去探望他，王戎悲伤得不能自持。山简说：“只是一个怀抱中的婴儿，为何悲痛到这个地步？”王戎说：“圣人不动情，最下等的人谈不上有感情；最专注于感情的，正是我们这一类人。”山简佩服他的言语，更加为他悲痛。

五

有人哭和长舆，曰：“峨峨[①]若千丈松崩。”

[注释]

①哭：吊唁。和峤，字长舆，在当时很有名声，庾敳曾赞美他说："峤森森如千丈松。"峨峨：高，巍峨。

[译文]

有人哭吊和长舆，说："有如高大的千丈青松倒下了。"

六

卫洗马以永嘉六年丧①，谢鲲哭之，感动路人。咸和中，丞相王公教②曰："卫洗马当改葬。此君风流名士，海内所瞻，可修薄祭，以敦旧好③。"

[注释]

①"卫洗马"句：卫玠到豫章（首府是南昌）时，当时在王敦手下任长史的谢鲲很敬重他；卫玠后来也葬于南昌。②咸和：晋成帝年号。咸和年间，卫玠改葬江宁。教：诸侯王公的文告。③薄祭：菲薄的祭品，这里用作谦辞。敦：深厚。旧好：故交。

[译文]

太子洗马卫玠在永嘉六年去世，谢鲲去吊唁，他的哭声令路人感动。咸和年间，丞相王导发布文告说："卫洗马应当改葬。他是风雅名流，在国内受到仰慕，大家应该整治薄祭，以使我们对故友的怀念更加深厚。"

七

顾彦先平生好琴，及丧，家人常以琴置灵床①上。张季鹰往哭之，不胜其恸，遂径上床，鼓琴，作数曲竟，抚琴曰："顾彦先颇复赏此不？"因又大恸，遂不执孝子手而出②。

[注释]

①灵床：放置尸体的床铺或架子，这里是虚设的。②"遂不"句：客人吊丧后，在走前，礼节上应与主人握手以示慰问。此处是说过于伤痛，以至于忘了礼数。

[译文]

顾彦先平生喜欢弹琴，他死后，家人常将琴放在灵座上。张季鹰前往吊丧，悲痛之至，便径直坐在灵座上弹琴，弹奏了几曲后，抚摩着琴说："顾彦先还能否再欣赏呢？"于是又哭得非常伤心，竟没有与孝子握手就出去了。

玉树临风

玉树是传说中的仙树，图中描绘了唐代诗人崔宗之的英俊潇洒，如玉树临风。

八

庾亮儿遭苏峻难遇害[1]。诸葛道明女为庾儿妇，既寡，将改适，与亮书及之。亮答曰："贤女尚少，故其宜也。感念亡儿，若在初没。"

[注释]

①"庾亮"句：庾亮的儿子庾会在苏峻起兵叛乱后被杀。

[译文]

庾亮之子庾会在苏峻的叛乱中遇害。诸葛道明之女是庾会的妻子，守寡后，将要改嫁，诸葛道明写信给庾亮说起这件事。庾亮回信答道："令爱还年轻，这样做是合适的。只是感念死去的孩儿，如同他刚刚去世。"

九

庾文康亡，何扬州[1]临葬，云："埋玉树[2]著土中，使人情何能已已！"

[注释]

①何扬州：何充，后任扬州刺史，庾亮（谥文康）死时，尚任护军将军，参录尚书事。②玉树：传说中的仙树，此处喻宝贵的人才。

[译文]

庾亮去世了，扬州刺史何充去参加葬礼，说："把玉树埋到土里，使人的情感难以平静啊！"

十

王长史病笃，寝卧灯下，转麈尾视之，叹曰："如此人，曾不得四十[1]！"及亡，刘尹临殡，以犀柄麈尾著柩中[2]，因恸绝。

[注释]

①"如此"句：王濛容貌俊美，又善清谈；去世时年仅三十九岁。自以为死得太早，故有此叹。②"刘尹"句：刘惔和王濛齐名，又是好友，两人都擅长谈玄理。时人清谈时经常手执麈尾，所以刘惔把麈尾放在棺中。殡，停灵。柩，棺材。

[译文]

长史王濛病重，躺在灯下，转动着拂尘，一边叹息：“这样的人，竟然活不到四十岁！”到他死后，丹阳尹刘惔去参加葬礼，把犀角柄的拂尘放进棺材，痛哭到昏死过去。

十一

支道林丧法虔之后，精神霣(yǔn)丧①，风味转坠。常谓人曰：“昔匠石废斤于郢人②，牙生辍弦于钟子③，推己外求，良不虚也。冥契④既逝，发言莫赏，中心蕴结，余其亡矣！”却后一年，支遂殒。

[注释]

①法虔：支道林的同学，有才华，支道林很重视他，他比支道林早死一年。霣丧：同“陨丧”，指萎靡消沉。②“昔匠石”句：引《庄子·徐无鬼》运斤成风的典故：郢人鼻尖上溅上了一点白土，匠石挥斧削掉白土而没有碰伤鼻子；郢人也一动不动地站着，面不改色。比喻即使技术神妙，也需要双方默契配合，才能发挥作用。后来郢人死了，匠石失去了搭档，神技也就无用武之地了。斤，斧子。郢人，郢都的人，即楚人。③“牙生”句：《韩诗外传》载，一次琴师伯牙弹琴，心中想着泰山，钟子期听见，说：“巍巍乎若大山！”一会伯牙心思又在流水，钟子期便说：“洋洋乎若流水！”所以伯牙认钟子期为知音。钟子期死后，伯牙无知音，终身不弹琴。④冥契：默契，指互相默契之人。

[译文]

支道林失去法虔后，精神萎靡消沉，风度也逐渐衰落。他常对人说：“从前匠石因为郢人死去就弃斧不用，伯牙因为钟子期死去而终身不再弹琴，推己及人，确实不假。知己已经去世，说话再也无人欣赏，难解心中的郁结，我大概要死了！”一年后，支道林便死了。

十二

郗嘉宾①丧，左右白郗公：“郎丧。”既闻，不悲，因语左右：“殡时可道。”公往临殡，一恸几绝。

[注释]

①郗嘉宾：郗超，字嘉宾，郗愔之子。

[译文]

郗嘉宾死了，手下的人向郗愔禀告：“大郎死了。”郗愔听了，并不悲伤，随即对手下人说：“入殓时可以告诉我。”到入殓时，郗愔去参加，一下子悲恸得几乎气绝。

十三

戴公见林法师墓，曰："德音未远，而拱木[1]已积。冀神理绵绵[2]，不与气运俱尽耳！"

[注释]

①德音：有德者的话，是对别人言谈的尊称。拱木：两手合围那么粗的树，这里指墓上的树。②绵绵：连续不断。

[译文]

戴逵看见支道林法师的墓，说："有德者的言谈还留在耳边，可是墓上的树木已经长成合抱的参天大树了。希望您那精湛的玄理能不断流传，不要和寿数一起终结啊！"

十四

王子敬与羊绥善。绥清淳简贵[1]，为中书郎，少亡。王深相痛悼，语东亭云："是国家可惜人！"

[注释]

①清淳简贵：清廉淳厚、简约尊重。

[译文]

王子敬和羊绥关系很好。羊绥清廉敦厚、简约尊重，曾任中书郎，去世时很年轻。王子敬深切地痛悼着他，对东亭侯王珣说："羊绥是国家值得痛惜的人！"

十五

王东亭与谢公交恶[1]。王在东闻谢丧，便出都诣子敬[2]，道欲哭谢公。子敬始卧，闻其言，便惊起曰："所望于法护。"王于是往哭。督帅[3]刁约不听前，曰："官[4]平生在时，不见此客。"王亦不与语，直前，哭甚恸，不执末婢[5]手而退。

[注释]

①"王东亭"句：王珣，小名法护，与其弟王珉原来是谢家的女婿。王珣娶谢安弟弟谢万之女，王珉娶了谢安之女，后因互相猜忌，都离了婚，两家便成了仇人。②子敬：王献之，字子敬，王珣的族兄，谢安很赏识他。③督帅：带兵的官。④官：下属对长官的敬称。⑤末婢：谢安儿子谢琰的小名。

[译文]

东亭侯王珣和谢安关系很不好。王珣在东边听说谢安去世，就去京都见王子敬，说他想去哭吊谢安。子敬起初还躺着，听后就惊讶地起来说："这是我希望你做的。"王珣于是就去哭吊。谢安帐下的督帅刁约禁止他上前，说："大人活着时，从来不见这位客人。"王珣并不理睬，径直上前哭吊，非常难过，没有按常礼握谢琰的手就退出来了。

十六

王子猷、子敬俱病笃，而子敬先亡[①]。子猷问左右："何以都不闻消息？此已丧矣！"语时了[②]不悲。便索舆来奔丧，都不哭。子敬素好琴，便径入坐灵床上，取子敬琴弹，弦既不调，掷地云："子敬，子敬，人琴俱亡！"因恸绝良久。月余亦卒。

[注释]

①"王子猷"句：王子猷是王羲之之子，和王子敬是兄弟。②了：完全。

[译文]

王子猷和王子敬都病得很重，子敬先去世。子猷问身边的仆人说："为什么一点也没有听到子敬的消息？这是已经去世了！"说话时一点也不悲痛。于是子猷就要登车去奔丧，也并没有哭。子敬向来喜欢弹琴，子猷便一直进去，坐在灵床上，拿过子敬的琴来弹，琴弦无法调好，他就把琴扔到地上说："子敬，子敬，人和琴全不在了！"说完就悲痛得昏过去很久。一个多月后，他也去世了。

十七

孝武山陵夕，王孝伯[①]入临，告其诸弟曰："虽榱(cuī)桷(jué)惟新，便自有《黍离[②]》之哀。"

[注释]

①夕：傍晚举行的对君主的祭奠。王孝伯：王恭，字孝伯，是晋孝武帝皇后的哥哥。晋孝武帝死时，王恭正在京口镇守。当时执政的会稽王司马道子宠信小人，王恭觉得国家将有祸乱，心中忧虑，所以有《黍离》之叹。②榱桷：椽子，这里指孝武帝陵墓上的建筑。黍离：《诗经 · 王风》篇名，借指忧伤于王室衰微。

[译文]

晋孝武帝去世，夕祭时，王孝伯进京哭祭，告诉他的几个弟弟说："虽然陵墓建筑还很新，却使人感到《黍离》之悲。"

十八

羊孚年三十一卒，桓玄与羊欣书曰："贤从[①]情所信寄，暴疾而殒，祝予[②]之叹，如何可言！"

[注释]

①贤从：兄弟。羊孚是羊欣的堂兄。②祝予：断绝我。《公羊传·哀公十四年》："子路死，子曰：'噫，天祝予！'"

[译文]

羊孚三十一岁时去世，桓玄在给羊欣的信中说："贤堂兄是我信赖的、寄托友情的人，突然暴病而死，天将亡我之叹，用言语怎么能表达得出！"

十九

桓玄当篡位，语卞鞠[①]云："昔羊子道恒禁吾此意。今腹心丧羊孚，爪牙[②]失索元，而匆匆作此诋突[③]，讵允天心？"

[注释]

①卞鞠：原任桓玄的长史，桓玄举兵攻入京都后，任命他为丹阳尹。②爪牙：喻辅助的人。③诋突：冒犯。

[译文]

桓玄就要篡位的时候，对卞鞠说："以前羊子道总是不允许我有这种意图。如今我的心腹里头死了羊孚，助手里头又失去了索元，在这样的情况下，却要在匆忙之间做这种冒犯君上的事，难道是符合天意的吗？"

子路问津

子路是孔门弟子中最能做到躬行实践的人。图中描绘了子路问路的情景。

栖逸第十八

一

阮步兵啸，闻数百步[①]。苏门山中，忽有真人，樵伐者咸共传说。阮籍往观，见其人拥膝岩侧。籍登岭就之，箕踞[②]相对。籍商略终古[③]，上陈黄、农玄寂之道[④]，下考三代盛德之美，以问之，仡然[⑤]不应。复叙有为之教、栖神导气之术[⑥]以观之，彼犹如前，凝瞩不转。籍因对之长啸。良久，乃笑曰：“可更作。”籍复啸。意尽，退，还半岭许，闻上㖃然[⑦]有声，如数部鼓吹，林谷传响。顾看，乃向人啸也。

[注释]

①阮步兵：阮籍，字嗣宗，汉魏时人，因曾任步兵校尉，故称阮步兵。步：长度单位，三百步为一里。②箕踞：伸开两腿坐着，像个簸箕。这样的坐法是不拘礼节的表现。③终古：往昔，自古以来。④玄寂之道：指道家那些玄妙虚无的道理。⑤仡然：抬头的样子。⑥有为之教：指儒家学说。有为，有所作为。栖神导气之术：道家修炼之法，指精神凝定不散乱，导气养神。⑦㖃然：形容啸声悠然长远。

[译文]

步兵校尉阮籍的啸声，百步外都能听到。苏门山中，忽然来了个得道的真人，砍柴的人都这么传说。阮籍去看，见那个人在山岩上抱膝而坐。阮籍登山去见他，两人伸开腿对坐着。阮籍谈论古代的事，上述黄帝、神农时代玄妙虚无的主张，向下考究夏、商、周三代的大德美政，拿这些来问道人，那人仰着个头不回答。阮籍又说到儒家的德教、道家凝神导气的修炼方法，来看他的反应，他还是像原先一样目不转睛。阮籍于是对着他长啸。过了好长时间，他才笑着说：“可以再啸一次。”阮籍再次长啸。阮籍意兴已尽之后，便退下来，大概回到半山腰的地方，听到山顶上啸声悠然长远，好像几部乐器合奏，树林山谷都传来响声。阮籍回头观看，是刚才那个人在长啸。

二

嵇康游于汲郡山中，遇道士孙登，遂与之游[①]。康临去，登曰：“君才则高矣，保身之道不足。”

[注释]

①“嵇康”句：孙登隐居地在汲郡北山上，嵇康入山采药时遇见他，同他进行

了三年的交往。

[译文]

嵇康到汲郡的山里游览，遇见道士孙登，于是同他交游。嵇康临走时，孙登说："您的才能虽然很高，可是保全自身的方法还有所不足。"

三

山公将去选曹，欲举嵇康，康与书告绝[①]。

[注释]

①"山公"句：山涛，字巨源，曾任吏部郎（也就是选曹郎），主管官吏的选授等。他升任散骑常侍后，推荐同是竹林七贤的嵇康接替其职。嵇康原与山涛是好友，但不愿做官，认为山涛对自己不了解，就写信与山涛绝交，这封信就是《与山巨源绝交书》。

[译文]

山涛将从选曹郎的职务上离去，他想推荐嵇康代替自己，嵇康写信与他绝交。

四

李廞(xīn)是茂曾第五子，清贞有远操，而少羸病，不肯婚宦。居在临海，住兄侍中墓下[①]。既有高名，王丞相欲招礼之，故辟为府掾。廞得笺命，笑曰："茂弘乃复以一爵假[②]人！"

[注释]

①"居在"句：李腿瘸，无法走路，跟着他哥哥李式南渡。李式渡江后，累迁临海太守、侍中。②茂弘：王导字茂弘。假：借给人，这里指给予人。

[译文]

李廞是李茂曾的第五个儿子，为人清正，有高尚的操守，可是从小就瘦弱多病，所以不愿意结婚做官。他在临海郡，暂住在他哥哥侍中李式的陵园里。等到他有了很高的名望，丞相王导想聘请并礼待他，所以请他做相府的属官。李廞得到王导任命的书信，笑着说："茂弘竟然拿一个官爵送给我。"

五

何骠骑[①]弟以高情避世，而骠骑劝之令仕。答曰："予第五之名，何必减骠骑？"

［注释］

①何骠骑：何充，曾任骠骑将军。其弟何准，排行第五，两人皆有名望。

［译文］

骠骑将军何充的弟弟因为有着高尚的情趣而隐居，何充劝他出来做官。他回答说："以我老五的名望，何尝低于你？"

六

阮光禄在东山，萧然[①]无事，常内足于怀。有人以问王右军，右军曰："此君近不惊宠辱，虽古之沉冥[②]，何以过此？"

［注释］

①阮光禄：阮裕。曾任尚书郎、临海太守，辞官后居会稽，志在隐居。隐居东山多年，朝廷又召他为金紫光禄大夫，他不愿就职。萧然：清静的样子。②沉冥：这里指深藏不露之人，即隐士。

［译文］

光禄大夫阮裕在东山隐居，清静无为，内心一直很自足。有人以此事问右军将军王羲之，羲之说："这位先生近来荣辱不能动其心，即便是古时的隐士，又如何能超越这一点？"

七

孔车骑少有嘉遁[①]意，年四十余，始应安东命。未仕宦时，常独寝，歌吹[②]自箴诲，自称孔郎，游散名山。百姓谓有道术，为生立庙[③]。今犹有孔郎庙。

［注释］

①孔车骑：孔愉，字敬康，死后追赠车骑将军。西晋末年从洛阳回到会稽，后来隐居在新安山。永嘉年间，安东将军司马睿（后为晋元帝）镇守扬州，任命孔愉为参军。直到建兴初年，孔愉才应召。嘉遁：对隐遁的美称，指隐遁合乎正道。②歌吹：演唱吹奏。③"百姓"句：《晋书·孔愉传》载，孔愉隐居于新安山期间，日常只是种地、读书，在乡里有很高的信誉。后来他忽然离开，大家认为他是神人，为他立祠。生立庙，就是在一个人活着时立庙来纪念他。

［译文］

车骑将军孔愉年轻时就打算隐居，到四十多岁，才接受安东将军的任命出来任职。在做官前，他一直是独自在山中居住，歌咏吹弹，告诫自己行为要谨慎，自称孔郎，游览名山大川。百姓认为他有道术，给他立了个生庙。如今还有孔郎庙。

八

南阳翟道渊与汝南周子南少相友，共隐于寻阳[①]。庾太尉说周以当世之务，周遂仕[②]，翟秉志[③]弥固。其后周诣翟，翟不与语。

[注释]

①寻阳：寻阳县在今江西九江市西，晋时属扬州庐江郡。②“庾太尉”句：庾亮到江州时，听到翟道渊很有名望，就亲自前往拜访，推荐他为国子博士，他不肯赴任。③秉志：指坚守自己的志向。

[译文]

南阳人翟道渊和汝南人周子南小时候就很友好，两人共同隐居在寻阳县。太尉庾亮曾劝说周子南关心当代国家的事务，子南终于出来做官了，翟道渊隐居的志向却更加坚定了。后来周去看望翟，翟不与之说话。

九

孟万年及弟少孤，居武昌阳新县[①]。万年游宦[②]，有盛名当世，少孤未尝出，京邑人士思欲见之，乃遣信报少孤，云：“兄病笃。”狼狈至都。时贤见之者，莫不嗟重，因相谓曰：“少孤如此，万年可死。”

[注释]

①“孟万年”句：孟嘉，字万年，江州刺史庾亮任命他为从事，后在桓温的将军府中任长史。他的弟弟孟陋，字少孤，很有名望，会稽王司马昱辅政时，任命其为参军，托病不肯赴任。②游宦：出外求官。

[译文]

孟万年和他弟弟孟少孤，在武昌郡阳新县居住。万年外出做官，在当时享有盛名，孟少孤未曾外出求官，京都知名人士想见见他，便派信使给少孤报知：“你哥哥病重。”少孤匆忙地赶到京都。当时的贤达之士见到他，没有不赞叹、敬重他的，于是他们评论说：“既然少孤这样出众，万年死了也可以没有遗憾了。”

十

康僧渊在豫章，去郭数十里，立精舍[①]。旁连岭，带长川，芳林列于轩庭，清流激于堂宇。乃闲居研讲，希心理味，庾公诸人多往看之，观其运用吐纳，风流转佳。加已处之怡然②，亦有以自得，声名乃兴。后不堪，遂出③。

灯影照无睡，心清闻妙香

图中表现了一名和尚潜心向佛，在灯影下参禅的情景。

［注释］

①康僧渊：和尚名。《高僧传》中记载他是西域人，生于长安，东晋时过江，在豫章山上修了个庙宇居住。郭：城郭，就是加筑在城外围的城墙，这里指城镇。精舍：僧人修炼的住所。②吐纳：言谈，谈吐。加已：加以。怡然：安适愉快的样子。③“后不”句：据《高僧传》载，康僧渊后来死在庙里，不同于这里的说法。

［译文］

康僧渊在豫章时，在距城几十里远的地方修建他的居所，旁边连着山岭，像衣带一样的一条大河绕着它，繁花似锦的树林装饰庭院，清澈的水流在房前激起浪花。康僧渊于是隐居于此，研究解释佛经，倾心义理旨趣，庾亮等人经常前往看望他，看到他运用言谈的手法、风度越来越好，加以他心旷神怡地对待这一切，也能够自得其所，名声于是渐渐大了起来。后来他忍受不了这种有名气的生活，便从那里离开了。

十一

戴安道既厉操东山，而其兄欲建式遏①之功。谢太傅曰：“卿兄弟志业，何其太殊？”戴曰：“下官‘不堪其忧’，家弟‘不改其乐②’。”

［注释］

①厉操：历练情操，使情操高尚，指隐居。式遏：指阻止害民的事情发生，保卫国家。《诗经·大雅·民劳》云“式遏寇虐”，式是句首语气词，遏是阻止，原意指阻止对百姓的侵犯、残害。②“下官”句：此处引《论语·雍也》所述颜回事。孔子说：“贤哉，回也！一箪食，一瓢饮，在陋巷，人不堪其忧，回也不改其乐。”

［译文］

戴安道已经隐居于东山，他哥哥又想为国家建功立业。太傅谢安对他哥哥说：“你们兄弟二人在志向事业上的差异为何这么大呢？”他哥哥回答说：“下官受不了那种忧愁，舍弟却无法改变那种乐趣。”

十二

许玄度隐在永兴南幽穴中，每致四方诸侯之遗(wèi)[①]。或谓许曰：“尝闻箕山人[②]似不尔耳。”许曰：“筐(fěi)篚苞苴(jū)，故当轻于天下之宝[③]耳。”

［注释］

①遗：赠送。②箕山人：指尧时的隐士许由。相传许由隐居在箕山，尧想禅位给他，后来又想任他为九州长，都被他拒绝了。③筐篚苞苴：筐篚是装东西或饭食的竹器，这里做动词用，即用筐篚盛。苞苴是包裹，这里指包着的鱼肉，是赠送用的礼品。天下之宝：指君位。这里指许由尚且招来尧的让位，自己得到这些薄礼当然算不了什么。

［译文］

许玄度（询）隐居在会稽郡永兴县南幽深的岩洞中，常常引来各处王侯的馈赠。有人对许玄度说：“我曾听说过隐居箕山的人似乎并不是这样的呀。”许玄度说：“我收到的只不过是竹筐装着的食物罢了，这比君位本来就差得多呀。”

十三

范宣未尝入公门，韩康伯与同载，遂诱俱入郡[①]，范便于车后趋下。

［注释］

①郡：指郡的官署。韩康伯曾任豫章郡太守，范宣家住豫章郡。

［译文］

范宣没有进过官署，有一次韩康伯和他一起坐车，就想诱骗他一同到郡府里，范宣于是急忙从车后溜下跑了。

十四

郗超每闻欲高尚隐退者，辄为办百万资，并为造立居宇。在剡为戴公起宅，甚精整。戴始往旧居[①]，与所亲书曰：“近至剡，如官舍。”郗为傅约亦办百万资，傅隐事差互[②]，故不果遗。

［注释］

①戴公：戴逵。旧：为多余的字，无义。②差互：差错；错过机会。

[译文]

郗超每次听到品行高尚的隐退者，就为他们筹措百万钱，并且给他们建造房舍。他在会稽郡剡县给戴安道盖了房子，非常精致整齐。戴安道刚刚前往居住时，给亲友写信说：“最近到了剡地，如同住进官舍。”郗超也为傅约筹措了百万钱，因傅约隐居一事错过了机会，所以没能成功地馈赠给他。

十五

许掾(yuàn)①好游山水，而体便登涉。时人云：“许非徒有胜情，实有济胜之具②。”

[注释]

①许掾：许询，字玄度，曾被召为司徒掾，推辞不就。②胜情：高雅的情趣。济胜之具：指游览胜境所需的一定的条件，此处指身体条件。

[译文]

司徒掾许玄度爱好游览山水，而且身体健康，便于登高。当时的人说：“许玄度并非仅有高雅的情趣，确有能够游览胜境的强健身体。”

朱贞孚画迹

图中描绘了古人登山游历的情景。

十六

郗尚书与谢居士①善，常称：“谢庆绪识见虽不绝人，可以累心处都尽。”

[注释]

①谢居士：即谢庆绪。居士是信奉佛教的在家中居住的人。谢庆绪崇信佛教，曾隐居于余姚太平山中。

[译文]

尚书郗恢和谢庆绪居士交好，常称赞说：“谢庆绪的见识虽然不比别人高明，但是没有一点能够劳心的事情。”

贤媛第十九

一

陈婴者，东阳人，少修德行，著称乡党[1]。秦末大乱，东阳人欲奉婴为主，母曰："不可！自我为汝家妇，少见贫贱，一旦富贵，不祥。不如以兵属(zhǔ)[2]人。事成，少受其利；不成，祸有所归。"

[注释]

①"陈婴"句：据《史记·项羽本纪》，陈婴原在东阳县任书吏。陈涉起义后，东阳人杀了县令，聚集数千人，强迫陈婴出任首领；陈母反对此事，陈婴于是依附项梁。乡党，乡里。②属：交付，交给。

[译文]

陈婴是东阳县人，从小道德品行的修养就很好，在乡里中有很高的名望。秦代末年天下大乱之时，东阳人想拥护陈婴做首领，陈母告诉陈婴说："不行！从我做了你家的媳妇那天起，从年轻时起，你家就贫贱，一旦一下子富贵了，不吉利。不如把军队交给别人。事成了，多少可以得些好处；失败了，灾祸也自会有人来承担。"

二

汉元帝宫人既多，乃令画工图之，欲有呼者，辄披图召之。其中常者，皆行货赂[1]。王明君[2]姿容甚丽，志不苟求，工遂毁为其状。后匈奴来和，求美女于汉帝，帝以明君充行。既召见而惜之。但名字已去，不欲中改，于是遂行。

[注释]

①货赂：贿赂。②王明君：王昭君。因晋文帝名司马昭，晋人避讳，改称为王明君。

[译文]

汉元帝的宫女已经很多了，就派画工将她们的模样画成图，想要召唤她们时，就翻看图像召见。宫女中相貌平常之人，都贿赂画工。王昭君容貌十分美丽，立志不用不正当的手段去乞求，画工于是将她的容貌画得很丑。后来匈奴来和亲，向汉元帝求赐美女，元帝以昭君当作皇族女嫁给匈奴。召见以后又舍不得让她去。但是已经将名字告诉了匈奴，不想中途变更，于是昭君还是去了匈奴。

三

jié yú

汉成帝幸赵飞燕，飞燕谗班婕妤祝诅，于是考问①。辞曰："妾闻死生有命，富贵在天②。修善尚不蒙福，为邪欲以何望？若鬼神有知，不受邪佞之诉；若其无知，诉之何益？故不为也。"

［注释］

①赵飞燕：入宫后得宠，许皇后被废后，她成为皇后。班婕妤：婕妤是后宫妃嫔的称号。班婕妤刚进宫时也很受宠爱，被立为婕妤。祝诅：诅咒。考问：拷问。②辞：供词。"死生"句：出自《论语·颜渊》。

［译文］

汉成帝很宠爱赵飞燕，飞燕诬陷班婕妤以鬼神之法诅咒她，于是成帝拷问班婕妤。班的供词说："我听说死生是由命运决定的，富贵要听从天意的安排。做好事尚且不一定得福，起邪念是有什么指望呢？如果鬼神有知觉，它肯定不接受那种邪恶谄佞的祷告；如果鬼神没有知觉，向它祷告又能得到什么？因此我不会做这种事。"

四

魏武帝崩，文帝悉取武帝宫人自侍。及帝病困，卞后①出看疾。太后入户，见直侍并是昔日所爱幸者。太后问："何时来邪？"云："正伏魄②时过。"因不复前而叹曰："狗鼠不食汝余，死故应尔③！"至山陵，亦竟不临。

［注释］

①卞后：卞皇后，是魏武帝曹操的皇后，魏文帝曹丕的母亲。魏文帝称帝后，她被尊为皇太后。②伏魄：同"复魄"。人快死时，将他平时穿的衣服拿到门外招魂，让魂魄回来，叫作复魄。这里指曹操将死之时。③"狗鼠"句：比喻被人所轻贱，比禽兽都不如。

［译文］

魏武帝曹操死后，文帝曹丕把武帝的全部宫女都留下来侍奉自己。等到文帝病重之时，他母亲卞太后去探视他的病。卞太后到内室后，看见值班、侍奉的都是从前曹操所宠爱的人。太后问她们说："什么时候过来的？"她们答道："正在招魂时过来的。"太后于是不再往前去，叹息着说道："狗鼠也不吃你吃剩的东西，死是应该的呀！"直至文帝去世，太后竟也没有前往哭吊。

五

赵母嫁女，女临去，敕之曰："慎勿为好[1]！"女曰："不为好，可为恶邪？"母曰："好尚不可为，其况恶乎！"

［注释］

①慎勿为好：古人认为做好事会受到好人妒忌，因为只要别人超过自己，人们就不高兴。

［译文］

赵母嫁女儿，女儿将要出门的时候，她对女儿告诫说："一定不要做好事！"女儿问道："不做好事，可以做坏事吗？"母亲说："好事尚且不可以做，更何况是坏事呢！"

六

许允妇是阮卫尉[1]女，德如妹，奇丑。交礼竟，允无复入理，家人深以为忧。会允有客至，妇令婢视之，还，答曰："是桓郎。"桓郎者，桓范也。妇云："无忧，桓必劝入。"桓果语许云："阮家既嫁丑女与卿，故当有意，卿宜察之。"许便回入内。既见妇，即欲出。妇料其此出，无复入理，便捉裾[2]停之。许因谓曰："妇有四德[3]，卿有其几？"妇曰："新妇所乏唯容尔。然士有百行[4]，君有几？"许云："皆备。"妇曰："夫百行以德为首，君好色不好德，何谓皆备？"允有惭色，遂相敬重。

［注释］

①阮卫尉：阮共，字伯彦，在魏朝任卫尉卿。②裾：衣服大襟，或衣服的前后部分。③四德：即妇德、妇言、妇容、妇功。④百行：指各种好的品行。

［译文］

许允的妻子是卫尉卿阮共之女，阮德如的妹妹，长相非常丑。新婚交拜礼行过后，许允没有再进新房的理由，家里人都十分担忧。正好有位客人来看望许允，新娘便叫婢女去看看是谁，婢女回来说："是桓郎。"桓郎就是桓范。新娘说："不必担心了，桓郎一定会劝他进来的。"桓范果然对许允说道："阮家既然将一个丑女嫁给你，想必是有一定道理的，你应该好好体察。"许允便转身进入新房。见了新娘，立即就想出来。新娘料定他这一走就不可能再进来了，于是拉住他的衣襟让他留下。许允于是问她："妇女应该有四种美德，你具备哪几种？"新娘说："新妇只是缺少容貌罢了。可是读书人应该有各种好品行，您又具备几种呢？”许允说：“样样都有。”新娘说：“各种好品行里头最重要的是德，可是您爱色不爱德，怎么能说每样都具备了呢？”许允面上现出了愧色，从此夫妇俩便互相敬重。

七

许允为吏部郎，多用其乡里，魏明帝遣虎贲(bēn)[①]收之。其妇出诫允曰：“明主可以理夺，难以情求。”既至，帝核问之。允对曰：“‘举尔所知[②]’，臣之乡人，臣所知也。陛下检校为称职与不，若不称职，臣受其罪。”既检校，皆官得其人，于是乃释。允衣服败坏，诏赐新衣。初，允被收，举家号哭。阮新妇自若，云：“勿忧，寻还。”作粟粥待，顷之允至。

［注释］

①虎贲：侍卫君主和保卫王宫的官职名。虎贲中郎将主管虎贲郎，是宫廷卫戍部队的将领。②举尔所知：语出《论语·子路》，孔子的学生仲弓问孔子怎么样识别并提拔优秀人才，孔子对他说出了上面这句话。

［译文］

许允担任吏部郎的时候，所任用的官员大多是他的同乡，魏明帝得知此事后就派虎贲去逮捕他。许允的妻子跟出来对他劝道：“对英明的君主只可以用道理去取胜，用感情却很难求告。”押到后，明帝审问他。许允回答说：“孔子说‘举荐你所了解的人’，臣的同乡，就是臣所了解的人。陛下可以调查他们称职与否，如果不称职，臣愿承受应得的罪名。”查验的结果是各个职位都用人得当，于是明帝就释放了他。许允穿的衣服破旧，明帝下诏赏赐他新的衣服。起初，许允被逮捕时，家里的人都号哭。他妻子阮氏却神态自若地说：“不必担心，不久就会回来。”煮好小米粥等着他，不一会儿，许允就回到了家中。

八

许允为晋景王所诛，门生走入告其妇[①]。妇正在机中，神色不变，曰：“蚤知尔耳！”门人欲藏其儿，妇曰：“无豫诸儿事。”后徙居墓所，景王遣钟会看之，若才流[②]及父，当收。儿以咨母。母曰：“汝等虽佳，才具不多，率[③]胸怀与语，便无所忧。不须极哀，会止便止[④]。又可少问朝事。”儿从之。会反以状对，卒免。

[注释]

①“许允”句：辅军大将军司马师（即晋景王）在魏齐王曹芳时辅政，借故杀了李丰、夏侯玄。许允因和李丰、夏侯玄关系很友好，受到怀疑，也被害。②才流：指才能流品的高下。③才具：才能，才干。率：顺着。④止：指哭泣停止。钟会去慰问家属时，按礼节当哭。

织布图

许允的妻子正在织布，听到许允被杀的消息后，神色不变。图中描绘了一名正在织布的女子。

[译文]

许允被晋景王所杀，他的门生跑进来告诉他的妻子。他妻子正在织机上织布，听到后，神色不变，说：“早就知道会这样的呀！”门生想把许允的儿子藏起来，许允妻子说：“与孩子们无关。”后来他们一家迁到许允的墓地里住，景王派大将军府记室钟会去看他们，命令他说，如果儿子的才能流品赶得上他父亲，就应该逮捕他们。许允的儿子去和母亲商量。母亲说：“你们虽然都很好，可是才能不大，想到什么都可以直说，这样就没有什么可担心的。也不必哀伤过度，钟会不哭了，你们也停止不哭。又可以稍微问及朝廷的事。”她儿子照吩咐去做。钟会回去后，把情况向景王报告，许允的儿子终于免祸。

九

王公渊娶诸葛诞[①]女。入室，言语始交，王谓妇曰：“新妇神色卑下，殊不似公休！”妇曰：“大丈夫不能仿佛彦云，而令妇人比踪[②]英杰！”

[注释]

①王公渊：王广，字公渊，有风度、才学，在当时很有名。其父王凌，字彦云。诸葛诞：字公休，在魏朝做过御史中丞、尚书、镇东大将军。②比踪：指德行事迹并列、差不多。

[译文]

王公渊娶诸葛诞之女为妻。进入新房，夫妻刚谈话，王公渊就对妻子说：“新妇神色不高贵，很不像你父亲公休！”他妻子说：“大丈夫做不到像你父亲彦云，却要求妇人和英雄豪杰并驾比肩！”

十

王经[①]少贫苦，仕至二千石[②]，母语之曰："汝本寒家子，仕至二千石，此可以止乎？"经不能用。为尚书，助魏，不忠于晋[③]，被收。涕泣辞母曰："不从母敕，以至今日！"母都无戚容，语之曰："为子则孝，为臣则忠。有孝有忠，何负吾邪？"

[注释]

①王经：王经早先任江夏太守，高贵乡公曹髦即位后，王经任尚书。甘露五年（260年），因相国司马昭权倾帝室，魏帝召侍中王沈、尚书王经、散骑常侍王业共谋讨伐司马昭，王沈、王业连忙跑去向司马昭告密，并叫王经一起去，王经没有去。接着魏帝被杀，王经和家属也被害。②二千石：按年俸米石的多少来定职官等级的高低，司隶校尉、州牧、郡太守等都是二千石。③不忠于晋：王经是魏朝人，当时晋朝还没有建立，记事者是后代人，因此这样说。

[译文]

王经年少时家境贫寒，后来做到二千石等级的职位时，他母亲对他说："你本来是贫寒人家的子弟，现在官至二千石，这就可以止步了吧？"王经不听从母亲的意见。后来王经担任尚书，辅佐魏朝，不忠于晋司马氏，被逮捕了。当时他流着泪辞别母亲说："没有听从母亲的教导，以至于今天有这样的下场！"他母亲没有一点悲伤的表情，对他说："做儿子能够孝顺，做臣子能够忠君。现在你有孝有忠，有什么对不起我的地方呢？"

十一

山公与嵇、阮一面，契若金兰[①]。山妻韩氏，觉公与二人异于常交，问公，公曰："我当年可以为友者，唯此二生耳！"妻曰："负羁之妻亦亲观狐、赵，意欲窥之，可乎[②]？"他日，二人来，妻劝公止之宿，具酒肉。夜穿墉以视之，达旦忘反。公入曰："二人何如？"妻曰："君才致殊不如，正当以识度相友耳。"公曰："伊辈亦常以我度为胜。"

[注释]

①契若金兰：喻人与人之间情意相投。②"负羁"句：《左传·僖公二十三年》载，晋公子重耳在外流亡时，狐偃、赵衰等人随从。在曹国，曹大夫僖负羁的妻子观察后得出的看法是，狐偃、赵衰等随从都是能辅助晋公子回国做国君的好帮手。

[译文]

山涛和嵇康、阮籍只见了一面，就情意相投。山涛的妻子韩氏，发现山涛和两人的交往超出一般，就问山涛，山涛说："我现在可以当作朋友的人，只有这两位先生罢了！"他妻子说："僖负羁的妻子也曾亲自观察过狐偃和赵衰，我也想偷着观察一下他们，可以吗？"有一天，他们两人来了，山涛的妻子就劝山涛把他们留下来，并且准备好酒肉。到夜里，就在墙上挖个洞来观察他们，天亮了都忘了回去。山涛进来问道："此二人怎么样？"他妻子说："您才能、情趣根本不能与他们相比，只能靠见识、气度和他们结交罢了。"山涛说："他们也常说我的气度不凡。"

十二

王浑妻钟氏生女令淑，武子为妹求简[①]美对而未得。有兵家子，有俊才，欲以妹妻之，乃白母，曰："诚是才者，其地可遗[②]，然要令我见。"武子乃令兵儿与群小杂处，使母帷中察之。既而，母谓武子曰："如此衣形者，是汝所拟者非邪？"武子曰："是也。"母曰："此才足以拔萃，然地寒，不有长年，不得申其才用[③]。观其形骨，必不寿，不可与婚。"武子从之。兵儿数年果亡。

[注释]

①令淑：指容貌好德行高。武子：王济，字武子，王浑之子。求简：挑选、寻求。简，选择。②地：门第。遗：抛弃。③才用：才干，才能。

[译文]

王浑的妻子钟氏生的女儿容貌美丽、品德善良，王武子打算给妹妹挑选一个好配偶，还没有找到。有个军人的儿子，很有才干，武子想把妹妹嫁给他，就将这件事告诉了母亲，他母亲说："如果确实是有才能，可以不计较他的门第，可是要让我看一看。"武子便叫那个军人的儿子和平民百姓混在一起，让母亲在帷幕里观察他。事后，武子母亲对他说："穿着这样的衣服、长着这样的相貌的，就是你所考虑的那个人吗？"武子说："正是。"他母亲说："这个人，才能足以出类拔萃，可是门第寒微，如果没有高寿，就没有机会发挥他的才能。可是看他的形貌气质，一定不能长寿，不能与他通婚。"武子依从了母亲的意见。没过几年，那个军人的儿子果然死了。

十三

贾充前妇，是李丰女。丰被诛，离婚徙边[①]。后遇赦得还，充先已取郭配女。武帝特听置左右夫人[②]。李氏别住外，不肯还充舍。郭氏语充，欲就省李。充曰："彼刚介有才气，卿往不如不去。"郭氏于是盛威仪[3]，多将侍婢。既至，入户，李氏起迎，郭不觉脚自屈，因跪再拜。既反，语充，充曰："语卿道何物？"

[注释]

①"贾充"句：公元254年，大将军司马师辅政，他怀疑中书令李丰与魏帝议论自己，便找个借口杀了他。李丰女也受牵连，遭到流放。公元265年，晋武帝即帝位，李丰女遇赦后才回来。②"武帝"句：贾充前妻李氏所生女儿是齐王司马攸的妃子（齐王谥献，又称齐献王），所以武帝特诏两妻并立。后郭氏的女儿做了皇太子妃（即后来登位的晋惠帝的皇后），武帝又下令贾充不得与李氏往来。③威仪：指仪仗、从人。

[译文]

贾充的前妻是李丰的女儿。李丰被杀，其女离了婚，被流放到边远地区。后来遇到大赦得以回来，可是贾充已经娶了郭配的女儿。晋武帝特别下诏准许他两个妻子都留下，分别为左夫人和右夫人。李氏另在外面居住，不肯回到贾充的住宅。郭氏对贾充说，想去探望李氏。贾充说："她性格刚强正直，才华很高，你去看望她不如不去。"郭氏于是带了一个规模盛大的仪仗队伍和许多侍婢去。来到李氏那里，进入内室，李氏站起迎接，郭氏不觉腿脚自然弯曲，跪下行再拜礼。回家后，郭氏对贾充说了，贾充说："我对你说什么来着？"

十四

贾充妻李氏作《女训》，行于世。李氏女，齐献王妃；郭氏女，惠帝后。充卒，李、郭女各欲令其母合葬，经年不决。贾后废，李氏乃祔(fù)葬，遂定[1]。

[注释]

①"贾后"句：贾充死于公元283年。公元290年，太子司马衷即位，妃贾氏成为皇后。贾氏性妒、狠毒，又想干预朝政。她废太后，杀太傅、太宰、太保。公元300年，赵王司马伦废贾后并杀之。祔，合葬。

[译文]

贾充的妻子李氏写了《女训》一书，在当时流传一时。李氏的女儿是齐献王王妃；郭氏的女儿是晋惠帝的皇后。贾充死后，李氏、郭氏的女儿各自都想让自己的母亲与贾充葬在一起，多年也不能解决这个问题。等到贾后被废，李氏才能与贾充合葬，丧事才能确定下来。

十五

王汝南[①]少无婚，自求郝普女。司空以其痴，会无婚处，任其意，便许之。既婚，果有令姿淑德。生东海，遂为王氏母仪[②]。或问汝南何以知之，曰："尝见井上取水，举动容止不失常，未尝忤观，以此知之。"

[注释]

①王汝南：王湛，官至汝南内史。青少年时说话很少，不喜交游，人们都认为他傻。父亲王昶，官至司空。②东海：王湛之子王承，曾任东海太守。母仪：做母亲们的典范。

汲水图

图中描绘了一名女子在井边打水的情景。

[译文]

汝南内史王湛年轻时没人提亲，便自己去求娶郝普的女儿为妻。他父亲王昶因为他痴呆，认为一定没人与他结婚，便随他的心意同意了。婚后，郝氏果真美貌贤淑。后来生了王承，终于成为王家母亲们的表率。有人问王湛怎么了解她的，王湛说："我曾经看见她在水井边打水，举止仪容不失常态，也没有看着不顺眼之处，因此了解了她。"

十六

王司徒妇[①]，钟氏女，太傅曾孙，亦有俊才女德。钟、郝为娣姒[②]，雅相亲重。钟不以贵陵郝，郝亦不以贱下钟。东海家内，则郝夫人之法。京陵家内，范钟夫人之礼[③]。

[注释]

①王司徒妇：王浑的妻子是魏朝时做过太傅的钟繇的曾孙女。王浑承袭父亲的爵位为京陵侯，官至司徒。②郝：指郝普的女儿。郝氏是王湛的妻子，王湛是王浑的弟弟。娣姒：妯娌。③"东海"两句：东海指郝氏之子王承，属于王湛世系。京陵指钟氏丈夫王浑这一世系。则，效法。范，做典范。

[译文]

司徒王浑的妻子是钟家之女，魏朝太傅钟繇的曾孙女，也很有文才，具备女性的美德。钟氏和郝氏是妯娌，两人关系密切又互相敬重。钟氏并不因为自己门第高贵而欺负郝氏，郝氏也不因为自己门第卑微而对钟氏屈从。在王承一家里，人人都效法郝夫人的规矩。在王浑家中，人人都恪守钟夫人的礼法。

十七

李平阳①，秦州子，中夏名士，于时以比王夷甫。孙秀②初欲立威权，咸云："乐令③民望不可杀，减李重者又不足杀。"遂逼重自裁。初，重在家，有人走从门入，出髻中疏④示重，重看之色动，入内示其女，女直叫"绝"。了其意，出则自裁。此女甚高明，重每咨焉。

[注释]

①李平阳：李重，曾任平阳太守。其父李景，曾任秦州刺史。《资治通鉴·卷八十三》载，赵王司马伦于公元300年杀了贾后，阴谋篡位，便想收买人心，选用名流，于是任李重为相国左长史。李重知赵王伦有异志，忧愤成病而死。与这里所述不一致。②孙秀：孙秀为赵王伦所宠信，赵王伦自任相国后，任命孙秀为中书令，于是他威权日重。③乐令：乐广，当时为河南尹，后来代王戎任尚书令一职。④疏：书信。

[译文]

平阳太守李重是秦州刺史李景的儿子，是中原的名士，当时，人们把他与名望很高的王夷甫并列在一起。起初孙秀想使自己的威望和权力得以树立，到处说："乐令有民望，不可杀，比不上李重的人又不值得杀。"于是逼李重自杀。事先，李重在家，有人从门外跑进来，拿出发髻里的信给李重看，李重看后脸上就变了颜色，到内室拿给他女儿看，他女儿只是叫"完了"。李重明白她的意思，出来就自杀了。李重这个女儿有很高明的见解，李重有事情常常跟她商量。

十八

周浚作安东时，行猎，值暴雨，过①汝南李氏。李氏富足，而男子不在。有女名络秀，闻外有贵人，与一婢于内宰猪羊，作数十人饮食，事事精办，不闻有人声。密觇(chān)②之，独见一女子，状貌非常，浚因求为妾。父兄不许。络秀曰："门户殄瘁(tiǎn cuì)③，何惜一女？若连姻贵族，将来或大益。"父兄从之。遂生伯仁兄弟。络秀语伯仁等："我所以屈节为汝家作妾，门户计耳。汝若不与吾家作亲亲[4]者，吾亦不惜余年。”伯仁等悉从命。由此李氏在世，得方幅齿遇[5]。

［注释］

①周浚：汝南郡安城人，做过扬州刺史，后加安东将军。过：访问，探望。②觇：偷看。③门户：门第。殄瘁：衰微。④亲亲：亲戚。⑤方幅：正规，公正。齿遇：相同待遇。

［译文］

周浚任安东将军时，外出打猎，正遇到下暴雨，就去探望汝南李氏。李氏家里很富足，只是男人不在家。他家有个女儿名叫络秀，听说有贵人到来，就和一个婢女在后院杀猪宰羊，准备几十人的饮食，事事都做得精细周到，却听不见有人声。周浚感到奇怪，就去偷看一下，只看见一个女子，相貌不同寻常；过后，周浚就请求娶她为妾。女方的父兄不同意。络秀说：“我们家门第衰微，为何舍不得一个女儿？如果和贵族联姻，将来也许会得到很多好处。”父兄就答应了她。后来她生了周伯仁几兄弟。络秀对伯仁兄弟说：“我之所以降低身份给你家做妾，只是为我家门第作打算而已。你们如果不愿意和我家做亲戚，我也不会吝惜晚年。”伯仁兄弟全都听从母亲的命令。因此，李氏活着时，得到公正的礼遇。

将军行猎图

此图描绘将军行猎时张弓射雁的情景。

十九

陶公[1]少有大志，家酷贫，与母湛氏同居。同郡范逵素知名，举孝廉，投侃宿。于时冰雪积日，侃室如悬磬[2]，而逵马仆甚多。侃母湛氏语侃曰：“汝但出外留客，吾自为计。”湛头发委地，下为二髲(bì)[3]，卖得数斛米，斫(zhuó)[4]诸屋柱，悉割半为薪，剉诸荐[5]以为马草。日夕，遂设精食，从者皆无所乏。逵既叹其才辩，又深愧其厚意。明旦去，侃追送[6]不已，且百里许。逵曰：“路已远，君宜还。”侃犹不返。逵曰：“卿可去矣！至洛阳，当相为美谈。”侃乃返。逵及洛，遂称之于羊晫(zhuó)、顾荣[⑦]诸人，大获美誉。

［注释］

①陶公：陶侃，鄱阳人，早年为寻阳县吏，鄱阳孝廉范逵曾去拜访他。后升至大将军、太尉。②悬磬：比喻很贫穷，一无所有。③髲：假发。④斫：砍，削。⑤剉：铡碎。荐：草垫。⑥追送：跟随送行。⑦羊晫、顾荣：羊晫任豫章郎中令，与陶侃是同乡，顾荣任中书郎。

［译文］

陶侃年少时就有远大的志向，家境却非常贫寒，和母亲湛氏在一起居住。同郡人范逵一向很有名望，被举荐为孝廉，有一次到陶侃家投宿。当时，冰雪天气已经很久了，陶侃家什么东西都没有，可是范逵车马仆从很多。陶侃的母亲湛氏对陶侃说："你只管到外面把客人留下，我自己来想办法。"湛氏头发长到垂地，她剪下来做成两条假发，换到几斛米，又把屋子的柱子每根都削下一半来做柴烧，把草垫子都剁了做草料喂马。到傍晚，她便准备好了精美的饮食，随从的人也没有缺少。范逵既对陶侃的才智和口才很赞赏，又对他的盛情款待深感愧疚。第二天早晨，范逵告辞，陶侃送到很远，快要送到百里左右。范逵说："已经送得很远了，您该回去了。"陶侃还是不肯回去。范逵说："你该回去了！到了京都洛阳，我一定多多赞扬你。"陶侃这才回去。范逵到了洛阳，就在羊晫、顾荣等人面前说陶侃的好话，使他广泛地得到了美名。

二十

陶公少时，作鱼梁吏，尝以坩鲊（gān zhǎ）[①]饷母。母封鲊付使，反书责侃曰："汝为吏，以官物见饷，非唯不益，乃增吾忧也。"

［注释］

①鱼梁：在水中筑的捕鱼的堰。《晋书·列女传》载，陶侃曾任寻阳县吏，监管鱼梁。坩：陶器，瓦罐。鲊：鱼制品，腌鱼、糟鱼一类的东西。

［译文］

陶侃年轻时曾任监管鱼梁的小吏，给母亲送过一罐腌鱼。他母亲把腌鱼封好，交给来人带回去，并且回信对陶侃责备道："你做官吏，把公家的东西拿来送给我，这不只没有好处，反而使我的忧虑增加了。"

二十一

桓宣武平蜀，以李势妹为妾，甚有宠，常著斋后[①]。主始不知，既闻，与数十婢拔白刃袭之。正值李梳头，发委藉地，肤色玉曜（yào）[②]，不为动容。徐曰："国破家亡，无心至此。今日若能见杀，乃是本怀。"主惭而退。

[注释]

①"桓宣武"句：桓温的妻子是晋明帝女南康长公主。②委：垂下，放下。曜：明亮。

[译文]

桓温平蜀后，娶李势的妹妹为妾，很宠爱她，总是让她住在书斋后。公主起初不知道，听说了这件事后，就带着几十个婢女提着刀，打算趁着她没有防备去杀她。到那儿的时候，正遇见李氏在梳头，头发垂到地上，肤色像白玉一样光彩照人，表情并没有因为公主到来而有所改变。她从容不迫地说道："我国破家亡，无意间来到这里。今天如果能被杀，倒成全了我的心愿。"公主很惭愧地退了出去。

二十二

庾玉台，希之弟也。希诛，将戮玉台[①]。玉台子妇，宣武弟桓豁女也，徒跣求进，阍(hūn)禁不内[②]。女厉声曰："是何小人？我伯父门，不听我前！"因突入，号泣请曰："庾玉台常因人，脚短三寸，当复能作贼不？"宣武笑曰："婿故自急。"遂原[③]玉台一门。

[注释]

①"庾玉台"句：玉台是庾友的小名，他是庾冰的儿子。公元371年，桓温废晋帝为东海王，立会稽王司马昱为帝。桓温顾忌庾冰家族势力强大，就想消灭他们，于是诬陷他们谋反，庾友的几个弟弟被杀。庾友的哥哥庾希闻难而逃，但最终还是被杀害。②徒跣：光着脚走路。这里形容急忙的样子。阍：守门人。内：通"纳"，接纳。③原：赦免。

[译文]

庾玉台是庾希的弟弟。庾希被杀后，桓温就要杀玉台了。玉台的儿媳妇，是桓温弟弟桓豁的女儿，她很着急，光着脚去求见桓温，掌门官挡着不让进去。她严厉地斥责说："这是哪个奴才？我伯父的家，竟敢不准我进去！"说着便冲了进去，边哭喊边请求说："庾玉台的一只脚短了三寸，常常需要被人搀扶才能走路，这样还会谋反吗？"桓温笑道："侄婿自然会着急。"于是将庾玉台这一家赦免了。

二十三

谢公夫人帏[①]诸婢，使在前作伎[②]，使太傅暂见，便下帏。太傅索更开，夫人云："恐伤盛德。"

[注释]

①帏：帷幕，此处指设置帷幕。②伎：歌舞。

[译文]

谢安的妻子刘夫人将众婢女围在挂起的帷幕中，叫她们在自己面前表演歌舞，也让谢安看了一会儿，便将帷幕放下了。谢安要求再打开帷幕，夫人说："恐怕会损害你美好的德行。"

二十四

桓车骑不好著新衣。浴后，妇故送新衣与。车骑大怒，催使持去。妇更持还，传语云："衣不经新，何由而故？"桓公大笑，著之。

[译文]

车骑将军桓冲不喜欢穿新衣服。一次洗澡后，他妻子故意叫仆人给他送去新衣服。桓冲十分生气，催仆人把衣服拿走。他妻子叫人又拿了回来，并且传话说："衣服不经过新的，又如何变成旧的呢？"桓冲听了大笑，于是把新衣服穿上了。

二十五

王右军郗夫人谓二弟司空、中郎①曰："王家见二谢，倾筐倒庋(guǐ)②；见汝辈来，平平尔。汝可无烦复往。"

[注释]

①司空、中郎：指郗愔、郗昙。简文帝时曾任命郗愔为司空，但他辞谢不肯就职，死后追赠司空。郗昙做过北中郎将。②二谢：指谢安、谢万兄弟。倾筐倒庋：将竹筐、架子中所有的东西都倒出来，比喻尽其所有，招待丰盛。庋，放器物的架子。王家、谢家是豪门望族，而郗家开始时很孤贫，并非士族，所以因为门第的观念，王家看不起郗家。

[译文]

右军将军王羲之妻子郗夫人对两个弟弟郗愔、郗昙说："王家见谢安、谢万兄弟来，恨不得把所有东西都拿出来招待人家；见你们来，不过平常而已。你们可以不必再去了。"

二十六

王凝之谢夫人①既往王氏，大薄凝之。既还谢家，意大不说。太傅慰释之曰："王郎，逸少之子，人材②亦不恶，汝何以恨乃尔？"答曰："一门叔父，则有阿大、中郎③；群从兄弟④，则有封、胡、遏、末⑤。不意天壤之中，乃有王郎！"

[注释]

①谢夫人：王凝之妻子谢道韫，是谢安之兄谢奕的女儿，王羲之（字逸少）的儿媳妇。②人材：人品，学识。③阿大、中郎：阿大指何人未详，疑指谢安的堂兄谢尚。中郎可能指谢安弟弟谢万，他担任过抚军从事中郎；也有指谢安哥哥、排行第二的谢据的可能。④群从兄弟：同族的堂兄弟。⑤封、胡、遏、末：封是谢韶，胡是谢朗，遏是谢玄，末是谢渊，这是四人的小名，他们都是谢家有才学的人。

谢道韫

谢道韫，东晋女诗人。

[译文]

王凝之的妻子谢夫人到王家后，对凝之非常轻视。回到谢家后，心里十分不高兴。太傅谢安安慰、开导她说："王郎是逸少的儿子，人品和才学也很好，你为什么竟不满意到这种程度？"谢夫人回答说："同一家的叔父中，就有阿大、中郎这样的人物；同族兄弟，就有封、胡、遏、末这样的人物。想不到天地之间，竟有王郎这种人！"

二十七

韩康伯母隐(yin)古几毁坏，卞鞠①见几恶，欲易之。答曰："我若不隐此，汝何以得见古物？"

[注释]

①隐：倚靠。卞鞠：韩母的外孙，生活奢靡，平时吃穿用度力求新异，常"以富贵骄人"。韩母的回答是在讽刺卞鞠。

[译文]

韩康伯的母亲日常靠着的那张旧的小桌子坏了，卞鞠看见小桌破旧了，打算换掉它。韩母回答说："如果我不倚着这个，你又如何能够见到古物？"

二十八

王江州夫人语谢遏曰："汝何以都不复进[①]？为是[②]尘务经心，天分有限？"

［注释］

①王江州：王凝之，曾任江州刺史。王凝之的夫人谢道韫是谢遏（谢玄）的姐姐。"汝何"句：《晋书·列女传》载，谢道韫曾认为谢玄学问没有长进而责备他。②为是：还是，连词，表选择。

［译文］

江州刺史王凝之夫人问谢遏道："你为什么不再有一点长进？是心思都在关注世俗杂务上了，还是天资有限？"

二十九

郗嘉宾丧[①]，妇兄弟欲迎妹还，终不肯归[②]。曰："生纵不得与郗郎同室，死宁不同穴！"

［注释］

①丧：去世。②归：女子回娘家。

［译文］

郗嘉宾去世了，他妻子的兄弟想把妹妹接回去，她却始终不肯回去。她说："纵然在活着时不能和郗郎同居一室，死了怎能不和他同葬一穴！"

三十

谢遏绝重其姊，张玄常称其妹，欲以敌之。有济尼者，并游张、谢二家，人问其优劣，答曰："王夫人神情散朗，故有林下[①]风气；顾家妇清心玉映，自是闺房之秀。"

［注释］

①林下：竹林之下或树林之下，指隐士所在的地方。

［译文］

谢遏非常推崇自己的姐姐谢道韫，张玄常常称赞自己的妹妹，想使她和谢遏的姐姐并重。有个叫济尼的尼姑，和张、谢两家都有交往，有人向她询问这两个人的高下。她回答说："王夫人神态风度潇洒俊朗，真的很有隐士的风采和气度；顾家媳妇心胸明净如美玉照人，在妇女中自然是非常优秀的。”

三十一

王尚书惠尝看王右军夫人，问：“眼耳未觉恶[①]不？”答曰：“发白齿落，属乎形骸；至于眼耳，关于神明，那可便与人隔[②]！”

［注释］

①恶：不好，这里指视力、听力下降。②神明：精神。隔：隔阂。这句的意思是还没有到耳聋眼花、彼此不通情意的程度。

［译文］

尚书王惠曾经去看望右军将军王羲之的夫人，向她问道：“眼睛、耳朵还没有觉得不好吧？”她回答说：“头发白了，牙齿掉落，这是身体上的衰老；至于视力和听力，关系到精神，哪能就影响和别人交往呢！”

三十二

韩康伯母殷，随孙绘之[①]之衡阳，于阖庐洲中逢桓南郡。卞鞠是其外孙，时来问讯。谓鞠曰：“我不死，见此竖二世作贼[②]！”在衡阳数年，绘之遇桓景真[③]之难也，殷抚尸哭曰：“汝父昔罢豫章，征书朝至夕发[④]。汝去郡邑数年，为物不得动，遂及于难，夫复何言？”

［注释］

①绘之：韩康伯之子，曾任衡阳太守。②“见此”句：竖：小子，是对人的蔑称。二世指桓温和桓玄父子。桓温欲篡位已久，事未成而死。桓玄也志在篡位，于公元 398 年起兵反帝室；402 年举兵东下建康，执掌朝政。韩母可能在这一时期遇见他。当时卞鞠的职务是桓玄的长史，为他出谋划策。③桓景真：桓亮，字景真，是桓温的孙子，桓玄的侄儿。公元 403 年桓玄称帝，第二年兵败被杀。405 年，桓亮等余党扰乱荆、湘、江、豫诸州，杀了衡阳前太守韩绘之等。这里所说的桓景真之难就是指这事。④“汝父”句：韩康伯曾任豫章太守，后来做过侍中。

［译文］

韩廉伯的母亲殷氏，跟着孙子韩绘之到衡阳去，在阖庐洲上与南郡公桓玄相遇。桓玄的长史卞鞠是殷氏的外孙，当时也来问安。殷氏向卞鞠说道：“我没有死，就看到了这小子两代人为当朝贼子！”在衡阳住了几年，在桓景真的叛乱中，绘之被杀害，殷氏抚尸痛哭道：“从前你父亲被免去豫章太守的职务时，征调他的文书早晨到了，他傍晚就出发。你几年前就已经免官了，却为着事物所累不能动身，终于遭难，我还有什么话说呢！”

术解第二十

一

荀勖（xù）善解音声，时论谓之暗解[①]。遂调律吕，正雅乐[②]。每至正会，殿庭作乐，自调宫商，无不谐韵。阮咸妙赏，时谓神解[③]。每公会作乐，而心谓之不调。既无一言直[④]勖，意忌之，遂出阮为始平太守。后有一田父耕于野，得周时玉尺，便是天下正尺。荀试以校己所治钟鼓、金石、丝竹，皆觉短一黍[⑤]，于是伏阮神识。

[注释]

①荀勖：晋代初年任中书监、侍中。曾经掌管音乐，对音律进行过校正。暗解：自然领会，领会了却说不出道理。②律吕：音律。雅乐：古代帝王在祭祀、朝贺、宴享等大典上使用的乐曲，要求中正和平、典雅纯正，所以叫作雅乐。汉末纷乱，雅乐亡迭。荀勖重新制作正音的律管，但因为长短与古时的尺寸不同，所以不易和古律相应。③阮咸：曾任散骑侍郎，对音律很了解，善弹琵琶。荀勖曾和他谈论音律，觉得自己和他的差距很大。神解：融会贯通的领会。④直：使之直、正确，纠正。⑤黍：黄米。古时以一百粒黍排列起来的长度作为一尺，古人用这个标准尺寸来制律管。

[译文]

荀勖善于对乐音的正误进行辨别，当时的舆论认为他是暗解。于是他调整音律，对雅乐也进行校正。每到正月初一举行朝贺礼时，殿堂上演奏音乐，他亲自对五音进行调整，无不和谐。阮咸对音乐的欣赏能力非常高，当时的舆论认为他是神解。每逢官府集会奏乐，他心里都觉得并不协调。他始终不提一点意见来对荀勖进行纠正，荀勖心里就顾忌他，最终将他调出京，任始平太守。后来有一个农民在地里干活，得到一把周代的玉尺，这是国家的标准尺。荀勖试着用它来对自己所调试的各种乐器的律管进行校正，都较标准尺短了一粒米的长度，于是才对阮咸识见的高超感到钦佩。

二

荀勖尝在晋武帝坐上食笋进饭，谓在坐人曰："此是劳薪[①]炊也。"坐者未之信，密遣问之，实用故车脚[②]。

[注释]

①劳薪：以使用过度的木材作为柴。②车脚：车轮。

[译文]

荀勖曾经在晋武帝的宴席上食笋下饭，他向在座的人说："这是以使用过度的木料为柴煮的。"座上之人并不相信，暗中派人向厨师询问，才知道的确用的是旧车轮。

三

人有相羊祜父墓，后应出受命君①。祜恶其言，遂掘断墓后，以坏其势。相者立视之曰："犹应出折臂三公②。"俄而祜坠马折臂，位果至公。

[注释]

①受命君：指承受上天之命的君主。②三公：晋代时，三公指太尉、司徒、司空。

[译文]

有个人看了羊祜父亲坟墓的风水，说后代该出真命天子。羊祜对他的话感到厌恶，就把坟后部挖断，破坏了坟山的风水。看风水的人马上又去看，说道："还会出一位断臂的三公。"不久羊祜从马背上跌下来，把手臂摔断了，果然后来升到公的官位。

四

王武子善解马性。尝乘一马，著连钱障泥①。前有水，终日不肯渡。王云："此必是惜障泥。"使人解去，便径渡。

[注释]

①连钱：一种像钱纹一样的花饰。障泥：垫马鞍的垫子，下垂至马腹，可以挡泥水。

[译文]

王武子能够很好地了解马的脾性。他曾经骑马外出，马背上盖着连钱花纹的垫子。前面遇到一条河，一整天马都不肯渡过去。王武子说："这一定是马爱惜这块垫子。"叫人解下垫子，马于是径直渡过去了。

五

陈述①为大将军掾，甚见爱重。及亡，郭璞②往哭之，甚哀，乃呼曰："嗣祖，焉知非福！"俄而大将军作乱，如其所言。

[注释]

①陈述：字嗣祖，名望很高，在大将军王敦的手下任属官。②敦璞：精通卜筮之术。初时得到王导器重，后在王敦幕府里任记室参军。郭璞预先知道王敦要作乱。

[译文]

陈述在大将军王敦手下任属官，受到王敦的赏识和器重。陈述死后，郭璞去哭丧，哭得悲痛异常，竟然哭喊着说："嗣祖，怎么知道这不是你的福气！"不久王敦就作乱，验证了郭璞所说的话。

六

晋明帝解①占冢宅，闻郭璞为人葬，帝微服②往看，因问主人："何以葬龙角③？此法当灭族！"主人曰："郭云此葬龙耳，不出三年，当致天子。"帝问："为是出天子邪？"答曰："非出天子，能致天子问耳。"

山脉

图中表现了山势的高峻气派。

[注释]

①解：会，能够。②微服：指为了隐藏身份，改穿平民的衣服。③龙角：看风水的人将山势看作龙，以山的起伏连绵的脉络为龙脉。此指选择龙角为墓穴的位置。

[译文]

晋明帝能够按风水选择坟地和宅基地，他听说郭璞为别人选了一块坟地，就换上便服去察看，又问墓地主人："为什么葬在龙角上？这种葬法将会导致灭族！"主人说："郭璞说过，这是葬在龙耳上，用不了三年，就会引来天子。"明帝问："是指家里会出个天子吗？"主人回答说："不是出个天子，是能将天子引来询问而已。"

七

郭景纯过江，居于暨阳，墓去水不盈百步，时人以为近水①。景纯曰："将当为陆。"今沙涨，去墓数十里皆为桑田②。其诗曰："北阜烈烈，巨海混混③；垒垒三坟，唯母与昆④。”

[注释]

①“郭景纯”句：郭景纯就是郭璞。西晋末年，他预知天下将乱，为避乱而过江，住在暨阳（今江苏江阴境内）。这句所提到的“墓”没有指墓主是谁，疑有脱字。《晋书·郭璞传》说：“璞以母忧去职，卜葬地于暨阳，去水百步许。”应为郭母墓。从下文看，又可能是指郭璞母亲和两位哥哥的墓。步，古时长度单位，三百步为一里。②桑田：指农田。③“北阜”句：大意是，北山险峻陡峭，大海波浪翻滚。烈烈，山高峻险阻的样子。混混，同“滚滚”，大水翻腾的样子。④“垒垒”句：大意是，三座坟墓堆起得高高的，那就是母亲和两位哥哥。垒垒，堆积貌。昆，就是哥哥。

[译文]

郭景纯到了江南，在暨阳县住下，他母亲的坟墓与大江的距离不足百丈，当时有人认为离江太近了。景纯说：“那里将会成为陆地。”如今泥沙已经增高了，距离坟墓几十里远的地方都变成了农田。郭景纯写诗记之曰：“北阜烈烈，巨海混混；垒垒三坟，唯母与昆。”

八

王丞相令郭璞试作一卦，卦成，郭意色甚恶，云：“公有震厄①。”王问：“有可消伏②理不？”郭曰：“命驾西出数里，得一柏树，截断如公长，置床上常寝处，灾可消矣。”王从其语。数日中，果震柏粉碎，子弟皆称庆。大将军云：“君乃复委罪于树木！”

[注释]

①震：声音很响的雷。厄：灾难。②消伏：消除。

[译文]

丞相王导叫郭璞试着占一卦，卦象出来后，郭璞的脸色很难看，说：“您有遭雷击的灾难。”王导问：“有没有可以消除灾难的办法？”郭璞说：“向西方坐车走几里地，那里有一棵柏树，截下一段和您一样高的树干，放到床上经常睡的那个地方，灾难就可以消除了。”王导按照他的说法做了。过了几天，雷电果然把柏木击碎了，子侄们都来庆贺。大将军王敦对郭璞说：“您居然可以做到将罪过推到树木上！”

九

桓公有主簿善别酒，有酒辄令先尝。好者谓“青州从事”，恶者谓

“平原督邮[①]”。青州有齐郡，平原有鬲县[②]。“从事”言到脐，“督邮”言在鬲上住。

[注释]

①从事、督邮：分别是州、郡属官的名称。这里的“某地某官”是用来代表酒名的。②“青州”句：齐郡的齐，古时可写作“脐”，即肚脐。鬲县的鬲可以写作“膈”，即膈膜，指胸腔和腹腔间的膜状肌肉。

[译文]

桓温有一位主簿，很会品酒，桓温有酒就让他先品尝。酒如果好，他就说是“青州从事”，酒若不好，他就说是“平原督邮”。原因是青州有个齐郡，平原郡有个鬲县。“从事”的意思是说酒力能达到肚脐下，“督邮”的意思说的是酒力到膈膜之上就停住了。

十

郗愔信道甚精勤[①]，常患腹内恶，诸医不可疗。闻于法开[②]有名，往迎之。既来便脉，云：“君侯所患，正是精进[③]太过所致耳。”合一剂汤与之。一服，即大下，去数段许纸如拳大；剖看，乃先所服符也。

[注释]

①“郗愔”句：郗愔信奉天师道，这是一种迷信组织，认为喝符水能够治病，无病之人也可服符。精勤，认真专注。②于法开：和尚名，以文学著名，医术也很好。③君侯：对列侯和尊贵者表示尊敬的称呼。精进：佛教用语，指精诚集中而上进不懈怠，这里指对道教虔诚。

[译文]

郗愔非常虔诚地信奉天师道，他肚子经常不舒服，很多医生都治疗不好。郗愔听说于法开有名气，就把他接来。于法开来了就切脉，然后说：“君侯所得的病，恰恰是过分虔诚的原因呀。”就给郗愔配了一服汤药。郗愔一服药就大泻，泻下几堆拳头大小的纸团；剖开一看，原来是先前服用的符。

十一

殷中军妙解经脉[①]，中年都废。有常所给使[②]，忽叩头流血。浩问其故，云：“有死事，终不可说。”诘问良久，乃云：“小人母年垂百岁，抱疾来久，若蒙官一脉，便有活理。讫就屠戮无恨。”浩感其至性，遂令舁[③]来，为诊脉处方。始服一剂汤，便愈。于是悉焚经方[④]。

［注释］

①经脉：中医所指人体内气血运行的通路，可分为正经和奇经两类，这里泛指医术。②给使：指供役使的仆人。③舁：抬。④经方：医书。

［译文］

中军将军殷浩医术精湛，到中年就一点都不研究了。有一个常使唤的仆人，忽然给他磕头直到头破血流。殷浩问他这是为什么，他说："有件关乎人命的事，但终究不应该说。"殷浩追问了很久，这才说道："小人的母亲年近百岁，已经生病很长时间了，若能承蒙大人去看一次病，就有办法活下去。若治好了母亲，小人就算被杀也毫无怨言。"殷浩被他真诚的孝心所感动，于是叫他把母亲抬来，给他母亲诊脉开方。只服了一服药，他母亲就痊愈了。从此殷浩把医书全部烧掉。

巧艺第二十一

一

弹棋始自魏宫内[1]，用妆奁戏。文帝于此戏特妙，用手巾角拂之，无不中。有客自云能，帝使为之。客著葛巾[2]角，低头拂棋，妙逾于帝。

［注释］

①“弹棋”一句：弹棋，一种博弈的棋类游戏。相传起源于西汉，非始自魏宫内。②葛巾：用葛布做的头巾。

［译文］

弹棋最初出现于曹魏时代的后宫，用梳妆匣就可以做这种游戏。魏文帝特别精通此类游戏，能用手中衣角去弹棋子，没有弹不中的。有位客人自称也能这样做，文帝就叫他一试。客人戴着葛巾，低头用葛巾角去拨动棋子，比文帝做得更妙。

葛巾漉酒

图中表现了陶渊明用葛巾漉酒喝的情景。

二

陵云台楼观（guàn）[1]精巧，先称平众木轻重，然后造构，乃无锱铢相负揭[2]。台虽高峻，常随风摇动，而终无倾倒之理。魏明帝登台，惧其势危，别以大材扶持之，楼即颓坏。论者谓轻重力偏故也。

［注释］

①陵云台：楼台名，在洛阳。楼观：楼台。②锱铢：形容数目极其微小。锱和铢都是重量单位，一说六铢为一锱，四锱为一两。负揭：指秤杆的下垂与翘起。

［译文］

陵云台楼建筑精巧，修建之时，工匠先把所有木材用秤称过，分出轻重，然后才开始建造，因此楼台四面重量不差分毫。楼台虽然很高，常随风摇摆，可是始终不倒塌。

魏明帝登上陵云台，认为它很危险，另外用大木头撑住它，楼台随即就倒塌了。舆论认为是重心偏向一边的缘故。

三

韦仲将[①]能书。魏明帝起殿，欲安榜，使仲将登梯题之[②]。既下，头鬓皓然[③]。因敕儿孙勿复学书。

[注释]

①韦仲将：韦诞，字仲将，书法家。②“魏明帝”三句：据传魏明帝建陵云殿，忘记给匾额题字，就钉了上去，后来让擅长书法的大臣韦仲将乘梯题匾。③皓然：发白的样子。

[译文]

韦仲将擅长书法。魏明帝修建一座宫殿，想挂个匾，但事先忘记了给匾题字，就派仲将登上梯子去题匾。韦仲将下来后，鬓发全白了。于是告诫子孙千万不要学习书法。

四

钟会是荀济北[①]从舅，二人情好不协。荀有宝剑，可直[②]百万，常在母钟夫人许。会善书，学荀手迹，作书与母取剑，仍窃去不还。荀勖知是钟而无由得也，思所以报之。后钟兄弟以千万起一宅，始成，甚精丽，未得移住。荀极善画，乃潜往画钟门堂[③]，作太傅[④]形象，衣冠状貌如平生。二钟入门，便大感恸，宅遂空废。

[注释]

①荀济北：荀勖，晋武帝即位时，被封为济北郡公。②直：通“值”。③门堂：门和厅堂，指家里。④太傅：指钟繇，魏朝太傅，是钟会的父亲。

[译文]

钟会是济北公荀勖的堂舅父，两人感情不好。荀勖有把宝剑，约值百万钱，经常放在他母亲钟夫人那里。钟会擅长书法，就模仿荀勖笔迹，写了一封信给他母亲要宝剑，他拿去再也没有还回来。荀勖知道是钟会干的事，可是无法要回来，就想方设法报复他。后来钟家兄弟花了千万巨资修建一处住宅，刚落成，非常精美，还没有搬进去。荀勖很擅长绘画，就偷偷地溜进这所住宅，在厅堂里画上一幅钟繇的画像，衣帽、相貌都宛如平生。钟会兄弟进门看见，非常伤心，决计不住进去，这所宅房就闲置不用了。

五

羊长和博学工[①]书，能骑射，善围棋。诸羊后多知书，而射、弈余

yì

蓺[②]莫逮。

[注释]

①羊长和：羊忱。工：擅长。②蓺：同“艺”，技艺。

[译文]

羊长和学识广博，工于书法，能骑马射箭，擅下围棋。羊家后代多懂书法，可是射箭、下棋这些技能，没有人能赶上羊长和。

六

戴安道[①]就范宣学，视范所为，范读书亦读书，范抄书亦抄书。唯独好画，范以为无用，不宜劳思于此。戴乃画《南都赋[②]图》，范看毕咨嗟，甚以为有益，始重画。

[注释]

①戴安道：戴逵，字安道，他不远千里到豫章去拜范宣为师。②南都赋：汉代张衡作，记述了汉朝旧都南阳的盛况。

[译文]

戴安道向范宣学习，处处模仿范宣的做法，范宣读书，他也读书，范宣抄书，他也抄书。唯独戴安道喜欢绘画，范宣认为毫无用处，不应该在这上面耗费精力。戴安道于是画了《南都赋图》，范宣看了赞不绝口，认为大有益处，这才开始重视绘画。

七

谢太傅云：“顾长康[①]画，有苍生[②]来所无。”

[注释]

①顾长康：名画家顾恺之，字长康。②苍生：人类。

[译文]

太傅谢安说：“顾长康的画，是自人类产生以来从未有过的。”

八

戴安道中年画行像[①]甚精妙。庾道季看之，语戴云：“神明太俗，

由卿世情未尽。”戴云：“唯务光[②]当免卿此语耳。”

[注释]

①行像：古代宣扬佛教的一种宗教仪式，多在佛诞日举行。一说即行乐图，游玩娱乐的神像画。②务光：传说是夏朝人，隐士。

[译文]

戴安道中年时画行像，精妙绝伦。庾道季看了后，对他说：“神像画得太庸俗，这是因为你还没有完全脱离世俗趣味。”戴安道说：“只有务光才能免受你这样的评论啊。”

九

顾长康画裴叔则[①]，颊上益三毛。人问其故，顾曰：“裴楷俊朗有识具，正此是其识具[②]。”看画者寻之，定觉益三毛如有神明[③]，殊胜未安时。

[注释]

①裴叔则：裴楷，字叔则。②识具：见识和才能。③神明：气韵。

[译文]

顾长康画裴叔则像，脸颊上多画了三根胡子。有人问这是为什么，顾长康说：“裴楷俊逸爽朗，很有学识，这恰恰是表现出了他的学识。”看画的人品味这幅画像，确实感觉添了三根胡子更有气韵，远远胜过之前。

十

王中郎以围棋是坐隐[①]，支公以围棋为手谈[②]。

[注释]

①坐隐：在座位上坐着隐居。②手谈：用手交谈。

[译文]

北中郎将王坦之认为下围棋是在座位上隐居，支道林把下围棋看作用手势来交谈。

坐隐图

坐隐是围棋的别名，也叫手谈。图中描绘了古人下围棋时的场景。

十一

顾长康好写起人形。欲图殷荆州，殷曰："我形恶，不烦耳。"顾曰："明府[①]正为眼尔。但明点童子[②]，飞白[③]拂其上，使如轻云之蔽日。"

［注释］

①明府：在这里是对殷仲堪的尊称。殷仲堪一只眼瞎，所以不愿画像。②童子：即瞳子。③飞白：中国画中一种枯笔露白的线条。

［译文］

顾长康喜欢给人物写生。他想画荆州刺史殷仲堪，仲堪说："我的相貌很丑，不劳烦你了。"顾长康说："明府只是害怕眼睛罢了。只要明显地点出瞳子，用飞白笔法轻轻拂过上面，就像一抹轻云遮住太阳一样。"

十二

顾长康画谢幼舆在岩石里。人问其所以，顾曰："谢云：'一丘一壑，自谓过之[①]。'此子宜置丘壑中。"

［注释］

①"一丘"句：这里只取"一丘一壑"义。

［译文］

顾长康给谢幼舆画像，把他放在山崖乱石中。有人问他什么原因，顾长康说："谢幼舆说过：'在一山一水间游乐，自以为无人可及。'因此，他就该安置在山崖沟壑里。"

十三

顾长康画人，或数年不点目精[①]。人问其故，顾曰："四体妍蚩[②]，本无关于妙处；传神写照[③]，正在阿堵[④]中。"

［注释］

①目精：眼珠。②四体：四肢，这里泛指形体。妍蚩：同"妍媸"，美丑。③传神：指生动地表现出人物的神情意态。写照：摹画人像。④阿堵：这，此处指眼珠。

［译文］

顾长康画人像，有的几年不点眼睛。有人问他什么原因，他说："形体的美与丑，和神妙没有太多的关联；传神写照，正在这个眼珠子里面。"

江楼望归鸿

图中描绘了一位古人在江楼目送归鸿的情景。

十四

顾长康道画："手挥五弦易，目送归鸿难①。"

［注释］

①"手挥"句：引自嵇康《赠秀才入军诗》云："目送归鸿，手挥五弦，俯仰自得，游心泰玄。"五弦，即五弦琴，形似琵琶而小，用木头或手拨弹。

［译文］

顾长康谈论作画时说："要画出手挥五弦比较容易，要画出目送归鸿就非常困难了。"

宠礼第二十二

一

元帝正会，引王丞相登御床，王公固辞，中宗引之弥苦[①]。王公曰："使太阳与万物同晖，臣下何以瞻仰！"

[注释]

①"元帝"四句：晋元帝司马睿初为琅琊王时，王导就倾心辅佐他，后来司马睿即位，任王导为中书监、录尚书事。中宗，元帝死后的庙号。

[译文]

晋元帝在元旦举行典礼时，拉着丞相王导登上御座，王导坚决推辞，元帝苦苦相邀。王导说："如果太阳和万物一起发光，臣下又怎么瞻仰太阳呢！"

二

桓宣武尝请参佐入宿，袁宏[①]、伏滔相次而至。莅名，府中复有袁参军，彦伯疑焉，令传教[②]更质。传教曰："参军是袁、伏之袁，复何所疑？"

[注释]

①袁宏：字彦伯，很有才华，和伏滔一起任桓温的参军，将军府的人称二人为袁伏。袁宏认为，和伏滔并列是一种耻辱。②传教：指传令官。

[译文]

桓温曾经请他的属官入府值宿，袁宏和伏滔相继来到。签到值宿时，因府中还有一个袁参军，袁宏怀疑名单上的袁参军不是自己，便叫传令官再查问一下。传令官说："参军就是袁、伏的袁，还怀疑什么？"

三

王珣、郗超并有奇才，为大司马所眷拔。珣为主簿，超为记室参军。超为人多须，珣形状短小。于时荆州为之语曰："髯参军，短主簿，能令公喜，能令公怒。"

[译文]

王珣和郗超都有非凡的才能，一同受到大司马桓温的提拔。王珣担任主簿，郗超担任记室参军。郗超胡子多，王珣身材矮小。当时荆州人给他们编了几句歌谣说："大胡子参军，矮个子主簿，能让桓公喜，能使桓公怒。"

四

许玄度停都一月，刘尹无日不往①，乃叹曰："卿复少时不去，我成轻薄京尹②！"

[注释]

①"许玄度"句：许玄度与刘真长皆擅清谈，当时名望很高。许玄度入京时，刘真长特意找了个书斋给他住。②京尹：京兆尹，京都的长官。刘真长为丹阳尹，丹阳郡的首府就是建康。

[译文]

许玄度在京都待了一个月，丹阳尹刘真长每天都去看望他，叹息道："你过些天还不走，我就成了不负责任的京兆尹了！"

五

孝武在西堂会，伏滔①预坐。还，下车呼其儿，语之曰："百人高会，临坐未得他语，先问：'伏滔何在？在此不？'此故未易得。为人作父如此，何如？"

[注释]

①伏滔：原为桓温参军，后任著作郎，专掌国史。

[译文]

晋孝武帝在西堂举行宴会，伏滔也在座。他回家后，一下车就叫他儿子过来，对儿子说："上百人的盛会，天子一落座，来不及说别的话，就先问：'伏滔在哪里？在这里吗？'这种面子是很不容易得到的。但你的父亲能够这样，怎么样？"

进见图

图中表现了古人进见天子的情景。

六

卞范之为丹阳尹，羊孚南州暂还，往卞许，云：“下官疾动[1]不堪坐。”卞便开帐拂褥，羊径上大床，入被须枕。卞回坐倾睐[2]，移晨达莫[3]。羊去，卞语曰：“我以第一理[4]期卿，卿莫负我！”

［注释］

①动：发作，这里指药性发作。②倾睐：注视。③莫：同“暮”。④第一理：最高的礼遇。

［译文］

卞范之任丹阳尹，羊孚从南州暂时回京，到卞范之家去看他，说：“下官药性发作，坐不住。”卞范之就拉开帐子，把被褥打扫干净，羊孚径直上了大床，盖上被子，靠着枕头。卞范之回到座位，看着他，从早晨直到傍晚。羊孚要走了，卞范之对他说：“我以最高的礼遇接待你，请不要辜负我！”

任诞第二十三

一

陈留阮籍、谯国嵇康、河内山涛，三人年皆相比，康年少亚之。预此契[①]者：沛国刘伶、陈留阮咸、河内向秀、琅琊王戎。七人常集于竹林之下，肆意酣畅，故世谓竹林七贤。

[注释]

①契：聚会，约会。竹林七贤都是意气相投、饮酒清谈的著名人物。

[译文]

陈留郡阮籍、谯国嵇康、河内郡山涛，这三个人年纪差不多，嵇康的年纪比他们要小些。加入他们聚会的人还有：沛国刘伶、陈留郡阮咸、河内郡向秀、琅琊郡王戎。七人经常聚会在竹林之下，尽情地开怀畅饮，所以世人叫他们竹林七贤。

二

阮籍[①]遭母丧，在晋文王坐进酒肉。司隶何曾亦在坐，曰："明公方以孝治天下，而阮籍以重丧[②]，显于公坐饮酒食肉，宜流之海外，以正风教。"文王曰："嗣宗毁顿[③]如此，君不能共忧之，何谓？且有疾而饮酒食肉，固丧礼也[④]！"籍饮啖不辍，神色自若。

[注释]

①阮籍：字嗣宗。②重丧：大丧，这里指父母死去。③毁顿：因过度哀伤而损害身体。④固丧礼也：《礼记·曲礼上》："居丧之礼……有疾则饮酒食肉，疾止复初。"可见饮酒食肉并不违反丧礼。

[译文]

阮籍给母亲服丧期间，有一次，在晋文王的宴席上喝酒吃肉。司隶校尉何曾当时也在座，对晋文王说："您用孝道治理天下，可是阮籍身居重丧，却公然在您面前喝酒吃肉，应该把他流放海外，以端正教化。"文王说："嗣宗哀伤劳累到这个样子，您不能和我一道为他担忧，为什么呢？再说有病而喝酒吃肉，这本来在丧礼制度中就有啊！"阮籍吃喝不停，神色自若。

三

刘伶病酒[1]，渴甚，从妇求酒。妇捐[2]酒毁器，涕泣谏曰：“君饮太过，非摄生[3]之道，必宜断之！”伶曰：“甚善。我不能自禁，唯当祝鬼神，自誓断之耳！便可具酒肉。”妇曰：“敬闻命。”供酒肉于神前，请伶祝誓。伶跪而祝曰：“天生刘伶，以酒为名。一饮一斛[4]，五斗解酲(chéng)[5]。妇人之言，慎不可听。”便引酒进肉，隗(wěi)然[6]已醉矣。

[注释]

①刘伶：字伯伦，竹林七贤之一，性好酒，曾作《酒德颂》。病酒：喝酒喝多了，醒后很困乏，形如病态，叫病酒。②捐：舍弃。③摄生：养生。④一斛：十斗。斗指酒斗，古代的盛酒器。⑤酲：酒醒后神志不清的状态。⑥隗然：颓然，醉倒的样子。

[译文]

刘伶患酒病，口很渴，就向妻子要酒喝。妻子把酒倒掉，连装酒器也毁了，哭着劝他说：“您喝得太多了，这不是养生之道，快把酒戒掉吧！”刘伶说：“很好。但我自己控制不住，只有祷告鬼神才能戒掉啊！赶快准备酒肉。”他妻子说：“遵命。”于是把酒肉供在神前，让刘伶祷告、发誓。刘伶跪着祷告说：“天生我刘伶，以喝酒出名。一喝就十斗，五斗除酒病。妇人家的话，千万不要听。”说完就拿过酒肉吃喝，一会就又喝得醉醺醺地倒下了。

四

刘公荣与人饮酒，杂秽非类[1]，人或讥之。答曰：“胜公荣者，不可不与饮；不如公荣者，亦不可不与饮；是公荣辈[2]者，又不可不与饮。”故终日共饮而醉。

[注释]

①非类：非同类之人。②辈：同一类别和等级。

[译文]

刘公荣和别人喝酒时，与各种不同身份、地位的人混在一起，有人就讥笑他。他回答说：“胜过我的人，我不能不和他一起喝；不如我的人，我也不能不和他一起喝；和我同类的人，更不能不和他一起喝。”所以他整天都因饮酒而大醉。

五

步兵校尉[①]缺，厨[②]中有贮酒数百斛，阮籍乃求为步兵校尉。

[注释]

①步兵校尉：官名。汉代始置，掌管上林苑屯兵。②厨：指步兵营的厨房。

[译文]

步兵校尉的职位空出来了，因步兵营厨房中储存着几百斛酒，阮籍就请求调任步兵校尉。

六

刘伶恒纵酒放达，或脱衣裸形在屋中，人见讥之。伶曰："我以天地为栋宇，屋室为裈[①]衣，诸君何为入我裈中？"

[注释]

①裈：裤子。

[译文]

刘伶经常纵酒，任性放荡，有时在家里赤身裸体，有人看见了，就讥笑他。刘伶说："我把天地当作房子，屋子当作衣裤，诸位为什么跑进我裤子里来？"

七

阮籍嫂尝还家，籍见与别，或讥之[①]。籍曰："礼岂为我辈设也？"

[注释]

①或讥之：按礼制，叔嫂不通问。

[译文]

有一次，阮籍的嫂子回娘家，阮籍去看她并与她道别，有人讥笑阮籍。阮籍说："礼法难道是为我们这些人所制定的吗？"

八

阮公邻家妇有美色，当垆酤酒。阮与王安丰常从妇饮酒，阮醉，便眠其妇侧。夫始殊疑之，伺察，终无他意。

[译文]

阮籍邻居的妻子容貌秀美，常坐在酒垆旁卖酒。阮籍和安丰侯王戎常常到主妇那里买酒喝，阮籍喝醉了，就睡在主妇旁边。妇女的丈夫开始很怀疑阮籍，探察他的行为，发现他自始至终也没有不良的意图。

卖酒

图中描绘了一女子临垆卖酒的情景。

九

阮籍当葬母，蒸一肥豚①，饮酒二斗，然后临诀，直言“穷②矣！”都③得一号，因吐血，废顿良久。

[注释]

①豚：小猪。②穷：穷尽。③都：一共。

[译文]

阮籍在葬母之时，蒸一头肥猪，喝了两斗酒，然后去向母亲永诀，只是叫“完了！”才哭了一声，就吐血了，身体损伤，衰弱了好久。

十

阮仲容①、步兵居道南，诸阮居道北。北阮皆富，南阮贫。七月七日，北阮盛晒衣，皆纱罗锦绮②。仲容以竿挂大布犊鼻裈③于中庭。人或怪之，答曰：“未能免俗，聊复尔耳！”

[注释]

①阮仲容：阮咸，字仲容，是阮籍的侄儿，竹林七贤之一。②“七月”三句：旧时风俗，七月七日晒衣裳、书籍，以免虫蛀。③犊鼻裈：短裤，一说围裙。

[译文]

阮仲容、步兵校尉阮籍住在道南，其他阮姓住在道北。道北阮家都很富裕，道南阮家比较贫穷。七月七日那天，道北阮家晒的衣服，都是华贵的绫罗绸缎。阮仲容只是用竹竿挂起一条粗布短裤晒在院子里。有人感到很奇怪，他回答说：“未能免除习俗，姑且这样做罢了！”

十一

阮步兵丧母，裴令公往吊之。阮方醉，散发坐床，箕踞[1]不哭。裴至，下席于地，哭吊喭[2]毕，便去。或问裴："凡吊，主人哭，客乃为礼。阮既不哭，君何为哭？"裴曰："阮方外之人，故不崇礼制；我辈俗中人，故以仪轨[3]自居。"时人叹为两得其中。

[注释]

①箕踞：像簸箕一样端坐着。②吊喭：同"吊唁"。③仪轨：指礼法，礼制。

[译文]

步兵校尉阮籍母亲死了，中书令裴楷去吊唁。阮籍刚喝醉了，披头散发，叉开两腿坐在床上，也不哭。裴楷到了，把座席铺在地上，哭泣尽哀；吊唁完了，便离开了。有人问裴楷："大凡吊唁之礼，主人哭，客人才行礼。阮籍都不哭，您为什么哭呢？"裴楷说："阮籍是世俗以外的人，不尊崇礼制也是情有可原；像我们这类世俗中人，应当遵守礼制。"时人听后很赞赏，认为是两全。

十二

诸阮皆能饮酒，仲容至宗人[1]间共集，不复用常杯斟酌[2]，以大瓮盛酒，围坐，相向大酌。时有群猪来饮，直接去上，便共饮之。

[注释]

①宗人：同一家族的人。②斟酌：斟酒。

[译文]

阮姓这族的人都能喝酒，阮仲容与族人聚会时，就不再用普通的杯子倒酒喝，而用大酒瓮装酒，大家团团围坐，相对大喝起来。当时有一群猪也来喝酒，它们直接上去喝了，于是大家就与这群猪一同大喝起来。

十三

阮浑[1]长成，风气韵度似父，亦欲作达。步兵曰："仲容已预之，卿不得复尔。"

[注释]

①阮浑：字长成，是阮籍的儿子。

［译文］

阮浑已经成人了，风采、气韵很像父亲，也想做些任性放达的事。他父亲阮籍对他说："仲容已经加入我们这一伙了，你可不能再这样做了。"

十四

裴成公[①]妇，王戎女。王戎晨往裴许，不通径前。裴从床南下，女从北下，相对作宾主，了无异色。

［注释］

①裴成公：裴頠，字逸民，死后谥成。

［译文］

裴頠的妻子，是王戎之女。一天清早，王戎到裴頠家去，没有通报一声就直接进去了。裴頠看见了，从床前下来，他妻子从床后下来，和王戎宾主相对，毫无难为情的样子。

十五

阮仲容先幸姑家鲜卑[①]婢。及居母丧，姑当远移，初云当留婢，既发，定将去。仲容借客驴著重服[②]自追之，累骑[③]而返。曰："人种[④]不可失！"即遥集之母也。

［注释］

①鲜卑：古代住在东北、内蒙古一带的少数民族。②重服：孝服，即为父母丧而穿的孝服。③累骑：重骑，这里指同乘一车。④人种：这里指鲜卑婢已怀孕。

［译文］

阮仲容先前宠爱姑姑家的一个鲜卑族婢女。在给母亲守孝期间，他姑姑要迁到远处，起初说要留下这个婢女，临出发时，决定把她带走。仲容借了人家的驴子，穿着孝服亲自去追她，两人一同乘车回来。仲容说："传宗接代的人不能丢掉。"这个婢女就是阮遥集的母亲。

十六

任恺既失权势，不复自检括[①]。或谓和峤曰："卿何以坐视元裒败而不救[②]？"和曰："元裒如北夏门[③]，拉摆[④]自欲坏，非一木所能支。"

[注释]

①“任恺”二句：任恺，字元裒，晋武帝时为侍中，总门下枢要，与贾充不和，结果被免官，受到冷落。检括：检点。②“卿何”一句：和峤在晋武帝时任中书令，得到器重，与任恺关系亲密，所以有人责备他不去救济。③北夏门：洛阳城北的一座门楼。④拉㩉：断裂。

[译文]

任恺失势以后，行为放诞，不受拘束。有人对和峤说：“你为何眼睁睁看着元裒颓废而袖手不管呢？”和峤说：“元裒好比北夏门，自己要毁坏的，不是一根木头所能支撑得了的。”

十七

刘道真少时，常渔[①]草泽，善歌啸，闻者莫不留连。有一老妪，识其非常人，甚乐其歌啸，乃杀豚进之。道真食豚尽，了不谢。妪见不饱，又进一豚。食半余半，乃还之。后为吏部郎，妪儿为小令史，道真超用之。不知所由，问母，母告之。于是赍(jī)[②]牛酒诣道真，道真曰：“去！去！无可复用相报。”

[注释]

①渔：捕鱼。②赍：携带。

[译文]

刘道真年轻时，常常到草泽中打鱼，他擅唱歌和吹口哨，听到的人没有不流连忘返的。有一个老妇人，知道他一定不是个普通人，而且很喜欢听他唱歌和吹口哨，就杀了个小猪送他吃。道真吃完了，一点也不道谢。老妇人看见他还没吃饱，又送上个小猪。他吃了一半，剩下一半，就退回给老妇人。后来刘道真担任吏部郎，老妇人的儿子是个低微的令史，道真就越级任用他。令史不知道是什么原因，去问母亲，母亲告诉他经过。于是他带上牛肉酒食去拜见道真，道真说：“走吧！走吧！不用再来答谢了。”

草泽

图中表现了一渔翁在草泽中穿行的情景。

十八

阮宣子常步行，以百钱挂杖头，至酒店，便独酣畅。虽当世贵盛，不肯诣也。

[译文]

阮宣子常在步行的时候，拿一百钱挂在手杖头上，到了酒店里，就独自开怀大饮。即使是富贵人家邀请，他也不肯登门拜访。

十九

山季伦[①]为荆州，时出酣畅。人为之歌曰："山公时一醉，径造高阳池[②]。日暮倒载归，茗艼无所知[③]。复能乘骏马，倒著白接篱[④]。举手问葛强，何如并州儿[⑤]？"高阳池在襄阳。强是其爱将，并州人也。

[注释]

①山季伦：山简，字季伦，西晋末年，督荆、湘、交、广四州诸军事，镇守襄阳。②"山公"二句：高阳池，本名习家池，是汉侍中习郁的养鱼池。山简每到，常大醉而归，曾说"此是我高阳池也"，由此改名高阳池。③"日莫"二句：大意是，天晚了，倒卧在车上回家，酩酊大醉，一无所知。茗艼，同"酩酊"，形容大醉。④"复能"二句：大意为，又能骑骏马，只是白头巾戴颠倒了。白接篱，用白鹭身上的长羽毛做装饰的白帽子。⑤"举手"二句：大意为，举起手问葛强，我和你这个并州儿相比怎么样？并州，约当今山西大部和河北、内蒙古的一部分。

[译文]

山季伦都督荆州时，经常外出畅饮。人们给他编了首歌谣："山公时一醉，径造高阳池。日暮倒载归，酩酊无所知。复能乘骏马，倒著白接篱。举手问葛强，何如并州儿？"高阳池位于襄阳县。葛强是他的爱将，也是并州人。

二十

张季鹰[①]纵任不拘，时人号为江东步兵[②]。或谓之曰："卿乃可[③]纵适一时，独不为身后名邪？"答曰："使我有身后名，不如即时一杯酒！"

[注释]

①张季鹰：张翰，字季鹰，江东吴郡人，曾任大司马东曹掾，不久弃官。②江东步兵：指张翰。阮籍，字步兵，以饮酒出名。张翰是江东人，也能饮酒，有如步兵校尉阮籍。③乃可：哪可，岂可。

[译文]

张季鹰任性放诞，当时人称他为“江东步兵”。有人对他说：“你怎么可以如此放纵一时，难道就不为身后的名声想想吗？”季鹰回答说：“让我身后有名，不如眼前一杯酒！”

二十一

毕茂世[①]云：“一手持蟹螯（áo）[②]，一手持酒杯，拍浮[③]酒池中，便足了一生。”

[注释]

①毕茂世：毕卓，字茂世，放任纵情，曾任吏部郎，因经常饮酒而被黜职。②蟹螯：螃蟹前面的一对钳子。③拍浮：击水浮游，游泳。

[译文]

毕茂世说：“一手拿蟹螯，一手擎酒杯，在酒池里遨游，我这一生就足够了。”

二十二

贺司空入洛赴命[①]，为太孙舍人。经吴阊门[②]，在船中弹琴。张季鹰本不相识，先在金阊亭，闻弦甚清，下船就贺，因共语，便大相知说。问贺：“卿欲何之？”贺曰：“入洛赴命，正尔进路。”张曰：“吾亦有事北京[③]。”因路寄载，便与贺同发。初不告家，家追问乃知。

[注释]

①贺司空：贺循，会稽郡山阴人，死后赠司空。赴命：前去接受任命。②阊门：姑苏一城门名。③北京：指洛阳。贺、张二人都是吴人，当时南方人称洛阳为北京。

[译文]

司空贺循到洛阳就职，担任太孙舍人。经过吴地的阊门时，在船上弹琴。张季鹰原来不认识他，当时正在金阊亭上，听见琴声非常清朗，下船去找贺循，就一起谈论起来，结果彼此如逢知音。张季鹰问贺循：“你要到哪里去？”贺循说：“到洛阳去就职，正在路上。”张季鹰说：“我也有事要到洛阳。”张季鹰顺路搭船，就和贺循一同上路。他事先没有通知家人，家里追寻起来，才知道这回事。

二十三

祖车骑[①]过江时，公私俭薄，无好服玩[②]。王、庾诸公共就祖，忽见裘袍重叠，珍饰盈列，诸公怪问之。祖曰："昨夜复南塘一出[3]。"祖于时恒自使健儿鼓行劫钞[4]，在事之人，亦容而不问。

[注释]

①祖车骑：祖逖，死后赠车骑将军，性格放达，不拘小节，常怀收复中原之志。②服玩：服用玩赏的物品。③南塘：秦淮河南岸。塘，堤岸。一出：一番，一回。④鼓行：击鼓行进，指明目张胆、无所顾忌地做。劫钞：抢劫。

[译文]

车骑将军祖逖过江时，公家和个人都很贫乏，衣服和器具都很简陋。有一次，王导、庾亮等人一起去看望祖逖，忽然看见很多皮袍，各种珍宝服饰摆得满满的。王导等人很奇怪，就问祖逖，他回答说："昨天夜里又到南塘走了一趟。"祖逖当时经常派勇士去抢劫，主管的人也容忍而不追究他。

二十四

鸿胪卿孔群[1]好饮酒。王丞相语云："卿何为恒饮酒？不见酒家覆瓿（bù）[2]布，日月糜烂[3]？"群曰："不尔。不见糟肉[4]，乃更堪久？"群尝书与亲旧："今年田得七百斛秫米[5]，不了曲蘖（niè）[6]事。"

[注释]

①孔群：字敬林，东晋时官至御史中丞。②瓿：小瓮。③日月糜烂：也可以是一日一月，即指时间短暂。④糟肉：用酒糟腌制的肉。⑤秫米：黏高粱米。⑥曲蘖：酒曲，这里指用酒曲酿酒。

[译文]

鸿胪卿孔群好喝酒。丞相王导对他说："你为什么喝酒喝得这样勤呢？你难道没看见酒店里盖酒坛的布吗，时间不长就腐烂了？"孔群说："你说的不对。您难道没看见糟肉吗，反而更能持久？"孔群曾经在给亲友写的信里说道："今年田地里只收到七百石秫米，不够酿酒用的。"

蒸酒图

蒸酒是酿酒过程中的一道重要工序。

二十五

有人讥周仆射[①]与亲友言戏，秽杂无检节。周曰："吾若万里长江，何能不千里一曲[②]。"

［注释］

①周仆射：周顗，字伯仁，任尚书左仆射，享有崇高声望。为人纵酒放荡，蔑视礼法，常醉酒失态。②"吾若"句：这里以长江的弯曲比喻自己行为的偏差。

［译文］

有人讥笑尚书左仆射周顗和亲友开玩笑粗鲁无礼，行为不检点。周顗说："我好比万里长江，怎能纵横千里也不拐个弯儿。"

二十六

温太真[①]位未高时，屡与扬州、淮中估安樗蒱（chū pú）[②]，与辄不竞。尝一过，大输物，戏屈，无因得反。与庾亮善，于舫中大唤亮曰："卿可赎我！"庾即送直[③]，然后得还。经此数四。

［注释］

①温太真：温峤，字太真，在晋明帝时任中书令，和庾亮交情很深。②樗蒱：古代的一种赌博游戏。③直：同"值"，代价，钱。

［译文］

温太真职位还不高的时候，经常和扬州、淮中的客商们一起赌博，一赌起来，总是输。有一次，赌注很大，他又输了很大一笔钱，没有办法回去。他和庾亮交情很好，就在船上对庾亮大声喊道："你快来赎我！"庾亮立刻把钱送过去，然后他才得以回来。这样的事情发生过好几次。

二十七

温公喜慢语，卞令礼法自居。至庾公许，大相剖击。温发口鄙秽，庾公徐曰："太真终日无鄙言[①]。"

［注释］

①"太真"句：庾亮如此说是看重温太真的放达和直率。

［译文］

温太真喜欢说轻慢放诞之类的话，尚书令卞壸则以礼法自居。两人到庾亮家去，互相辩论和攻击。温太真出口粗俗，庾亮却慢悠悠地说："太真说了一整天，没有一句粗俗的话。"

二十八

周伯仁风德雅重，深达危乱[①]。过江积年，恒大饮酒，尝经三日不醒。时人谓之"三日仆射"。

[注释]

①周伯仁：据记载，周伯仁过江后以喝酒闻名，曾在他姐姐死时醉酒三天，在他姑姑死时醉酒三天。

[译文]

周伯仁有德行，名望大，深知治国之道。过江以后，他经常豪饮，曾经一连三天大醉不醒。当时的人把他称为"三日仆射"。

二十九

卫君长为温公长史，温公甚善之。每率尔提酒脯[①]就卫，箕踞相对弥日。卫往温许亦尔。

[注释]

①脯：干肉。

[译文]

卫君长在温峤手下任长史，温峤非常看重他。经常提着酒肉到卫君长那里去，两人伸开腿对坐着，饮酒终日。卫君长到温峤那里，也是这个样子。

三十

苏峻乱，诸庾逃散[①]。庾冰[②]时为吴郡，单身奔亡，民吏皆去，唯郡卒独以小船载冰出钱塘口，籧篨(qú chú)[③]覆之。时峻赏募觅冰，属所在[④]搜检甚急。卒舍船市渚，因饮酒醉还，舞棹向船曰："何处觅庾吴郡？此中便是！"冰大惶怖，然不敢动。监司[⑤]见船小装狭，谓卒狂醉，都不复疑。自送过浙江，寄山阴魏家，得免。后事平，冰欲报卒，适其所愿。卒曰："出自厮下，不愿名器[⑥]。少苦执鞭[⑦]，恒患不得快饮酒，使其酒足余年毕矣，无所复须。"冰为起大舍，市奴婢，使门内有百斛

棹舟图

图中描绘了古人水上泛舟的情景。

酒，终其身。时谓此卒非唯有智，且亦达生[8]。

[注释]

①“苏峻”句：指庾亮在建康与苏峻大战，失败后率弟南奔。②庾冰：庾亮的弟弟，曾任吴国内史（即这里说的吴郡）。苏峻叛乱时，曾遣兵攻庾冰，庾冰抵挡不住，弃郡奔会稽。后领兵攻苏峻，直达京都。③籧篨：粗席子，用竹子或芦苇编成。④所在：到处；各处。⑤监司：负责监察的官员。⑥名器：官爵和车服等标志名位、等级的器物。⑦执鞭：拿鞭子赶车，泛指为他人服役。⑧达生：指看透人生的达观的处世态度。

[译文]

苏峻之乱时，庾姓一族的人都逃散了。庾冰当时任吴郡内史，孤身逃亡，百姓官吏也都逃散了，只有一个差役用小船载他逃到钱塘口，用席子遮掩他。当时苏峻悬赏搜捕庾冰，嘱咐各处搜查，十分紧急。那个差役离开了船，来到大街上，大醉而归，挥舞着船桨对着船说：“还到哪里去找庾吴郡？这里面就是！”庾冰听了，害怕至极，不敢乱动。监司看见船实在是太小了，认为是差役醉后说的胡话，再也不怀疑。自从送过浙江，庾冰暂时住在山阴魏家，总算逃过一场大劫。后来平定了叛乱，庾冰想报答那个差役的救命之恩，满足他的任何要求。差役说：“我是差役出身，平生不好官爵器物。只是从小替别人赶马，不能痛痛快快地喝一顿酒，如果让我经常有酒喝就行了，别无所求。”庾冰给他修了一所大房子，买来奴婢，让他家里经常有上百斛的酒，就这样供养了他一辈子。当时的人认为这个差役不但机智，而且也很达观。

三十一

殷洪乔作豫章郡，临去，都下人因附百许函书。既至石头，悉掷水中，因祝曰：“沉者自沉，浮者自浮，殷洪乔不能作致书邮！”

[译文]

殷洪乔就任豫章太守，临行时，一些人便托他捎信，共一百多封。到了石头城，他把所带的信全都扔到江里，并祷告说：“该沉的自然沉下去，该浮的自然浮起来，我殷洪乔不做送信的邮差！”

三十二

王长史、谢仁祖同为王公掾[①]。长史云："谢掾能作异舞。"谢便起舞，神意甚暇。王公熟视，谓客曰："使人思安丰。"

[注释]

①王长史：王濛，王导任丞相时调他为属官，后转司徒左长史。谢仁祖：谢尚，字仁祖，擅长音乐，通晓多种技艺，能作鸲鹆舞（即八哥舞）。掾：官署属员。

[译文]

长史王濛和谢仁祖同为王导的属官。王濛说："谢掾会跳一种怪舞。"谢仁祖就当场跳起舞来，神情意态非常悠闲。王导仔细地看着他，对客人说："他让我想起安丰。"

三十三

王、刘共在杭南[①]，酣宴于桓子野[②]家。谢镇西往尚书墓还，葬后三日反哭[③]。诸人欲要(yāo)[④]之，初遣一信，犹未许，然已停车。重要，便回驾。诸人门外迎之，把臂便下，裁得脱帻[⑤]，著帽酣宴。半坐，乃觉未脱衰(cuī)[⑥]。

[注释]

①杭南：即朱雀桥南，指乌衣巷。东晋时，王、谢诸名族聚居在这里。②桓子野：桓伊的小名。③反哭：古丧礼仪式，葬后迎死者神主回祖庙，并哭祭。④要：邀请。⑤帻：头巾。⑥衰：通"缞"，用粗麻布做的丧服。

[译文]

王濛和刘惔都在乌衣巷桓子野家做客。这时，镇西将军谢尚从他叔父、尚书谢裒的墓地回来，他是在谢裒葬后三天返回祖庙哭祭的。大家想邀请他来饮酒，开头派个信使去请，他还没有答应，可是把车准备好了。再去请，立刻掉转车头来了。大家都到门外去迎接，挽着他的手下车，进门后，谢尚刚脱下头巾，换上便帽就痛饮起来。坐下好一阵子，才发觉还没有脱掉孝服。

三十四

桓宣武少家贫，戏大输，债主敦[①]求甚切，思自振之方，莫知所出。陈郡袁耽[②]，俊迈多能，宣武欲求救于耽。耽时居艰[③]，恐致疑，试以告焉。应声便许，略无慊吝。遂变服怀布帽随温去，与债主戏。

耽素有蓺(yì)[④]名，债主就局，曰："汝故当不办[⑤]作袁彦道邪？"遂共戏。十万一掷，直上百万数。投马绝叫[⑥]，傍若无人。探布帽掷对人曰："汝竟识袁彦道不？"

[注释]

①敦：催促。②袁耽：字彦道，陈郡阳夏人，年轻时就爽朗不羁，官至司徒从事中郎。③居艰：居丧，守孝。④蓺：同"艺"，技能，这里指赌博的技巧。⑤不办：不会。⑥马：筹码，计数的用具，古代常用于赌博。绝叫：大叫，以此虚张声势。

[译文]

桓温年轻时家很穷，一次赌博大输，债主催得很急，他想尽一切办法反输为赢，都无济于事。陈郡人袁耽为人豪爽，且多才多艺，桓温求他帮忙。当时袁耽正在守孝期，桓温怕他产生疑虑，试着把实情告诉了他。没想到袁耽随口就答应了，没有丝毫的吝惜之意。然后换了孝服，拿起布帽来就和桓温去跟债主赌博。袁耽的赌博技艺很出名，债主开局时说："你应该不可能像袁彦道吧？"便和他一起赌。赌注从十万钱一注，又升到上百万钱。袁耽每掷筹码就大声呼叫，旁若无人。赢够了，他才伸手从怀里摸出布帽来投向对手说："你到底认识不认识袁彦道？"

三十五

王光禄云："酒正使人人自远[①]。"

[注释]

①自远：忘掉自我。

[译文]

光禄大夫王蕴说："喝酒能让每个人在醉梦中忘掉自我。"

三十六

刘尹云："孙承公狂士[①]，每至一处，赏玩累日，或回至半路却返。"

[注释]

①狂士：狂放之人。

[译文]

丹阳尹刘惔说："孙承公是一代狂士，每到一个地方游玩，动不动就好几天，有时归程走到半路又返回去。"

三十七

袁彦道有二妹：一适殷渊源，一适谢仁祖。语桓宣武云："恨不更有一人配卿。"

［译文］

袁彦道有两个妹妹：一个嫁给殷渊源，一个嫁给谢仁祖。有一次，他对桓温说："遗憾的是没法许配给你一个妹妹了。"

三十八

桓车骑在荆州，张玄为侍中，使至江陵，路经阳岐村，俄见一人持半小笼生鱼，径来造船云："有鱼，欲寄作脍①。"张乃维舟而纳之。问其姓字，称是刘遗民。张素闻其名，大相忻②待。刘既知张衔命③，问："谢安、王文度并佳不？"张甚欲话言，刘了无停意。既进脍，便去，云："向得此鱼，观君船上当有脍具，是故来耳。"于是便去。张乃追至刘家，为设酒，殊不清旨④。张高其人，不得已而饮之。方共对饮，刘便先起，云："今正伐荻⑤，不宜久废。"张亦无以留之。

［注释］

①寄：托付。脍：细切的鱼，这里指生鱼片。②忻：同"欣"。③衔命：奉命。刘遗民是个隐士，知道张玄是官场中人，就不愿和他深谈了。④清旨：清澈、味美。⑤荻：芦苇一类的草。

［译文］

车骑将军桓冲坐镇荆州时，张玄任侍中，奉命出使江陵，路上经过阳岐村，忽然看见一个人拿着半小筐活鱼，径直来到船旁说："有点鱼，想托你们切成鱼片。"张玄拴好船让他上来了。问他姓名，自称是刘遗民。张玄平时就听说过他，非常高兴地接待他。刘遗民知道张玄有使命，问道："谢安和王文度都好吗？"张玄很想和他谈谈，刘遗民却完全没有停留的意思。等到把生鱼片拿进来，他就要走，说："刚才得到这点鱼，估计您的船上一定有炊具，因此就来了。"接着就走了。张玄就跟着到了刘家，刘遗民设置酒席，酒很浊，酒味也很不好。张玄钦佩他的人格，勉强喝了几杯。正在对饮的时候，刘遗民就站起来，说："现在正是收芦苇的时候，不宜停下来太久。"张玄也没办法留下。

三十九

王子猷诣郗雍州[①]，雍州在内，见有毾𣰆(tà dēng)[②]，云："阿乞那得此物？"令左右送还家。郗出觅之，王曰："向有大力者负之而趋。"郗无忤色。

[注释]

①郗雍州：郗恢，字道胤，小名阿乞，曾任雍州刺史。②毾𣰆：西域传入的一种羊毛毯，非常珍贵。

[译文]

王子猷去拜访雍州刺史郗恢，郗恢在里屋，王子猷看到毛毯，说："阿乞哪里得到这个东西？"便让随从拿到自己家里。郗恢出来寻找毛毯，王子猷说："刚才有个大力士背着它跑了。"郗恢也没有流露出不满情绪。

四十

谢安始出西戏，失车牛，便杖策步归。道逢刘尹，语曰："安石将无伤[①]？"谢乃同载而归。

[注释]

①伤：指丧气。

[译文]

谢安开始到城西去赌博，输掉了车子和牛，只好拄着手杖走回家。半路上碰见丹阳尹刘惔，刘惔说道："安石恐怕没有丧气吧？"谢安就搭他的车回去。

杖行图

图中描绘了一人拄杖而行的情景。

四十一

襄阳罗友[①]有大韵，少时多谓之痴。尝伺人祠，欲乞食，往太蚤，门未开。主人迎神出见，问以非时，何得在此，答曰："闻卿祠，欲乞一顿食耳。"遂隐门侧。至晓，得食便退，了无怍容[②]。为人有记功[③]，从桓宣武平蜀，按行蜀城阙[④]观宇，内外道陌[⑤]广狭，植种果竹多少，皆默记之。后宣武漂洲[⑥]与简文集，友亦预焉。共道蜀中事，亦有所遗忘，友皆名列，曾无错漏。宣武验以蜀城阙簿，皆如其言。坐者叹服。

谢公云："罗友讵减魏阳元[⑦]！"后为广州刺史，当之镇，刺史桓豁语令莫[⑧]来宿。答曰："民已有前期。主人贫，或有酒馔之费，见与甚有旧，请别日奉命。"征西密遣人察之。至夕，乃往荆州门下书佐[⑨]家，处之怡然，不异胜达。在益州语儿云："我有五百人食器。"家中大惊。其由来清，而忽有此物，定是二百五十沓乌樏(lěi)[⑩]。

［注释］

①罗友：字宅仁，襄阳人。桓温任荆州刺史时，他任从事，后出任襄阳太守，累迁广州、益州刺史。②怍容：羞愧的脸色。③记功：记忆力。④按行：巡视。城阙：都城。这里指李势所盘踞的成都。⑤道陌：街道；道路。⑥漂洲：当作溧洲，因形近而误。⑦魏阳元：魏舒，字阳元，官至司徒。《晋书·魏舒传》只说他小时聪明，后有德望，没有提及他记忆力强的事。⑧桓豁：桓温的弟弟，曾任荆州刺史，升为征西将军，都督交、广等州军事。莫：同"暮"。⑨书佐：刺史的属官，主管起草文书等事。⑩乌樏：有格子的不上油漆的黑食盒，多用于清贫之家。一沓可供两人用，所以二百五十沓就是五百人的食器。

［译文］

襄阳人罗友很有风度，年轻时人们都认为他傻。他听到有人要祭神，想去饱餐一顿，去得早了，大门还没开。那家主人出来迎神看见他，问他还不到时候，为什么在这里，他回答说："听说你祭神，想讨一顿酒饭吃。"便在门边躲着。到天亮，罗友吃完便走了，一点也不羞愧。他记忆力好，曾随桓温平定蜀地，占领成都后，他察看整个都城，宫殿里的楼台、道路、果木和竹林，都全部记住了。后来桓温在溧洲和简文帝聚会，罗友也参加了。当谈及蜀地的情况时，桓温遗忘了不少，罗友都能全部列举出来，没有丝毫错漏。桓温拿蜀地簿册来验证，和他说的如出一辙。满座之人大为佩服。谢安说："罗友哪能在魏阳元之下呢？"后来罗友出任广州刺史，当他要赴任之时，荆州刺史桓豁嘱咐他晚上来住宿。他回答说："我先有了约会。主人贫困，也许会破费一点钱财置办酒席，他和我有很深的交情，请允许我改日奉命拜访。"桓豁派人暗中察看，到了晚上，他竟到荆州刺史的僚属家去，相处非常愉快，同名流显贵交往没有什么差别。任益州刺史时，罗友对他儿子说："我有五百人的食具。"家里人大吃一惊。他向来清白，怎么有了这么多食具，原来是二百五十套黑食盒。

四十二

桓子野每闻清歌[①]，辄唤"奈何[②]！"谢公闻之，曰："子野可谓一往有深情。"

[注释]

①清歌：指没有乐器伴奏的歌唱。②奈何：《古今乐录》说："奈何，曲调之遗音也。"即有人唱歌时，众人唤"奈何"相伴奏。

[译文]

桓子野每逢听到清歌，总是呼喊"奈何！"谢安听见了，说："子野可以说是一往而情深。"

四十三

张湛好于斋前种松柏[①]。时袁山松出游，每好令左右作挽歌[②]。时人谓："张屋下陈尸，袁道上行殡。"

[注释]

①松柏：古人在坟墓旁通常栽上松柏。②挽歌：送葬所唱之歌。

[译文]

张湛喜欢在房屋前栽种松柏。而袁山松出游，常常喜欢叫随从唱挽歌。人们形容说："张湛在房前停尸，袁山松在道上出殡。"

四十四

罗友作荆州从事，桓宣武为王车骑集别[①]。友进，坐良久，辞出。宣武曰："卿向欲咨事，何以便去？"答曰："友闻白羊肉美，一生未曾得吃，故冒[②]求前耳，无事可咨。今已饱，不复须驻。"了无惭色。

[注释]

①王车骑：指王洽。集别：饯别，送别。②冒：冒昧。

[译文]

罗友任荆州刺史桓温的从事，桓温召集大家给王洽饯别。罗友进来，坐了很久，然后才告辞。桓温问道："你刚才好像有事要说，为什么要走呢？"罗友回答说："听说白羊肉味道鲜，一直没有机会吃，所以冒昧地过来吃了，其实没有事要讲。现在吃饱了，就没有必要再留下了。"说时毫无羞愧的样子。

四十五

张骥[①]酒后挽歌甚凄苦。桓车骑曰："卿非田横[②]门人，何乃顿尔至致？"

［注释］

①张辚：张湛，小名辚。②田横：秦末人，在楚汉争霸中，曾自立为齐王，后来逃亡至海岛。汉高祖刘邦平定天下后，田横前来投降，未到洛阳，羞惭自杀，他的门人唱挽歌来悼念他。

［译文］

张湛酒后唱起了挽歌，音调十分凄苦。车骑将军桓冲说："你不是田横的门客，怎么会一下子就痛苦到了这个地步？"

四十六

王子猷尝暂寄人空宅住，便令种竹。或问："暂住何烦尔？"王啸咏良久，直指竹曰："何可一日无此君？"

［译文］

王子猷曾暂时住在别人的一所空房里，随即叫家人种竹子。有人问他："暂时住住，何必麻烦呢？"王子猷吟咏了好久，才指着竹子说："怎么可以一天没有这位先生？"

四十七

王子猷居山阴①，夜大雪，眠觉，开室，命酌酒，四望②皎然。因起彷徨③，咏左思《招隐④诗》。忽忆戴安道，时戴在剡，即便夜乘小船就之。经宿方至，造门不前而返。人问其故，王曰："吾本乘兴而行，兴尽而返，何必见戴！"

［注释］

①山阴：县名，今浙江省绍兴市。②四望：四处远望。③彷徨：徘徊。④《招隐诗》：共两首，描写寻访隐士和对隐居生活的向往，侧面折射出对当时门阀士族专权的不满。

［译文］

王子猷住在山阴县，有一天夜里下大雪，王子猷醒来后，打开房门，叫左右备酒，四处远望，一片洁白。起身徘徊，不禁朗诵起左思的《招隐诗》。王子猷忽然想起戴安道，当时戴安道住在剡县，他连夜坐小船去寻访。行了一夜才到，王子猷来到戴家门口，却没有进去，就原路返回了。有人问这是什么缘故，王子猷说："兴致来了，我就去；兴致没了，我就回来，何必一定要见到戴安道呢！"

四十八

王卫军[①]云："酒正自引人著胜地。"

[注释]

①王卫军：王荟，曾任会稽内史，死后赠卫将军。

[译文]

卫将军王荟说："酒可以把人引入一种绝佳的境界。"

四十九

王子猷出都，尚在渚下。旧闻桓子野[①]善吹笛，而不相识。遇桓于岸上过，王在船中，客有识之者，云是桓子野。王便令人与相闻[②]，云："闻君善吹笛，试为我一奏。"桓时已贵显，素闻王名，即便回下车，踞胡床，为作三调。弄[③]毕，便上车去。客主不交一言。

吹笛图

此图表现了一位古人在山间小道上停坐吹笛的情景。

[注释]

①桓子野：桓伊，小名子野，曾任大司马参军，后任豫州刺史。《晋书》本传说他"善音乐，尽一时之妙，为江左第一"。②相闻：通消息，传话。③弄：演奏。

[译文]

王子猷离开京都，船还停泊在青溪渚下。以前听说过桓子野擅吹笛子，却不认识他。刚好碰上桓子野从岸上经过，王子猷尚在船里，有人对他说那就是桓子野。王子猷便找人给桓子野传个话，说："听说您长于吹笛，请为我奏一曲。"桓子野当时成名已久，早就听过王子猷的大名，立刻就掉过车头，走下车，靠着胡床，为王子猷吹了三支曲子。奏完后，桓子野就上车走了。宾主没有说过一句话。

五十

桓南郡[①]被召作太子洗马，船泊荻渚[②]。王大服散后已小醉，往看桓。桓为设酒，不能冷饮，频语左右令“温酒来”，桓乃流涕呜咽[3]，王便欲去。桓以手巾掩泪，因谓王曰：“犯我家讳，何预卿事！”王叹曰：“灵宝故自达。”

[注释]

①桓南郡：桓玄，小名灵宝，是桓温的儿子，二十三岁，始任太子洗马。②荻渚：小洲名，近秦淮河。③“桓乃”句：晋人听到已死尊长的名讳是要哭的，王大叫“温酒”，犯了桓温的名讳，所以桓玄要哭。

[译文]

南郡公桓玄应召出任太子洗马，赴任途中，船停在荻渚。王大吞服了五石散，已经有点沉醉了，去探望桓玄。桓玄安排酒食，他不能喝冷酒，不停告诉侍从叫他们“温酒来”，桓玄于是流泪哭泣，王大就想走。桓玄拿手巾擦着眼泪，对王大说：“犯了我的家讳，与你有何干！”王大赞叹说：“灵宝的确旷达。”

五十一

王孝伯问王大：“阮籍何如司马相如[1]？”王大曰：“阮籍胸中垒块[2]，故须酒浇之。”

[注释]

①阮籍：为人本有济世志，后纵酒谈玄，不问世事。司马相如：字长卿，是汉代辞赋家。《高士传》说他“仕宦不慕高爵，常托疾不与公卿大事。终于家”。②垒块：比喻胸中郁积的不平之气。这两句说阮籍和司马相如有相似之处。

[译文]

王孝伯问王大：“阮籍与司马相如比怎么样？”王大说：“阮籍心里郁积着不平之气，所以需要借酒浇愁。”

五十二

王佛大[1]叹言：“三日不饮酒，觉形神不复相亲[2]。”

[注释]

①王佛大：王忱，字佛大，也叫王大，性嗜酒。②“觉形”句：比喻魂不守舍。

[译文]

王佛大叹息说：“三日不喝酒，就觉得身体和精神快要分离了。”

五十三

王孝伯[①]言:“名士不必须奇才，但使常得无事，痛饮酒，熟读《离骚》，便可称名士。”

[注释]

①王孝伯:王恭，字孝伯，曾任兖、青二州刺史。

[译文]

王孝伯说:“做名士不一定要有特殊的才能，只要能时常有空，尽情地喝酒，熟读《离骚》，就可以称为名士。”

五十四

王长史登茅山，大恸哭曰:“琅琊王伯舆[①]，终当为情死。”

[注释]

①王伯舆:王廞，字伯舆，琅琊人，曾任司徒左长史。王恭起兵时，他正在母丧期间，王恭让他担任吴国内史的职务，不久王恭退兵，命他去职回家，王廞愤而起兵讨伐王恭，兵败为王恭所杀。

[译文]

长史王伯舆登上茅山，非常伤心地痛哭道:“琅琊王伯舆，终归要为情而死。”

名士风流

图中描绘了两名孩童看着一位士人饮酒消遣的情景。

简傲第二十四

一

晋文王[①]功德盛大，坐席严敬[②]，拟[③]于王者。唯阮籍在坐，箕踞[④]啸歌，酣放自若。

[注释]

①晋文王：司马昭，被封为晋公，后又被封为晋王，死后谥文王。②坐席：座位，这里指满座的人。严敬：严肃恭敬。③拟：比拟，比较。④箕踞：盘腿伸足。

[译文]

司马昭功业巨大，德行深厚，座席之间，严肃庄重，和王者相似。只有阮籍在座上盘腿伸足，啸咏吟唱，酣饮放达，旁若无人。

二

王戎弱冠诣阮籍，时刘公荣在坐。阮谓王曰："偶有二斗美酒，当与君共饮，彼公荣者，无预焉。"二人交觞酬酢[①]，公荣遂不得一杯，而言语谈戏[②]，三人无异。或有问之者，阮答曰："胜公荣者，不得不与饮酒；不如公荣者，不可不与饮酒；唯公荣，可不与饮酒。"

[注释]

①觞：酒具、酒杯。酬酢：宾主相互敬酒。②谈戏：玩笑，戏耍。

[译文]

王戎二十岁左右去拜访阮籍，当时刘公荣也在座。阮籍对王戎说："碰巧有两斗好酒，该当和您一起喝，那个刘公荣不能参加进来。"两人举杯相互敬酒，刘公荣始终没有得到一杯酒，可是言谈戏耍，三人都一样。有人问阮籍这是为什么，阮籍回答道："胜过公荣的人，我不能不和他喝酒；不如公荣的人，不可以不和他喝酒；只有公荣这个人，可以不和他一起喝酒。"

三

钟士季精[①]有才理，先不识嵇康。钟要于时贤俊之士[②]，俱往寻康。康方大树下锻，向子期为佐鼓排[③]。康扬槌不辍，傍若无人，移时不交一言。钟起去，康曰："何所闻而来？何所见而去？"钟曰："闻所闻而来，见所见而去。"

［注释］

①精：精明。②贤俊之士：贤能杰出之人。③为佐：当助手。鼓排：拉风箱。

［译文］

钟士季（会）精明有才思，先前并不认识嵇康。他邀约了当时一些贤能杰出之人，一起去寻访嵇康。嵇康正在大树下面打铁，向子期（秀）当他的助手拉风箱。嵇康挥动铁锤没有停顿，好像旁边完全没有什么人，过了好长一段时间也不和钟士季说一句话。钟士季起身离去，嵇康道："你听到了什么才来的？看见了什么才走的？"钟士季回答道："听到了所听到的才来，看见了所看见的才走。"

四

嵇康与吕安善，每相思，千里命驾①。安后来，值康不在，喜出户延②之，不入，题门上作"凤"去③。喜不觉，犹以为④欣，故作。"凤"字，凡鸟也。

［注释］

①命驾：令人驾车出访。②喜：嵇喜，嵇康的哥哥。延：迎接，欢迎。③凤：繁体字作"鳳"，是由凡、鸟两个字组成的。"凡鸟"比喻平凡的人物。吕安轻视权贵，看不起嵇喜这种凡俗之士，所以用这个字来表示轻蔑。去：离开。④犹：还，仍旧。以为：认为。

［译文］

嵇康和吕安关系非常好，每当思念吕安，即使相隔千里，嵇康也要立刻动身造访。后来吕安到嵇康家里，恰遇嵇康不在，哥哥嵇喜出门迎请，吕安不肯进去，只在门上写一个"凤"字就走了。嵇喜没有醒悟过来，还以为吕安是高兴，所以才写这个字。"凤"字，拆开来就是"凡鸟"。

五

陆士衡①初入洛，咨张公所宜诣②，刘道真是其一。陆既往③，刘尚在哀制④中。性嗜酒，礼毕，初无他言，唯问："东吴有长柄壶卢⑤，卿得种来不？"陆兄弟殊失望，乃悔往。

[注释]

①陆士衡：陆机，字士衡。②张公：张华。宜诣：应当拜访。③既往：前去拜访。④哀制：守孝。⑤东吴：三国时的吴国，世称东吴。壶卢：同“葫芦”。

[译文]

陆士衡（机）初到洛阳，向张华询问应该去拜访哪一些人，张华认为刘道真（宝）是其中之一。陆氏兄弟前去拜访的时候，刘道真还在守孝。他生性喜欢喝酒，见礼以后，并没有其他的话，只问：“东吴有一种长柄葫芦，你带种子来没有？”陆家兄弟非常失望，后悔前往拜访。

六

王平子[①]出为荆州，王太尉及时贤送者倾路[②]。时庭中有大树，上有鹊巢，平子脱衣巾，径上树取鹊子。凉衣拘阂（hé）[③]树枝，便复脱去。得鹊子还，下弄，神色自若，傍若无人。

[注释]

①王平子：王澄，是王衍的弟弟。②倾路：指整条路，比喻全部出动。③凉衣：贴身内衣。拘阂：钩挂。

[译文]

王平子出任荆州刺史，太尉王衍和来送行的当时名流排满道路。当时院子里有棵大树，树上有喜鹊窝，王平子脱去外衣和头巾，径直爬上树去掏小喜鹊。贴身内衣被树枝钩住，就又脱掉。王平子掏到了小喜鹊，又到树下玩弄起来，神态自如，旁若无人。

喜鹊

七

高坐道人[①]于丞相坐，恒偃卧[②]其侧。见下令，肃然[③]改容云：“彼是礼法人。”

[注释]

①高坐道人：高坐和尚。②偃卧：仰卧。③肃然：严肃的样子。

［译文］

高坐和尚在丞相王导的座席上，经常仰卧在王导身旁。看见尚书令卞壶，才严肃庄重地改变了神态，说道："他是注重礼法的人。"

八

桓宣武作徐州，时谢奕为晋陵。先粗经虚怀①，而乃无异常。及桓迁荆州，将西之间，意气甚笃，奕弗之疑。唯谢虎子②妇王悟其旨，每曰："桓荆州用意殊异，必与晋陵俱西矣。"俄而引奕为司马。奕既上③，犹推布衣交。在温坐，岸帻④啸咏，无异常日。宣武每曰："我方外司马。"遂因酒，转无朝夕礼⑤。桓舍入内，奕辄复随去。后至奕醉，温往主⑥许避之。主曰："君无狂司马，我何由得相见！"

［注释］

①虚怀：谦虚忍让。②谢虎子：谢据，小名虎子，是谢奕的弟弟。③上：荆州地处长江上游，所以西入荆州叫"上"。④岸：揭开，掀去。帻：一种遮住前额的头巾。⑤朝夕礼：日常的礼节。⑥主：指南康长公主，晋元帝的女儿，是桓温的妻子。

［译文］

桓温任徐州刺史，这时谢奕任晋陵郡太守，起初两人交往中还略微谦虚退让，而没有什么特殊的交情。到桓温调任荆州刺史，将要西去赴任的时候，他对谢奕的情意就特别深厚了，谢奕对这种情况并没有什么怀疑。只有他的弟弟谢虎子的妻子王氏领悟了桓温的意图，常常说："桓荆州的用意很特别，一定要和晋陵一起西行了。"不久，桓温引荐谢奕做司马。谢奕到荆州以后，还是把桓温当作贫贱时的朋友看待。在桓温那里，掀起头巾潇洒自在地啸咏吟唱，和往日完全一样。桓温常说："这是我的方外司马。"谢奕于是凭借着醉酒更加没有日常应有的礼节。桓温避开他进入内室，谢奕总是又跟着进去。后来，谢奕喝醉了酒，桓温就到妻子南康公主那里去躲避。公主说："你没有这样一位狂荡的司马，我怎么能够见到你！"

九

谢万在兄前，欲起①索便器。于时阮思旷在坐，曰："新出门户②，笃而无礼。"

［注释］

①起：起身，站起。②新出门户：新兴的有名望的家族。门户，门第，家族。

[译文]

谢万在哥哥面前，打算起身取便壶。当时阮思旷在座，说道：“新兴的名门望族，率真而没有礼貌。”

十

谢中郎是王蓝田①女婿，尝著白纶(guān)巾②，肩舆径至扬州听事③见王，直言曰：“人言君侯痴，君侯信自痴。”蓝田曰：“非无此论，但晚令④耳。”

[注释]

①谢中郎：谢万，曾任抚军从事中郎。王蓝田：王述。②纶巾：用丝带做的头巾。③肩舆：两人抬的一种轿子。听事：官署的大厅。④晚令：成名较晚、大器晚成。令，指好名声。

[译文]

从事中郎谢万是蓝田侯王述的女婿，有一次戴着白色丝带做的头巾，坐着轿子径直到扬州官府的大厅上见王述，直言不讳：“人家说你傻，你确实是傻。”王述道：“不是没有这种说法，只不过我大器晚成罢了。”

十一

王子猷①作桓车骑骑兵参军。桓问曰：“卿何署②？”答曰：“不知何署，时见牵马来，似是马曹③。”桓又问：“官有几马？”答曰：“不问马④，何由知其数？”又问：“马比⑤死多少？”答曰：“未知生，焉知死？”

赵雍画迹

此图描绘了马夫在马厩喂马的情景。

[注释]

①王子猷：王徽之，字子猷。②何署：在什么部门。③马曹：管马匹的官署。④不问马：没有过问

马的事。⑤比：近来。

［译文］

王子猷任车骑将军桓冲的骑兵参军。桓冲问他："你在哪个官署？"王子猷回答道："不知道是什么官署，时常看见有人牵马进来，好像是管马匹的官署。"桓冲又问："官署里有多少匹马？"回答道："不过问马匹，怎么知道马匹的数目？"又问："马匹近来死了多少？"回答道："活着的还不知道，哪能知道死的？"

十二

谢公尝与谢万共出西①，过吴郡，阿万欲相与共萃王恬②许。太傅云："恐伊不必酬③汝，意不足尔。"万犹苦要④，太傅坚不回⑤，万乃独往。坐少时，王便入门内，谢殊有欣色，以为厚待己。良久，乃沐头散发而出，亦不坐，仍据⑥胡床，在中庭晒头，神气傲迈，了无相酬对意。谢于是乃还，未至船，逆呼太傅，安曰："阿螭不作⑦尔！"

［注释］

①出西：指到京都建康去。谢安、谢万寓居会稽郡，在建康之东，所以到建康叫出西。②萃：聚集。王恬：字敬豫，小名螭虎（下文作阿螭），是王导的儿子，当时任吴郡太守。③酬：应酬，招待。④苦要：极力邀请。⑤不回：指不改变想法。⑥仍：竟，还。据：同"踞"，踞坐。⑦作：不足，不值得。

［译文］

谢安曾和谢万一起到京都建康去，经过吴郡，谢万想和谢安一起到王恬那里聚会。太傅谢安说："恐怕他不一定会招待你，我看不必这样了。"谢万还是极力相邀，谢安坚决不改变主意，谢万便一个人去了。到王恬家坐了一会儿，王恬就进里面去了，谢万露出非常欣喜的神色，以为他会很盛情地招待自己。过了许久，王恬竟洗了头披着头发出来，也不陪客人坐，就又踞坐在交椅上，在院子里晒头发，神情高傲，没有一点和谢万应酬的意思。谢万只好回去，还没有回到船上，先就大声呼叫哥哥，谢安说："王恬那里不值得你走一趟啊！"

十三

王子猷作桓车骑参军。桓谓王曰："卿在府久，比当相料理①。"初不答，直高视，以手版拄颊云："西山朝②来，致有爽气。"

［注释］

①比：近来。料理：处理。②西山：指首阳山。朝：早上。

[译文]

王子猷任车骑将军桓冲的参军。桓冲对他说道："你到府中已经很久了，近日应该处理一些事情了。"王子猷全不回答，只是眺望着远处，用手板撑着腮帮说："西山早晨，送来一股清爽的空气。"

十四

谢万北征[①]，常以啸咏自高，未尝抚慰众士。谢公甚器爱万，而审其必败，乃俱行，从容谓万曰："汝为元帅，宜数唤诸将宴会，以说众心。"万从之。因召集诸将，都无所说，直以如意指四坐云："诸君皆是劲卒[②]。"诸将甚忿恨之。谢公欲深著恩信，自队主[③]将帅以下，无不身造，厚相逊谢。及万事败，军中因欲除之，复云："当为隐士[④]。"故幸而得免。

[注释]

①谢万北征：指谢万北攻前燕。②劲卒：精壮的士兵。③队主：一队之主，队长。队，古代军队的编制中，以一百人为一队。④隐士：指谢安，当时隐居东山。

[译文]

谢万北伐的时候，常常用长啸吟咏来表现自己的高贵，从来没有安抚慰劳过将士。谢安非常器重喜欢谢万，但是察觉到他必然失败，于是和他一起出征，谢安不紧不慢地对谢万说道："你身为主帅，应该常常召请将士们来宴饮聚会，使大家心里高兴。"谢万听从了他。于是召集了各位将领，可是根本没有说什么，只是拿着如意指着满座的人说："诸位都是精壮的士兵。"众将领更加怨恨他。谢安想给予他们更多的恩惠和诚意，从队长将帅以下，他无不登门亲自拜访，非常诚挚谦恭地向他们致意。到谢万北伐失败后，军队内部想乘机除掉谢万，但又说："应该为隐居东山的谢安着想。"因此谢万才能侥幸免于一死。

十五

王子敬[①]兄弟见郗公，蹑履问讯[②]，甚修外生[③]礼。及嘉宾[④]死，皆著高屐[⑤]，仪容轻慢。命坐，皆云："有事，不暇坐。"既去，郗公慨然曰："使[⑥]嘉宾不死，鼠辈敢尔？"

[注释]

①王子敬：即王献之，是郗愔的外甥。②蹑履：穿着鞋子，表示恭敬。问讯：

问候。③外生：外甥。④嘉宾：即郗愔的儿子郗超。⑤高屐：高底木板鞋。⑥使：如果，假设。

[译文]

王子敬（献之）兄弟拜见郗愔，恭恭敬敬地穿着鞋子去问候，很遵守外甥的礼节。等到深受桓温重用的郗嘉宾（超）死后，兄弟两人再去见郗愔时都穿着高底木板鞋，态度非常傲慢。郗愔叫他们坐，二人都说："有事，没有时间坐。"他们走了后，郗愔感慨地说："如果嘉宾不死，这些老鼠一般的东西敢这样吗？"

十六

王子猷尝行过吴中，见一士大夫家极有①好竹。主已知子猷当往，乃洒扫施设②，在听事③坐相待。王肩舆径造④竹下，讽啸良久，主已失望，犹冀还当通⑤，遂⑥直欲出门。主人大不堪，便令左右闭门，不听出⑦。王更以此赏⑧主人，乃留坐，尽欢而去。

[注释]

①极有：有很多。②施设：摆设；布置。③听事：厅堂。④径造：直接来到。⑤冀：希望。通：通报。⑥遂：竟然。⑦不听出：不允许出门。⑧更：反而。赏：欣赏。

新竹图

此图表现了古人对竹子的喜爱之情。

[译文]

王子猷有一次路过吴中，看见一个士大夫家里有一片很好的竹林。竹林的主人已经知道王子猷会去，就打扫准备了一番，在大厅上坐着等候。王子猷坐着轿子一直来到竹林里，讽诵吟啸了很长时间，主人已经感到失望，还希望王子猷要走时会派人来通报一下，谁知他竟然直接想出门而去。主人简直不能忍受，就命令手下的人把门关了，不许他出去。王子猷反而因此赏识主人，这才留步坐下，尽情欢乐了一番才离去。

十七

王子敬自会稽经吴，闻顾辟疆有名园，先不识主人，径往其家。值顾方集宾友酣燕[①]，而王游历既毕，指麾好恶[②]，傍若无人。顾勃然[③]不堪曰：“傲主人，非礼也；以贵骄人，非道也。失此二者，不足齿之，伧(cāng)耳！”便驱其左右出门。王独在舆上，回转顾望，左右移时不至。然后令送著门外，怡然不屑。

[注释]

①酣：痛饮。燕：通“宴”，宴会。②指麾：同“指挥”，指点、评论。好恶：好坏、优劣。③勃然：大怒的样子。④齿：谈论，提及。伧：吴人称中州人为伧，含鄙薄意。

[译文]

王子敬从会稽郡经过吴郡，听说顾辟疆有一处非常著名的园林，王子敬原先并不认识主人，却径直到他家里去。遇到顾辟疆正邀集一些宾客朋友在设宴痛饮，可是王子敬游览完毕后，却在那里指指点点，评论优劣，好像旁边根本没有主人一样。顾辟疆勃然大怒，难以忍受说道：“对主人傲慢，这是失礼；仗着高贵的身份傲视他人，这是失理。失去礼仪，又不讲道理，是一个不值得一提的伧鬼罢了！”顾辟疆就把王子敬的随从赶了出去。王子敬独自在轿子里，左顾右盼，随从很久都没有过来。后来顾辟疆才叫人把他送出门外，他还是一副怡然自得、不予理睬的样子。

排调第二十五

一

诸葛瑾为豫州，遣别驾到台[①]，语云："小儿知谈，卿可与语。"连往诣恪[②]，恪不与相见。后于张辅吴坐中相遇，别驾唤恪："咄咄郎君[③]！"恪因嘲之曰："豫州乱矣，何咄咄之有？"答曰："君明臣贤，未闻其乱。"恪曰："昔唐尧在上，四凶[④]在下。"答曰："非唯四凶，亦有丹朱[⑤]。"于是一坐大笑。

[注释]

①别驾：官名。台：中央的官署。②恪：诸葛恪，字元逊，诸葛瑾的长子，年轻时就有才名，善应辩，在吴国官至太傅。③张辅吴：张昭，字子布，在吴国任辅吴将军。郎君：尊称贵公子或上司的子弟为郎君。④唐尧：传说是远古的贤明君主。四凶：指四个凶暴的人，即尧时的浑敦、穷奇、梼杌、饕餮，是四个部族的首领。⑤丹朱：尧的儿子，名朱，因居丹水而得名，为人傲慢无礼。

[译文]

诸葛瑾做豫州牧的时候，派遣别驾入朝办事，对他说："我的儿子颇善清谈，你可以和他谈论一番。"别驾多次去找诸葛恪，诸葛恪都不和他见面。后来在辅吴将军张昭家中做客时见到了，别驾对诸葛恪喊道："哎呀，我的公子哥！"诸葛恪于是嘲笑他说："豫州大乱了，还在这儿哎哎呀呀地干什么？"别驾回答说："如今君圣臣贤，没有听说出了乱子。"诸葛恪说："古时上面虽有唐尧，下面仍有四凶。"别驾回答说："不仅有四凶，也有丹朱。"于是满座的人哄堂大笑起来。

二

晋文帝与二陈共车，过唤钟会同载，即驶车委去。比出，已远。既至，因嘲之曰："与人期行，何以迟迟？望卿遥遥[①]不至。"会答曰："矫然懿实[②]，何必同群！"帝复问会："皋繇[③]何如人？"答曰："上不及尧、舜，下不逮周、孔，亦一时之懿士[④]。"

[注释]

①遥遥：时间长久。因为钟会的父亲名繇，而繇和遥同音，所以晋文帝用"遥

遥”来戏弄钟会。②矫然：形容超然不俗。懿实：美德真才的人。陈骞的父亲名陈矫，晋文帝的父亲是司马懿，陈泰的父亲名陈群，祖父名陈寔。钟会在回答时或者直用其名，或者用同音字，以此来报复他们三人。③皋繇：舜时的法官。④懿士：有美德的人。

［译文］

晋文帝和陈骞、陈泰一起乘车，经过钟会家时，招呼钟会一块去，钟会还没出来，三人就驾车离开了。等他出来，车子已经走远了。他来了以后，晋文帝嘲笑他道："与人约好，为何却迟迟不出来？远远望着你，你却遥遥不至。"钟会回答说："懿德、实才矫然出众的人，为什么一定要合群！"文帝又问钟会："皋繇这人怎样？"钟会回答说："上不如尧、舜，下不如周公、孔子，但也是当时的懿德之士。"

三

钟毓[①]为黄门郎，有机警，在景王[②]坐燕饮。时陈群子玄伯[③]、武周子元夏同在坐，共嘲毓。景王曰："皋繇何如人？"对曰："古之懿士。"顾谓玄伯、元夏曰："君子周而不比，群而不党[④]。"

［注释］

①钟毓：是钟会的哥哥。②景王：司马懿的儿子司马师。③玄伯：即陈泰，字玄伯。④"君子"两句："君子周而不比"一句引自《论语 为政》，意指君子团结，却不互相勾结。"群而不党"一句引自《论语·卫灵公》，意指君子合群而不互相袒护。这两句的"周""群"和武周、陈群的名字相同，语意双关。

［译文］

钟毓任黄门侍郎，机灵敏慧，有一次在景干那里宴饮。当时陈群的儿子玄伯、武周的儿子元夏都在一起，他们一起嘲笑钟毓。景王问："皋繇是什么样的人？"钟毓回答说："是古代的懿士。"又回过头对玄伯、元夏说："君子周而不比，群而不党。"

四

嵇、阮、山、刘在竹林酣饮，王戎后往，步兵曰："俗物已复来败人意[①]！"王笑曰："卿辈意亦复可败邪？"

［注释］

①俗物：魏晋时，名士常称那些和自己不相合的人为俗物。败人意：败坏人意，犹言败兴。

[译文]

嵇康、阮籍、山涛、刘伶在竹林中畅饮，王戎后到，步兵校尉阮籍说："俗人又来败坏我们的雅兴！"王戎笑着说："你们的雅兴也能给败坏吗？"

五

晋武帝问孙皓[①]："闻南人好作《尔汝歌》[②]，颇能为不？"皓正饮酒，因举觞劝帝而言曰："昔与汝为邻，今与汝为臣。上汝一杯酒，令汝寿万春[③]。"帝悔之。

[注释]

①孙皓：三国时吴国最后一位君主。晋武帝派兵南下攻陷建业，孙皓投降。②《尔汝歌》：晋时民歌。用尔汝称呼对方是失礼的，更何况君臣之间。晋武帝让孙皓以尔汝称呼自己，对他是一种羞辱。③寿万春：寿万年，指长寿。

[译文]

晋武帝问孙皓："听说南方人喜欢唱《尔汝歌》，你可会唱吗？"孙皓正在饮酒，于是举杯敬酒给武帝并作歌道："从前和你是近邻，现在给你做小臣。敬献给你一杯酒，祝你长寿万年春。"武帝听后非常后悔。

六

孙子荆年少时欲隐，语王武子"当枕石漱流[①]"，误曰"漱石枕流"。王曰："流可枕，石可漱乎？"孙曰："所以枕流，欲洗其耳[②]；所以漱石，欲砺其齿。"

[注释]

①枕石漱流：枕石，用石做枕。漱流，用流水来漱口。枕石漱流，比喻隐居生活。②洗其耳：比喻不愿过问世事，愿意隐居。相传尧想把首领之位传给许由，许由认为这弄脏了自己的耳朵，赶紧到河里去清洗。

[译文]

孙子荆年轻时想要隐居，对王武子说"将要枕石漱流"，口误而说成了"漱石枕流"。王武子说："流水可以枕，石头可以漱口吗？"孙子荆说："枕流水是想洗干净自己的耳朵，漱石头是想要磨砺自己的牙齿。"

七

头责秦子羽[1]云："子曾不如太原温颙(yóng)，颖川荀寓，范阳张华，士卿[2]刘许，义阳邹湛，河南郑诩？此数子者，或謇(jiǎn)吃无宫商[3]，或尪(wāng)陋希[4]言语，或淹伊[5]多姿态，或讙哗(huānhuá)少智谞(xū)[6]，或口如含胶饴[7]，或头如巾齑(jī)杵[8]。而犹以文采可观，意思详序[9]，攀龙附凤，并登天府[10]。"

［注释］

①头责秦子羽：晋人张敏写有《头责子羽》一文，是假托为子羽的头颅来赞扬秦子羽虽身处陋巷，而立身守节的高尚品行，同时也讽刺了攀权附贵的丑恶行径。②士卿：即宗正卿，为九卿之一，管理皇族内部事务。刘许和张华同为范阳人，所以省去籍贯。③謇吃：口吃。无宫商：指五音不全，没有乐感。宫商是五音宫商角徵羽中的两个音，泛指音乐。④尪陋：瘦小丑陋的样子。希：同"稀"，少。⑤淹伊：扭捏，矫揉造作。⑥讙哗：喧哗。智谞：才能智慧。⑦胶饴：一种发黏的糖浆。⑧巾齑杵：用头巾包着的捣物的棒槌，用来比喻头小而尖的事物。齑，调味用的姜、蒜等碎末儿。⑨意思：思想。详序：周密而有条理。⑩攀龙附凤：比喻趋炎附势。天府：朝廷。

［译文］

秦子羽的头谴责秦子羽说："你竟比不上太原温颙、颍川荀寓、范阳张华、士卿刘许、义阳邹湛和河南的郑诩吗？这几个人，有的口吃，五音不全；有的瘦小丑陋，寡言少语；有的矫揉造作，扭捏作态；有的吵吵嚷嚷，缺少智谋；有的像口含着胶糖，表达不清；有的像包着头巾的捣杵，头小而尖。然而，他们还是都很有文采，思想表达周密而有条理，趋炎附势，结果都一下子窜到了高位。"

八

王浑与妇钟氏共坐，见武子[1]从庭过，浑欣然谓妇曰："生儿如此，足慰人意。"妇笑曰："若使新妇得配参军[2]，生儿故可不啻[3]如此。"

［注释］

①武子：王济，字武子，王浑的儿子。②新妇：泛指已婚妇女，此处为妇人自称。参军：王沦，字太冲，王浑的弟弟，曾为晋文王大将军参军。③不啻：不止。

［译文］

王浑和妻子钟氏在一起坐着，看见儿子武子从院中走过，王浑高兴地对妻子说："生个这样的儿子，满可以安心了。"他的妻子笑着说："如果我能和参军配成一对的话，生下的儿子可不止这样。"

九

荀鸣鹤、陆士龙二人未相识，俱会张茂先坐。张令共语，以其并有大才，可勿作常语。陆举手曰："云间陆士龙①。"荀答曰："日下荀鸣鹤②。"陆曰："既开青云睹白雉，何不张尔弓，布尔矢③？"荀答曰："本谓云龙骙骙(kuí)，定是山鹿野麋；兽弱弩强，是以发迟④。"张乃抚掌大笑。

［注释］

①"云间"句：陆士龙名云，字士龙，吴郡人。祖父陆逊，是吴国丞相，封华亭侯，以后就世居华亭。华亭，古名云间，据说是因陆云此言而得名，在今上海松江。②"日下"句：日下指京都。荀鸣鹤，颍川人。在晋代，颍川郡首府在河南许昌，靠近京都洛阳，所以荀鸣鹤说自己是日下人。③"既开"句：这句针对荀鸣鹤的名字，暗指射鹤。白雉，鸟名，像野鸡而色白，暗指荀不是鹤。④"本谓"句：这句暗指陆士龙并不是龙。骙骙，形容强壮。麋，麋鹿。

［译文］

荀鸣鹤、陆士龙两人原来不相识，在张茂先家中做客时碰见了。张茂先让他们一起谈一谈，因为他们都有很高的才学，让他们不要说平常的俗话。陆士龙拱手说："我是云间陆士龙。"荀鸣鹤回答说："我是日下荀鸣鹤。"陆士龙说："已经拨开云彩现青天，看见了白雉，为什么不张开你的弓，搭上你的箭？"荀鸣鹤回答说："我本来以为是威武的云龙，可原来是山野麋鹿；兽弱而弓强，因此迟迟不敢放箭。"张茂先于是拍手大笑。

十

陆太尉诣王丞相，王公食以酪。陆还遂病。明日，与王笺云："昨食酪小过，通夜委顿①。民虽吴人，几为伧鬼②。"

［注释］

①笺：书信。委顿：萎靡疲困。②伧鬼：鄙夷之称。因为南方人不食酪，所以这样说。

［译文］

太尉陆玩去拜访丞相王导，王导拿奶酪招待他。陆玩回家就病倒了。第二天，他给王导写信说："昨天吃奶酪稍微过量，整夜精神不振，疲困不堪。小民虽然是吴人，却几乎成了北方的死鬼。"

十一

元帝皇子生，普赐群臣。殷洪乔谢曰："皇子诞育，普天同庆。臣无勋焉，而猥(wěi)颁厚赉(lài)[①]。"中宗[②]笑曰："此事岂可使卿有勋邪！"

[注释]

①猥：谦辞，表示谦卑。赉：赏赐。②中宗：晋元帝死后的庙号。

[译文]

晋元帝生了皇子，大赏群臣。殷洪乔谢赏时说："皇子诞生，普天共同庆贺。微臣无功，却蒙受重赏。"元帝笑道："你在这件事上怎么可以有功劳呢！"

十二

诸葛令、王丞相共争姓族先后[①]。王曰："何不言葛、王，而云王、葛[②]？"令曰："譬言驴马，不言马驴，驴宁胜马邪！"

[注释]

①诸葛令：诸葛恢，官至尚书令，故称。姓族先后：姓氏家族的先后。一般认为先者为优，后者为劣。②葛：诸葛氏原为葛氏，后改称诸葛。

[译文]

尚书令诸葛恢和丞相王导争论姓氏家族的先后。王导说："为什么都不说葛、王，而说王、葛呢？"诸葛恢说："这就像是说驴马，不说马驴，驴难道胜过马吗！"

十三

刘真长始见王丞相，时盛暑之月，丞相以腹熨弹棋局[①]，曰："何乃渹(qìng)[②]！"刘既出，人问见王公云何，刘曰："未见他异，唯闻作吴语耳。"

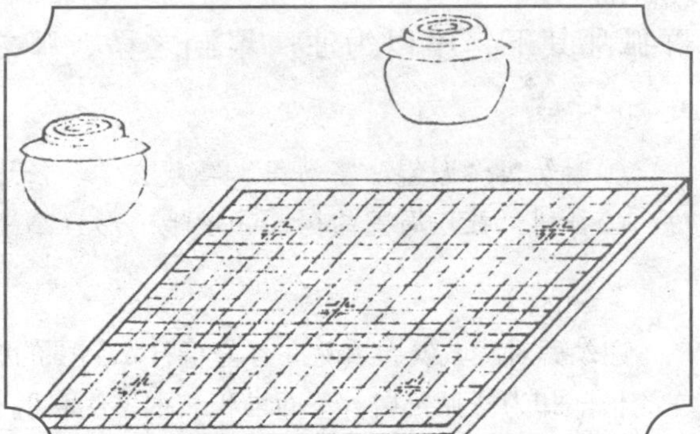

烂柯仙客

相传晋朝有个人叫王质，一次进山砍柴看两个童子下围棋，棋没下完，他的斧柄已烂，回家后才知道同时代的人都死掉了。后人即用烂柯指围棋。

[注释]

①熨：压，紧贴。弹棋局：弹棋的棋盘。②渹：冰凉。这是

吴地方言。

[译文]

刘真长初见丞相王导，正当夏季炎热的时候，丞相把腹部压在弹棋盘上，说："多么凉爽啊！"刘真长出来后，有人问他王导这人怎么样，刘真长说："没有特别之处，只是听到他说吴语罢了。"

十四

王公与朝士[①]共饮酒，举琉璃碗谓伯仁曰："此碗腹殊空，谓之宝器，何邪[②]？"答曰："此碗英英[③]，诚为清彻，所以为宝耳。"

[注释]

①朝士：泛指朝廷大小官吏。②"此碗"句：王导以碗比喻伯仁，嘲笑他腹中空空，没有才能。③英英：明亮的样子。

[译文]

王导和朝廷的官员一道饮酒，他拿起琉璃碗对周伯仁（颉）说："这个碗腹内空空，还称它是宝器，为什么呢？"周伯仁回答说："这个碗亮晶晶的，晶莹澄澈，这就是它成为宝器的原因啊。"

十五

谢幼舆[①]谓周侯曰："卿类社树[②]，远望之，峨峨[③]拂青天；就而视之，其根则群狐所托，下聚溷(hùn)[④]而已。"答曰："枝条拂青天，不以为高；群狐乱其下，不以为浊。聚溷之秽，卿之所保，何足自称！"

[注释]

①谢幼舆：谢鲲，字幼舆，喜欢玄学，任达不拘，曾任豫章太守，后任王敦长史。②社树：社坛周围的树。③峨峨：形容高峻貌。④聚溷：聚集污秽。

[译文]

谢幼舆对武城侯周颉说："你好像社坛周围的树，远远望去，高耸云霄；走近来看，它的根部却为群狐聚居，下面堆积着很多污秽的东西。"周颉回答说："树枝直插青天，我并不认为它高；群狐在它根部捣乱，也不认为它混乱。至于藏污纳垢之事，是你的强项，哪里值得夸耀呢！"

十六

王长豫幼便和令①，丞相爱恣②甚笃，每共围棋，丞相欲举行，长豫按指不听。丞相笑曰："讵得尔，相与似有瓜葛③。"

［注释］

①王长豫：王悦，字长豫，是丞相王导的儿子。和令：温顺善良，讨人喜欢。②爱恣：溺爱。③瓜葛：瓜、葛都是蔓生植物，比喻亲戚关系。

［译文］

王长豫小时候温顺可爱，丞相王导非常疼爱他，每次和他下围棋，王导要举棋子，长豫就按着他的指头不让动。王导笑着说："你怎么能这样做，我们之间好像还有点亲戚关系吧！"

十七

明帝问周伯仁："真长何如人？"答曰："故是千斤犗(jiè)特①。"王公笑其言。伯仁曰："不如卷角牸(zì)，有盘辟之好②。"

［注释］

①犗特：阉割过的公牛。②"不如"二句：暗示王导是卷角牸，嘲笑他老年无能，只是能让骑牛的人满意罢了。卷角牸，指卷角的母牛。盘辟，盘旋进退。

［译文］

晋明帝问周伯仁："真长这人怎样？"周伯仁回答说："本来是头能负千斤的老公牛。"王导嘲笑他说的话。周伯仁说："当然比不上卷角老母牛，走起路来进退自如。"

十八

王丞相枕周伯仁膝，指其腹曰："卿此中何所有？"答曰："此中空洞无物，然容卿辈数百人。"

［译文］

丞相王导枕着周伯仁的膝，指着他的肚子说："这里面有什么东西？"周伯仁回答说："这里面空空洞洞，没有东西，可是能容纳像你这样的人几百个呢。"

十九

干宝①向刘真长叙其《搜神记》，刘曰："卿可谓鬼之董狐②。"

[注释]

①干宝：字令升，博学多才，曾任散骑常侍。著《搜神记》一书，这是志怪小说的代表作。②董狐：春秋时晋国太史，素有古之良史之称。

[译文]

干宝向刘真长叙说他的《搜神记》，刘真长说："你可称得上是记鬼神史的董狐。"

二十

许文思往顾和许，顾先在帐中眠，许至，便径就床角枕[①]共语。既而唤顾共行，顾乃命左右取杭[②]上新衣，易己体上所著。许笑曰："卿乃复有行来衣[③]乎？"

[注释]

①角枕：用兽角作装饰的枕头。②杭：同"桁"，衣架。③行来衣：出门所穿的体面衣服。

[译文]

许文思来到顾和的府上，顾和正在帐子里睡觉，许文思来到，就径直走到床前，靠着角枕跟顾和说话。不久又招呼顾和一道走，顾和便叫侍从去衣架上拿新衣服，换下自己身上的衣服。许文思笑着说："你竟然还有专为出门的衣服？"

二十一

康僧渊[①]目深而鼻高，王丞相每调之。僧渊曰："鼻者面之山，目者面之渊；山不高则不灵，渊不深则不清。"

[注释]

①康僧渊：西域僧人。

[译文]

康僧渊眼睛深陷鼻梁突出，丞相王导常常调笑他。僧渊说："鼻子是脸上的山，眼睛是脸上的潭；山不高就没有神灵，潭不深就不会清澈。"

二十二

何次道往瓦官寺礼拜[①]甚勤。阮思旷语之曰："卿志大宇宙，勇迈终古。"何曰："卿今日何故忽见推？"阮曰："我图数千户郡，尚不能得；卿乃图作佛，不亦大乎？”

[注释]

①瓦官寺：佛寺名，亦名瓦棺寺，在金陵凤凰台。礼拜：拜佛行礼。

[译文]

何次道常去瓦官寺拜佛。阮思旷对他说：“你的志向囊括宇宙，你的勇气前无古人。”何次道说：“你今天为什么忽然推重起我来？”阮思旷说：“我谋求只有几千户的郡守之职，尚且得不到；你却希望成佛，志向不是很大吗？”

二十三

庾征西大举征胡，既成行，止镇襄阳[①]。殷豫章与书，送一折角[②]如意以调之。庾答书曰：“得所致，虽是败物，犹欲理而用之。”

[注释]

①“庾征西”三句：庾翼原为荆州刺史，镇守武昌，在晋康帝建元元年（343年）率众北伐，并升为征西将军。成行，指军队已经出发。②折角：指一角折断了的如意，也比喻锐气大折。

[译文]

征西将军庾翼大举征伐胡人，军队向北进发，停留在襄阳。豫章太守殷羡给他写信，并送他一个折角的如意来戏弄他。庾翼回信说：“收到来物，虽然已经破损了，我还是想修好它再用。”

二十四

桓大司马乘雪欲猎，先过王、刘诸人许。真长见其装束单急[①]，问：“老贼[②]欲持此何作？”桓曰：“我若不为此，卿辈亦那得坐谈[③]？”

[注释]

①单急：服装轻便紧身。指戎装。②老贼：朋友间的戏称。③坐谈：清谈。

[译文]

大司马桓温趁雪去打猎，先去探望王仲祖、刘真长等人。刘真长看见他的装束单薄紧窄，问道：“老家伙穿着这身打扮干什么？”桓温说：“我如果不穿这种衣服，你们这班人又哪能闲坐清谈？”

二十五

褚季野问孙盛："卿国史何当成？"①孙云："久应竟，在公无暇，故至今日。"褚曰："古人'述而不作'②，何必在蚕室中③！"

［注释］

①"褚季野"二句：孙盛在东晋时代历任参军、秘书监。好学，著《晋阳秋》，词直而理正，被赞为良史。这句说的"国史"，即指《晋阳秋》。②"古人"一句："述而不作"是孔子说的，意指传述而不创作。③"何必"一句：指司马迁受官刑而写《史记》一事。司马迁遭受官刑后，畏风寒，只有在蚕室中才能调养身体。这句是讥讽孙盛"在公无暇"一语。

［译文］

褚季野问孙盛："你写的国史什么时候完成？"孙盛回答说："早就应该完成了，公务在身没有多少闲暇，才拖到今天。"褚季野说："古人只是'述而不作'，为什么一定要在蚕室中才能写呢！"

二十六

谢公在东山，朝命屡降而不动。后出为桓宣武司马，将发新亭，朝士咸出瞻送。高灵时为中丞①，亦往相祖②。先时多少饮酒，因倚如醉，戏曰："卿屡违朝旨，高卧东山，诸人每相与言：'安石不肯出，将如苍生何？'今亦苍生将如卿何？"谢笑而不答。

［注释］

①高灵：高崧，小名阿酃。中丞：御史台长官，掌管奏事、检察等事。②祖：饯行的一种仪式。

［译文］

谢安在东山隐居，朝廷多次征召他都不为所动。后来谢安出任桓温的司马，从新亭出发，朝中官员都来为他送行。高灵当时任中丞，也去了。先前高灵喝了些酒，就借着酒醉，开玩笑说："你多次违抗朝廷旨意，在东山隐居，大家常常谈论说：'安石不肯出山，老百姓该怎么办呢？'现在百姓对你又怎么看待呢？"谢安笑而不言。

二十七

初，谢安在东山居，布衣，时兄弟已有富贵者，翕(xī)集家门①，倾动②人物。刘夫人戏谓安曰："大丈夫不当如此乎？"谢乃捉鼻曰："但恐不免耳[3]。”

[注释]

①翕集：聚集。家门：家族。②倾动：震动。③“但恐”一句：谢安一族之中，堂兄谢尚、哥哥谢奕、弟弟谢万都已享受高官厚禄，而谢安有隐居之志，但为时势所逼，不得不出仕。

[译文]

当初，谢安在东山居住，还是一介平民，这时兄弟中已有出来做官的，都集中在他的家族。谢安妻子刘夫人对谢安开玩笑说：“大丈夫不该这样吗？”谢安便捏着鼻子说：“只怕避免不了呢。”

二十八

支道林因人就深公买印山[1]，深公答曰：“未闻巢、由买山而隐[2]。”

[注释]

①因：拜托，委托。深公：竺法深。印山：当为岬山之误。②巢、由：巢父、许由，是传说中的隐士。

[译文]

支道林托人向竺法深买岬山，竺法深回答说：“没有听说巢父、许由买座山来隐居的。”

巢父

巢父者，尧时隐人也，山居不营世利，年老以树为巢而寝其上，故时人号曰巢父。

二十九

王、刘每不重蔡公。二人尝诣蔡，语良久，乃问蔡曰：“公自言何如夷甫？”答曰：“身不如夷甫。”王、刘相目[1]而笑曰：“公何处不如？”答曰：“夷甫无君辈客。”

[注释]

①相目：相看。

[译文]

王濛、刘真长常对蔡谟不尊重。两人曾去看望蔡谟，谈了很久，竟对蔡谟道：“您说说您和夷甫相比怎么样？”蔡谟回答说：“我不如夷甫。”王濛和刘真长相视而笑说：

“您什么地方不如？”蔡谟回答说：“夷甫没有像你们这样的客人。”

三十

张吴兴[①]年八岁，亏齿，先达知其不常，故戏之曰：“君口中何为开狗窦？”张应声答曰：“正使君辈从此中出入。”

[注释]

①张吴兴：张玄之，字祖希，曾任吴兴太守。

[译文]

吴兴太守张玄之八岁那年，掉了牙，前辈贤人知道他不寻常，故意戏弄他说：“您口中为什么开了个狗洞？”张玄之应声回答说：“正是留给你们这种人从这里出入的。”

三十一

郝隆[①]七月七日出日中仰卧，人问其故，答曰：“我晒书[②]。”

[注释]

①郝隆：字佐治，曾任征西将军桓温的参军。②晒书：民间风俗，七月初七日晒经书和衣裳。

[译文]

郝隆在七月七日那天，在太阳底下躺着，有人问他干什么，他回答说：“我晒书。”

三十二

谢公始有东山之志[①]，后严命屡臻[②]，势不获已，始就桓公司马。于时人有饷桓公药草，中有远志[③]。公取以问谢：“此药又名小草，何一物而有二称？”谢未即答。时郝隆在坐，应声答曰：“此甚易解：处则为远志，出则为小草[④]。”谢甚有愧色。桓公目谢而笑曰：“郝参军此过乃不恶，亦极有会[⑤]。”

[注释]

①东山之志：隐居东山的愿望。②严命：严厉的命令。臻：传达，到达。在谢安任桓温的司马以前，扬州刺史庾冰、吏部尚书范汪都曾授他官职，均遭拒绝。③远志：中药名。根名远志，苗名小草。④“此甚”句：出、处暗指出仕和隐居，以嘲笑谢安的出仕。⑤会：意趣。

[译文]

谢安起初有隐居之志，后来官府征召命令多次下达，迫不得已，才就任桓温的司马。在这时，有人送给桓温草药，其中有远志。桓温拿来问谢安："这种药又叫小草，一种东西怎有两个名称呢？"谢安没有马上回答。郝隆在座，随口说："这很容易解释：不出就是远志，出来就是小草。"谢安深有愧色。桓温看着谢安笑着说："郝参军失言却不算坏，说得极有深意。"

三十三

庾园客诣孙监[①]，值行，见齐庄[②]在外，尚幼，而有神意[③]。庾试之曰："孙安国何在？[④]"即答曰："庾稚恭家。"庾大笑曰："诸孙大盛，有儿如此！"又答曰："未若诸庾之翼翼[⑤]。"还，语人曰："我故胜，得重唤奴父名。"

[注释]

①庾园客：庾爰之，小名园客，是庾翼（字稚恭）的儿子。孙监：孙盛，字安国，任秘书监，所以称孙监。②齐庄：孙放，字齐庄，是孙盛的儿子。③神意：灵气。④"孙安"句：直呼对方父亲的名字，这是不敬的。⑤"未若"一句：庾园客用了齐庄父亲的名"盛"字，齐庄也直称园客父亲的名"翼"字来回答。因有两个"翼"字，所以下文齐庄说："得重唤奴父名。"

[译文]

庾园客去拜访秘书监孙盛，孙盛不在家，只有齐庄在，年纪还小，却有一股灵气。庾园客想考验他一下，说："孙安国在什么地方？"齐庄马上回答说："在庾稚恭家。"庾园客大笑说："孙氏家族非常兴盛，有这样的儿子！"齐庄又回答说："不如庾氏家族那样兴旺发达。"齐庄回家对别人说："实是我胜了，我能够多叫一次他父亲的名字。"

三十四

范玄平[①]在简文坐，谈欲屈，引王长史曰："卿助我！"王曰："此非拔山力所能助[②]。"

[注释]

①范玄平：范汪，字玄平，曾任吏部尚书，徐、兖二州刺史。②"此非"句：指辞屈理穷，无法挽回。

[译文]

范玄平在简文帝家做客，被别人抢了风头，他把左长史王濛拉过来说："你帮帮

修禊图

农历三月三日为上巳节，这一天人们到水边洗濯，祈福驱邪，称作祓除。士人也借此进行宴饮、郊游。

我！”王濛说：“这不是靠拔山的力气所能帮助的。”

三十五

郝隆为桓公南蛮参军[①]。三月三日会[②]，作诗，不能者罚酒三升。隆初以不能受罚，既饮，揽笔便作一句云：“娵(jū)隅[③]跃清池。”桓问：“娵隅是何物？”答曰：“蛮名鱼为娵隅。”桓公曰：“作诗何以作蛮语？”隆曰：“千里投公，始得蛮府参军，那得不作蛮语也！”

[注释]

①“郝隆”句：桓温曾任南蛮校尉，郝隆在他府中任参军。②三月三日会：古时以三月上旬巳日为上巳，魏晋后改三月三日为上巳节。③娵隅：古时南方的少数民族称鱼为娵隅。

[译文]

郝隆任桓温南蛮校尉府的参军。三月三日的聚会上，他被要求作诗，不能作诗则罚酒三升。郝隆开始作不成诗受罚，喝完酒，提起笔来写了一句：“娵隅跃清池。”桓温问：“娵隅是什么？”郝隆回答说：“南蛮称鱼为娵隅。”桓温说：“作诗为什么用蛮语？”郝隆说：“我不远千里来投奔您，才得到南蛮校尉府的参军一职，哪能不说蛮语呢！”

三十六

袁羊尝诣刘恢[①]，恢在内眠未起。袁因作诗调之曰：“角枕粲文茵，锦衾烂长筵[②]。”刘尚[③]晋明帝女，主见诗，不平曰：“袁羊，古之遗狂[④]！”

[注释]

①刘恢：当是刘惔之误。②“角枕”二句：语出《诗经·唐风·葛生》：“角枕粲兮，锦衾烂兮。”这是一首描写丈夫出征，生死未卜，妻子在家思念的诗。袁羊借用这首诗的语句作诗嘲笑刘惔。③尚：指娶公主为妻。刘惔娶晋明帝的女儿庐陵公主为妻。④狂：放荡不羁。

[译文]

袁羊有一次去拜访刘惔，刘惔正在帐内睡觉没有起来。袁羊于是作诗戏弄他说："角枕粲文茵，锦衾烂长筵。"刘惔娶晋明帝的女儿庐陵公主为妻，她看见袁羊的诗，便非常气愤地说："袁羊是古代狂徒的后代！"

三十七

殷洪远答孙兴公诗云："聊复放一曲[①]。"刘真长笑其语拙，问曰："君欲云那放[②]？"殷曰："㯓(tà)腊亦放，何必其枪铃邪[③]？"

[注释]

①"聊复"句：大意是，聊且再唱一曲。②"君欲"句：刘真长认为"放"字用在这里很拙劣，所以反问殷洪：怎么放？③㯓腊：鼓声。铃：钟铃声，金石声。放：指放出，发出。殷洪远意在说明自己的诗虽然不清脆，却也能表情达意，何必要雕章琢句，刻意而求。

[译文]

殷洪远答孙兴公的诗说："聊复放一曲。"刘真长笑话他用语太粗劣，问道："您想说的是什么'放'？"殷洪远说："鼓声也是放，为什么一定要放出金石声呢？"

三十八

桓公既废海西，立简文[①]。侍中谢公见桓公，拜，桓惊笑曰："安石，卿何事至尔？"谢曰："未有君拜于前，臣立于后[②]。"

[注释]

①"桓公"二句：桓温在晋太和六年（371 年）废晋帝为海西县公，立丞相司马昱为帝，并借此诛杀和放逐了一批大臣。②"未有"句：君，用来代指君主；臣，则指臣子。谢安用这两个词，有讽刺之意，暗示桓温想当君主。

[译文]

桓温废黜海西公后，立简文帝。侍中谢安见桓温，行了个大礼，桓温吃惊道："安石，你怎么这样做呢？"谢安回答说："没有君下拜在前，而臣还站在后面的道理。"

三十九

郗重熙与谢公书，道："王敬仁闻一年少怀问鼎[①]。不知桓公德衰，为复后生可畏？"

[注释]

①问鼎：篡位。传说夏禹筑九鼎当作传国之宝，分别代表国家不同的方位，后来，九鼎就成为国家的代称。

[译文]

郑重熙给谢安写信，说："王敬仁听说一个年轻人图谋篡夺王位。不知是桓公德行衰微，还是后生可畏？"

四十

张苍梧[①]是张凭之祖，尝语凭父曰："我不如汝。"凭父未解所以[②]。苍梧曰："汝有佳儿。"凭时年数岁，敛手[③]曰："阿翁，讵宜以子戏父！"

[注释]

①张苍梧：张镇，字义远，曾任苍梧太守。②所以：缘故。③敛手：拱手，两手抱在胸前，表示恭敬之意。

[译文]

苍梧太守张镇是张凭的祖父，他曾经对张凭父亲说："我比不上你。"张凭的父亲不懂得是什么缘故。张镇说："你有个出色的儿子。"当时张凭只有几岁，恭恭敬敬地拱手说："爷爷，怎么可以拿儿子来取笑父亲呢！"

四十一

习凿齿[①]、孙兴公未相识，同在桓公坐。桓语孙："可与习参军共语。"孙云："蠢尔蛮荆，敢与大邦为仇[②]！"习云："薄伐猃狁（xiǎn yǔn），至于太原[③]。"

[注释]

①习凿齿：字彦威，荆州襄阳郡人。桓温任荆州刺史时，聘他任从事、西曹主簿，后习凿齿因触犯桓温，被降为户曹参军。②"蠢尔"句：语出《诗经·小雅·采芑》"蠢尔荆蛮，大邦为仇"，大意是："你们楚国蠢蠢欲动，和我们大国做仇敌。"孙兴公引《诗经》，是嘲笑习凿齿的籍贯是蛮荆之地。③"薄伐"句：语出《诗经·小雅·六月》，大意是：讨伐匈奴，到了太原（指把匈奴赶出了太原）。孙兴公是太原人，所以习凿齿也引《诗经》嘲笑他的籍贯是匈奴所处之地。猃狁，古代北方民族。

[译文]

习凿齿和孙兴公还不相识的时候，曾一起在桓温家做客。桓温对孙兴公说："你和习参军一起谈谈吧。”孙兴公说：“蠢尔蛮荆，敢与大邦为仇！”习凿齿说：“薄伐猃狁，至于太原。”

四十二

桓豹奴是王丹阳[①]外生，形似其舅，桓甚讳之。宣武云：“不恒相似，时似耳！恒似是形，时似是神。”桓逾不说。

[注释]

①桓豹奴：桓嗣，字恭祖，小名豹奴。王丹阳：王混，字奉正，官至丹阳尹。

[译文]

桓豹奴是丹阳尹王混的外甥，容貌像他舅父，桓豹奴很忌讳这点。桓温说：“不总像他，有时像他罢了！经常像他的是形貌，有时像他的是神态。”桓豹奴听了，更加不高兴。

四十三

王子猷诣谢万，林公先在坐，瞻瞩甚高。王曰：“若林公须发并全，神情当复胜此不？”谢曰：“唇齿相须[①]，不可以偏亡。须发何关于神明？”林公意甚恶，曰：“七尺之躯[②]，今日委君二贤。”

[注释]

①须：依赖，凭借。②七尺之躯：身高七尺，借指男子汉，大丈夫。

[译文]

王子猷到谢万家去，支道林和尚早就来了，他眼光很高，神色傲慢。王子猷说：“如果林公须发都全了，神态风度会比现在更强吗？”谢万说：“嘴唇和牙齿互相依存的，不可缺少任何一个。至于须发，和人的精神有何联系呢？”支道林很不高兴，说：“我堂堂七尺男儿，就托付给二位贤人去评说。”

四十四

郗司空拜北府[①]，王黄门[②]诣郗门拜，云：“应变将略，非其所长[③]。”骤咏之不已。郗仓谓嘉宾[④]曰：“公今日拜，子猷言语殊不逊，深不可容！”嘉宾曰：“此是陈寿作诸葛评。人以汝家比武侯[⑤]，复何所言！”

[注释]

①“郗司空”一句：指郗愔就任徐州军政长官事。②王黄门：王徽之，字子猷，

是郗愔的外甥，曾任黄门侍郎。③“应变”二句：陈寿评价诸葛亮说：“然连年动众，未能成功，盖应变将略，非其所长欤！”（《三国志·蜀志·诸葛亮传》）将略，用兵的谋略。④郗仓：郗融的小名，郗愔第二子。嘉宾：郗超，字嘉宾，是郗仓的哥哥。⑤汝家：这里指其父郗愔。武侯：诸葛亮，辅佐刘备建立蜀国，死谥忠武侯。

[译文]

司空郗愔就任北府长官，黄门侍郎王子猷登门祝贺，说：“随机应变和用兵谋略两方面，并不是他的长处。”他不停地反复吟咏。郗仓对嘉宾说：“父亲今天受任，子猷出言不逊，太令人不能容忍！”嘉宾说：“这是陈寿给诸葛亮作的评语。人家把你父亲比作诸葛亮，你还说什么呢！”

四十五

王子猷诣谢公，谢曰：“云何七言诗[1]？”子猷承问，答曰：“昂昂若千里之驹，泛泛若水中之凫[2]。”

[注释]

①七言诗：相传汉武帝在柏梁台和群臣联句赋诗，为七言，每人一句，一句一意，世称柏梁体。②“昂昂”两句：引自《楚辞·卜居》“宁昂昂若千里之驹乎，将泛泛若水中之凫”。大意是：像千里马那样信步驰骋，像野鸭子那样漂浮不定。王子猷引此诗句，说明他不懂七言诗。

簸扬图

此图表现古人用簸箕扬米的情景。

[译文]

王子猷去拜访谢安，谢安问：“什么是七言诗？”王子猷听到问题，回答说：“昂昂若千里之驹，泛泛若水中之凫。”

四十六

王文度、范荣期俱为简文所要。范年大而位小，王年小而位大。将前，更相推在前，既移久，王遂在范后。王因谓曰：“簸之扬之，糠秕(bǐ)[1]在前。”范曰：“洮之汰之，沙砾[2]在后。”

[注释]

①糠秕：糠皮。②沙砾：细沙子和小石块。两人借位置的先后互相取笑。

［译文］

王文度和范荣期一同受到简文帝的邀请。范荣期年纪大，职位却低，王文度年纪小，职位却高。他们将要往前走时，两人互相推让请对方走在前面，推让了很久，王文度终于走在范荣期的后面。王文度于是说："簸箕扬米，糠皮在前面。"范荣期说："淘米洗米，沙石在后面。"

四十七

刘遵祖少为殷中军所知，称之于庾公。庾公甚忻①然，便取为佐②。既见，坐之独榻③上与语。刘尔日殊不称，庾小失望，遂名之为"羊公鹤④"。昔羊叔子有鹤善舞，尝向客称之。客试使驱来，氃氋(tóngméng)⑤而不肯舞。故称比之。

［注释］

①忻：同"欣"，喜悦。②佐：指佐官，僚属。③独榻：仅供一人坐的榻。古时，以坐独榻者为尊。④羊公鹤：不舞之鹤，指名不副实的人。⑤氃氋：羽毛松散的样子。

［译文］

刘遵祖年轻时为中军将军殷浩所赏识，殷浩在庾亮面前举荐他。庾亮很高兴，就聘他来做僚属。见面后，让他坐在独榻上谈话。刘遵祖那天的谈论与他的名声并不相称，庾亮不大满意，于是称他为"羊公鹤"。从前，羊叔子有只鹤善于舞蹈。羊叔子曾经向客人称赞它，把它赶来时，鹤的羽毛松弛，不肯舞蹈。所以拿羊公鹤来比拟他。

四十八

魏长齐雅有体量①，而才学非所经。初宦当出，虞存嘲之曰："与卿约法三章：谈者死，文笔②者刑，商略抵罪。"魏怡然而笑，无忤③于色。

［注释］

①魏长齐：魏颢，字长齐，曾官至山阴令。体量：气量。②文笔：泛指文章。③怡然：愉快的样子。忤：抵触。

［译文］

魏长齐很有气量，可是才学不是他所擅长。初次做官时，虞存嘲笑他说："和你约法三章：高谈阔论的人处死，舞文弄墨的人判刑，品评人物的就治罪。"魏长齐听后不禁笑了，没有一点责怪的意味。

四十九

郗嘉宾书与袁虎，道戴安道、谢居士云：“恒任之风，当有所弘[1]耳。”以袁无恒，故以此激之。

［注释］

①弘：扩大，发扬。

［译文］

郗嘉宾写信给袁虎，评论戴安道、谢居士说：“有恒心和负责方面，应当有所发扬啊。”因为袁虎缺乏恒心，所以他用这句话来激励他。

五十

范启与郗嘉宾书曰：“子敬举体无饶[1]纵，掇皮无余润[2]。”郗答曰：“举体无余润，何如举体非真者？”范性矜假[3]多烦，故嘲之。

［注释］

①子敬：王献之，字子敬。饶：指肌肤丰满。②掇皮：剥皮。余润：指丰润的肌肉。③矜假：矫揉造作。

［译文］

范启给郗嘉宾的信写道：“子敬全身干巴巴的，即使扒下他的皮，也无一点丰满光泽。”郗嘉宾说：“全身干巴巴的与全身都是假的相比，哪样好？”范启本性矫揉造作，絮絮叨叨，所以郗嘉宾嘲笑他。

五十一

二郗[1]奉道，二何[2]奉佛，皆以财贿。谢中郎云：“二郗谄[3]于道，二何佞[4]于佛。”

［注释］

①二郗：郗愔和弟弟郗昙，两人信奉天师道。②二何：何充和弟弟何准，两人信奉佛教。③谄：巴结，奉承。④佞：巧言，谄媚。

［译文］

郗愔和郗昙信奉天师道，何充和何准信奉佛教，都花了很多财物。西中郎将谢万说：“二郗巴结道教，二何讨好佛教。”

五十二

王文度在西州[①]，与林法师讲，韩、孙诸人并在坐。林公理每欲小屈，孙兴公曰："法师今日如著弊絮在荆棘中，触地挂阂[②]。"

[注释]

①西州：指扬州，州府所在地是西州城。王文度（坦之）的父亲王述曾任扬州刺史。②触地：遍地，到处。挂阂：挂碍。

[译文]

王文度在西州，和支道林法师一起讲论，韩康伯和孙兴公等人都在座。每当支道林要讲不过对方时，孙兴公就说："法师今天像穿着破衣走入荆棘丛中，到处都被牵扯着。"

五十三

范荣期见郗超俗情不淡，戏之曰："夷、齐、巢、许[①]，一诣垂名，何必劳神苦形、支策据梧[②]邪？"郗未答，韩康伯曰："何不使游刃皆虚[③]？"

[注释]

①夷、齐、巢、许：伯夷、叔齐、巢父、许由，都是上古清廉之士。②支策据梧：语出《庄子·齐物论》："昭文之鼓琴也，师旷之支策也，惠子之据梧也，三子之知，几乎皆其盛者也，故载之末年。"说明他们的技艺、学识几乎达到登峰造极的程度，晚年仍旧孜孜不倦。③游刃皆虚：语出《庄子·养生主》。指刀刃在骨节的间隙切割，以喻顺应环境，保全自己。

[译文]

范荣期看到郗超未能摆脱世俗之情，戏弄他说："伯夷、叔齐、巢父、许由一举而留名后世，你为什么一定要像师旷、惠子那样身心劳苦呢？"郗超还没有回答，韩康伯接着说："为

师旷

师旷，春秋时期晋国乐师，精通音律，能演奏各种乐器，被后人尊为"乐圣"。图中描绘了晋平公向师旷询问人君之道的情景。

什么不让自己游刃有余？”

五十四

简文在殿上行，右军与孙兴公在后。右军指简文语孙曰：“此啖名客[①]。”简文顾曰：“天下自有利齿儿[②]。”后王光禄[③]作会稽，谢车骑出曲阿[④]祖之。王孝伯罢秘书丞在坐，谢言及此事，因视孝伯曰：“王丞齿似不钝。”王曰：“不钝，颇亦验。”

[注释]

①啖名客：指好名之士。啖，嗜好，喜好。②利齿儿：牙齿坚利的人。③王光禄：王蕴，曾任光禄大夫，后任会稽内史、镇军将军。④曲阿：城名，在今江苏丹阳市。

[译文]

简文帝在大殿上行走，右军将军王羲之和孙兴公跟在后面。王羲之指着简文帝对孙兴公说：“这是啖名客。”简文帝回头说：“天下自有利齿儿。”后来光禄大夫王蕴出任会稽内史，车骑将军谢玄到曲阿给他送行。王孝伯刚免去秘书丞职务，这时也在座，谢玄谈起这件事，看着王孝伯说：“王丞的牙齿好像不钝。”王孝伯说：“不钝，还相当灵验。”

五十五

谢遏夏月尝仰卧，谢公清晨卒来，不暇著衣，跣(xiǎn)[①]出屋外，方蹑履问讯。公曰：“汝可谓‘前倨而后恭[②]’。”

[注释]

①跣：赤脚。②“前倨”句：语出《战国策·秦策》。据载，苏秦贫困时，嫂不为礼。后富贵而归，嫂“蛇行匍伏，四拜，自跪而谢”。苏秦说：“嫂，何前倨而后卑也？”意谓先前傲慢而现在谦卑。

[译文]

谢遏夏夜里仰面躺着睡觉，谢安一大早突然来了，谢遏来不及穿衣服，光着脚跑出屋外，这才穿鞋请安。谢安说：“你可以说是‘前倨而后恭’了。”

五十六

顾长康作殷荆州佐，请假还东[①]。尔时例不给布帆[②]，顾苦求之，乃得发。至破冢[③]，遭风大败。作笺与殷云："地名破冢，真破冢而出[④]。行人安稳，布帆无恙。"

[注释]

①顾长康：顾恺之，晋陵人，晋陵在今江苏常州武进区，古属扬州，在荆州东边。还东：这里指回家。②布帆：即帆船。③破冢：地名，在今湖北荆州市。④破冢而出：比喻死里逃生。冢，坟墓。

[译文]

顾长康任荆州刺史殷仲堪的参军，请假回家。照例，官府不提供船，顾长康极力恳求借船，才得以出发。到了破冢，遇到大风，船只刮坏了。顾长康写信给殷仲堪说："地名叫破冢，我们真是破冢而出。行人安稳，布帆无恙。"

五十七

苻朗[①]初过江，王咨议[②]大好事，问中国人物及风土所生，终无极已。朗大患之。次复问奴婢贵贱，朗云："谨厚有识中[③]者，乃至十万；无意为奴婢问者，止数千耳[④]。"

[注释]

①苻朗：字元达，是前秦苻坚的侄儿，曾任前秦青州刺史，后投降东晋，任员外散骑侍郎。②王咨议：王肃之，字幼恭，王羲之第四子，曾任中书郎、骠骑咨议。③识中：知识。④"无意"二句：这句话语意双关，苻朗借此讥刺王肃之问事喋喋不休。无意，无见识。

[译文]

苻朗刚来到晋国，骠骑咨议王肃之非常好事，问中原人物和风土人情，问个没完没了。苻朗非常烦他。然后王肃之又问奴婢价钱的高低，苻朗说："忠厚老实有见识的，可达十万钱；愚笨无知又要就奴婢的事问来问去的，不过几千钱罢了。"

五十八

东府客馆是版屋[①]。谢景重诣太傅，时宾客满中，初不交言，直仰视云："王乃复西戎其屋[②]。"

[注释]

①东府：原为晋简文帝的府第，后来是他儿子会稽王司马道子的住宅。客馆：招待宾客的处所。版屋：用木板修筑的房子。②西戎其屋：西戎的版屋。

[译文]

东府的宾馆，是用木板修建的。谢景重去拜访太傅司马道子，当时宾客满座，他并没有和别人交谈，只是抬头望着房子说："会稽王竟然把自己的房子弄得像西戎的版屋一样。"

五十九

顾长康啖甘蔗，先食尾。人问所以，云："渐至佳境[1]。"

[注释]

①佳境：美妙的境界。

[译文]

顾长康吃甘蔗，先从蔗梢吃起。有人问他什么原因，他说："可逐渐进入佳境。"

六十

孝武属王珣求女婿，曰："王敦、桓温，磊(luǒ)砢[1]之流，既不可复得，且小如意，亦好豫人家事，酷非所须。正如真长、子敬比，最佳。"珣举谢混。后袁山松欲拟谢婚，王曰："卿莫近禁脔(luán)[2]。"

宰肉均平

图中描绘了人们观看陈平分肉的情景。

[注释]

①磊砢：形容才能卓越。②禁脔：比喻不许别人动的东西。脔，切成块的肉。

[译文]

晋孝武帝嘱咐王珣帮助选个女婿，对他说："王敦、桓温，才能卓然不群，既很难找到，而且经常得意扬扬，喜欢过问别人的家事，很不是我需要的人。像真长、子敬一样的人最为合适。"王珣举荐了谢混。后来袁山松打算把女儿嫁给谢混，王珣就对袁山松说："你不要靠近禁脔。"

六十一

桓南郡与殷荆州语次，因共作了语[1]。顾恺之曰：“火烧平原无遗燎[2]。”桓曰：“白布缠棺竖旒旐（liú zhào）[3]。”殷曰：“投鱼深渊放飞鸟[4]。”次复作危语[5]。桓曰：“矛头淅米剑头炊[6]。”殷曰：“百岁老翁攀枯枝。”顾曰：“井上辘轳卧婴儿。”殷有一参军在坐，云：“盲人骑瞎马，夜半临深池。”殷曰：“咄咄逼人[7]！”仲堪眇（miǎo）目[8]故也。

[注释]

①语次：谈论间。了语：一种文字游戏，说出了结之事，且联句与“了”字同韵。②“火烧”一句：意指平原被火烧得一点东西也没有剩下。③“白布”一句：意指用白布裹着棺材，竖起了招魂幡出殡。旒旐，出殡时在棺材前带路的旗子。④“投鱼”一句：意指把鱼放回深渊，把飞鸟放回山林。⑤危语：危险之类的话语。下文的句子也都和“危”字押韵。⑥“矛头”一句：意指在矛尖上淘米，在剑尖上煮饭。淅米，淘米。⑦咄咄逼人：给人以很大的威胁。⑧眇目：瞎了一只眼睛。

[译文]

南郡公桓玄和荆州刺史殷仲堪谈话时，顺便一同做“了”字游戏。顾恺之说：“火烧平原无遗燎。”桓玄说：“白布缠棺竖旒旐。”殷仲堪说：“投鱼深渊放飞鸟。”接着又说危险的诗句。桓玄说：“矛头淅米剑头炊。”殷仲堪说：“百岁老翁攀枯枝。”顾恺之说：“井上辘轳卧婴儿。”殷仲堪有一个参军也在座，说：“盲人骑瞎马，夜半临深池。”殷仲堪说：“咄咄逼人！”这是因为殷仲堪瞎了一只眼睛。

六十二

桓玄出射，有一刘参军与周参军朋赌[1]，垂成，唯少一破[2]。刘谓周曰：“卿此起[3]不破，我当挞卿。”周曰：“何至受卿挞？”刘曰：“伯禽之贵，尚不免挞，而况于卿！[4]”周殊无忤色。桓语庾伯鸾曰：“刘参军宜停读书，周参军且勤学问[5]。”

[注释]

①朋赌：指分组赌射箭。②破：指中箭靶。③此起：这一发，这一箭。④“伯禽”一句：伯禽是周公的儿子，周公辅佐周成王处理国政，成王有罪时，周公就鞭打伯禽。⑤“刘参”一句：桓玄以为，刘参军滥引古书故事，用伯禽的事来作比不伦不类，所以说宜停止读书；周参军不明白这是捉弄自己，所以要勤学习。

[译文]

桓玄出外射箭，有一位刘参军和周参军正在分组赌射箭，快要成功了，只差射中一箭。刘参军对周参军说："你这一箭不中，我该鞭打你。"周参军说："哪能受你的鞭打？"刘参军说："伯禽那样显贵，还不免受到鞭打，何况你呢！"周参军没有不满的表情。桓玄对庾伯鸾说："刘参军应该停止读书，周参军还要用功学习。"

六十三

桓南郡与道曜讲《老子》，王侍中为主簿，在坐。桓曰："王主簿可顾名思义[①]。"王未答，且大笑。桓曰："王思道能作大家儿[②]笑。"

[注释]

①"王主"一句：王主簿指王桢之，小名思道，而《老子》以道为万物之本，王桢之名思道，所以桓玄说他可以顾名思义。②大家儿：士族豪门的子弟。

[译文]

南郡公桓玄和道曜都讲论《老子》，侍中王桢之任桓玄的主簿，也在座。桓玄说："王主簿看到自己的名字就会明白道的含义。"王桢之没有回答，只是放声大笑。桓玄说："王思道能发出豪门子弟的笑声。"

六十四

祖广行恒缩头。诣桓南郡，始下车，桓曰："天甚晴朗，祖参军如从屋漏[①]中来。"

[注释]

①屋漏：屋子里漏雨的地方。

[译文]

祖广走路经常缩着头。一次，他去拜访南郡公桓玄，刚一下车，桓玄就说："天气很晴朗，祖参军却像是从漏雨的房子里出来一样。"

六十五

桓玄素轻桓崖[①]。崖在京下有好桃，玄连就求之，遂不得佳者。玄与殷仲文书，以为嗤笑曰："德之休明，肃慎贡其楛(hù)矢[②]；如其不尔，篱壁间物[③]亦不可得也。"

［注释］

①桓崖：桓修，小名崖，是桓玄的堂兄弟。②休明：美善光明。肃慎：古代东北地区一少数民族名，以狩猎为生。周武王克商，肃慎前来进贡楛矢。楛矢：用楛木杆制成的箭。③篱壁间物：指家园所产的常见东西。

［译文］

桓玄一向轻视桓崖。桓崖在洛阳的家里有一棵良种桃，桓玄一直想要种子，终究没得到。桓玄给殷仲文写信，嘲笑自己说：“如果道德美善光明，连肃慎这样的边远民族都来进贡弓箭；如果不是这样，就连家园里自己出产的东西也是得不到的。”

视弓图

图中表现了一位官员正在检视弓箭的情景。

轻诋第二十六

一

王太尉问眉子[1]："汝叔名士，何以不相推重？"眉子曰："何有名士终日妄语！"

[注释]

①眉子：王玄，字眉子，是王衍的儿子。其叔父王澄，字平子，善于品评人物。

[译文]

太尉王衍问眉子："你叔父是名士，你为什么不推重他？"眉子说："哪有名士整天在胡说八道呢！"

二

庾元规语周伯仁："诸人皆以君方乐。"周曰："何乐？谓乐毅[1]邪？"庾曰："不尔，乐令[2]耳。"周曰："何乃刻画无盐，以唐突西子也[3]？"

越女西施

[注释]

①乐毅：战国时燕国人，燕昭王时任上将军，曾率五诸侯国之兵征伐齐国，大破齐军，被封为昌国君。②乐令：乐广，西晋人，官至太子舍人、尚书令。③"何乃"二句：指用丑妇来比美女，比拟不伦不类。无盐，指无盐女，传说中的丑女。西子，即西施，古代的美女。刻画，描摹。唐突，冒犯，亵渎。依《晋书》所记，乐广虽然名位重，门第却比较低微，而周伯仁德望素重，门第高贵，故轻视乐广。

[译文]

庾元规告诉周伯仁说："大家都拿你与乐氏相提并论。"周伯仁问道："是哪个乐氏？指的是乐毅吗？"庾元规说："不是的，是乐令啊。"周伯仁说："你怎么竟描摹无盐来亵渎西施呢？"

三

深公云："人谓庾元规名士，胸中柴棘[1]三斗许！"

[注释]

①柴棘：枯枝和荆棘，比喻有心计，城府很深。

[译文]

竺法深说："有人评论庾元规是名士，可他心里隐藏的柴棘就有三斗之多！"

四

庾公[①]权重，足倾王公。庾在石头，王在冶城坐[②]。大风扬尘，王以扇拂尘曰："元规尘污[③]人。"

[注释]

①庾公：庾亮，字元规，初任丞相参军，后得到晋元帝的重用。②冶城：冶城属于丹阳郡，王导在西晋末年曾任丹阳太守，疑其驻地为冶城。坐：驻扎。③污：污染，弄脏。

[译文]

庾元规权位很重，足以超过王导。庾元规在石头城，王导在冶城。一次，大风扬起了尘土，王导用扇子扇掉尘土说："元规的尘土污染别人。"

五

王右军少时甚涩讷[①]。在大将军许，王、庾二公后来，右军便起欲去。大将军留之，曰："尔家司空、元规，复可所难[②]？"

[注释]

①涩讷：说话迟钝，口吃。②司空：指王导，官至侍中、司空。可所难：同"何所难"。

[译文]

右军将军王羲之少年时说话迟钝。他在大将军王敦府上时，王导和庾元规后来到了，王羲之便起身要走。王敦挽留他，说："是你家的司空和元规，又有什么为难的呢？"

六

王丞相轻蔡公[①]，曰："我与安期、千里共游洛水边，何处闻有蔡充儿[②]！"

[注释]

①蔡公：蔡谟，字道明，是蔡充的儿子，在苏峻叛乱时，出任吴国内史，当时

王导已为显官。后迁五兵尚书、司徒。②“我与”三句：西晋时，王导、王承和阮瞻在洛阳为官，名气已经很响亮了。而蔡谟到东晋时代才出任官职。

[译文]

丞相王导轻视蔡谟，说：“我和安期、千里一起在洛水之滨游玩时，哪里听说有一个蔡充的儿子呢！”

七

褚太傅初渡江，尝入东①，至金昌亭②，吴中豪右③燕集亭中。褚公虽素有重名，于时造次④不相识别，敕左右多与茗汁，少著粽，汁尽辄益，使终不得食。褚公饮讫，徐举手⑤共语云：“褚季野⑥。”于是四坐惊散，无不狼狈。

[注释]

①东：对建康来说，吴郡、会稽在东面。②金昌亭：亭名，在苏州城西门附近。③豪右：豪门大族。④造次：匆忙。⑤举手：指拱手作揖。⑥褚季野：褚裒，字季野，很有名望，死后追赠太傅。

[译文]

太傅褚季野刚来到江南，曾经到吴郡去，到了金昌亭，吴地的豪族正在亭中举行聚会。褚季野一向名声很大，可是众人在匆忙中却没能认出他，聚会之人就吩咐手下人多给他茶水，少摆上蜜饯，茶喝完了就添上，让他始终吃不上食物。褚季野喝完茶，慢慢和大家作揖道：“我是褚季野。”满座的人惊慌地散开，个个都很狼狈。

八

王右军在南，丞相与书，每叹子侄不令，云：“虎豚、虎犊，还其所如①。”

[注释]

①“虎豚”句：虎豚是王彭之小名，其人官至黄门侍郎。虎犊是王彪之小名。王彪之是王彭之三弟，累迁至左光禄大夫。两人是王导的族人。这句用豚、犊比喻两人才质平庸。

[译文]

右军将军王羲之在南方，丞相王导给他写信，常常慨叹子侄辈才质平庸，说：“虎豚、虎犊，正像他们的名字一样平庸无能。”

九

褚太傅南下，孙长乐于船中视之。言次，及刘真长死，孙流涕，因讽咏曰："人之云亡，邦国殄瘁(tiǎn cuì)[1]。"褚大怒曰："真长平生，何尝相比数[2]，而卿今日作此面向人！"孙回泣向褚曰："卿当念我！"时咸笑其才而性鄙。

[注释]

①"人之"二句：语出《诗经·大雅·瞻卬》，大意是，贤德的人都亡故了，国家就要面临困境了。殄瘁，困苦。②比数：看重，重视。

[译文]

太傅褚季野要到南方去，长乐侯孙绰到船上去看望他。言谈之间，说到刘真长之死，孙绰流着眼泪，背诵道："人之云亡，邦国殄瘁。"褚季野很生气地说："真长平生何尝看重过你呢，而你今天拿出这副面孔来！"孙绰回头流着泪对褚季野说："你应当可怜我吧！"当时人都嘲笑他虽有才可品格鄙俗。

十

谢镇西书与殷扬州，为真长求会稽。殷答曰："真长标同伐异[1]，侠[2]之大者。常谓使君降阶[3]为甚，乃复为之驱驰[4]邪？"

[注释]

①标同伐异：党同伐异。②侠：通"狭"，狭隘，气量小。③使君：对州郡长官的尊称。降阶：降级，降低官位。阶，旧时官员的品级。④驱驰：奔走，效劳。

[译文]

镇西将军谢尚给扬州刺史殷浩写了一封信，推荐刘真长主管会稽郡。殷浩回信说："真长党同伐异，气量非常狭隘。我常说你降低身价同他交往就已经很过分了，怎么竟然还为他效劳呢？"

十一

桓公入洛，过淮、泗，践北境，与诸僚属登平乘楼[1]，眺瞩中原，慨然曰："遂使神州陆沉[2]，百年丘墟，王夷甫诸人不得不任其责[3]！"袁虎率尔对曰："运自有废兴，岂必诸人之过？"桓公懔然[4]作色，顾谓四坐曰："诸君颇闻刘景升[5]不？有大牛重千斤，啖刍(chú)豆十倍于常牛，负重致远，曾不若一羸牸。魏武入荆州，烹以飨（xiǎng）[⑥]士卒，于时莫不称快。”意以况袁。四坐既骇，袁亦失色。

[注释]

①平乘楼：指大船上的船楼。②陆沉：比喻因动乱而国土沦陷。③“王夷甫”一句：王衍，字夷甫，位至三公，喜好清谈。《晋书·王衍传》说，他“不以经国为念，而思自全之计”。后来被后赵石勒俘虏，最后被杀。④懔然：令人害怕的样子。⑤刘景升：刘表，字景升，曾任荆州牧，在曹操和袁绍的斗争中，想保持中立。后来曹操率军攻打他，未至，他就病死了。⑥飨：犒劳，赏赐。

[译文]

桓温出兵洛阳，经过淮水、泗水，踏上北方地区，和下属们登上船楼，遥望中原，感慨地说道：“使国土沦陷，百年来成为废墟，王夷甫等人负有重大责任！”袁虎轻率地回答说：“国家的命运本来有兴衰，一定是他们的过错吗？”桓温神色威严，对着在座的人说：“诸位都听说过刘景升这个人吧？他有一头大牛重达千斤，吃的草料是普通牛的十倍，可是拉起车来，简直连一头瘦弱的母牛都不如。魏武帝进入荆州后，杀了大牛来慰劳士兵，时人莫不叫好。”桓温本意是针对袁虎。满座的人都震惊了，袁虎也变了颜色。

水上行军图

此图表现了军队水上行船的情景。

十二

袁虎、伏滔同在桓公府[①]。桓公每游燕，辄命袁、伏。袁甚耻之，恒叹曰：“公之厚意，未足以荣国士[②]；与伏滔比肩[③]，亦何辱如之！”

[注释]

①“袁虎”句：袁宏，小名虎，任大司马桓温府中记室参军。伏滔，有才学，任桓温参军，深受赏识。②国士：国内的杰出人物。③比肩：并肩，相当。

[译文]

袁虎和伏滔同在桓温的大司马府中任职。桓温每逢游乐宴饮，就让他们陪同。袁虎对此感到非常羞耻，常常对桓温叹息说：“您的深厚情意，并没有使国士感到光荣；让我和伏滔相提并论，还有什么耻辱比得上这个呢！”

十三

高柔[①]在东，甚为谢仁祖所重。既出，不为王、刘所知。仁祖曰："近见高柔，大自敷奏[②]，然未有所得。"真长云："故不可在偏地居，轻在角觸(nuò)[③]中，为人作议论。"高柔闻之，云："我就伊[④]无所求。"人有向真长学此言者，真长曰："我实亦无可与伊者。"然游燕犹与诸人书："可要安固。"安固者，高柔也。

[注释]

①高柔：字世远，乐安县人，曾任司空参军、安固县令。乐安和安固县均在建康东部，所以说高柔在东。②敷奏：进言奏事。③角觸：角落。此处指偏僻荒蛮之地。④就伊：与人交往。

[译文]

高柔在东边时，深为谢仁祖所赏识。高柔来到建康以后，不被王濛、刘真长所认识。仁祖说："近来看见高柔所写的奏章，还是没有任何效果。"刘真长说："他本来就不该在偏僻角落里待着，不过是替别人做议论罢了。"高柔听说后，道："我与人交往并不图什么。"有人拿这句话向刘真长学舌，刘真长说："我实在也没什么给他的。"然而在游乐宴饮时给各位写信时，刘真长还是说道："可以邀请安固。"安固，就是高柔。

十四

刘尹、江虨、王叔虎、孙兴公同坐，江、王有相轻色。虨以手歙(shè)[①]叔虎云："酷吏！"词色甚强。刘尹顾谓："此是瞋邪？非特是丑言声，拙视瞻[②]。"

[注释]

①歙：同"摄"，捉持。②视瞻：指顾盼的眼神。

[译文]

丹阳尹刘惔与江虨、王叔虎、孙兴公坐在一起，江虨和王叔虎各有轻视的神色。江虨用手势威胁王叔虎说："酷吏！"声音强硬。刘惔回头对他说："你这是发脾气吗？不只是说话难听，眼神也很拙劣。"

十五

孙绰作《列仙·商丘子赞》[①]，曰："所牧何物？殆非真猪。傥遇风云，为我龙攄(shū)[②]。”时人多以为能。王蓝田语人云：“近见孙家儿作文，道何物真猪也[③]。”

[注释]

①“孙绰”一句：孙绰曾为《列仙传·商丘子》作评论。《列仙传》记述商丘子喜欢吹竽放猪，到老时依然无衰老迹象一事。②攄：飞腾。③“近见”句：其意讥讽孙绰的评论粗俗之极。

[译文]

孙绰作《列仙传·商丘子赞》，写道：“放牧者何物？未必是真猪。倘遇风云际会，会像龙一样飞去。”当时的人大都认为他有才能。蓝田侯王述对别人说：“近来看见孙家那小子写文章，说什么东西是真的猪呢。”

十六

桓公欲迁都，以张拓定之业[①]。孙长乐上表谏此议甚有理。桓见表心服，而忿其为异，令人致意孙云：“君何不寻《遂初赋》，而强知人家国事[②]！”

[注释]

①“桓公”二句：东晋穆帝永和十二年（356年），桓温任征讨大都督，率军北伐，攻入洛阳。桓温想趁机把京都由建康迁回洛阳，孙绰便上奏，加以劝阻。②“君何”句：孙绰年轻时在会稽隐居十余年，遂作《遂初赋》来表明自己的心意。家国事，国事。

[译文]

桓温想迁都洛阳，以求安邦立业。长乐侯孙绰上奏章谏阻，他说的很有道理。桓温看到奏章后也很佩服，可是恨他坚持异议，就叫人向孙绰致意说：“您为什么不重温《遂初赋》，而硬要去过问家国大事呢！”

十七

孙长乐兄弟[①]就谢公宿，言至款杂。刘夫人在壁后听之，具闻其语。谢公明日还，问：“昨客何似？”刘对曰：“亡兄[②]门，未有如此宾客。”谢深有愧色。

[注释]

①孙长乐兄弟：指孙绰和他哥哥孙统。②亡兄：指已死的刘真长，是谢安的大

舅哥。

[译文]

长乐侯孙绰兄弟到谢安那里借宿，言辞空洞而又杂乱。谢安妻子刘夫人在隔壁全听到了他们的谈话。第二天谢安回到内室，问刘夫人："昨天的客人怎么样？"刘夫人回答说："亡兄家里没有过这种客人。"谢安脸上深有愧色。

十八

简文与许玄度共语，许云："举君亲为难[1]。"简文便不复答，许去后而言曰："玄度故可不至于此。"

[注释]

①"举君"一句：君亲指君主和父母，这里指尽忠和尽孝。许玄度认为忠孝不能两全。

[译文]

简文帝和许玄度在一起谈话，许玄度说："选拔忠孝两全的人真是太困难了。"简文帝就不再回答，许玄度离开以后才说："玄度本来可以不发表这种议论。"

十九

谢万寿春败后还，书与王右军云："惭负宿顾[1]。"右军推书曰："此禹、汤之戒[2]。"

[注释]

①"惭负"句：晋穆帝升平三年（359年），谢万受命北伐，恃强傲物，不肯善待将士，最后大败而还。②禹、汤之戒：语出《左传·庄公十一年》："禹、汤罪己，其兴也悖焉。"即说每当帝王禹、汤谴责自己时，国家就兴旺。

[译文]

谢万在寿春失败后回来，给右军将军王羲之写信说："我很惭愧，辜负了你对我的眷顾。"王羲之推开信说："这是禹、汤一类人警诫的话。"

二十

蔡伯喈(jiē)[1]睹睐笛椽(chuán)，孙兴公听妓，振且摆折。王右军闻，大嗔曰："三祖寿乐器，虺(huǐ)瓦吊[2]孙家儿打折。"

[注释]

①蔡伯喈：蔡邕，字伯喈，东汉人。他避难到江南，住在客舍里，观察房上的竹椽子，认为是好竹，就用来做笛子，果然声音美妙。②虺瓦吊：疑是骂人的话。虺瓦指毒物和轻贱之物。

[译文]

蔡伯喈观察竹椽子而做成了一支竹笛，孙兴公听歌女演唱时，用（笛）击打拍子把它给折断了。右军将军王羲之听说，很生气地说："这是祖上三代留下来的乐器，为了这样的东西被孙家那小子打断了。"

风化绿林

郑玄学成回乡后，远近有上千人投到他的门下，拜他为师，听他讲学。

二十一

王中郎与林公绝不相得[1]。王谓林公诡辩，林公道王云："著腻颜帢（qià）[2]，绤（xì）布[3]单衣，挟《左传》，逐郑康成[4]车后。问是何物尘垢囊[5]！"

[注释]

①相得：合得来。②颜帢：魏时出现的一种帽子，前面横缝着，晋代以后，渐去掉横缝，就叫无颜帢。③绤布：粗葛布。④郑康成：郑玄，字康成，东汉时的经学大师。⑤尘垢囊：垃圾袋，用来比喻王坦之。

[译文]

北中郎将王坦之和支道林关系很不好。王坦之认为支道林善于诡辩，支道林批评王坦之说："戴着油腻的过时帽子，穿着老式的粗布单衣，夹着《左传》，跟在郑康成的车子后面跑。看看这是什么货色！"

二十二

孙长乐作王长史诔[1]，云："余与夫子，交非势利[2]；心犹澄水，同此玄味[3]。"王孝伯见曰："才士[4]不逊，亡祖[5]何至与此人周旋！"

[注释]

①诔：一种悼文。②"余与"二句：大意是，我和您并非势利之交。③"心犹"

二句：大意是，我们的心地清静，都爱好谈玄学。④才士：这里指孙绰。⑤亡祖：指王濛，王孝伯是王濛的孙子。

[译文]

长乐侯孙绰给司徒左长史王濛写诔文，说："余与夫子，交非势利；心犹澄水，同此玄味。"王孝伯看后说："这人毫不谦虚，亡祖哪至于跟这种人交往！"

二十三

谢太傅谓子侄曰："中郎[①]始是独有千载。"车骑曰："中郎衿抱[②]未虚，复那得独有！"

[注释]

①中郎：抚军从事中郎谢万，是谢安的弟弟。②衿抱：胸襟，抱负。

[译文]

太傅谢安对子侄们说："中郎千年中独领风骚。"车骑将军谢玄说："中郎胸怀不够，又何谈是独有呢！"

二十四

庾道季诧[①]谢公曰："裴郎[②]云：'谢安谓裴郎乃可不恶，何得为复饮酒？'裴郎又云：'谢安目支道林，如九方皋[③]之相马，略其玄黄，取其俊逸。'"谢公云："都无此二语，裴自为此辞耳。"庾意甚不以为好，因陈东亭《经酒垆下赋》。读毕，都不下赏裁，直云："君乃复作裴氏学！"于此《语林》遂废。今时有者，皆是先写，无复谢语。

[注释]

①诧：告诉。②裴郎：裴启，曾撰《语林》一书，搜集汉至魏晋的应对言语。③九方皋：相传为春秋时代善于相马的人。有一次，秦穆公叫他去寻找千里马，他说找到了一匹黄色公马，牵来一看，却是黑色母马。

[译文]

庾道季告诉谢安说："裴郎说：'谢安认为裴郎很不错，他怎么还要再喝酒呢？'裴郎又说：'谢安评论支道林如同九方皋相马一样，不去看马的毛色，只注意马的才能。'"谢安说："根本没有说过这种话，是裴启编造的呀。"庾道季心里很不以为然，便读了东亭侯王珣的《经酒垆下赋》。读完以后，谢安一点也不评论，只是说："你竟搞起裴氏之学了！"从此《语林》便废止了。现在流传下来的，都是原本的抄本，再无谢安的话了。

二十五

王北中郎不为林公所知，乃著论《沙门不得为高士[①]论》。大略云：“高士必在于纵心调畅。沙门[②]虽云俗外，反更束于教，非情性自得之谓也。”

［注释］

①高士：指隐士。②沙门：僧徒。

［译文］

北中郎将王坦之不被支道林所赏识，便著述《沙门不得为高士论》。大意是说：“隐士一定处在随心所欲，自得其乐。和尚虽然世外之人，反而受到宗教的束缚，他们的本性并非悠闲自得。”

二十六

人问顾长康：“何以不作洛生咏？”答曰：“何至作老婢声[①]！”

［注释］

①“何至”一句：洛生咏语音低沉粗重，而顾长康是南方人，语音清细，所以他轻视洛生咏。

［译文］

有人问顾长康：“为何不仿效洛生咏来吟诗呢？”顾长康回答说：“我哪至于去效仿老女仆的声音！”

二十七

殷觊、庾恒并是谢镇西外孙。殷少而率悟，庾每不推。尝俱诣谢公，谢公孰视殷，曰：“阿巢[①]故似镇西。”于是庾下声语曰：“定何似？”谢公续复云：“巢颊似镇西。”庾复云：“颊似，足作健[②]不？”

［注释］

①阿巢：殷觊的小名。②作健：成为强者。

［译文］

殷觊、庾恒都是镇西将军谢尚的外孙。殷觊从小就率直而有悟性，庾恒却瞧不起他。一次他们都去拜访谢安，谢安认真看了看殷觊，说：“阿巢原来像镇西。”于是，庾恒低声问道：“到底哪里像？”谢安接着又说：“他的脸蛋儿像镇西。”庾恒又问：“脸蛋儿像，就足以成为强者吗？”

二十八

旧目韩康伯：将肘①无风骨。

[注释]

①将肘：粗壮的胳膊肘。将，齐楚一带古语称大为将。

[译文]

过去人们评论韩康伯：胳膊肘粗壮，但没有什么风格气质。

二十九

苻宏①叛来归国，谢太傅每加接引。宏自以有才，多好上②人，坐上无折③之者。适王子猷来，太傅使共语。子猷直孰视良久，回语太傅云："亦复竟不异人。"宏大惭而退。

[注释]

①苻宏：前秦王苻坚的太子。晋孝武帝太元十年（385年），西燕王慕容冲攻入长安，苻宏投降晋朝。②上：凌驾，高出。③折：折服。

[译文]

苻宏归降晋国后，太傅谢安常常予以接见。苻宏自恃有才，经常喜欢占上风，座中无人能使他折服。恰好王子猷来了，谢安让他们一起交谈。王子猷只是打量了他好久，回头对谢安说："和别人并没有什么不同。"苻宏深为惭愧，便退出去了。

三十

支道林入东，见王子猷兄弟。还，人问："见诸王何如？"答曰："见一群白颈乌，但闻唤哑哑声①。"

[注释]

①"见一群"二句：王氏兄弟多穿白衣领服装，故讥为白颈乌。哑哑声，疑指讥笑

落日平林噪晚鸦

图中表现了落日下平林中群鸦晚归的情景。

作揖时所发出的声音。

［译文］

支道林到会稽去，见到了王子猷兄弟。回到京都，有人问："见到王氏兄弟怎么样？"支道林回答说："看见一群白脖子乌鸦，哑哑地乱叫唤。"

三十一

王中郎举许玄度为吏部郎，郗重熙[①]曰："相王[②]好事，不可使阿讷[③]在坐头。"

［注释］

①郗重熙：郗昙，字重熙，简文帝为抚军时，召为司马。②相王：指简文帝。③阿讷：许玄度的小名。此句暗示许玄度无法胜任这一职位。

［译文］

从事中郎王坦之推荐许玄度任吏部郎，郗重熙说："相王喜欢多事，不可让阿讷在座。"

三十二

王兴道谓谢望蔡[①]："霍霍如失鹰师[②]。"

［注释］

①谢望蔡：谢琰，因淝水之战破苻坚有功，封望蔡公。②霍霍：鸟飞的声音，此指来去匆匆的样子。鹰师：驯鹰的人。

［译文］

王兴道评论望蔡公谢琰说："来也匆匆，去也匆匆，像个丢了鹰的鹰师。"

三十三

桓南郡每见人不快，辄嗔云："君得哀家梨[①]，当复不烝[②]食不？"

［注释］

①哀家梨：传说秣陵哀仲家的梨，又大又好吃，入口就化。②烝：同"蒸"。这一句指愚蠢的人不辨味，得好梨也要蒸着吃。

［译文］

南郡公桓玄每当看见别人行事愚钝不爽快，就生气地说："您得到哀家的梨，该不会蒸着吃吧？"

假谲第二十七

一

魏武少时，尝与袁绍好为游侠[1]。观人新婚，因潜入主人园中，夜叫呼云："有偷儿贼！"青庐[2]中人皆出观，魏武乃入，抽刃劫新妇。与绍还(xuán)[3]出，失道，坠枳(zhǐ)[4]棘中，绍不能得动。复大叫云："偷儿在此！"绍遑迫自掷[5]出，遂以俱免。

[注释]

①游侠：扶危济困的人。②青庐：用青布做帐幕，设于门旁，叫作青庐，新婚夫妇在里面行交拜礼。③还：同"旋"，迅速。④枳：多刺的树。枳树和棘树都多刺。⑤遑迫：恐惧急迫。掷：腾跃。

[译文]

魏武帝曹操年轻时，曾经和袁绍喜欢干些游侠的勾当。他们看见人家结婚，乘机偷偷进入主人的园子里，到了半夜大喊："有小偷！"庐里面的人都跑出来察看，曹操便进去，拔出刀来抢劫新娘子。接着和袁绍迅速跑出来，中途迷了路，陷入了荆棘丛中，袁绍动不了。曹操又大喊："小偷在这里！"袁绍惊恐着急地跳了出来，两人终于得以逃脱。

二

魏武行役，失汲(jí)[1]道，三军皆渴。乃令曰："前有大梅林，饶子[2]，甘酸，可以解渴。"士卒闻之，口皆出水。乘此得及前源。

[注释]

①汲：取水。②饶子：果实很多。

[译文]

魏武帝曹操率军远行，找不到水源，全军将士都很口渴。曹操便传令说："前面有大片的梅树林子，梅子很多，味道甜酸可口，可以解渴。"士兵听了这番话，口水都流出来了。曹操利用这个办法得以赶到前面的水源。

三

魏武常言："人欲危己，己辄心动。"因语所亲小人曰："汝怀刃密来我侧，我必说心动。执汝使行刑，汝但勿言其使，无他①，当厚相报。"执者②信焉，不以为惧，遂斩之。此人至死不知也。左右以为实，谋逆者挫气③矣。

［注释］

①无他：没有别的。②执者：指被逮捕的人。③挫气：损伤了锐气。

［译文］

魏武帝曾说过："如果有人要加害我，我的心马上会跳起来。"授意他身边的侍从说："你揣着刀悄悄来到我身边，我一定说心跳。我派人逮捕你去行刑，你千万别说是我指使的，准没事儿，到时一定重重赏赐你。"那个侍从信以为真，不感到害怕，最后被杀了。这个人到死也不醒悟啊。手下的人认为这是真的，就连真正想谋反的人也丧气了。

四

魏武常云："我眠中不可妄近，近便斫(zhuó)①人，亦不自觉。左右宜深慎此。"后阳②眠，所幸一人窃以被覆之，因便斫杀。自尔每眠，左右莫敢近者。

［注释］

①斫：砍。②阳：通"佯"，假装。

［译文］

魏武帝曹操曾说："我睡觉时不要随便靠近我，否则我就会杀人，我自己也不知道。你们还是小心点。"有一天，曹操假装睡熟了，有个亲信偷偷地拿条被子给他盖上，曹操趁机杀死了他。从此以后，曹操每次睡觉的时候，身边的人没有谁敢靠近他。

五

袁绍年少时，曾遣人夜以剑掷魏武，少下，不著。魏武揆(kuí)①之，其后来必高，因帖卧床上。剑至果高。

［注释］

①揆：揣测，测度。

[译文]

袁绍年轻时候，曾经派人在夜里投剑刺杀曹操，剑投得稍微偏低了一些，没有刺中。曹操揣测了一下，认为第二次投来的剑一定偏高，就紧贴床躺着。剑投来果然偏高了。

六

王大将军既为逆，顿军姑孰[①]。晋明帝以英武之才，犹相猜惮[②]，乃著戎服，骑巴賨(cóng)马[③]；赍(jī)[④]一金马鞭，阴察军形势。未至十余里，有一客姥(mǔ)[⑤]，居店卖食，帝过愒(qì)[⑥]之，谓姥曰："王敦举兵图逆，猜害忠良，朝廷骇惧，社稷是忧，故劬(qú)劳[⑦]晨夕，用相觇(chān)察。恐形迹危露，或致狼狈。追迫之日，姥其匿之。"便与客姥马鞭而去，行敦营匝[⑧]而出。军士觉，曰："此非常人也！"敦卧心动，曰："此必黄须鲜卑奴[⑨]来！"命骑追之，已觉多许里。追士因问向姥："不见一黄须人骑马度此邪？"姥曰："去已久矣，不可复及。"于是骑人息意而反。

[注释]

①"王大将军"二句：晋明帝太宁元年（323年），大将军王敦任扬州牧，镇守姑孰（今安徽当涂县）。晋明帝事先知王敦将反，便暗中去察看王敦营垒。②猜惮：疑惧。③巴賨马：巴州賨人所进贡的马。賨人是秦汉时居住在四川、湖南一带的少数民族。④赍：携带。⑤客姥：客居此乡的老妇人。⑥愒：同"憩"，休息。⑦劬劳：劳苦。⑧匝：一周；一圈。⑨鲜卑奴：对晋明帝的蔑称。晋明帝母亲是北燕胡人，而明帝黄须，很像外族人。

跃马驰骋

图中表现了古人骑马奔驰的情景。

[译文]

大将军王敦发动叛乱之后，在姑孰驻军。晋明帝虽有英武之才，还是忌惮他，于是换上军装，骑着良马，拿着马鞭，去暗中察看王敦军队。离王敦的军营还差十多里，有一外乡老妇在店里卖小吃，晋明帝经过那里停下来休息，对她说："王敦起兵谋反，并且残害忠良，朝廷惊恐，我担心国事，所以不顾劳苦，来侦察王敦的行动。我的行迹恐怕已经败露，也许处境会危险。在被追击时，希望您为我隐瞒一下。”于是把马鞭送给这位外乡老妇就离开，沿着王敦的营区走了一圈就出来了。王敦的士兵发现了，说：“这不是普通人啊！”王敦躺在床上，忽然心跳，说：“这一定是黄须儿来了！”下令骑兵去追赶，已经相距很远了。追击的士兵就问那位老妇人：“有看见一个黄胡子的人骑马打这里经过吗？”老妇说：“已经走了很久，再也难以追上了。”于是骑兵就此打消了追赶的念头。

七

王右军年减十岁时[①]，大将军甚爱之，恒置帐中眠。大将军尝先出，右军犹未起。须臾钱凤入，屏人[②]论事，都忘右军在帐中，便言逆节之谋。右军觉，既闻所论，知无活理，乃剔吐[③]污头面被褥，诈孰眠。敦论事造半，方忆右军未起，相与大惊曰：“不得不除之。”及开帐，乃见吐唾从横[④]，信其实孰眠，于是得全。于时称其有智。

[注释]

①“王右军”句：王敦是王羲之的堂伯父。《晋书·王允之传》认为事属王允之。允之也是王敦的侄儿。减，少于。②钱凤：字世仪，任王敦的参军，是王敦的谋士。屏人：让别人避开。③剔吐：用指头抠出口水。④从横：即纵横，此指到处流淌。

[译文]

右军将军王羲之不满十岁时，大将军王敦很喜爱他，常让他在自己的床帐中睡觉。有一次王敦先起来，王羲之还留在床上。一会儿钱凤进来，王敦屏退所有的人，秘商大事，全忘了羲之还在床上，他和钱凤制定叛乱的计划。王羲之醒来，听到了他们的谈论，就知道此命将不保了，于是抠出口水，把身上和被褥都弄脏了，假装睡得很熟。事情还没商量完，王敦这才想起王羲之还在床上，十分惊慌，说：“只好把他杀了。”等到掀开帐子，才看见他口水流得满床都是，相信他真的睡着了，王羲之这才保住了小命。当时人们都称赞他有智谋。

八

陶公自上流来，赴苏峻之难，令诛庾公，谓必戮庾，可以谢峻[①]。庾欲奔窜，则不可；欲会，恐见执，进退无计。温公劝庾诣陶，曰：“卿但遥拜，必无它，我为卿保之。”庾从温言诣陶，至便拜。陶自起止之，曰：“庾元规何缘拜陶士衡？”毕，又降就下坐；陶又自要起同坐。坐走，庾乃引咎[②]责躬，深相逊谢，陶不觉释然。

[注释]

①“陶公”句：晋成帝咸和二年（327年），庾亮参辅朝政。苏峻起兵造反，庾亮逃到寻阳。当时陶侃（字士衡）起兵东下讨伐苏峻，行军到了寻阳，大家认为他要杀掉庾亮。

[译文]

陶侃从荆州赶来平定苏峻的叛乱，下令惩办庾亮，认为只有杀掉庾亮，才能让苏峻退兵。庾亮想逃也不行；想见陶侃又怕被逮，陷入进退两难的境地。温峤劝庾亮去会见陶侃，说：“你只要远远向他行礼，一定没事儿，我担保。”庾亮采纳了温峤的意见，一见面就朝陶侃行了个大礼。陶侃亲自拦住他，说：“庾元规为什么要拜我陶士衡？”庾亮行完礼，又坐在下座上；陶侃又起身邀他同坐。坐好了，庾亮勇于承担罪过，狠狠地自责了一顿，表示谢罪，陶侃不知不觉心平气和了。

九

温公丧妇。从姑刘氏，家值乱离散，唯有一女，甚有姿慧[①]，姑以属公觅婚。公密有自婚意，答云：“佳婿难得，但如峤比云何？”姑云：“丧败之余[②]，乞粗存活，便足慰吾余年，何敢希汝比。”却后少日，公报姑云：“已觅得婚处，门地粗可，婿身名宦，尽不减峤。”因下玉镜台[③]一枚。姑大喜。既婚，交礼，女以手披纱扇[④]，抚掌大笑曰：“我固疑是老奴，果如所卜。”玉镜台，是公为刘越石长史北征刘聪[⑤]所得。

[注释]

①有姿慧：漂亮、聪明。②丧败之余：幸存者。③玉镜台：玉制镜座，用以承托圆形的铜镜。④纱扇：新娘用来遮脸的用具，疑是盖头一类。⑤刘聪：十六国时期汉国国君，匈奴族。

[译文]

温峤死了妻子。堂姑母刘氏一家，因为战乱家人都离散了，只有一个女儿跟着，既漂亮又聪明，堂姑母托温峤物色个女婿。温峤私下里想娶她，就回答说：“称心如意的恐怕不好找，和我一样的行不行？”姑母说：“战乱活下来已经不容易了，能够保住命，就足以度过我的晚年，哪敢跟你比呢。”几天后，温峤对姑母说：“已经找到一户人家，门第还可以，女婿名声、地位全都和我差不多。”于是送上一枚玉镜台做聘礼。姑母很高兴。新婚的时候，行了礼以后，新娘用手拨开纱扇，拍手大笑说：“我本来就怀疑是你这个老家伙，果然不出所料。”玉镜台是温峤做刘越石的长史北伐刘聪时得到的。

十

诸葛令女，庾氏妇，既寡，誓云不复重出①。此女性甚正强，无有登车②理。恢既许江思玄③婚，乃移家近之。初，诳女云：“宜徙于是。”家人一时去，独留女在后。比其觉，已不复得出。江郎莫④来，女哭詈(lì)⑤弥甚，积日渐歇。江虨暝入宿，恒在对床上。后观其意转帖，虨乃诈厌⑥，良久不悟，声气转急。女乃呼婢云：“唤江郎觉！”江于是跃来就之，曰：“我自是天下男子，厌，何预卿事而见唤邪？既尔相关，不得不与人语。”女默然而惭，情义遂笃。

[注释]

①“诸葛”四句：诸葛恢大女儿为庾氏妇。②登车：指女人出嫁时坐的车子。③江思玄：江虨，字思玄。④莫：同“暮”。⑤哭詈：哭骂。⑥厌：同“魇”，做噩梦。

[译文]

尚书令诸葛恢的女儿是庾氏的媳妇，守寡后，发誓不再嫁人。这个女儿本性刚强，没有改嫁的想法。诸葛恢答应了江思玄的求婚后，就把家搬到江思玄家附近。起初他骗女儿说：“搬到这里好。”后来家人都走了，只留下女儿一个人。等她醒悟过来，再也出不去了。江思玄晚上进来，她哭骂得越发厉害，好几天后才渐渐平静下来。江思玄天黑时来住宿，总是睡在对面床上。后来看她的心情平静了，江思玄就假装做噩梦，好久也没醒来，呼吸越来越急促。她招呼侍女说：“叫醒江郎！”江思玄于是跳起来到她床上去，说：“我堂堂男子，做噩梦和你有何关系，为什么叫醒我？既然这样关心我，就必须和我说话。”她默不作声，非常羞愧，从此以后，两人的感情才好起来。

如来驾临

图中表现了如来驾临竹林精舍的情景。

十一

愍(mǐn)度道人始欲过江，与一伧道人①为侣。谋曰：“用旧义②往江东，恐不办得食。”便共立心无义③。既而此道人不成渡，愍度果讲义积年。后有伧人来，先道人寄语云："为我致意愍度，无义那可立！治此计，权救饥尔，无为遂负如来也！"

［注释］

①伧道人：指中原和尚。当时吴人鄙薄中原人为伧。②旧义：佛家原来的教义。③心无义：佛教的一种教义。

［译文］

愍度和尚想到江南，邀请一个中原和尚做伴。两人商量说："如果再到南方宣讲以前的教义，恐怕连饭也吃不上。"二人就一同创立"心无义"学说。事后，这个中原和尚没有去，愍度和尚果然宣讲了这个学说很多年。后来有个中原人过江来，原来那个和尚请他传话道："替我向愍度问候一下，'心无义'之说哪能成立呢！当初的这个设想，只是利用它来讨口饭吃，还是不要违背我佛如来吧！"

十二

王文度弟阿智，恶乃不翅[①]，当年长而无人与婚。孙兴公有一女，亦僻错[②]，又无嫁娶理；因诣文度，求见阿智。既见，便阳言："此定可，殊不如人所传，那得至今未有婚处！我有一女，乃不恶，但吾寒士，不宜与卿计，欲令阿智娶之。"文度欣然而启蓝田云："兴公向来，忽言欲与阿智婚。"蓝田惊喜。既成婚，女之顽嚚(yín)[③]，欲过阿智。方知兴公之诈。

［注释］

①不翅：不止，不仅。②僻错：怪僻、不近情理。③顽嚚：愚顽不化。

［译文］

王文度的弟弟阿智，简直是坏透了，年龄大了还是没人愿意和他结亲。孙兴公有个女儿，性情也很怪僻，至今也没人敢娶；他去拜访文度，要会会阿智。见面后，孙兴公便假意说："挺合意的，不像所传说的那样，哪能到现在还没成家呢！我有一小女，还不丑，不过我乃贫寒之士，没法跟你比，我想让她嫁给阿智。"文度听后很高兴，告诉父亲蓝田侯王述说："兴公刚才来了，忽然提出来要把女儿嫁给阿智。"王述又惊又喜。结婚以后，女方的顽劣，几乎超过阿智了。这才知道让孙兴公给骗了。

十三

范玄平[①]为人，好用智数[②]，而有时以多数失会[③]。尝失官居东阳，桓大司马在南州[4]，故往投之。桓时方欲招起屈滞[5]，以倾朝廷。且玄平在京，素亦有誉，桓谓远来投己，喜跃非常。比入至庭，倾身[6]引望，语笑欢甚。顾谓袁虎曰："范公且可作太常卿。"范裁坐，桓便谢其远来意。范虽实投桓，而恐以趋时损名，乃曰："虽怀朝宗[7]，会有亡儿瘗（yì）[8]在此，故来省视。"桓怅然失望，向之虚伫（zhù）[9]，一时都尽。

[注释]

①范玄平：名汪，晋爵武兴县侯，曾任东阳太守、徐兖二州刺史。②智数：智谋，权术。③会：良机。④南州：指姑孰。桓温曾兼任扬州牧，镇守姑孰。⑤屈滞：指被委屈、埋没的人才。⑥倾身：侧身，有仰慕之意。⑦朝宗：谒见长官。⑧瘗：埋葬。⑨虚伫：虚心等待。

[译文]

范玄平为人处世爱用心计，但有时算计太多而坐失良机。他曾经丢掉官职，住在东阳郡，此时大司马桓温在姑孰，范玄平便想前去投奔他。桓温当时正想网罗一批不得志的人才，以与朝廷相抗衡。再说范玄平在京都时，也很有声誉，桓温认为他是从远道来投奔自己，非常欢喜。等范汪才进入院里，桓温便侧身伸长脖子远望，两人聊得非常投机。桓温回头对袁虎说："范公暂且可以任太常卿。"范玄平刚刚坐下，桓温就感谢他的好意。范玄平虽想投奔桓温，可是又怕损害名声，便说："我虽然有心拜见长官，正巧我有个儿子葬在这里，特意前来看望一下。"桓温听了，大失所望，刚才那种心情，顷刻之间全都没有了。

十四

谢遏[1]年少时，好著紫罗香囊，垂覆手[2]。太傅患之，而不欲伤其意。乃谲与赌，得即烧之。

[注释]

①谢遏：遏，谢玄的小名。②"好著"二句：香囊，香袋，里面放些香料。晋代的男子有带香囊的风尚。

[译文]

谢遏年轻时，喜欢佩带紫罗香囊，挂着手巾。太傅谢安为此很担忧，又不想伤他的自尊。于是假装和他打赌，赢过来就马上烧掉了。

黜免第二十八

一

诸葛厷(gōng)在西朝，少有清誉，为王夷甫所重，时论亦以拟王。后为继母族党[①]所谗，诬之为狂逆[②]。将远徙，友人王夷甫之徒，诣槛车[③]与别，厷问："朝廷何以徙我？"王曰："言卿狂逆。"厷曰："逆则应杀，狂何所徙！"

[注释]

①族党：同族亲属。②狂逆：狂放而且叛逆。③槛车：囚车。

[译文]

诸葛厷在西晋时，年纪很轻就享有清誉，为王夷甫所推重，当时的舆论也把他和王夷甫相比。后来诸葛厷被他继母的亲族陷害，诬蔑他是狂放之徒。他将要被流放到边远地区，朋友王夷甫等人到囚车前和他告别，诸葛厷问："朝廷为什么流放我？"王夷甫说："说你狂放、叛逆。"诸葛厷说："叛逆应当杀头，狂放又何必要流放呢！"

孝德升闻

图中表现了舜的父母、兄弟商量着要杀害舜，但舜仍一心孝敬父母，乃致感动天地的故事。

二

桓公入蜀[①]，至三峡中，部伍中有得猿子者，其母缘岸哀号，行百余里不去，遂跳上船，至便即绝。破视其腹中，肠皆寸寸断。公闻之，怒，命黜其人。

[注释]

①桓公入蜀：晋穆帝永和二年（346 年），桓温开始攻打西蜀，第二年便灭掉了蜀。

[译文]

桓温进军蜀地，走到三峡时，部队里有人捕到一只小猿，母猿沿着江岸悲哀地哭号，一直跟着走了百多里也不肯离开，最后跳上船，立马气绝身亡了。剖开母猿的肚子看，肠子都一寸一寸地断开了。桓温听说后大怒，下令革除了那个人的职务。

三

殷中军被废，在信安，终日恒书空作字①。扬州吏民寻义逐之，窃视，唯作“咄咄怪事②”四字而已。

[注释]

①“殷中军”句：晋穆帝永和九年（353年），殷浩以中军将军受命北伐，结果大败而回，被桓温奏请废为庶人，于是迁到东阳郡信安县。②咄咄怪事：令人惊奇的事情。

[译文]

中军将军殷浩罢官以后，住在信安县，整天都向着空中写字。扬州的官吏和百姓沿着他的笔迹跟着写，并暗中察看，仅“咄咄怪事”四字而已。

四

桓公坐有参军椅(jī)烝薤(xiè)①，不时解，共食者又不助，而椅终不放，举坐皆笑。桓公曰：“同盘尚不相助，况复危难乎！”敕令免官。

[注释]

①椅：通“掎”，筷子夹住。烝：同“蒸”。薤：薤，也叫藠头。

[译文]

桓温宴席上有个参军用筷子夹烝薤，夹了很久也没夹起来，同桌中人又不帮助他，他还夹个不停，满座的人哗然而笑。桓温说：“同在一起用餐，尚且不能互相帮助，更何况在危难之间呢！”便下令罢了他们的官。

五

殷中军废后，恨简文曰：“上人著百尺楼上，儋(dān)梯将去。”①

[注释]

①“殷中军”句：殷浩兵败，桓温上表请求罢免他。当时简文帝以抚军录尚书事，辅助朝政，同意罢免殷浩。儋，同“担”，扛着。

［译文］

中军将军殷浩被罢官以后，怨恨简文帝道：“把人送到百尺高楼上，却拿起梯子走人了。”

六

邓竟陵免官后赴山陵，过见大司马桓公①，公问之曰：“卿何以更瘦？”邓曰：“有愧于叔达，不能不恨于破甑②。”

［注释］

①“邓竟陵”二句：邓遐，字应远，曾任桓温参军，升至竟陵郡太守，跟随桓温进行征伐，桓温战败后，被罢官。②“有愧”二句：指在叔达面前很惭愧，对罢官一事感到很遗憾。孟敏，字叔达，敦厚正直，有一次到市场买甑（做饭用的陶器），被人失手打破了，他连看也不看就走了。人们十分欣赏他这种涵养和风度。

［译文］

竟陵太守邓遐罢官后去参加皇帝的葬礼时，拜见了大司马桓温，桓温问道：“你怎么更加消瘦了？”邓遐说：“我有愧于叔达，因打破饭甑而感到遗憾。”

七

桓宣武既废太宰父子①，仍上表曰：“应割近情，以存远计。若除太宰父子，可无后忧。”简文手答表曰：“所不忍言，况过于言。”宣武又重表，辞转苦切。简文更答曰：“若晋室灵长②，明公③便宜奉行此诏；如大运去矣，请避贤路④。”桓公读诏，手战流汗，于此乃止。太宰父子远徙新安。

［注释］

①太宰父子：指司马晞和他的儿子司马综。司马晞，字道升，晋元帝第四子，简文帝之兄，初封武陵王，后升任太宰。简文帝即位后，桓温污蔑他将谋反，上奏章请求逮捕司马晞父子，后来再次想加以陷害，未得，最后把他们流放到扬州新安郡。②灵长：绵延长久。③明公：对地位尊贵者的敬称。④贤路：给贤德之人提供做官的机会。简文帝这话暗指自己让位给桓温，所以桓温看后不免流汗。

［译文］

桓温罢免了太宰司马晞父子后，仍旧上表说：“应该割断私情，以求长远大计。请除去太宰父子，以免除后患。”简文帝亲手批示说：“我本来就不忍心这样，何况所做的有点太过分了。”桓温再次上表，言辞更为迫切。简文帝重新批示说：“如果晋室的国运久长，请您奉行诏令；如果晋室国运已失，请允许我让开进贤之路吧。”桓温读着诏书，手发抖、直流汗，这才停止上奏。太宰父子被流放到新安郡。

八

桓玄败后，殷仲文还为大司马咨议，意似二三，非复往日①。大司马府厅前有一老槐，甚扶疏②。殷因月朔③，与众在听，视槐良久，叹曰：“槐树婆娑，无复生意！”

[注释]

①“桓玄”四句：晋安帝元兴元年（402年），桓玄起兵反叛，攻入建康，第二年称帝。后来刘裕起兵讨伐，桓玄败逃。殷仲文是桓玄姊夫，投奔桓玄，任侍中，后随桓玄出逃，最后回到京都。二三，三心二意，不专一。②扶疏：枝叶四周散开的样子。③月朔：阴历每月初一。

[译文]

桓玄失败以后，殷仲文回京后任大司马咨议，心猿意马，不再是以前那样了。大司马府厅前有一棵老槐树，枝叶向周围四散开。月初集会，殷仲文和众人同在官府厅堂上，他对着槐树看了很久，叹息说：“槐树枝叶散乱，再没有先前的生机了！”

九

殷仲文既素有名望，自谓必当阿衡朝政①。忽作东阳太守，意甚不平②。及之郡，至富阳，慨然叹曰：“看此山川形势，当复出一孙伯符③。”

[注释]

①阿衡朝政：主持朝政。阿衡，这里指辅佐。②“忽作”二句：殷仲文回归朝廷后，开始任大司马咨议，后调离京都，出任扬州东阳郡太守，意甚不平。③孙伯符：孙策，字伯符，东汉末吴郡富春（晋代改称富阳）县人，曾任会稽太守，平定江东，为其弟孙权创立吴国奠定了基础。

[译文]

殷仲文向来很有名望，自认为必能主持国政。忽然调任东阳太守，心里愤愤不平。当到郡上任，经过富阳时，殷仲文感慨地叹息说：“看看这里的山川形势，必定会再出一个孙伯符的。”

俭啬第二十九

一

和峤性至俭，家有好李，王武子[①]求之，与不过数十。王武子因其上直[②]，率将少年能食之者，持斧诣园，饱共啖毕，伐之，送一车枝与和公。问曰："何如君李？"和既得，唯笑而已。

[注释]

①王武子：王济，字武子，是和峤的妻舅，当时名望很大。②上直：当值，值班。

[译文]

和峤本性非常吝啬，家中有一棵味道很好的李子树，王武子问他要，和峤只给了他几十个。王武子趁他去值班的时候，带着一班很能吃的小伙子，拿着斧子到果园里去，一顿饱餐以后，把李树砍掉了，给和峤送去一车李子树枝。问道："比你家的李树怎样？"和峤收下了，只是一笑了之。

砍伐图

图中表现了古人正在砍伐树木的情景。

二

王戎俭吝，其从子[①]婚，与一单衣，后更责[②]之。

[注释]

①从子：侄子。②责：索取，要回。

[译文]

王戎很吝啬，他的侄儿结婚，只送了一件单衣，过后又把它给要回去了。

三

司徒王戎，既贵且富，区宅、僮牧、膏田、水碓(duì)[①]之属，洛下无比。契疏鞅掌②，每与夫人烛下散筹③算计。

［注释］

①区宅：房屋。僮牧：奴仆，仆役。膏田：肥沃的田地。水碓：用来舂米的水磨。②契疏：契约、账簿。鞅掌：很多的样子。③筹：筹码，计数的工具。

［译文］

司徒王戎很富贵，有房屋、仆役、良田、水碓之类，洛阳城里无人能与他相比。契约账簿很多，他常常和妻子在灯光下摆开筹码来计算财物。

四

王戎有好李①，卖之，恐人得其种，恒②钻其核。

［注释］

①好李：优良的李子。②恒：总是，经常。

［译文］

王戎家有良种李子，卖李子时，怕别人留下种子栽植，总是先把李子核钻破再卖掉。

五

王戎女适①裴颀，贷钱②数万。女归，戎色不说，女遽③还钱，乃释然。

［注释］

①适：嫁。②贷钱：借钱。③遽：立即，马上。

［译文］

裴颀在迎娶王戎的女儿时，曾跟王戎借了几万钱。女儿回到娘家，王戎的脸色就很不高兴，女儿赶快还给他钱，王戎这才心平气和了。

六

卫江州①在寻阳，有知旧②人投之，都不料理③，唯饷王不留行④一斤。此人得饷，便命驾。李弘范闻之，曰："家舅刻薄，乃复驱使草木。"

［注释］

①卫江州：卫展，字道舒，西晋末任鹰扬将军、江州刺史。江州官署所在地是寻阳。②知旧：老朋友。③料理：照顾，搭理。④王不留行：药草名，一名剪金花。用在此处，暗示不留人。

[译文]

江州刺史卫展在寻阳时，有老朋友投奔他，他一概不理，只送一斤草药王不留行。这人拿到礼物，起身就走了。李弘范听到这件事，说：“我舅父太刻薄了，竟然驱使草木来下逐客令。”

七

王丞相俭节，帐下①甘果盈溢不散。涉春烂败，都督②白之，公令舍去，曰：“慎不可令大郎③知！”

[注释]

①帐下：幕府。②都督：官名，是军事长官，等于卫队长。③大郎：父称长子为大郎，这里指王悦。

[译文]

丞相王导本性节俭，幕府内美味果子堆得满地都是。到了春天，果子就腐烂了，卫队长报告王导，王导叫他扔掉，嘱咐说：“万万不要让大郎知道！”

蔬果争奇

图中表现了各种蔬果生气勃勃的样子。

八

苏峻之乱，庾太尉南奔见陶公，陶公雅相赏重①。陶性俭吝，及食，啖薤(xiè)，庾因留白。陶问：“用此何为？”庾云：“故可种。”于是大叹庾非唯风流，兼有治实②。

[注释]

①赏重：赞赏、看重。②治实：治理的实际才能。

[译文]

苏峻叛乱时，太尉庾亮逃到南方去见陶侃，陶侃很赏识他。陶侃本性吝啬，吃饭的时候，给他吃薤头，庾亮把薤白留下了。陶侃问他：“这样做是什么意思？”庾亮说：“还可以种。”于是陶侃叹服庾亮不仅风雅，同时有治理的才能。

九

郗公大聚敛[①]，有钱数千万，嘉宾[②]意甚不同。常朝旦问讯，郗家法，子弟不坐，因倚语移时[③]，遂及财货事。郗公曰："汝正当欲得吾钱耳！"乃开库一日，令任意用。郗公始正谓损数百万许，嘉宾遂一日乞与亲友，周旋[④]略尽。郗公闻之，惊怪不能已已。

［注释］

①聚敛：指大肆搜刮。②嘉宾：郗超，字嘉宾，是郗愔的儿子，好施舍交游。③移时：过了很久。④周旋：指有交往的人。

［译文］

郗愔大肆搜刮的财物，有好几千万钱，郗嘉宾却不以为然。一天早上，嘉宾过来请安，按郗家的规矩，子弟不能坐着，嘉宾便靠着谈了好长时间，最后谈到钱财一事。郗愔说："你只是想打我钱的主意罢了！"于是打开钱库一天，让他随意拿。郗愔原先寻思不过损失几百万，没想到嘉宾竟然在一天内挥霍殆尽，几乎全送给了亲友们。郗愔听说了，惊讶得说不出话来。

汰侈第三十

一

石崇[①]每要客燕集，常令美人行酒，客饮酒不尽者，使黄门交[②]斩美人。王丞相与大将军尝共诣崇，丞相素不能饮，辄自勉强，至于沉醉。每至大将军，固不饮，以观其变。已斩三人，颜色如故，尚不肯饮。丞相让之，大将军曰："自杀伊家人，何预卿事！"

[注释]

①石崇：字季伦，晋代人，曾任荆州刺史，常因掠夺远使、客商而致富。②黄门：奴仆。交：接连，交替。

[译文]

石崇每次请客宴会，常常让美人劝酒，如果哪位客人喝得不尽兴，就让家奴接连杀掉劝酒的美人。丞相王导和大将军王敦曾经一同到石崇家做客，王导一向很少喝酒，这时总是强迫自己喝，直到酩酊大醉。轮到王敦时，他故意不喝，来观察将要发生什么变化。石崇已连杀了三个美人，王敦神色不变，还是不肯喝酒。王导责备他，王敦说："他杀他家里的人，关你什么事！"

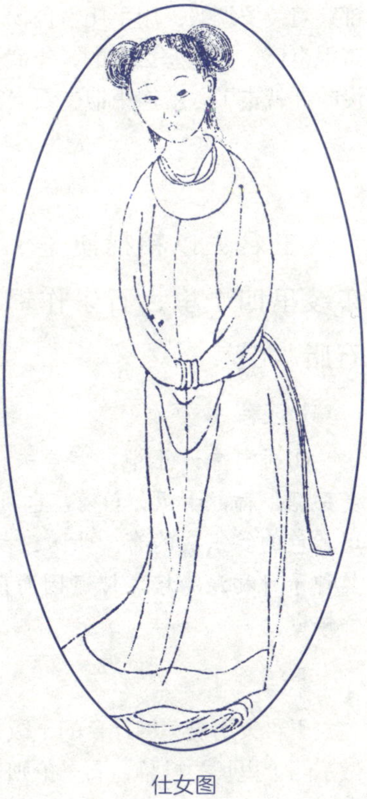

仕女图

二

石崇厕，常有十余婢侍列[①]，皆丽服藻饰[②]；置甲煎粉、沉香汁[③]之属，无不毕备。又与新衣著令出，客多羞不能如厕。王大将军往，脱故衣，著新衣，神色傲然。群婢相谓曰："此客必能作贼！"

[注释]

①侍列：在各自的位置上侍候。②藻饰：修饰，打扮。③甲煎粉：一种香粉。沉香汁：沉香木制成的香水。

［译文］

石崇家的厕所，经常有十多个婢女罗列侍候，她们身着华服，刻意打扮；（厕所）里放上甲煎粉、沉香汁一类物品，应有尽有。又有新衣，以备如厕后换穿。客人大多害羞，不愿上厕所。大将军王敦上厕所时，脱掉旧衣，穿上新衣，神色傲慢无礼。婢女们互相评论说："这个客人一定会作乱！"

三

武帝尝降①王武子家，武子供馔，并用琉璃器。婢子百余人，皆绫罗绔䙰(luò)，以手擎②饮食。烝豚肥美，异于常味。帝怪而问之，答曰："以人乳饮豚。"帝甚不平，食未毕，便去。王、石③所未知作。

［注释］

①降：临幸，指皇帝到某处去。②：女人穿的上衣。擎：托着。③王、石：指王恺、石崇。

［译文］

晋武帝曾经驾临王武子家里，武子设宴侍奉，用的全是琉璃器皿。婢女一百多人，都穿着绫罗绸缎，用手托着食物。蒸的一头小猪又肥嫩又鲜美，不同于一般的味道。武帝很奇怪，问他怎么做的，王武子回答说："这是用人乳喂的小猪。"武帝很不满意，还没吃完就走了。就连王恺、石崇家也不会做。

四

王君夫以粭糒(yí bèi)澳釜①，石季伦用蜡烛作炊。君夫作紫丝布步障②碧绫里四十里，石崇作锦步障五十里以敌之。石以椒③为泥，王以赤石脂④泥壁。

［注释］

①王君夫：王恺，字君夫，是晋武帝司马炎的舅父。粭糒澳釜：粭，同"饴"，麦芽糖。糒，干饭。粭糒，也可能是饴糒，即糕饼。澳，擦洗。釜，锅。②紫丝布：用紫色的丝织成的布。步障：古代显贵出行时设在道旁两侧的幕布。③椒：指花椒，其种子可和泥涂墙，墙壁因而散发出一种香气。④赤石脂：一种风化石，可用来涂饰墙壁。

［译文］

王君夫用麦芽糖拌合的干饭来刷锅，石季伦用蜡烛当柴火来烧饭。王君夫用紫丝布做了四十里长的帷幕，石季伦则用锦做成一个长达五十里的步障来和他匹敌。石季伦用花椒和泥涂墙，王君夫则用赤石脂来刷墙。

五

石崇为客作豆粥，咄嗟[①]便办；恒冬天得韭蓱(píng)虀(jī)[②]。又牛形状气力不胜王恺牛，而与恺出游，极晚发，争入洛城，崇牛数十步后，迅若飞禽，恺牛绝[③]走不能及。每以此三事为扼腕，乃密货[④]崇帐下都督及御车人，问所以。都督曰："豆至难煮，唯豫作熟末[⑤]，客至，作白粥以投之。韭蓱虀是捣韭根，杂以麦苗尔。"复问驭人牛所以驶[⑥]。驭人云："牛本不迟，由将车人不及制之尔[⑦]。急时听偏辕[⑧]，则驶矣。"恺悉从之，遂争长[⑨]。石崇后闻，皆杀告者。

[注释]

①咄嗟：呼唤和答应声。指顷刻之间。②韭蓱虀：用韭菜、艾蒿等捣碎制成的腌菜。八月做这种菜，到冬天就难得了。③绝：尽力。④货：贿赂。⑤末：末子，细碎的东西。⑥驶：跑得快。⑦"牛本"句：指驭手赶不上牛的速度而加以控制。⑧偏辕：指让车的重心偏向一根辕木。这样，另一个车轮和地面的摩擦就轻，车就走得快。⑨争长：争胜。

[译文]

石崇用豆粥招待客人，很快就做好了；经常在冬天吃上韭蓱虀。另外，石崇家的牛外形、力气都赶不上王恺家的牛，可是每次与王恺出游，石崇很晚才出发，两人争着进洛阳城，石崇的牛走了几十步后就快得像飞鸟一样，王恺的牛拼命跑也追不上。王恺常为这三件事不如他而痛心疾首，就暗中贿赂石崇的卫队长和驭手，探问其中缘故。卫队长说："豆子很难煮烂的，只有事先煮熟做成豆末，客人到了，煮好白粥，然后把豆末加进去。韭蓱虀是把韭菜根捣碎，搀上麦苗罢了。"又问驭手牛为什么跑得飞快。驭手说："牛本来跑得不慢，只是驭手驾车方法不得当罢了。紧急时就任车偏一些，那么牛就会跑得飞快了。"王恺按他们所说的去做，终于争到了头名。石崇后来听说了，把泄密的人都杀了。

六

王君夫有牛，名八百里驳(bó)，常莹[①]其蹄角。王武子语君夫："我射不如卿，今指赌卿牛，以千万对之。"君夫既恃手快[②]，且谓骏物[③]无有杀理，便相然可，令武子先射。武子一起便破的，却据胡床，叱左右速探牛心来。须臾，炙至，一脔[4]便去。

[注释]

①八百里驳：牛名。驳，指毛色黑白相间；八百里，指可日行八百里。莹：指磨得很光洁。②手快：技术好。③骏物：即上所提八百里驳。④脔：切成小块的肉。

[译文]

王君夫有一头牛，名叫八百里驳，牛蹄、牛角经常磨得晶莹发亮。一次，王武子对王君夫说："我射箭的技术不如你，今天想用你的牛做赌注，和你赌射箭，我押钱一千万。"王君夫既仗着自己射箭技术好，又认为这头牛不可能被杀掉，就答应了他，并且让王武子先射。王武子一箭就射中了箭靶，退下来坐在马扎上，吆喝随从赶快把牛心取来。一会儿，烤牛心送来了，王武子吃了一块就走了。

七

王君夫尝责一人，无服余衵[1]，因直内著曲阁重闺[2]里，不听人将出。遂饥经日[3]，迷不知何处去。后因缘[4]相为，垂死，乃得出。

[注释]

①衵：内衣。②曲阁重闺：指隐蔽的弯曲相连的深宫内室。③经日：过了几天。④因缘：亲朋好友。

[译文]

王君夫曾经处分一个人，不准他穿衣服，又把他关在深宫内院里，不让人带他出来。这个人饿了好几天，迷迷糊糊地不知往哪走。后来一个朋友帮助了他，快死了，才出来。

八

石崇与王恺争豪[1]，并穷绮丽，以饰舆服。武帝，恺之甥也，每助恺。尝以一珊瑚树，高二尺许赐恺，枝柯扶疏，世罕其比。恺以示崇，崇视讫，以铁如意击之，应手而碎。恺既惋惜，又以为疾己之宝，声色甚厉。崇曰："不足恨，今还卿。"乃命左右悉取珊瑚树，有三尺、四尺，条干绝世[2]，光彩溢目者六七枚，如恺许比甚众。恺惘然[3]自失。

[注释]

①豪：豪侈，阔绰。②绝世：举世无双。③惘然：失意的样子。

［译文］

石崇和王恺斗富，他们的衣服、车马都装饰得非常富贵和华丽。晋武帝是王恺的外甥，常常帮助王恺。他曾经送给王恺一株二尺来高的珊瑚树，枝条繁茂，世上很少见到。王恺拿来让石崇看，石崇看后，拿铁如意一敲，随手就打碎了。王恺既惋惜，又以为石崇妒忌自己的宝贝，顿时声色俱厉。石崇说："用不着遗憾，现在就还给你。"于是就叫手下的人把家里的珊瑚树全都拿出来，有三尺高的、也有四尺高的，树干、枝条举世无双，色泽鲜明的就有六七株，像王恺那样的就更多了。王恺看了，惘然若失。

九

王武子被责①，移第北邙(máng)②下。于时人多地贵，济好马射，买地作埒(liè)③，编钱匝地竟④埒。时人号曰金沟。

［注释］

①"王武子"句：王济，字武子，入为侍中，后出为河南尹，上任途中，经过王官，鞭打了王府官吏，被免官，移居北邙山下。②北邙：山名，即邙山，在河南洛阳以北。③埒：矮墙，这里指马埒，即跑马射箭的场所，四周用矮墙围着。④竟：从头到尾。

［译文］

王武子被处分革职后，住在北邙山下。当时人多地贵，武子喜欢骑马射箭，就买了块地做跑马场，他把钱用绳子穿起来，沿着跑马场的矮墙排了一圈。当时的人把这里叫作金沟。

十

石崇每与王敦入学戏，见颜、原①象而叹曰："若与同升孔堂，去人何必有间(jiàn)②！"王曰："不知余人云何，子贡去卿差近③。"石正色云："士当令身名俱泰，何至以瓮牖(yǒu)④语人！"

［注释］

①学：学校。《晋书·石崇传》作"太学"，即设在京城的最高学府，一般为富贵家子弟和贫穷的聪明人而设的。颜、原：颜指颜回，字子渊；原指原宪，字子思，都是孔子的弟子。②有间：有距离；有差别。③子贡：端木赐，字子贡，是孔子的弟子。曾经在鲁国做官，家累千金。差近：比较近。④瓮牖：比喻贫苦人家。据说原宪家就是这样的。

[译文]

石崇常常和王敦到太学校玩，看见颜回、原宪的画像就叹息说：“如果和他们同为孔子的弟子，与这些人还会有什么差别呢！”王敦说：“不知道孔门其他弟子会怎么看，我看子贡和你差不多。”石崇正色道：“读书人应当使声名显赫，哪里用得着以简陋的蓬户破窗来对人宣扬呢！”

十一

彭城王[①]有快牛，至爱惜之。王太尉与射，赌得之。彭城王曰：“君欲自乘，则不论；若欲啖者，当以二十肥者代之。既不废啖，又存所爱。”王遂杀啖。

[注释]

①彭城王：司马权，字子舆，是晋武帝的堂叔父，被封为彭城王。

[译文]

彭城王有一头牛跑得飞快，他很喜欢它。太尉王衍和他赌射箭，把牛赢走了。彭城王说：“如果您想要用来驾车，我就不必说什么了；如果想杀了来吃，我可用二十头肥牛把它换回来。这既不妨碍您吃，又能留下我的牛。”王衍最后还是把牛杀来吃了。

十二

王右军少时，在周侯[①]末坐，割牛心啖之。于此改观。

[注释]

①周侯：周颉，曾任吏部尚书，名望很大。

[译文]

右军将军王羲之小时候，在武城侯周颉家做客，坐在最末的一个座位上，吃饭时周颉切了一块牛心给他吃。从此人们对他刮目相看。

忿狷第三十一

一

魏武有一妓，声最清高，而情性酷恶。欲杀则爱才，欲置[①]则不堪。于是选百人一时俱教。少时果有一人声及之，便杀恶性者。

[注释]

①置：赦免。

[译文]

魏武帝曹操有一名歌女，她歌唱的声音特别清脆高亢，可是性情特别恶劣。曹操想杀她，却又爱惜她的才能；想赦免她，却又很难忍受她。于是就挑选了一百名歌女一起训练。不久，果然有一名歌女的声音赶上了她，曹操便杀了那个性情恶劣的歌女。

庭前歌舞图

图中表现了一名歌女庭前歌舞的情景。

二

王蓝田性急。尝食鸡子，以箸刺之，不得，便大怒，举以掷地。鸡子于地圆转未止，仍下地以屐(jī)[①]齿蹍(niǎn)之，又不得。瞋甚，复于地取内[②]口中，啮破，即吐之。王右军闻而大笑，曰："使安期有此性，犹当无一豪[③]可论，况蓝田邪！"

[注释]

①屐：木板鞋。齿就是底部前后有两块突出的木头。②内：同"纳"。③安期：王述之父王承，字安期，为人清虚寡欲，施政宽仁，有很高的名望。豪：同"毫"。

[译文]

蓝田侯王述是个急性子。有一次吃鸡蛋，用筷子去戳，没能戳进，于是大发脾气，拿起鸡蛋扔到了地上。鸡蛋在地上不停地转，他就下地用木屐齿去踩，又没有踩破。他十分生气，再从地上捡起来放进口里，咬破就吐了。右军将军王羲之听说后大笑着说：

“假使安期是这样的性格，尚且没有一点可取，何况是蓝田呢！”

三

王司州尝乘雪往王螭[①]许。司州言气少有牾(wǔ)逆[②]于螭，便作色不夷[③]。司州觉恶(wù)[④]，便舆床[⑤]就之，持其臂曰：“汝讵复足与老兄计！”螭拨其手曰：“冷如鬼手馨，强来捉人臂！”

[注释]

①王螭：王恬，王胡之的堂弟，小名螭虎。②言气：言语和态度。牾逆：冒犯，抵触。③不夷：不平和，不高兴。④恶：冒犯。⑤舆床：搬动坐榻。

[译文]

司州刺史王胡之有一次冒雪前去拜访王螭。王胡之说的话和态度稍微冒犯了王螭，王螭便很不高兴。王胡之觉得冒犯了他，就把坐榻挪了挪，靠近王螭身边，拉着他的手臂说：“你难道值得和老兄计较！”王螭把他的手拨开说：“像鬼的手一样冷，还硬要来拉人家的胳膊！”

四

桓宣武与袁彦道樗蒱(chū pú)[①]。袁彦道齿不合，遂厉色掷去五木[②]。温太真云：“见袁生迁怒，知颜子为贵[③]。”

[注释]

①樗蒱：古代一种以掷五木决胜负的赌博棋戏。②“袁彦道”句：五木是棋戏用具，最初用木头做成，一套是五颗，故称五木，类似色子。五木每个有两面，一面涂黑，一面涂白。以五木掷彩，按掷得的彩数，执马（棋子）在棋盘上行棋。齿，博齿，就是色子。齿不合，此处指的可能是所掷彩数不符合。③“见袁生”句：颜子，指颜回，是孔子的弟子。孔子说过：“有颜回者，好学，不迁怒，不贰过。”袁彦道迁怒，不如颜回。

[译文]

桓温和袁彦道赌博，袁彦道掷五木的彩数不合心意，竟然脸色难看地把五木扔掉了。温太真说：“看见袁生迁怒于五木，更知道颜子是可贵的。”

五

谢无奕性粗强。以事不相得，自往数王蓝田，肆言极骂[①]。王正色面壁[②]不敢动。半日，谢去良久，转头问左右小吏曰：“去未？”答云：

“已去。”然后复坐。时人叹其性急而能有所容。

[注释]

①数：数说，数落。肆言极骂：大肆攻击，极力辱骂。②面壁：脸对着墙。

[译文]

谢无奕性情粗暴固执。因为一件事与对方不合，亲自前去数落蓝田侯王述，大肆攻击谩骂。王述表情严肃地面对着墙，不敢动。过了半天，谢无奕已经走了很久，他才回过头，向身旁的小官吏问道：“走了没有？”小官吏回答说：“已经走了。”然后才又坐回原处。当时的人赞叹他虽然性情急躁，可是能有所包容。

六

王令诣谢公，值习凿齿[1]已在坐，当与并榻；王徙倚[2]不坐，公引之与对榻。去后，语胡儿[3]曰：“子敬实自清立[4]，但人为尔多矜咳[5]，殊足损其自然。”

[注释]

①王令：王献之，字子敬，曾任吴兴太守、中书令。习凿齿：字彦威，曾在桓温手下做主簿，后出为荥阳太守。②徙倚：徘徊。王献之不肯和习凿齿并榻而坐的原因是自己出身士族，而习凿齿虽然世为乡间豪族，然而出身寒门。晋代对门阀等级极为重视，士庶不肯同座。③胡儿：谢安的侄儿谢朗的小名。④清立：清高，特立。⑤矜咳：傲慢、固执。

[译文]

中书令王子敬去拜访谢安，恰巧当时习凿齿已经在座，按礼法，王子敬本应和习凿齿并排坐；子敬却走来走去地不肯落座，谢安拉着他坐在习凿齿的对面。客人走后，谢安对胡儿说：“子敬实在是清高不随俗，不过人为地坚持这样多的傲慢、固执，会在很大程度上损害自己的天然本性。”

七

王大、王恭尝俱在何仆射[1]坐，恭时为丹阳尹，大始拜荆州。讫将乖[2]之际，大劝恭酒，恭不为饮，大逼强之，转苦，便各以裙[3]带绕手。恭府近千人，悉呼入斋；大左右虽少，亦命前，意便欲相杀。何仆射无计，因起排坐二人之间，方得分散。所谓势利之交，古人羞之。

［注释］

①王大、王恭：两人是同族叔侄关系，但是感情不和。何仆射：何澄，字季玄，曾任尚书左仆射，为人清正。②讫：通“迄”，到。乖：分别。③裙：古人穿的下裳。

［译文］

王大和王恭曾经一起在左仆射何澄家做客，王恭当时任丹阳尹，王大刚被任命为荆州刺史。就在他们即将分别的时候，王大劝王恭喝酒，王恭不肯喝，王大就强迫他，逼迫得越来越急，随即各自拿起裙带缠在手上做出要武斗的样子。王恭府中的近千人，全都被叫到何澄家中；王大的随从虽然不多，也都被叫来了，双方的意思是要打起来。何澄没有办法，就站起来坐在两人中间，才把两人分开。人们所说的依仗权势和财富的交往，古人是以之为耻的。

八

桓南郡小儿时，与诸从兄弟各养鹅共斗。南郡鹅每不如，甚以为忿。乃夜往鹅栏间，取诸兄弟鹅悉杀之。既晓，家人咸以惊骇，云是变怪，以白车骑[①]。车骑曰：“无所致怪，当是南郡戏耳[②]！”问，果如之。

［注释］

①车骑：桓玄的叔父桓冲，曾任车骑将军。②“无所”句：桓冲称自己的侄儿为南郡是不可能的，这是记言疏忽。

［译文］

南郡公桓玄还小的时候，和堂兄弟们各自养鹅来斗着玩。桓玄因为鹅常常不如别人的鹅，就非常恼恨。于是他就趁着夜间来到鹅栏里，把堂兄弟的鹅全抓出来杀掉。天亮以后，家人全都被这事吓坏了，都说是妖物在作怪，将这件事告诉了车骑将军桓冲。桓冲说：“没有引来怪异的可能，定是桓玄开玩笑罢了！”后来追问，果然如此。

谗险第三十二

一

王平子形甚散朗，内实劲侠①。

[注释]

①劲侠：刚劲侠义。

[译文]

王平子外在体现得潇洒、爽朗，心里却实在刚劲侠义。

二

袁悦有口才，能短长说①，亦有精理。始作谢玄参军，颇被礼遇。后丁艰，服除还都，唯赍《战国策》②而已。语人曰："少年时读《论语》《老子》，又看《庄》《易》，此皆是病痛③事，当何所益邪！天下要物，正有《战国策》。"既下，说司马孝文王，大见亲待，几乱机轴④。俄而见诛。

[注释]

①短长说：指战国时代纵横家们那种游说的言论。②丁艰：旧时遭遇父母去世叫丁艰。其子女要在家守孝三年。赍：携带。《战国策》：主要记录的是战国时代游说之士的言行以及他们的政治主张和策略，由汉代刘向编订。③病痛：毛病，指小事情。④司马孝文王：即会稽王司马道子。机轴：喻指朝廷的秩序。

[译文]

袁悦口才很好，擅长游说，能讲出精辟的道理。最初任谢玄的参军，得到颇为隆重的待遇。后来，遇到父母的丧事，守孝在家，除服后回到京都，仅仅带了一部《战国策》。他对别人说："年轻时读《论语》《老子》，又看《庄子》和《周易》，这些讲的都只是小事，能得到什么好处呢！天下书中重要的，只有《战国策》。"袁悦到了京都后，去游说会稽王司马道子，受到了非常亲切的款待，几乎把朝政都扰乱了。不久就被杀了。

三

孝武甚亲敬王国宝、王雅①。雅荐王珣于帝，帝欲见之。尝夜与国宝、雅相对，帝微有酒色，令唤珣。垂至，已闻卒传声，国宝自知才出珣下，恐倾夺要宠[2]，因曰："王珣当今名流，陛下不宜有酒色见之，自可别诏也。"帝然其言，心以为忠，遂不见珣。

[注释]

①王国宝：晋孝武帝时任中书令，后任尚书左仆射，工于谄媚，权势很大。晋安帝时，兖州刺史王恭以讨伐王国宝为名反叛，晋室恐惧，将国宝杀了。王雅：字茂建，得宠后任太子少傅。②倾夺：争夺。要宠：要职和宠幸。

[译文]

晋孝武帝对王国宝和王雅很亲近也很尊重。王雅向孝武帝推荐王珣，孝武帝想要召见他。孝武帝曾和王国宝、王雅在夜里对坐喝酒，孝武帝脸上略有酒色，便下令召见王珣。王珣快到时，已经听到了吏卒传话的声音，王国宝知道自己的才能不如王珣，恐怕王珣会夺去他的显职和宠幸，就对孝武帝说："王珣是当代很有名的人，陛下带着酒色召见他不大合适，本来可以另外召见的。"孝武帝认为他说得很有道理，觉得他很忠心，终于没有召见王珣。

四

王绪[1]数谗殷荆州于王国宝，殷甚患之，求术于王东亭。曰："卿但数诣王绪，往辄屏人，因论它事；如此，则二王之好离矣。"殷从之。国宝见王绪，问曰："比与仲堪屏人何所道？"绪云："故是常往来，无它所论。"国宝谓绪于己有隐，果情好日疏，谗言以息。

[注释]

①王绪：王国宝的堂弟，会稽王司马道子视之为心腹，任从事中郎，工于谄媚。

[译文]

王绪屡次对王国宝说荆州刺史殷仲堪的坏话，殷仲堪很担心这事，向东亭侯王珣讨教对付他的办法。王珣说："你只需多次去拜访王绪，一去就叫手下的人退出去，然后谈其他事情；这样，二王的交情就被离间了。"殷仲堪照他所说的行事。后来王国宝见到王绪，问道："你近来和殷仲堪相见，让随从退去，都说些什么呢？"王绪回答说："只不过是平常的交往，并未谈别的什么事。"王国宝认为王绪有隐瞒自己的事情，果然两人的感情日渐疏远了，谗言于是得以平息。

尤悔第三十三

一

魏文帝忌弟任城王骁壮[①]。因在卞太后[②]阁共围棋，并啖枣，文帝以毒置诸枣蒂中，自选可食者而进；王弗悟，遂杂进之。既中毒，太后索水救之；帝预敕左右毁瓶罐，太后徒跣趋井，无以汲，须臾，遂卒。复欲害东阿[③]，太后曰："汝已杀我任城，不得复杀我东阿！"

[注释]

①任城王：曹彰，字子文，卞太后第二子，封任城王。骁壮：勇健，刚强。②卞太后：魏文帝曹丕的母亲，曹丕称帝后被尊为太后。③东阿：曹植，字子建，卞太后第三子，封东阿王。曹植封东阿王之事发生在曹丕死后。

[译文]

魏文帝曹丕对于他弟弟任城王曹彰的勇猛刚强很是猜忌。趁着在卞太后的住房里一起下围棋并吃枣的机会，文帝先在枣蒂中放下毒药，自己挑那些没放毒的吃；任城王并不知晓，就把有毒、没毒的混着吃了。中毒以后，卞太后要找水来解救他；可是文帝预先让手下的人打碎了所有装水的瓶罐，卞太后匆忙间光着脚赶到井边，却没有打水的器具，不久任城王就死了。魏文帝又要害死东阿王，卞太后说："你已经把我的任城儿杀死了，不能再害我的东阿儿了！"

曹彰

曹彰，字子文，为曹操与卞氏所生次子，臂力过人，武力精熟，自小立志为大将。

二

王浑后妻，琅琊颜氏女，王时为徐州刺史，交礼拜讫，王将答拜，观者咸曰："王侯州将，新妇州民，恐无由答拜[①]。"王乃止。武子以其父不答拜，不成礼，恐非夫妇，不为之拜，谓为颜妾。颜氏耻之，以其门贵，终不敢离。

[注释]

①“王侯”句：王浑承袭父亲的爵位为京陵侯，故称王侯。晋代，军权往往一定程度上掌握在州刺史手中，王浑是扬烈将军、徐州刺史，所以称州将。琅琊属徐州管辖，颜氏女是琅琊郡人，所以是州民。

[译文]

王浑后娶的妻子，是琅琊郡颜家的女儿，王浑当时任徐州刺史，颜氏行交拜礼后，王浑即将答拜，旁观的人都说：“王侯是州将，新娘是本州百姓，恐怕没有答拜的理由。”王浑于是不答拜。王武子认为自己父亲不答拜，礼没有完成，二人恐怕不算夫妻，也就不拜后母，对她只称颜妾。颜氏以之为耻辱，只是由于王浑门第很高贵，她终究不敢离婚。

三

陆平原河桥败，为卢志所谗，被诛[①]。临刑叹曰：“欲闻华亭鹤唳[②]，可复得乎？”

[注释]

①“陆平原”句：陆平原，即陆机。西晋八王之乱时，他被成都王司马颖任命为平原内史。太安初年，司马颖起兵讨伐长沙王司马乂，他又被任命为代理河北大都督。陆机进兵洛阳，在河桥大败。于是司马颖的左长史卢志诬告他要谋反，陆机终于被杀害。②华亭鹤唳：华亭，陆机故居，今上海市松江西，有华亭谷、华亭水。其地出鹤，当地人谓之鹤窠。后来用“华亭鹤唳”表示怀念故土而感慨生平以及对踏上仕途的悔恨之情。唳，鸣叫。

[译文]

平原内史陆机在河桥兵败后，被卢志的谗言所害，终于被杀。临刑时，他叹息说：“想听一听故乡的鹤鸣，还可以再次听到吗？”

四

刘琨[①]善能招延，而拙于抚御。一日虽有数千人归投，其逃散而去亦复如此，所以卒无所建。

[注释]

①刘琨：西晋永嘉元年（307年）出任并州刺史，当时并州发生饥荒，百姓流离，寇盗猖狂。刘琨转战至晋阳，那里已变成了废墟。

[译文]

刘琨擅长招揽人才，却不会很好地安抚和驾驭人才。虽然一天之内来投奔他的有几千人，可是逃散走掉的也有这个数目，因此他最终没有大的成就。

五

王平子始下①，丞相语大将军："不可复使羌②人东行。"平子面似羌。

[注释]

①王平子始下：王澄，字平子，西晋惠帝末年出任荆州刺史，东晋元帝召他为军谘祭酒，路过豫章时去探望堂兄弟王敦，王敦将其杀害。②羌：羌族人。羌族是住在西北一带的古代民族。这里指王平子。

[译文]

王平子刚从荆州下建康，丞相王导对大将军王敦说："不能再让那个羌人来到东边。"王平子的面貌像羌人。

卖蛇羌

图中描绘的是一个正在卖蛇的羌族人。

六

王大将军起事，丞相兄弟诣阙谢①。周侯深忧诸王，始入，甚有忧色。丞相呼周侯曰："百口委②卿！"周直过不应。既入，苦相存救。既释，周大说，饮酒。及出，诸王故在门。周曰："今年杀诸贼奴，当取金印如斗大系肘后。"大将军至石头，问丞相曰："周侯可为三公不？"丞相不答。又问："可为尚书令不？"又不应。因云："如此，唯当杀之耳！"复默然。逮周侯被害，丞相后知周侯救己，叹曰："我不杀周侯，周侯由我而死，幽冥③中负此人！"

[注释]

①"王大将军"句：大将军王敦是王导的堂兄，在东晋初年，两人一起辅佐晋元帝。永昌元年（322年），王敦在镇守地武昌以诛刘隗为名起兵反叛，直下建康。王导当时任司空、录尚书事，每天带着同宗族的人到朝廷请罪。刘隗则劝晋元帝将王氏杀掉。阙，皇宫门前两边的楼台，泛指皇宫、朝廷。②委：托付。这句指希望

周侯帮助他保全家族。③幽冥：指阴间。

[译文]

大将军王敦起兵造反，丞相王导兄弟到朝廷请罪。武城侯周顗特别为王氏担忧，刚进宫时，带着很忧虑的表情。王导招呼周顗说："我一家百口就托付给你了！"周顗照直走过去，并不回答。他进宫后，极力援救王导。事情解决以后，周顗高兴极了，喝起酒来。出宫后，王氏一家仍在门口站着。周顗说："今年消灭了所有的乱臣贼子，定会拿到像斗大的金印挂在胳膊肘上。"王敦把石头城攻下后，问王导说："周侯可以做三公吗？"王导不回答。又问："那么做尚书令呢？"王导又不回答。王敦就说："这样，只有把他杀了！"王导再次默默不语。等到周顗被害后，王导才知道周顗救过自己，于是叹息说："我不杀周侯，周侯之死却是因为我啊，到阴曹地府我都对不起这个人！"

七

王导、温峤俱见明帝，帝问温前世所以得天下之由。温未答，顷，王曰："温峤年少未谙，臣为陛下陈之。"王乃具叙宣王创业之始，诛夷名族，宠树同己[①]，及文王之末高贵乡公事[②]。明帝闻之，覆面著床曰："若如公言，祚[③]安得长！"

[注释]

①"王乃"句：宣王，指司马懿。他在魏文帝曹丕时受到重用，后来，为了夺权，寻机杀害皇族曹爽和曹操的女婿、吏部尚书何晏以及太尉王凌等。司马懿还将魏朝诸王公逮捕。这就是诛夷名族。与此同时，追随他杀曹爽等人的蒋济封为都乡侯。这就是宠树同己。晋国建立时，他被追尊为宣王。②高贵乡公事：文王司马昭继其兄司马师任魏大将军后，打算取代魏朝，杀魏帝高贵乡公，立曹奂为帝，他自己晋爵为晋王，死后谥文王。③祚：通"阼"，帝位。

[译文]

王导和温峤共同谒见晋明帝，明帝问温峤前代统一天下是什么原因。温峤还没有回答，过了一会儿，王导说："温峤年轻，对这段事情尚不熟悉，请允许臣为陛下说明。"王导就将晋宣王开始创业的时候，诛灭有名望的家族，宠幸并栽培赞成自己的人，以及文王晚年杀高贵乡公的事述说了一遍。晋明帝听后，掩面伏在坐床上，说："若如您所说，皇位怎么能长久呢！"

八

王大将军于众坐中曰："诸周由来未有作三公者。"有人答曰："唯周侯邑五马[①]领头而不克。”大将军曰：“我与周，洛下相遇，一面顿尽[②]。值世纷纭，遂至于此[③]！”因为流涕。

[注释]

①邑：疑通“挹”，取。马：赌博所用筹码。此处以赌博为喻，说的是周颉快要做三公却被杀害之事。王敦下面说的话也是这个原因。②顿尽：指立刻倾吐真心。③“值世”句：据《晋书·周颉传》，王敦这些话是在他杀了周颉之后所说，只是《晋书》所记与此略有不同。

[译文]

大将军王敦在许多人在座时说：“周氏一族从来没有人做过三公。”有人回答说：“只有周侯已经拿到五个筹码领头，却并未取胜。”王敦说：“我和周颉相会在洛阳，初次见面，就能推心置腹。只是赶上这纷乱的世事，竟然得到这样的结果！”于是为他流下泪来。

九

温公初受刘司空使劝进[①]，母崔氏固驻之，峤绝裾[②]而去。迄于崇贵，乡品犹不过也[③]。每爵，皆发诏。

[注释]

①“温公”句：刘琨任温峤为使臣，劝说晋元帝即帝位的事情。②驻：车马停止不前。绝裾：扯断衣襟，是去意坚决的表示。③乡品：乡里的品评。不过：不能通过。

[译文]

温峤当初受司空刘琨委派，过江劝说晋元帝即帝位，他母亲崔氏坚定地不让他去，温峤不顾一切地走了。一直到他做了高官以后，乡里还是不通过对他的品评。给他晋升官爵时，总是要由皇帝发布命令来说明。

十

庾公欲起周子南[①]，子南执辞愈固。庾每诣周，庾从南门入，周从后门出。庾尝一往奄至，周不及去，相对终日。庾从周索食，周出蔬食[②]，庾亦强饭[③]，极欢；并语世故，约相推引，同佐世之任。既仕，至将军二千石，而不称意。中宵慨然曰：“大丈夫乃为庾元规所卖！”一叹，遂发背而卒。

品茶论事

图中表现了古人正在品评茶点谈论世事的情景。

[注释]

①周子南：周邵，字子南，在庐山隐居。庾亮前往拜访，他躲避不见。后任镇蛮护军、西阳太守。②蔬食：指粗食。③强饭：努力用餐。

[译文]

庾亮想要任命周子南，周子南执意推辞，态度越来越坚决。每次去拜访周子南，庾亮从大门进来，周子南就从后门躲出去。有一次，庾亮来得很突然，周子南来不及躲开，就一整天和庾亮面对面坐着。庾亮向周子南索要饭食，周子南拿出粗茶淡饭，庾亮尽力吃得很多，特别高兴；两人谈论世事，约定互相推荐，一起担负起辅助国家的重任。周子南出来做官后，升为将军、郡守等二千石的官职，却不称心。夜半慨叹道："大丈夫竟被庾元规出卖了！"长叹一声，最后背疮发作而去世了。

十一

阮思旷奉大法①，敬信甚至。大儿年未弱冠，忽被笃疾。儿既是偏所爱重，为之祈请三宝②，昼夜不懈。谓至诚有感者，必当蒙祐。而儿遂不济③。于是结恨释氏，宿命④都除。

[注释]

①大法：指大乘佛法，是佛教的一派，此处指佛法。②三宝：佛教称佛、法、僧为三宝。佛指佛教创始人释迦牟尼（泛指一切佛），法即佛教教义，僧指继承和宣扬佛教教义的僧徒。③不济：指无法挽救；逝世。④释氏：释是释迦牟尼的简称，释氏泛指佛教。宿命：佛教用语，指今世命运是前世善恶决定的。此言阮为事实所教训，对宿命论完全不再相信。

[译文]

阮思旷信奉佛教，虔诚到了极致。大儿子还没有成年，忽然患了重病。这个儿子既是自己特别喜爱和重视的，就为他祈请三宝，白天和晚上都不懈怠。阮思旷自认为信仰最虔诚就会有所感应，定会获得保佑。可是这个儿子最终也没救过来。于是阮思旷就怀恨佛教，完全不再相信命定论。

十二

桓宣武对简文帝，不甚得语。废海西①后，宜自申叙②，乃豫撰数百语，陈废立之意。既见简文，简文便泣下数十行。宣武矜愧，不得一言。

[注释]

①废海西：公元 371 年，桓温废当时的皇帝为海西县公，立简文帝。②申叙：指叙述事情。

[译文]

桓温回答简文帝的问话，不能很好地表达意思。废黜海西公后，他应当亲自申奏陈述，于是事先构思好几百句话，陈说废黜旧君、拥立新君的用意。见到简文帝后，简文帝就止不住地泪流。桓温既怜悯又羞愧，一句话也说不出来。

十三

桓公卧语曰："作此寂寂①，将为文、景②所笑。"既而屈起③坐曰："既不能流芳后世，亦不足复遗臭万载邪！"

[注释]

①寂寂：冷落凄清的样子，比喻不能成就事业、登上帝位。②文、景：指晋文帝司马昭和晋景帝司马师。这两人都曾行废立之事，为子孙篡位打下了基础。③屈起：崛起，起来。

[译文]

桓温在床上躺着，和他的亲信说道："像这样无所作为，将会被文帝、景帝所耻笑。"然后一下子坐起来说："既不能流芳百世，难道还做不到遗臭万年吗！"

十四

谢太傅于东船行，小人引船，或迟或速，或停或待；又放船①从横，撞人触岸，公初不呵谴。人谓公常无嗔喜。曾送兄征西葬还，日莫雨，驶小人皆醉，不可处分②。公乃于车中手取车柱③撞驭人，声色甚厉。夫以水性沉柔，入隘奔激，方之人情，固知迫隘之地，无得保其夷粹④。

水流湍急

图中表现了一位女子正注视着小桥下湍急的流水的情景。

[注释]

①放船：纵船，指让船任意漂荡，不去约束。②征西：谢奕，曾任安西将军、豫州刺史，卒于任，追赠镇西将军。处分：处理。③车柱：也许是指支撑车篷的柱子。④夷粹：平和、纯粹。

[译文]

太傅谢安在会稽坐船出行，纤夫拉纤引船，有时慢，有时快，有时停下，有时等待；有时又任由船只随意飘荡，撞着别人的船，碰到河岸，谢安从不责备训斥。人们认为谢安的喜怒常常不表现出来。有一次为他哥哥镇西将军谢奕送葬回来，赶上天色已晚又下着雨，赶车的驭手都喝醉了，不能很好地驾车。谢安于是从车厢中拿下车柱来捅驭手，声色十分严厉。水的本性是很沉静、柔和的，然而当流入狭窄的地方时就会奔腾激荡，拿人之常情来和水相比，自然可以理解人逢险境，就很难保持自己平和、纯洁的性格。

十五

简文见田稻，不识，问是何草，左右答是稻。简文还，三日不出，云："宁有赖其末，而不识其本①！"

[注释]

①"宁有"句：指的是依靠谷米生存却不识其根本。末，指谷穗。本，指禾苗。简文帝是在责备自己不识稻子。

[译文]

简文帝看见田里的稻子，不认识，问是什么草，侍从回答是稻子。简文帝回宫后，三天不出门，说："怎么会有依靠它的末梢活命，却连其根本都不认识的呢！"

十六

桓车骑在上明畋(tián)猎，东信至，传淮上大捷①。语左右云："群谢年少，大破贼！"因发病薨。谈者以为此死，贤于让扬之荆②。

[注释]

①“桓车骑”句：东晋时，前秦的苻坚攻下淮水、淝水，桓冲为保卫京都派来三千精兵。谢安已部署好迎敌措施，便令桓冲兵回去。桓冲以为谢安没有将才，一定会失败。不久，听说谢玄大捷，他感到羞惭，发病而死。上明，桓冲镇守之处。畋猎，打猎。②让扬之荆：桓冲原在扬、豫二州做刺史，后来因为谢安辅政，有很高的声望，就要求桓冲解除扬州职务离京。于是桓冲调到徐州任刺史，后又调荆州。桓冲既然感到羞惭，又不能发愤立功，所以当时的人以为不如一死。

[译文]

车骑将军桓冲在上明打猎。东边的信使到了，向他告知淮上大捷的消息。桓冲对身边的侍从说：“谢家年轻人，大败贼寇！”于是就发病而死。人们谈论时都认为这样死比让出扬州刺史到荆州去要好。

十七

桓公初报破殷荆州①，曾讲《论语》，至“富与贵，是人之所欲，不以其道得之，不处②”。玄意色甚恶。

[注释]

①“桓公”句：晋安帝隆安二年（398年），江州刺史桓玄、荆州刺史殷仲堪起兵叛乱，第二年，桓玄又占领荆州，将殷仲堪杀了。②“富与贵”句：出自《论语·里仁》。意为富贵是人人都想要的，但是不用正当的方法取得，是君子所不取的。

[译文]

桓玄刚刚接到打败荆州刺史殷仲堪的消息时，正好碰到讲解《论语》，讲到“富有和尊贵，是人人都希望拥有的，如果不用正当的方法去得到它，君子是不会接受的”。桓玄听了，心情、脸色都不是很好。

纰漏第三十四

一

王敦初尚主①，如厕，见漆箱盛干枣，本以塞鼻，王谓厕上亦下果，食遂至尽。既还，婢擎金澡盘盛水，琉璃碗盛澡豆②，因倒著水中而饮之，谓是干饭。群婢莫不掩口而笑之。

［注释］

①尚主：娶公主为妻。王敦的妻子是晋武帝之女舞阳公主。②澡豆：古代用来洗涤的粉剂，用豆末和药制成，可以洗手和脸。

［译文］

王敦和公主刚结婚的时候，上厕所，看见漆箱里装着干枣，这本来是堵鼻子用的，王敦以为厕所里也准备了果品，就吃起来，直到吃光。出来时，侍女端着金澡盘盛水，用琉璃碗装着澡豆，王敦便把澡豆倒入水里喝了，以为是干粮。侍女们没有不捂着嘴笑话他的。

二

元皇初见贺司空①，言及吴时事，问："孙皓②烧锯截一贺头，是谁？"司空未得言，元皇自忆曰："是贺劭。"司空流涕曰："臣父遭遇无道，创③巨痛深，无以仰答明诏。"元皇愧惭，三日不出。

［注释］

①贺司空：贺循，字彦先，死后追赠司空。②孙皓：三国时吴国最后一个国君，中书令贺劭上书劝谏他，他竟然烧锯锯断贺劭的头。③创：创伤，伤口。

［译文］

晋元帝第一次召见司空贺循，谈吴国当初之事，问道："孙皓烧红一把锯锯下一个姓贺之人的头颅，这个人是谁？"贺循不知怎样说，元帝自己回忆起来，说："是贺劭。"贺循哭着说："臣的父亲遭遇了无道昏君，臣的创痛深重，没法回答陛下英明的提问。"元帝感到惭愧，三天没有出朝。

三

蔡司徒渡江，见彭蜞[1]，大喜曰："蟹有八足，加以二螯[2]。"令烹之。既食，吐下委顿，方知非蟹。后向谢仁祖说此事，谢曰："卿读《尔雅》[3]不熟，几为《劝学》死。"

［注释］

①彭蜞：蟛蜞，一种类似蟹类的动物，但不能食用。②"蟹有"句：出自蔡邕《劝学篇》，按辈分算，蔡邕是蔡谟的堂曾祖。螯，螃蟹前面的那对夹钳。③《尔雅》：中国最早的一部分类解释词义的字书，《尔雅·释鱼》对蟛蜞有解释。

［译文］

司徒蔡谟避乱渡江后见到蟛蜞，特别高兴地背诵："螃蟹有八只脚，加上两个夹钳。"叫人将其煮熟。蔡谟吃完以后，呕吐不止，精神疲困，这才知道并非螃蟹。后来他对谢仁祖叙述这件事，谢仁祖说："你读《尔雅》读得不熟，差不多被《劝学》害死了。"

四

任育长[1]年少时，甚有令名。武帝崩，选百二十挽郎，一时之秀彦[2]，育长亦在其中。王安丰选女婿，从挽郎搜其胜者，且择取四人，任犹在其中。童少时，神明可爱，时人谓育长影亦好。自过江，便失志[3]。王丞相请先度时贤共至石头迎之，犹作畴日相待，一见便觉有异。坐席竟，下饮，便问人云："此为茶，为茗[4]？"觉有异色，乃自申明云："向问饮为热为冷耳[5]。"尝行从棺邸下度，流涕悲哀。王丞相闻之，曰："此是有情痴。"

［注释］

①任育长：任瞻，字育长，曾任仆射、都尉、天门太守。②挽郎：拉棺材唱挽歌的年轻人。秀彦：德行才能出众的人。③失志：失去神志，头脑不清醒。④"此为"句：早采的是茶，晚采的是茗，也有说茗是茶芽。⑤"向问"句：冷和茗在晋代同韵，热和茶虽然并非同韵，但主元音相近，所以任育长能改口。

［译文］

任育长年轻时，有很好的名声。晋武帝死后，要挑选一百二十人做挽郎，所选的都是当时才德出众的人，任育长也被选中。安丰侯王戎要挑选女婿，从挽郎里面寻找出众的人，暂且挑出四人，任育长仍然被选中。少年时代，他聪明可爱，当时的人觉得他相貌也不错。自从过江，他的头脑就糊涂了。过江时，丞相王导邀请先前渡江的贤人一起到石头城迎接他，仍然像从前那样对待他，可是一见面便发现他不一样了。安排好座席后，摆上茶来，任育长就问别人："这是茶还是茗？"刚一问，觉察到别人表情有变化，自己就申明："刚才我只是问茶是热的还是冷的而已。"有一次，他路过棺材铺门前，流了泪，很悲痛。王导听说后，说："这是有情之痴。"

五

谢虎子[①]尝上屋熏鼠。胡儿既无由知父为此事，闻人道痴人有作此者，戏笑之，时道此非复一过。太傅既了己之不知，因其言次，语胡儿曰："世人以此谤中郎[②]，亦言我共作此。"胡儿懊热，一月日闭斋不出。太傅虚托引己之过，以相开悟，可谓德教[③]。

［注释］

①谢虎子：谢安的哥哥谢据，小名虎子。②中郎：指谢据。如果兄弟一共三人，第二个就是中郎。谢安兄弟六人，谢安排行第三，谢据第二。③德教：用德来教人。

［译文］

谢虎子曾经上房梁熏老鼠。谢胡儿不知道父亲这样做过，又听人说有傻子这样做，就嘲笑这种人，时常说起这种事，而且说过不止一次。太傅谢安了解胡儿并不知道父亲做过这样的事，趁他谈话中间，对胡儿说："一般人拿这件事情来毁谤中郎，还说我也一道这样做。"胡儿于是悔恨焦躁，关在书房里一个月不出来。谢安假托援引自己的过错来开导他，使他能够醒悟，这可以算作德教。

六

殷仲堪父病虚悸[①]，闻床下蚁动，谓是牛斗。孝武不知是殷公，问仲堪："有一殷，病如此不？"仲堪流涕而起曰："臣进退唯谷[②]。"

［注释］

①虚悸：虚弱心跳，心神不宁。②进退唯谷：进退两难，这里指不知如何答对。

［译文］

殷仲堪的父亲有病，体虚、心神不宁，听到床下蚂蚁的动静，认为是牛在打架。晋孝武帝不知道是殷仲堪的父亲，便问殷仲堪："有一位姓殷的人，患有这样的病情，是吗？"殷仲堪流着泪站起来回答说："臣不知该怎样回答。"

七

虞啸父[①]为孝武侍中，帝从容问曰："卿在门下[②]，初不闻有所献替[③]。"虞家富春，近海，谓帝望其意气，对曰："天时尚暖，鮆(zhì)鱼虾鲊未可致，寻当有所上献。"帝抚掌大笑。

[注释]

①虞啸父：会稽余姚人，在吴国任内史、尚书、侍中。②门下：官署名，即门下省，是皇帝的侍从、顾问机构。③献替：指进谏。献指奉献，替指除去。献善而除去恶，用来劝谏君主。

[译文]

虞啸父任晋孝武帝侍中时，孝武帝从容和缓地问他："你在门下省，怎么从来也没有听说有过什么献替？"虞家在富春，离海很近，虞啸父误认为这是孝武帝希望他进贡，就回答说："现在节气还暖和，还没有鱼类制品，不久将会有所奉献。"孝武帝听后拍着手大笑起来。

八

王大[①]丧后，朝论或云国宝应作荆州。国宝主簿夜函白事[②]云："荆州事已行。"国宝大喜，而夜开阁，唤纲纪[③]话势，虽不及作荆州，而意色甚恬。晓遣参问，都无此事。即唤主簿数之曰："卿何以误人事邪？"

[注释]

①王大：王忱，又称阿大，任荆州刺史，在任时去世。会稽王司马道子想任用王国宝，孝武帝却用殷仲堪接任。②白事：报告，是一种文书。③而夜：一本作"其夜"。阁：大门旁边的小门。纲纪：主簿。

[译文]

王大死后，朝廷有人议论说王国宝应该出任荆州刺史。国宝的主簿有一天夜里送来一份封好的报告说："荆州的事已经定下来了。"王国宝高兴极了，当夜打开侧门叫主簿进来探讨情势问题，虽然没有提起出任荆州刺史的事，可是神情态度十分安适。天亮后，派人去验证询问，完全没有这回事。王国宝立即将主簿叫来并数落他说："你为什么这样耽误别人的事呢？"

惑溺第三十五

一

魏甄后[①]惠而有色，先为袁熙妻，甚获宠。曹公之屠邺也，令疾召甄[②]，左右白："五官中郎[③]已将去。"公曰："今年破贼正为奴[④]。"

[注释]

①魏甄后：魏文帝曹丕的皇后，姓甄。②"曹公"句：东汉末年，袁绍在河北、山西一带割据，与曹操争雄。袁绍死，他的小儿子袁熙出任幽州刺史，把妻子留在邺城。公元204年，曹操打败袁尚，攻占邺城。③五官中郎：指曹丕。曹丕登位前曾任五官中郎将，负责保卫宫廷。④"今年"句：曹操想得到甄氏，但被曹丕抢先得到，只好改口这样说。

[译文]

魏甄后既贤惠又漂亮，初时是袁熙的妻子，很受宠爱。曹操攻陷邺城后屠杀城中百姓，下令立即传见甄氏，侍从向他报告说："五官中郎已经把她带走了。"曹操说："今年击破贼寇正是为了他。"

二

荀奉倩与妇至笃，冬月妇病热，乃出中庭[①]自取冷，还以身熨之。妇亡，奉倩后少时亦卒，以是获讥于世。奉倩曰："妇人德不足称，当以色为主。"裴令闻之曰："此乃是兴到[②]之事，非盛德言，冀后人未昧此语。"

[注释]

①中庭：庭中。②兴到：兴致所到。

[译文]

荀奉倩和妻子的感情十分深厚，有一年冬天他妻子发烧，他就自己到院子里挨冻，回屋中将身体贴着妻子。妻子死了，荀奉倩过后不

曹丕乘乱纳甄氏

曹操攻陷邺城后屠杀城中百姓，曹丕乘乱把甄氏带走。

长时间也死了，因此被世人所讥讽。荀奉倩曾经说过："妇女的德没有什么可称道的，应当以姿色为主。"中书令裴楷听说这句话后说："这只是一时兴趣所至的事，德行高尚的人不应该说这样的话，希望后人不会因这句话而糊涂。"

三

贾公闾[①]后妻郭氏酷妒。有男儿名黎民，生载周[②]，充自外还，乳母抱儿在中庭，儿见充喜踊，充就乳母手中呜之[③]。郭遥望见，谓充爱乳母，即杀之。儿悲思啼泣，不饮它乳，遂死。郭后终无子。

[注释]

①贾公闾：贾充，字公闾。②载周：周岁。③呜之：亲之。

[译文]

贾充的后妻郭氏非常嫉妒。她有一个儿子名叫黎民，出生才满一周岁时，贾充从外面回来，奶妈在院子里抱着小孩儿玩，小孩看见贾充，高兴得跳跃欢腾，贾充走过去在奶妈的手中亲了亲小孩。郭氏远远望见了，认为贾充爱上了奶妈，立刻就将奶妈杀了。小孩想念奶妈，不停地啼哭，不吃别人的奶，最终饿死。郭氏后来再也没有生儿子。

四

孙秀降晋，晋武帝厚存宠之，妻以姨妹蒯氏，室家[①]甚笃。妻尝妒，乃骂秀为貉子[②]。秀大不平，遂不复入。蒯氏大自悔责，请救于帝。时大赦，群臣咸见。既出，帝独留秀，从容谓曰："天下旷荡[③]，蒯夫人可得从其例不？"秀免冠[④]而谢，遂为夫妇如初。

[注释]

①孙秀：字彦才，三国时吴国人，曾任夏口督，王室至亲。吴国最后的君主孙皓想除掉他，他事先得知消息，便投奔晋国。存：抚慰。室家：夫妇。②貉子：北方人的口头语，是对南方人的轻视、辱骂。貉子又名狸。③旷荡：宏大，宽大。④免冠：脱帽，是古人一种表示谢罪的做法。

[译文]

孙秀投降了晋国，晋武帝对他深加安抚并十分宠爱，把小姨子蒯氏嫁给他，夫妻之间感情很好。蒯氏曾经因为忌妒，竟骂孙秀是貉子。孙秀十分不高兴，就不再进内室。蒯氏非常悔恨并自责，向武帝请求帮助。当时正大赦天下，群臣都受到召见。武帝召见后，群臣离开，武帝把孙秀一个人留下，和缓地对他说："国家大赦，是宽大为怀，蒯夫人能否也援例得到宽恕呢？"孙秀脱帽谢罪，于是夫妻和好，就像最初一样。

五

韩寿[①]美姿容，贾充辟以为掾。充每聚会，贾女于青璅[②]中看，见寿，说之，恒怀存想，发于吟咏。后婢往寿家，具述如此，并言女光丽。寿闻之心动，遂请婢潜修音问，及期往宿。寿跃捷[③]绝人，逾墙而入，家中莫知。自是充觉女盛自拂拭，说畅[④]有异于常。后会诸吏，闻寿有奇香之气，是外国所贡，一著人，则历月不歇。充计武帝唯赐己及陈骞，余家无此香，疑寿与女通，而垣墙重密，门阁急峻，何由得尔！乃托言有盗，令人修墙。使反曰："其余无异，唯东北角如有人迹，而墙高，非人所逾。"充乃取女左右婢考问，即以状对。充秘之，以女妻寿。

[注释]

①韩寿：字德真，曾任散骑常侍、河南尹等职。②青璅：涂成青色的镂刻成连环格的窗户。③捷：形容动作强劲迅速。④拂拭：指梳妆打扮。说畅：愉快舒畅。说，同"悦"。

[译文]

韩寿有很美的相貌，贾充聘他来做属官。贾充每次与宾客聚会，他女儿都从窗格子中张望，见到韩寿很喜欢，心里常常想念着，并且表露在咏唱中。后来她的婢女到韩寿家里去，把这些情况一一做了叙述，并说贾女艳丽夺目。韩寿听说了，为之心动，就托这个婢女暗中传递音信，每到约定的日期就到贾女那里住宿。韩寿动作有力敏捷，身手不凡，他翻墙而入，贾家没有人知道。从此以后，贾充发觉女儿越发用心修饰打扮，愉快欢畅，与平常不一样。后来贾充会见下属，闻到韩寿身上有一股异香，这异香是外国进贡的物品，一旦沾到身上，香味可以保持几个月也不消散。贾充想到晋武帝只把这种香赏赐给自己和陈骞，其余人家不会有这种香，就怀疑韩寿和女儿私通，但是围墙重叠严密，门户高大严紧，又能从哪里进来私通呢！于是贾充以有小偷为借口，派人修理围墙。派去的人回来向他报告："其他地方没有什么变化，只有东北角好像有人跨过的痕迹，可是围墙很高，人是不可能跨过的。"贾充就把女儿身边的婢女叫来审查讯问，婢女随即把情况全都说了出来。贾充并不声张，把女儿嫁给了韩寿。

六

王安丰妇，常卿安丰[①]。安丰曰："妇人卿婿，于礼为不敬，后勿复尔。"妇曰："亲卿爱卿，是以卿卿；我不卿卿，谁当卿卿[②]！"遂恒听之。

[注释]

①卿安丰：称安丰为卿。平辈间表示亲热而不拘礼法时就称对方为卿。②“亲卿”句：按礼法，夫妻应该相敬如宾，而王妻认为夫妻相亲相爱，当免去客套。

[译文]

安丰侯王戎的妻子，常称王戎为卿。王戎说：“妻子称丈夫为卿，从礼节上来讲是不敬重的，以后不要用这个称呼了。”妻子说：“亲卿爱卿，因此称卿为卿；我不称卿为卿，谁该称卿为卿！”于是王戎任由她这样称呼。

王戎妇

安丰侯王戎的妻子，常称王戎为卿。

七

王丞相有幸妾[1]姓雷，颇预政事，纳货。蔡公谓之雷尚书[2]。

[注释]

①幸妾：受宠的妾。②尚书：掌管文书奏章、协助皇帝处理政务的官名。

[译文]

丞相王导有个爱妾姓雷，对朝政颇多干预，收受贿赂。蔡谟称呼她作雷尚书。

仇隙第三十六

一

孙秀既恨石崇不与绿珠，又憾潘岳[①]昔遇之不以礼。后秀为中书令，岳省内见之，因唤曰："孙令，忆畴昔周旋不？"秀曰："中心藏之，何日忘之[②]！"岳于是始知必不免。后收石崇、欧阳坚石[③]，同日收岳。石先送市，亦不相知。潘后至，石谓潘曰："安仁，卿亦复尔邪？"潘曰："可谓'白首同所归'。"潘《金谷集》诗云："投分寄石友，白首同所归。"乃成其谶(chèn)。

[注释]

①绿珠：石崇的爱妾，善吹笛，容貌美丽。潘岳：字安仁，曾任给事黄门侍郎。②"中心"句：引自《诗经·小雅·隰桑》，这里指心中一直记着这件事，没有一天能忘记。中心，心中。③欧阳坚石：欧阳建，字坚石，石崇外甥。

[译文]

孙秀既怨恨石崇不肯将绿珠送他，又对潘岳从前对自己不礼貌不满。后来孙秀任中书令，潘岳在中书省的官府里见到他，同他打招呼说："孙令，还记得我们从前的来往吗？"孙秀说："中心藏之，何日忘之！"潘岳于是知道祸难无法避免。后来孙秀将石崇、欧阳坚石抓了起来，同一天逮捕了潘岳。石崇首先被押到刑场，也不知道潘岳的情况。潘岳后来也被押到，石崇对他说："安仁，你也这样吗？"潘岳说："可以说是'白首同所归'。"潘岳在《金谷集》中的诗是这样写的："投分寄石友，白首同所归。"竟然成为他的预言。

二

刘玙兄弟少时为王恺所憎，尝召二人宿，欲默除之。令作坑，坑毕，垂加害矣。石崇素与玙、琨善，闻就恺宿，知当有变，便夜往诣恺，问二刘所在。恺卒迫不得讳[①]，答云："在后斋中眠。"石便径入，自牵出，同车而去，语曰："少年，何以轻就人宿！"

[注释]

①卒迫：同"猝迫"，仓促，匆忙。讳：隐瞒，避开。

［译文］

刘玙兄弟年轻时被王恺所憎恨，王恺曾经请他们两人到家里过夜，打算不声不响地害死他们。于是令人挖坑，坑挖好了，王恺将要杀害他们。石崇和刘玙、刘琨向来很要好，听说两人到王恺家过夜，知道会发生意外，便连夜去拜访王恺，问刘玙、刘琨兄弟在什么地方。王恺匆忙间不好隐瞒，答道："在后面房间睡觉。"石崇就径直进去，亲自拉他们出来，同坐一车走了，对他们说："年轻人，为什么如此轻率地在别人家住宿！"

三

王大将军执司马愍王，夜遣世将[①]载王于车而杀之，当时不尽知也。虽愍王家亦未之皆悉，而无忌[②]兄弟皆稚。王胡之[③]与无忌，长甚相昵。胡之尝共游，无忌入告母，请为馔。母流涕曰："王敦昔肆酷汝父，假手世将。吾所以积年不告汝者，王氏门强，汝兄弟尚幼，不欲使此声著[④]，盖以避祸耳。"无忌惊号，抽刃而出，胡之去已远。

［注释］

①司马愍王：司马丞，字元敬，做过湘州刺史，封为谯王，死后谥为愍王。世将：王世将，王敦的堂兄弟，曾任荆州刺史，王敦叛乱，他亦追随，王敦将他任命为平南将军、荆州刺史。②无忌：字公寿，司马丞之子。③王胡之：字修龄，王世将之子。④门：家族，门第．声著：声张。

［译文］

大将军王敦逮捕了愍王司马丞，夜里派王世将把他弄到车里并杀死他，当时人们对此事并不完全知晓。即使是愍王家里的人也并非都了解内幕，而司马丞的儿子无忌兄弟年龄还都很小。王胡之和无忌两人，长大以后关系非常好。有一次，王胡之和无忌在一起游玩，无忌回家告诉母亲，请她准备饭食。母亲哭着说："王敦从前肆意对你父亲加以迫害，借王世将的手把你父亲杀了。我多年来不告诉你们的原因，就是王氏家族势力强大，你们兄弟还年幼，我不想把这件事声张出来，都是为了避免灾难啊。"无忌听了，十分震惊地号哭起来，拔出刀就跑出去，王胡之已走得很远了。

四

应镇南作荆州，王修载、谯王子无忌同至新亭与别。坐上宾甚多，不悟二人俱到。有一客道："谯王丞致祸，非大将军意，正是平南所为耳。"无忌因夺直兵参军[①]刀，便欲斫；修载走投水，舸（gě）[②]上人接取，得免。

[注释]

①直兵参军：王公府里属官的官职名。②舸：大船。

[译文]

镇南大将军应詹任荆州刺史时，王修载和谯王司马丞的儿子无忌都到新亭给他饯别。座上宾客很多，没想到他们两人都来了。有一位客人说："谯王丞被害，不是大将军的意思，只是平南将军做的罢了。"无忌于是夺下直兵参军的刀，就要杀王修载；修载被迫逃出去跳到河里，船上的人救了他，才免去一死。

五

王右军素轻蓝田，蓝田晚节论誉转重，右军尤不平。蓝田于会稽丁艰[①]，停山阴治丧。右军代为郡，屡言出吊，连日不果[②]。后诣门自通，主人既哭，不前而去，以陵辱[③]之。于是彼此嫌隙大构。后蓝田临扬州，右军尚在郡，初得消息，遣一参军诣朝廷，求分会稽为越州。使人受意失旨，大为时贤所笑。蓝田密令从事数其郡诸不法，以先有隙，令自为其宜。右军遂称疾去郡，以愤慨致终。

[注释]

①丁艰：指王蓝田死了母亲。②不果：没有实现。③陵辱：凌辱，侮辱。

[译文]

右军将军王羲之对蓝田侯王述素来很轻视，王述晚年得到的评价和声誉越来越高，王羲之特别不满。王述在任会稽内史时遭母丧，在山阴县留下办理丧事。王羲之接替他出任会稽内史，多次说要前去吊唁，可是连续很多天也没去。后来他亲自登门吊唁，等到主人哭起来后，他又不进灵堂哭吊就走了，用这种做法来侮辱王述。于是双方仇怨结得很深。后来王述出任扬州刺史，王羲之还在主管会稽郡，刚得到任命王述的消息，王羲之就派一名参军到朝廷去，请求把会稽从扬州独立出来，成立越州。使者接受任务时将意图领会错了，结果深为当代名流所讥笑。王述也暗中派从事到稽郡去一一检查王羲之的各种不法行为，因为两人先前就不合，王述就叫王羲之自己找个解决问题的合适的方法。王羲之于是告病辞职，最终愤慨而终。

六

王东亭与孝伯语，后渐异。孝伯谓东亭曰："卿便不可复测？"答曰："王陵廷争，陈平从默，但问克终云何耳[①]。"

[注释]

①“王陵”句：汉惠帝死，吕后想将诸吕封为王，问右丞相王陵，王陵说不可以，再问左丞相陈平，陈平认为可以。后来陈平和周勃一起诛杀诸吕，立汉文帝，使刘氏天下得以安定。从默，默默依从。克终，结果，最后。

[译文]

东亭侯王珣和王孝伯曾在一起谈论，后来，王珣的意见逐渐发生变化了。王孝伯对王珣说：“您怎么再也无法测度了？”王珣回答说：“王陵在朝廷上以理相争，陈平顺从沉默，这都不足为据，只看最后的结果如何。”

七

王孝伯死，县其首于大桁（háng）。司马太傅命驾出至标所[①]，孰视首，曰：“卿何故趣（cù）[②]欲杀我邪？”

[注释]

①标所：立柱子悬首示众之处。②趣：同“促”，急促。

[译文]

王孝伯死后，他的头被挂在朱雀桥上示众。太傅司马道子坐车来到示众之处，仔细地看着王孝伯的头，说道：“你为什么那么着急要杀我呢？”

八

桓玄将篡，桓脩欲困玄在脩母许袭之[①]。庾夫人云：“汝等近，过我余年，我养之，不忍见行此事。”

[注释]

①“桓玄”句：桓玄和桓脩是堂兄弟，年幼时，桓玄常常欺侮桓脩，桓脩怀恨在心。

[译文]

桓玄就要篡夺帝位，桓脩想趁桓玄在桓脩母亲那里时袭击他。桓脩母亲庾夫人说：“你们是近亲的关系，等我晚年过后再说吧，我养大了他，不忍看到你做这样的事。”

图书在版编目（CIP）数据

图解世说新语 /（南朝宋）刘义庆著；崇贤书院释译 . — 合肥：黄山书社，2021.9

（中华古典珍品）

ISBN 978-7-5461-9741-8

Ⅰ . ①图… Ⅱ . ①刘… ②崇… Ⅲ . ①《世说新语》—图解 Ⅳ . ① I242.1

中国版本图书馆 CIP 数据核字（2021）第 196916 号

出 品 人　贾兴权
选题策划　贾兴权　汤吟菲
编辑统筹　刘　春
责任编辑　刘莉萍
装帧设计　观止堂_未　氓　朱　璇
责任印制　李　磊
出版发行　时代出版传媒股份有限公司（http://www.press-mart.com）
　　　　　黄山书社（http://www.hspress.cn）
地址邮编　合肥市政务文化新区翡翠路 1118 号出版传媒广场 7 层　230071
印　　刷　安徽联众印刷有限公司
版　　次　2022 年 3 月第 1 版
印　　次　2022 年 3 月第 1 次印刷
开　　本　700 mm × 1000 mm　1/16
字　　数　450 千字
印　　张　29.25
书　　号　ISBN 978-7-5461-9741-8
定　　价　42.80 元

服务热线　0551-63533706
销售热线　0551-63533761
官方直营书店（https://hsss.tmall.com）